Sur l'auteur

Né à Kyōto en 1949 et élevé à Kōbe, Haruki Murakami a étudié le théâtre et le cinéma, puis a dirigé un club de jazz, avant d'enseigner dans diverses universités aux États-Unis. En 1995, à la suite du tremblement de terre de Kōbe et de l'attentat du métro de Tōkyō, il décide de rentrer au Japon. Plusieurs fois pressenti pour le prix Nobel de littérature, Haruki Murakami a reçu le Yomiuri Literary Prize, le prix Kafka, le prix de Jérusalem pour la liberté de l'individu dans la société en 2009, le prix Hans-Christian-Andersen en 2016 et le prix Cino-Del-Duca en 2022. Tous ses romans sont disponibles chez Belfond et repris en poche par 10/18.

Du même auteur
aux Éditions 10/18

Après le tremblement de terre, n° 3379
Au sud de la frontière, à l'ouest du soleil, n° 3499
Les amants du Spoutnik, n° 3684
Kafka sur le rivage, n° 4048
Le passage de la nuit, n° 4136
L'éléphant s'évapore, n° 4213
La ballade de l'impossible, n° 4214
Saules aveugles, femme endormie, n° 4318
Autoportrait de l'auteur en coureur de fond, n° 4420
Sommeil, n° 4493
1Q84, Livre 1, n° 4604
1Q84, Livre 2, n° 4605
1Q84, Livre 3, n° 4645
Les attaques de la boulangerie, n° 4771
Underground, n° 4693
Chroniques de l'oiseau à ressort, n° 4819
L'incolore Tsukuru Tazaki et ses années de pèlerinage, n° 4968
L'étrange bibliothèque, n° 5134
Écoute le chant du vent *suivi de* Flipper, 1973, n° 5161
Des hommes sans femmes, n° 5349
Birthday Girl, n° 5394
Le Meurtre du Commandeur, Livre 1, n° 5486
Le Meurtre du Commandeur, Livre 2, n° 5487
De la musique, n° 5488
Profession romancier, n° 5587
Danse, danse, danse, n° 5610
La course au mouton sauvage, n° 5611
La fin des temps, n° 5612
Première personne du singulier, n° 5824
Abandonner un chat, n° 5860
T Ma vie en T-shirts, n° 5914

HARUKI MURAKAMI

KAFKA
SUR LE RIVAGE

Traduit du japonais
par Corinne Atlan

10/18

BELFOND

Titre original :
Umibe no Kafuka
publié par Shinchocha, Tokyo

ISBN 978-2-264-08268-8
Dépôt légal : juin 2007

Le garçon nommé Corbeau

— Et pour l'argent, ça s'est arrangé ? demande le garçon nommé Corbeau.

Il parle de sa façon habituelle, un peu lente. Comme quelqu'un qui sort à peine d'un profond sommeil et ne peut remuer ses lèvres tant elles sont engourdies. Mais ce n'est qu'une apparence : en réalité, il est parfaitement lucide. Comme toujours.

Je hoche la tête.

— Tu as combien à peu près ?

Je lui réponds après avoir à nouveau passé les chiffres en revue dans ma tête :

— Environ quatre cent mille en liquide. Sans compter une petite somme que je pourrai retirer avec ma carte bancaire. Ça ne suffira peut-être pas mais c'est un bon début.

— Ce n'est pas mal, dit le garçon nommé Corbeau. C'est *un bon début.*

Je hoche la tête.

— J'imagine que ce ne sont pas les étrennes du père Noël, poursuit-il.

— Non.

Le garçon nommé Corbeau regarde autour de lui, les lèvres tordues par un sourire narquois.

— Cet argent sort du tiroir d'une personne qui vit dans les parages, c'est exact ?

Je ne réponds pas. Il sait parfaitement d'où vient cet argent. Il n'y a pas lieu de poser des questions détournées. Il le fait juste pour m'asticoter.

— Allez, c'est bon, dit le garçon nommé Corbeau. Tu as besoin de cet argent. Absolument besoin. Alors tu te le procures. Tu l'empruntes en douce… Ou tu le voles, peu importe. De toute façon, c'est l'argent de ton père. Avec ça, tu pourras t'en sortir *au début*. Mais qu'as-tu l'intention de faire quand tu auras épuisé ces quatre cent mille yens ? L'argent ne pousse pas dans un porte-monnaie comme les champignons dans la forêt. Il faudra que tu manges, que tu trouves un endroit où dormir. À un moment ou à un autre, tes ressources finiront par s'épuiser.

— J'y réfléchirai le moment venu.

— *J'y réfléchirai le moment venu.*

Le garçon nommé Corbeau répète ce que j'ai dit, comme s'il soupesait mes paroles dans sa paume. Je hoche la tête.

— Tu trouveras du travail, par exemple ?

— Peut-être.

Le garçon nommé Corbeau secoue la tête.

— Dis donc, il va falloir que tu comprennes dans quelle société on vit. Quel genre de travail crois-tu qu'un garçon de quinze ans, loin de chez lui, peut trouver ? Tu n'as même pas achevé ta scolarité. Qui va employer quelqu'un comme toi ?

Je rougis un peu. (Il m'en faut peu pour rougir.)

— Allez, ça va, dit le garçon nommé Corbeau. Inutile d'envisager le pire avant même de se lancer. Tu es décidé. Il n'y a plus qu'à passer à la phase de réalisation. C'est ta vie, après tout. Au fond, tu fais les choses à ton idée.

Exactement, c'est *ma* vie, après tout.

— Seulement, tu ne t'en sortiras pas si tu ne t'endurcis pas un peu.

— Je ferai des efforts, dis-je.

— Il faut reconnaître que tu t'es pas mal endurci ces dernières années, dit le garçon nommé Corbeau.

Je hoche la tête.

— Mais tout de même, tu n'as que quinze ans. Ta vie commence à peine. Il y a un tas de choses que tu ignores encore en ce monde, dont tu n'as même pas idée.

Nous sommes assis côte à côte comme d'habitude, dans le vieux canapé en cuir du bureau de mon père. Le garçon nommé Corbeau aime bien cet endroit. Il en apprécie les moindres détails. En ce moment, il joue avec un presse-papiers en verre en forme d'abeille. Naturellement quand mon père est là, il n'approche pas de cette pièce.

— Quoi qu'il en soit, dis-je, il faut que je parte d'ici, c'est certain.

— Sans doute.

Il repose le presse-papiers sur la table, croise les mains derrière la nuque.

— Mais ça ne résoudra pas tout, poursuit-il. Je vais peut-être encore jouer les rabat-joie mais ce n'est pas en partant le plus loin possible que tu parviendras à t'échapper d'ici. On ne peut pas en être sûr. N'espère pas que la distance soit la solution.

Je réfléchis à nouveau au problème de la distance. Le garçon nommé Corbeau pousse un soupir, se presse les paupières du bout des doigts. Ensuite il ferme les yeux et me parle du fond des ténèbres.

— Jouons à notre jeu, dit-il.

— D'accord.

Je ferme les yeux moi aussi et respire profondément, calmement.

— Tu es prêt ? demande-t-il. Imagine une tempête, une terrible, terrible tempête de sable. Oublie tout le reste.

J'obéis. J'imagine cette *terrible, terrible* tempête de sable. J'oublie tout le reste. J'oublie même qui je suis. Je fais le vide dans mon esprit. La réalité se met à flotter devant moi. Cette réalité qui nous entoure tous deux, le garçon nommé Corbeau et moi, assis côte à côte sur le vieux canapé en cuir du bureau paternel.

— Parfois, commence le garçon nommé Corbeau, le destin ressemble à une tempête de sable qui se déplace sans cesse.

Parfois, le destin ressemble à une tempête de sable qui se déplace sans cesse. Tu modifies ton allure pour lui échapper. Mais la tempête modifie aussi la sienne. Tu changes à nouveau le rythme de ta marche, et la tempête change son rythme elle aussi. C'est sans fin, cela se répète un nombre incalculable de fois, comme une danse macabre avec le dieu de la Mort, juste avant l'aube. Pourquoi ? Parce que cette tempête n'est pas un phénomène venu d'ailleurs, sans aucun lien avec toi. Elle est toi-même, et rien d'autre. Elle vient de l'intérieur de toi. Alors, la seule chose que tu puisses faire, c'est pénétrer délibérément dedans, fermer les yeux et te boucher les oreilles afin d'empêcher le sable d'y entrer, et la traverser pas à pas. Au cœur de cette tempête, il n'y a pas de soleil, il n'y a pas de lune, pas de repères dans l'espace ; par moments, même le temps n'existe plus. Il n'y a que du sable blanc et fin comme des os broyés qui tourbillonne haut dans le ciel. Voilà la tempête de sable que tu dois imaginer.

J'imagine une tempête de sable telle qu'il la décrit. Une trombe de sable blanc s'élève droit vers le ciel, pareille à un épais cordage. Je ferme les yeux et me bouche les oreilles des deux mains. Afin que ce sable fin ne pénètre pas à l'intérieur de mon corps. La colonne se rapproche, se dirige droit sur moi. Je sens la pression du vent sur ma peau. La tempête s'apprête à m'avaler.

Alors, le garçon nommé Corbeau pose une main sur mon épaule. Et la tempête disparaît. Mais je garde les yeux fermés.

— À partir de maintenant, tu dois devenir le garçon de quinze ans le plus endurci du monde. Quoi qu'il arrive. Parce que c'est le seul moyen que tu as pour survivre en ce monde. Et pour cela, il faut que tu comprennes par toi-même ce que cela signifie de devenir un vrai dur. Compris ?

Je reste silencieux. J'ai envie de sombrer lentement dans le sommeil comme ça, avec la main du garçon sur mon épaule. Je perçois un léger battement d'ailes près de mes oreilles.

— Tu vas devenir le garçon de quinze ans le plus courageux au monde, murmure le garçon nommé Corbeau tandis que j'essaie de m'endormir.

C'est comme s'il tatouait ces mots sur mon cœur, avec une encre d'un bleu profond.

C'est un fait, tu vas réellement devoir traverser cette violente tempête. Cette tempête métaphysique et symbolique. Mais, si symbolique, si métaphysique qu'elle soit, ne te méprends pas : elle tranchera dans ta chair comme mille lames de rasoir affûtées. Des gens saigneront, et toi aussi tu saigneras. Un sang chaud et rouge coulera. Tu recueilleras ce sang dans tes mains : ce sera ton sang, et le sang des autres.

Une fois la tempête passée, tu te demanderas comment tu as fait pour la traverser, comment tu as fait pour survivre. Tu ne seras pas très sûr, en fait, qu'elle soit vraiment achevée. Mais sois certain d'une chose : une fois que tu auras essuyé cette tempête, tu ne seras plus le même. Tel est le sens de cette tempête.

Le jour de mes quinze ans, je ferai une fugue, je voyagerai jusqu'à une ville inconnue et lointaine, et trouverai refuge dans une petite bibliothèque. Il me faudra une semaine pour en arriver là, avec toutes les péripéties que cela implique. Car je n'indique là que les points principaux : **le jour de mes quinze ans, je ferai une fugue, voyagerai jusqu'à une ville inconnue et lointaine, trouverai refuge dans une petite bibliothèque.**

Cette formulation fait un peu penser à un conte de fées. Mais croyez-moi, ça n'a rien d'un conte de fées. Dans tous les sens du terme.

1

Avant de quitter la maison, je n'ai pas pris que du liquide dans le bureau de mon père. J'ai aussi pris un petit briquet ancien en or (j'aime bien sa forme et son poids dans ma main) et un couteau pliant bien pointu. Le manche est recouvert de peau de daim, et, avec sa lame de douze centimètres de long, il est plutôt lourd. Mon père a dû l'acheter lors d'un de ses voyages à l'étranger. Je récupère aussi dans un tiroir une solide lampe de poche qui éclaire bien. Ainsi que des lunettes de soleil Revo aux verres bleus, pour dissimuler mon âge.

J'ai bien envie aussi d'emporter la Rolex Sea-Dweller Oyster de mon père, sa montre préférée. Elle est magnifique, mais un peu trop voyante, elle attirerait l'attention. Ma Casio en plastique avec alarme et chronomètre fera très bien l'affaire. En fait, elle me sera même plus utile que la Rolex, que je laisse à regret.

Du fond d'un autre tiroir, je sors une photo de moi et de ma sœur aînée quand nous étions petits. Nous sommes sur une plage, souriants, l'air heureux. Ma sœur est tournée de côté, une moitié de visage dans l'ombre. Son sourire ainsi coupé au milieu lui donne l'air d'exprimer deux sentiments opposés, comme sur ces masques de tragédie grecque qui ornent certains livres de classe. Ombre et lumière. Espoir et désespoir. Rire et tristesse. Confiance et solitude. Quant à moi, je regarde droit vers l'objectif, sans la moindre hésitation. Nous sommes seuls sur la plage, en tenue de bain ; ma sœur porte un maillot une pièce rouge à fleurs, et moi je flotte dans un caleçon bleu informe. Je tiens à la main une espèce de bâton en plastique. L'écume blanche des vagues vient lécher nos pieds.

Qui a pris cette photo, quand, sur quelle plage ? Pourquoi ai-je l'air aussi heureux ? Comment est-il possible que j'aie l'air aussi heureux ? Pourquoi est-ce la seule photo de famille que mon père ait gardée ? Tout cela est bien énigmatique. Je dois avoir trois ans, sur ce cliché, et ma sœur neuf. Je m'entendais donc si bien avec elle ? Je n'ai aucun souvenir de vacances au bord de la mer. *Je n'ai aucun souvenir de vacances où que ce soit.* En tout cas, je n'ai pas envie de laisser cette photo à mon père. Je la glisse dans mon portefeuille. Il n'y a aucune photo de ma mère. Apparemment, mon père a jeté toutes celles où elle figurait.

Après avoir réfléchi un moment, je décide d'emporter aussi son téléphone portable. Quand mon père s'en apercevra, il appellera sans doute son fournisseur pour résilier son contrat et le portable ne me sera plus d'aucune utilité. Je le mets tout de même dans mon sac à dos, ainsi que le chargeur. L'appareil est léger de toute façon. Je n'aurai qu'à le jeter si mon père interrompt l'abonnement.

Je décide de n'emporter que le strict nécessaire dans mon sac à dos. Le plus difficile est le choix des vêtements. Il me faut quelques sous-vêtements, quelques pulls. Une chemise, un pantalon, des gants, un short, un manteau… Si je commence à réfléchir à ce que je dois prendre, c'est sans fin. Une chose est sûre : je n'ai pas envie de déambuler dans une ville inconnue avec un gros sac et une allure qui clament : « Je suis un adolescent en fugue ! » J'attirerais aussitôt l'attention, on appellerait la police, et je serais renvoyé à la maison aussi sec. Ou alors, j'aurais des ennuis avec des voyous ou des gens pas nets.

Il suffit que je choisisse un endroit où il ne fait pas froid. Voilà la conclusion à laquelle je parviens. Évident, non ? Un endroit chaud, où je n'aurai pas besoin de gants ni de manteau. Mon tas de vêtements diminue aussitôt de moitié. Je choisis des habits légers, faciles à laver et séchant facilement ; je les plie le plus petit possible et les fourre dans mon sac à dos. En dehors de ça, je prends un sac de couchage pour toutes saisons, le genre qui ne tient pas de place une fois roulé, un nécessaire de toilette minimal, une cape de pluie, un bloc-notes et un stylo, mon baladeur MD ainsi qu'une dizaine de CD (je ne peux pas me passer de musique), et une batterie de rechange. C'est à peu près tout. Pas besoin de matériel de cuisine de camping, c'est lourd et trop encombrant. Je pourrai acheter de quoi manger dans des supérettes ouvertes vingt-quatre heures sur vingt-quatre. Réduire ma liste de matériel à emporter m'a pris un certain temps. J'ai ajouté un bon nombre de choses, que j'ai enlevées ensuite. J'en rajoute encore, pour finir par les éliminer.

J'ai pensé que l'anniversaire de mes quinze ans était le jour idéal pour m'enfuir. Avant c'était trop tôt, et après, il sera peut-être trop tard.

J'ai passé les deux dernières années, mes années de collège, à m'entraîner en vue de cette fugue. J'ai commencé à faire du judo dès l'école primaire, et j'ai continué au collège, mais sans m'inscrire dans un club de sport. Quand j'avais du temps, je courais sur le terrain de l'école, je nageais ou j'allais à la salle de gym du quartier pour faire de la musculation. Il y avait un jeune entraîneur, là-bas, qui me donnait des conseils sur la façon d'utiliser correctement les machines, ou de faire du stretching. Qui m'expliquait comment je devais faire pour développer efficacement tous les muscles de mon corps. Quels muscles on utilise dans la vie quotidienne, ceux qu'on peut faire travailler avec les machines. Par chance, je suis plutôt grand de taille et, grâce à cette gymnastique quotidienne, ma carrure et mes pectoraux ont pris de l'ampleur. Les gens qui ne me connaissent pas me donnent facilement dix-sept ans. Si je faisais une fugue avec l'apparence d'un adolescent de quinze ans, je m'exposerais sans aucun doute à un certain nombre de problèmes dès le départ.

À part mes conversations avec l'entraîneur de la salle de gym, les quelques mots que j'adresse à la femme de ménage qui vient tous les deux jours à la maison et, bien sûr, les échanges verbaux minimaux imposés par l'école, je ne parle à presque personne. Ça fait un moment que mon père et moi nous nous évitons. On vit sous le même toit mais on n'a pas les mêmes horaires. Il passe presque toutes ses journées seul dans son atelier, et inutile de vous dire que je prends soin de le croiser le moins souvent possible.

Je fréquente un collège privé destiné aux enfants des classes supérieures, ou, dit plus simplement, aux gosses de riches. On peut y tracer sans peine son petit bonhomme de chemin jusqu'au lycée, dans la mesure où on n'a pas eu des résultats trop nuls. Tous mes camarades ont des dents bien alignées, portent des vêtements impeccables et sont d'un ennui mortel. Naturellement, dans ma classe, je n'étais guère apprécié. J'ai construit autour de moi un mur que je n'autorise personne à franchir. Moi-même, je ne m'aventure guère en dehors de ces limites. Qui pourrait être ami avec quelqu'un comme moi ? Les autres m'observent de loin, ils me surveillent. Peut-être trouvent-ils ma présence désagréable ou ont-ils peur de moi. Mais je préfère qu'ils ne s'occupent pas trop de ma personne. J'ai un tas de choses à faire de mon côté : je passe mes récréations à la bibliothèque de l'école, à dévorer tous les livres qui me tombent sous la main.

J'écoute tout de même attentivement ce que les profs disent en cours. Le garçon nommé Corbeau me l'a vivement recommandé.

Les connaissances et les techniques enseignées au collège ne te serviront pas à grand-chose dans la vie réelle, c'est sûr. Les profs sont, pour la plupart, des incapables. Tout ça, je le sais. Mais écoute bien : *tu vas faire une fugue, pas vrai ?* Tu n'auras peut-être plus jamais l'occasion d'aller à l'école, et que tu aimes ou pas les matières qu'on y enseigne, tu dois tout absorber sans en laisser une goutte. Tu dois être un véritable buvard. Par la suite, tu feras le tri entre ce qu'il faut garder et ce que tu peux oublier.

J'ai suivi son conseil. (D'une manière générale, je suis toujours les conseils du garçon nommé Corbeau.) Je me suis concentré, ai transformé mon cerveau en éponge et me suis imprégné de tout ce qui était dit en classe. J'ai compris le contenu des cours, l'ai mémorisé dans le temps limité des heures de classe et, grâce à ça, même sans travailler beaucoup en dehors, je suis parvenu à me maintenir en tête aux examens.

Je suis devenu aussi fort que si mes muscles étaient en métal, et de plus en plus taciturne. Je me suis efforcé de ne jamais montrer mes émotions, de dissimuler ce que je pensais, aussi bien aux profs qu'à mes camarades de classe. Bientôt, j'allais me retrouver lancé dans le monde sans pitié des adultes et pour pouvoir y survivre seul, il fallait que je devienne plus fort que n'importe qui.

En me regardant dans le miroir, je voyais bien que mes yeux avaient un éclat aussi froid que celui d'un lézard, et que mon visage était de plus en plus inexpressif. Je ne me rappelais plus quand j'avais ri pour la dernière fois. Je n'adressais jamais un sourire à personne. Pas même à mon reflet.

Mais je ne pouvais pas me maintenir en permanence dans cette solitude paisible. Le mur que j'avais érigé autour de moi s'écroulait parfois. Pas très souvent, mais cela arrivait. Le mur disparaissait avant même que je m'en sois rendu compte, et je me retrouvais tout nu, exposé au monde. Dans ces moments-là, j'étais dans la confusion la plus totale. Et, il y avait aussi la prédiction. La prédiction, pareille à une étendue d'eau noire.

La prédiction, constamment présente, telle une mystérieuse étendue d'eau noire.

D'ordinaire, elle se dissimule quelque part dans un lieu inconnu. Mais, quand le moment vient, elle s'avance sans bruit, et vient glacer chaque cellule de ton corps, et toi, tu te noies, pantelant, dans cette eau qui monte implacablement. Tu t'accroches à une bouche d'aération proche du plafond, et essaies désespérément d'aspirer l'air du dehors. Mais l'air que tu respires est sec et te brûle la gorge. Des éléments normalement opposés, l'eau et la sécheresse, le froid et le chaud, rassemblent leurs forces pour te terrasser.

Dans l'immensité du monde, tu ne vois nulle part d'espace pour toi – un espace minuscule te suffirait, pourtant. Tu cherches une voix, mais ne rencontres qu'un profond silence. À l'inverse, quand tu réclames le silence, c'est la voix de la prédiction qui se fait entendre sans fin. Et, de temps en temps, cette voix prophétique appuie sur un bouton secret dissimulé au fond de ton cerveau.

Ton esprit ressemble à un vaste fleuve en crue après une longue période de pluies. Tous les poteaux de signalisation ont disparu sous l'eau, et ont peut-être déjà été entraînés vers un lieu obscur. Et la pluie continue à frapper violemment la surface du fleuve. C'est ce que tu te dis chaque fois que tu vois des images d'inondation au journal télévisé : « Voilà exactement à quoi ressemble mon esprit. »

Avant de quitter la maison, je me récure les mains et le visage avec du savon. Je me coupe les ongles, me nettoie les oreilles, me lave les dents. Je prends mon temps pour bien me purifier. Dans certains cas, être propre est la chose la plus importante qui soit. Ensuite je me tourne vers le miroir au-dessus du lavabo, et me regarde attentivement. Ce que je vois là, ce sont les traits que j'ai hérités de mon père et de ma mère – bien qu'en ce qui la concerne, je n'aie plus le moindre souvenir. J'aurai beau faire tout ce que je peux pour effacer toute expression de mon visage, toute lumière de mon regard, et me bâtir des muscles d'acier, jamais je ne pourrai changer mes traits. Quel que soit le désir que j'en aie, il m'est impossible d'arracher de mon visage les longs sourcils épais que je tiens de mon père et la ride qui se creuse entre eux. Si je le souhaitais vraiment, je pourrais tuer mon père (ce ne serait pas très difficile avec la force que j'ai acquise maintenant), et je serais capable aussi d'effacer complètement de ma mémoire le souvenir de ma mère. Mais je ne peux pas me débarrasser de leurs gènes. Pour cela, il faudrait que je me débarrasse de moi-même.

Et puis, il y a la prédiction. Ce mécanisme enfoui au fond de moi.

Ce mécanisme enfoui au fond de toi.

J'éteins la lumière, je sors de la salle de bains.

Un lourd silence flotte sur la maison. Chuchotements de gens qui n'existent pas, respiration de ceux qui ne sont plus. Je regarde autour de moi, je m'arrête, je prends une inspiration profonde. Les aiguilles de ma montre indiquent trois heures de l'après-midi. Elles ont l'air terriblement distantes. Elles prétendent être neutres, mais, en réalité, elles ne sont pas de mon côté. Il va être temps pour moi de quitter ce lieu. Je prends mon petit sac à dos, le mets sur mes épaules. J'avais pourtant répété cette scène plusieurs fois, mais il me paraît soudain plus lourd que prévu.

J'ai décidé de partir pour le Shikoku. Sans raison particulière. Simplement, en regardant la carte, j'ai pensé que c'était là que je devais me rendre. J'ai souvent examiné l'atlas et, chaque fois, ce lieu m'a attiré. Il est situé au sud de Tokyo, bien au large, séparé de l'île principale par la mer, le climat y est doux. Je n'y suis jamais allé, je n'y ai ni famille ni amis. Aussi, si quelqu'un se mettait à me chercher (ce dont je doute), il n'y a aucun risque qu'il pense à cette région.

J'ai retiré au guichet le billet que j'avais réservé et suis monté dans le car de nuit. C'est le moyen le plus simple de se rendre à Takamatsu depuis Tokyo. À peine un peu plus de dix mille yens. Personne ne fait attention à moi. Personne ne me demande mon âge. Personne ne me regarde d'un air soupçonneux. Le chauffeur vérifie mon billet avec une froideur toute professionnelle.

Un tiers des sièges à peine est occupé. La plupart des passagers sont seuls comme moi. Et le car est étrangement silencieux. La route est plutôt longue jusqu'à Takamatsu : dix heures de bus. Nous arriverons tôt demain matin. Mais ça ne me dérange pas. Du temps, j'en ai plus qu'il n'en faut. Le car quitte la gare routière peu après huit heures du soir, j'abaisse mon dossier. Aussitôt enfoncé dans mon siège, ma conscience s'amenuise, comme une pile qui achève de se décharger, et je m'endors.

Vers le milieu de la nuit, un orage éclate. Je me réveille de temps en temps, jette un petit coup d'œil entre les rideaux bon marché, regarde l'autoroute. Les gouttes de pluie frappent violemment les vitres, brouillant la lumière des réverbères qui bordent la route. Ils défilent à perte de vue, plantés à intervalles réguliers comme s'ils étaient destinés à mesurer le monde. Une nouvelle lumière surgit et l'instant d'après elle n'est déjà plus qu'un souvenir, une lueur surannée qui disparaît derrière nous. Je regarde ma montre : minuit vient de passer. Et mon quinzième anniversaire est là, propulsé d'un coup à l'avant de la scène.

— Bon anniversaire ! dit le garçon nommé Corbeau.

— Merci, dis-je.

Mais la prédiction me suit comme une ombre. Je vérifie que le mur que j'ai élevé autour de moi est toujours intact. Je tire le rideau et me rendors.

2

Classé « top secret », et conservé par le ministère de la Défense des États-Unis, ce dossier fut rendu public en 1986 conformément à la loi sur la liberté de l'information. On peut actuellement le consulter au Bureau des archives nationales américaines (NARA) de Washington, DC.

La série d'enquêtes rapportées ici a été menée sous la direction du major James P. Warren, du Service des informations de l'armée de terre de mars à avril 1946.

Le lieutenant Robert O'Connell et le sergent Harold Katayama se consacrèrent à l'enquête sur le terrain. Tous les interrogatoires furent menés par le lieutenant Robert O'Connell, tandis que le sergent Harold Katayama était chargé de la traduction en japonais, et William Cohen, soldat de première classe, de la rédaction des dossiers.

Les interrogatoires eurent lieu durant douze jours, dans les salons de l'hôtel de ville de ***, préfecture de Yamanashi. L'institutrice de l'école municipale de la ville de ***, canton de ***, un médecin résidant dans la même ville, deux membres de la police municipale, et six écoliers, interrogés séparément, répondirent aux questions.

En outre, les cartes du terrain jointes au dossier – échelle 1/10000 et 1/2000 – furent établies par le Bureau des recherches topographiques du ministère de l'Intérieur.

Rapport du Military Intelligence Service (MIS)
Établi le 12 mai 1946

Intitulé : Rice Bowl Hill Incident, 1944 – report
Numéro de dossier : PTYX-722-893745-42213-WWN

L'interrogatoire ci-dessous, enregistré sur magnétophone, est celui de Setsuko Okamoto (26 ans), institutrice de quatrième année de primaire à l'école municipale de *** à l'époque des faits. Le numéro d'accès à ce dossier est : PTYX-722-SQ-118 à 122.

Impressions de Robert O'Connell, chargé de l'interrogatoire :

Setsuko Okamoto est une femme de petite taille au visage agréable. Intellectuelle, avec un fort sens des responsabilités. Ses réponses aux questions sont précises, réfléchies et sincères. Toutefois, elle semble encore traumatisée par l'incident. On sent que son stress augmente à mesure qu'elle fouille dans ses souvenirs. Ce qui a pour conséquence de ralentir son flux verbal.

Il devait être un peu plus de dix heures du matin. Très haut dans le ciel, on a vu un point argenté, à l'éclat vif. C'était sans aucun doute le reflet de la lumière sur une carlingue de métal. Ce point brillant se déplaçait lentement dans le ciel, d'est en ouest. Nous avons aussitôt pensé qu'il s'agissait d'un B29. Il volait juste au-dessus de nos têtes. Le ciel était bleu, sans un nuage, la luminosité éblouissante. On distinguait juste cet objet couleur argent qui semblait être en duralumin, mais à une hauteur si élevée qu'on ne voyait pas sa forme. Ce qui signifiait que, de là-haut, on ne pouvait pas non plus nous voir et qu'on ne risquait pas d'être attaqués. Aucun risque qu'on nous largue une bombe dessus. Cela n'avait aucun intérêt de bombarder un coin de montagne perdu comme celui-là. Je me suis dit : soit cet avion est en route pour frapper une grande ville, soit il rentre de mission. Nous avons poursuivi notre marche, sans nous méfier. Nous étions plutôt frappés par l'étrange beauté de ce scintillement dans le ciel.

Selon les archives militaires, aucun bombardier ou autre modèle d'avion ne survolait cet endroit le 7 novembre 1944 aux alentours de dix heures du matin.

Mais les seize enfants que j'accompagnais et moi-même l'avons vu clairement, et nous avons tous cru qu'il s'agissait d'un B29. Jusque-là, nous avions vu quelquefois des formations de B29, et il n'existe aucun autre avion capable de voler à une telle altitude. Il y avait quelques petites bases militaires dans notre préfecture et, de temps à autre, il nous arrivait de voir des avions japonais mais ils étaient bien moins gros, ils ne pouvaient pas monter aussi haut. De plus, le duralumin a un éclat particulier, et les B29 sont faits de cette matière. Cette fois, il s'agissait apparemment d'un appareil isolé, ce qui m'a paru curieux.

Êtes-vous originaire de cette région ?

Non. Je suis née dans la préfecture d'Hiroshima. Je me suis mariée en 1941 et me suis installée ici à ce moment-là. Mon mari était professeur de musique dans un collège de cette préfecture. Il a été appelé sous les drapeaux en 1943, et il est mort en juin 1945, lors de la bataille de Luçon. J'ai appris plus tard qu'il était chargé de garder une poudrière dans la banlieue de Manille : un bombardement de l'armée américaine a provoqué une explosion qui l'a tué. Nous n'avions pas d'enfants.

Combien d'élèves accompagniez-vous le jour de l'incident ?

Seize en tout. Toute la classe, à l'exception de deux élèves absents pour raison médicale. Il y avait huit garçons et huit filles. Parmi eux, cinq, originaires de Tokyo, avaient été envoyés à l'abri à la campagne par leurs familles. Nous avions quitté l'école à neuf heures du matin, munis de Thermos et de gamelles contenant les déjeuners. Il s'agissait d'une classe de plein air. Ce qui ne signifie pas que nous faisions des études spécifiques. Le but de la sortie était d'aller en montagne chercher des champignons et des légumes sauvages. Dans cette région agricole, nous ne souffrions pas tellement de la pénurie ; assez cependant pour apprécier un complément de ce genre. Le rationnement était très strict et presque toute la population souffrait de faim chronique.

Nous encouragions donc les enfants à chercher dans la nature des légumes ou des baies comestibles. On vivait en état d'urgence et personne n'était très disponible pour les études. Nous organisions fréquemment ce genre de « classe de plein air ». Les lieux se prêtaient vraiment aux excursions. De ce point de vue, nous avions de la chance. Les gens des villes étaient affamés. Les routes de ravitaillement à partir de Taiwan et de la Chine continentale étaient complètement coupées, le manque de nourriture et de combustible générait des situations dramatiques en ville.

Vous avez mentionné la présence de cinq enfants réfugiés de Tokyo dans votre classe. S'entendaient-ils bien avec les enfants du pays ?

Dans ma classe, les choses se déroulaient à peu près bien. Bien sûr, il n'y avait pas grand-chose de commun entre notre cambrousse et le centre de Tokyo, où ils avaient grandi. Leur façon de s'exprimer, de s'habiller était très différente de celle des gamins du coin. La plupart des écoliers d'ici étaient des fils et filles de paysans pauvres, alors que ceux de Tokyo venaient de familles d'employés et de fonctionnaires. On ne pouvait pas dire qu'ils se comprenaient vraiment.

Au début, surtout, il y avait une certaine tension entre les deux groupes, sans véritables disputes ou brimades, mais simplement, aucun groupe ne comprenait la mentalité de l'autre. Du coup, les enfants du pays ne se mêlaient pas à ceux de Tokyo. Cependant, au bout de deux mois, ils se sont assez bien habitués les uns aux autres. Dès que des enfants se mettent à jouer ensemble, les barrières culturelles et sociales tombent très vite.

Décrivez-moi de la façon la plus détaillée possible le lieu où vous avez accompagné les enfants.

C'était une colline où nous allions souvent pique-niquer, arrondie comme un bol de riz à l'envers ; nous l'appelions Owanyama, la colline du Bol-de-Riz. Les pentes ne sont pas trop escarpées, n'importe qui peut la gravir sans difficulté. Elle se trouve à l'ouest de l'école. Pour en atteindre le sommet à pied avec des enfants, il faut à peu près deux heures. Nous projetions d'aller chercher des champignons dans la forêt et d'y pique-niquer. Les enfants préfèrent de loin ces « cours en plein air » aux études !

Cet avion qui scintillait dans le ciel nous a rappelé la guerre un moment, mais nous l'avons vite oublié : nous étions pleins d'entrain, nous nous sentions heureux. Il n'y avait pas un nuage, pas un souffle de vent ; le silence régnait sur la colline, seulement troublé par le gazouillis des oiseaux. Pendant que nous marchions ainsi, il nous semblait que la guerre n'avait plus aucun lien avec nous, comme si elle se déroulait dans un pays lointain. Nous chantions tous ensemble en avançant sur ce sentier de montagne. De temps à autre, nous imitions les chants des oiseaux. Une matinée magnifique, presque parfaite, s'il n'y avait eu la guerre.

Vous avez tous pénétré dans la forêt peu après avoir vu cet objet qui ressemblait à un avion, n'est-ce pas ?

Oui, c'est exact. Il ne s'est pas écoulé cinq minutes entre le moment où nous avons vu l'avion et celui où nous sommes entrés dans la forêt. Nous avons quitté le chemin principal et pris un sentier en pente : c'était le seul passage un peu escarpé. Au bout de dix minutes d'ascension, on se retrouve sur un plateau assez vaste, sans arbres. Dans la forêt, le silence est absolu et l'air est plutôt frais, parce que le soleil n'y pénètre pas, mais juste à l'endroit où nous étions se trouvait une sorte de petite place, sur laquelle le soleil déversait ses rayons. Chaque fois que je montais sur la colline du Bol-de-Riz avec mes élèves, je les amenais là. Je ne sais pas pourquoi, ce lieu avait quelque chose d'intime, on y ressentait une grande sérénité.

Une fois dans la clairière, nous avons fait une pause et déposé nos affaires. La classe s'est divisée en groupes de trois ou quatre pour commencer la cueillette des champignons. J'avais fixé une règle : obligation pour chacun de rester dans le champ de vision de ses camarades. J'ai rassemblé les élèves afin de leur rappeler de respecter strictement cette consigne. Il avait beau s'agir d'un endroit que nous connaissions bien, nous étions dans une forêt, et si un enfant se perdait, cela pouvait avoir des conséquences graves. Étant donné leur jeune âge, quand ils étaient absorbés par leur cueillette, les élèves avaient tendance à oublier la règle. Tout en cherchant des champignons, je les recomptais régulièrement.

La cueillette avait commencé depuis une dizaine de minutes quand mes élèves ont commencé à s'écrouler par terre aux alentours de la clairière.

Quand j'ai vu les trois premiers s'effondrer, j'ai aussitôt pensé qu'ils avaient mangé des champignons vénéneux. Il y a beaucoup d'espèces mortelles dans la région. Les gens du pays savent les identifier, mais tout de même, certains spécimens prêtent à confusion. Je leur recommandais donc chaque fois de ne jamais porter un champignon à leur bouche avant de les avoir tous rapportés à l'école et fait examiner par un spécialiste, mais je n'étais pas toujours obéie.

Je me suis précipitée pour relever les enfants étendus par terre. Leurs corps étaient complètement mous, comme du caoutchouc ramolli par le soleil. Toute force les avait quittés et j'avais l'impression de serrer des cadavres dans mes bras. Pourtant, ils respiraient normalement. J'ai pris leur pouls : les pulsations paraissaient à peu près normales. Ils n'avaient pas de fièvre. Leurs visages étaient sereins, ils ne semblaient pas souffrir. Je n'avais pas l'impression qu'ils avaient été piqués par une abeille ou mordus par un serpent.

Le plus étrange était leurs regards vides qui évoquaient un état comateux. Leurs yeux grands ouverts paraissaient fixés sur quelque chose. De temps à autre, leurs paupières clignaient. Ils ne dormaient pas. Leurs prunelles bougeaient lentement comme s'ils contemplaient un paysage lointain. Il y avait de la conscience dans ces yeux-là. Mais en fait, ils ne regardaient rien. Du moins, pas ce qu'il y avait devant eux, car même lorsque j'ai agité ma main juste sous leur nez, ils n'ont manifesté aucune réaction.

L'un après l'autre, j'ai emporté les enfants dans mes bras. Tous trois présentaient les mêmes symptômes : ils étaient inconscients, mais leurs yeux allaient et venaient lentement de droite à gauche. C'était un spectacle peu banal.

Quels enfants ont perdu conscience les premiers ?

Trois filles, de bonnes camarades qui s'entendaient bien. J'ai crié leurs noms et les ai giflées tour à tour, assez fort, pour les faire revenir à elles. Mais elles ne manifestaient aucune réaction. J'ai ressenti une sensation étrange à leur contact, comme si je touchais du vide.

Je me suis dit que j'allais envoyer un élève à l'école au pas de course pour appeler du secours. Il m'était impossible de redescendre seule, avec trois enfants inconscients sur le dos. J'ai cherché des yeux le garçon de la classe qui courait le plus vite, mais quand je me suis relevée et que j'ai regardé autour de moi, je me suis rendu compte que les autres enfants s'étaient eux aussi évanouis. Seize enfants étendus là, inconscients ! Il n'y avait que moi qui étais toujours debout. La scène ressemblait à… un champ de bataille.

Avez-vous remarqué quelque chose d'anormal à ce moment-là ? Une odeur, un bruit ou une lumière, par exemple ?

(*Le sujet interrogé réfléchit.*) Non. Comme je vous l'ai dit tout à l'heure, les environs étaient très calmes, paisibles même. Il n'y avait ni lumière, ni odeur, ni son anormal. Tous les enfants de ma classe gisaient là, autour de moi. J'ai eu l'impression de me retrouver brusquement seule au monde. J'ai ressenti une incommensurable solitude à ce moment-là. J'aurais voulu me dissoudre dans le vide et ne plus penser à rien. Mais, bien sûr, j'étais responsable, j'étais leur enseignante. Je me suis tout de suite ressaisie et j'ai dévalé la pente en courant le plus vite possible, pour aller chercher de l'aide à l'école.

3

Quand je me réveille, c'est presque l'aube. Je tire le rideau pour regarder le paysage. La pluie a dû cesser depuis peu car, de l'autre côté de la vitre, tout est encore noir et dégoulinant. À l'est, quelques nuages aux contours bien nets se détachent sur le ciel, bordés d'une lumière qui me paraît tantôt de mauvais augure, tantôt bienveillante, selon l'angle de vue.

Le car roule à une vitesse constante sur l'autoroute. Le chuintement des pneus produit un bruit continu, aussi monotone que le ronflement du moteur. Comme un mortier, il moud le temps qui passe et la conscience des passagers endormis, engoncés dans leurs sièges, rideaux fermés. Apparemment, le chauffeur et moi sommes les seuls à être encore éveillés. Somnolents, tous les passagers se laissent transporter en toute confiance vers leur destination.

J'ai soif. Je sors une bouteille d'eau minérale de mon sac et j'en bois quelques gorgées tiédasses. Dans la même poche, je prends un paquet de crackers et j'en grignote quelques-uns. Leur goût sec, qui me rend nostalgique, se répand sur mes papilles. Les chiffres du cadran de ma montre indiquent 4 h 32. Je vérifie la date et le jour, à tout hasard. Cela fait treize heures que je suis parti de la maison. Le temps n'a pas avancé trop vite, il n'est pas revenu en arrière non plus. C'est toujours mon anniversaire. Je vis toujours le premier jour de ma nouvelle existence. Je ferme les yeux, les rouvre, vérifie à nouveau l'heure et la date à ma montre. Puis j'allume la veilleuse au-dessus de mon siège et me plonge dans un livre de poche.

Juste après cinq heures du matin, le car bifurque sans prévenir et se gare sur une vaste aire de repos. La porte avant s'ouvre avec un bruit d'air comprimé. Les lumières s'allument, et le chauffeur fait une brève annonce : « Bonjour, mesdames et messieurs ! J'espère que vous n'êtes pas trop fatigués par le voyage. Nous arriverons à la gare de Takamatsu dans une heure, comme prévu. Auparavant, nous ferons une pause de vingt minutes dans ce lieu. Nous repartirons donc à 5 h 30 précises. Veuillez revenir au car avant l'heure de départ. »

Presque tous les passagers se sont réveillés pendant l'annonce et descendent silencieusement, en bâillant, ensommeillés. La plupart d'entre eux vont se rafraîchir un peu ici avant l'arrivée. Je sors du car comme tout le monde, prends quelques inspirations profondes, m'étire et fais une série de mouvements de stretching dans l'air frais du matin. Je vais aux toilettes et me lave la figure dans le lavabo. Je voudrais bien savoir où on est. Je regarde autour de moi : un paysage d'aire d'autoroute, sans rien de remarquable. Pourtant, c'est peut-être juste une impression, mais il me semble que la forme des collines et la couleur des arbres diffèrent de celles de Tokyo.

Je pénètre à mon tour dans la cafétéria. Je suis en train de boire le thé vert brûlant offert gracieusement par la maison quand une jeune fille vient s'asseoir sur une des chaises en plastique juste à côté de moi. Elle tient dans la main droite un gobelet en carton fumant, contenant un café qu'elle vient d'acheter à un distributeur automatique. Dans sa main gauche, elle a une barquette de sandwichs, qui semble provenir aussi du distributeur.

Pour être franc, elle a de drôles de traits, absolument pas réguliers, même pour un regard indulgent. Elle a le front large, le nez petit et rond, les joues constellées de taches de rousseur, les oreilles pointues. Le genre de visage qui se remarque, en somme. Un visage façonné à la va-vite. Mais l'impression d'ensemble n'est pas mauvaise, loin de là. Elle n'est sans doute pas pleinement satisfaite de son apparence physique mais elle a l'air de s'en accommoder, elle y est habituée. Et ça, ça me paraît important. Il y a quelque chose d'enfantin dans ce visage qui doit rassurer les gens. Qui me rassure, *moi*, en tout cas. Elle n'est pas très grande, mais sa minceur lui donne une allure élancée, et elle a pas mal de poitrine. De jolies jambes aussi.

Les deux fines boucles d'oreilles de métal qui pendent de ses lobes jettent de temps en temps des éclairs, comme du duralumin. Ses cheveux teints, qui lui descendent aux épaules, sont châtain clair (presque rouges en fait), et elle porte un chemisier à manches longues, à col bateau et à grosses rayures. Elle a un petit sac à dos à l'épaule et un chandail léger noué autour du cou. Ses jambes sont nues sous sa minijupe de coton beige. Apparemment, elle aussi est allée se débarbouiller dans les toilettes car quelques mèches de sa frange sont collées sur son large front, comme de fines racines de plantes. Je ne sais pas pourquoi, ça me la rend sympathique.

— On est dans le même car, non ? dit-elle d'une voix un peu rauque.

— Oui.

Elle boit une gorgée de son café, les sourcils froncés.

— Quel âge tu as ?

Je mens :

— Dix-sept.

— Tu es lycéen ?

Je hoche la tête.

— Et tu vas où ?

— Takamatsu.

— Ah, comme moi alors. Tu y vas en voyage ? Ou tu rentres chez toi ?

— J'y vais, plutôt.

— Moi aussi. J'ai des amis là-bas. Une fille avec qui je m'entends bien. Et toi ?

— Je vais voir de la famille.

Elle hoche la tête d'un air entendu et ne me questionne pas davantage.

— J'ai un frère qui a à peu près ton âge, dit-elle comme si elle venait de s'en souvenir. Ça fait longtemps que je ne l'ai pas vu, à cause de certains problèmes familiaux, mais… Au fait, tu sais, tu ressembles à *ce type,* là… On te l'a jamais dit ?

— Quel *type* ?

— Ce type, tu sais, le chanteur du groupe. C'est ce que je me suis dit dès que je t'ai vu dans le car. Mais j'arrive pas à me rappeler son nom. J'y réfléchis depuis un moment, sérieusement, je me creuse la tête, mais impossible. Ça arrive, ce genre de chose, non ? Tu essaies de te souvenir d'un truc, et tu n'y arrives pas. On ne t'a jamais dit que tu ressemblais à quelqu'un ?

Je secoue la tête. Non, personne ne m'avait jamais dit ça. Elle me fixe en plissant les paupières.

— Mais de quel type tu parles ?

— Celui qu'on voit à la télé.

— À la télé ?

— Oui, à la télé, dit-elle en mordant dans son sandwich d'un air absent. (Elle boit une autre gorgée de café.) Le chanteur de ce groupe, là. Ah! mince, je ne me souviens pas du nom du groupe non plus. Un type grand et mince, avec l'accent d'Osaka. Ça ne te dit rien ?

— Non. Je regarde pas la télé, ça doit être pour ça.

Elle penche la tête, puis scrute mon visage.

— Tu ne regardes pas la télé ? Tu veux dire *jamais* ?

Je hoche la tête en silence. Enfin, je devrais peut-être la secouer ? Bon, en tout cas, je la hoche.

— Tu n'as pas l'air du genre bavard. Quand tu parles, c'est un mot à la fois, pas plus. Tu es toujours comme ça ?

Je rougis. C'est vrai que je suis un garçon plutôt discret, mais une des raisons pour lesquelles je parle peu en ce moment, c'est que ma voix est encore en train de muer. Généralement, je parle d'une voix grave, mais de temps en temps elle monte brusquement vers les aigus. Aussi, je m'efforce de ne pas parler trop longtemps.

— Bon, c'est pas grave, tout ça, dit-elle. En tout cas, tu ressembles à ce chanteur qui parle avec l'accent d'Osaka. Toi, tu n'as pas l'accent d'Osaka, bien sûr, mais il y a quelque chose, tu dégages la même aura que lui, voilà. C'est un type qui a l'air sympa.

Son sourire s'efface un peu. Il s'en va je ne sais où, et réapparaît un instant plus tard. Moi, je suis toujours aussi rouge.

— Tu lui ressemblerais encore plus si tu changeais de coiffure. Tu devrais laisser pousser un peu tes cheveux, mettre du gel, les relever, là, sur le devant. Si je pouvais, je te les arrangerais comme ça, tout de suite. Je suis sûre que ça t'irait bien. En fait, je suis coiffeuse.

Je hoche la tête, bois une gorgée de thé. La cafétéria est très silencieuse. On n'entend ni musique ni bruits de conversation.

— Tu n'aimes pas parler ? demande-t-elle en me regardant gravement, un coude sur la table, sa joue au creux de sa main.

Je secoue la tête.

— Ce n'est pas ça, mais…

— Tu te sens gêné, peut-être ?

Je secoue la tête à nouveau.

Elle prend un autre sandwich. En fait, deux tranches de pain de mie fourrées de confiture de fraises. Elle fronce les sourcils, comme si elle n'en croyait pas ses yeux.

— Dis, tu n'en veux pas ? Moi, la confiture de fraises, c'est ce que je déteste le plus au monde, depuis que je suis toute petite.

J'accepte volontiers. Moi, j'aime bien ça, la confiture de fraises. Pendant que je mange en silence, elle m'observe de l'autre côté de la table, jusqu'à ce que j'aie ingurgité la dernière miette.

— Je peux te demander quelque chose ? dit-elle.

— Quoi donc ?

— Je pourrais me mettre à côté de toi jusqu'à Takamatsu ? Ça me rend nerveuse d'être toute seule dans ce car, j'ai toujours l'impression qu'un type bizarre va venir s'asseoir à côté de moi. Je n'ai pas pu fermer l'œil de la nuit. Quand j'ai pris mon billet, on m'a dit qu'il y aurait des sièges isolés, mais en fait il n'y a que des places côte à côte. Je voudrais dormir un peu avant d'arriver, et toi, tu n'as pas l'air d'un pervers. Ça ne t'ennuie pas ?

— Pas du tout.

— Merci. « En voyage, on a besoin d'un compagnon », comme dit le proverbe.

Je hoche la tête. J'ai l'impression de ne faire que ça depuis un moment. Mais qu'est-ce que je pourrais bien dire ?

— C'est comment déjà, après ?

— Après quoi ?

— Après « on a besoin d'un compagnon ». Il y a une suite, non ? Je ne me rappelle plus. J'ai toujours été nulle en japonais.

— « Et dans la vie, de compassion. »

— « En voyage, on a besoin d'un compagnon et dans la vie, de compassion », répète-t-elle comme pour vérifier. Mais qu'est-ce que ça signifie au juste ?

Je réfléchis. Ça me prend un peu de temps. Elle, elle attend sans bouger.

— Je pense que ça veut dire que les rencontres de hasard sont importantes pour le bien-être des gens. En gros, dis-je.

Elle réfléchit un moment, puis croise lentement ses mains sur la table.

— C'est vrai. Moi aussi, je crois que les rencontres de hasard sont importantes pour le bien-être.

Je regarde ma montre. Il est déjà cinq heures et demie.

— Il vaudrait mieux retourner au car, non ?

— Hmm. Oui, allons-y, dit-elle, sans faire mine de se lever.

— À propos, où on est, ici ?

— Pas la moindre idée, fait-elle en redressant la tête et en regardant autour d'elle.

Ses boucles d'oreilles oscillent comme deux fruits mûrs près de tomber de leur branche.

— Je n'en sais rien, conclut-elle. Vu l'heure qu'il est, on doit être aux alentours de Kurashiki, mais où exactement, je ne saurais pas te dire. Les aires d'autoroute, c'est des endroits où on ne fait que passer, finalement. Pour aller de là à là.

Elle dresse les index droit et gauche devant elle, à une trentaine de centimètres de distance.

— Le nom de l'endroit, on s'en fiche, non ? Il y a des toilettes, on y trouve de quoi manger. Des néons et des chaises en plastique. Du mauvais café. Des sandwichs à la confiture de fraises. Ça ne veut rien dire, tout ça. La seule chose qui ait un sens c'est l'endroit d'où nous venons et celui où nous allons. Pas vrai ?

Je hoche la tête. Je hoche la tête. Je hoche la tête.

Quand nous arrivons au car, tous les passagers sont déjà installés et attendent qu'il démarre. Le chauffeur, un jeune type au regard intense et sévère de gardien de phare, jette un coup d'œil plein de reproches aux deux retardataires que nous sommes. Mais il ne fait aucune remarque, et la fille lui adresse un sourire innocent en guise d'excuse. Il tend le bras, appuie sur un levier, et la porte se referme avec le même bruit d'air comprimé. Elle vient s'asseoir à côté de moi, une petite valise dans les bras. Une valise assez banale, qui semble avoir été achetée dans une solderie. Plutôt lourde pour sa taille, me dis-je en la soulevant pour la ranger dans le compartiment à bagages au-dessus de nos têtes. Elle me remercie, s'enfonce dans son siège et s'endort aussitôt. Le car démarre, il n'attendait que nous. Je sors mon livre de la poche latérale de mon sac et me remets à lire.

La fille a l'air profondément endormie et chaque fois que le car prend un virage, sa tête vient s'appuyer sur mon épaule. Puis elle finit par rester là. Elle n'est pas spécialement lourde. Elle respire paisiblement par le nez. Je sens son souffle régulier contre ma clavicule. J'abaisse mon regard vers elle et aperçois la bretelle de son soutien-gorge, sous le col bateau de son chemisier. Une fine bretelle couleur crème. J'imagine le soutien-gorge en tissu délicat. Et les seins doux qu'il recouvre. J'imagine les tétons roses qui durcissent sous mes doigts. Ce n'est pas que je veuille vraiment imaginer tout ça. Mais je ne peux pas m'en empêcher. Alors, évidemment, je finis par avoir une érection.

Une telle érection que je me demande comment une partie de mon corps peut être aussi dure.

Tout d'un coup, un doute s'élève en moi : et si c'était ma sœur ? Elle doit avoir à peu près le même âge. Ses traits assez particuliers n'ont pas grand-chose de commun avec ceux de ma sœur sur la photo. Mais on ne peut pas se fier à une simple photo. Selon la façon dont elle est prise, les visages peuvent être complètement déformés et pas ressemblants du tout. Elle a dit qu'elle avait un frère de mon âge, qu'elle n'avait pas vu depuis longtemps. Ça n'aurait rien d'étrange que ce soit moi.

Je regarde sa poitrine. À chacune de ses respirations, cette partie ronde de son anatomie se soulève et s'abaisse comme une vague. Ça me fait penser à un vaste océan doucement frappé par la pluie. Moi, je suis un marin solitaire debout sur le pont. Elle, elle est la mer. Le ciel est tout gris et à l'horizon, devant nous, il se confond avec la mer, grise elle aussi. Il devient très difficile de les distinguer l'un de l'autre. Difficile aussi de distinguer le marin. Et difficile de distinguer ses fantasmes de la réalité.

Elle porte des bagues à deux de ses doigts, mais ce ne sont ni une alliance ni un anneau de fiançailles, juste deux de ces bagues bon marché qui se vendent dans les magasins destinés aux jeunes. Elle a des doigts fins, mais longs, où l'on sent une certaine force. Ses ongles, courts et soignés, sont couverts d'un vernis rose transparent. Ses paumes reposent légèrement sur les genoux qui émergent de la minijupe. J'ai envie de toucher ses mains. Mais bien sûr, je ne le fais pas. Quand elle dort, elle a l'air d'une petite fille. Un bout d'oreille pointu dépasse d'entre ses cheveux comme un champignon. Cette oreille lui donne une curieuse impression de vulnérabilité.

Je referme mon livre et contemple un moment le paysage à travers la vitre. Et puis, sans même m'en rendre compte, je m'endors.

4

Rapport du MIS
Établi le 12 mai 1946
Intitulé : Rice Bowl Hill Incident, 1944 – report
Numéro de dossier : PTYX-722-8936745-42216-WWN
Enregistrement sur magnétophone

L'interrogatoire ci-dessous est celui de Juichi Nakazawa (53 ans), directeur d'une clinique de la ville de *** à l'époque de l'incident. Le dossier complet concernant cet enregistrement sur magnétophone a été classé sous le numéro PTYX-722-SQ-162 à 183 I.

Impressions du sous-lieutenant Robert O'Connell chargé de l'interrogatoire :

Avec sa haute taille, sa constitution robuste et son visage hâlé, le Dr Nakazawa ressemble davantage à un contremaître dans une exploitation agricole qu'à un médecin. Il est affable mais sa manière de parler est incisive et directe. Il s'exprime avec une grande franchise. Ses yeux brillent d'un éclat vif derrière ses lunettes. Sa mémoire semble fiable.

Oui, j'ai reçu un appel un peu après onze heures du matin le 7 novembre 1944, émanant du sous-directeur de l'école municipale. Il m'a prévenu le premier parce que j'étais le médecin scolaire en poste sur cette école. Il semblait paniqué.

Les élèves d'une classe de primaire, partis chercher des champignons sur la colline, se sont évanouis au milieu de la cueillette, m'a-t-il dit. Ils étaient tous inconscients. Seule l'institutrice qui les accompagnait était consciente. Elle était descendue demander de l'aide et venait d'arriver à l'école. Mais elle était sous le choc, et ce n'était pas facile de comprendre ses explications. Une chose était sûre : seize enfants avaient brusquement perdu connaissance sur la colline.

Comme ils étaient allés chercher des champignons, j'ai tout de suite pensé qu'ils en avaient mangé des vénéneux, ce qui avait provoqué une paralysie du système nerveux. Dans ce cas, l'affaire est grave. Chaque champignon a une substance vénéneuse particulière, à laquelle correspond un antidote spécifique. Nous pouvions, dans un premier temps, leur faire un lavage d'estomac. Mais si le poison était puissant et la digestion déjà avancée, il n'y aurait plus rien à faire. Dans cette région, chaque année, plusieurs personnes perdent la vie à cause des champignons.

J'ai sur-le-champ rempli mon sac de tous les médicaments d'urgence que j'avais sous la main, j'ai enfourché mon vélo et me suis précipité à l'école. Deux policiers qui avaient été prévenus étaient déjà sur place. Il fallait des bras pour ramener jusqu'en ville les enfants inconscients. Mais c'était la guerre et la plupart des hommes jeunes étaient au front. Il n'y avait que les deux policiers, le directeur, le sous-directeur, un enseignant d'un certain âge, le gardien, la jeune institutrice et moi. Nous nous sommes dirigés vers la montagne. Nous avions rassemblé tous les vélos qui se trouvaient là. Comme ça ne suffisait pas, certains étaient à deux sur une bicyclette.

Vers quelle heure êtes-vous arrivés sur les lieux de l'incident ?

Je me le rappelle bien parce que j'ai regardé ma montre juste à ce moment-là : il était 11 h 55. Nous avons roulé jusqu'au bas de la colline, et quand ça n'a plus été possible à bicyclette, nous avons gravi le sentier presque en courant.

Quand je suis arrivé, quelques enfants avaient plus ou moins repris connaissance et s'étaient relevés. Combien ? Trois ou quatre, quelque chose comme ça. Je dis « relevés », mais ils n'étaient pas vraiment remis de leur choc. Certains se redressaient en chancelant, d'autres étaient à quatre pattes, ou avaient les mains sur le sol. La plupart d'entre eux étaient encore étendus par terre, et parmi ceux-là, quelques-uns semblaient commencer à reprendre conscience : leurs corps ondulaient lentement comme de gros insectes rampants. C'était un spectacle plutôt curieux ; l'endroit où ils étaient évanouis était une clairière étrangement vaste, où pénétrait la lumière du soleil d'automne, comme à l'écart du reste de la forêt. Les écoliers gisaient là, chacun dans une position différente. Certains bougeaient, d'autres restaient immobiles. On aurait dit une pièce de théâtre d'avant-garde.

J'en ai eu le souffle coupé et suis resté cloué sur place, oubliant ma mission de médecin. Je n'étais pas le seul. Tous mes compagnons semblaient eux aussi en proie à un état de paralysie momentanée. C'est étrange à dire, mais j'ai même eu l'impression de surprendre une scène qu'aucun être humain ordinaire n'aurait dû voir. C'était la guerre, alors même au fond de notre campagne, nous, médecins, étions préparés à affronter des situations d'urgence. Nous savions que, quoi qu'il arrive, il faudrait accomplir avec calme notre devoir de citoyen. Mais sur le moment, ce spectacle m'a littéralement glacé.

Toutefois, je me suis tout de suite ressaisi et j'ai pris dans mes bras un des enfants évanouis. C'était une fille. Elle pendait, toute molle, comme une poupée de chiffon. Sa respiration était régulière, mais elle était inconsciente. Ses yeux, grands ouverts, suivaient quelque chose en allant de droite à gauche. J'ai sorti une petite lampe de ma sacoche, ai éclairé ses pupilles. Pas de réaction. Ses yeux fonctionnaient normalement, et regardaient quelque chose, mais ne réagissaient pas à la lumière. C'était bizarre. J'ai relevé quelques autres enfants, leur réaction était exactement la même.

Ensuite, je leur ai pris le pouls et la température. Leur tension était en moyenne entre 50 et 55, leur température inférieure à 36 degrés : 35,5 si je m'en souviens bien. Oui, pour des enfants de cet âge, le pouls était assez lent, et la température trop basse d'un degré. J'ai reniflé leur haleine, il n'y avait aucune odeur bizarre. Il n'y avait rien à signaler non plus du côté de la gorge ou de la langue.

Il ne s'agissait pas d'une intoxication alimentaire : aucun n'avait vomi, aucun n'avait la diarrhée. Aucun ne semblait souffrir d'où que ce soit. S'ils avaient ingurgité une substance vénéneuse, l'un au moins de ces trois symptômes aurait déjà dû apparaître, depuis le temps. Une fois que j'ai été certain qu'il ne s'agissait pas d'une intoxication alimentaire, je me suis senti soulagé. Mais que s'était-il passé alors ? Aucune idée.

Les symptômes ressemblaient à ceux d'une insolation. En été, les enfants en sont souvent victimes. Si l'un s'évanouit, il arrive que ses copains tombent à leur tour, comme lors d'une épidémie. Mais on était en novembre. En plus, nous étions dans une forêt, il faisait frais. S'il ne s'était agi que d'un ou de deux enfants, c'était encore plausible, mais il était inconcevable que seize enfants attrapent tous une insolation en même temps et à cet endroit.

J'ai ensuite pensé au gaz. Un gaz toxique, paralysant les nerfs, naturel ou artificiel. Ne me demandez pas comment il aurait pu y avoir du gaz aussi loin des habitations. Mais cette hypothèse permettait d'expliquer logiquement le phénomène : les enfants avaient tous absorbé du gaz et s'étaient évanouis. L'institutrice était la seule à y avoir échappé parce que le gaz avait une faible densité.

Mais dans ce cas, quels soins fallait-il leur apporter ? Là, je nageais dans le brouillard. Je ne suis qu'un modeste médecin de campagne comme vous le voyez. Je n'ai pas la moindre connaissance des gaz toxiques. Nous étions dans la montagne, il nous était impossible d'appeler un spécialiste. Comme quelques-uns des enfants montraient des signes avant-coureurs de réveil, il fallait espérer qu'avec un peu de temps, les choses rentreraient naturellement dans l'ordre. C'était une perspective optimiste, sans aucun doute, mais honnêtement, je n'avais pas d'autre idée. Nous avons donc décidé de les laisser allongés sur place, au calme, et d'attendre la suite des événements.

L'air des environs ne présentait-il pas une anomalie quelconque ?

Cette question me préoccupait. J'ai pris plusieurs inspirations profondes me demandant s'il n'y avait pas là quelque chose d'anormal. Mais ça sentait l'air frais et le bois, comme dans toutes les forêts de montagne. Un air frais qui fleurait bon les arbres. Les fleurs et les herbes des environs ne présentaient pas la moindre anomalie. Aucune n'avait changé de forme, ni de couleur.

J'ai examiné un par un les champignons que les enfants avaient ramassés. Il n'y en avait pas beaucoup. Sans doute s'étaient-ils évanouis peu après le début de la cueillette. Tous les champignons étaient comestibles, des espèces très courantes. Je connais assez bien les variétés qui poussent dans cette région. Bien sûr, par précaution, nous avons rapporté les champignons, les avons fait examiner par un spécialiste. Mais aucun ne présentait la moindre toxicité.

Les enfants évanouis avaient-ils des réactions anormales, à part l'agitation des pupilles ? La taille de la pupille, le blanc de l'œil, la fréquence des battements de paupières, par exemple, tout cela était-il normal ?

Oui, rien de particulier à signaler, à part leurs pupilles qui balayaient leur champ de vision de droite à gauche comme des projecteurs. Les enfants regardaient quelque chose. Pour être plus précis, ils semblaient ne pas voir ce que nous voyions nous, mais suivre des yeux quelque chose qui nous échappait. Pas un objet, mais un événement dont ils étaient témoins. Ils n'avaient pas d'expression particulière, ils donnaient une impression générale de sérénité, toute trace de douleur ou de crainte était absente de leurs visages. Si j'ai eu l'idée de les garder en observation sans rien tenter, c'est aussi pour cette raison. Je me disais, s'ils ne souffrent pas pour le moment, pourquoi ne pas les laisser comme ça quelque temps ?

Sur le moment, avez-vous parlé à quelqu'un de votre hypothèse concernant la présence d'un gaz ?

Oui, j'en ai parlé. Mais personne n'y a cru. On n'avait jamais entendu parler de quelqu'un qui aurait inhalé du gaz toxique au cours d'une balade en montagne. Quelqu'un – le sous-directeur de l'école, je crois – a suggéré que l'armée américaine avait pu utiliser une arme chimique. Après tout, l'institutrice avait vu un appareil qui ressemblait à un B29 survoler la colline. Tout le monde s'est écrié aussitôt : ah oui, c'est peut-être bien ça ! Une bombe toxique d'un nouveau type mise au point par les Américains. Mais pourquoi auraient-ils largué une bombe pareille au fin fond de la montagne, ça, personne n'aurait su le dire. Mais il faut compter avec les marges d'erreur : l'intelligence humaine n'est pas infaillible, et l'opération ne s'était peut-être pas déroulée comme prévu.

Ensuite, les enfants sont revenus petit à petit à eux naturellement, n'est-ce pas ?

C'est cela. Ce que nous étions soulagés ! Ils ont commencé par se tortiller, puis ils se sont redressés en chancelant et ont repris peu à peu conscience. Aucun ne se plaignait de douleurs. C'était comme s'ils se réveillaient très calmement d'un profond sommeil. Au fur et à mesure qu'ils reprenaient connaissance, les mouvements de leurs yeux redevenaient normaux. Ils ont fini par réagir normalement lorsque je leur éclairais les pupilles avec la lampe de poche, mais il leur a fallu quelque temps avant de pouvoir parler. Leur état ressemblait à celui d'une personne ensommeillée.

Nous avons demandé à chacun d'eux de raconter ce qui lui était arrivé. Mais ils restaient tous bouche bée comme si on les interrogeait sur des choses qui ne les concernaient pas. Ils ont réussi tant bien que mal à se rappeler le déroulement des événements jusqu'au moment où ils ont gravi la colline et commencé à cueillir des champignons. Mais à partir de là leurs souvenirs ont semblé effacés. Ils n'avaient aucune idée du temps qui s'était écoulé : ils avaient commencé à cueillir les champignons, puis le rideau était tombé d'un coup, et l'instant d'après, ils étaient allongés par terre, entourés par des adultes. Ils ne paraissaient pas comprendre pourquoi nous étions si sérieux et faisions autant de foin à propos de tout ça, ils avaient même l'air effrayés par notre présence.

Malheureusement, un des garçons ne revenait pas à lui. C'était un petit réfugié qui venait de Tokyo et qui s'appelait Satoru Nakata, je crois bien. Il était petit, le teint clair. C'est le seul qui était resté couché sur le sol, à agiter les pupilles. Nous avons redescendu la colline en le portant sur notre dos. Les autres enfants sont descendus à pied, comme si de rien n'était.

Hormis ce petit Nakata, aucun enfant n'a montré de symptôme particulier par la suite ?

Non, je n'ai constaté aucune anomalie visible. Ils ne se sont plaints d'aucune douleur, d'aucun malaise. De retour à l'école, je les ai tout de suite emmenés à l'infirmerie, j'ai écouté les battements de leur cœur au stéthoscope, j'ai contrôlé leur vue, vérifié tout ce qu'on pouvait vérifier. Je leur ai fait faire des calculs simples, les ai fait tenir en équilibre sur une jambe. Toutes leurs fonctions corporelles étaient normales. Ils ne semblaient pas fatigués physiquement ; ils avaient de l'appétit. Comme ils n'avaient pas déjeuné, ils avaient faim. Nous leur avons distribué des boulettes de riz et ils les ont mangées sans laisser un seul grain.

Les jours suivants, je suis retourné à l'école pour surveiller l'état des enfants. J'en ai convoqué quelques-uns à l'infirmerie pour des entretiens. Toujours aucune anomalie. Alors qu'ils étaient restés inconscients deux heures dans la montagne, ni leurs esprits ni leurs corps ne conservaient la moindre trace de cette expérience hors du commun. Ils ne se souvenaient même pas de ce qui s'était passé. Ils étaient retournés à leur vie quotidienne, à leurs occupations habituelles. Ils participaient aux cours, chantaient, chahutaient avec énergie pendant la récréation. En revanche, l'institutrice qui les accompagnait est restée assez longtemps en état de choc.

Le lendemain, l'écolier du nom de Nakata n'avait toujours pas repris connaissance, aussi l'a-t-on conduit à l'hôpital universitaire de Kôfu, d'où il aurait été immédiatement transféré dans un hôpital militaire, à ce qu'on m'a dit. En tout cas, il n'est jamais revenu dans la région, et personne ne nous a jamais dit ce qu'il était devenu.

Ce cas d'évanouissement collectif n'a jamais été diffusé dans la presse. Les autorités l'ont sans doute interdit afin de ne pas troubler davantage les esprits. On était en temps de guerre, l'armée veillait à couper court aux rumeurs. La situation militaire se dégradait rapidement, les redditions et les opérations suicides se poursuivaient dans le Sud, les raids aériens américains s'intensifiaient. L'armée craignait que la population n'éprouve une lassitude et un dégoût croissants vis-à-vis de ce long conflit. Des policiers envoyés quelques jours plus tard dans la région nous ont mis en garde et fortement engagés à ne pas divulguer d'informations sur cette affaire.

Dans tous les cas, c'était un incident décidément bien mystérieux, qui m'a laissé un arrière-goût désagréable. Pour être franc, aujourd'hui encore, cette histoire est comme un poids sur ma poitrine.

5

Comme j'étais endormi, j'ai raté le moment où le car a traversé l'immense pont posé sur la mer Intérieure. Je me réjouissais pourtant de voir enfin ce viaduc que je ne connais que sur les cartes. Quelqu'un me secoue doucement par l'épaule.

— On est arrivés, dit la fille.

Je m'étire sur mon siège, me frotte les yeux, puis regarde par la fenêtre. Le car est effectivement arrêté sur une place devant une gare. La lumière fraîche du matin enveloppe les environs. Éblouissante et douce à la fois, elle ne fait pas le même effet que la lumière de Tokyo. Je regarde ma montre : 6 h 32.

Ma voisine me parle d'une voix lasse :

— Ah ! c'était long, j'ai les reins en compote. Et mal à la nuque aussi. Jamais plus je ne prendrai un car de nuit. La prochaine fois je prendrai l'avion, même si c'est plus cher. Et même s'il y a des turbulences ou des détournements ; je m'en moque.

Je descends sa valise et mon sac à dos du compartiment à bagages.

— Comment tu t'appelles ? je lui demande.

— Moi ?

— Oui, toi.

— Sakura, dit-elle. Et toi ?

— Kafka Tamura.

— Kafka Tamura, répète-t-elle. Drôle de nom. Enfin, c'est facile à retenir.

Ce n'est pas simple de devenir quelqu'un d'autre. Mais changer de nom, rien de plus facile.

Une fois descendue du car, elle pose sa valise par terre, s'assied dessus, sort un carnet du sac à dos qu'elle porte à l'épaule, griffonne quelque chose, arrache la feuille et me la tend. Ça ressemble à un numéro de téléphone.

— Mon numéro de portable, dit-elle avec une grimace. Je vais passer quelque temps chez une amie, mais si tu as envie de voir quelqu'un, appelle-moi. On pourra aller manger ensemble. N'hésite pas, hein. Comment on dit déjà ? « Mêmes les rencontres de hasard… »

— « … sont dues à des liens noués dans des vies antérieures. »

— C'est ça, c'est ça ! Mais ça veut dire quoi, au juste ?

— Que tout est déterminé par le karma. Même pour des choses insignifiantes, le hasard n'existe pas.

Assise sur sa valise jaune, le carnet à la main, elle réfléchit un moment.

— Hmm. C'est une philosophie comme une autre. C'est peut-être pas mal. Ça fait réincarnation, new age, tout ça… Mais rappelle-toi tout de même une chose, Kafka Tamura : je ne donne pas mon numéro de portable à tout le monde. Tu vois ce que je veux dire ?

Je la remercie, plie le bout de papier et le glisse dans la poche de mon K-Way. Puis je me ravise et le fourre dans mon porte-monnaie.

— Tu es à Takamatsu jusqu'à quand ? demande Sakura.

— Je ne sais pas encore. Ça dépendra des circonstances.

Elle me regarde fixement. Penche un peu la tête, l'air de dire « bon, n'insistons pas ». Puis elle s'engouffre dans un taxi et disparaît en agitant la main, et je suis de nouveau seul. Elle s'appelle Sakura, ce n'est pas le nom de ma sœur. Cela dit, ce n'est pas compliqué de changer de nom. Surtout quand vous ne voulez pas qu'on vous retrouve.

J'ai réservé une chambre dans un business-hotel de Takamatsu que m'avait conseillé la YMCA de Tokyo. Quand on vient de la part de la YMCA, on a une réduction les trois premières nuits, après on paie le prix normal. Évidemment, je pourrais dormir sur un banc dans la gare pour faire des économies. Il ne fait pas froid et j'ai un sac de couchage. Je pourrais même dormir dans un parc. Mais si je croisais des policiers en patrouille, ils me demanderaient aussitôt mes papiers. Et s'il y a une chose que je veux éviter, c'est bien celle-là. Voilà pourquoi j'ai réservé trois nuits d'hôtel pour commencer. Pour la suite, je verrai en temps voulu.

J'entre dans un restaurant qui sert des nouilles de blé près de la gare et je me remplis l'estomac. J'ai choisi la première gargote que j'ai aperçue. Moi qui suis né et ai été élevé à Tokyo, je n'ai pas eu beaucoup d'occasions de manger de véritables *udon*, spécialité de l'île de Shikoku. Je n'en ai jamais mangé d'aussi bonnes que celles-ci. Fraîches, fermes, le bouillon parfumé juste ce qu'il faut. Et ça coûte étonnamment peu cher. C'est tellement bon que j'en commande un second bol. Ça faisait longtemps que je ne m'étais pas senti aussi repu ! Une sensation de bien-être m'envahit. Ensuite, je vais m'asseoir sur un banc de la place située devant la gare, et je contemple le ciel dégagé au-dessus de ma tête. Je suis libre ! me dis-je. Libre et seul, comme un nuage dans le ciel.

Je décide de tuer le temps jusqu'au soir en me rendant dans une bibliothèque. Je me suis informé avant de venir sur les bibliothèques qu'on trouvait à Takamatsu et les environs. Depuis tout petit, je passe ma vie dans les salles de lecture des bibliothèques. Il n'y a pas beaucoup d'endroits où puisse aller un petit garçon qui n'a pas envie de rentrer chez lui. Il ne peut pas entrer dans un café, ni aller au cinéma. Il ne reste que les bibliothèques. Elles sont gratuites et personne ne dira rien à un enfant qui y entre seul. On peut s'installer sur une chaise et lire tant qu'on veut. Après l'école, j'allais toujours à la bibliothèque à vélo. J'y passais même la plupart de mes jours de congé. Je lisais tout ce qui me tombait sous la main : contes, romans, épopées, livres d'histoire. Quand j'ai eu fini de lire la littérature pour la jeunesse, je me suis attaqué à la section adultes. J'ai lu jusqu'à la dernière page de livres auxquels je ne comprenais rien. Quand j'étais fatigué de lire, j'allais m'asseoir dans une cabine et j'écoutais de la musique au casque. Comme je n'y connaissais rien, j'écoutais simplement dans l'ordre, en partant de la droite, tous les CD qui se trouvaient là. C'est ainsi que j'avais fait connaissance avec Duke Ellington, les Beatles, Led Zeppelin.

La bibliothèque était ma seconde maison. Ou plutôt, le seul endroit où je me sentais vraiment chez moi. À force d'y aller tous les jours, j'avais fini par connaître toutes les filles qui y travaillaient. Elles m'appelaient par mon prénom, me disaient bonjour quand j'arrivais, m'adressaient quelques mots gentils (mais j'étais affreusement timide à l'époque et je n'osais pas leur répondre).

Il existe une bibliothèque privée dans la banlieue de Takamatsu. Le chef d'une riche famille locale a transformé ses archives personnelles en bibliothèque et l'a ouverte au public. On y trouve des livres rares, et la maison et le jardin en eux-mêmes valent le coup d'œil, paraît-il. J'ai vu des photos de cet endroit dans le magazine *Taiyô*. C'est une vieille maison de style traditionnel, avec une salle de lecture très élégante, qui ressemble plutôt à une antichambre ; on voyait des gens en train de lire, installés dans des canapés confortables. Quand j'avais vu ces photos, je m'étais senti étrangement attiré par ce lieu. Je m'étais dit que si un jour j'en avais l'occasion, j'irais visiter cette bibliothèque. Elle s'appelait bibliothèque commémorative Komura.

Je vais faire un tour à l'office de tourisme de la gare pour demander où elle se trouve. Une aimable quadragénaire me donne un plan de la ville, marque l'endroit d'une croix, m'indique quel train je dois prendre pour y aller. C'est à une vingtaine de minutes d'ici, m'explique-t-elle.

Je la remercie avant d'aller consulter le tableau des horaires à la gare. Il y a un train toutes les vingt minutes. Comme j'ai un peu de temps avant le prochain, je vais m'acheter un déjeuner à emporter à un kiosque de la gare.

C'est un petit train avec seulement deux wagons. La ligne traverse d'abord un quartier commerçant, avec des enfilades de hauts immeubles, puis une zone de petites boutiques et maisons d'habitation ; après cela, elle passe devant des usines, des entrepôts. Ensuite, on longe un parc, un chantier de construction. Le nez collé contre la vitre, je regarde intensément ces paysages inconnus. Tout est d'une nouveauté pleine de fraîcheur à mes yeux, moi qui n'ai jamais vu d'autres villes que Tokyo. Nous sommes en fin de matinée, ce train est presque vide, mais les quais d'en face sont pleins de collégiens et de lycéens en uniforme, cartable en bandoulière. Ils sont tous en route pour l'école. Pas moi !

Moi, je m'en vais tout seul dans la direction opposée. Eux et moi, on n'est pas sur les mêmes rails. Juste à ce moment-là, je suis assailli par une brusque sensation d'oppression. Comme si l'air s'était raréfié autour de moi. Ai-je vraiment pris la bonne décision ? Je me sens tout à coup très seul, perdu. Je m'efforce de ne plus regarder les quais d'en face.

Le chemin de fer suit la côte un moment, puis bifurque vers l'intérieur des terres. Il y a des champs de maïs, des vignes, des terrasses plantées d'orangers. Ici et là, des bassins d'irrigation miroitent sous le soleil matinal. Au fond d'un vallon serpente une rivière limpide ; des terrains en friche sont couverts de graminées estivales. Un chien, installé juste à côté de la voie, regarde le train passer. Je retrouve mon calme en regardant ce paysage. « Ça va aller », me dis-je en prenant une grande inspiration. Il suffit d'aller de l'avant.

Une fois sorti de la gare, je marche vers le nord entre les rangées de vieilles maisons, comme me l'a indiqué la dame de l'office de tourisme. La rue est bordée des deux côtés de murs d'enceinte à perte de vue. Je n'en ai jamais vu autant. Il y en a de toutes les sortes : des clôtures de planches noires, des murs blancs, des blocs de granit empilés, des murets de pierres surmontés de buissons. Les environs sont parfaitement silencieux, la rue déserte. Pas de piétons, et à peine une voiture de temps en temps. L'air a un léger parfum de marée. La mer doit être toute proche. Je tends l'oreille mais n'entends aucun bruit de vagues. Je perçois au loin le son d'une scie électrique, comme un bourdonnement d'abeilles : il y a peut-être un chantier de construction non loin. Je ne peux pas me tromper de chemin, car à partir de la gare des panneaux fléchés indiquent la direction de la bibliothèque.

Deux pruniers soigneusement taillés encadrent l'imposant portail de la bibliothèque commémorative Komura. Une fois passé ce portail, on suit une allée de gravier sinueuse. Les massifs sont bien entretenus : il n'y a pas une feuille par terre. Le jardin est planté de pins, de magnolias, de corêtes. D'azalées aussi. Plusieurs vieilles lanternes de taille imposante sont disposées entre les buissons, et j'aperçois même un petit étang. J'arrive bientôt devant une entrée à l'architecture raffinée. J'hésite un moment face à la porte ouverte. Cette bibliothèque-là ne ressemble à aucune de celles que je connais. Mais je suis venu exprès jusqu'ici, il ne me reste qu'à franchir le seuil. À peine ai-je passé la porte qu'un jeune homme installé derrière un comptoir me débarrasse de mes affaires. J'enlève mon sac à dos, puis mes lunettes de soleil et ma casquette.

— C'est la première fois que vous venez ? demande le jeune employé d'un ton calme et décontracté.

Il a un timbre un peu aigu, mais parle doucement, d'une voix égale. Je hoche la tête. Aucun son ne veut sortir de ma bouche. Je me sens tendu. Je ne m'attendais pas à cette question.

Un long crayon bien taillé entre les doigts, le jeune homme fixe mon visage avec intérêt. Son crayon est jaune avec une gomme au bout. Lui, il est petit, avec un visage aux traits réguliers. Plutôt que « beau garçon », on peut dire simplement qu'il est « beau ». Il porte une chemise de coton blanc à manches longues, déboutonnée en haut et un pantalon de coton vert olive, impeccablement repassés. Il a les cheveux plutôt longs et quand il penche la tête en avant, sa mèche lui tombe sur le front. Il la relève distraitement de temps à autre. Ses manches sont roulées jusqu'aux coudes, révélant des poignets minces et blancs. Ses lunettes à fine monture mettent son visage en valeur. La petite étiquette blanche en plastique accrochée sur sa poitrine indique qu'il s'appelle Oshima. Il ne ressemble à aucun des bibliothécaires que j'ai rencontrés jusqu'ici.

— Vous pouvez examiner librement les rayons. Si un ouvrage vous intéresse, apportez-le dans la salle de lecture pour le consulter. Les livres rares sont signalés par une vignette rouge et il faut remplir un formulaire pour les consulter. Dans la salle de documentation à droite, vous trouverez un index des ouvrages, et il y a aussi un ordinateur pour faire vos recherches, vous pouvez l'utiliser librement. Aucun livre ne peut être emporté à l'extérieur. Nous n'avons ni journaux ni magazines. Les appareils photo sont interdits. Les photocopies aussi. Si vous voulez boire ou manger, il y a un banc dehors. Nous fermons à cinq heures.

Il pose son crayon sur le comptoir et ajoute :

— Vous êtes lycéen ?

Je prends une inspiration profonde et réponds :

— Oui.

— Cette bibliothèque est un peu différente de celles dont vous avez l'habitude. Nous avons surtout des livres spécialisés. Principalement de la poésie ancienne, des recueils de tanka[1] et de haïku. Naturellement, nous avons aussi une sélection d'ouvrages généraux. Mais la

1. « Poème court », forme de poésie très ancienne, qui a donné naissance au haïku.

plupart des gens qui font le déplacement jusqu'ici font des recherches dans des domaines spécifiques. Personne ne vient ici pour lire du Stephen King. Et les gens de votre âge sont plutôt rares. De temps en temps, on a des étudiants, mais… Vous faites une recherche sur la poésie japonaise classique ?

— Non.

— Je m'en doutais.

— Mais ça ne vous dérange pas que je regarde les livres ? dis-je timidement en essayant d'empêcher ma voix de monter brusquement.

Il sourit et entrecroise les doigts sur son bureau.

— Bien sûr que non. C'est une bibliothèque, tous les gens qui aiment lire sont les bienvenus. Et puis, je ne peux pas le clamer sur tous les toits, mais moi non plus je ne m'intéresse pas particulièrement aux tanka ni aux haïku.

— C'est un bâtiment magnifique, dis-je.

Il hoche la tête.

— La famille Komura possède une importante fabrique de saké depuis l'époque d'Edo, et le père de l'actuel M. Komura était un bibliophile réputé : il allait chercher des livres anciens dans tout le Japon. Son propre père écrivait de la poésie, et de nombreux hommes de lettres lui rendaient visite ici quand ils venaient dans le Shikoku. Wakayama Bokusui, par exemple, ou Ishikawa Takuboku, ou encore Shiga Naoya sont tous venus ici. Ils ont dû s'y plaire, parce que certains y ont séjourné assez longtemps. Chez les Komura, on ne lésinait pas quand il s'agissait d'art et de littérature. Généralement, dans ces familles traditionnelles, il y a toujours une génération qui dilapide la fortune mais heureusement ça ne s'est pas passé ainsi chez les Komura. Leur passe-temps restait un passe-temps, et ça ne les empêchait pas de bien s'occuper de leur commerce.

— Ils étaient riches ?

— Très riches. (Il fait une petite moue et continue :) Ils ne le sont plus autant qu'avant-guerre, mais tout de même, ils ont encore pas mal d'argent. C'est ce qui leur a permis d'entretenir une aussi magnifique bibliothèque. Naturellement, en faire une fondation avait sans doute pour but de réduire substantiellement leurs impôts, mais c'est une autre histoire. Si le bâtiment vous intéresse, vous devriez vous joindre à la visite guidée qui a lieu une fois par semaine le mardi à deux heures, et justement nous sommes mardi. Il y a une splendide collection de peintures au premier étage, et sur le plan architectural la maison est intéressante. Vous ne le regretterez pas.

— Merci, dis-je.

Son sourire semble dire : « Mais je vous en prie. » Puis il prend son crayon entre ses doigts et se met à tapoter le bureau avec le bout muni d'une gomme. Tout doucement. Comme pour m'encourager.

— C'est vous qui faites la visite ?

Oshima sourit à nouveau.

— Non, moi je suis un simple assistant. C'est Mlle Saeki, la responsable de la bibliothèque, autrement dit mon boss, qui s'en occupe. Elle est liée à la famille Komura. Une femme merveilleuse. Elle vous plaira, j'en suis sûr.

J'entre dans la salle des archives et je me promène entre les rayons, cherchant des livres susceptibles de m'intéresser. Quelques belles poutres ornent le haut plafond. Le soleil de début d'été filtre par les fenêtres ouvertes sur le jardin, d'où proviennent des gazouillis d'oiseaux. La plupart des ouvrages que je vois sur les étagères sont, comme l'a dit Oshima, des livres de poésie japonaise classique. Des recueils de tanka, de haïku, des essais sur la poésie, des biographies de poètes. Il y a aussi pas mal d'ouvrages concernant l'histoire locale.

Dans les rayons du fond se trouvent des livres moins spécialisés : littérature japonaise, littérature étrangère, œuvres complètes, classiques, philosophie, théâtre, histoire de l'art, sociologie, histoire, chroniques, géographie… Chaque fois que je saisis un volume et l'ouvre, il s'échappe d'entre les pages un parfum du temps passé. Les connaissances profondes, les émotions intenses qui reposent derrière ces couvertures ont une odeur particulière. Je la respire, parcours quelques pages des yeux, puis remets le livre à sa place.

Finalement, je choisis un volume des *Mille et Une Nuits* dans l'édition Burton, avec une belle couverture, et l'emporte dans la salle de lecture. Cela fait un moment que j'avais envie de lire *Les Mille et Une Nuits*. La bibliothèque vient d'ouvrir, et la salle de lecture est déserte. Je peux profiter seul de cette pièce élégante. Elle est exactement comme sur les photos du magazine : haute de plafond, vaste et chaleureuse. Parfois, un souffle d'air pénètre par la fenêtre ouverte, agitant silencieusement les rideaux blancs. Le vent sent la marée. Il n'y a rien à redire au confort du canapé. Un vieux piano droit occupe un coin de la pièce. J'ai tout à fait l'impression d'être en visite chez des amis.

Confortablement installé sur le canapé, j'observe les alentours et me rends compte que ce salon est exactement l'endroit que je cherchais depuis longtemps. Un endroit secret, tapi dans un creux du monde, exactement comme celui-là. Mais jusqu'ici ce lieu n'existait que dans le secret de mon imagination. Je n'arrive pas encore à croire tout à fait qu'il existe réellement. Je ferme les yeux, inspire profondément, et il s'installe doucement en moi, comme un doux nuage. C'est une sensation agréable. Je caresse lentement de la paume le revêtement crème du canapé. Je me lève, me dirige vers le piano, soulève le couvercle, pose mes dix doigts sur les touches un peu jaunies. Puis je le referme, fais le tour de la pièce en foulant le tapis ancien aux motifs de grappes de raisin. J'allume le lampadaire, l'éteins. J'examine les peintures qui ornent les murs. Puis je me rassieds dans le canapé, et me plonge dans ma lecture.

Vers midi, je sors ma bouteille d'eau minérale et mon déjeuner de mon sac, m'installe sur la véranda face au jardin et commence à manger. Différentes sortes d'oiseaux passent au-dessus de ma tête, volant d'arbre en arbre, ou piquant vers l'étang pour se désaltérer ou se reposer. Il y a parmi eux des espèces que je n'ai jamais vues. Un grand chat brun fait son apparition, et les oiseaux s'envolent d'un seul coup, mais le matou ne leur accorde pas la moindre attention. Tout ce qu'il veut, c'est s'allonger sur les dalles du jardin et paresser au soleil.

— Tu n'as pas cours aujourd'hui ? demande Oshima quand je reviens déposer mon sac au comptoir avant de retourner dans la salle de lecture.

Je réponds en choisissant soigneusement mes mots :

— Si, mais j'ai décidé de prendre un peu de vacances.

— Tu refuses d'aller à l'école, dit-il.

— Peut-être.

Oshima me regarde avec un profond intérêt.

— Peut-être ?

— Ce n'est pas que je refuse d'y aller, j'ai juste décidé de ne pas le faire.

— Comme ça, calmement, et de ta propre initiative, tu as décidé d'arrêter l'école ?

Je hoche la tête. Je n'ai pas la moindre idée de ce que je devrais dire.

— Dans *Le Banquet* de Platon, Aristophane affirme que dans le monde mythique d'autrefois il existait trois types d'êtres humains. Tu connais cette histoire ?

— Non.

— Autrefois, les êtres humains ne naissaient pas homme ou femme, mais homme/homme, homme/femme ou femme/femme. Autrement dit, il fallait réunir deux personnes d'aujourd'hui pour en faire une seule. Tout le monde était satisfait comme ça, et la vie se déroulait paisiblement. Mais Dieu a pris une épée et a coupé tous les êtres en deux bien nettement, par le milieu. Résultat : il y a eu des hommes et des femmes, et les gens se sont mis à courir dans tous les sens toute leur vie à la recherche de leur moitié perdue.

— Pourquoi Dieu a-t-Il fait ça ?

— Couper les gens en deux ? Je n'en sais rien, moi. Ce que fait Dieu est généralement assez incompréhensible. Il se met facilement en colère et puis, comment dire, Il a une tendance à l'idéalisme. J'imagine que c'était une punition. Comme dans la Bible, quand Il a chassé Adam et Ève du paradis.

— Le péché originel, dis-je.

— Oui, le péché originel. (Il tient son crayon en équilibre entre l'index et le majeur et le fait osciller lentement.) En fait, je voulais dire que c'est difficile pour un humain de vivre seul.

Je retourne dans la salle de lecture lire la suite de l'histoire d'Abou-Assan le bouffon. Mais j'ai du mal à me concentrer. Homme/homme, homme/femme ou femme/femme ?

Lorsque ma montre indique deux heures, j'interromps ma lecture et je me joins au groupe qui visite le bâtiment. Notre guide, Mlle Saeki, est une femme mince, d'environ quarante-cinq ans, plutôt grande pour une femme de sa génération. Elle porte une robe bleue à manches courtes et un fin cardigan couleur crème. Elle a beaucoup d'allure. Ses cheveux longs sont attachés par un lien lâche. Elle a un visage raffiné et intelligent, avec de beaux yeux, et un vague sourire flotte en permanence aux coins de ses lèvres. Je ne sais pas trop comment dire, mais son sourire donne un sentiment de perfection. Il me fait penser à une petite flaque de soleil, qui apparaîtrait au fond d'un endroit secret. Une flaque de soleil avec une forme particulière. Dans le jardin de la maison où j'habitais à Nogata, il y avait de petites taches de soleil comme ça. Depuis tout petit, j'aime bien les regarder.

Cette femme me fait une forte impression et me rend vaguement nostalgique. Je me dis que ce serait bien qu'elle soit ma mère. Mais je me dis la même chose devant chaque femme de cet âge-là que je trouve belle ou sympathique. « Ce serait bien qu'elle soit ma mère. » Il va sans dire que les chances que Mlle Saeki soit ma mère sont proches de zéro. Mais, en toute logique, la possibilité existe quand même, si faible soit-elle. Parce que je ne sais pas à quoi ressemble ma mère, ni comment elle s'appelle. Et puis, il n'y a aucune raison qu'elle *ne puisse pas être ma mère.*

Les seuls visiteurs, à part moi, sont un couple de quadragénaires d'Osaka. La femme est une rondouillarde avec des lunettes en cul de bouteille. Le mari, lui, est maigre, avec des cheveux si drus qu'il doit avoir besoin d'une grosse brosse métallique pour les discipliner. Il a de petits yeux et un grand front, et fait penser à une statue des îles des mers du Sud, au regard toujours fixé sur l'horizon. La femme assure la majeure partie de la conversation, tandis que le mari acquiesce de temps en temps par monosyllabes. Tous deux sont davantage habillés pour une expédition en montagne que pour visiter une bibliothèque. Chacun porte une veste imperméable munie d'innombrables poches, de solides souliers lacés et un bonnet de montagne. Peut-être s'habillent-ils comme ça quand ils font du tourisme ? Ils n'ont pas l'air méchant. Je n'aimerais pas spécialement les avoir pour parents, mais ça me rassure de ne pas être seul pour cette visite.

Mlle Saeki commence par faire l'historique de la bibliothèque.

En gros, elle raconte ce qu'Oshima m'a déjà expliqué. La bibliothèque a été fondée pour contribuer au développement culturel de la région en rendant accessibles au public les collections de livres et de peintures rassemblées par la famille Komura sur plusieurs générations. Leur fortune a permis de créer une fondation qui gère la bibliothèque et organise à l'occasion des concerts de musique de chambre, des conférences, etc. Le bâtiment date du début de l'ère Meiji (1868), il a été construit pour abriter les collections familiales et pour accueillir les visiteurs. Au début de l'ère Taishô (1905), il a été complètement rénové ; un étage a été ajouté et des chambres encore plus magnifiques qu'auparavant furent aménagées pour les écrivains et artistes de passage. Pendant l'ère Taishô et jusqu'au début de l'ère Shôwa (1925), des hôtes de marque y ont séjourné, laissant de nombreux souvenirs. Pour remercier la famille Komura de les avoir reçus, les poètes offraient des poèmes, les savants des articles, les artistes des dessins.

— Vous pourrez admirer une sélection d'œuvres de cette précieuse collection dans la galerie du premier étage, dit Mlle Saeki. Avant la Seconde Guerre mondiale, la région devait sa richesse culturelle non pas aux efforts de l'administration locale, mais principalement à des dilettantes aisés tels que les Komura. Autrement dit, ils jouaient le rôle de mécènes. Si la préfecture de Kagawa a fourni un grand nombre de poètes talentueux dans le domaine du tanka ou du haïku, cela est dû en partie à la passion constante avec laquelle la famille Komura a, depuis l'ère Meiji, fondé et soutenu des cercles artistiques. De nombreux ouvrages, essais et mémoires, ont été consacrés à l'histoire de ces fascinants cercles culturels, vous les trouverez tous dans notre salle de lecture. J'espère que vous y jetterez un coup d'œil si vous avez le temps. Génération après génération, les chefs de la maison Komura se sont passionnés pour les arts, qu'ils savaient apprécier en connaisseurs. C'est peut-être un don car ils ont toujours su parfaitement discerner le talent authentique du surfait, et ont soutenu les plus grands maîtres de leur temps. Cependant, vous le savez, personne n'a un jugement infaillible, et ils sont malheureusement passés à côté de certains artistes d'exception, qu'ils n'ont pas su soutenir ou recevoir comme ils le méritaient. Ainsi, par exemple, les œuvres du grand poète Santôka Taneda n'ont-elles pas été conservées, ce qui est fort regrettable. D'après le livre d'or de la maison, le célèbre auteur de haïku est pourtant venu plusieurs fois en visite chez les Komura, laissant chaque fois des poèmes et des dessins de sa main. Hélas ! le maître de céans ne voyait en lui qu'un « mendiant » et un « vagabond ». Il lui battait froid, et s'est débarrassé de la plupart des œuvres de l'artiste.

— Quel dommage ! dit la dame d'Osaka d'un air vraiment navré. Le prix d'un original de Santôka atteindrait des sommets de nos jours.

— Vous avez parfaitement raison. Mais à l'époque, Santôka était totalement inconnu, il était donc peut-être inévitable que cela se passe ainsi. Bien des choses ne peuvent être comprises qu'avec l'éclairage du temps, dit Mlle Saeki en souriant.

— Ma foi, c'est vrai, acquiesce le mari, avec un fort accent d'Osaka.

Ensuite, Mlle Saeki nous fait faire le tour du rez-de-chaussée. Les archives, la salle de lecture, la salle des livres rares.

— À l'époque où il fit construire cette demeure, le maître des lieux ne voulut pas se conformer au style simple et élégant qu'affectionnaient les artistes de Kyoto, et préféra opter pour le style rustique d'une maison villageoise. Cependant, comme vous pouvez le constater, le mobilier et les encadrements sont assez luxueux et élaborés, et contrastent avec les lignes épurées du bâtiment. Ainsi, par exemple, les sculptures que vous pouvez admirer sur le bois de cette imposte sont d'un raffinement inégalé. On a fait appel aux artisans les plus célèbres de l'époque pour la construction de cette maison…

Nous nous dirigeons ensuite vers le premier étage. Une haute voûte recouvre la partie escalier. La rampe d'ébène est tellement astiquée que je crains d'y laisser des marques de doigts rien qu'en l'effleurant. La fenêtre face au palier est ornée d'un vitrail représentant un daim qui tend le cou pour manger des raisins sur une treille. L'étage comprend deux salons et un vaste hall, qui devait autrefois être couvert de tatamis et servir à des banquets ou à des réceptions. Maintenant, le sol est recouvert de parquet, et des dessins à l'encre de Chine, des calligraphies, des rouleaux peints sont accrochés aux murs. Toutes sortes d'objets et de souvenirs sont exposés dans la vitrine au centre de la salle. L'un des salons est de style occidental, l'autre japonais. Dans le salon occidental, un grand bureau et une chaise pivotante paraissent encore utilisés. Par la fenêtre, derrière le bureau, on aperçoit une rangée de pins entre lesquels on distingue la ligne de l'horizon.

Le couple d'Osaka s'arrête devant chaque objet, chaque peinture et lit les explications correspondantes dans leur brochure. Lorsque la femme exprime son opinion à voix haute, le mari acquiesce comme pour l'encourager. Ces deux-là ne semblent pas avoir la moindre divergence d'opinion. Pour ma part, ce ne sont pas spécialement les œuvres exposées qui m'intéressent, mais plutôt les détails de l'architecture. Mlle Saeki s'approche de moi pendant que je contemple le bureau de style occidental.

— Vous pouvez vous asseoir sur cette chaise si vous voulez. Naoya Shiga et Junichiro Tanizaki se sont assis ici. Le siège n'est pas d'époque, naturellement.

Je m'assieds sur le fauteuil pivotant. Pose les deux mains sur le bureau.

— Qu'en pensez-vous ? Vous croyez que vous pourriez écrire, vous aussi ?

Je secoue la tête en rougissant un peu. Mlle Saeki se met à rire et retourne auprès du couple dans le salon voisin. J'observe sa silhouette, son allure, sa démarche. Ses gestes ont une élégance naturelle. Je ne sais pas trop comment exprimer ça, mais il y a quelque chose de *spécial* en elle. C'est comme si sa silhouette vue de dos essayait de me dire quelque chose. Quelque chose qu'elle ne peut pas me dire de face. Seulement, j'ignore ce que c'est. Il y a tant de choses que j'ignore.

Toujours assis, je fais le tour de la pièce des yeux. Une peinture à l'huile représentant un paysage de bord de mer, sans doute de la région, est accrochée au mur. Le style est ancien, mais les couleurs paraissent très fraîches. Sur le bureau sont posés un grand cendrier et une lampe avec un abat-jour vert. J'appuie sur l'interrupteur, elle s'allume. Sur le mur face à moi est fixée une vieille horloge, qui a l'air très ancienne, mais dont les aiguilles indiquent l'heure exacte.

Le plancher, usé par endroits, s'est affaissé et grince quand on marche dessus.

Une fois la visite terminée, le couple d'Osaka remercie Mlle Saeki puis s'en va. Il paraît qu'ils font partie d'un club de poésie classique du Kansai. Je me demande quel genre de poèmes ils peuvent bien écrire, surtout le mari. On ne peut pas écrire de poésie si on se contente d'acquiescer à tout. Il faut une personnalité un peu plus affirmée pour ça. Mais peut-être qu'un talent caché se révèle en lui quand il prend la plume ?

Je retourne dans la salle de lecture lire la suite des *Mille et Une Nuits*. Dans l'après-midi, quelques personnes s'y installent à leur tour. Nombre d'entre elles portent les mêmes petites lunettes pour la presbytie, ce qui fait qu'elles se ressemblent toutes. Le temps s'écoule très lentement. Tous les gens qui sont là sont paisiblement plongés dans leur livre. Personne ne parle. Certains prennent des notes. Mais la plupart restent immobiles, absorbés dans leur lecture, tout comme moi.

À cinq heures, je remets le livre sur l'étagère et me dirige vers la sortie. Je demande à Oshima :

— À quelle heure ouvrez-vous le matin ?

— À onze heures, sauf le lundi, c'est le jour de fermeture. Tu veux revenir demain ?

— Si ça ne vous dérange pas.

Oshima me dévisage en plissant les paupières.

— Bien sûr que non. Une bibliothèque, c'est fait pour les gens qui ont envie de lire. Reviens quand tu veux. Dis donc, tu te promènes toujours avec autant de bagages ? Ç'a l'air lourd. Qu'est-ce qu'il y a dans ce sac ? Des lingots ?

Je rougis.

— Ce n'est pas grave, allez. Je ne tiens pas vraiment à savoir, dit Oshima, puis il se presse la tempe avec le bout de son crayon. À demain, alors.

— Au revoir, dis-je.

Il me fait un signe en levant son crayon pour me dire au revoir.

Je monte dans le train et retourne à la gare de Takamatsu. Dans un restaurant bon marché près de la gare, je commande du poulet pané et une salade, accompagnés de riz. Je demande un bol de riz supplémentaire, et prends un lait chaud après le repas. Ensuite, j'achète deux boulettes de riz aux algues dans une supérette – au cas où j'aurais une petite faim pendant la nuit – et une autre bouteille d'eau minérale. Puis je vais à pied jusqu'à l'hôtel où j'ai réservé une chambre. Je m'efforce de marcher à un rythme normal, ni trop vite, ni trop lentement, pour ne pas attirer l'attention.

Il s'agit d'un business-hotel assez grand, de deuxième catégorie. À la réception, je remplis le formulaire en donnant un faux nom, une fausse adresse et un faux âge, et paye une nuit d'avance. Je suis un peu tendu, mais personne n'a l'air soupçonneux. Personne ne se met à hurler : « Hé, on voit clair dans tes mensonges. En réalité, tu es un petit fugueur de quinze ans ! » Tout se déroule de façon très administrative.

Je monte au cinquième étage dans un ascenseur bringuebalant. La chambre est longue et étroite, avec un lit peu accueillant, un oreiller dur, une petite table, une télé minuscule, un rideau fané par le soleil. Dans la salle de bains, de la taille d'un placard, je ne vois ni shampooing ni nécessaire de toilette. La fenêtre donne sur un mur d'immeuble. Mais je suis déjà content d'avoir un toit au-dessus de ma tête et de l'eau chaude au robinet. Je pose mon sac à dos sur le lit, m'assieds sur la chaise, et essaie de m'habituer à mon nouveau logement.

Je suis libre. Je ferme les yeux et réfléchis intensément à cette liberté. Mais je n'arrive pas très bien à comprendre ce que cela signifie. Tout ce que je sais, c'est que je suis seul, dans un endroit inconnu. Un explorateur solitaire qui a perdu sa boussole et sa carte. C'est ça, être libre ? Je n'en sais rien, et je renonce à poursuivre ma réflexion.

Je prends un bain, m'attarde longuement dans l'eau, puis je me brosse soigneusement les dents. Ensuite, je me fourre au lit et lis un moment. Quand j'en ai assez, j'allume la télé, regarde les informations. Comparé à tout ce que je viens de vivre en une seule journée, les nouvelles me paraissent plutôt fades et ennuyeuses. J'éteins aussitôt et me pelotonne sous la couette. Il est dix heures, mais j'ai du mal à m'endormir. Fin d'une journée nouvelle, dans un lieu nouveau. Voilà, c'était l'anniversaire de mes quinze ans. Et j'en ai passé la plus grande partie dans une bibliothèque un peu étrange et pleine de charme. J'ai fait de nouvelles connaissances. Sakura. Et puis Oshima et Mlle Saeki. J'ai eu de la chance, je n'ai rencontré personne de malveillant. C'est peut-être un bon présage ?

Je pense à ma maison à Nogata, et à mon père qui doit s'y trouver en ce moment. Comment ressent-il ma soudaine disparition ? Est-il soulagé de ne plus me voir ? Ou embarrassé ? Mais éprouve-t-il seulement la moindre émotion ? Peut-être ne s'est-il même pas rendu compte que je n'étais plus là.

Je me souviens tout à coup que j'ai pris son portable et je le sors de mon sac à dos. Je l'allume, compose le numéro de la maison. J'entends tout de suite la sonnerie. Je suis à sept cents kilomètres de chez moi, pourtant on dirait que le téléphone sonne dans la pièce voisine. Surpris par la proximité inattendue de cette sonnerie, je raccroche aussitôt. Mon cœur bat violemment, et tarde à reprendre son rythme normal. Le téléphone marche toujours. Mon père n'a pas résilié l'abonnement. Peut-être ne s'est-il pas encore aperçu que son portable n'était plus dans le tiroir de son bureau ? Je remets l'appareil dans la poche latérale de mon sac à dos, éteins ma lampe de chevet, ferme les yeux. Cette nuit-là, je ne fais pas de rêves. Quand j'y pense, ça fait un bon moment que je n'ai pas rêvé.

6

— Bonjour, dit le vieil homme.

Le chat leva à peine la tête et lui rendit son salut à voix basse, d'un ton las. C'était un bon vieux gros matou noir.

— Belle journée, non ?

— Hmm, dit le chat.

— Pas un nuage !

— Pour l'instant…

— Le beau temps ne va pas durer ?

— Ça va se gâter dans la soirée, à mon avis, répondit le chat noir en étirant lentement une patte et en plissant les yeux en direction du vieil homme.

Il regardait le chat en souriant.

Ce dernier hésita un instant, sans raison apparente, puis se résigna à prendre la parole.

— Hum, alors comme ça… vous savez parler, vous ?

— Oui, dit le vieil homme, un peu honteux.

Puis, pour montrer son respect, il ôta son bonnet de montagne en coton tout élimé.

— Je ne parle pas à tous les chats que je croise, reprit-il, seulement quand les circonstances s'y prêtent, comme maintenant.

— Hum, fit l'animal, résumant ainsi succinctement ses impressions.

— Ça ne vous dérange pas si je m'assieds un moment ? Nakata est un peu fatigué de marcher.

Le matou noir se redressa lentement, ses longues moustaches frémissantes, et bâilla à s'en décrocher la mâchoire.

— Ça ne me dérange pas. Ou plutôt, ça ne me regarde pas. Vous pouvez bien vous asseoir où ça vous chante. Personne ne vous dira rien.

— Merci beaucoup, dit l'homme en prenant place près du chat. C'est que Nakata marche depuis six heures du matin.

— Alors comme ça, vous vous appelez Nakata ?

— Tout à fait, tout à fait. Et vous-même ?

— J'ai oublié mon nom. Ce n'est pas que je n'en aie jamais eu, mais à un moment donné il a perdu son utilité, et du coup je l'ai oublié.

— C'est vrai. On oublie vite ce dont on n'a pas besoin. C'est pareil pour Nakata, dit l'homme en se grattant la tête. Vous n'avez donc pas de maître ?

— J'en ai eu un il y a longtemps, mais plus maintenant. Quelques familles du voisinage me donnent à manger, mais je n'appartiens à aucune en particulier.

Nakata hocha la tête, garda le silence un moment puis demanda :

— Est-ce que je peux vous appeler Otsuka, alors ?

— Otsuka ? fit le chat en regardant l'homme d'un air surpris. C'est quoi, cette histoire ?... Pourquoi Otsuka ?

— Oh, ça n'a pas de sens particulier. C'est juste un nom qui vient de me venir à l'esprit. Sans nom, j'ai dû mal à me rappeler les choses, alors je vous donne celui-là, comme ça. Un nom, c'est pratique. Par exemple, quelqu'un de pas très intelligent comme Nakata peut se rappeler que, tel après-midi à telle heure, il a rencontré le chat Otsuka dans un terrain vague du bloc 2 de l'arrondissement ***, et a eu une discussion avec lui.

— Hmm. Je ne comprends pas très bien. Les chats n'ont pas besoin de ça. Nous, on se contente de l'odeur, de la forme, de ce qui est là, quoi. Avec ça, il n'y a pas de problème.

— Oui, je comprends bien, mais pour les humains, ce n'est pas pareil. Il nous faut des dates, des noms, pour nous rappeler un tas de choses.

Le chat souffla l'air par le nez.

— C'est pas pratique.

— Tout à fait, tout à fait. Ce n'est pas commode du tout de devoir se rappeler un tas de choses en permanence. Même Nakata, par exemple, doit se rappeler le nom du préfet, les numéros de bus, tout ça. Quoi qu'il en soit, puis-je me permettre de vous appeler Otsuka ? Cela vous déplaît peut-être ?

— Ça ne m'est pas agréable, c'est sûr… Mais je ne trouve pas cela particulièrement déplaisant non plus. Ça m'est égal. Appelez-moi comme vous voudrez. Va pour Otsuka. J'ai juste l'impression que ce n'est pas moi, mais bon.

— Ah ! Nakata est très content. Merci beaucoup, monsieur Otsuka.

— Tout de même, vous parlez un peu curieusement pour un humain, dit Otsuka.

— Oui, tout le monde me le dit. Mais Nakata ne sait pas parler autrement. J'essaie de parler normalement et voilà le résultat. C'est parce que je ne suis pas intelligent. Je n'ai pas toujours été idiot, mais j'ai eu un accident quand j'étais petit, et je le suis devenu. Je ne sais même pas écrire. Je ne sais pas lire les journaux, ni les livres.

— Ce n'est pas pour me vanter, mais moi non plus je ne sais pas écrire, dit le chat en léchant plusieurs fois les coussinets de sa patte droite. Pourtant, je ne suis pas spécialement idiot et cela ne m'a jamais gêné.

— C'est normal dans le monde des chats, dit Nakata. Mais chez les humains, quand on ne sait pas écrire, on est un idiot. Et quand on ne sait pas lire, on est un idiot aussi. C'est ainsi. Le père de Nakata n'est plus de ce monde, mais c'était un professeur d'université très doué, spécialiste de la fine-anse. Et puis Nakata a deux frères cadets, et ils sont très intelligents tous les deux.

L'un d'eux travaille dans un bureau. Il est chef. L'autre travaille au ministère du Comme-herse et de l'Indus-tri. Ils habitent tous les deux dans de grandes maisons, et ils mangent de l'anguille. Nakata est le seul idiot de la famille.

— Pourtant, vous savez parler aux chats, non ?

— Oui, dit Nakata.

— Personne d'autre ne sait le faire, pas vrai ?

— C'est exact.

— Alors vous ne pouvez pas dire que vous êtes idiot.

— Oui, non, enfin, c'est-à-dire, Nakata ne sait pas. À force de s'entendre répéter depuis son enfance qu'il est idiot, Nakata ne peut pas penser autre chose de lui-même. Comme je ne sais pas lire le nom des gares, je ne peux pas acheter de billet et prendre le train. Mais si je montre ma carte d'handicapé dans les bus municipaux, on me laisse monter gratuitement.

— Hum, fit Otsuka sans manifester d'émotion particulière.

— Quand on ne sait ni lire ni écrire, on ne peut pas trouver de travail.

— Vous vivez de quoi, alors ?

— De ma panse-ion.

— Panse-ion ?

— Le préfet me donne de l'argent. J'habite un studio dans un immeuble à Nogata. Je fais trois repas par jour.

— Ça me paraît plutôt correct comme vie.

— Vous avez raison, ce n'est pas mal. Je suis à l'abri du vent et de la pluie et je ne manque de rien. Et puis, de temps en temps, on me demande d'aller chercher des chats. En échange, on me donne un peu d'argent. Mais c'est un secret, il ne faut pas le dire au préfet. Ne le dites à personne, hein, sinon, ils risqueraient de me diminuer ma panse-ion. On ne me donne pas grand-chose, mais enfin, cela me permet de manger de l'anguille de temps à autre. Nakata aime bien l'anguille.

— Moi aussi, j'aime bien l'anguille. J'en ai mangé une seule fois, il y a longtemps. À vrai dire, je ne me rappelle plus trop quel goût ça avait…

— C'est vraiment bon. Ça ne ressemble à rien d'autre. On peut toujours remplacer un aliment par un autre, mais en ce qui concerne l'anguille, rien ne peut en égaler le goût.

Un jeune homme passa devant le terrain vague avec un grand labrador en laisse. Le chien avait un bandana rouge enroulé autour du cou. Il jeta un coup d'œil à Otsuka puis continua son chemin. Nakata et le chat restèrent assis un moment en silence, attendant que le chien et son maître s'éloignent.

— Vous *cherchez des chats* ? demanda Otsuka.

— Oui, des chat perdus. Comme je peux parler avec eux, je me renseigne sur ceux que leurs maîtres ont perdus. Les gens savent que je suis doué pour les retrouver, alors ils viennent me demander de retrouver le leur. Ces temps-ci, je n'arrête pas d'en chercher. Je n'aime pas aller trop loin alors je me cantonne à l'arrondissement de Nakano. Sinon, c'est moi qui vais me perdre, et il faudra me retrouver !

— Alors, en ce moment, vous êtes en train de chercher un chat ?

— Tout à fait, tout à fait. Nakata recherche une femelle, écaille-de-tortue, âgée d'un an, répondant au nom de Sésame. J'ai une photo d'elle, expliqua Nakata en sortant une photocopie couleur du sac de toile suspendu à son épaule. Elle porte un collier à puces marron, ajouta-t-il.

Otsuka tendit le cou pour regarder la photo, puis secoua la tête.

— Ho ho. Jamais vu cette minette. Je connais la plupart des chats du coin, mais elle, je ne l'ai jamais vue… Jamais entendu parler.

— Ah bon ?

— Vous la cherchez depuis longtemps ?

— Euh, voyons… Un, deux, trois… ça fait trois jours aujourd'hui.

Otsuka réfléchit un moment puis déclara :

— Vous le savez sans doute déjà, mais les chats sont des animaux plutôt routiniers. Ils mènent des vies rangées et il faut qu'il se produise quelque chose d'extraordinaire pour qu'ils changent leurs habitudes. Quand je dis quelque chose d'extraordinaire, je parle du désir sexuel ou d'un accident, l'un ou l'autre.

— Nakata non plus n'aime pas les changements.

— Si c'est une question de désir sexuel, cette chatte reviendra une fois calmée. Vous comprenez ce que je veux dire par « désir sexuel », n'est-ce pas ?

— Je n'en ai pas fait l'expérience personnelle, mais je crois que je comprends. Cela a à voir avec le zizi, c'est exact ?

— Exact. Cela a à voir avec le zizi, répéta docilement Otsuka. En revanche, s'il s'agit d'un accident, vous ne la retrouverez peut-être jamais.

— En effet.

— Il arrive aussi que, poussé par le désir sexuel, un chat s'aventure assez loin et ne retrouve plus son chemin.

— Si Nakata quittait l'arrondissement de Nakano, il aurait du mal à retrouver son chemin, lui aussi.

— Cela m'est arrivé une ou deux fois. Quand j'étais beaucoup plus jeune, bien sûr, dit Otsuka, qui plissait les yeux en essayant de se souvenir. Quand on est perdu, on cède à la panique. Tout devient noir, vous ne savez plus quoi faire. C'est très pénible. Le désir sexuel peut vraiment vous plonger dans l'embarras. En tout cas, sur le moment on ne pense plus qu'à ça, on se moque bien de ce qui peut arriver ensuite… Voilà ce que c'est, le désir sexuel. Alors ce chat, cette chatte égarée, comment elle s'appelle déjà ?

— Vous voulez parler de Sésame ?

— Ah oui, Sésame. J'aimerais bien la retrouver et la sortir du pétrin. Une écaille-de-tortue d'un an, chouchoutée par une famille, ça ne connaît rien à la vie. Incapable de se défendre, incapable de trouver elle-même sa pitance. Ah, je la plains. Malheureusement, je ne l'ai jamais vue. Vous feriez mieux d'aller chercher ailleurs.

— Ah bon ? Vous avez raison, c'est ce que je vais faire, alors. Je suis désolé d'avoir interrompu votre sieste. Je repasserai certainement par ici, alors si jamais vous voyez Sésame d'ici là, merci de me le signaler. Pardonnez ma grossièreté, mais si vous la retrouvez je vous donnerai un petit quelque chose pour vous remercier.

— Pas la peine. C'était intéressant de bavarder avec vous. Revenez à l'occasion. En général, par beau temps, vous me trouverez dans ce terrain vague. Quand il pleut, je me réfugie sous les marches d'un sanctuaire.

— Entendu. Merci beaucoup. Nakata a été ravi de parler avec vous, monsieur Otsuka. Je ne peux pas engager la conversation si facilement avec tous les chats. Certains se méfient, et prennent la poudre d'escampette sans dire un mot, alors que je ne fais que les saluer.

— Oui, ça arrive. Il y a toutes sortes de chats, comme il y a toutes sortes d'humains.

— Tout à fait, tout à fait. Nakata est bien de cet avis. Toutes sortes de chats en ce monde, et toutes sortes d'humains.

Otsuka tendit le cou et regarda le ciel. Le soleil déversait ses rayons dorés de l'après-midi sur le terrain vague. Cependant, Otsuka avait le pressentiment qu'un orage se préparait au loin.

— Dites, vous avez bien dit que vous aviez eu un accident étant petit et que c'était pour ça que vous n'étiez pas très malin ?

— Oui, tout à fait. C'est arrivé quand j'avais neuf ans.

— Quel genre d'accident ?

— Nakata n'arrive pas à se souvenir. On m'a dit que j'avais eu une grosse fièvre, apparemment sans raison, qui a duré trois semaines. Nakata était inconscient, sur un lit d'hôpital, où on lui faisait des perfusions. Et quand j'ai repris conscience, je ne me rappelais plus rien. Je ne reconnaissais pas mon père, ni ma mère, je ne savais plus ni lire, ni écrire, ni compter, et je ne savais plus à quoi ressemblait ma maison. Je ne savais même plus mon nom. Ma tête était complètement vide, comme une baignoire dont on a enlevé la bonde. Il paraît qu'avant l'accident j'avais toujours de bonnes notes à l'école, mais après mon évanouissement, je suis devenu complètement idiot. Ma pauvre mère n'est plus de ce monde, mais elle a beaucoup pleuré à cause de ça. Elle ne pouvait plus s'arrêter de pleurer parce que j'étais devenu idiot. Mon père, lui, ne pleurait pas, mais il était tout le temps en colère.

— En revanche, maintenant vous savez parler avec les chats.

— Tout à fait, tout à fait.

— Hum.

— Et en outre, je jouis d'une excellente santé, je ne tombe jamais malade. Je n'ai pas une seule carie et je n'ai pas besoin de lunettes.

— Vous ne me paraissez pas spécialement idiot, à moi.

— Vraiment ? fit Nakata en penchant la tête. Mais vous savez, monsieur Otsuka, Nakata a soixante ans passés maintenant. Il a eu le temps de s'habituer à être idiot et à ce que personne ne fasse attention à lui. On peut survivre sans prendre le train. Depuis que mon père est mort, personne ne me bat plus. Ma mère est morte aussi, elle ne pleure plus. Alors, si on me dit aujourd'hui que finalement je ne suis pas si idiot, c'est un peu embarrassant pour moi. Si je ne suis plus idiot, le préfet va me retirer ma panse-ion, et aussi ma carte pour les bus. Si le préfet lui dit : « Dis donc, tu n'es pas idiot après tout ! » Nakata ne saura pas quoi répondre. Alors il lui semble qu'il vaut mieux rester idiot.

— Ce que je veux dire, c'est que votre problème, ce n'est pas d'être idiot, dit Otsuka avec le plus grand sérieux.

— Vraiment ?

— Votre problème, à mon avis… Votre problème, c'est que votre ombre est un peu effacée. C'est ce que je me suis dit dès que je vous ai vu. Votre ombre, sur le sol, est moitié moins sombre que celle des gens ordinaires.

— Oui ?

— J'ai déjà rencontré quelqu'un comme ça, une fois.

Nakata ouvrit légèrement la bouche, et regarda fixement le chat.

— Vous voulez dire que vous avez déjà rencontré quelqu'un comme moi ?

— Oui, du coup je n'étais pas tellement surpris de voir que vous saviez parler aux chats.

— Mais, quand était-ce ?

— Il y a longtemps, j'étais tout jeune. Mais je ne me rappelle plus le visage de cette personne, ni le lieu et l'heure où je l'ai rencontrée. Je vous l'ai dit, les chats n'ont pas ce genre de mémoire. En tout cas, on aurait dit que cette personne avait perdu la moitié de son ombre, comme si on la lui avait arrachée. Elle était fine comme la vôtre.

— Ah…

— Aussi je pense que plutôt que de chercher des chats égarés, vous feriez mieux de vous mettre sérieusement en quête de la moitié manquante de votre ombre.

Nakata tirailla le bord du bonnet qu'il tenait entre ses mains.

— À vrai dire, Nakata se rend bien compte que son ombre est trop fine. Les autres ne le voient pas, mais moi je le sens.

— C'est bien, alors, dit le chat.

— Mais comme je vous l'ai dit tout à l'heure, je me fais vieux, il ne me reste peut-être plus beaucoup de temps à vivre. Ma mère est morte, mon père aussi. Qu'on soit intelligent ou idiot, qu'on sache lire et écrire ou pas, qu'on ait une ombre ou pas, chacun doit mourir quand son tour est venu. On vous incinère et on met vos cendres dans une tombe, dans un endroit qui s'appelle le Mont-des-Corbeaux, dans l'arrondissement de Setagaya. Une fois que vous êtes là-bas, vous ne pensez sans doute plus à rien. Et si vous ne pensez plus, vous n'avez plus de problèmes. Alors, je suis bien comme je suis, non ? Et puis, Nakata ne veut pas sortir de l'arrondissement de Nakano, du moins de son vivant. Une fois mort, il sera bien obligé d'aller au Mont-des-Corbeaux, mais…

— Vous êtes libre de faire ce que vous voulez, naturellement, dit Otsuka en se léchant soigneusement un coussinet, mais à mon avis vous devriez penser un peu plus sérieusement à votre ombre. Votre ombre se sent peut-être un peu honteuse d'être ainsi diminuée. Moi, si j'étais votre ombre, je n'aimerais pas être réduite de moitié.

— Oui. Vous avez raison. Peut-être… Je n'avais jamais pensé à ça. J'y réfléchirai tranquillement sur le chemin du retour.

— Vous feriez bien.

Tous deux restèrent silencieux un moment. Nakata se leva lentement, épousseta soigneusement son pantalon. Remit son bonnet élimé sur sa tête. S'y reprit à plusieurs fois, pour l'ajuster selon l'angle habituel. Puis il pendit son sac à son épaule.

— Merci beaucoup, monsieur Otsuka. Votre conseil est très précieux pour moi. Je vous souhaite une bonne continuation et une bonne santé.

— Vous de même.

Une fois Nakata reparti, Otsuka s'allongea de nouveau dans l'herbe haute, et ferma les yeux. Il restait encore un peu de temps avant que le ciel se couvre et que la pluie vienne. Sans plus penser à rien, il sombra dans un bref sommeil.

7

À sept heures et quart, je me rends dans la salle de restaurant près de la réception pour prendre un petit déjeuner composé de lait chaud, de toasts et d'œufs au jambon. Ce repas, inclus dans le prix de la chambre, ne me paraît pas très copieux. Il est descendu dans mon estomac en un rien de temps, et j'ai encore faim. Je ne peux m'empêcher de regarder autour de moi, mais aucun deuxième service de toasts ne se profile à l'horizon. Je pousse un soupir.

— Il faut en prendre ton parti, dit le garçon nommé Corbeau.

Tout à coup, je me rends compte qu'il est assis à ma table, en face de moi.

— Tu n'es plus dans une situation où tu peux manger ce que tu veux quand tu veux. Tu fais une fugue, il faut que tu te mettes ça dans la tête. Jusqu'ici, tu te levais tôt et prenais un bon petit déjeuner, mais maintenant c'est terminé. Il va falloir te contenter de ce qu'on te donne. Tu sais qu'on dit que la taille de l'estomac varie en fonction de la quantité de nourriture qu'on mange ? Tu vas pouvoir vérifier la véracité de cette théorie. Ton estomac va rétrécir, mon vieux. Mais ça va prendre un bon bout de temps. Tu crois que tu pourras le supporter ?

— Oui.

— Bien. Il faut ce qu'il faut, dit le garçon nommé Corbeau. Tu es le garçon de quinze ans le plus courageux au monde, ne l'oublie pas.

Je hoche la tête.

— Alors, arrête de contempler cette assiette vide, et passe à l'action.

Je me lève et passe à l'action.

Il s'agit d'aller à la réception négocier le prix de ma chambre. J'explique que j'étudie dans un lycée privé, et que je suis venu ici pour préparer un exposé de fin d'études (ce système existait vraiment dans mon établissement). J'ajoute que je vais tous les jours à la bibliothèque Komura pour réunir de la documentation. Mes recherches prenant plus de temps que j'aurais cru, je vais devoir séjourner une semaine entière à Takamatsu. Mais mon budget est limité. Aurait-on la gentillesse de m'accorder une réduction non pas pour trois jours mais pour la semaine entière ? Je paierai chaque matin une nuit d'avance et ne leur causerai aucun souci.

Planté face à la réceptionniste, je lui raconte toute cette histoire en faisant tout mon possible pour avoir l'air d'un jeune homme de bonne famille légèrement embarrassé. Je ne me teins pas les cheveux, je n'ai pas de piercings, je porte un polo blanc Ralph Lauren impeccable, un pantalon de coton, et suis chaussé de Topsiders toutes neuves. J'ai les dents blanches, je fleure bon le savon et le shampooing. Je m'exprime poliment. Je suis capable de faire bonne impression à des adultes quand je le veux.

La réceptionniste m'écoute sans m'interrompre, en hochant la tête, les lèvres un peu pincées. Elle est petite et porte une veste qui fait partie de l'uniforme de l'hôtel sur un chemisier blanc. Elle a l'air ensommeillé mais accomplit efficacement son travail. Elle doit avoir l'âge de ma sœur.

— Je comprends votre situation, mais je ne suis pas en mesure de prendre cette décision, je dois d'abord en parler avec le gérant. Je pourrai vous donner une réponse à midi.

En dépit de son ton administratif, je vois bien qu'elle me trouve sympathique.

Elle note mon nom et mon numéro de chambre. Je ne sais pas si cette négociation portera ses fruits. Elle pourrait même avoir l'effet inverse à celui escompté : si le gérant demandait à voir ma carte de lycéen, par exemple, ou voulait contacter mes parents ? (Bien sûr, j'ai rempli le formulaire avec un faux numéro de téléphone.) Mais cela vaut la peine de prendre le risque : mes moyens financiers sont vraiment limités.

Je cherche les coordonnées du gymnase municipal dans le bottin de la réception et téléphone pour demander de quelles machines de musculation ils sont équipés. Ils disposent d'à peu près toutes celles dont j'ai besoin et l'entrée coûte seulement six cents yens. Je demande comment m'y rendre à partir de la gare, remercie, et raccroche.

Je remonte prendre mon sac à dos, puis me mets en route. J'aurais pu le laisser dans ma chambre, ou dans le coffre-fort de l'hôtel, mais cela me rassure de le garder avec moi. C'est comme si ce sac faisait désormais partie de moi.

Je prends un bus depuis la gare routière en direction du gymnase. Naturellement, je suis un peu nerveux. Je me sens tendu. Et si quelqu'un se demandait pourquoi un garçon de mon âge se rend au gymnase au lieu d'être au collège ? Je ne connais pas cette ville, et n'ai aucune idée de la mentalité des habitants. Mais personne ne semble se soucier de moi. Je commence même à avoir l'impression d'être devenu transparent. Une fois arrivé au gymnase, je paie mon entrée sans un mot, et on me tend, également en silence, une clé pour mon casier de vestiaire. Je me change, enfile mon short de gym et un tee-shirt, fais quelques étirements pour me dérouiller les muscles. Je sens que je commence à me détendre. Je suis à l'aise dans cette enveloppe qui s'appelle mon corps. Je m'enferme à double tour dans ses contours bien délimités. Tout va bien. Je reconnais l'endroit.

Je commence mes exercices. Tout en écoutant Prince dans mon baladeur MD, je m'entraîne sur sept machines différentes. Je m'attendais à ce qu'elles soient plutôt vieillottes, dans cette salle de sport de province, mais en fait, elles sont étonnamment récentes. Une odeur d'acier neuf flotte même dans l'air. Je fais une première série en mettant des poids légers puis j'augmente la charge pour ma seconde série. Je ne vérifie pas le poids exact, mais je sais que cela correspond exactement à ce dont j'ai besoin. Je commence à transpirer, et fais de temps en temps une pause pour me réhydrater à la fontaine à eau ou mordre dans un citron que j'ai acheté en route.

Une fois que j'ai fini, je prends une douche. J'ai apporté du savon et du shampooing. Je me nettoie soigneusement le prépuce, que je tiens à garder propre. Je me savonne les aisselles, les testicules, me récure l'anus. Je me pèse, vérifie la tonicité de mes muscles, debout, nu, devant le miroir. Je rince mon tee-shirt et mon short trempés de sueur au lavabo, les essore et les range dans un sac en plastique.

Ensuite, je reprends le bus pour retourner à la gare et m'arrête dans le même restaurant que la veille pour manger des *udon*. Je prends mon temps et déguste ma soupe de nouilles, tout en regardant par la fenêtre la foule qui grouille dans la gare. Tous ces gens soigneusement habillés, leurs bagages à la main, marchent rapidement, chacun se pressant vers un but précis. Et moi je les contemple fixement, en imaginant le monde dans cent ans.

Dans cent ans, plus une seule de ces personnes – y compris moi – ne sera sur cette terre. Nous serons tous redevenus cendre ou poussière. À cette idée, je me sens bizarre. Tout ce qui m'entoure me semble éphémère, illusoire, prêt à disparaître dans un souffle de vent. J'écarte mes mains et les examine. Pourquoi est-ce que je me donne tout ce mal ? Pourquoi s'efforcer si désespérément de survivre ?

Je secoue la tête, détourne mon regard de la fenêtre, chasse de mon esprit la représentation de ce qui se passera dans cent ans. Il faut appréhender le présent, et rien d'autre. Il y a un tas de livres à lire à la bibliothèque, et toutes ces machines à la salle de sport pour endurcir mon corps. Cela ne sert à rien de réfléchir plus avant que ça.

— Il faut ce qu'il faut, dit le garçon nommé Corbeau. Tu es le garçon de quinze ans le plus courageux au monde, ne l'oublie pas.

J'achète un déjeuner à emporter au même kiosque que la veille avant de monter dans le train. J'arrive à la bibliothèque Komura vers onze heures et demie. Comme la veille, Oshima est assis derrière son comptoir près de l'entrée. Aujourd'hui, il porte une chemise en rayonne boutonnée jusqu'au cou, un jean blanc et des tennis blanches. Il semble absorbé dans un énorme livre posé devant lui ; à côté, il y a le même crayon jaune que la veille (du moins je pense que c'est le même). Sa mèche lui tombe sur le visage. À mon arrivée, il lève la tête en souriant et réceptionne mon sac à dos.

— Tu n'es toujours pas retourné au collège, à ce que je vois, dit-il.

— Je n'y retournerai pas, dis-je en toute franchise.

— La bibliothèque me paraît une bonne alternative.

Sur cette remarque, il se retourne, regarde l'heure à l'horloge derrière lui, puis replonge le nez dans son livre.

Je me dirige vers la salle de lecture pour lire la suite des *Mille et Une Nuits*. Comme d'habitude, une fois que je suis installé et que je commence à tourner les pages, je ne peux plus m'arrêter. L'édition Burton contient les mêmes récits que la version que je lisais enfant, mais avec davantage d'épisodes, des intrigues plus complexes, tellement plus passionnantes qu'il est difficile de croire qu'il s'agit du même livre. Celui-ci est plein d'obscénité, de violence, de sexe et d'absurdité. Il déborde (comme le génie qui ne peut rester enfermé dans sa lampe) d'une vie et d'une liberté que le bon sens ne peut contenir. Ce livre me tient tellement en haleine que je ne peux plus le lâcher. Ces histoires extravagantes, écrites il y a plus de mille ans, sont plus réelles, plus vivantes à mes yeux que la foule sans visage qui grouille dans la gare. Comment est-ce possible ? C'est ainsi, si étrange que cela paraisse.

À une heure, je sors dans le jardin et m'installe sur la véranda pour déjeuner. J'en suis à peu près à la moitié quand Oshima vient m'avertir qu'on me demande au téléphone.

— Moi ? fais-je, surpris.

Je me lève en rougissant et prends le combiné qu'il tend.

C'est la réceptionniste de l'hôtel. Elle a sans doute voulu vérifier que je passais effectivement mes journées à la bibliothèque Komura, comme je le lui avais dit. Au ton de sa voix, je la sens soulagée de constater que je ne lui ai pas menti.

— J'ai parlé de votre requête au gérant, me dit-elle. C'est la première fois que le cas se présente, mais vous êtes jeune, et les circonstances étant ce qu'elles sont, exceptionnellement, il vous consent le tarif réduit de la YMCA pour la semaine. L'hôtel n'est pas complet en cette saison, nous pouvons nous permettre cette petite entorse. Et puis, le gérant espère qu'ainsi vous pourrez disposer de tout le temps nécessaire à vos recherches dans cette bibliothèque d'excellente réputation.

Rasséréné, je la remercie. Je suis un peu gêné de lui avoir menti, mais je n'avais pas le choix. Pour survivre, il faut parfois faire des choses contraires à la morale. Je raccroche et rends le combiné à Oshima.

— Comme tu es le seul lycéen à venir ici, j'ai tout de suite compris qu'il s'agissait de toi, dit-il. Je lui ai dit que tu lisais passionnément du matin au soir. C'est la vérité, de toute façon.

— Merci, dis-je.

— Kafka Tamura ?

— C'est mon nom.

— Un nom curieux.

— Mais c'est le mien, dis-je pour enfoncer le clou.

— Naturellement, tu as dû lire des œuvres de ton illustre homonyme ?

Je hoche la tête.

— J'ai lu *Le Château, Le Procès, La Métamorphose, et aussi cette histoire étrange à propos d'une machine à exécuter.*

— *La Colonie pénitentiaire*, dit Oshima. J'adore cette histoire. Aucun écrivain au monde n'aurait pu l'écrire, à part Kafka.

— Moi aussi, c'est la nouvelle que je préfère.

— Vraiment ?

Je hoche la tête.

— Pour quelle raison ?

Je réfléchis, ce qui me prend un petit moment.

— Plutôt que d'expliquer au lecteur ce qu'est la condition humaine, Kafka décrit simplement le mécanisme de cette machine complexe. Autrement dit… (Je fais une nouvelle pause pour réfléchir.) De cette manière, il parvient à évoquer mieux que quiconque l'existence que nous menons. Pas en nous parlant de la situation où nous sommes, mais en décrivant en détail cette machine à tuer.

— Je vois, fait Oshima en posant la main sur mon épaule.

Je sens dans la spontanéité de son geste toute la sympathie qu'il me porte.

— Franz Kafka aurait certainement apprécié ton avis.

Oshima retourne à l'intérieur de la bibliothèque, le combiné à la main. Je reste sur la véranda pour terminer mon déjeuner. Je bois de l'eau minérale en regardant les petits oiseaux dans le jardin. Ce sont peut-être ceux que j'ai vus hier. Le ciel est entièrement couvert d'un voile de nuages qui ne laisse pas passer une seule touche de bleu.

Oshima a paru convaincu par mon commentaire sur les romans de Kafka. Enfin, plus ou moins. Mais moi, je n'ai pas réussi à lui faire comprendre ce que je voulais vraiment dire. Ce n'était pas seulement une théorie générale sur Kafka. Je parlais précisément de quelque chose que je ressens très concrètement. Cette machine à exécuter, complexe et énigmatique, a existé réellement pour moi. Ce n'est pas une métaphore ni une allégorie. Mais j'aurais beau expliquer, ni Oshima, ni personne d'ailleurs, ne pourrait le comprendre.

Je retourne dans la salle de lecture, m'installe sur un canapé et me plonge à nouveau dans l'univers des *Mille et Une Nuits*. Petit à petit, la réalité autour de moi disparaît, comme dans un fondu enchaîné sur un écran de cinéma. Je m'enfonce seul entre les pages. J'aime cette sensation plus que tout au monde.

Quand je sors de la bibliothèque à cinq heures, Oshima est derrière son bureau, plongé dans le même gros livre. Sa chemise n'a toujours pas un pli et sa mèche lui tombe devant la figure. Les aiguilles de l'horloge derrière lui avancent doucement, sans bruit. Tout ce qui entoure Oshima paraît impeccable et paisible. Il semble impossible qu'un homme comme lui puisse transpirer ou avoir le hoquet. Il lève la tête, me tend mon sac en grimaçant un peu, comme s'il était trop lourd pour lui.

— Tu prends le train depuis le centre-ville ? demande-t-il.

Je hoche la tête.

— Si tu as l'intention de venir tous les jours, cela te sera utile, dit-il en me tendant une feuille où sont inscrits les horaires de train. Les trains sont à l'heure, en général.

— Merci, dis-je en prenant la feuille.

— Dis-moi, Kafka Tamura, je ne sais pas d'où tu viens exactement, ni quels sont tes projets, mais tu ne vas pas pouvoir rester éternellement à l'hôtel, dit-il en choisissant ses mots avec précaution.

Il tapote maintenant les pointes de ses crayons du bout du doigt. Ce qui est vraiment inutile, car ils sont tous parfaitement taillés.

Je ne réponds rien.

— Je n'ai pas l'intention de me mêler de tes affaires, mais je me disais simplement que ce ne doit pas être facile pour un garçon de ton âge d'être seul dans un endroit où tu ne connais personne.

Je hoche la tête.

— Tu as l'intention de continuer ta route ? Ou tu penses rester ici un moment ?

— Je ne sais pas encore, mais je crois que je vais rester quelque temps ici. Je ne sais pas où aller, de toute façon.

Peut-être devrais-je tout raconter à Oshima. Je suis sûr qu'il respecterait mon choix. Il ne me ferait pas de sermon, n'essaierait pas de me donner un avis plein de bon sens. Mais pour l'instant, je n'ai pas envie d'en parler à qui que ce soit. Je ne suis pas habitué à me confier aux autres, à leur expliquer ce que je ressens.

— Pour le moment, tu penses que tu peux te débrouiller seul, alors ?

Je fais « oui » d'un bref signe de tête.

— Je fais des vœux pour que la chance t'accompagne, dit-il.

Les sept jours suivants se déroulent à peu près tous selon la même routine. J'ouvre les yeux à six heures et demie au son du radio-réveil, j'avale le petit déjeuner frugal de l'hôtel. Quand la fille aux cheveux châtains que je connais se trouve à la réception, je la salue d'un geste de la main. Elle me répond par un sourire et un léger signe de la tête. On dirait qu'elle m'aime bien, et c'est réciproque. Je me dis qu'elle pourrait être ma sœur.

Je fais quelques étirements dans ma chambre avant de me rendre à la salle de sport pour ma séance de musculation quotidienne. J'exécute toujours les mêmes séries, avec les mêmes poids. Jamais plus, jamais moins. Ensuite, je me douche, en prenant soin de bien nettoyer les moindres recoins de mon corps. Je contrôle mon poids sur le pèse-personne. Vers midi, je monte dans le train en direction de la bibliothèque Komura. J'échange quelques mots avec Oshima au moment de déposer mon sac à dos, et le soir en le récupérant. Je déjeune sur la véranda et je lis – après avoir fini *Les Mille et Une Nuits*, je me suis attaqué aux œuvres complètes de Natsume Sôseki, dont je n'ai pas encore tout lu. À cinq heures, je quitte les lieux. Je partage donc mes journées entre la salle de sport et la bibliothèque, des lieux où personne ne me prête une attention particulière. Ce n'est pas là qu'on s'attend en priorité à trouver les collégiens qui font l'école buissonnière. Le soir, je dîne dans mon petit restaurant devant la gare. J'essaie de manger le plus de légumes possible et, de temps en temps, je m'achète des fruits, que je pèle avec le couteau que j'ai pris dans le bureau de mon père. J'achète des concombres et du céleri, les rince dans le lavabo de ma chambre d'hôtel, les mange avec de la mayonnaise en tube. Parfois, je m'achète aussi un pack de lait à la supérette du coin, et le verse sur des céréales.

Quand je rentre à l'hôtel, je m'assieds devant la table pour rédiger mon journal, puis j'écoute Radiohead avec mon baladeur, je lis un peu, et à onze heures au plus tard je me couche. De temps en temps, je me masturbe avant de m'endormir. Je fantasme sur la fille de la réception, et dans ces moments-là j'écarte l'idée qu'elle pourrait être ma sœur. Je ne regarde pratiquement pas la télé et ne lis pas les journaux non plus.

C'est le soir du huitième jour que cette existence régulière, simple et centrée uniquement sur moi-même, a volé en éclats (mais, naturellement, cela devait arriver tôt ou tard).

8

Rapport du MIS
Établi le 12 mai 1946
Intitulé : Rice Bowl Hill Incident, 1944 – report
Numéro de dossier : PTYX-722-896745-42216-WWN
Enregistrement sur magnétophone

L'interrogatoire de Shigenori Tsukayama (52 ans), professeur de psychiatrie à la faculté de médecine de l'université impériale de Tokyo s'est déroulé à Tokyo au sein du quartier général du haut commandement interallié, et a duré trois heures. Numéro d'accès aux dossiers accompagnant cet enregistrement : PTYX-722-SQ-2667 à 291. (Note : les dossiers 271 à 278 sont manquants.)

Impressions de Robert O'Connell, chargé de l'interrogatoire :

Le Pr Tsukayama a une attitude calme, digne d'un spécialiste. Cet éminent chercheur japonais dans le domaine de la psychiatrie a publié plusieurs ouvrages remarqués. Contrairement à nombre de ses compatriotes, il n'emploie pas d'expressions ambiguës et établit une nette distinction entre les faits et les hypothèses. Avant la guerre il a séjourné à Stanford dans le cadre d'échanges universitaires, et parle anglais assez couramment. Il est très aimé et estimé de son entourage.

À la mi-novembre 1944, nous avons mené une série d'entretiens avec ces enfants sur ordre de l'armée. Il est exceptionnel que de telles demandes émanent des autorités militaires. Comme vous le savez, l'armée japonaise possédait sa propre unité médicale qui observait scrupuleusement le secret militaire. Hormis de rares cas où le recours à des connaissances extérieures ou des techniques spécifiques était indispensable, l'armée ne s'adressait jamais à des médecins ni à des chercheurs privés.

Nous en avons donc naturellement déduit qu'il s'agissait là d'un « cas exceptionnel ». Franchement, cela ne me disait rien de travailler pour l'armée. Le plus souvent, les militaires recherchent non pas des vérités scientifiques, mais des conclusions conformes à leur système idéologique, ou simplement des résultats efficaces. Ce ne sont pas des gens avec qui on peut discuter. Mais nous étions en guerre et il était impensable de s'opposer aux ordres de l'armée. Nous ne pouvions qu'obtempérer.

Même pendant les raids aériens américains, nous avions réussi à poursuivre nos recherches dans un cadre restreint. La plupart des étudiants et des chercheurs étaient mobilisés, et l'université était vide – il n'y avait pas d'exemption pour les psychiatres. Dès que nous avons reçu l'ordre de l'armée, nous avons interrompu les études en cours et avons sauté dans le premier train pour la ville de *** de la préfecture de Yamanashi. Nous étions trois : moi, un collègue professeur de psychiatrie et un neurochirurgien.

Une fois sur place, on nous a prévenus que l'enquête était classée « secret-défense », et qu'il nous était par conséquent interdit de divulguer quoi que ce soit à l'extérieur. On nous a ensuite expliqué ce qui s'était passé au début du mois : seize enfants avaient perdu connaissance dans la montagne ; quinze avaient repris conscience spontanément, mais avaient perdu tout souvenir de leur évanouissement. Seul un garçon, qui souffrait d'amnésie totale, était toujours hospitalisé à l'hôpital de l'armée de terre, à Tokyo.

Le médecin militaire chargé de ces enfants nous a exposé ses conclusions en tant que généraliste. C'était un major du nom de Toyama. Beaucoup de médecins militaires ont un tempérament de bureaucrates et sont animés par leurs intérêts personnels plutôt que par leur devoir de médecin mais, par chance, le major Toyama semblait être un homme honnête et compétent. Il ne manifestait ni arrogance ni rejet à notre égard. Il nous a décrit objectivement et concrètement les faits sans rien omettre et nous a transmis la totalité des dossiers médicaux. Cet homme, qui voulait avant tout découvrir la vérité, nous a fait une excellente impression.

Un fait essentiel ressortait de son rapport : du point de vue médical, les enfants n'avait gardé aucune séquelle de l'incident. Tout au long des examens, on n'avait décelé aucune anomalie physique – interne ou externe. Les enfants menaient une vie aussi normale et saine qu'avant l'incident. Des analyses approfondies avaient révélé la présence de parasites dans les intestins de quelques enfants, mais cela ne valait pas la peine d'être souligné. On notait une absence totale de symptômes tels que migraines, nausées, douleurs, manque d'appétit, insomnie, fatigue anormale, diarrhée ou cauchemars.

Simplement, ils n'avaient aucun souvenir de ce qui s'était passé pendant ces deux heures. C'était une caractéristique commune à tous. Ils ne se rappelaient même pas le moment où ils étaient tombés. Cet épisode avait été effacé de leur mémoire. Cela ressemblait davantage à un « manque » qu'à une « perte » de mémoire. Ce ne sont pas des termes professionnels, mais je les emploie à dessein pour le moment, pour me faire bien comprendre. Il existe une grande différence entre « perte » et « manque ». Imaginez, par exemple, un train de marchandises roulant sur une voie. Le chargement de l'un des wagons disparaît : on parlera de « perte ». Mais si c'est le wagon entier qui s'évanouit dans la nature, on dira plutôt qu'il « manque ».

Nous avons discuté de la possibilité que ces enfants aient inhalé du gaz toxique. Le major Toyama nous a expliqué que cette hypothèse avait été naturellement prise en compte par l'armée, mais qu'au stade actuel, en considérant les choses avec objectivité, elle avait une très faible probabilité. Par ailleurs, cette question relevant du secret militaire, il nous a recommandé de ne pas l'évoquer à l'extérieur. Je résumerai ainsi ce que le major nous a confié à ce sujet : « L'armée de terre effectue en effet des recherches secrètes en vue du développement d'armes chimiques, telles que celles libérant des gaz toxiques, ou bactériologiques. Mais ces recherches se déroulent exclusivement au sein d'unités spéciales basées sur le continent chinois. Il serait trop dangereux de mener ces expériences sur un territoire aussi exigu et aussi peuplé que le Japon. Je ne peux pas vous donner de détails précis, ni vous dire si de telles armes sont stockées ou non à l'intérieur du pays, mais je peux du moins vous assurer qu'au stade actuel, il n'y en a aucune dans la préfecture de Yamanashi. »

Le médecin militaire vous a donc affirmé qu'aucune arme chimique telle que du gaz toxique n'était stockée dans la préfecture de Yamanashi ?

Oui. Il a été très clair là-dessus. Nous n'avions pas d'autre choix que de le croire, mais nous avons eu l'impression que l'on pouvait se fier à ce qu'il disait. Nous sommes également parvenus à la conclusion que l'hypothèse d'un gaz toxique lâché par un B29 de l'armée américaine était elle aussi peu vraisemblable. Si les Américains avaient développé de telles armes et pris la décision de les utiliser, ils l'auraient fait sur des grandes villes, où l'impact aurait été important. Lâcher une ou deux bombes à haute altitude sur ce coin perdu de montagne ne leur aurait pas permis d'en évaluer les effets. Même en supposant que le gaz se soit affaibli en se diffusant, une arme qui a pour seul résultat de plonger ses victimes dans un coma de deux heures, sans laisser de trace, n'a aucun intérêt d'un point de vue militaire.

En outre, à notre connaissance, il était impossible qu'un nuage toxique naturel ou artificiel ne laisse pas la moindre séquelle chez les victimes. Dans le cas d'enfants, plus sensibles et plus faiblement immunisés que des adultes, on aurait normalement dû retrouver au moins quelques traces d'empoisonnement dans les yeux et les muqueuses. L'hypothèse d'une intoxication alimentaire avait été exclue pour les mêmes raisons.

Restait l'éventualité d'un problème psychologique ou neurologique. Dans un tel cas, naturellement, les moyens mis en œuvre par la médecine classique ne permettraient pas d'isoler les causes de l'incident, car les séquelles pouvaient être invisibles et non quantifiables. Nous avons alors compris pourquoi l'armée avait besoin de notre aide.

Nous avons eu des entretiens individuels avec chacun des enfants ainsi qu'avec l'institutrice qui les accompagnait et le médecin scolaire. Le major Toyama s'est joint à nous. Mais nous n'avons pu tirer aucun nouvel élément de ces entretiens. Nos observations ont simplement corroboré les dires du médecin militaire : les enfants ne se souvenaient de rien ; ils avaient vu un objet qui ressemblait à un avion voler très haut dans le ciel, puis ils avaient gravi la colline du Bol-de-Riz, et avaient commencé à ramasser des champignons dans la forêt. Là, le temps s'était arrêté, et tout ce dont ils se rappelaient, c'est de s'être retrouvés allongés par terre, entourés par les enseignants et les policiers affolés. Physiquement, ils ne se sentaient pas spécialement mal. Ils n'éprouvaient ni douleurs, ni malaises. Ils n'avaient pas de contusions. Ils se sentaient juste un peu vaseux, comme le matin au réveil. C'était tout. Les témoignages de tous les écoliers concordaient parfaitement.

Ces entretiens nous ont amenés à réfléchir à l'hypothèse d'une hypnose collective. Les symptômes observés par leur institutrice et le médecin scolaire chez les enfants au cours de leur évanouissement s'expliqueraient alors tout à fait : battements réguliers des paupières, légère baisse de la température, respiration et pouls ralentis, absence de souvenirs au réveil. Cela devenait cohérent. Si l'institutrice était la seule à ne pas s'être évanouie, c'était sans doute parce que l'élément déclencheur de l'hypnose collective ne fonctionnait pas avec les adultes, pour une raison qui nous échappait.

Nous n'avons pas pu identifier cet élément déclencheur. L'hypnose collective suppose la simultanéité de deux conditions : l'homogénéité du groupe, qui doit être placé dans des circonstances incitant ses membres à se resserrer, et la présence d'un élément déclencheur, qui doit être expérimenté par tous les membres du groupe à peu près en même temps. Dans le cas qui nous occupe, il peut s'agir de l'éclat renvoyé par l'objet volant qu'ils ont aperçu avant l'ascension de la colline. Tous les enfants l'ont vu en même temps, et l'évanouissement s'est produit quelques dizaines de minutes plus tard. Naturellement, il ne s'agit là que d'une hypothèse, et peut-être un autre incident, non reconnu comme tel, a-t-il pu jouer le rôle de déclencheur. J'ai fait part au Dr Toyama de cette éventualité d'une « hypnose collective », en insistant sur sa valeur de simple hypothèse. Mes deux collègues étaient à peu près d'accord avec moi. Ce cas était indirectement lié au sujet de nos recherches.

« Ce serait assez cohérent, a dit le major Toyama, après un court moment de réflexion. Ce n'est plus de mon ressort, mais cette hypothèse me paraît grandement plausible. Une chose m'échappe, cependant : quel élément a mis fin à l'hypnose ? Il doit exister une sorte de "déclencheur à l'envers", non ?

— Je ne sais pas », ai-je reconnu.

Sur ce point, je ne pouvais qu'ajouter une hypothèse supplémentaire : l'hypnose a pu être programmée pour prendre fin automatiquement au bout de quelques heures. Les mécanismes de défense du corps humain sont très puissants ; lorsqu'un système externe prend momentanément le contrôle, le corps déclenche une alarme afin d'expulser l'élément étranger – c'est-à-dire ici, l'hypnose – qui bloque le métabolisme originel.

« Comme je n'ai malheureusement pas les dossiers sous les yeux, je suis incapable de vous fournir des chiffres précis, mais des incidents similaires ont également été rapportés à l'étranger, ai-je expliqué au major Toyama. Tous ont été classés comme "incidents mystérieux" échappant à la logique : il s'agissait chaque fois d'un groupe d'enfants, qui perdaient conscience en même temps, et se réveillaient au bout de quelques heures, sans se souvenir de ce qui s'était passé. »

Je voulais dire par là que cet incident, pour inhabituel qu'il fût, n'était pas sans précédents. En 1930, dans le comté du Devonshire en Angleterre, à la lisière d'un petit village, une trentaine de collégiens qui marchaient en rang se sont effondrés les uns après les autres. Ils ont tous repris connaissance au bout de quelques heures et sont retournés à l'école à pied, comme si de rien n'était. Un médecin les a examinés, mais ils ne présentaient aucune anomalie d'un point de vue médical. Aucun d'eux ne se souvenait de ce qui s'était passé. Un incident de ce type a également été rapporté en Australie, à la fin du siècle dernier. Dans la banlieue d'Adelaïde, une quinzaine d'adolescentes de moins de quinze ans se sont évanouies au cours d'une excursion et sont revenues à elles peu après. Elles ne présentaient ni traumatismes ni séquelles. On a conclu à une insolation, mais le fait qu'elles se soient toutes évanouies et réveillées en même temps reste un mystère. D'ailleurs, aucun symptôme d'insolation n'a été observé. Il ne faisait pas particulièrement chaud ce jour-là. Sans doute a-t-on attribué l'incident à une insolation faute d'explication satisfaisante.

Ces incidents ont en commun d'être intervenus à une certaine distance de l'école et de concerner un groupe d'enfants ou d'adolescents qui perdent conscience en même temps, puis se réveillent en même temps, sans séquelle. On retrouve ces caractéristiques dans tous les cas. En ce qui concerne les adultes présents, parfois, ils se sont également évanouis, parfois non.

Il existe d'autres cas similaires, mais pour ces deux-là, nous disposons de documents suffisamment clairs, permettant une étude scientifique. Toutefois, l'incident de Yamanashi présentait un fait exceptionnel : un des écoliers était resté plongé dans cet état d'hypnose, ou cette perte de connaissance. Et cet enfant pouvait être la clé de l'affaire. Une fois notre enquête sur place terminée, nous sommes donc retournés à Tokyo, et nous sommes rendus à l'hôpital militaire où le garçon était en observation.

Pensez-vous que l'armée de terre s'intéressait à cette affaire uniquement parce qu'elle soupçonnait l'usage d'un gaz toxique ?

C'est ce que j'ai cru comprendre. Mais le major Toyama serait certainement en mesure de vous renseigner plus précisément que moi sur le sujet, c'est à lui que vous devriez vous adresser.

Le major Toyama a trouvé la mort dans l'exercice de son devoir en mars 1945, lors d'un bombardement aérien sur Tokyo.

Vraiment ? J'en suis navré. Beaucoup d'hommes de valeur ont perdu la vie dans cette guerre.

En définitive, l'armée est parvenue à la conclusion que l'incident n'avait pas été provoqué par des armes chimiques. La cause exacte est restée indéterminée mais, selon toute vraisemblance, elle ne serait pas en rapport avec le conflit, c'est bien cela ?

Oui, c'est ce que j'ai cru comprendre. À ce stade, l'armée avait terminé son enquête. Si l'hôpital militaire gardait cet écolier inconscient en observation, c'était uniquement parce que le major Toyama s'intéressait personnellement à l'affaire et qu'il avait un certain pouvoir de décision dans son service. Nous nous sommes donc rendus à l'hôpital presque tous les jours et nous y sommes relayés la nuit, afin de poursuivre nos investigations sous des angles divers.

Les fonctions physiques du jeune garçon n'étaient absolument pas atteintes. Il était alimenté par perfusion, urinait régulièrement. Le soir, une fois qu'on avait éteint la lumière de la chambre, il fermait les yeux et s'endormait et, le lendemain matin, il soulevait de nouveau les paupières. Il était inconscient, certes, mais à part cela, son métabolisme fonctionnait à merveille. Il ne rêvait pas. Quand quelqu'un rêve, les mouvements de ses globes oculaires ou l'expression de son visage le signalent toujours. La conscience réagit aux expériences oniriques, le rythme cardiaque s'accélère ou diminue. Mais on n'observait aucun de ces signes chez le petit Nakata. Son pouls et sa respiration étaient ralentis, sa température un peu plus basse que d'ordinaire, mais étonnamment stables.

Cela peut sembler bizarre, pourtant on avait l'impression que le véritable Nakata était parti en voyage, ne laissant que son corps, telle une enveloppe provisoirement vide, comme s'il avait réduit ses activités vitales au minimum pendant que sa personne elle-même était partie ailleurs pour vaquer à d'autres occupations. Littéralement comme si « son esprit avait quitté son corps ». Connaissez-vous cette expression ? On l'emploie souvent dans les contes japonais : l'âme se sépare momentanément du corps, parcourt mille lieues, ce qui signifie qu'elle se rend dans un endroit lointain où elle accomplit une importante mission avant de réintégrer le corps. Dans le célèbre *Dit du Genji*, on trouve des « esprits vivants », ce qui peut être un phénomène assez proche.

C'est-à-dire que l'âme d'une personne vivante – à condition que sa volonté soit suffisamment forte – peut quitter son corps comme celle d'un défunt. Cette conception de l'âme est enracinée au Japon depuis la nuit des temps. Bien entendu, rien de tout cela ne peut être prouvé scientifiquement. Je suis même un peu gêné d'évoquer ce genre de phénomène, ne serait-ce que sous forme d'hypothèse.

Le problème concret auquel nous devions faire face était, bien sûr, comment sortir ce garçon du coma. Comment le ranimer. Nous avons consacré toute notre énergie à rechercher en tâtonnant une sorte de « déclencheur contraire », capable de mettre fin à cette hypnose. Nous avons tenté tout ce qui nous venait à l'esprit. Nous avons fait venir les parents de l'enfant, leur avons demandé de l'appeler à haute voix pendant plusieurs jours. En vain. Nous avons testé à son chevet tous les trucs utilisés par les hypnotiseurs : nous lui avons fait diverses suggestions, avons tapé dans nos mains de différentes façons, lui avons fait écouter des musiques familières et lui avons lu ses manuels scolaires tout haut. Nous lui avons fait humer ses plats favoris. Amené son chat à l'hôpital. Il l'adorait, ce chat. Nous avons tout tenté pour le faire revenir de ce côté-ci, dans le monde conscient. Sans le moindre résultat.

Soudain, au bout de deux semaines, au moment où, ayant épuisé tous les moyens en notre possession, nous commencions à perdre confiance et à nous sentir épuisés, le garçon s'est réveillé d'un coup, sans crier gare. Pas à cause de quelque chose que nous aurions fait et qui se serait révélé efficace, non. L'enfant parut se réveiller simplement parce que l'heure était venue.

Ce jour-là, s'est-il passé quelque chose d'inhabituel ?

Rien qui vaille la peine d'être souligné. La journée s'est déroulée normalement. Vers dix heures du matin, une infirmière lui a fait un prélèvement sanguin. Il a suffoqué, et un peu du sang recueilli dans la pipette s'est éparpillé sur ses draps, qui ont été changés immédiatement. C'est le seul incident qui s'est produit ce jour-là. Le garçon s'est réveillé environ trente minutes plus tard. Il s'est redressé brusquement sur le lit, s'est étiré, a regardé autour de lui.

Sa conscience était revenue ; médicalement, il était en parfait état de santé. Très vite, cependant, on a pu constater qu'il était devenu totalement amnésique. Il ne se rappelait même pas son nom. Ni l'endroit où il vivait, ni l'école qu'il fréquentait, rien. Pas même les visages de ses parents. Il était incapable de se souvenir de quoi que ce soit. Il ne savait plus lire. Il n'avait même pas idée de ce que pouvait être le Japon ou la Terre. Il était revenu dans le monde ordinaire la tête complètement vide, pareil à une feuille blanche.

9

Je viens de reprendre connaissance. Je suis allongé comme une bûche sur le sol humide, au milieu d'épais buissons. De profondes ténèbres m'environnent, je n'y vois absolument rien.

La tête toujours appuyée contre des branches épineuses, je prends une profonde inspiration. Dans la nuit, je sens une odeur de plantes, de terre, mêlée à des relents de crottes de chien. J'aperçois un bout de ciel entre les branches. Il n'y a ni lune ni étoiles, pourtant le ciel est étrangement clair. On dirait que les nuages forment un écran sur lequel se réfléchit la lumière de la Terre. Une sirène d'ambulance se rapproche peu à peu, puis s'éloigne. En tendant l'oreille, j'entends aussi des pneus chuinter sur la chaussée. Je dois me trouver quelque part en ville.

J'essaie de reprendre mes esprits. Pour cela, il faut que je rassemble les morceaux du puzzle de ma personnalité, éparpillés autour de moi. J'ai l'impression que ce n'est pas la première fois. J'ai la sensation d'avoir déjà vécu cette scène. Mais où, et quand ? J'essaie de remonter le fil de ma mémoire, mais il se casse tout de suite. Je ferme les yeux et laisse couler le temps.

Le temps passe. Soudain, je pense à mon sac à dos. La panique m'envahit. Mon sac… Où est-il ? Je ne peux pas l'avoir perdu ! Il contient tout ce que je possède. Mais il fait trop sombre, je n'y vois rien. Et quand j'essaie de me relever, je retombe, sans force.

Finalement, je parviens à soulever mon bras gauche – pourquoi est-il si lourd tout à coup ? – et je le rapproche de mon visage, pour regarder ma montre. Les chiffres sur l'écran indiquent : 23 h 26, le 28 mai. Je tourne mentalement les pages de mon calendrier. Tout va bien, la date n'a pas changé. Je ne suis pas resté inconscient plusieurs jours. Quelques heures tout au plus. Quatre, peut-être.

Le 28 mai. Il ne s'est rien passé de particulier ce jour-là, si je me souviens bien. La routine : je suis allé au gymnase, puis à la bibliothèque Komura. J'ai fait ma série d'exercices sur les machines, et ensuite j'ai lu Sôseki, sur un canapé de la salle de lecture. J'ai dîné près de la gare. Du saumon, je me rappelle, avec de la soupe au miso et de la salade. J'ai demandé un second bol de riz. Et après… après, je ne me souviens plus de rien.

Mon épaule gauche me lance. Au fur et à mesure que les sensations physiques reviennent, la douleur se réveille. J'ai dû heurter violemment quelque chose. De la main droite, je tâte la partie endolorie par-dessus la chemise. Apparemment, il n'y a pas de plaie et ce n'est pas enflé. J'ai peut-être été renversé par une voiture ? Mais mes vêtements ne sont pas déchirés et je n'ai mal nulle part ailleurs qu'à l'épaule gauche. Je me suis probablement cogné.

Je remue un peu dans les buissons, tâtonne autour de moi. Ma main ne sent rien d'autre que des branches, dures et tortueuses comme des cœurs de petits animaux torturés. Je ne trouve pas mon sac à dos. Mon portefeuille est toujours dans la poche de mon pantalon. Il contient un peu d'argent liquide, et deux cartes : une de téléphone, l'autre pour ouvrir la porte de ma chambre d'hôtel. J'ai aussi de la monnaie dans mes poches, ainsi qu'un stylo et un mouchoir. Apparemment, il ne manque rien. Je suis vêtu d'un pantalon de coton crème et d'un tee-shirt blanc à col en V, par-dessus lequel je porte une chemise en jean. J'ai mes Topsiders bleu marine aux pieds, mais ma casquette de base-ball des New York Yankees n'est plus sur ma tête. Pourtant, je suis sûr que je l'avais en quittant l'hôtel. Elle a dû tomber, ou bien je l'ai oubliée quelque part. Peu importe. On en trouve partout, des casquettes de ce genre.

Je finis par découvrir mon sac, posé contre le tronc d'un pin. Pourquoi l'ai-je laissé là avant de m'enfoncer dans ces buissons et de m'y évanouir ? Et surtout, où suis-je ? Ma mémoire est gelée. Enfin, l'important, c'est que j'aie retrouvé mon sac. Je sors ma torche, rangée dans une poche latérale, et en vérifie le contenu : apparemment il ne manque rien. La pochette contenant mon argent est toujours là. Je pousse un soupir de soulagement.

Je jette le sac sur mon dos, écrase quelques buissons, écarte des branches, et émerge dans une petite clairière, d'où part un sentier que je suis en éclairant le sol à mes pieds. Je ne tarde pas à apercevoir une lumière et à déboucher dans l'enceinte d'un sanctuaire shinto.

Un sanctuaire assez grand, apparemment. Il est éclairé par une seule grosse lampe au mercure, qui jette une lumière froide sur le bâtiment, les plaquettes votives et l'urne à offrandes. Mon ombre s'allonge étrangement sur le gravier. Je lis le nom du temple sur un panneau de bois et le mémorise. Les alentours sont déserts. J'aperçois des toilettes et m'y rends aussitôt. Elles sont assez propres. Je pose mon sac à dos, me lave la figure, observe mon reflet brouillé dans la glace au-dessus du lavabo. Je m'attendais au pire, et je ne suis pas déçu : j'ai vraiment la mine défaite. Je suis blême, les joues creuses ; j'ai des traces de boue le long du cou, les cheveux en bataille. Je remarque quelque chose de noir collé sur le devant de mon tee-shirt. On dirait un grand papillon aux ailes ouvertes. Je frotte mais ça ne part pas. Je tâte cette tache : elle est étrangement visqueuse. Je suis affolé, mais j'enlève lentement, pour me donner le temps de me calmer, ma chemise en jean, puis mon tee-shirt. Sous le néon qui clignote, je me rends compte qu'il s'agit d'une tache de sang, un sang noirâtre, encore frais, et assez abondant. J'approche le tee-shirt de mon nez, aucune odeur particulière ne s'en dégage. Le sang a aussi éclaboussé ma chemise, mais il y en a beaucoup moins que sur le tee-shirt et comme le tissu est sombre, cela se voit à peine. Sur le tee-shirt blanc, c'est autre chose.

Je le lave dans le lavabo. L'eau ensanglantée ne tarde pas à rougir la porcelaine blanche. Mais j'ai beau frotter, la tache refuse de disparaître. Je m'apprête à jeter mon tee-shirt dans la poubelle, puis me ravise. Quitte à le jeter, mieux vaudrait trouver un autre endroit. Je roule le vêtement en boule, le fourre dans un sac en plastique, mets le tout dans mon sac à dos. Je mouille mes cheveux pour y remettre un peu d'ordre. Je sors mon savon de ma trousse de toilette et me lave les mains. Elles tremblent légèrement. Je prends tout mon temps, me récure soigneusement entre les doigts. J'ai des traces rouges jusque sous les ongles. J'essuie avec une serviette humide le sang qui a suinté à travers mon tee-shirt et me colle encore à la poitrine. Puis j'enfile ma chemise, la boutonne jusqu'au cou, rentre les pans à l'intérieur de mon pantalon. Si je ne veux pas attirer l'attention sur moi, il faut que j'aie l'air à peu près normal.

La peur, cependant, me fait claquer des dents. Je ne peux pas m'en empêcher. J'écarte mes mains et les contemple. Elles tremblent encore. On dirait que ce ne sont pas mes mains, mais deux petits animaux indépendants, animés d'une vie propre. Et puis mes paumes me démangent horriblement. Comme si je venais de serrer une barre de métal brûlant.

Je les pose sur le bord du lavabo et appuie mon visage contre le miroir. J'ai envie de pleurer. Mais cela ne servirait à rien, personne ne viendrait à mon secours. Personne…

Allons bon, qu'as-tu bien pu faire pour avoir autant de sang sur toi ? Qu'est-ce que tu as encore fabriqué ? Mais tu ne te souviens de rien, bien sûr. Tu n'es pas blessé. À part cette douleur à l'épaule, tu n'as mal nulle

part. Il faut se rendre à l'évidence : ce sang, ce n'est pas le tien, c'est celui de quelqu'un d'autre.

Bon, tu ne peux pas rester ici indéfiniment. Si une patrouille de police te découvrait dans ces toilettes avec tout ce sang, ce serait la fin des haricots. Mais retourner directement à l'hôtel n'est peut-être pas une bonne idée non plus. Peut-être sont-ils déjà là-bas, prêts à te cueillir. On n'est jamais trop prudent. Tu t'es peut-être trouvé mêlé à un crime à ton insu. Et on ne peut pas exclure la possibilité que ce soit toi le criminel.

Heureusement, tu as toutes tes affaires avec toi. Par prudence, tu t'es baladé partout avec ce gros sac à dos qui contient tout ce que tu possèdes. Cela va se révéler utile. Tu as fait ce qu'il fallait, tu vois ? Alors, n'aie pas peur. Tout va bien se passer. Tu es le garçon de quinze ans le plus courageux au monde, non ? Aie confiance en toi. Respire calmement, fais travailler ta cervelle, et tout se passera bien. Mais n'oublie pas d'être prudent. Le sang a coulé. Du vrai sang. Et en grande quantité. Peut-être qu'on te recherche déjà à l'heure qu'il est.

Alors, en piste. Il n'y a qu'une chose à faire. Un seul endroit où aller. Et tu sais lequel.

Je prends quelques inspirations profondes. Endosse à nouveau mon sac et quitte les toilettes. Le gravier crisse sous mes pas. Tout en avançant dans la lumière de la lampe au mercure, j'essaie intensément d'actionner mes méninges. J'appuie sur le bouton, tourne la manivelle. Mais la machine refuse de se mettre en route. La batterie est trop faible pour faire démarrer le moteur. Il me faut un abri sûr, où je puisse me réfugier un moment, et rassembler mes forces. Mais où ? À part la bibliothèque Komura, je ne vois pas. Elle n'ouvre pas avant demain matin onze heures. Cela fait pas mal de temps à passer.

En dehors de la bibliothèque, il n'existe qu'un endroit… Je m'assieds dans un coin discret, tire le téléphone portable de mon sac à dos. Vérifie qu'il fonctionne toujours. Et sors de mon portefeuille le bout de papier sur lequel Sakura a noté son numéro. Mes doigts tremblent toujours, et je mets un moment à le composer. Heureusement, je ne tombe pas sur un répondeur. À la douzième sonnerie, elle décroche. Je décline mon identité.

— Kafka Tamura, répète-t-elle d'un ton peu amène. Tu sais l'heure qu'il est ? Je me lève tôt demain, moi.

— Je sais que ce n'est pas une heure pour appeler les gens, dis-je d'une voix tendue. Mais je n'avais pas le choix. Je suis vraiment dans le pétrin et tu es la seule personne à qui je peux tout raconter.

À l'autre bout du fil, le silence se prolonge. On dirait qu'elle analyse le timbre de ma voix.

— C'est grave ? finit-elle par demander.

— Je ne sais pas exactement. Mais je crois que oui. Aide-moi, juste pour cette fois. Je te promets que je ne te dérangerai pas longtemps.

Elle réfléchit un peu. Elle n'hésite pas, non, elle réfléchit.

— Où es-tu ?

Je lui dis le nom du sanctuaire.

— C'est à Takamatsu ?

— Je ne suis pas sûr, mais je crois, oui.

— Ça alors ! Tu ne sais même pas où tu es ? dit-elle, stupéfaite.

— C'est une longue histoire.

Elle soupire.

— Trouve un taxi et fais-toi conduire au Lawson, à l'angle du deuxième bloc du quartier de ***. Il y a un grand panneau, c'est un drugstore ouvert toute la nuit, tu ne peux pas te tromper. Tu as de quoi régler la course ?

— Oui.

— Tant mieux, dit-elle, puis elle raccroche.

Je franchis le portique du sanctuaire. Il donne sur une avenue, dans laquelle je ne tarde pas à trouver un taxi en maraude. Je donne l'adresse au chauffeur. Par chance, il connaît le Lawson. Je lui demande si c'est loin. Pas très, me répond-il, la course coûtera environ mille yens.

Quand le taxi s'arrête devant le Lawson, je tends la monnaie au chauffeur d'une main toujours tremblante. Je reprends mon sac à dos et entre dans le magasin. Je suis venu si vite que Sakura n'a pas encore eu le temps d'arriver. Je m'achète un petit pack de lait, le fais chauffer au micro-ondes, le déguste lentement. Ce liquide chaud qui glisse le long de mon œsophage me réconforte un peu. Au moment où je suis entré, le vigile a jeté un coup d'œil méfiant sur mon sac à dos, mais ensuite plus personne n'a fait attention à moi. Je reste devant le rayon de magazines, faisant semblant d'en choisir un, et inspecte mon reflet dans la vitrine. Mes cheveux sont encore un peu en désordre, mais les taches de sang sur ma chemise ne se voient pas. Même si quelqu'un les remarquait, il prendrait cela pour une simple tache de saleté. Maintenant, il faut que je m'arrête de trembler.

Sakura arrive dix minutes plus tard. Il est presque une heure du matin. Elle porte un sweat-shirt gris tout simple et un jean délavé. Ses cheveux sont noués en queue-de-cheval et elle a une casquette New Balance bleu marine. À l'instant où je la vois, mes dents cessent enfin de claquer. Elle s'approche de moi et me dévisage, comme si elle inspectait la dentition d'un chien qu'elle envisage d'acheter. Elle émet un petit son, entre le soupir et le gémissement et me donne deux petites tapes sur l'épaule.

— Allez, viens, dit-elle.

Son appartement se trouve à deux pâtés de maisons du Lawson, au premier et seul étage d'un petit immeuble modeste. Elle monte l'escalier devant moi, sort une clé de sa poche et ouvre une porte verte en contreplaqué. Il y a deux pièces, plus une petite cuisine et une salle de bains. Les cloisons sont minces, le plancher craque, et les rayons aveuglants du soleil couchant sont probablement la seule lumière naturelle qui pénètre dans ce lieu. Quelqu'un tire une chasse d'eau dans un appartement voisin, on entend grincer les portes d'un placard. Mais, au moins, il y a de la vie ici. La vaisselle empilée dans l'évier, les bouteilles en plastique vides, les magazines éparpillés ici et là, les tulipes fanées, la liste de courses scotchée sur le Frigidaire, les bas négligemment jetés sur le dossier d'une chaise, le journal ouvert à la page des programmes télé posé sur la table, le cendrier et le paquet de Virginia Slim à côté : étrangement, ce spectacle m'apaise.

— C'est l'appartement d'une amie, explique Sakura. Elle travaillait dans le même salon de coiffure que moi à Tokyo, mais l'an dernier elle est retournée à Takamatsu, sa ville d'origine. Elle est partie en Inde pour un mois et m'a demandé de garder son appartement et de la remplacer au salon où elle est employée. Je me suis dit que ça me changerait de Tokyo, et je suis venue. C'est une fille plutôt new age, je doute qu'elle ne reste qu'un mois en Inde.

Elle me fait asseoir devant la table de la cuisine, prend dans le frigo une canette de Pepsi qu'elle dépose devant moi. Normalement je n'en bois jamais : trop sucré, et mauvais pour les dents. Mais je meurs de soif et je vide la canette d'un trait.

— Tu as faim ? J'ai des nouilles instantanées, si ça te dit.

Je lui réponds que je n'ai pas faim.

— Tu sais que tu as vraiment une sale mine ? dit-elle.

Je hoche la tête.

— Qu'est-ce qui t'est arrivé ?

— J'aimerais bien le savoir.

— Tu ne sais pas ce qui t'est arrivé. Tu ne sais pas où tu étais. Ça va être long à expliquer, dit-elle, comme si elle alignait simplement les données. La seule chose dont tu sois sûr, c'est que tu es dans le pétrin ?

— Je suis vraiment dans le pétrin, dis-je, espérant que mon ton est assez convaincant.

Un silence s'ensuit, pendant lequel elle me dévisage en fronçant les sourcils.

— En fait, tu n'as pas de famille à Takamatsu, hein ? Tu fais une fugue, c'est ça ?

Je hoche la tête.

— Moi aussi j'ai fait une fugue, une fois, quand j'avais ton âge. Il me semble que je peux te comprendre. C'est pour ça que je t'ai donné mon numéro de téléphone. Je me disais que ça te serait peut-être utile.

— Merci, dis-je.

— Ma famille est d'Ichikawa, dans la préfecture de Chiba, près de Tokyo. Je n'aimais pas l'école et je ne m'entendais pas avec mes parents, alors je leur ai volé un peu d'argent, et je suis partie, aussi loin que j'ai pu. J'avais seize ans et je suis allée jusqu'à Abashiri, dans l'Hokkaido, tu imagines ? Je suis entrée dans la première ferme que j'ai vue, et j'ai demandé aux fermiers de me laisser travailler. Je leur ai dit que je ferais tout ce qu'ils me demanderaient, du moment qu'ils me donnaient un lit et de quoi manger. La fermière était très gentille, elle m'a fait asseoir, m'a offert du thé. Ensuite, elle m'a laissée attendre un moment, seule. Et pendant que j'attendais innocemment, une voiture de police est arrivée, ils m'ont embarquée et ramenée chez moi. Il paraît que ce n'était pas la première fois que des ados en fugue venaient frapper chez ces fermiers. Après, je me suis dit que, où que je décide d'aller, il fallait que j'aie d'abord un métier. J'ai arrêté le lycée et je suis entrée dans une école de coiffure, et voilà.

Ses lèvres s'étirent en un sourire parfaitement symétrique.

— Tu ne trouves pas que c'est assez sain, comme manière de penser ?

J'acquiesce.

— Si tu me racontais tout depuis le début ? (Elle tire une Virginia Slim de son paquet et l'allume.) De toute façon, je ne crois pas que je pourrai dormir cette nuit, alors autant écouter ton histoire.

Et je lui explique tout depuis le début. À partir de ma fugue. Bien entendu, je ne lui parle pas de la prédiction. Ce n'est pas le genre de chose qu'on peut raconter d'entrée de jeu.

10

— Est-ce que Nakata peut vous appeler Kawamura ?

Nakata répète la question qu'il vient de poser au chat tigré en détachant les mots, de manière à bien se faire comprendre.

Ce matou venait de lui dire qu'il avait aperçu Sésame (écaille-de-tortue femelle, âgée de un an) dans les environs. Cependant, il s'exprimait d'une façon curieuse – du moins du point de vue de Nakata. Le chat non plus ne paraissait rien comprendre à ce que lui disait le vieil homme. Et leur conversation, qui suivait des chemins parallèles, confinait à l'absurde.

— Cela ne me dérange pas, mais la tête très haute.

— Excusez-moi, Nakata ne comprend pas bien ce que vous dites. Je ne suis pas très intelligent vous savez.

— Toujours du maquereau.

— Vous voulez dire que vous aimeriez manger du maquereau ?

— Pas du tout. Les pattes avant attachées.

Nakata n'espérait pas parvenir à communiquer parfaitement avec la gent féline. Il fallait s'attendre à quelques difficultés dans ce genre de dialogue. Et l'aptitude de Nakata lui-même à s'exprimer – qu'il s'adresse à des chats ou à des humains – n'était pas sans faille. Des échanges aussi aisés que ceux qu'il avait eus la semaine précédente avec Otsuka représentaient une exception à la règle. De manière générale, transmettre un simple message à un chat se révélait une tâche assez complexe. Les mauvais jours, on aurait dit deux personnes, debout chacune sur la berge opposée d'un canal par grand vent, criant pour se faire entendre. Et ce jour-là c'était exactement le cas.

Nakata ignorait pourquoi mais la communication passait plus ou moins bien selon les races de chats. Il était particulièrement difficile d'être sur la même longueur d'onde que les chats brun tigré. Avec les chats noirs, cela se passait plutôt bien. C'était avec les siamois qu'il avait les conversations les plus fluides mais, malheureusement, l'occasion ne se présentait pas souvent car on rencontrait peu de siamois errants dans les rues. Et pour une raison qui échappait à Nakata, la plupart des chats de gouttière étaient brun tigré.

Cependant, ce Kawamura était particulièrement inintelligible. Il ne prononçait pas bien les mots, les enchaînait sans logique. Ce qu'il disait ressemblait plus à des devinettes qu'à de véritables phrases. Mais Nakata était de nature patiente et il avait du temps à revendre. Il répéta donc impassiblement les mêmes questions, reçut imperturbablement les mêmes réponses. Cela faisait près d'une heure qu'ils tournaient en rond en devisant ainsi, assis sur le muret d'un parc de jeux situé dans une zone résidentielle.

— Kawamura, c'est juste un moyen pratique de vous nommer. Cela n'a pas de sens particulier, insista Nakata.

Kawamura répondit par une bouillie verbale incompréhensible, et comme cela menaçait de se prolonger indéfiniment, Nakata décida de passer directement à l'étape suivante. Il brandit à nouveau la photo de Sésame sous le museau de Kawamura.

— Voici Sésame, la chatte que Nakata recherche. C'est une écaille-de-tortue, âgée de un an. Elle appartient aux Koizumi, qui habitent le troisième bloc à Nogata. Cela fait un moment qu'elle a disparu. Elle a profité d'un moment où Mme Koizumi ouvrait la fenêtre pour s'enfuir. Alors, je vous pose à nouveau la question, monsieur Kawamura : avez-vous, oui ou non, déjà vu cette chatte ?

Kawamura regarda un moment la photo, puis hocha la tête :

— K'wam'ra, si c'est du maquereau, il attache. S'il attache, cherchez-le.

— Excusez-moi mais, comme je vous l'ai dit tout à heure, Nakata n'est pas très intelligent et ne comprend pas bien ce que vous dites. Auriez-vous la gentillesse de répéter ?

— K'wam'ra, si c'est du maquereau, il essaie. S'il cherche, il attache.

— Quand vous dites « maquereau » vous parlez bien du poisson qui porte ce nom ?

— Il essaie du maquereau, mais s'il attache, c'est K'wam'ra.

Nakata frotta ses courts cheveux poivre et sel du plat de la main et réfléchit un moment. Que faire pour échapper au labyrinthe dans lequel la conversation l'avait entraîné ? Et que signifiait cette histoire de maquereau ? Il avait beau se creuser la tête, il ne trouvait pas la solution de l'énigme. Le raisonnement logique n'était pas son fort, de toute façon. Pendant ce temps, Kawamura avait levé une de ses pattes arrière et se grattait sous le menton d'un air parfaitement indifférent.

À ce moment, Nakata entendit un petit gloussement derrière son dos. Il se retourna et aperçut, assis sur un muret de béton près d'une maison, un joli chat siamois tout fluet qui le regardait en plissant les paupières.

— Excusez-moi, mais seriez-vous monsieur Nakata par hasard ? demanda le siamois d'une voix douce.

— Tout à fait, c'est bien moi. Bonjour.

— Bonjour, ronronna le siamois.

— Il faisait un peu nuageux ce matin, mais je ne crois pas qu'il va pleuvoir, dit Nakata.

— J'espère bien que non…

Il s'agissait d'une femelle d'âge moyen, à la queue fièrement dressée. Elle portait un collier avec un nom gravé dessus. Ses traits étaient agréables, son corps mince, sans une once de gras superflu.

— Appelez-moi Mimi. Comme dans *La Bohème*. Il y a une chanson qui m'est dédiée, vous savez.

— Ah ? fit Nakata.

— C'est un opéra de Puccini. Mon maître adore l'opéra, dit Mimi avec un sourire aimable. Je vous aurais volontiers chanté l'air, malheureusement je chante un peu faux.

— Ravi de vous rencontrer, mam'zelle Mimi.

— Tout le plaisir est pour moi, monsieur Nakata.

— Vous habitez le quartier ?

— Oui, chez les Tanabe. La maison à un étage que vous voyez là-bas. Tenez, il y a une BMW 530 garée juste devant.

— Ah, fit Nakata, qui ignorait tout des BMW, mais avait déduit qu'il devait s'agir de la voiture crème garée devant la maison.

— Vous savez, monsieur Nakata, je suis plutôt indépendante de nature, et je n'aime pas me mêler de ce qui ne me regarde pas. Mais ce jeune, là – celui que vous appelez Kawamura –, n'est pas très intelligent, à vrai dire. Le pauvre, il a été renversé par un enfant à vélo quand il était petit. Il a été projeté en l'air et sa tête a heurté l'angle d'un mur en béton. Depuis, il est incapable de tenir des conversations sensées. Aussi, même avec la patience dont vous faites preuve depuis tout à l'heure, vous n'arriverez à rien. Ça fait un moment que je vous observe, et je me suis décidée à intervenir, tout en étant consciente de l'indélicatesse de ma démarche.

— Pas du tout, pas du tout, ne vous inquiétez pas. Je suis ravi au contraire d'écouter vos conseils. Nakata est aussi stupide que Kawamura, et si personne ne l'aide, il ne peut pas s'en sortir seul dans la vie. C'est d'ailleurs la raison pour laquelle le préfet lui verse une panse-ion. Je vous remercie de ce conseil, mam'zelle Mimi.

— Vous recherchez un chat, n'est-ce pas ? dit Mimi. Je n'avais pas l'intention d'écouter votre conversation, vous savez, je vous ai entendu par hasard. J'étais en train de faire une sieste sur ce muret, et… Une chatte du nom de Sésame, c'est bien cela ?

— Tout à fait tout à fait.

— Et Kawamura l'aurait vue dans les parages ?

— C'est ce qu'il m'a affirmé. Mais Nakata n'a rien compris à ce qu'il a dit ensuite.

— Si vous permettez, monsieur Nakata, puis-je vous servir d'interprète ? C'est plus facile de communiquer entre chats, et je suis assez habituée à sa façon de s'exprimer. Laissez-moi lui tirer les vers du nez et je vous expliquerai ensuite ce qu'il m'aura raconté.

— Oui. Si vous pouviez, cela aiderait beaucoup Nakata.

La siamoise hocha légèrement la tête, puis sauta au sol d'un bond de ballerine. Elle s'approcha, sa queue noire dressée comme un étendard et vint s'asseoir à côté de Kawamura. Il tenta aussitôt de lui renifler le derrière, mais elle lui assena une tape sur le museau qui le fit aussitôt reculer. Sans lui laisser le temps de souffler, Mimi lui décocha un second coup de patte sur la truffe.

— Maintenant, écoute-moi sans broncher, espèce de crétin à couilles molles ! siffla-t-elle.

Puis elle se tourna vers Nakata et ajouta comme pour se justifier :

— Il faut lui montrer tout de suite qui est le maître et maintenir la pression. Sinon, il se relâche et on perd le fil de la conversation. Ce n'est pas sa faute s'il est comme ça. En fait, je le plains, mais il n'y a pas d'autre moyen de le faire parler.

— Oui, acquiesça Nakata, qui ne comprenait rien à ce qui se passait.

Les deux chats se mirent ensuite à parler, mais tellement vite et à voix si basse que Nakata ne put rien saisir de leur conversation. Mimi posait des questions d'un ton rude et le matou répondait d'un air apeuré.

Quand il tardait à répondre, Mimi lui décochait des coups de patte impitoyables. La siamoise était intelligente et bien élevée. Nakata avait rencontré de nombreux chats dans sa vie mais jamais aucun connaissant les opéras et les automobiles. Impressionné, il regarda Mimi mener son enquête tambour battant.

Une fois qu'elle eut appris tout ce qu'elle voulait savoir, elle chassa le matou d'un bref : « Maintenant, dégage ! » Kawamura déguerpit sans se faire prier et Mimi vint s'installer en ronronnant dans le giron de Nakata.

— Je crois que j'ai compris les grandes lignes de l'histoire, déclara-t-elle.

— Merci beaucoup, dit Nakata.

— Kawamura a aperçu Sésame plusieurs fois dans un terrain vague tout près d'ici. Un futur chantier de construction. Le terrain a été racheté par une entreprise de travaux publics, qui a fait démolir l'entrepôt de pièces détachées qui l'occupait et projette d'y faire construire des immeubles résidentiels. Mais une association d'habitants du quartier s'oppose au projet, il s'ensuit une bataille légale, et en attendant cela reste un terrain vague. Ce genre de situation est très fréquent de nos jours. Les humains n'y mettent pas les pieds, parce que l'herbe est trop haute, mais pour les chats errants du coin c'est un parfait terrain de jeu. En ce qui me concerne, je ne suis pas très sociable avec mes congénères et j'aurais trop peur d'attraper des puces, aussi, je ne me rends guère dans ce lieu. Je ne vous apprends sans doute rien, monsieur Nakata, mais les puces, une fois qu'on en a, c'est très difficile de s'en débarrasser. Comme les mauvaises habitudes.

— Oui, répondit Nakata.

— Kawamura m'a dit avoir vu dans ce terrain vague une chatte exactement semblable à celle de votre photo, une jolie écaille-de-tortue timide, avec un collier antipuces. Elle ne parle pas très bien non plus, paraît-il. Tous les errants étaient sûrs qu'il s'agissait d'un chat domestique égaré qui ne savait plus comment retrouver sa maison.

— Quand était-ce ?

— Kawamura l'a vue pour la dernière fois il y a trois ou quatre jours. Cet idiot ne connaît pas les jours de la semaine, mais il a mentionné que c'était le lendemain du jour où il a plu. Je me souviens qu'il y a eu une grosse averse dimanche, je crois donc pouvoir affirmer que c'était lundi.

— Oui. Nakata non plus ne connaît pas les jours de la semaine mais il a plu en effet il y a quelques jours. Personne n'a revu Sésame depuis ?

— D'après Kawamura, non. C'est un bon à rien complètement lunatique, mais j'ai contre-vérifié chacune de ses réponses, je crois que, dans les grandes lignes, il n'y a pas d'erreur.

— Je vous suis très reconnaissant de votre aide.

— Ce n'est rien, vraiment. La plupart du temps, je n'ai pour compagnie que les matous grossiers du voisinage, et nous n'avons pas beaucoup de sujets de conversation communs. Je suis ravie de cette occasion de m'entretenir avec un humain capable de raisonnement logique tel que vous, cela me change un peu.

— Ah ? fit Nakata. À propos, Nakata n'a toujours pas compris ce que voulait dire Kawamura à propos de maquereau. Il s'agissait bien de poisson ?

Mimi souleva sa patte avant gauche, et gloussa légèrement en inspectant ses coussinets roses.

— Je crains que ce petit Kawamura n'ait un vocabulaire des plus restreints.

— Reste-rein ?

— Je veux dire : il ne connaît pas beaucoup de mots, rectifia courtoisement Mimi. Pour lui, tout ce qui est bon à manger s'appelle maquereau. Il pense que c'est le mets le plus raffiné du monde ! Il ne connaît même pas l'existence des daurades, des soles ou du flétan.

Nakata se racla la gorge.

— À vrai dire, Nakata aussi aime beaucoup le maquereau. L'anguille aussi, naturellement, mais…

— Ah, moi aussi, j'aime l'anguille. Mais on n'en mangerait pas tous les jours, n'est-ce pas ?

Ensuite, tous deux restèrent plongés un moment dans un silence seulement traversé par des pensées d'anguilles.

— Et donc, voilà ce que le petit Kawamura voulait dire, reprit Mimi comme si elle venait de se rappeler soudain quelque chose. Depuis que les chats errants du quartier ont élu domicile dans ce terrain vague, un individu mauvais qui les capture a fait son apparition. Tout le monde pense que c'est lui qui a enlevé Sésame. Il attire les chats avec quelque chose de bon à manger, puis les jette dans un grand sac. L'homme est très habile… un jeune chat sans expérience, affamé de surcroît, ne peut que tomber dans le piège. Plusieurs matous errants du quartier, pourtant méfiants de nature, ont déjà été attrapés par cet homme. C'est affreux, vraiment. La pire chose qui puisse arriver à un chat, c'est d'être enfermé dans un sac.

— Oui, dit Nakata en frottant sa tête grisonnante du plat de sa main. Mais pourquoi cet homme capture-t-il les chats ?

— Je l'ignore. Il paraît qu'autrefois les cordes de *shamisen* étaient en peau de chat, mais de nos jours, ce n'est plus un instrument de musique très populaire, et d'ailleurs il paraît que les cordes sont désormais en plastique. On dit que les humains mangent les chats dans certaines parties du monde mais, Dieu merci, ce n'est pas une coutume japonaise. Je pense donc qu'on peut éliminer ces deux possibilités. Ensuite, ma foi, il reste les expériences scientifiques, pour lesquelles on sacrifie de nombreux félins. Une de mes amies a été utilisée pour des tests réalisés par le département de psychologie de l'université de Tokyo. Une histoire atroce, mais je préfère ne pas vous la raconter, cela prendrait trop de temps. Et puis, évidemment, il n'y en a pas beaucoup, mais il faut aussi tenir compte des pervers qui torturent les chats. Ils les capturent, puis leur coupent la queue avec des ciseaux, par exemple.

— Ah ! fit Nakata. À quoi cela leur sert-il ?

— À rien, monsieur Nakata, à rien. Ils veulent simplement faire souffrir le chat. Pour s'amuser. Il existe des gens à l'esprit assez tordu en ce monde, vous savez.

Nakata réfléchit un moment mais, décidément, il ne parvenait pas à comprendre comment on pouvait trouver amusant de couper la queue d'un chat.

— Vous voulez dire que Sésame a pu être enlevée par une de ces personnes à l'esprit tordu ? demanda-t-il.

Mimi fit une grimace. Ses longues moustaches blanches s'arquèrent.

— Hélas ! oui. Cette pensée m'est extrêmement désagréable, mais on ne peut exclure cette possibilité. Je n'ai pas encore vécu très longtemps, monsieur Nakata, pourtant, croyez-moi, j'ai assisté plusieurs fois à des scènes qui dépassent l'entendement. La plupart des gens s'imaginent qu'une existence de chat est des plus plaisantes, que nous passons notre temps à nous prélasser au soleil sans rien faire. Or la réalité n'est pas si idyllique. Nous sommes des créatures faibles et vulnérables. Nous n'avons pas de carapace comme les tortues, ni d'ailes comme les oiseaux. Nous ne pouvons pas nous cacher sous la terre comme les taupes, ni changer de couleur comme les caméléons. Personne n'a idée du nombre de chats qui sont blessés chaque jour, ou qui meurent, pour rien. Moi, j'ai la chance de mener une vie sans souci auprès des Tanabe, dans un foyer chaleureux, d'être choyée par de gentils enfants, et de ne manquer de rien. Et pourtant, ce n'est pas toujours rose. Alors, quand je pense à toutes les épreuves qu'endurent les chats errants, je me dis que cela ne doit vraiment pas être facile pour eux.

— Vous êtes très intelligente, mam'zelle Mimi, dit Nakata, impressionné par l'éloquence de la siamoise.

— Non, non, pas du tout, répondit celle-ci en plissant les yeux d'un air confus. J'ai appris certaines choses en me prélassant sans rien faire devant la télévision, c'est tout. Je ne fais qu'accumuler des connaissances inutiles. Est-ce que vous regardez la télévision, monsieur Nakata ?

— Non. Les gens parlent trop vite sur le petit écran, et Nakata a du mal à suivre. Nakata n'est pas intelligent, il ne sait ni lire ni écrire et ne comprend pas la télévision. J'écoute la radio de temps en temps mais cela va aussi trop vite, c'est fatigant. Non, moi, ce que je préfère, c'est être dehors sous le ciel et parler avec les chats, comme en ce moment.

— Vous m'en direz tant !

— Eh oui.

— J'espère qu'il n'est rien arrivé de fâcheux à Sésame, reprit Mimi.

— Nakata va surveiller ce terrain vague quelque temps, mam'zelle Mimi.

— D'après le petit Kawamura, l'homme est très grand, il porte un étrange chapeau tout en hauteur et des bottes de cuir montantes. Il marche vite et il a une allure si particulière qu'on le remarque aussitôt. Quand les chats le voient arriver dans le terrain vague, ils prennent aussitôt la poudre d'escampette. Mais un nouveau venu qui ne serait pas au courant…

Nakata grava ces informations dans son esprit, les rangea soigneusement dans un tiroir de manière à ne pas les oublier : *l'homme est très grand, il porte un étrange chapeau tout en hauteur et des bottes de cuir montantes.*

— J'espère vous avoir été de quelque utilité.

— Je vous remercie de tout cœur, mam'zelle Mimi. Si vous ne m'aviez pas si aimablement adressé la parole, je serais encore en train de tourner en rond avec cette histoire de maquereau. Je vous suis très reconnaissant.

— Je pense, dit Mimi en levant une mine soucieuse vers Nakata, que cet homme est dangereux. Vraiment dangereux. Plus encore que vous ne pouvez l'imaginer. Évidemment, vous êtes un humain et il s'agit de votre travail, vous n'avez pas le choix, mais je vous en prie, soyez très prudent.

— Je vous remercie. Je serai prudent.

— Le monde est un endroit très violent, vous savez, monsieur Nakata. Personne ne peut échapper à la violence. Ne l'oubliez pas. On n'est jamais trop prudent. Qu'on soit un chat ou un humain.

— Entendu, je m'en souviendrai, dit Nakata.

De quelle violence Mimi pouvait-elle bien parler, où se nichait-elle ? Il n'en avait pas la moindre idée. Il y avait beaucoup de choses que Nakata ne comprenait pas, et tout ce qui était lié à la violence en faisait partie.

Après avoir quitté Mimi, Nakata se rendit directement au terrain vague, qui avait la taille d'un petit terrain de sport et était entouré d'une haute clôture en contreplaqué, sur laquelle était accroché un panneau (que Nakata, naturellement, ne pouvait pas lire) indiquant : « Site en construction – entrée interdite ». Une lourde chaîne cadenassée barrait l'entrée mais, en faisant le tour par l'arrière, on pouvait se faufiler facilement à travers la clôture : quelqu'un avait apparemment arraché une planche exprès.

Les entrepôts qui occupaient le terrain à l'origine avaient été démontés et enlevés, et des herbes folles avaient poussé partout. Il y avait des verges d'or aussi hautes qu'un enfant, au-dessus desquelles voletaient des papillons. La pluie avait durci les monticules de terre, qui formaient maintenant de petites buttes. C'était un lieu idéal pour les chats : les humains n'y pénétraient pas, un tas de petites créatures vivantes y grouillaient et il ne manquait pas de cachettes.

Kawamura n'était pas dans le terrain vague. Nakata aperçut deux matous, maigres, au pelage peu soigné, qui disparurent dans l'herbe après lui avoir jeté un coup d'œil glacial sans répondre à son aimable salut. C'est bien normal, se dit Nakata. Personne n'avait envie de se laisser attraper par un humain bizarre qui vous couperait la queue avec des ciseaux. Nakata lui-même – bien qu'il n'ait pas d'appendice caudal – n'avait aucune envie de subir ce genre de sort. Il y avait certes de quoi devenir méfiant.

Il grimpa sur une petite butte et promena un regard circulaire sur les alentours. Personne, à part des papillons blancs qui semblaient chercher quelque chose. Nakata trouva un endroit où s'asseoir, posa à terre son sac de toile, en tira deux petits pains fourrés aux haricots rouges, et les mangea en guise de déjeuner selon son habitude. Il but tranquillement le thé chaud que contenait sa petite bouteille Thermos, en plissant les yeux pour observer les environs. C'était une fin de matinée tranquille. Tout semblait baigner dans la paix et l'harmonie. Nakata avait du mal à accepter l'idée qu'un paysage aussi paisible pût dissimuler un affreux individu prêt à faire subir un sort cruel à des chats innocents.

Tout en mâchant lentement chaque bouchée de ses petits pains, il caressa ses cheveux ras grisonnants. S'il avait eu quelqu'un à qui parler, il lui aurait expliqué que « Nakata n'était pas très intelligent », malheureusement il était tout seul. Il se contenta donc de hocher la tête plusieurs fois en silence, tout en continuant à mâcher. Quand il eut fini de manger, il replia proprement les morceaux de Cellophane qui avaient emballé les petits pains, et les remit dans son sac. Le ciel était couvert de nuages mais, d'après la lumière, Nakata savait que le soleil était exactement à son zénith.

L'homme est très grand, il porte un étrange chapeau tout en hauteur et des bottes de cuir montantes.

Nakata essaya de se représenter la silhouette de l'inconnu. Cependant, il n'avait aucune idée de ce que pouvait être *un étrange chapeau tout en hauteur* ni *des bottes de cuir montantes*, car il n'en avait jamais vu de sa vie. D'après Mimi, Kawamura avait affirmé que cet homme était reconnaissable à son allure singulière. Dans ce cas, songea Nakata, il n'y avait qu'à attendre qu'il vienne. C'était de loin la meilleure solution. Nakata se leva pour uriner dans l'herbe – un long jet bien franc. Puis il alla s'asseoir à un bout du terrain vague, au milieu des herbes, dans un endroit où il était difficile de se rendre compte de sa présence, et décida de passer là le reste de l'après-midi, jusqu'à que l'homme apparaisse.

Attendre n'était certes pas une tâche très enthousiasmante. Nakata n'avait pas la moindre idée du moment que le voleur de chats choisirait pour sa prochaine visite. Ce pouvait être le lendemain ou dans une semaine. Peut-être même ne reviendrait-il jamais… C'était une possibilité, après tout. Cependant, Nakata était habitué à attendre seul, sans but. Il était habitué à ne rien faire, et finalement cela ne lui pesait pas.

Le temps n'était pas un problème pour lui. Il ne possédait pas de montre et avait une façon bien à lui d'appréhender le temps. Le matin, le jour se levait, et quand le soleil se couchait, la nuit suivait. Lorsqu'il commençait à faire sombre, Nakata se rendait aux bains publics de son quartier, puis il rentrait chez lui et dormait. Les bains étaient fermés certains jours et, dans ces cas-là, Nakata rentrait chez lui sans s'être lavé. Il savait quand arrivait l'heure des repas, parce qu'il avait faim et, lorsque venait le jour de toucher sa pension (il y avait toujours dans son entourage une personne assez aimable pour lui rappeler que ce jour approchait), il savait qu'un mois s'était écoulé. Le lendemain du jour où il avait touché sa pension, il allait chez le coiffeur à côté de chez lui se faire couper les cheveux. En été, des voisins lui offraient de l'anguille, et pour le nouvel an, on lui offrait des gâteaux de riz gluant.

Nakata se relâcha complètement, débrancha son esprit, se laissa flotter dans une sorte d'état hors circuit. C'était très naturel chez lui, il faisait cela tous les jours depuis l'enfance, sans même y penser. Bientôt les limites de sa conscience se mirent à fluctuer, comme les papillons voletant dans les herbes. Au-delà de ces limites s'étendait un profond abîme. De temps en temps, sa conscience venait survoler ce gouffre obscur. Mais Nakata n'avait pas peur de ces ténèbres, de ces profondeurs. Pourquoi aurait-il craint ce monde d'obscurité sans fond, ce chaos, ce silence épais, qui étaient ses alliés depuis bien longtemps et avaient fini par devenir une partie de lui-même ? Dans ce monde-là, il n'y avait pas d'écriture, pas de jours de la semaine, pas de préfet, pas d'opéra, pas de BMW. Pas de ciseaux non plus, ni de chapeau tout en hauteur. Il n'y avait pas d'anguilles, ni de petits pains fourrés aux haricots rouges. Il y avait *tout*. Mais il n'y avait pas de parties. Et comme il n'y avait pas de parties, on n'avait pas besoin de remplacer une chose par une autre. Rien à ajouter, rien à retrancher. Ce n'était pas la peine de penser à des choses compliquées, il suffisait de se laisser flotter dans ce *tout*. Et Nakata ne pouvait que savourer ces moments avec gratitude.

De temps à autre, il s'assoupissait. Cependant, ses sens restaient en éveil et continuaient à surveiller attentivement le terrain vague. Le ciel était entièrement couvert de nuages gris et bas, comme un tapis. Mais il n'allait pas pleuvoir pour le moment. Tous les chats le savaient, et Nakata aussi.

11

Je mets assez longtemps à raconter mon histoire. Sakura m'écoute attentivement, la tête dans les mains, les coudes sur la table de la cuisine. Je lui dis qu'en fait j'ai quinze ans, que je suis encore au collège, que j'ai fugué de chez mon père, qui vit à Tokyo, dans l'arrondissement de Nakano. Que j'ai pris une chambre dans un hôtel de Takamatsu et passe mes journées à la bibliothèque Komura. Et que je me suis retrouvé allongé, couvert de sang, dans l'enceinte d'un sanctuaire shinto, sans savoir ce qui m'était arrivé. Évidemment, je ne lui dis pas tout. On ne peut pas parler si facilement des choses importantes.

— Si je comprends bien, ta mère est partie en emmenant ta sœur aînée, et en te laissant seul, à l'âge de quatre ans, avec ton père ?

Je tire de mon sac la photo de ma sœur et moi au bord de la mer et la montre à Sakura. Elle la regarde un moment, puis me la rend sans rien dire.

— Je n'ai jamais revu ma sœur depuis. Ni ma mère. Elle ne m'a jamais donné de nouvelles. Je ne sais pas où elle est. Je ne sais pas à quoi elle ressemble. Je n'ai rien d'elle à part cette photo. Je peux me souvenir de son odeur, et de certaines sensations, mais pas de son visage.

— Hum, fait Sakura, qui m'observe en plissant les paupières, le menton dans les mains. Ç'a dû être dur pour toi, non ?

— Peut-être, je ne sais pas.

Elle continue à me regarder en silence, puis demande au bout d'un moment :

— Et tu t'entendais bien avec ton père ?

Si je m'entendais avec mon père ? Comment répondre à ça ? Je ne dis rien et secoue simplement la tête.

— Oui, évidemment, si tu t'étais bien entendu avec lui, tu n'aurais pas eu besoin de fuguer, remarque Sakura. Bon, reprenons : tu as fugué de chez toi, et cette nuit tu as tout à coup perdu connaissance ou perdu la mémoire, quelque chose dans ce genre ?

— Oui.

— Cela t'était déjà arrivé ?

— Quelquefois, dis-je honnêtement. Quand je m'énerve, j'ai l'impression qu'un plomb saute dans mon cerveau. C'est comme si quelqu'un appuyait sur un bouton et que mon corps se mettait en marche avant que j'aie eu le temps de réfléchir. Je suis moi, et quelqu'un d'autre en même temps.

— Tu veux dire que tu perds le contrôle de toi-même et que tu deviens violent ?

Je reconnais que ça m'est déjà arrivé.

— Tu as déjà blessé quelqu'un ?

Je fais « oui » de la tête.

— Deux fois. Mais rien de bien grave.

Sakura réfléchit un moment.

— Et tu crois que c'est ce qui t'est arrivé aujourd'hui ?

Je secoue la tête.

— C'est la première fois que c'est aussi fort. Cette fois… Je ne sais même pas dans quelles circonstances j'ai perdu connaissance, ni ce qui s'est passé pendant ce temps. C'est comme si tous mes souvenirs avaient été effacés. Il ne m'est jamais rien arrivé d'aussi affreux.

Sakura regarde le tee-shirt que j'ai sorti de mon sac à dos, inspecte soigneusement les traces de sang que je ne suis pas arrivé à enlever.

— Et la dernière chose dont tu te souviens, c'est que tu étais en train de dîner dans un restaurant près de la gare, c'est exact ?

Je hoche la tête.

— Et après, tu ne sais plus. Tu étais allongé dans des buissons, derrière un sanctuaire. Quatre heures s'étaient écoulées, ton tee-shirt était plein de sang et tu avais mal à l'épaule gauche.

Je hoche à nouveau la tête.

Sakura va chercher un plan de la ville, l'étale sur la table, vérifie la distance entre la gare et le sanctuaire.

— Ce n'est pas très loin, mais à pied il y en a quand même pour un moment. Pourquoi serais-tu allé jusque-là ? Depuis la gare, c'est la direction opposée à ton hôtel. Tu es déjà allé dans ce coin-là ?

— Jamais.

— Ôte ta chemise un instant.

J'obtempère et, une fois que je suis torse nu, elle passe derrière moi et enfonce le bout de ses doigts dans mon épaule. Je laisse échapper un gémissement. Elle a de la force dans les doigts, cette fille.

— C'est douloureux ?

— Plutôt, oui.

— Tu as dû heurter violemment quelque chose, ou alors peut-être que tu as été frappé.

— Je ne me souviens de rien.

— En tout cas, tu n'as rien de cassé.

Elle commence à palper la zone douloureuse du bout des doigts et à la masser. Même si c'est un peu douloureux, cela me soulage étrangement. Quand je le lui dis, elle sourit :

— Je suis douée pour les massages. C'est utile pour une coiffeuse. Ce don précieux me permet de trouver du travail n'importe où.

Elle me masse l'épaule un moment, puis me fait part de son diagnostic :

— Rien de problématique, à mon avis. Une bonne nuit de sommeil et il n'y paraîtra plus.

Elle ramasse mon tee-shirt, le met dans un sac en plastique et jette le tout à la poubelle. Puis elle examine la chemise que j'ai ôtée et la fourre dans le lave-linge. Ensuite elle ouvre un tiroir de sa commode, fouille dedans un moment, en sort un tee-shirt blanc qu'elle me tend. Il a l'air tout neuf et porte une inscription : *Maui whale watching cruise*. Une queue de baleine émergeant de l'eau est même dessinée dessus.

— C'est la plus grande taille que j'aie. Il n'est pas à moi, c'est quelqu'un qui me l'a laissé en souvenir. Peut-être qu'il ne te plaît pas mais enfile-le en attendant.

Je mets le tee-shirt. Il est pile à ma taille.

— Tu peux le garder si tu veux, dit Sakura.

Je la remercie.

— Tu n'es jamais resté évanoui aussi longtemps avant ? demande-t-elle.

— Jamais.

Je ferme les yeux, et respire l'odeur du tee-shirt neuf, savoure la sensation de fraîcheur sur ma peau. Puis j'avoue franchement :

— Tu sais, Sakura, j'ai très peur. J'ai peur à ne plus savoir que faire. Peut-être que j'ai blessé quelqu'un au cours de ces quatre heures qui se sont effacées de ma mémoire. Je ne me souviens plus de ce que j'ai fait. En tout cas, j'étais couvert de sang, et si jamais j'ai été mêlé à un crime, légalement, ma responsabilité est engagée, même si je n'étais pas conscient. Tu ne crois pas ?

— Mais peut-être que c'est juste un saignement de nez. Quelqu'un marchait distraitement, il est rentré dans un poteau électrique, a saigné du nez, et toi, tu lui as porté assistance, c'est tout. Je comprends que tu sois soucieux, mais ça ne sert à rien de te tracasser pour l'instant. Demain, on pourra lire les journaux, regarder les infos et si un crime a été commis dans les environs, on le saura, de toute façon. Il sera temps de réfléchir à ce moment-là, non ? Le sang coule en un tas d'occasions qui ne sont pas aussi dramatiques que tu peux le penser. Je suis une femme, j'ai l'habitude de voir du sang tous les mois, tu vois ce que je veux dire ?

Je hoche la tête. Je sens que je rougis. Elle verse du Nescafé dans une grande tasse, fait chauffer de l'eau dans la bouilloire, grille une cigarette en attendant, puis l'éteint en la passant sous l'eau. La fumée sent le menthol.

— Je peux te poser une question indiscrète ?

— Vas-y.

— Tu m'as dit que ta sœur aînée avait été adoptée avant ta naissance, c'est exact ?

— C'est vrai. Je ne sais pas pourquoi, mais ils l'ont adoptée. Moi je suis né après. *Je n'étais pas prévu au programme.*

— Donc, toi, tu es bien le fils de ton père et de ta mère, il n'y a aucun doute là-dessus ?

— Normalement, non.

— Pourtant, ta mère est partie avec ta sœur adoptive et pas avec toi, son véritable enfant. Un drôle de comportement pour une mère.

Je ne dis rien.

— Pourquoi a-t-elle fait ça ?

Je secoue la tête.

— Je l'ignore. Je me suis posé cette question des milliers de fois.

— Ça t'a blessé, naturellement ?

Est-ce que ça m'a blessé ?

— Je ne sais pas. En tout cas, si un jour je me marie, je ne crois pas que j'aurai des enfants. Je ne saurais pas comment me comporter avec eux.

— Chez moi, les choses n'étaient pas aussi compliquées, mais je ne m'entendais pas avec mes parents et ça m'a poussée à faire un tas de bêtises. Alors, je comprends ce que tu ressens. Mais, à propos d'avoir ou non des enfants, il vaut mieux ne pas décider ce genre de chose à l'avance. Rien n'est jamais définitif dans la vie, tu sais.

Debout devant l'évier, elle boit de petites gorgées de son Nescafé fumant, dans une tasse à l'effigie de la famille du dessin animé *Moomin*. Elle se tait pendant un moment, et je ne dis rien non plus.

— Tu n'as pas de la famille, des amis, qui pourraient t'aider ? finit-elle par demander.

— Non. Mes grands-parents paternels sont morts il y a un bout de temps, et mon père n'a ni frères ni sœurs, ni oncles ni tantes. Enfin, je ne sais pas si c'est vrai, mais je n'ai aucun moyen de vérifier. En tout cas, il n'a aucune relation avec sa famille, ça c'est sûr. Et il ne m'a jamais rien dit de la famille de ma mère. De toute façon, je ne connais même pas son nom, alors, comment saurais-je si elle a de la famille ou pas ?

— À t'écouter, j'ai l'impression que ton père est un extra-terrestre, dit Sakura. Il est venu d'une planète lointaine, a pris la forme d'un humain, a enlevé une Terrienne pour avoir un enfant et perpétuer sa descendance. Ta mère a appris la vérité, elle a pris peur et s'est enfuie. Un vrai scénario de science-fiction, non ?

Ne sachant que répondre, je me tais.

— Blague à part, dit-elle avec un large sourire pour bien me montrer que c'était une plaisanterie, tu n'as personne sur qui compter en ce vaste monde à part toi-même ?

— On peut dire ça comme ça.

Elle continue à boire son café, adossée à l'évier, puis lance, comme si elle venait de se le rappeler soudain :

— Il faut que je dorme un peu. Il est trois heures du matin. Je dois me lever à sept heures et demie, ça ne me fera pas beaucoup de sommeil mais c'est mieux que rien. Je n'aime pas aller travailler après une nuit blanche. Et toi, que décides-tu ?

Je lui explique que j'ai mon sac de couchage avec moi et que si elle n'y voit pas d'inconvénient, je peux dormir dans un coin. Je sors mon duvet roulé très serré de mon sac à dos, l'étale, lui redonne un peu de gonflant, sous l'œil admiratif de Sakura.

— Un vrai boy-scout ! dit-elle.

Elle éteint la lumière, se met au lit. Moi, je me glisse dans mon sac de couchage et essaie de m'endormir. Mais c'est impossible. L'image d'un tee-shirt blanc ensanglanté flotte derrière mes paupières. J'ai toujours cette sensation de démangeaison brûlante dans les paumes. Les yeux grands ouverts dans le noir, je fixe le plafond. Un plancher grince quelque part, puis on entend un bruit de chasse d'eau. Une sirène d'ambulance hurle au loin. Le son a beau être éloigné, il résonne avec une étrange netteté dans la nuit.

— Tu n'arrives pas à dormir, je parie ? fait une petite voix dans les ténèbres.

— Non, je ne dors pas.

— Moi non plus. Je n'aurais pas dû boire ce café. Je n'ai pas réfléchi.

Elle allume sa lampe de chevet, vérifie l'heure, éteint à nouveau.

— Je ne veux pas de malentendu entre nous, dit-elle, mais tu peux venir t'allonger près de moi.

Je quitte mon sac de couchage et vais la rejoindre sur son futon. Je suis en tee-shirt et en caleçon. Elle est vêtue d'un pyjama rose pâle.

— J'ai un petit ami attitré à Tokyo, tu sais, dit-elle. Ce n'est pas une lumière, mais c'est mon copain. Alors, je ne couche pas avec d'autres garçons. Je n'en ai pas l'air, mais je suis plutôt du genre sérieux, tu vois. Un peu vieux jeu. Je n'ai pas toujours été comme ça, j'ai fait un tas de bêtises mais c'est fini. Je me suis rangée. Alors, ne te fais pas d'idées. On dort comme un frère et une sœur. OK ?

— OK.

Elle passe un bras autour de mes épaules, me serre contre elle, pose son menton sur ma joue.

— Mon pauvre petit, dit-elle.

Inutile de préciser que j'ai une énorme érection. Très dure. Et étant donné notre position, il est impossible qu'elle ne la sente pas contre sa cuisse.

— Eh ben dis donc, fait-elle.

— Désolé. Je ne peux pas m'en empêcher.

— Je sais. Ce n'est pas commode, hein ? Tu n'y peux rien, je sais bien.

Je hoche la tête dans le noir.

Après une légère hésitation, elle baisse mon caleçon, saisit mon pénis dur comme la pierre, le serre doucement dans sa main. Comme si elle voulait vérifier quelque chose. Comme un médecin qui prend le pouls d'un malade. La douce caresse de sa paume me fait l'effet d'une vague pensée flottant autour de mon sexe.

— Quel âge aurait ta sœur maintenant ?

— Vingt et un ans, dis-je. Six ans de plus que moi.

Elle réfléchit un moment.

— Tu aimerais la revoir ?

— Peut-être.

— Peut-être ?

La main se resserre un peu sur mon sexe.

— Qu'est-ce que ça veut dire, peut-être ? Tu n'as pas tellement envie de la revoir, alors ?

— Je ne saurais pas quoi lui dire et puis, peut-être qu'elle n'a pas envie de me voir, elle. C'est la même chose pour ma mère. Peut-être qu'elles n'ont pas envie de me voir. Personne ne m'attend, personne ne me désire. Elles sont parties, non ? Et j'ajoute en pensée : *en me laissant derrière elles.*

Sakura se tait. Sa main relâche et resserre tour à tour son emprise. En réponse, mon pénis se détend un peu puis se raidit, plus brûlant que jamais.

— Tu as envie de jouir ? demande-t-elle.

— Peut-être.

— Peut-être ?

Je rectifie en hâte :

— J'ai très envie.

Elle pousse un léger soupir et commence à faire de lents mouvements de va-et-vient avec sa main. C'est une sensation très agréable. Elle ne se contente pas de monter et de descendre, c'est une caresse plus enveloppante. Ses doigts pleins de tendresse effleurent toute la surface de mon sexe et de mes testicules. Je ferme les yeux et pousse un énorme soupir.

— Interdiction de me toucher, dit-elle. Et tu me préviens quand tu es sur le point de venir, je ne tiens pas à salir les draps.

— D'accord.

— Alors ? Je suis douée, non ?

— Très.

— Je te l'ai dit tout à l'heure, j'ai un don naturel pour les massages. Mais ça n'a rien à voir avec le sexe, hein. Je t'aide à te relaxer, c'est tout. Tu as eu une rude journée, tu es surexcité et, si on ne fait rien, tu ne pourras pas fermer l'œil. Tu saisis ?

— Oui, dis-je. Je peux te demander quelque chose ?

— Hum ?

— Est-ce que je peux t'imaginer toute nue ?

Sa main s'immobilise brusquement. Sakura me regarde.

— Tu veux m'imaginer toute nue pendant que je te fais ça ?

— Oui, j'essaie de m'en empêcher depuis tout à l'heure mais je n'y arrive pas.

— Tu ne peux pas t'en empêcher ?

— C'est comme une télé que je n'arriverais pas à éteindre.

Elle rit comme à une bonne plaisanterie.

— Je ne comprends pas ! Tu peux très bien fantasmer sur moi sans rien me dire, et sans me demander la permission, non ? Je ne peux pas savoir à quoi tu penses, de toute façon.

— Justement, ça m'ennuie. L'imagination, pour moi, c'est important. Je me suis dit que je ferais mieux de te demander l'autorisation.

— Tu es drôlement poli, dis donc, dit-elle d'un ton admiratif. Tu as peut-être raison, c'est mieux de demander. D'accord, je t'autorise à m'imaginer toute nue.

— Merci.

— Alors, je suis comment dans ton imagination ?

— Canon.

Au bout d'un moment, une sensation de langueur se répand dans tout mon bassin, comme si un liquide remontait à la surface. Je le signale à Sakura, qui prend un Kleenex dans un paquet posé à son chevet et accélère ses mouvements. J'éjacule plusieurs fois, très fort. Un peu plus tard, elle se lève pour aller jeter le Kleenex. Je l'entends se laver les mains.

— Excuse-moi, dis-je.

— Ce n'est rien, répond-elle en revenant se coucher. Ça me gêne un peu que tu t'excuses tout le temps, tu sais. C'est juste une partie de ton corps, il n'y a pas de quoi en faire un plat. Tu te sens un peu soulagé ?

— Très.

— Tant mieux, dit-elle. (Puis elle réfléchit un moment et ajoute :) Je viens de me dire que j'aurais bien aimé être ta sœur.

— Moi aussi, j'aurais bien aimé que tu le sois.

Elle me caresse doucement les cheveux.

— Je vais dormir maintenant, retourne dans ton sac de couchage. J'ai du mal à dormir avec quelqu'un à côté de moi, et puis je n'ai pas envie de sentir un truc dur contre ma cuisse dès l'aube.

J'obtempère. Une fois recouché, je ferme les yeux. Cette fois je sombre sans le moindre problème dans un profond sommeil. Peut-être le sommeil le plus profond depuis que j'ai quitté la maison de mon père. Comme si un grand ascenseur silencieux m'entraînait de plus en plus bas dans les profondeurs de la terre. Bientôt, toutes les lumières, tous les bruits, disparaissent.

Quand je me réveille, Sakura est déjà partie travailler. Il est neuf heures. Mon épaule ne me fait presque plus mal. Sakura avait raison. Elle m'a laissé un petit mot sur la table de la cuisine, avec le journal du matin et une clé.

J'ai regardé les infos à la télé à sept heures et suis sortie acheter le journal. Aucun crime ou incident sanglant n'est signalé dans la région. Je suis sûre que ce sang, ce n'était rien de grave. Tant mieux ! Il n'y a pas grand-chose dans le frigo, mais sers-toi, prends tout ce que tu veux. Si tu n'as pas d'endroit où aller, tu peux rester chez moi quelque temps. Mets la clé sous le paillasson si tu sors.

Je prends du lait dans le réfrigérateur, en verse sur des corn-flakes après avoir vérifié la date de péremption. Je fais bouillir de l'eau, me prépare une tasse de Darjeeling en sachet. Fais griller deux tranches de pain, les tartine de margarine allégée avant de les manger. Ensuite, j'ouvre le journal à la page des faits divers. C'est vrai, aucun incident violent n'y est mentionné. Je pousse un soupir, referme le journal. Au moins, je n'aurai pas besoin d'essayer d'échapper à la police. Mais je préfère tout de même ne pas retourner à l'hôtel. Mieux vaut se montrer prudent. Je ne sais toujours pas ce que j'ai fait durant ces quatre heures, après tout.

Je téléphone à l'hôtel. Une voix d'homme, que je ne reconnais pas, me répond. Je lui explique que certaines circonstances m'ont obligé à écourter mon séjour. Je fais de mon mieux pour prendre un ton adulte. Comme j'ai payé une nuit d'avance, cela ne devrait pas poser problème. Je lui dis qu'ils peuvent jeter les quelques affaires personnelles que j'ai laissées dans la chambre. Il vérifie sur son ordinateur.

— Tout est en ordre, monsieur Tamura, dit-il, il ne vous reste rien à régler.

La clé étant une carte en plastique, je n'ai pas besoin de la rendre. Je le remercie et raccroche.

Ensuite, je prends une douche. Des sous-vêtements et des bas sèchent dans la salle de bains. Je m'efforce de ne pas les regarder et de me concentrer sur le lavage soigneux de ma personne, des pieds à la tête. J'essaie aussi de ne pas penser à ce qui s'est passé pendant la nuit. Je me brosse les dents, enfile un caleçon propre, roule mon duvet et le range dans mon sac à dos, puis je lave mon linge sale dans la machine à laver. Comme il n'y a pas de sèche-linge, une fois le cycle de lavage achevé, je mets les vêtements dans un sac en plastique que je fourre dans mes bagages. Je ferai sécher ça plus tard dans une laverie automatique.

Je lave la vaisselle empilée dans l'évier, la laisse égoutter, l'essuie et la range. Ensuite, je vérifie le contenu du réfrigérateur, jette les produits périmés. Certains sentent carrément mauvais. Il y a des brocolis moisis, un concombre tout ramolli, un bloc de tofu qui a largement passé la date limite. Je mets le reste des denrées dans des emballages propres, essuie les taches de sauce. Je jette tous les mégots du cendrier, fais une pile de tous les vieux journaux éparpillés dans la pièce. Je passe l'aspirateur. Cette fille est peut-être douée pour les massages, mais pour le ménage, elle ne vaut rien. J'ai envie de repasser ses chemisiers roulés en boule dans le placard, de faire les courses et de préparer le dîner. Quand j'étais encore à la maison, je me suis entraîné à ce genre de tâches, pour le jour où je vivrai seul, et elles n'ont rien de pénible pour moi. Mais peut-être serait-ce montrer trop de zèle de faire tout ça pour elle.

Une fois que j'en ai fini avec le ménage, je fais le tour de la pièce des yeux. Je sais que je ne peux pas m'attarder trop longtemps ici. C'est très clair dans mon esprit. Si je reste chez Sakura, je vivrai en état d'érection et de fantasmes permanents. Je ne pourrai pas éternellement détourner le regard des slips noirs en train de sécher dans la salle de bains, et je ne pourrai pas lui demander sans arrêt la permission de l'imaginer toute nue. Et surtout, je n'arriverai pas à oublier ce qu'elle m'a fait la nuit dernière.

Avec un crayon à la mine émoussée, je lui écris un mot sur une feuille du carnet posé à côté du téléphone.

Merci beaucoup de ton aide. Je suis désolé de t'avoir réveillée au milieu de la nuit avec mon coup de fil, mais tu étais la seule personne sur qui je pouvais compter.

Une fois là, je m'arrête un instant pour réfléchir à la suite. Je regarde à nouveau autour de moi.

Merci de m'avoir hébergé cette nuit et de me proposer de rester. J'aimerais bien, mais je pense qu'il vaut mieux que je te laisse tranquille. Je ne peux pas t'expliquer en détail pourquoi, mais j'ai mes raisons. Je vais me débrouiller tout seul. J'espère que tu me garderas un peu de sympathie, pour la prochaine fois où j'aurai besoin de ton aide.

Je m'arrête à nouveau. Dans un appartement voisin, quelqu'un vient de mettre la télévision à plein volume. C'est une émission matinale pour les ménagères : les participants crient tous plus fort les uns que les autres, et les publicités font leur possible pour rester dans la même tonalité. Assis devant la table, je fais tourner le crayon émoussé entre mes doigts en essayant de rassembler mes idées.

Pour être franc, je ne crois pas mériter ta sympathie. Je m'efforce de devenir quelqu'un de bien, mais j'ai beaucoup de mal. J'espère que je me serai un peu amélioré la prochaine fois que je te verrai. Mais je n'en suis pas sûr. Merci beaucoup pour cette nuit, c'était merveilleux.

Je coince le mot sous une tasse, prends mon sac à dos et sors. Je glisse la clé sous le paillasson comme Sakura me l'a demandé. Dans l'escalier, un gros matou noir avec des taches blanches est allongé en travers d'une marche. Il doit être habitué aux gens de l'immeuble, car il ne fait pas mine de bouger quand j'arrive à sa hauteur. Je m'assieds à côté de lui et le caresse un moment. C'est une sensation pleine de nostalgie. Le chat plisse les paupières et se met à ronronner. Nous restons ainsi un moment sur cette marche, savourant ce moment d'intimité. Puis je lui dis adieu et me retrouve dans l'avenue. Une petite pluie fine s'est mise à tomber.

Maintenant que j'ai quitté l'hôtel et laissé l'appartement de Sakura derrière moi, je n'ai plus d'endroit où dormir. Il faut que je trouve à nouveau un toit d'ici le coucher du soleil. Mais je ne sais pas comment m'y prendre. Je décide de commencer par aller à la bibliothèque Komura, comme d'habitude. Je me dis, sans bien savoir pourquoi, qu'il s'y passera bien quelque chose. Une intuition, comme ça.

Et c'est ainsi que le destin m'entraîne dans une direction de plus en plus étrange.

12

Le 19 octobre 1972

Professeur,

Sans doute serez-vous surpris de recevoir cette lettre. Pardonnez mon audace. Je suppose que mon nom a disparu de votre mémoire. J'ai été enseignante, il y a longtemps, dans la petite ville de ***, préfecture de Yamanashi. Peut-être vous rappelez-vous de moi : j'accompagnais les enfants lorsque eut lieu ce coma collectif, durant la dernière année de la guerre. À la suite de cet incident inexpliqué, plusieurs professeurs des universités de Tokyo, à commencer par vous, nous ont rendu visite, accompagnés de dirigeants de l'armée. J'ai donc eu l'occasion de vous rencontrer à plusieurs reprises.

Par la suite, j'ai eu maintes fois l'occasion de lire votre nom élogieusement cité dans les journaux, et je suis admirative de l'œuvre que vous avez accomplie. Je me souviens de vous à l'époque, et notamment de votre façon de parler succincte et précise. J'ai également eu l'honneur de lire quelques-uns de vos ouvrages et je suis toujours impressionnée par la profondeur de votre réflexion et la qualité de votre jugement.

Votre vision du monde, lorsque vous affirmez que l'existence de chaque humain est vouée à une stricte solitude, mais que nous sommes reliés les uns aux autres par des archétypes immémoriaux, est extrêmement convaincante. Au cours de ma vie, il m'est en effet souvent arrivé de ressentir les choses de cette façon.

Je ne puis que vous souhaiter une réussite plus éclatante encore à l'avenir.

J'ai continué à enseigner dans la même école élémentaire de la ville de ***, or, voici quelques années, ma santé défaillante m'a valu une hospitalisation de longue durée à l'hôpital de Kôfu ; à cette occasion, j'ai démissionné de mon poste pour convenance personnelle. Pendant une année, je me suis fait soigner alternativement à l'hôpital et à domicile : aujourd'hui, je suis rétablie, et dirige un cours privé de soutien scolaire. Les enfants de mes anciens élèves sont devenus mes élèves. Quoi qu'il s'agisse là d'une réflexion bien banale, je ne peux m'empêcher de remarquer à quel point les années filent vite.

J'ai perdu un mari et un père adorés dans cette guerre, et dans le chaos de l'après-guerre j'ai aussi perdu ma mère. Ma brève vie conjugale ne m'ayant pas laissé le temps de concevoir un enfant, j'ai donc vécu seule. Je ne puis prétendre que c'était une vie heureuse, cependant, grâce à ma longue carrière d'institutrice, j'ai vu grandir de nombreux élèves, et j'ai eu ainsi une vie bien remplie. J'en suis reconnaissante au ciel. Si je n'avais pas occupé ce poste d'enseignante, je n'aurais peut-être pas supporté cette existence.

Si je me permets de vous écrire, au risque de me montrer indiscrète, c'est que l'affaire du coma collectif de l'automne 1944 n'a jamais quitté mon esprit. Même si, depuis, le temps a fui à tire-d'aile, et que vingt-huit années se soient écoulées, cet incident est encore aussi présent que s'il s'était produit hier. Ce souvenir ne me quitte pas. Il s'attache à moi comme une ombre. J'ai passé tant de nuits sans sommeil, en proie à des pensées qui apparaissaient et s'effaçaient comme des rêves.

J'ai même l'impression que ma vie entière en a été affectée. Chaque fois que je croise un de ceux qui, enfants, ont été les protagonistes de cette étrange affaire (la moitié d'entre eux habite encore cette ville et approche maintenant de la quarantaine), je pense invariablement aux conséquences que cet incident a eu pour eux, ainsi que pour moi. Il a sûrement laissé des traces dans nos corps et nos esprits. Il ne peut en être autrement, je le sens bien. Mais quelle a été l'ampleur de son influence sur nos vies ? Je n'en ai aucune idée.

Cet événement, comme vous le savez, n'a pas été rendu public, par décision de l'armée. Après la guerre, une enquête a été menée à l'instigation des forces d'occupation américaine. Pour être franche, j'ai l'impression qu'il n'y a pas de grandes différences dans le comportement des militaires, qu'ils appartiennent à une nation ou à une autre. Dans un premier temps, l'armée américaine a tenu secrets les résultats de l'enquête mais, même après la fin de l'occupation, l'affaire n'a pas spécialement suscité l'intérêt de la presse. Après tout, ces événements remontaient à plusieurs années, et il n'y avait pas eu de morts.

La plupart des gens continuent donc à ignorer l'existence de cet incident, passé inaperçu au milieu des incroyables atrocités d'une guerre qui a coûté la vie à des millions de gens. Nul n'a songé à s'étonner de l'évanouissement passager d'un groupe d'enfants en pleine montagne. Dans la région, seule une poignée de gens s'en souvient. Et aucun ne semble avoir envie d'évoquer cette histoire ancienne. Nous vivons dans une petite ville de campagne, et les gens du coin, préférant ne pas réveiller le chat qui dort, abandonnent à l'oubli cet épisode déplaisant.

Tout s'oublie, vous savez. Cette guerre effroyable, et avec elle l'existence des êtres irremplaçables qu'elle a fauchés, appartient désormais à un passé révolu. Sous l'implacable emprise du quotidien, beaucoup de préoccupations, autrefois si chères à nos cœurs, disparaissent de nos consciences comme des étoiles mortes. Il nous faut penser chaque jour à tant de choses, nous familiariser en permanence avec de nouveaux styles, de nouvelles connaissances, de nouvelles techniques, de nouveaux mots… Certains souvenirs, pourtant, se refusent à sombrer dans l'oubli, quels que soient le temps écoulé et le sort que la vie nous ait réservé. Des souvenirs qui gardent toute leur intensité et restent en nous comme la clé de voûte de notre temple intérieur. Pour moi, les événements qui se produisirent ce jour-là sur la colline sont de cet ordre.

Peut-être est-il trop tard à présent. Peut-être ma démarche vous paraîtra-t-elle parfaitement vaine, après toutes ces années. Cependant, je tiens à vous faire part, tant que je suis encore en vie, de l'expérience que je vécus ce jour-là.

C'était la guerre. Nous subissions une pression idéologique très forte et certains sujets étaient tabous. Lors de notre entrevue, par exemple, nous étions entourés d'officiers de l'armée, les conditions ne me permettaient pas de vous parler à cœur ouvert. Et puis, à l'époque, je ne savais rien de vous, ni de votre travail. J'étais une jeune femme réservée, je ne pouvais livrer mon intimité à l'inconnu que vous étiez. J'ai donc dû dissimuler certains détails de cette journée. Autrement dit, j'ai déformé intentionnellement une partie des faits. Lors de l'enquête menée après la guerre par l'armée américaine, je m'en suis tenue au même témoignage. Par peur, et pour préserver les apparences, j'ai répété le même mensonge. Faire la lumière sur cette affaire en est devenu d'autant plus difficile. Mes mensonges vous ont peut-être aiguillé vers des conclusions erronées. J'en suis même sûre. Cette idée me tracasse depuis des années, et je suis aujourd'hui honteuse d'avoir agi ainsi.

Voilà donc pourquoi je vous adresse aujourd'hui une si longue lettre. Vous êtes un homme occupé, et mon initiative vous dérange sans doute. Dans ce cas, parcourez ces feuilles comme s'il s'agissait des divagations d'une femme au seuil de la vieillesse, et jetez-les. Pour ma part, j'éprouve simplement le besoin de rétablir la vérité, tant que je peux encore le faire, et de remettre cette confession entre les mains de la personne la plus digne de la recevoir. J'ai été très malade et, si je suis guérie aujourd'hui, une rechute est toujours possible. J'espère que vous daignerez prendre cela en considération.

La veille du jour où j'ai emmené les enfants dans la forêt, juste avant l'aube, j'ai rêvé de mon mari qui, à l'époque, avait été mobilisé et se trouvait au front. C'était un rêve érotique, très concret. Un de ces rêves qui paraissent si réels qu'il devient difficile de délimiter la frontière entre le songe et la réalité.

Nous faisions l'amour près du sommet d'une montagne sur un rocher plat, gris clair, de la largeur d'un lit. La roche humide était glissante. Un ciel chargé de nuages nous surplombait. L'orage menaçait d'éclater d'un instant à l'autre. Il n'y avait pas un souffle de vent. Le crépuscule approchait, les oiseaux se hâtaient vers leurs nids. Mon mari et moi faisions l'amour sans échanger un mot. La guerre nous avait séparés peu de temps après notre mariage, et je désirais ardemment mon époux.

Je ressentis en rêve une jouissance indescriptible. Nous fîmes l'amour plusieurs fois, et j'éprouvai plusieurs orgasmes violents. À la réflexion, ce rêve était bien étrange, car mon mari et moi étions tous deux plutôt introvertis, et, dans la réalité, nous n'avions jamais fait l'amour avec une telle avidité, dans autant de positions différentes, en partageant un plaisir d'une telle intensité. Mais dans ce rêve, délivrés de toutes nos inhibitions, nous faisions l'amour comme des bêtes.

Quand je me suis réveillée, il faisait encore sombre. Je me sentais dans un état bizarre. Mon corps était lourd, j'avais encore la sensation de la verge de mon mari dans mon vagin. Mon cœur battait à se rompre, j'avais du mal à respirer. Mon sexe était humide comme après un véritable rapport. J'avais l'impression d'avoir bel et bien fait l'amour. J'ai honte de devoir le dire, mais le fait est que je me suis aussitôt masturbée. J'éprouvais une tension sexuelle si forte qu'il me fallait absolument la calmer.

Ensuite, je suis partie à l'école à vélo comme d'habitude, puis j'ai emmené les enfants sur la colline du Bol-de-Riz. Tandis que j'avançais sur ce sentier de montagne, les sensations de mon rêve continuaient à résonner en moi. Les yeux fermés, je revivais l'instant où mon mari avait joui en moi, je sentais à nouveau son sperme gicler à l'entrée de mon utérus. Je m'agrippais à son dos, écartais les jambes autant que je pouvais, serrais mes chevilles autour de ses cuisses. Mon corps gravissait le sentier avec les enfants, mais mon esprit était encore au milieu de ce rêve érotique.

Nous sommes arrivés dans la forêt qui était le but de la balade. Au moment précis où j'ai donné le signal du début de la cueillette, mes règles se sont déclenchées, alors que ce n'était pas la période. Les dernières s'étaient en effet terminées à peine dix jours plus tôt, et j'avais des cycles assez réguliers. Le rêve avait-il stimulé un quelconque mécanisme dans mon appareil génital, provoquant ce saignement intempestif ? Quoi qu'il en soit, ne m'y attendant pas, je n'avais pas emporté le nécessaire. Et nous étions en pleine montagne.

J'ai dit aux enfants que nous faisions une petite pause, et me suis enfoncée seule sous les arbres. Je me suis tamponnée en hâte avec les essuie-mains que j'avais emportés pour le pique-nique, en ai appliqué un autre entre mes cuisses. Je saignais abondamment. J'étais paniquée, mais je me suis dit que cela devrait tenir jusqu'au retour à l'école. Mon esprit était dispersé, je n'arrivais pas à réfléchir posément. Je me sentais coupable d'avoir fait un rêve aussi explicite, de m'être masturbée ensuite, et de m'être livrée à des fantasmes sexuels alors que j'étais avec mes élèves. D'habitude, je suis plutôt de celles qui gardent le contrôle d'elles-mêmes.

J'envoyai les enfants ramasser les champignons aux alentours, et je me dis que j'abrégerais la sortie. Une fois en bas, je pourrais me nettoyer un peu. Je me suis assise pour regarder les enfants. Je les comptais et les recomptais sans cesse, attentive à les garder tous dans mon champ de vision.

Au bout d'un moment, un des garçons s'est approché de moi, avec quelque chose dans la main. Il s'appelait Nakata. Oui, c'est bien celui qui est resté dans le coma et a été hospitalisé plus longtemps que les autres. Il tenait à la main les serviettes ensanglantées que j'avais laissées sous les arbres. J'en ai eu le souffle coupé. Je n'en croyais pas mes yeux. Je les avais pourtant cachées très loin, dans un coin où j'étais sûre que les enfants n'iraient pas, et je les avais soigneusement dissimulées au cas où l'un d'eux s'aventurerait par là. Et voilà que ce petit Nakata exhibait sous mes yeux l'objet le plus honteux qui soit pour une femme, et qu'elle veut éviter à tout prix d'exposer aux regards. Je n'ai jamais compris comment il avait pu trouver ces serviettes.

Avant d'avoir eu le temps de comprendre ce que je faisais, j'avais saisi Nakata par l'épaule et lui assenais plusieurs gifles. Peut-être criais-je aussi. Ma confusion était totale. Je ne savais plus ce que je faisais. J'imagine que j'avais ressenti une telle honte que je me trouvais en état de choc. Jamais, jusqu'alors, je n'avais frappé un élève. Mais je n'étais plus moi-même.

Soudain, je me suis rendu compte que tous les enfants me regardaient. Certains debout, d'autres assis, tous avaient les yeux tournés vers ce spectacle pour le moins surprenant : moi, debout, le visage blême, devant le petit Nakata projeté à terre par la force de mes gifles, les essuie-mains ensanglantés étalés tout autour. Nous sommes tous restés figés sur place. Personne ne bougeait, personne ne disait mot. Les visages des enfants étaient aussi inexpressifs que des masques de bronze. Un silence profond régnait sur la forêt, à peine troublé par quelques pépiements d'oiseaux. Cette scène est restée gravée dans ma mémoire.

Combien de temps s'est-il écoulé ensuite ? Pas très longtemps, je crois. Mais cela m'a semblé une éternité. Je me sentais au bord du monde, prête à basculer de l'autre côté. Puis j'ai repris mes esprits. Le paysage alentour a commencé à reprendre des couleurs. J'ai caché les serviettes pleines de sang derrière moi, ai relevé Nakata. Je l'ai serré très fort contre moi et lui ai demandé pardon. « C'est ma faute, pardonne-moi », lui ai-je dit. Il semblait lui aussi en état de choc. Il avait le regard vide, et ne paraissait pas m'entendre. Tout en le serrant dans mes bras, j'ai dit aux autres élèves de se remettre à la cueillette des champignons. Ils m'ont obéi sans protester. Sans doute ne comprenaient-ils rien à ce qui venait de se passer. C'était si étrange, si brutal. Je suis restée debout, serrant l'enfant contre moi. J'avais envie de mourir, de disparaître. Là-bas, à l'horizon, la guerre barbare et cruelle se poursuivait, faisant d'innombrables victimes. Je ne savais plus où était le bien, où était le mal. Je ne savais plus si le paysage sous mes yeux était réel ou non, pas plus que les couleurs ou le chant des oiseaux. J'étais seule au fond de cette forêt, en proie au désarroi, avec tout ce sang qui coulait de mon utérus. Je ressentais de la rage, de la peur, de la honte. Je me suis mise à pleurer, doucement, en silence.

C'est alors que les enfants ont commencé à s'évanouir les uns après les autres.

Vous comprendrez sans doute que je ne pouvais confier des choses aussi crues aux militaires qui m'interrogeaient. C'était la guerre, nous devions avant tout garder les apparences. J'ai donc omis dans mes déclarations l'incident que je viens de vous décrire. Je n'ai pas dit non plus que j'avais frappé Nakata. Ainsi que je vous l'ai expliqué tout à l'heure, je crains d'avoir fait obstruction à l'enquête et à vos recherches en vous cachant ces faits capitaux. Je suis soulagée de vous avoir tout dit maintenant.

Ce qui est étrange, c'est qu'aucun des enfants ne s'est souvenu de cet incident. À leur réveil, ils ne se rappelaient ni des serviettes tachées de mon sang, ni des gifles que j'avais données à Nakata. Ce souvenir s'est complètement effacé de leurs cerveaux. Je l'ai vérifié discrètement en les interrogeant un par un après leur évanouissement. Peut-être qu'à mon insu, ils étaient déjà dans un état hypnotique à ce moment-là.

J'aimerais aussi vous donner en quelques mots mes impressions sur Nakata, en tant qu'institutrice. Je ne sais pas ce qu'il est devenu par la suite. Après la guerre, un général américain m'a dit qu'il avait été transféré dans un hôpital militaire de Tokyo et qu'il avait fini par reprendre conscience après un assez long coma. Mais je n'ai pas obtenu de renseignements plus précis. Enfin, sans doute en savez-vous plus que moi à ce sujet.

Nakata était, comme vous le savez, l'un des cinq enfants réfugiés de Tokyo placés dans ma classe. C'est lui qui avait les meilleurs résultats ; il était de loin le plus intelligent. Il avait de beaux traits, était habillé avec élégance. Il était doux de caractère, et plutôt discret. Pendant les cours, jamais il ne levait la main de lui-même. Cependant, quand je l'interrogeais, il répondait correctement. Lorsque je lui demandais son avis, il l'exposait avec finesse. Il comprenait tout de suite ce que j'expliquais, quelle que soit la matière. Dans toutes les classes, on trouve au moins un enfant de ce genre. Ceux-là, on peut les laisser faire, ils évoluent à grands pas par eux-mêmes, entrent plus tard dans de bonnes écoles ; à l'âge adulte, ils ont de bonnes situations, sont bien intégrés à la société : ils sont programmés dès la naissance pour devenir compétents.

Pourtant, certains détails me tracassaient. Je discernais parfois en lui une sorte de résignation. Même quand il s'attaquait à un sujet ardu et parvenait à surmonter la difficulté, il manifestait à peine cette joie que suscite le travail accompli. Il ne paraissait pas faire d'efforts particuliers pour réussir, ni ressentir de peine ou de frustration quand il tâtonnait à la recherche d'une solution ou qu'il se trompait. Jamais il ne poussait de soupirs, jamais il ne souriait. On aurait dit qu'il faisait les choses parce qu'il fallait les faire. Il traitait les tâches qui se présentaient à lui, avec dextérité mais sans passion. Il me faisait penser à un ouvrier à la chaîne, un tournevis à la main, serrant les écrous de chaque pièce détachée que le tapis roulant fait passer devant lui.

J'en ai déduit que cet enfant devait avoir des problèmes familiaux. Je ne peux rien vous dire de plus précis puisque, naturellement, je n'ai jamais rencontré ses parents, qui étaient restés à Tokyo. Mais, dans ma carrière d'institutrice, j'ai connu quelques cas de ce genre. Des enfants brillants qui, justement à cause de leurs compétences, subissent une grande pression de la part des adultes qui les entourent. On leur impose des objectifs toujours plus difficiles à atteindre et souvent, submergés par l'ampleur du travail à accomplir, ces enfants perdent toute spontanéité et tout sentiment de satisfaction. Ils finissent par se fermer et deviennent parfois totalement introvertis. Il faut beaucoup de temps et d'efforts pour parvenir à ouvrir un cœur ainsi verrouillé. Les cœurs d'enfants sont malléables, on peut les façonner à sa guise. Mais une fois déformés et endurcis, il est difficile de les ramener à leur état d'origine. Naturellement, ce genre de chose relève de votre spécialité à vous, professeur, et je suis bien mal placée pour vous en parler.

Mais ce n'est pas tout : j'ai aussi senti une menace planer au-dessus de ce garçon. À plusieurs reprises, ses expressions, ses gestes, m'ont paru être, l'espace d'un instant, des réactions de peur, une sorte de réflexe instinctif comme peuvent en avoir ceux qui ont été longtemps exposés à la violence. Je ne saurai jamais quel genre de sévices il a subi. Nakata savait très bien se maîtriser et dissimulait habilement cette peur qui l'habitait. Mais les subtiles crispations de ses muscles faciaux à certains moments ne m'ont pas échappé. J'ignore dans quelles proportions, mais je suis sûre qu'il y avait de la violence dans sa famille. À force de côtoyer des enfants, on devient sensible à ce genre de manifestations.

La brutalité est monnaie courante dans les familles rurales. Les fermiers travaillent du matin au soir jusqu'à l'épuisement et parviennent tout juste à joindre les deux bouts. Lorsqu'ils sont en colère et éméchés de surcroît, les coups précèdent vite les paroles. Personne n'en fait un secret. Leurs enfants se moquent des coups et, dans ces cas-là, on rencontre peu de véritables traumatismes. Mais le père de Nakata était professeur d'université. Sa mère, à en juger d'après les lettres qu'elle m'avait écrites, semblait être une personne extrêmement cultivée. Autrement dit, il s'agissait de citadins d'un milieu social plutôt élevé. Si violence il y avait dans cette famille, il devait s'agir d'une forme bien différente de celle que subissaient quotidiennement les petits campagnards, une forme complexe et cachée. Le genre d'actes dont un enfant ne parle pas.

J'ai d'autant plus regretté de l'avoir frappé au cours de la sortie en montagne. Je le regrette profondément, aujourd'hui encore. C'est la dernière chose au monde que j'aurais dû faire. Éloigné de ses parents par les mesures d'évacuation et placé dans un nouvel environnement, il était en situation de se confier à moi.

En le giflant ce jour-là, j'ai tué en lui le désir de s'ouvrir qui commençait peut-être à naître. Je me suis dit que je réparerais ma faute, j'étais prête à y consacrer tout mon temps et toute mon énergie. Mais les événements qui ont suivi ne m'ont pas permis de le faire.

Nakata a été envoyé, toujours inconscient, dans un hôpital militaire de Tokyo, et je ne l'ai plus jamais revu. Les regrets sont restés dans mon cœur jusqu'à ce jour. Je revois encore son visage quand j'ai levé la main sur lui. La peur intense et la résignation qu'il y avait alors dans ses yeux.

Je vous ai écrit une bien longue lettre et, avant de l'achever, je voudrais mentionner une dernière chose. Quand mon mari est mort, peu avant la fin de la guerre aux Philippines, je n'ai à vrai dire pas ressenti un si grand choc. J'ai surtout éprouvé un profond sentiment d'impuissance. Ce n'était pas du désespoir, ni de la colère. Je n'ai pas versé une larme. Je savais que cela allait arriver, je savais que mon mari allait perdre sa jeune vie sur un champ de bataille. Le sort en avait décidé ainsi, depuis ce fameux jour, un an plus tôt, où j'avais fait passionnément l'amour en rêve avec lui, où mes règles s'étaient déclenchées de manière intempestive, où j'avais escaladé la colline avec les enfants, puis frappé Nakata, et où les enfants avaient sombré dans un incompréhensible coma. Dès ce moment, j'avais accepté la mort de mon mari comme une inéluctable réalité. Quand on m'a annoncé la nouvelle, ç'a été pour moi la confirmation d'un fait dont j'avais déjà connaissance. Une partie de mon âme est restée dans cette forêt. J'y ai vécu une expérience qui se situe bien au-delà de toutes celles que j'ai pu connaître ensuite au cours de ma vie.

Je m'arrête ici, et vous souhaite, cher professeur, une réussite toujours plus grande dans vos recherches. Prenez bien soin de vous.

Bien sincèrement,

13

À midi passé, alors que je suis en train de déjeuner sur la véranda en regardant le jardin, Oshima vient s'asseoir à côté de moi. Aujourd'hui, il n'y a pas d'autre visiteur que moi, à la bibliothèque. Mon déjeuner consiste comme d'habitude en une de ces boîtes-repas bon marché qu'on vend dans les kiosques des gares. Nous bavardons un peu, puis Oshima m'offre la moitié de ses sandwichs.

— J'en ai fait un peu plus aujourd'hui, pour pouvoir t'en offrir, dit-il. Ne le prends pas mal, mais quand je te regarde, j'ai l'impression que tu ne manges pas tous les jours à ta faim.

— J'essaie de faire rétrécir mon estomac.

— Exprès ? demande-t-il d'un air plein d'intérêt.

Je hoche la tête.

— Pour faire des économies ?

Je hoche de nouveau la tête.

— Je peux comprendre, mais il faut bien t'alimenter. Il vaut mieux que tu manges quand tu en as l'occasion. Tu es à un âge où on a besoin de choses nourrissantes, dans tous les sens du terme.

Le sandwich qu'il me tend a l'air appétissant. Je le remercie et l'entame aussitôt. Deux tranches de pain blanc bien moelleux, à la croûte croustillante, beurrées, garnies de saumon fumé, de cresson, de laitue et de raifort.

— C'est vous qui les avez préparés ?

— Il n'y a personne pour le faire à ma place.

Il a une Thermos de café. Il s'en verse une tasse, tandis que je bois le pack de lait que j'ai apporté.

— Qu'est-ce que tu lis d'un air aussi concentré ?

— Les œuvres complètes de Sôseki. Il y a quelques livres de lui que je n'avais pas encore lus, je me suis dit que c'était l'occasion.

— Tu aimes Natsume Sôseki au point de vouloir lire intégralement son œuvre ? demande Oshima.

Je hoche la tête. Une vapeur blanche s'élève de la tasse qu'Oshima tient à la main. Le ciel est toujours couvert, mais il ne semble pas qu'il va pleuvoir.

— Qu'est-ce que tu as lu de lui depuis que tu viens ici ?

— Je suis en train de lire *Les Coquelicots*, et avant ça, j'ai lu *Le Mineur*.

— *Le Mineur*... ? répète Oshima d'un air songeur. C'est l'histoire d'un étudiant de Tokyo qui part travailler dans une mine de cuivre, et fait de cruelles expériences en partageant la vie des mineurs, puis retourne dans le monde ordinaire, c'est bien ça ? Un petit roman, ou une longue nouvelle. Je l'ai lu il y a longtemps. C'est très différent de ce que Sôseki écrit d'habitude, et le style n'est pas très raffiné, on peut dire que c'est une de ses œuvres les moins appréciées... Qu'est-ce que tu as trouvé d'intéressant dans ce livre ?

J'essaie de préciser sous forme de mots mes impressions encore vagues, mais pour cela je dois faire appel au garçon nommé Corbeau. Il surgit de nulle part, étend ses larges ailes, et trouve les mots pour moi. Et je dis :

— Le héros vient d'une famille aisée mais il vit une histoire d'amour sans issue. Déçu de tout, il quitte sa maison et erre d'abord au hasard, puis un homme un peu douteux lui propose de travailler dans une mine, et il le suit sans réfléchir. Il se retrouve à travailler dans les mines de cuivre du mont Ashio. Dans les profondeurs souterraines de la montagne, ce garçon vit des expériences qu'il n'aurait même pas imaginées : lui qui ne connaît rien de la vie, le voilà tout à coup en train de ramper dans les bas-fonds de la société.

Tout en buvant mon lait, je cherche les mots pour continuer. Il faudrait que le garçon nommé Corbeau revienne ; Oshima attend patiemment.

— Ce sont des expériences de vie et de mort. Finalement, il arrive à s'en sortir et remonte à la surface, dans le monde normal. Mais rien dans le roman n'indique s'il en a tiré ou non un enseignement, si son existence en a été transformée, s'il s'est interrogé profondément sur le sens de la vie, s'il a remis en question la société humaine ou quoi que ce soit de ce genre. Rien n'indique s'il est devenu plus adulte, s'il a mûri. J'ai refermé ce livre avec un sentiment bizarre. Je me demandais ce que l'auteur avait voulu dire exactement. Mais c'est justement ce « je ne sais pas ce que l'auteur a voulu dire exactement » qui m'a laissé la plus forte impression. J'ai du mal à m'expliquer…

— Tu veux dire que ce roman est très différent des romans d'initiation ou d'apprentissage tels que *Sanshirô* par exemple ?

Je hoche la tête.

— Hum. J'ai un peu de mal à m'y retrouver, mais c'est peut-être bien ça. Dans *Sanshirô*, on voit le héros grandir. Il se heurte à des murs, réfléchit sérieusement, et parvient ainsi à surmonter les épreuves. Mais le héros du *Mineur* est complètement différent. Il se contente de regarder ce qu'il a sous les yeux et de l'accepter. Évidemment, de temps en temps, il donne son avis mais ce n'est jamais très profond. Son introspection porte plutôt sur l'histoire d'amour qu'il ressasse. Et, du moins en apparence, il ressort de la mine exactement tel qu'il y est entré. Autrement dit, on n'a pas le sentiment qu'il ait décidé quoi que ce soit par lui-même, ni qu'il ait eu le choix. Il est complètement passif. Mais moi, je crois que dans la vie, en fait, il n'est pas si facile d'exercer sa volonté sur les événements.

— Tu veux dire que tu t'es projeté dans le héros de ce roman ?

Je secoue la tête.

— Pas vraiment. Je n'ai même pas pensé à ça.

— Mais les gens ont besoin de s'accrocher à quelque chose pour vivre, dit Oshima. On ne peut pas faire autrement. Même toi, tu dois le faire, inconsciemment. Comme disait Goethe, la création tout entière est une métaphore.

Je réfléchis à ce qu'il vient de dire.

Oshima boit une gorgée de café et poursuit :

— En tout cas, ton point de vue sur *Le Mineur* de Sôseki est intéressant. Pour le moins convaincant, venant d'un garçon qui lui aussi s'est enfui de chez lui. Ça me donne envie de le relire.

Je finis le sandwich qu'il m'a offert, j'écrase le pack de lait et le jette dans la poubelle. Puis je prends mon courage à deux mains et dis :

— Oshima-san, j'ai un petit problème, et vous êtes le seul à qui je puisse en parler.

Il écarte les mains d'un air de dire : « Exprime-toi, je t'en prie. »

— Ce serait un peu long de vous expliquer pourquoi, mais je n'ai pas d'endroit où dormir ce soir. J'ai un sac de couchage avec moi, aussi je n'ai pas besoin de lit, ni de matelas. Si j'ai un toit au-dessus de ma tête, cela me suffit. N'importe quel endroit fera l'affaire. Vous n'auriez pas une idée ?

— Je devine que les hôtels ou les auberges ne rentrent pas dans la catégorie que tu viens de me décrire ?

— Absolument. La question économique entre aussi en jeu, mais surtout, je voudrais éviter d'attirer l'attention sur moi.

— Tu veux dire l'attention de la brigade des mineurs ?

— Par exemple.

Oshima réfléchit un moment.

— Tu n'as qu'à dormir ici, dit-il.

— Ici, à la bibliothèque ?

— Oui. Il y a un toit, et des pièces libres que personne n'utilise la nuit.

— Mais… on a le droit de faire ça ?

— Moyennant quelques arrangements, cela devrait être possible. En tout cas, ce n'est pas impossible. Je vais m'en occuper.

— De quelle manière ?

— Tu aimes les bons livres, et tu es capable de réfléchir par toi-même. Tu as l'air costaud physiquement, et tu as l'esprit indépendant. Tu mènes une vie régulière, tu as de la volonté, au point de faire rétrécir intentionnellement ton estomac. Je vais demander à Mlle Saeki de t'engager comme mon assistant et négocier pour toi l'autorisation de dormir dans la pièce libre de la bibliothèque.

— Moi, votre assistant ?

— Tu n'auras pas grand-chose à faire. En gros, tu m'aideras à ouvrir et fermer la bibliothèque. Il n'y a rien d'autre de particulier à faire : des professionnels viennent régulièrement faire le ménage, et des spécialistes mettent les données sur ordinateur quand c'est nécessaire. Tu pourras lire tous les livres que tu veux. Ce ne serait pas mal, n'est-ce pas ?

— C'est sûr.

J'en reste pantois.

— Mais, dis-je au bout d'un moment, Mlle Saeki ne donnera jamais son consentement. Je n'ai que quinze ans, je suis en fugue, et elle ne connaît même pas mon identité.

— Mlle Saeki est… comment dire ? (Oshima s'embrouille un peu, ce qui est rare chez lui, et cherche ses mots.) Elle n'est pas ordinaire, voilà.

— Pas ordinaire ?

— Pour dire les choses simplement, elle ne raisonne pas selon les critères habituels.

Je n'ai pas la moindre idée de ce que signifie concrètement ne pas raisonner selon les critères habituels.

— C'est une personne spéciale, vous voulez dire ?

Oshima secoue la tête.

— Pas exactement. C'est plutôt moi qui suis spécial. Elle, elle ne se laisse pas prendre au piège des apparences, voilà tout.

Je ne saisis pas très bien la différence entre « pas ordinaire » et « spécial », mais il me semble qu'il vaut mieux ne pas poser davantage de questions. Pour l'instant du moins.

Oshima marque une pause avant de reprendre :

— Mais je ne peux pas te laisser dormir ici ce soir sans la prévenir. Je vais t'emmener ailleurs pour deux ou trois nuits, jusqu'à ce que la décision soit prise officiellement. Ça ne t'ennuie pas ? C'est un peu loin mais…

— Ça ne fait rien, dis-je.

— On ferme à cinq heures, on prend le temps de tout ranger et ensuite, je t'emmène là-bas en voiture. Personne n'y habite en ce moment.

— Merci.

— Tu me remercieras quand on sera arrivés. Tu risques d'être surpris.

Je retourne à la salle de lecture et me replonge dans *Les Coquelicots* de Sôseki. Je ne lis pas vite, je suis plutôt du genre à lire ligne par ligne en prenant mon temps. Je savoure les phrases. Si je ne les apprécie pas, je laisse tomber le livre avant la fin. Un peu avant cinq heures, je replace le roman achevé sur son étagère, me rassieds sur le canapé, ferme les yeux et repense aux événements de la nuit dernière. Je pense à Sakura. À son appartement. À ce qu'elle m'a fait. À tous les changements et événements divers qui se sont produits.

À cinq heures et demie, j'attends Oshima devant la sortie de la bibliothèque. Nous nous dirigeons vers le parking à l'arrière du bâtiment, et nous montons dans sa voiture de sport verte, une Mazda Miata décapotable. Mon sac à dos est trop volumineux pour tenir dans le minuscule coffre, nous l'arrimons à l'arrière avec une corde.

— Le trajet est assez long, me prévient Oshima. On s'arrêtera pour manger un morceau en route.

Sur ce, il tourne la clé de contact et démarre.

— Où allons-nous ?

— Kôchi, dit-il. Tu connais ?

Je secoue la tête.

— C'est loin ?

— À environ deux heures et demie. Il faut franchir un col, puis descendre vers le sud.

— Ça ne vous dérange pas de faire une aussi longue route pour moi ?

— Non. Il suffit de rouler droit devant. Le soleil n'est pas encore couché, et j'ai fait le plein d'essence.

Nous quittons la ville, à l'approche du crépuscule, et prenons d'abord l'autoroute en direction de l'ouest. Oshima passe habilement d'une file à l'autre, se faufile entre les voitures. Il change de vitesse en douceur, rétrograde, accélère, en accord avec le ronronnement du moteur. Enfin, il appuie à fond sur le champignon et atteint les cent quarante kilomètres à l'heure.

— Je l'ai bien rodée et elle a d'excellentes reprises. Pas comme les voitures de sport ordinaires. Tu t'y connais en automobiles ?

Je secoue la tête. Je n'y connais rien.

— Et vous, Oshima-san, vous aimez conduire ?

— Le médecin m'a interdit les sports dangereux. Pour compenser, je conduis. Un genre de transfert.

— Vous avez des soucis de santé ?

— J'ai une maladie qui a un nom compliqué, disons que c'est une sorte d'hémophilie, répond Oshima sans aucune emphase. Tu as entendu parler de cette affection ?

— En gros, oui. On nous en a parlé en cours de biologie. Quand on commence à saigner, ça ne s'arrête pas. C'est une maladie génétique, qui empêche le sang de coaguler, c'est ça ?

— Exactement. Mais il y a toutes sortes d'hémophilies, et la forme que j'ai est assez rare. Ce n'est pas si grave, il faut juste que je fasse attention de ne pas me blesser et si jamais je me mets à saigner, il faut que je fonce à l'hôpital. Mais, depuis quelque temps, comme tu le sais sûrement, l'approvisionnement en sang pose problème. Comme dans ma vie je n'ai pas pris l'option « attraper le sida et en mourir », j'ai établi les connexions nécessaires pour être transfusé avec du sang sain si jamais c'était indispensable. C'est pour cette raison que je ne pars jamais en voyage. Je quitte la ville uniquement pour des check-up réguliers au CHU d'Hiroshima. Ça ne me dérange pas trop, je n'ai jamais tellement aimé les voyages ni le sport. Pour cuisiner, c'est un peu gênant. Je ne peux pas faire de vraie cuisine, en utilisant des couteaux à découper, par exemple, et je le regrette.

— Conduire est aussi une activité assez risquée, dis-je.

— Mais ce n'est pas le même genre de risque. Je conduis toujours assez vite, alors si j'avais un accident, ce ne serait pas juste une coupure au doigt. Et s'il perd une quantité importante de sang, un hémophile a les mêmes chances de survie qu'une personne normale, ni plus ni moins. Dans ce cas on est égaux devant la mort. Pas la peine de se soucier de savoir si le sang va coaguler ou pas, on peut mourir sans se faire de souci.

— Je vois.

Oshima se met à rire.

— Mais ne t'inquiète pas. Nous n'aurons pas d'accident. Je suis très prudent et je ne prends pas de risques inutiles. Ce n'est pas dans mon caractère. Je garde ma voiture en bon état. Et puis, le jour de ma mort, je préférerais être seul, tranquille.

— Mourir en emmenant quelqu'un avec vous ne fait pas partie non plus de vos options ?

— Non, effectivement.

Nous nous arrêtons sur une aire d'autoroute pour dîner et faisons un repas juste destiné à nous remplir l'estomac. Je prends du poulet et une salade, Oshima un curry de fruits de mer et de la salade aussi. Il paie la note et nous remontons en voiture. Il fait complètement noir maintenant. Oshima appuie sur l'accélérateur et l'aiguille du compteur fait un bond.

— Ça ne te dérange pas si je mets de la musique ? demande Oshima.

— Non.

Il appuie sur le bouton du lecteur de CD, et un morceau de piano classique se fait entendre. Après avoir écouté un moment, j'essaie d'en deviner le compositeur : pas du Beethoven, ni du Schumann. Sans doute entre les deux, en ce qui concerne l'époque.

— C'est du Schubert ?

— Exact, répond Oshima.

Puis, les deux mains sur le volant en position dix heures dix, il me jette un petit coup d'œil.

— Tu aimes Schubert ? demande-t-il.

— Pas spécialement.

Oshima hoche la tête.

— Quand je conduis, j'aime bien écouter les sonates pour piano de Schubert avec le volume à fond. Et sais-tu pourquoi ?

— Non.

— Parce que réussir à bien jouer les sonates pour piano de Franz Schubert est une des choses les plus difficiles au monde. Spécialement cette *Sonate en fa mineur*. Certains pianistes arrivent à jouer presque parfaitement un ou deux mouvements, mais, si on considère l'ensemble des quatre mouvements, il n'y a, à ma connaissance, aucun pianiste au monde capable de les exécuter en entier de manière satisfaisante. De nombreux virtuoses ont essayé de relever ce défi, mais leurs interprétations ont chacune des défauts notables. Il n'y a pas une seule interprétation dont on puisse dire : « Ah, là, c'est parfait ! » Et sais-tu pourquoi ?

— Je ne sais pas, dis-je.

— Parce que les sonates elles-mêmes sont imparfaites. Robert Schumann était un de ceux qui comprenaient le mieux la musique pour piano de Schubert, mais il disait de la sonate que tu entends qu'elle était « divinement bavarde ».

— Pourquoi des pianistes célèbres se donnent-ils pour défi de jouer une musique imparfaite ?

— C'est une bonne question, dit Oshima. (Il marque une pause, pendant laquelle la musique emplit le silence.) Je suis incapable de t'expliquer cela en détail. Mais je peux te dire une chose : les œuvres qui possèdent une sorte d'imperfection sont celles qui parlent le plus à nos cœurs, précisément parce qu'elles sont imparfaites. Toi, par exemple, tu as aimé *Le Mineur* de Sôseki. Parce que ce roman possède une force d'attraction dont sont dépourvues ses œuvres parfaites telles que *Le Pauvre Cœur des hommes* ou *Sanshirô*. Tu as rencontré cette œuvre. Ou plutôt, c'est elle qui t'a rencontré. C'est la même chose pour la *Sonate en fa mineur*. Ces œuvres ont le don de parler au cœur comme aucune autre.

— Mais je reviens à ma première question ; pourquoi écoutez-vous les sonates de Schubert en conduisant ?

— Les sonates de Schubert, et spécialement celle-ci, si on les interprète telles quelles, ce n'est pas de l'art. Schumann l'a bien indiqué : elles sont trop longues, trop pastorales, et trop simples techniquement. Si on les joue telles quelles, elles deviennent juste des antiquités plates et insipides. Aussi chaque pianiste essaie-t-il d'y insuffler quelque chose de personnel. Comme là… Écoute comme il insiste sur les articulations. Il ajoute du *rubato*. De la vitesse, des modulations. Sinon, l'ensemble ne tient pas. Cependant, s'ils ne font pas ça avec précaution, c'est la qualité du morceau dans son ensemble qui risque d'en pâtir. Ce ne serait plus du Schubert. Les pianistes qui ont interprété cette sonate se sont tous, sans exception, débattus avec ce paradoxe.

Il écoute un moment la musique, fredonne l'air, puis reprend :

— C'est pour ça que j'écoute Schubert en conduisant. Comme je te l'ai dit tout à l'heure, toutes les interprétations de ce morceau sont imparfaites. Un sens de l'imperfection, s'il est artistique, intense, stimule ta conscience, maintient ton esprit en alerte. Si j'écoute l'interprétation parfaite d'un morceau parfait en conduisant, je risque de fermer les yeux et d'avoir envie de mourir dans l'instant. Mais quand j'écoute attentivement cette sonate, je peux entendre les limites de ce que les humains sont capables de créer, je sens qu'un certain type de perfection peut être atteint avec humilité, à travers une accumulation d'imperfections. Et personnellement, je trouve ça plutôt encourageant. Tu comprends ce que je veux dire ?

— Un peu.

— Excuse-moi, je m'emballe facilement quand j'évoque ce sujet.

— Mais il existe plusieurs sortes et plusieurs degrés d'imperfection, non ?

— Bien sûr.

— Parmi les interprétations de la *Sonate en fa mineur* de Schubert, laquelle préférez-vous ?

— C'est une question difficile, dit Oshima.

Il réfléchit un moment, rétrograde, change de file, dépasse rapidement un gros camion frigorifique, passe la vitesse supérieure et réintègre sa file.

— Je n'ai pas l'intention de te faire peur, mais la nuit, les Mazda vertes sont les voitures les plus difficiles à voir sur l'autoroute parce qu'elles sont basses et que la couleur se fond dans l'obscurité. Surtout depuis le siège conducteur d'un semi-remorque. Si on ne fait pas attention, c'est extrêmement dangereux. En particulier dans un tunnel. Les voitures de sport devraient toujours avoir une carrosserie rouge, pour qu'on les remarque. C'est pour ça qu'il y a beaucoup de Ferrari rouges. Mais moi, j'aime le vert. C'est la couleur de la forêt. Et le rouge, c'est la couleur du sang.

Il regarde sa montre. Puis se remet à fredonner la mélodie de Schubert.

— De manière générale, les interprétations les plus remarquables sont sans doute celles de Brendel et d'Ashkenazy mais, pour être franc, je ne les aime pas beaucoup. Elles ne me touchent pas assez. Quelque chose dans la musique de Schubert lance un défi à la réalité, la déchire. En ce sens, la musique de Schubert est l'essence même du romantisme.

J'écoute attentivement la sonate.

— Tu trouves cette musique ennuyeuse ?

— Oui, dis-je avec franchise.

— C'est une musique qu'on ne peut apprécier qu'avec de l'entraînement. Moi-même au début, je la trouvais ennuyeuse. À ton âge, c'est tout à fait normal. Mais tu comprendras avec le temps. On se lasse très vite de ce qui n'est pas ennuyeux, alors que les choses dont on ne se lasse pas sont généralement ennuyeuses. C'est comme ça. Même si j'ai eu le temps de m'ennuyer dans la vie, je ne me suis jamais lassé de ce que j'aimais. La plupart des gens ne savent pas faire la différence.

— Quand vous disiez que vous étiez quelqu'un de « spécial », Oshima-san, vous faisiez allusion à votre hémophilie ?

— Oui, dit-il, puis il m'adresse un sourire que je trouve un peu diabolique. Mais ce n'est pas tout. Il y a autre chose.

Quand la longue et « divinement bavarde » sonate de Schubert s'achève, Oshima ne met pas d'autre CD. Nous restons silencieux, chacun perdu dans ses divagations. Je regarde distraitement les panneaux routiers qui défilent. Nous prenons une bretelle d'autoroute menant vers le sud, entrons dans une zone montagneuse, où des tunnels se succèdent. Nous dépassons pas mal de voitures. Quand on dépasse de grosses voitures, on entend l'air vibrer violemment autour de la carrosserie. On croirait entendre une âme qui s'arrache d'un corps. De temps en temps, je regarde à l'arrière pour voir si mon sac à dos est toujours bien attaché.

— L'endroit où nous allons est au milieu de la montagne, on ne peut pas dire qu'il soit très hospitalier. Tu ne verras sans doute personne le temps de ton séjour. Il n'y a ni radio, ni télévision, ni même de téléphone. Ça ne te dérange pas ?

— Non.

— Tu as l'habitude de la solitude, dit Oshima.

Je hoche la tête.

— Mais il y a différentes sortes de solitude. Peut-être que tu n'imagines pas celle que tu vas vivre là où nous allons.

— Quel genre de solitude ?

Oshima fait un geste pour réajuster ses lunettes.

— Indicible. De toute façon, tu la ressentiras à ta manière à toi.

Il a quitté l'autoroute et roule maintenant sur la nationale. Peu après la bretelle de sortie, on traverse un petit bourg qui longe la route. Une épicerie est ouverte. Oshima gare sa voiture devant, achète tellement de provisions qu'il ne peut pas les porter tout seul. Des légumes, des fruits, des biscuits secs, du lait, de l'eau minérale, des boîtes de conserve, du pain, des sachets de nourriture instantanée, uniquement des produits qui n'ont pas besoin d'être cuisinés et peuvent être consommés facilement. C'est encore lui qui paie la note. Quand je fais le geste de sortir mon porte-monnaie, il refuse en secouant la tête.

Nous remontons dans la voiture et reprenons la route. Assis à côté d'Oshima, je tiens contre moi les sacs à provisions qui n'entraient pas dans le coffre. Nous avons quitté la petite ville et les alentours sont maintenant plongés dans l'obscurité. Il n'y a plus une seule maison, et nous ne croisons presque aucune voiture. Le chemin est si étroit qu'il serait difficile à deux véhicules de se croiser. Mais Oshima n'a pratiquement pas ralenti, et continue à rouler, tous phares allumés. Il utilise de plus en plus souvent frein et accélérateur alternativement, ne se sert plus que de la seconde et de la troisième. Son visage est devenu inexpressif, il est totalement concentré sur la conduite. Il serre les lèvres, garde les yeux fixés sur un point de la route devant lui. Sa main droite tient le volant, la gauche repose sur le levier de vitesse.

Un précipice borde maintenant le côté gauche de la route. Un torrent de montagne semble couler en contrebas. Les virages deviennent de plus en plus serrés, la route de plus en plus glissante. L'arrière de la voiture dérape par moments avec un bruit terrible. Mais je décide de ne pas penser au danger. Avoir un accident sur cette route ne fait sûrement pas partie des options d'Oshima.

Le cadran de ma montre indique presque neuf heures du soir. J'entrouvre ma vitre et un air frais s'engouffre dans la voiture. Les bruits autour de nous ont un écho différent de tout à l'heure. Nous sommes en pleine montagne et nous dirigeons vers un endroit plus reculé encore. Le chemin s'éloigne enfin un peu du précipice (à mon grand soulagement) et pénètre dans une forêt. De hauts arbres aux allures fantomatiques se dressent autour de nous. Les phares de la voiture viennent en lécher les troncs un à un. La route n'est plus goudronnée, et les pneus font gicler des cailloux, qui rebondissent contre la carrosserie avec un bruit sec. Les suspensions dansent violemment sur la route. Il n'y a ni lune ni étoiles dans le ciel. De temps en temps une pluie fine vient frapper le pare-brise.

Je demande à Oshima :

— Vous venez souvent ici ?

— Je venais. Maintenant, j'ai du travail et je n'ai plus trop le temps. Mon frère est surfeur et vit au bord de la mer à Kôchi. Il a un magasin de matériel de surf et fabrique des planches. Des fois, il vient dormir là-haut. Tu aimes le surf ?

— Je n'en ai jamais fait.

— Si tu en as l'occasion un jour, tu pourrais apprendre avec mon frère. C'est un vrai surfeur, tu sais. Si tu le voyais, tu comprendrais ce que je veux dire. Il est très différent de moi. Il est grand, taciturne, pas très aimable, toujours bronzé. Il aime la bière, mais ne fait pas la différence entre la musique de Schubert et celle de Wagner. On s'entend bien, pourtant.

Nous traversons une épaisse forêt et ne tardons pas à arriver à destination. Oshima arrête la voiture, en laissant tourner le moteur, descend décadenasser un portail de métal grillagé, l'ouvre, puis remonte dans la voiture, et progresse encore un moment le long d'un mauvais chemin sinueux. Il mène à une clairière bien dégagée où Oshima gare la voiture. Il pousse un grand soupir et des deux mains coiffe ses cheveux en arrière. Ensuite seulement, il coupe le contact et tire le frein à main.

Maintenant que le moteur a cessé de tourner, une sorte de calme pesant s'installe autour de nous, à peine troublé par le ronronnement du ventilateur de refroidissement et le chuintement du moteur surchauffé. De la vapeur s'élève du capot. Apparemment, un petit ruisseau coule à proximité de l'endroit où nous nous trouvons, car un bruit d'eau me parvient. Par moments, le vent émet un souffle symbolique, haut au-dessus de nos têtes. Je descends de la voiture, des lambeaux de brouillard glacé flottent dans l'air. Je remonte jusqu'au cou la fermeture Éclair de la parka que j'ai enfilée directement sur mon tee-shirt.

Une petite construction se dresse devant nous. Une sorte de refuge de montagne, semble-t-il, mais il fait si sombre que je n'en distingue pas les détails, seulement les contours sombres sur le fond des arbres. Oshima avance lentement, une petite lampe de poche à la main, monte les quelques marches du perron, sort une clé de sa poche et ouvre la porte. Il entre, craque une allumette, allume une lampe à pétrole, puis ressort. Tenant la lampe devant son visage, il m'appelle.

— Bienvenue chez moi ! dit-il, et sa silhouette semble tout droit sortie d'un vieux livre de contes.

Je monte à mon tour les marches et pénètre dans la cabane. Oshima est en train d'allumer une grande lampe à pétrole suspendue au plafond.

L'intérieur consiste en une seule grande pièce, carrée comme une boîte. Il y a un petit lit dans un angle, un coin salle à manger avec une table et deux grandes chaises. Un vieux canapé. Un tapis fané par le soleil. On dirait que quelques vieux meubles devenus inutiles ont été rassemblés là au hasard. Des étagères toutes simples en planches épaisses accueillent des livres aux couvertures usées, comme s'ils avaient été lus et relus maintes fois. Il y a également une armoire à vêtements ancienne. Un coin cuisine rudimentaire, avec un comptoir, une petite plaque à gaz et un évier. Mais je ne vois pas de robinet. À la place, un petit seau en aluminium est posé à côté. Sur une étagère, il y a une casserole et une bouilloire, et une poêle est accrochée au mur. Un poêle à bois en fonte noire trône au milieu de la pièce.

— Mon frère a construit ce refuge pratiquement tout seul. Il a reconstruit entièrement la petite hutte en rondins qui se trouvait là à l'origine. Il est assez habile de ses mains. J'étais encore petit, mais je l'ai aidé un peu, en faisant attention de ne pas me blesser. C'est assez primitif. Comme je te l'ai dit tout à l'heure, il n'y a ni eau, ni électricité. Et même pas de toilettes. La seule concession à la vie moderne est cette bombonne de propane.

Oshima prend la bouilloire, y verse de l'eau minérale et la met à chauffer.

— Ce terrain appartenait à mon grand-père. C'était un riche propriétaire de Kôchi, qui possédait de nombreux terrains et beaucoup de capitaux. Quand il est mort, il y a une dizaine d'années, mon frère et moi avons hérité de ce bout de forêt. Quasiment un pan de montagne entier. Personne d'autre de la famille n'en voulait. C'est trop isolé et le terrain ne vaut pas grand-chose. Si on voulait exploiter les ressources forestières, il faudrait employer beaucoup de gens et cela coûterait trop cher.

J'ouvre les rideaux devant la fenêtre. Un mur de profondes ténèbres s'étend sous mes yeux.

— Quand j'avais ton âge, dit Oshima en mettant des sachets de camomille dans une théière, j'ai séjourné à plusieurs reprises ici, seul. Je ne voyais personne, ne parlais à personne. Mon frère m'y obligeait presque.

Normalement, avec une maladie comme la mienne, c'est dangereux de vivre dans un endroit aussi isolé. Mais mon frère ne se souciait pas de ça.

Il s'adossa au comptoir de la cuisine, attendant que l'eau bouille.

— Il n'essayait pas de me faire subir un entraînement, mais il pensait que j'avais besoin de passer du temps ici. Et il avait raison. Ces moments ont été des expériences pleines de sens. J'ai pu lire un tas de livres, j'ai eu le temps de réfléchir par moi-même. À vrai dire, pendant une longue période, je ne suis pas allé à l'école. Je n'aimais pas l'école et elle ne semblait pas m'aimer beaucoup non plus. Sans doute parce que j'étais d'une certaine façon différent des autres. Par pure compassion, ils m'ont donné mon diplôme à la fin du collège, et ensuite je me suis débrouillé. Un peu comme toi en ce moment. Je te l'avais déjà dit, non ?

Je secoue la tête.

— C'est pour ça que vous êtes aussi gentil avec moi ?

— En partie, dit-il, puis il marque une pause. Mais ce n'est pas la seule raison.

Il me tend une tasse de camomille et commence à boire la sienne. La tisane chaude apaise mes nerfs un peu éprouvés par le long trajet en voiture.

Oshima regarde sa montre.

— Je vais devoir repartir bientôt, aussi je vais t'expliquer rapidement comment tout fonctionne. Tu trouveras un joli petit ruisseau tout près, où tu peux aller puiser de l'eau. Tu peux la boire telle quelle, elle est plus pure que l'eau minérale en bouteille. Il y a du bois coupé derrière la cabane, que tu peux utiliser pour le poêle. Il fait froid ici, tu sais. Même au mois d'août, on est parfois obligés de faire du feu. Tu peux aussi te servir de la plaque de dessus pour faire cuire des aliments. Un tas d'outils sont rangés dans l'abri à l'arrière de la cabane, prends ce dont tu as besoin. Tu trouveras des vêtements qui appartiennent à mon frère dans l'armoire, tu peux les porter. Il n'est pas du genre à s'en formaliser.

Les mains sur les hanches, Oshima fait le tour de la pièce des yeux.

— Comme tu peux le constater, ça n'a rien d'une retraite de montagne romantique. Mais si tu aimes la vie simple, tu te sentiras parfaitement à ton aise. Je dois aussi te recommander de ne pas t'aventurer trop loin dans la forêt. Elle est vraiment profonde, et il n'y a pas de sentier. Il faut que tu fasses attention de toujours garder la cabane dans ton champ de vision. Si tu vas trop loin, tu risques de te perdre, et tu auras du mal à retrouver ton chemin. Je me suis moi-même retrouvé dans des situations pas très drôles. J'ai tourné en rond toute une demi-journée, à quelques centaines de mètres à peine d'ici. Le Japon n'est pas un si grand pays, et tu te dis peut-être qu'il n'y a pas de forêt assez vaste pour s'y égarer. Pourtant, si tu t'aventures dans ces bois, tu verras qu'ils sont sans fin.

Je grave cet avertissement dans mon esprit.

— Et aussi, à moins d'un cas d'extrême urgence, n'essaie pas de redescendre de la montagne. Les premières maisons sont trop loin pour les atteindre à pied. Je reviendrai te chercher dans deux ou trois jours. Et tu as assez de nourriture pour tenir jusque-là. Tu as un téléphone portable ?

— Oui, dis-je en désignant mon sac à dos.

Il me fait un grand sourire.

— Laisse-le dans ce sac, alors. Tu ne pourras pas l'utiliser, les ondes ne passent pas. Tu ne peux pas écouter la radio non plus. Autrement dit, ici, tu es complètement isolé du monde. Tu auras le temps de lire.

Une question extrêmement concrète me vient à l'esprit :

— Où est-ce que je ferai mes besoins, s'il n'y a pas de toilettes ?

Oshima écarte les deux bras.

— Toute cette forêt est à toi. Tu peux choisir l'endroit que tu veux.

14

Nakata se rendit plusieurs jours de suite sur le terrain vague, sauf un matin, où il pleuvait si violemment qu'il préféra rester chez lui à sculpter des morceaux de bois. Il passa le reste du temps assis dans les herbes, attendant que la chatte écaille-de-tortue ou l'homme à l'étrange chapeau fassent leur apparition. Mais il ne se passa rien.

Quand le soleil se couchait, Nakata rendait une petite visite à la famille qui lui avait demandé de retrouver la chatte, pour les tenir au courant de l'état de ses recherches. Il racontait où il était allé, ce qu'il avait fait, quelles informations il avait obtenues, etc. En échange de ses services, il recevait environ trois mille yens par jour. Personne n'avait jamais fixé de tarif officiel mais le bruit s'était répandu de bouche à oreille dans le quartier que Nakata était maître dans l'art de retrouver les chats, et le montant de ses honoraires s'était décidé un peu tout seul. On ne lui donnait d'ailleurs pas seulement de l'argent, mais souvent aussi de la nourriture, parfois des vêtements. Et il recevait également un bonus de dix mille yens quand il parvenait à retrouver le chat disparu.

Cela n'augmentait pas ses revenus de beaucoup, car les demandes étaient sporadiques. L'aîné de ses frères cadets payait ses charges à sa place, prélevant l'argent sur sa part d'héritage de leurs parents (qui était assez mince) et il recevait aussi une pension attribuée par la ville aux personnes âgées handicapées. Nakata parvenait à vivre de cette seule aide, et ce qu'il gagnait en recherchant les chats, il l'utilisait comme argent de poche. À ses yeux, cette somme était assez importante (à vrai dire, parfois il ne savait même pas comment l'utiliser, à part pour s'offrir un plat d'anguille). Il gardait l'argent caché sous un tatami de sa chambre. Lui qui ne savait ni lire ni écrire ne pouvait aller à la poste et remplir les formulaires pour le déposer sur un compte.

Nakata tenait secrète son aptitude à parler avec les chats. S'il l'avait dit à quelqu'un, on l'aurait cru dérangé. Évidemment, tout son entourage savait qu'il n'était pas très malin, mais ce n'était tout de même pas pareil qu'être pris pour un fou !

Il arrivait que des gens passent à proximité pendant qu'il était plongé dans une conversation avec un chat, mais personne ne paraissait s'en soucier. Voir un vieillard s'adresser à des animaux comme à des humains n'était pas un spectacle si rare. Tous ceux qui le connaissaient s'extasiaient : « Monsieur Nakata, comment faites-vous pour comprendre les chats et connaître si bien leurs mœurs ? On dirait vraiment que vous parlez avec eux ! » Nakata se contentait de sourire. Il était toujours sérieux, poli et souriant, et avait bonne réputation auprès des ménagères du quartier. En particulier parce qu'il était toujours propre et correctement vêtu. Il était pauvre, certes, mais aimait aller aux bains et faire sa lessive. Et les vêtements neufs qu'il recevait en plus de ses émoluments de chercheur de chats y étaient également pour beaucoup. Certains de ces cadeaux ne lui allaient guère – par exemple sa chemise de golf rose saumon de Jack Niklaus – mais il ne s'en souciait guère.

Nakata se tenait debout devant l'entrée de la maison des Koizumi, ses clients du moment, et faisait un rapport détaillé à madame sur l'état de ses recherches.

— J'ai finalement obtenu une information à propos de Sésame : une personne du nom de Kawamura a aperçu, il y a quelques jours dans le grand terrain vague du bloc 2, un chat dont le signalement correspond à celui de Sésame. Pour y aller de chez vous, il faut traverser deux grandes avenues. L'âge, la couleur et même le collier anti-puces, tout semble indiquer qu'il s'agit bien de Sésame. Aussi Nakata a décidé de surveiller ce terrain vague toute la journée, et il y reste du matin au soir. J'emporte mon déjeuner. Non, non, ne vous inquiétez pas, Nakata a tout son temps, ça ne me dérange absolument pas, du moins tant qu'il ne se met pas à tomber des cordes. Mais si vous pensez que je dois arrêter mes recherches, dites-le-moi sans hésiter. Dans ce cas, j'interromprai immédiatement ma surveillance.

Il se garda bien de révéler à Mme Koizumi que Kawamura n'était pas un humain mais un chat de gouttière. Cela aurait compliqué les choses.

Mme Koizumi lui était reconnaissante : ses deux petites filles étaient affreusement déprimées depuis que leur chatte adorée avait disparu. Elles en avaient perdu l'appétit. Il était impossible de leur expliquer que les chats disparaissaient parfois sans prévenir. Et Mme Koizumi n'avait pas le temps de parcourir elle-même le quartier à la recherche de Sésame. Elle était vraiment heureuse d'avoir trouvé quelqu'un qui s'en occupait avec autant d'acharnement pour trois mille yens par jour. Nakata était un drôle de vieux bonhomme, qui s'exprimait d'une façon bizarre, mais on le disait imbattable pour retrouver les chats et ce n'était pas un mauvais bougre. D'ailleurs – ce n'était pas très charitable de voir les choses sous cet angle –, il n'était sans doute pas assez intelligent pour duper les gens. Elle lui tendit son salaire du jour dans une enveloppe, ainsi qu'un Tupperware rempli de riz aux champignons et de patates douces.

Nakata inclina la tête, accepta le Tupperware, huma le fumet qui s'en échappait et remercia Mme Koizumi.

— Merci beaucoup. Nakata aime beaucoup les patates douces.

— J'espère que ce plat vous plaira, dit Mme Koizumi.

Cela faisait déjà une semaine que Nakata surveillait le terrain vague. Il avait vu passer beaucoup de chats différents. Kawamura, le matou de gouttière, venait plusieurs fois par jour s'asseoir près de lui pour tailler une bavette. Nakata le saluait, lui parlait du temps qu'il faisait, ou de la pension que lui octroyait le préfet. Mais il avait toujours du mal à saisir ce que le chat lui disait.

— K'wam'ra a des ennuis, accroupi sur le trottoir, disait souvent Kawamura, cherchant visiblement à transmettre un message à Nakata, mais ce dernier n'avait pas la moindre idée de ce qu'il entendait par là.

— Nakata ne comprend pas, avouait-il.

L'air un peu embarrassé, Kawamura répétait la même chose (sans doute s'agissait-il de la même chose) d'une autre manière :

— Kawamura attaché, il crie.

Nakata avait de plus en plus de mal à le comprendre.

Dommage que Mimi ne soit pas là, se disait-il. Elle donnerait un bon coup de patte sur le museau de Kawamura, ça le rendrait tout de suite plus intelligible. Elle traduirait à Nakata en langage compréhensible ce que le matou avait dit. Quelle chatte intelligente, cette Mimi. Malheureusement elle n'était pas là. Elle ne se montrait jamais dans le terrain vague, sans doute à cause de sa hantise d'attraper des puces.

Après avoir débité ces propos embrouillés, Kawamura déguerpissait à la hâte.

D'autres chats allaient et venaient dans le terrain vague. Au début, ils se méfiaient de Nakata et le regardaient de loin d'un œil torve puis, une fois qu'ils eurent compris que le vieil homme se contentait de rester assis là sans rien faire, ils ne firent plus attention à lui. De son côté, Nakata faisait d'aimables tentatives pour engager la conversation. Il les saluait, se présentait, mais aucun des matous ne daignait lui répondre. Ils feignaient de ne pas l'entendre et l'ignoraient. Les matous qui fréquentaient ce terrain vague étaient très forts pour

« feindre ». Sans doute les humains leur avaient-ils mené la vie dure, se disait Nakata, qui ne leur reprochait pas leur manque de sociabilité. Il savait bien qu'il était un étranger dans le monde des chats et n'était pas en position d'exiger quoi que ce soit d'eux.

Un seul des matous du terrain vague paraissait éprouver une intense curiosité à l'égard de Nakata. Il répondit plusieurs fois à son salut.

— Alors comme ça, tu sais parler notre langage ? finit par dire ce chat noir et blanc à l'oreille déchirée, après avoir un peu hésité et jeté des coups d'œil méfiants aux alentours. Il parlait d'une façon assez brusque, mais semblait avoir bon caractère.

— Oh, juste un petit peu, répondit Nakata.

— Même un peu, c'est quelque chose.

— Je m'appelle Nakata. Et vous-même ?

— J'ai pas de nom, répliqua le matou sans ambages.

— Puis-je vous appeler Okawa ? Si ça ne vous dérange pas.

— Appelle-moi comme ça te chante.

— Accepteriez-vous quelques sardines séchées pour marquer notre rencontre, monsieur Okawa ?

— Pourquoi pas ? C'est ma gourmandise préférée, les sardines séchées.

Nakata sortit une des sardines séchées enveloppées de Cellophane qu'il transportait toujours dans son sac au cas où, la déballa et la tendit à Okawa. Celui-ci la croqua aussitôt avec délices, puis se pourlécha les babines.

— Merci, c'était fameux. Qu'est-ce que je peux faire pour toi ? Je peux te lécher où tu veux.

— C'est très aimable de votre part, mais pour le moment Nakata n'a envie d'être léché nulle part. Merci quand même. À vrai dire, monsieur Okawa, je suis à la recherche d'un chat. Une écaille-de-tortue femelle du nom de Sésame. (Nakata sortit la photo de Sésame de son sac pour la montrer au matou noir et blanc.) Quelqu'un a dit à Nakata avoir vu Sésame dans ce terrain vague. Il attend depuis plusieurs jours ici dans l'espoir de la voir apparaître. Et vous, vous ne l'auriez pas vue, par hasard ?

Okawa jeta un rapide regard au cliché et son visage s'assombrit. Il fronça les sourcils, cligna plusieurs fois des yeux.

— Écoute, je te suis reconnaissant de m'avoir offert cette sardine séchée, vrai de vrai. Mais je ne peux pas parler de ça. Je ne tiens pas à me mettre dans de sales draps.

Cette réponse stupéfia Nakata.

— Ça vous mettrait dans de sales draps ?

— Très dangereux, je te dis. Vraiment risqué. Tu ferais mieux d'oublier cette chatte vite fait. Et un conseil : ne remets plus les pieds dans ce terrain vague. C'est un conseil d'ami. Désolé de ne pas pouvoir t'être plus utile que ça mais considère ça comme un cadeau de ma part en échange de la sardine séchée.

Sur ces mots, Okawa se redressa, regarda autour de lui et disparut dans un fourré.

Nakata soupira, sortit sa bouteille Thermos, se versa du thé chaud et le but en prenant tout son temps. Dangereux, avait dit Okawa. Mais Nakata ne voyait pas quel danger pouvait bien surgir de ce terrain vague. Il ne faisait rien de mal : il cherchait un chat perdu, c'est tout. En quoi était-ce risqué ? Il pensa à l'homme dont avait parlé Kawamura, l'homme grand et coiffé d'un chapeau, celui qui attrapait les chats. Était-ce lui, le danger ? Mais Nakata était un humain, pas un chat. Un humain n'avait aucune raison d'avoir peur d'un homme qui capturait des chats.

Cependant, il existait en ce monde un tas de choses dont le sens échappait à Nakata. Aussi cessa-t-il de penser. Tout ce qu'il pouvait gagner à trop réfléchir, avec un cerveau comme le sien, c'était une migraine. Il finit de boire son thé, referma soigneusement la bouteille Thermos et la rangea dans son sac.

Une fois qu'Okawa eut disparu dans les herbes, il se passa un long moment sans qu'aucun autre chat apparaisse. Des papillons voletaient paisiblement au-dessus des graminées et des nuées de moineaux se rassemblaient, s'égaillaient dans toutes les directions puis se regroupaient à nouveau. Nakata manqua sombrer plusieurs fois dans le sommeil, mais se réveilla chaque fois. La position du soleil lui indiquait approximativement l'heure.

Le soir commençait à tomber quand un énorme chien noir s'approcha de Nakata.

L'animal était apparu brusquement dans le terrain vague, sans bruit. Il était si grand que Nakata, en levant la tête vers lui depuis l'endroit où il était assis, eut l'impression de voir un veau approcher plutôt qu'un chien. Il avait de longues pattes et le poil ras, des muscles saillants qui semblaient durs comme l'acier, des oreilles pointues, de vraies lames de couteau, et il ne portait pas de collier. Nakata ne s'y connaissait pas bien en races de chien, mais un simple coup d'œil sur cette bête suffisait pour comprendre qu'il s'agissait d'un chien méchant, ou du moins qui pouvait le devenir si nécessaire. Le genre de chien qu'on utilisait dans l'armée ou la police.

Son regard était perçant mais inexpressif et on apercevait derrière ses grosses bajoues des crocs blancs et acérés. Il avait des traces de sang sur les babines, et si on regardait bien, des bouts de viande semblaient même collés çà et là sur son museau. Une langue rouge apparaissait par moments d'entre ses crocs telle une flamme. Ce chien regarda longtemps Nakata de ses petits yeux fixes, en silence, sans bouger. Nakata ne disait rien, lui non plus. Il ne connaissait pas le langage des chiens de toute façon. Le regard du chien était glacial et trouble, on aurait dit des billes congelées au fond d'un marécage.

Nakata respirait lentement, par saccades, mais il n'avait pas peur. Il comprenait naturellement qu'il était confronté à un danger et qu'il avait en face de lui une créature agressive et hostile (même s'il ne savait pas pourquoi). Cependant, il ne pensait pas qu'un danger s'apprêtait à s'abattre sur lui. Quant à la mort, c'était une notion qui dépassait son imagination. Même la douleur était étrangère à sa conscience, jusqu'au moment où il la ressentait réellement. La douleur en tant que concept était quelque chose d'inconcevable pour lui. Si bien que, même sous le regard froid et menaçant de ce chien, il n'était pas particulièrement effrayé, tout juste perplexe.

Lève-toi, dit le chien.

Nakata déglutit. Ce chien lui parlait. Enfin, pas exactement, puisque son museau restait immobile. Il envoyait des messages à Nakata, par télépathie.

Lève-toi et suis-moi, ordonna le chien.

Nakata obéit. Il pensa un instant saluer le chien et se présenter, mais il y renonça. Il avait l'impression que même s'il avait pu communiquer avec lui, cela n'aurait servi à rien. D'ailleurs, il n'avait pas très envie de lui parler, ni même de lui dire son nom. Même en prenant tout son temps, il n'aurait sans doute pas réussi à devenir ami avec cet animal-là.

Il se demanda soudain si le chien n'avait pas quelque chose à voir avec le préfet. Le préfet avait appris qu'on lui donnait de l'argent pour retrouver les chats et lui envoyait cet émissaire pour récupérer la pension à laquelle Nakata n'avait plus droit. Ça ne l'aurait pas étonné que le préfet élève ce genre de chien policier. Dans ce cas, gare aux ennuis !

Nakata se leva et le chien se mit en route. Nakata jeta son sac sur son épaule et lui emboîta le pas. L'animal avait une queue courte, sous laquelle on apercevait deux gros testicules.

Il traversa le terrain vague, sortit par l'endroit où manquait une planche. Nakata le suivait. Le chien ne se retourna pas une seule fois : sans doute comprenait-il au bruit de pas que Nakata était derrière lui. Guidé par le chien, Nakata avança le long de l'avenue. À l'approche des rues piétonnes, les passants se faisaient plus nombreux. La plupart étaient des ménagères du quartier qui faisaient leurs courses. Le chien marchait, la tête droite, le regard fixé devant lui avec autorité. Les gens qui arrivaient en face s'écartaient instinctivement à la vue de cet énorme chien. Certains descendaient même de leurs vélos et traversaient pour continuer leur chemin sur le trottoir d'en face.

Nakata avait l'impression que c'était lui-même que les passants cherchaient à éviter. Les gens s'imaginaient peut-être qu'il emmenait ce molosse en promenade sans l'attacher avec une laisse. Et, de fait, certains passants jetaient des regards de reproche au vieil homme. Il en était attristé et avait envie d'expliquer aux gens qu'il croisait qu'il ne faisait pas ça de gaieté de cœur. C'était lui que le chien emmenait, pas l'inverse. Nakata n'était pas fort, bien au contraire, il était très faible.

Le chien parcourut une longue distance avec Nakata sur ses talons. Ils traversèrent quelques intersections, dépassèrent la rue commerçante. Aux carrefours, le chien ne respectait jamais la signalisation. Les rues n'étaient pas très larges et les automobilistes ne conduisaient pas vite, il n'y avait guère de danger en traversant au feu vert. À la vue du molosse, tous les conducteurs appuyaient d'ailleurs en hâte sur la pédale de frein. L'animal montrait les crocs, regardait fixement les conducteurs, puis traversait lentement, comme s'il défiait ce feu, maintenant rouge pour les piétons. Nakata était bien obligé de le suivre. Le chien savait parfaitement ce que signifiaient les feux ; s'il les ignorait, c'était sciemment, Nakata en était sûr. Cette bête paraissait habituée à n'en faire qu'à sa guise.

Nakata n'avait plus aucune idée d'où ils étaient. Tout d'abord, ils étaient passés par une zone résidentielle de l'arrondissement de Nakano que Nakata connaissait, mais ensuite ils avaient tourné au coin d'une rue et il n'avait plus reconnu aucun paysage familier. Il commençait à s'inquiéter. S'il se perdait et ne retrouvait plus le chemin pour rentrer, que ferait-il ? Peut-être avaient-ils quitté l'arrondissement de Nakano ? Nakata regarda autour de lui, cherchant un repère, un endroit qu'il connaissait. En vain. C'était un quartier où il n'avait jamais mis les pieds auparavant.

Indifférent à tout cela, le chien continuait d'avancer, à un rythme régulier que Nakata pouvait suivre la tête droite, les oreilles dressées, ses testicules se balançant sous sa queue comme un pendule.

— S'il vous plaît, est-ce qu'on est toujours dans l'arrondissement de Nakano ? demanda plusieurs fois Nakata.

Le chien ne répondit pas, ne se retourna même pas.

— Vous avez quelque chose à voir avec le préfet ?

Silence.

— Nakata ne fait rien de mal, il cherche un chat, une jeune écaille-de-tortue qui s'appelle Sésame.

Silence.

Nakata renonça à questionner son guide. Il n'en tirerait rien.

Ils parvinrent dans une zone d'habitation paisible, aux rues désertes, le long desquelles s'alignaient de vastes demeures. Le chien s'arrêta devant l'une d'elles. Elle était ceinte d'un mur de pierre à l'ancienne, avec un somptueux portail, comme on n'en voyait plus guère, entre les deux battants duquel le chien se faufila. Une longue voiture à la carrosserie impeccable et étincelante, aussi noire que le chien, était garée sous le porche. La porte donnant sur le vestibule de la maison était ouverte. Le chien entra sans marquer la moindre hésitation, puis attendit pendant que Nakata enlevait ses baskets usées, les rangeait côte à côte devant la marche de l'entrée, rangeait sa casquette dans son sac, puis époussetait les herbes collées sur son pantalon. Enfin, il pénétra dans la maison. Le chien le guida alors le long d'un couloir au parquet parfaitement ciré, jusqu'à une sorte de salon ou de bureau.

Il faisait sombre dans la pièce. Le soleil déclinait, et les épais rideaux donnant sur le jardin étaient déjà tirés. Aucune lampe n'était allumée. Un grand bureau occupait le fond de la pièce ; apparemment, il y avait quelqu'un assis à côté. Cependant, les yeux de Nakata n'étaient pas encore habitués à l'obscurité et il voyait juste flotter une vague silhouette noire, sorte de figurine découpée dans du papier. En entrant, Nakata vit la silhouette assise dans un siège pivotant se tourner vers lui. Le chien s'arrêta, se coucha sur le plancher, ferma les yeux comme pour signifier que sa mission était achevée.

— Bonjour, dit Nakata, s'adressant aux contours sombres qu'il distinguait au fond de la pièce.

Il n'obtint pas de réponse.

— Je m'appelle Nakata. Excusez-moi de vous déranger. Je ne suis pas entré par effraction.

Toujours pas de réponse.

— Je suis venu à la demande de ce chien, c'est lui qui m'a conduit jusqu'ici. Du coup, je suis entré sans frapper et je vous prie de m'en excuser. Je vais d'ailleurs, si vous le permettez, prendre congé tout de suite…

— Assieds-toi sur ce fauteuil, fit une voix d'homme, calme mais autoritaire.

— Entendu, je m'assieds, dit Nakata, prenant place dans un fauteuil situé à côté de lui.

Le chien noir s'était redressé et l'observait, immobile comme une statue.

— Vous êtes le préfet ?

— Quelque chose comme ça, dit l'homme plongé dans les ténèbres. Disons que je suis le préfet si cela te facilite les choses. Ça ne change rien à l'affaire.

L'homme se retourna, tendit la main, alluma un lampadaire en tirant une chaînette. Une lumière jaune tamisée, comme celle des lampes d'autrefois, illumina faiblement la pièce.

Un homme de haute taille avec un chapeau haut de forme en soie se tenait devant Nakata, assis jambes croisées dans le fauteuil en cuir. Il portait une redingote rouge ajustée, sur un gilet noir, et il était chaussé de grandes bottes de cuir noir. Son pantalon était blanc comme la neige et incroyablement moulant. L'homme leva une main, toucha le bord de son chapeau, comme pour saluer une dame. Il tenait de la main gauche une fine badine noire au pommeau doré. Nakata devina à la forme de son chapeau qu'il s'agissait du personnage décrit par Kawamura.

Ses traits ne retenaient pas autant l'attention que sa tenue. Il n'était pas jeune, pas excessivement vieux non plus. Il n'était ni beau ni laid. Il avait des sourcils épais, des joues rouges qui lui donnaient un air de bonne santé, une peau étrangement lisse et imberbe. Ses yeux étaient étroits, ses lèvres souriaient froidement. Difficile de se rappeler son visage : on avait beau essayer, c'était avant tout son étrange tenue qui attirait l'œil. Il serait sans doute impossible à reconnaître s'il portait d'autres vêtements.

— Tu sais qui je suis, n'est-ce pas ?

— Non, répondit Nakata.

L'homme sembla déçu.

— Tu ne sais pas ?

— Non. Excusez-moi, Nakata n'est pas très intelligent.

— Mon allure ne te rappelle rien ?

Il se leva, se tourna de côté en pliant une jambe, comme s'il marchait.

— Non, décidément, ça ne me dit rien, excusez-moi.

— Ah bon. Mais si ça se trouve, tu ne bois pas de whisky ?

— En effet. Nakata ne boit pas d'alcool. Avec ma maigre panse-ion, je ne peux pas me le permettre.

L'homme se rassit, croisa à nouveau les jambes. Il prit un verre posé sur la table, but une gorgée de whisky. On entendit les glaçons s'entrechoquer.

— Moi, je bois du whisky. Ça ne te dérange pas ?

— Pas du tout. Je vous en prie, faites comme chez vous.

— Merci, dit l'homme, puis il posa sur Nakata un long regard. Alors comme ça, tu ne sais pas comment je m'appelle ?

— Non. Je suis vraiment désolé.

Un rictus tordit légèrement les lèvres de l'homme. Cela dura très peu de temps, mais un sourire froid étira ses lèvres, comme une onde à la surface de l'eau, disparut, puis revint flotter à nouveau.

— Les amateurs de whisky me reconnaissent au premier coup d'œil, mais bon, ça ne fait rien. Je m'appelle Johnnie Walken. La plupart des gens me connaissent. Ce n'est pas pour me vanter, mais je suis universellement célèbre. On pourrait presque dire que je suis une icône. Mais bien sûr, je ne suis pas le véritable Johnnie Walken. Je n'ai rien à voir avec le fabricant de whisky. J'ai seulement emprunté l'allure et le nom qui se trouvent sur les étiquettes. On a beau dire, le nom et l'allure, c'est important.

Le silence retomba sur la pièce. Nakata n'avait pas la moindre idée de ce que voulait dire son interlocuteur. La seule chose qu'il avait saisie, c'était que cet homme s'appelait Johnnie Walken.

— Êtes-vous étranger, monsieur Johnnie Walken ?

Johnnie Walken pencha un peu la tête.

— Tu peux te dire ça si tu veux, si ça te facilite les choses. C'est à la fois vrai et pas vrai.

Nakata était plongé dans un abîme de perplexité. Cette conversation ressemblait tout à fait à celles qu'il avait avec Kawamura.

— Vous voulez dire que vous êtes étranger, et qu'en même temps vous ne l'êtes pas, c'est ça ?

— Exact.

Nakata décida de ne pas approfondir la question.

— Et... c'est vous, monsieur Johnnie Walken, qui avez demandé à ce chien de conduire Nakata jusqu'ici ?

— Exact, répondit succinctement Johnnie Walken.

— Vous vouliez donc rencontrer Nakata ?

— Ce ne serait pas plutôt toi qui voulais me rencontrer ? fit remarquer Johnnie Walken avant de reprendre une gorgée de whisky. D'après ce que j'ai pu comprendre, tu as passé plusieurs jours dans ce terrain vague à attendre que j'apparaisse, non ?

— Tout à fait tout à fait. J'avais complètement oublié. Nakata n'est pas très intelligent, vous savez, si bien qu'il oublie beaucoup de choses. Vous avez tout à fait raison, tout à fait. Nakata vous attendait dans ce terrain vague pour vous poser une question à propos d'un chat.

Johnnie Walken tapota une de ses bottes avec la badine noire qu'il tenait à la main. Un petit bruit sec emplit aussitôt la pièce et le chien dressa légèrement les oreilles.

— Bon... Le soleil se couche, la marée descend... Il serait temps d'entrer dans le vif du sujet, non ? dit Johnnie Walken. Tu voulais me questionner à propos d'un chat, plus précisément à propos d'une chatte écaille-de-tortue nommée Sésame, c'est bien ça ?

— Tout à fait tout à fait. Cela fait dix jours que je la cherche, sa maîtresse, Mme Koizumi, m'a demandé de la retrouver. Sauriez-vous par hasard où est Sésame, monsieur ?

— Je connais cette chatte.

— Et vous savez où elle se trouve ?

— Je sais où elle est.

La bouche légèrement ouverte, Nakata regardait Johnnie Walken. Son regard remonta un peu vers le chapeau haut de forme, puis revint au visage. Les lèvres minces de Johnnie Walken restaient closes. Il avait l'air très sûr de lui.

— Se trouve-t-elle près d'ici ?

Johnnie Walken hocha plusieurs fois la tête.

— Tout près d'ici.

Nakata jeta un regard circulaire autour de lui mais ne vit pas l'ombre d'un chat. Il n'y avait rien dans la pièce en dehors du bureau, du fauteuil pivotant sur lequel l'homme était assis, de deux autres chaises, d'un lampadaire, et d'une table basse.

— Et est-ce que je pourrais repartir d'ici avec elle ? demanda Nakata.

— Ça dépend de toi.

— De Nakata ?

— Oui, ça dépend de toi, répéta Johnnie Walken en soulevant légèrement un sourcil. La décision t'appartient. Tu peux repartir avec Sésame et rendre heureuses Mme Koizumi et ses filles. Ou bien tu peux repartir sans Sésame, et tout le monde sera très déçu. Tu n'as pas envie de décevoir tout le monde ?

— Non, Nakata n'a pas envie de décevoir tout le monde.

— Moi non plus, je n'ai pas envie de décevoir les gens, c'est bien normal.

— Que doit faire Nakata ?

Johnnie Walken fit rouler sa badine dans sa main.

— Quelque chose pour moi.

— Quelque chose dont je suis capable ?

— Je ne demande jamais l'impossible. Ce serait une perte de temps. Tu ne crois pas ?

Nakata se mit à réfléchir.

— Nakata pense que ce serait sans doute une perte de temps, en effet.

— Ce qui veut dire que ce que je te demande est une chose que tu peux faire, n'est-ce pas ?

Nakata se mit à réfléchit à nouveau.

— Oui. Peut-être.

— D'abord la thèse. Ensuite l'hypothèse et l'antithèse. Les deux sont indispensables.

— Hein ? fit Nakata.

— S'il n'y a pas d'antithèse face à une hypothèse, la science ne peut pas progresser, dit Johnnie Walken en tapotant à nouveau sa botte du bout de sa badine, avec un geste plein de défi.

Le chien dressa à nouveau les oreilles.

— Ab-so-lu-ment pas pro-gres-ser, martela-t-il.

Nakata gardait le silence.

— À vrai dire, cela fait longtemps que je cherche quelqu'un dans ton genre. Vraiment longtemps. Et l'autre jour, quand je t'ai vu parler avec un chat, je me suis dit : ça y est ! Voilà celui que je cherchais. C'est pour ça que je t'ai fait venir jusqu'ici. Je suis désolé de t'avoir convoqué de cette manière, mais…

— Ce n'est pas grave. Nakata a beaucoup de temps libre, vous savez.

— Et donc j'ai échafaudé un certain nombre d'hypothèses à ton sujet. Naturellement, j'ai aussi préparé des antithèses. C'est comme un jeu, tu vois. Un jeu mental auquel je joue tout seul. Toutefois, dans n'importe quel jeu, il y a nécessairement un gagnant et un perdant. Dans le cas présent, il faut déterminer si les antithèses sont valables ou non. Enfin, ce que j'en dis… De toute façon, toi, tu n'entends rien à tout ça, pas vrai ?

Nakata secoua la tête en silence.

Johnnie Walken frappa deux fois sa botte de sa badine. À ce signal, le chien se leva.

15

Oshima monte dans sa voiture de sport, allume les phares. Quand il appuie sur l'accélérateur et démarre, de petits cailloux sont projetés sous le châssis. La voiture recule, fait demi-tour, capot pointé vers le chemin du retour. Oshima lève la main pour me dire au revoir. Je lui réponds de même. Les feux arrière disparaissent dans les ténèbres, le bruit du moteur s'éloigne, puis disparaît complètement et le silence emplit de nouveau la forêt.

Je rentre dans la cabane, cadenasse la porte. Maintenant que je suis seul, le silence m'enveloppe comme s'il n'avait attendu que ça. L'air nocturne est si froid qu'on ne se croirait jamais au début de l'été, mais il est trop tard pour faire du feu. Pour ce soir, je n'ai qu'à me pelotonner dans mon sac de couchage et dormir. Le manque de sommeil m'embrume la tête, et j'ai des courbatures partout à cause de ce long trajet en voiture. Je tourne la molette de la lampe à pétrole pour diminuer la flamme. Les ombres qui occupent les coins de la chambre s'obscurcissent. Je n'ai pas le courage de me mettre en pyjama, et me glisse dans le sac de couchage avec mon jean et ma parka.

Je ferme les yeux, j'essaie de m'endormir, mais je n'y arrive pas. Mon corps cherche le sommeil, mais ma conscience reste en alerte. De temps à autre, le cri aigu d'un oiseau de nuit déchire le silence. J'entends aussi de nombreux autres bruits dont j'ignore la nature : quelque chose piétine les feuilles mortes ; quelque chose frôle lourdement des branches ; une respiration profonde ; par intermittence, les craquements lugubres des marches du porche… Ces sons paraissent tout proches de la cabane. Comme si j'étais encerclé par une armée de créatures invisibles peuplant les ténèbres.

J'ai l'impression que quelqu'un me surveille. Un regard invisible pèse douloureusement sur moi. Les battements de mon cœur rendent un son creux. J'entrouvre les yeux, toujours au fond de mon sac de couchage, fais du regard le tour de la pièce éclairée par la faible lueur de la lampe, vérifie à plusieurs reprises qu'il n'y a personne. La porte d'entrée est fermée par un gros cadenas, les épais rideaux sont bien tirés sur les fenêtres. Allez, ça va, me dis-je, tu es seul dans cette cabane, personne ne t'épie par la fenêtre.

Cependant, cette sensation d'être observé ne me quitte pas. J'ai du mal à respirer par moments, et la soif me tourmente. J'aimerais bien boire de l'eau, mais si je le fais il faudra que je vide ma vessie plus tard, et je n'ai aucune envie de sortir de la cabane en pleine nuit. Je tiendrai bien jusqu'au matin, me dis-je en secouant la tête, roulé en boule au fond de mon sac de couchage.

Allons bon, te voilà terrorisé par le silence et les ténèbres. Tu meurs de frayeur comme un petit gamin peureux. C'est ça ta véritable nature ? dit le garçon nommé Corbeau, l'air stupéfait. **J'ai toujours cru que tu étais un dur, pourtant. Mais on Dirait que je me suis trompé. Tu m'as l'air au bord des larmes. Ma parole, si ça continue, avant le matin tu auras pissé au lit !**

Ignorant ses railleries, je ferme les yeux, remonte la fermeture de mon sac jusqu'au ras de mon nez et chasse toute pensée de mon esprit. Rien ne me fera ouvrir les yeux, ni la chouette qui hulule dans la nuit, ni le bruit sourd d'une chute que j'entends au loin, ni cette impression que *quelque chose* se déplace dans la pièce.

Oshima a dormi ici tout seul plusieurs jours, au même âge que moi. Il a sûrement connu la peur que je ressens en ce moment. C'est pour cela qu'il m'a dit qu'il y avait des solitudes de différentes sortes. Il savait sans doute ce que j'allais éprouver ici la nuit venue. Il l'avait lui-même ressenti autrefois. Cette pensée m'apaise un peu. Par-delà le temps, j'effleure du doigt cette ombre du passé, y superpose mon présent. Je respire profondément. Puis, sans m'en rendre compte, je m'endors.

Je me réveille à six heures du matin passées, sous une cascade de chants d'oiseaux. Les petites créatures ailées volent inlassablement de branche en branche, s'appellent les unes les autres. Leurs piaillements énergiques n'ont pas l'écho lourd et sinistre des bruits de la nuit.

Je sors de mon sac de couchage, ouvre les rideaux, vérifie que pas un seul morceau de ténèbres ne persiste autour de la cabane. Tout étincelle dans l'éclat doré qui vient de naître. Je frotte une allumette, fais chauffer de l'eau minérale et bois une tasse de camomille en sachet. Je sors un paquet de crackers du sac à provisions, en mange quelques-uns avec du fromage. Ensuite, je me brosse les dents et me lave la figure au-dessus de l'évier.

J'enfile mon coupe-vent et sors de la cabane. Le soleil matinal traverse les hautes futaies et vient éclairer la clairière. Entre ces colonnes de lumière flottent des brumes pareilles à des âmes à peine nées. Je prends une profonde inspiration, l'air pur me revivifie. Je m'assieds sur une marche du perron, regarde les oiseaux voleter entre les arbres, tends l'oreille à leurs chants. La plupart d'entre eux se déplacent en couples, vérifiant constamment où se trouve leur compagnon, échangeant des appels.

Grâce au bruit, je repère facilement le ruisseau, dans le bois, non loin de la cabane. À un endroit, une sorte de mare se forme entre les rochers. L'eau y fait halte un moment, tourbillonne en spirales complexes avant de reprendre son cours, dévalant la montagne. Elle est belle et pure. J'en puise un peu : elle est délicieusement fraîche. Je plonge mes mains dans le courant.

De retour à la cabane, je me prépare des œufs au jambon dans une poêle, rôtis du pain sur une grille, puis je fais chauffer du lait dans une casserole à long manche. Mon petit déjeuner terminé, je transporte une chaise sur le porche et m'assieds, les pieds calés sur la rampe. J'ai décidé de passer ma matinée à lire tranquillement. La bibliothèque d'Oshima-san contient des centaines d'ouvrages. Il n'y a que quelques œuvres de fiction, des classiques pour la plupart. Le reste est constitué de livres de philosophie, sociologie, psychologie, géographie, sciences naturelles, économie, etc. Oshima-san m'a dit qu'il n'était pas resté longtemps à l'école, et qu'il avait étudié en autodidacte. Il a dû le faire ici, sans doute. Tous ces livres semblent couvrir des domaines de connaissances si vastes, presque illimités…

Je prends un livre sur le procès de Karl Adolf Eichmann. Je me rappelle vaguement le nom de ce criminel de guerre nazi, mais ne m'y intéresse pas particulièrement. J'ai choisi ce livre au hasard, il a attiré mon regard. J'apprends en le lisant que ce lieutenant-colonel SS aux lunettes à monture de métal et aux cheveux dégarnis était un homme à l'esprit pratique. Peu après le début de la guerre, le haut commandement nazi le charge de mettre en œuvre la « solution finale » – le massacre des Juifs –, et il élabore alors un projet concret, permettant de mener ce programme le plus efficacement possible. Le problème moral que pose pareille mission ne semble même pas effleurer sa conscience. La seule question qui le préoccupe, c'est de savoir comment il peut éliminer à moindres frais un maximum de personnes, en un minimum de temps. D'après ses calculs, l'Europe comptait à l'époque dix millions de Juifs.

Combien de rames de wagons de marchandises fallait-il préparer, combien de Juifs fallait-il entasser dans chacun ? Quel pourcentage d'entre eux mourrait de mort

« naturelle » au cours du transport ? Comment accomplir cette tâche avec le moins de personnel possible ? Comment se débarrasser des cadavres à peu de frais ? Les brûler ? Les enterrer ? Dissoudre leurs corps dans l'acide ? Eichmann fait des calculs acharnés dans son bureau. Son plan est mis à exécution et se déroule à peu près conformément à ses prévisions. Avant la fin de la guerre, six millions de Juifs (un peu plus de la moitié de l'objectif qu'il s'était fixé) seront éliminés. Eichmann ne se sentira jamais coupable. Assis derrière des vitres pare-balles, sur le banc des accusés, à la cour de justice de Tel-Aviv, il semble se demander pourquoi il fait l'objet d'un tel procès, pourquoi le monde entier a l'œil fixé sur lui. « J'étais un simple technicien, dira-t-il, et j'avais trouvé la réponse la plus adéquate à la question qu'on m'avait demandé de traiter. C'est exactement ce que font les fonctionnaires consciencieux du monde entier. Pourquoi suis-je le seul à être accusé ainsi ? »

Tout en écoutant les chants d'oiseaux dans la forêt, par ce matin paisible, je lis l'histoire de cet homme plein de « sens pratique ». Sur une page blanche, à la fin du livre, Oshima a laissé une note au crayon. Je reconnais son écriture particulière.

Tout est question d'imagination. La responsabilité commence avec le pouvoir de l'imagination. Yeats disait : In dreams begin responsibilities. *C'est parfaitement exact. À l'inverse, la responsabilité ne peut naître en l'absence d'imagination. Comme nous pouvons le constater avec Eichmann.*

J'imagine Oshima, assis sur cette même chaise, un crayon bien taillé à la main, en train de noter ces remarques. *La responsabilité commence dans les rêves.* Cette phrase frappe mon esprit.

Je referme le livre, réfléchis à ma propre responsabilité. Comment faire autrement ? Mon tee-shirt blanc était plein de sang, et je l'ai lavé avec ces mains-là. Il y avait tellement de sang que le lavabo est devenu tout rouge.

Il faudra sans doute que j'assume ma responsabilité dans cette effusion de sang. Je m'imagine au procès. Des gens m'ont accusé et poursuivi en justice. Ils me dévisagent avec colère, me montrent du doigt. J'objecte qu'on ne peut être tenu responsable d'un acte qu'on ne se souvient pas d'avoir commis. Je ne sais même pas ce qui s'est passé. Mais ils me rétorquent : « Peu importe qui était le maître de ce rêve à l'origine, puisque tu l'as partagé. Tu es responsable de ce que tu as rêvé. Car ce rêve s'est insinué en toi par les sombres corridors de ton âme. »

Comme le lieutenant-colonel Adolf Eichmann qui s'est laissé entraîner, de gré ou de force, dans le rêve mégalomane et tordu de Hitler.

Je pose le livre puis me lève et m'étire. J'ai lu assez longtemps. Il faut que je bouge. Je prends deux réservoirs en plastique et vais au ruisseau puiser de l'eau que je transporte jusqu'à la cabane puis transvase dans le seau. Au bout de cinq allers et retours, le seau est à peu près plein. Je vais chercher une brassée de bûches dans l'abri derrière la cabane et les entasse près du poêle.

Je trouve une vieille corde à linge dans un coin du porche. Je sors le linge propre encore humide de mon sac, le secoue un peu pour le déplisser et le mets à sécher. Puis j'étale toutes mes affaires sur le lit pour les aérer. Je m'assieds devant le bureau afin de rédiger mon journal. Avec un feutre à pointe fine, j'écris sur mon cahier, en petits caractères, tout ce qui m'est arrivé ces jours derniers. Je dois tout noter, le plus minutieusement possible, tant que mes souvenirs sont intacts.

Je fouille ma mémoire pour raconter comment j'ai perdu conscience sans m'en rendre compte et me suis réveillé allongé dans un bois derrière un sanctuaire. Les ténèbres, mon tee-shirt plein de sang… J'ai téléphoné à

Sakura, suis allé chez elle, lui ai demandé de m'héberger. Ce que je lui ai raconté, ce qu'elle m'a fait.

Elle a dit en riant : « Je ne comprends pas. Tu peux très bien fantasmer sur moi sans rien me dire, et sans me demander la permission. Je ne peux pas savoir à quoi tu penses. »

Mais elle avait tort. Ce que j'imagine a peut-être beaucoup d'importance en ce monde.

En début d'après-midi, je pénètre dans la forêt. Oshima-san m'a prévenu qu'il était dangereux de s'aventurer loin. Il m'a conseillé de toujours garder la cabane dans mon champ de vision. Mais comme je vais passer quelques jours seul ici, je trouve plus rassurant d'explorer un peu les environs. Les mains vides, je quitte la clairière ensoleillée et m'enfonce sous les hautes futaies sombres.

Il y a un sentier rudimentaire, qu'on a tracé en suivant la topographie du lieu et qui s'est sans doute aplani au fur et à mesure. Ici et là, des rochers plats, posés comme sur une allée, facilitent la marche. Les endroits érodés sont renforcés par de gros rondins, qui permettent de ne pas perdre le chemin de vue, même si des herbes le recouvrent. C'est peut-être le frère aîné d'Oshima qui a aménagé ce sentier au cours de ses séjours. Le sentier gravit un raidillon et redescend un peu, contourne un gros rocher avant de grimper de nouveau. Je monte des côtes la plupart du temps, mais elles ne sont pas trop raides. De grands arbres aux troncs ternes se dressent des deux côtés. Un lacis de grosses branches s'étend dans tous les sens, les feuillages épais forment un dais au-dessus de ma tête. Sur le sol prospèrent des plantes de sous-bois et des fougères, se nourrissant de la faible lumière qui parvient jusqu'à elles. Dans certains coins, le soleil ne pénètre jamais et la mousse recouvre les rochers.

Le chemin devient de plus en plus étroit au fur et à mesure que j'avance. Comme quelqu'un qui commence à raconter une histoire avec exaltation puis finit par bredouiller, son débit diminuant peu à peu, ainsi le chemin cède-t-il la place aux sous-bois. On ne voit plus trace d'aménagements. Il devient difficile de dire si le sentier a été tracé par la main de l'homme. Bientôt il disparaît d'ailleurs complètement dans un océan de mousse vert vif. Peut-être reprend-il ensuite, mais je trouve préférable d'attendre une autre occasion pour le vérifier. Il me faudrait un équipement et une tenue adéquate pour m'aventurer plus loin.

Je m'arrête pour regarder derrière moi. Rien dans ce paysage inconnu ne m'encourage à continuer. Des troncs lugubres, en rangs si serrés qu'ils se chevauchent, limitent mon champ de vision. Dans la pénombre des alentours, l'atmosphère stagnante paraît vert foncé. Je n'entends même pas d'oiseaux chanter.

J'ai soudain la chair de poule, comme si un vent coulis venait de passer. Pas d'inquiétude inutile. Je suis sur le chemin par lequel je suis venu. Si je ne le perds pas, je vais pouvoir retourner vers la lumière. J'avance prudemment en regardant à mes pieds, jusqu'à ce que je débouche sur la clairière de la cabane, emplie de lumière et de chants d'oiseaux. Les petits oiseaux cherchent de la nourriture en gazouillant gaiement. Rien n'a changé depuis tout à l'heure. La chaise sur laquelle j'étais assis est toujours là, sur le perron. Le livre que j'étais en train de lire est par terre, devant elle, ouvert.

Mais maintenant j'ai réellement conscience du danger que recèle la forêt. Je ne dois pas oublier cela. Comme me l'a dit le garçon nommé Corbeau, il y a plein de choses que j'ignore en ce monde. Je ne savais pas, par exemple, que les plantes pouvaient avoir l'air aussi inquiétantes. Celles que j'avais vues et touchées jusqu'à présent étaient toutes des plantes citadines, domestiquées et joliment entretenues. Bien différentes de celles que j'ai vues dans cette forêt. Elles sont dotées d'une véritable force physique, elles répandent leur souffle délétère sur les humains qui s'aventurent près d'elles, les fixent comme si elles avaient repéré une proie. Quelque chose dans cette forêt évoquait une obscure magie préhistorique. Les arbres règnent sur ces bois, tout comme les créatures vivant au fond des océans règnent sur les abysses. La forêt peut me rejeter ou m'avaler, selon ses besoins. Il vaut mieux garder une crainte révérencieuse envers ces arbres.

Je retourne à la cabane, sors une boussole de mon sac à dos et la range dans ma poche, non sans avoir soulevé le couvercle et vérifié que l'aiguille est bien orientée au nord : elle pourra m'être utile en cas de danger. Ensuite, je m'assieds sur le perron, regarde les arbres, écoute de la musique sur mon baladeur. Cream, Duke Ellington. De vieux morceaux que j'ai trouvés dans une bibliothèque et enregistrés. J'écoute plusieurs fois *Crossroads*. La musique m'apaise un peu. Mais je ne peux pas l'écouter trop longtemps. Il n'y a pas d'électricité dans la cabane, je ne pourrai pas recharger la batterie. Quand mes piles de réserve seront épuisées, adieu la musique !

Je fais un peu de sport avant le dîner : pompes, abdos, flexions, poirier, suivis de quelques mouvements de gymnastique. Ce sont des exercices qui permettent de se maintenir en forme dans un espace étroit, sans machines ni installations sportives. Simples, ennuyeux, mais efficaces. Si on les exécute correctement, on obtient des résultats. C'est un prof de gym qui me les a appris. « C'est l'entraînement le plus solitaire du monde, m'avait-il expliqué. Ceux qui s'y consacrent avec le plus d'acharnement sont les gens en captivité. » Je me concentre, fais quelques séries, jusqu'à ce que ma chemise soit trempée de sueur.

Après un dîner frugal, je sors sur le perron contempler les innombrables étoiles qui scintillent au-dessus de ma tête. Elles ont l'air d'avoir été jetées au hasard dans le ciel. Je n'en avais jamais vu autant, même au planétarium. Certaines parmi elles me paraissent étrangement grandes et jettent un éclat vif. J'ai l'impression que je pourrais les atteindre si je tendais la main avec suffisamment de concentration. Le spectacle est à couper le souffle.

Mais les étoiles ne sont pas seulement belles : elles vivent et respirent, comme les arbres de la forêt. Et elles me regardent. Elles savent ce que j'ai accompli jusqu'ici et ce que j'accomplirai dans l'avenir. Rien ne leur échappe, pas le moindre recoin de ma vie. Sous ce ciel de nuit étincelant, une peur intense s'empare à nouveau de moi. J'ai du mal à respirer, mes battements de cœur s'accélèrent. Depuis le début, je vis sous le regard de toutes ces étoiles et je n'avais encore jamais remarqué leur présence ! Je n'avais jamais pensé sérieusement aux étoiles. Non, il n'y a pas que les étoiles ; il y a en ce monde tant de choses que je n'ai jamais remarquées. À cette pensée, je me sens désespérément impuissant. Et je sais que, où que j'aille, je n'échapperai pas à ce sentiment.

Je rentre dans la cabane, dépose des bûches dans le poêle en les empilant soigneusement. Je roule en boule de vieilles feuilles de journal, les enflamme avec une allumette, vérifie que la flamme se propage bien partout. Quand j'étais écolier, on m'a envoyé en camp de vacances pendant l'été. J'avais détesté ce camp, mais j'y avais au moins appris à faire du feu. J'ouvre la soupape du poêle pour laisser sortir la fumée. Au début, le feu ne prend pas, mais une bûche finit par s'enflammer, puis une autre. Je ferme le couvercle, pose la chaise devant, lis la suite du livre sur Eichmann. Une fois que les flammes sont suffisamment hautes, je pose une bouilloire emplie d'eau sur le poêle. De temps à autre, le couvercle émet un agréable gargouillis.

Naturellement, l'ensemble du projet d'Eichmann n'a pas été exécuté avec l'efficacité qu'il souhaitait. Soumises aux conditions locales, les choses n'avancent pas toujours selon ses prévisions. Dans ces cas-là, il a une réaction assez humaine : il s'énerve. Il déteste tous les impondérables vulgaires qui viennent perturber ses magnifiques calculs. Les trains arrivent en retard. Les démarches administratives retardent l'exécution des ordres. Certains commandants sont mutés, leurs successeurs ne sont pas aussi diligents. Après la débâcle à l'Est, les gardiens des camps sont envoyés au front. Il y a des chutes de neige abondantes. L'approvisionnement en gaz est insuffisant. Les lignes de chemin de fer sont bombardées. Eichmann en vient même à détester la guerre, cet élément incontrôlable, qui dérange l'exécution de son plan.

Dans la salle d'audience du palais de justice, il expose les aléas auxquels il a dû faire face, sans manifester la moindre émotion. Il fait preuve d'une mémoire impressionnante. Sa vie est intégralement composée de détails pragmatiques.

Quand l'horloge indique dix heures, j'arrête de lire, me brosse les dents et me débarbouille. Je rabats la soupape du poêle, pour que le feu s'éteigne naturellement pendant la nuit. Les braises rouges éclairent la pièce d'une lueur orangée. Il fait bon, et ce confort atténue ma tension et ma peur. Je me glisse dans mon sac de couchage en tee-shirt et caleçon. Mes yeux se ferment bien plus facilement qu'hier soir. Je pense un peu à Sakura. « J'aurais bien aimé être ta sœur », avait-elle dit.

Je m'efforce de chasser tout cela de mon esprit. Je dois dormir. J'entends une bûche se fendre dans le poêle. Dehors, une chouette hulule. Je me sens entraîné dans un rêve nébuleux.

Le lendemain, la même routine se répète. Je me réveille au chant des oiseaux, peu après six heures. Je fais chauffer de l'eau, bois du thé, puis me prépare un petit déjeuner et mange. Ensuite, je lis sur le perron, écoute de la musique, vais chercher l'eau au ruisseau. Comme la veille, je m'engage dans le petit sentier qui s'enfonce dans la forêt. Cette fois, j'emporte ma boussole. J'y jette parfois un coup d'œil, repère la direction de la cabane. Je fais des encoches sur les troncs d'arbre avec la hachette pour marquer mon chemin et j'arrache les herbes folles pour dégager la voie.

Comme hier, la forêt est sombre et profonde. Les arbres aux hautes cimes m'encerclent, tel un mur épais. Je crois voir des choses sombres dissimulées entre les branches, sortes d'animaux en trompe-l'œil, et me sens à nouveau observé. Mais je n'ai plus la chair de poule comme hier. Je me suis donné des règles et les respecte scrupuleusement. De cette façon, j'espère ne pas me perdre.

J'arrive à l'endroit où je me suis arrêté hier et continue ma route. Je pose le pied dans l'océan de fougères qui dissimule le sentier. De nouveau, la haute muraille des arbres m'encercle. Je continue à faire des entailles ici et là sur les troncs. Quelque part au-dessus de ma tête, un grand oiseau bat des ailes pour intimider l'intrus que je suis. J'ai la bouche sèche et je déglutis de temps en temps. Quand j'avale ma salive, j'entends le bruit résonner alentour.

Après avoir avancé un petit moment, je tombe sur une clairière entourée de hauts arbres. On se croirait au fond d'un grand puits. Les rayons du soleil se déversent tout droit entre les branches, éclairant le contour de mes pieds comme des projecteurs. Cet endroit me paraît étrange. Je m'assieds par terre pour recevoir un peu de cette lumière bénie. Je sors une barre de chocolat de ma poche, savoure le goût sucré qui se répand dans ma bouche. Je me rends compte à quel point la lumière du soleil est indispensable aux humains. J'apprécie pleinement chaque seconde de ces instants précieux. Le sentiment de solitude et d'impuissance que le spectacle du ciel étoilé avait suscité en moi a disparu. Mais au fur et à mesure que le temps passe, l'angle du soleil se modifie, et la lumière décline. Alors je me lève et retourne à la cabane en suivant le même chemin qu'à l'aller.

Dans l'après-midi, de sombres nuages recouvrent soudain le ciel, l'air prend une teinte mystérieuse. Et soudain, un violent orage éclate. La pluie s'abat sur le toit et les fenêtres, d'où s'élèvent aussitôt comme des cris déchirants. Je me déshabille entièrement, et sors tout nu sous l'averse. Je me savonne les cheveux, le corps et me lave sous cette douche naturelle. Je me sens merveilleusement bien. Je ferme les yeux et hurle à tue-tête des mots sans suite. Les grosses gouttes me frappent comme des cailloux. Ces pointes de douleur semblent faire partie d'un rituel d'initiation. Elles frappent mes joues, mes paupières, ma poitrine, mon ventre, mon pénis, mes testicules, mon dos, mes jambes, mes fesses. Je ne peux même pas garder les yeux ouverts. De cette douleur se dégage un sentiment d'intimité avec le monde, comme si enfin il me traitait justement. Je me sens extatique, soudain libéré. Les mains levées vers le ciel, j'ouvre grand la bouche pour avaler l'eau qui dégouline sur moi.

Une fois rentré dans la cabane, je m'essuie avec une serviette, puis je m'assieds sur le lit et regarde mon sexe – un pénis jeune et sain, à la peau claire. Le gland me fait encore un peu mal, à force d'avoir été frappé par la pluie. J'observe longuement cet étrange organe que je suis incapable de contrôler la plupart du temps, alors qu'il fait partie de moi. On dirait qu'il est animé de sa propre volonté, indépendamment de la mienne.

Oshima-san a séjourné seul ici au même âge que moi. Était-il lui aussi tourmenté par ses pulsions sexuelles ? Sans doute que oui. C'est l'âge qui veut ça. Mais je n'arrive pas à l'imaginer en train de se masturber, par exemple. Il me paraît trop au-dessus de ces choses-là.

Il a dit qu'il était quelqu'un de spécial, mais j'ignore ce qu'il a voulu dire par là. Je sais bien que ce n'étaient pas des mots prononcés au hasard ni une allusion vide de sens.

Je tends la main pour me branler. Puis je change d'avis. J'aimerais conserver encore un peu cette étrange sensation de pureté que m'a procurée ma douche sous la pluie. J'enfile un caleçon propre, respire profondément plusieurs fois de suite, puis je m'attaque à ma série de flexions. Ensuite, je passe aux abdos. J'en fais une centaine. Je me concentre sur chacun de mes muscles. À la fin de l'exercice, j'ai l'esprit beaucoup plus clair. Dehors, la pluie a cessé, les nuages se sont dispersés, et le soleil perce. Les oiseaux chantent à nouveau.

Pareille paix ne dure pas longtemps, tu le sais. Les bêtes te poursuivront partout, inlassablement. Elles surgiront de la forêt profonde, tenaces, sans pitié, ne connaissant ni la fatigue, ni l'abattement. Tu as réussi à te retenir de te masturber, mais tout à l'heure cela prendra la forme d'une pollution nocturne, au cours d'un rêve où tu violeras peut-être ta sœur ou ta mère. Cela, tu es incapable de le contrôler. C'est au-dessus de tes forces. Tu ne peux que l'accepter. Tu as peur de ton imagination. Et plus encore de tes rêves. Tu crains cette responsabilité qui commence dans le rêve. Mais tu ne peux pas t'empêcher de dormir et, quand tu dors, les rêves surviennent immanquablement. L'imagination diurne est maîtrisable. Pas les rêves.

Allongé sur le lit, j'écoute Prince avec mes écouteurs. Je me concentre sur cette musique étrange, sans la moindre pause. Une première pile expire en plein milieu de *Little Red Corvette*. La musique disparaît lentement, comme engloutie par des sables mouvants. J'ôte les écouteurs et j'écoute le silence. Le silence, ça s'écoute. Je le sais maintenant.

16

Le chien se leva, et guida Nakata jusqu'à la cuisine, située au bout d'un couloir obscur. Il n'y avait qu'une étroite fenêtre et il faisait sombre dans cette pièce bien rangée mais étrangement sans vie, qui évoquait la salle de travaux pratiques d'un lycée. Le chien s'arrêta devant un grand Frigidaire et se retourna pour regarder Nakata d'un œil froid.

Ouvre la porte gauche du Frigidaire, dit l'animal à voix basse. Nakata savait que le chien ne parlait pas réellement. En fait, c'était Johnnie Walken qui donnait les ordres. C'était lui qui regardait Nakata à travers les yeux du chien.

Nakata obtempéra. Le réfrigérateur vert avocat était plus haut que lui. Quand il ouvrit la porte, le thermostat se mit en marche avec un bruit sec et le moteur commença à ronronner. Une vapeur blanche pareille à une nappe de brouillard s'échappa de l'intérieur. La partie gauche était un congélateur réglé assez bas.

Il contenait une vingtaine de gros fruits ronds soigneusement alignés. Il n'y avait absolument rien d'autre. Nakata se pencha et regarda ces objets de plus près. Quand la vapeur blanche se fut dissipée, il comprit qu'il ne s'agissait pas du tout de fruits, mais de têtes de chat. Des têtes de chat de taille et de couleur différentes, alignées sur trois étagères comme des oranges chez le marchand de primeurs. Les têtes congelées paraissaient regarder droit vers Nakata, qui déglutit soudain.

Regarde bien, ordonna le chien : *Vérifie par toi-même si Sésame est parmi eux ou non.*

Nakata obéit et passa en revue les têtes une par une. Il n'était pas spécialement effrayé. Une seule chose occupait son esprit : s'assurer que la tête de la chatte disparue ne s'y trouvait pas. Après une inspection soigneuse, il fut certain que Sésame ne faisait pas partie de ces macabres trophées. Il n'y avait pas une seule chatte écaille-de-tortue. Les têtes avaient des expressions étrangement vides. Aucune d'elles n'exprimait la souffrance. Cette constatation soulagea Nakata. Quelques-uns des chats avaient les yeux fermés, mais tous les autres, paupières grandes ouvertes, semblaient fixer un point dans l'espace.

— Je ne crois pas que Sésame se trouve là, annonça Nakata d'une voix sans timbre.

Puis il toussota et referma la porte du frigo.

Tu en es sûr ?

— Oui.

Le chien se releva, guida à nouveau Nakata jusqu'au bureau. Johnnie Walken les attendait, assis dans la même position dans son fauteuil en cuir. Lorsque Nakata entra, il porta la main sur le rebord de son haut-de-forme et sourit aimablement. Puis il frappa deux fois dans ses mains, et le chien quitta la pièce.

— C'est moi qui ai coupé toutes ces têtes, dit-il en soulevant son verre pour boire une gorgée de whisky. J'en fais collection.

— Alors c'est bien vous qui capturez les chats dans le terrain vague et les tuez ?

— C'est exact, je suis Johnnie Walken, le fameux tueur de chats.

— Nakata ne comprend pas très bien, peut-il vous poser une question ?

— Naturellement, dit Johnnie Walken en levant son verre dans les airs. Pose-moi librement toutes les questions que tu veux, je te répondrai. Enfin, si tu permets, pour éviter de perdre du temps, je suppose que tu veux d'abord me demander pourquoi je tue tous ces chats et pourquoi je collectionne leurs têtes, n'est-ce pas ?

— Tout à fait. C'est ce que Nakata aimerait savoir.

Johnnie Walken posa son verre sur le bureau et fixa Nakata droit dans les yeux.

— C'est un grand secret, aussi, je ne le raconte pas d'habitude, mais je vais faire une exception pour toi. Seulement, tu ne dois en parler à personne, hein ? Enfin, de toute façon, personne ne te croirait.

Il étouffa un ricanement.

— Alors, voilà. Ce n'est pas simplement par plaisir que je tue les chats. Je ne suis pas malade au point de trouver du plaisir à en tuer autant. Ou plutôt, je n'ai pas le temps de faire ça. Parce que c'est assez compliqué de rassembler autant de chats et de les tuer. Non, si je les tue, c'est pour réunir leurs âmes, avec lesquelles je fabrique une flûte d'un genre particulier. Quand je soufflerai dans cette flûte, cela me permettra de réunir des âmes plus grandes. Et je fabriquerai une flûte plus grande. Et quand je soufflerai dans cette flûte, je rassemblerai des âmes encore plus importantes et fabriquerai une autre flûte plus grande encore. À force, je devrais arriver à fabriquer une flûte de la taille de l'univers. Mais je dois commencer par les chats. C'est le point de départ : je dois rassembler des âmes de chat. Il faut être méthodique en toute chose, c'est essentiel. Suivre le processus est une façon de respecter l'ordre des choses. C'est comme ça qu'il faut traiter les âmes. Il ne s'agit pas d'ananas ou de melons. Tu comprends, n'est-ce pas ?

— Oui, répondit Nakata, qui n'y entendait goutte.

De flûtes ? Mais lesquelles ? Des flûtes traversières ou des flûtes droites ? Quel genre de son rendaient-elles ? Et une âme de chat, à quoi cela ressemblait-il au juste ? Le problème dépassait ses capacités intellectuelles. Lui, tout ce qu'il savait, c'était qu'il devait absolument retrouver Sésame et la ramener chez les Koizumi.

— Tu veux repartir d'ici avec Sésame, dit Johnnie Walken, comme s'il lisait dans les pensées de Nakata.

— Tout à fait. Nakata veut ramener Sésame chez elle.

— C'est ta mission, dit Johnnie Walken. Nous avons tous une mission à remplir dans la vie. C'est bien naturel. Sans doute est-ce la première fois que tu entends parler d'une flûte faite avec des âmes de chat ?

— Oui, en effet.

— Rien d'étonnant, puisque c'est une flûte qu'on n'entend pas avec ses oreilles.

— Une flûte silencieuse ?

— Exactement. Moi, je l'entends, bien sûr. Si je ne l'entendais pas, ça n'aurait aucun sens. Ces sons ne sont pas perceptibles par les oreilles ordinaires. En admettant que des gens puissent l'entendre, ils n'en garderaient aucun souvenir. C'est une flûte étrange. Mais en fait, peut-être que toi, Nakata, tu peux l'entendre. Si cette flûte se trouvait ici, on pourrait tenter l'expérience, malheureusement, pour l'instant, je n'en ai pas. (Johnnie Walken leva un doigt en l'air comme s'il venait de se rappeler quelque chose d'important.) À vrai dire, Nakata, je m'apprêtais justement à couper les têtes des chats que j'ai attrapés. C'est le temps des moissons. J'ai ramassé tous les chats que je pouvais dans ce terrain vague et la marée va changer de direction. Une fois que ce sera fait, tu ne pourras plus ramener Sésame chez les Koizumi, n'est-ce pas ?

— Tout à fait, dit Nakata.

Il ne pouvait pas rapporter chez les Koizumi la tête coupée de leur chatte. Si les deux petites voyaient une chose pareille, elles en deviendraient anorexiques à vie.

— Moi, je veux couper la tête de Sésame. Et toi, tu ne veux pas que je le fasse. Nos missions et nos intérêts se contrarient. Cela arrive souvent dans la vie. Dans ce cas-là, on négocie. Autrement dit, si tu fais une certaine chose pour moi, de mon côté je te rendrai Sésame entière et en bonne santé.

Nakata posa une main sur ses cheveux poivre et sel et les frotta vigoureusement. Ce geste indiquait toujours chez lui un état de profonde réflexion.

— Une chose que je suis capable de faire ?

— Je croyais qu'on avait déjà réglé cette question, dit Johnnie Walken avec un petit rictus.

— Tout à fait, tout à fait, dit Nakata comme si cela lui revenait soudain. Pardonnez-moi, on a déjà réglé cette question, c'est vrai.

— Comme on n'a plus beaucoup de temps, je vais entrer dans le vif du sujet. Ce que je veux que tu fasses pour moi, c'est que tu me tues. Que tu me supprimes.

La main toujours posée sur sa tête, Nakata le regarda fixement pendant un long moment.

— Nakata doit tuer M. Johnnie Walken ?

— Tout à fait tout à fait, répondit Johnnie Walken. À vrai dire, je suis las de la vie. J'ai déjà vécu très longtemps, tu vois. Je n'ai pas envie de prolonger davantage mon existence. Je suis un peu fatigué de tuer tous ces chats. Mais tant que je suis vivant, je suis obligé de le faire. Il faut que je rassemble leurs âmes. Il faut suivre l'ordre, de un à dix, puis revenir à un et recommencer. Recommencer sans fin la même chose. C'est lassant, et je suis exténué. En plus, ça ne fait plaisir à personne. Cela n'inspire le respect à personne. Mais c'est fixé par la règle, je ne peux pas faire autrement. Impossible de m'arrêter d'un coup en disant simplement : « Je me retire des affaires. » Et je ne peux pas me tuer moi-même. Ça aussi, c'est fixé par la règle. Je ne peux pas me suicider. Il y a un tas de règles. Si je veux mourir, il faut que je demande à quelqu'un de me tuer, il n'y a pas d'autre solution. Voilà pourquoi je me suis adressé à toi. Il faut me tuer sans hésiter, avec peur et avec haine. D'abord, tu as peur de moi, ensuite, tu me détestes, et finalement tu m'assassines.

— Mais pourquoi..., dit Nakata, pourquoi moi ? Nakata n'a jamais tué personne. Nakata n'est pas porté sur ce genre de chose.

— Je le sais bien. Tu n'as jamais tué personne et tu n'as même jamais eu envie de tuer qui que ce soit. Ce n'est pas dans ton tempérament. Mais écoute, Nakata, en ce monde, il y a des circonstances où ce genre de raisonnement ne fonctionne plus. Il faut que tu comprennes. La guerre, par exemple c'est comme ça. Tu sais ce que c'est, la guerre ?

— Oui, je sais. Quand Nakata était enfant, une grande guerre se déroulait. J'en ai entendu parler.

— Quand un pays entre en guerre, les hommes sont envoyés à l'armée. On leur colle un fusil entre les mains, on les envoie sur le champ de bataille et ils doivent tuer les soldats du camp adverse. Et qui plus est, ils doivent en tuer le plus grand nombre possible. Personne ne se soucie que tu aimes assassiner tes semblables ou pas. Il faut que tu le fasses, c'est tout. Si tu ne le fais pas, c'est toi qui y passes.

Johnnie Walken pointa un index sur la poitrine de Nakata.

— Pan ! fit-il. L'histoire de l'humanité résumée en un mot !

— Le préfet va m'enrôler dans l'armée et m'obliger à tuer des gens ? demanda Nakata.

— C'est ça, c'est un ordre du préfet. Il te dit de tuer l'homme qui se trouve devant toi.

Nakata essaya de réfléchir, mais il ne comprenait décidément pas pourquoi le préfet lui ordonnait de commettre un meurtre.

— Voilà comment il faut voir les choses, reprit Johnnie Walken. Dis-toi que c'est la guerre. Toi, tu es un soldat et tu dois prendre une décision : soit c'est moi qui tue les chats, soit c'est toi qui me tues. L'un ou l'autre. Tu dois choisir ici et maintenant. Ça peut te paraître un choix absurde mais si tu réfléchis un peu, tu te rendras compte que la plupart des choix qu'on a à faire en ce monde *sont* absurdes.

Johnnie Walken effleura le bord de son chapeau. Comme pour vérifier qu'il était toujours sur sa tête.

— La seule chose qui puisse t'aider – si tu as besoin d'aide –, c'est de te dire que je désire vraiment mourir, du fond du cœur. C'est moi qui te supplie de me tuer. Tu n'as donc aucun problème de conscience à avoir. Tu exauces mon souhait, c'est tout. Ce n'est pas comme si tu tuais quelqu'un qui n'a pas envie de mourir. Dans le cas présent, tu accomplis quasiment une bonne action.

Nakata essuya de la main les gouttes de sueur qui perlaient à la racine de ses cheveux.

— Mais Nakata ne peut vraiment pas faire ce que vous lui demandez. Même si je voulais, je ne saurais pas comment m'y prendre.

— Je vois, fit Johnnie Walken d'un air admiratif, je vois. Tu ne saurais pas comment t'y prendre… Logique ! C'est la première fois que tu tuerais quelqu'un, après tout. J'ai bien compris ton argument. Alors, écoute, je vais t'aider. Le truc pour tuer quelqu'un, tu vois, Nakata, c'est de ne pas hésiter. Il faut avoir un énorme parti pris contre une personne et agir rapidement. C'est ça, le truc. J'ai justement un bon exemple, tiens. Il ne s'agit pas d'une personne mais cela peut te servir de référence.

Johnnie Walken se leva, tira un gros sac de cuir de derrière son bureau, le posa sur le fauteuil où lui-même était assis jusque-là, l'ouvrit en sifflotant d'un air joyeux et sortit un chat du sac comme un magicien en train d'exécuter un de ses tours. C'était un jeune matou gris tigré, qui venait tout juste d'atteindre sa taille adulte et que Nakata n'avait jamais vu. Ses membres pendaient, complètement ramollis, mais ses yeux étaient ouverts et il paraissait conscient. Tout en continuant à siffler, Johnnie Walken tenait l'animal en l'air à deux mains, comme un pêcheur exhibant un gros poisson qu'il vient d'attraper. Il sifflait « Haï hi haï ho », l'air que chantent les Sept Nains dans *Blanche-Neige*, le dessin animé de Walt Disney.

— Ce sac contient cinq chats, je les ai tous capturés dans le terrain vague. Des chats fraîchement cueillis, en somme. Je leur ai injecté un produit paralysant. Pas un anesthésiant : ils ne sont pas endormis et ont conservé toutes leurs sensations. Ils ressentent aussi la douleur, mais comme leurs muscles sont relâchés, ils ne peuvent pas agiter leurs pattes en tout sens. Ils ne peuvent même pas tourner la tête. Je n'ai pas envie de les voir se débattre, voilà pourquoi je m'y prends ainsi. Je vais ouvrir le ventre de cet animal avec un couteau, extraire son cœur tout palpitant et lui trancher la tête. Le tout sous tes yeux. Il y aura du sang partout, et le chat va beaucoup souffrir. Imagine qu'on t'ouvre pour sortir ton cœur, ce serait douloureux, non ? C'est pareil pour les chats. Ils ont mal, comme tout le monde. Ça me fait de la peine pour eux. Je ne suis pas un de ces sadiques sans pitié, mais je ne peux pas faire autrement. Il faut qu'il y ait de la souffrance. Ça fait partie des règles. Je sais, il y a vraiment beaucoup de règles ici !

Johnnie Walken se tourna vers Nakata et lui fit un clin d'œil.

— Mais le travail, c'est le travail. Une mission, c'est une mission. Je vais tuer ces chats un par un, et je m'occuperai de Sésame en dernier. Tu as encore un peu de temps devant toi pour te décider. N'oublie pas : soit je tue tous les chats, soit tu me tues. C'est la seule alternative.

Johnnie Walken étendit le chat tout mou sur le bureau. Puis il ouvrit un tiroir, en sortit un gros paquet noir enveloppé de tissu, qu'il déballa soigneusement, alignant un à un les objets qu'il contenait sur le bureau. Il y avait une petite scie électrique, des scalpels de différentes tailles, un grand couteau. Tous ces objets avaient des lames blanches et étincelantes, comme si elles venaient d'être affûtées. Johnnie Walken inspecta amoureusement toutes les lames avant de les reposer sur le bureau. Ensuite, il tira d'un autre tiroir une série de plateaux métalliques, qu'il aligna sur la table, chacun apparemment à une place assignée. Enfin, il sortit du tiroir un grand sac-poubelle en plastique noir. Pendant tout ce temps, il continuait à siffler « Haï hi haï ho ! on rentre du boulot ! »

— Il faut être méthodique en toute chose, tu sais, Nakata. Il ne faut pas vouloir aller trop vite, sinon on s'emmêle les pédales et on finit par trébucher. Il faut voir plus loin que le bout de son nez, et ne pas rester fixé sur des détails. Si on n'anticipe pas un peu, on risque de heurter un obstacle qu'on n'a pas vu arriver. Donc, il faut tout faire dans l'ordre, soigneusement, en anticipant les événements. C'est essentiel. En toute chose.

Il caressa un moment la tête du chat, en plissant les paupières. Puis il fit monter et descendre son index sur le ventre mou de l'animal, après quoi il saisit un scalpel de sa main droite et, sans le moindre signe précurseur, sans la moindre hésitation, incisa le ventre selon une ligne médiane. Ce fut presque instantané. Le poitrail du chat se déchira en deux, et des organes écarlates en jaillirent. Le chat ouvrit la gueule et essaya de gémir mais aucun son ne sortit de sa gorge. Sans doute sa langue était-elle engourdie elle aussi. Il arrivait à peine à entrouvrir les babines. Cependant, ses yeux révulsés témoignaient, sans aucun doute possible, d'une atroce souffrance. Puis, après un petit instant, le sang se mit à gicler, trempant les mains de Johnnie Walken, éclaboussant son gilet. Il n'y prêta pas la moindre attention et continua à siffler « Haï hi haï ho » tout en plongeant une main à l'intérieur de la poitrine du chat pour en découper le cœur d'un geste rapide et habile à l'aide d'un petit scalpel. Le minuscule organe semblait continuer à battre. Johnnie Walken posa le petit cœur sanglant sur la paume de sa main et le montra à Nakata.

— Regarde ! Il bat encore.

Après l'avoir tenu ainsi un instant devant les yeux de Nakata, il le fourra soudain dans sa bouche, avec le plus grand naturel du monde. Il se mit à le mâcher lentement, savourant le goût. Ses yeux brillaient d'un bonheur innocent, comme ceux d'un enfant mangeant un gâteau qui vient de sortir du four. Ensuite, il essuya d'un revers de main les taches de sang autour de sa bouche, se lécha soigneusement les lèvres.

— Tout frais, tout tiède. On dirait qu'il bouge encore sous la langue.

Nakata, frappé de mutisme, contemplait la scène, incapable de détourner les yeux. Il avait la sensation que quelque chose commençait à remuer dans son esprit. Une odeur de sang frais flottait sur la pièce.

Sifflotant toujours, Johnnie Walken découpa la tête à la scie. Les dents taillaient les os avec de petits grincements. Les gestes de Johnnie Walken étaient ceux d'un professionnel. Les os n'étaient pas très épais, l'opération ne prit guère de temps. Le bruit, cependant, était étrangement pesant. Quand ce fut fini, Johnnie Walken déposa doucement la tête tranchée sur un plateau de métal. Il s'éloigna un peu, plissa les yeux pour l'observer, comme un chirurgien appréciant une opération réussie. Il cessa un instant de siffloter, délogea avec ses ongles un bout de chair coincé entre ses dents, le remit dans sa bouche et le mâcha. Puis il rota avec satisfaction. Pour finir, il ouvrit le sac-poubelle, y fourra la dépouille du chat sans tête et sans cœur, comme si elle n'avait plus la moindre utilité.

— Et d'un, dit-il en écartant ses mains pleines de sang. Un sacré boulot, tu ne trouves pas ? C'est agréable de manger un cœur tout frais encore palpitant, mais à chaque fois, je me mets du sang partout. « Ces mains rougiraient plutôt les vagues de la mer, et rendraient l'océan d'azur écarlate », c'est une réplique de *Macbeth*. Ce ne sont pas des taches aussi récalcitrantes que dans *Macbeth*, mais ça me fait quand même de ces notes de pressing ! Il me faudrait une tenue spéciale : une blouse, des gants de chirurgien, ce serait pratique mais je n'y ai pas droit. Ça aussi, ça fait partie des règles.

Nakata ne pipait mot. Quelque chose remuait au fond de son cerveau. Cela sentait le sang, et la mélodie des Sept Nains continuait à résonner au fond de ses oreilles.

Johnnie Walken tira le chat suivant de son sac. Une femelle blanche, cette fois, plus très jeune, le bout de la queue un peu tordu. Comme précédemment, Johnnie Walken lui caressa un moment la tête. Puis il traça une ligne sur son ventre du bout du doigt, une ligne imaginaire toute droite, de la gorge jusqu'à la racine de la queue. Ensuite, il s'empara du scalpel et incisa d'un coup. Puis les mêmes gestes se répétèrent. Un cri silencieux. Un corps qui se convulse. Les intestins qui se déversent. Le petit cœur qui bat encore, exposé au regard de Nakata avant que Johnnie Walken ne le fourre dans sa bouche pour le mâcher lentement, un sourire de satisfaction aux lèvres. Les taches de sang sur ses mains qu'il essuie en sifflant « Haï hi haï ho ».

Nakata, engoncé dans un fauteuil, ferma les yeux, prit sa tête dans ses deux mains. Le bout de ses doigts s'enfonçait dans ses tempes. Quelque chose se passait en lui, sans aucun doute. Une confusion horrible menaçait de bouleverser profondément son être. Sa respiration s'était accélérée sans même qu'il s'en rende compte, il avait affreusement mal à la nuque. Il avait l'impression que son champ de vision s'était démesurément agrandi.

— Nakata, Nakata, appela joyeusement Johnnie Walken. Ce n'est pas bien, ce que tu fais là ! C'est maintenant que ça va devenir intéressant. Jusque-là c'était juste un petit avant-goût. À partir de maintenant, tu vas voir apparaître des visages connus. Alors, ouvre grand tes mirettes et regarde bien ! Parce qu'on va enfin commencer à s'amuser. Il faut que tu apprécies le petit spectacle que j'ai concocté exprès pour toi.

Il se remit à siffler « Haï hi haï ho » et tira le chat suivant du sac. Enfoncé dans son fauteuil, Nakata écarquilla les yeux : c'était Kawamura. Lui aussi regarda fixement Nakata. Mais ce dernier ne pouvait penser à rien. Il ne pouvait même pas se lever.

— Ce n'est sans doute pas la peine de vous présenter tous les deux, dit Johnnie Walken, mais juste au cas où, faisons les choses comme il faut. Nous avons ici M. Kawamura. Et là, M. Nakata. Je crois que vous vous connaissez déjà de vue.

Johnnie Walken souleva son chapeau d'un geste théâtral, salua Nakata, puis Kawamura.

— Après ce petit salut amical, j'ai bien peur que vous ne deviez vous dire adieu rapidement. Hello, good-bye ! La vie est faite d'adieux, telles les fleurs dispersées dans le vent, comme dit le proverbe.

Sur ces mots, Johnnie Walken commença de caresser du doigt le ventre doux de Kawamura. Son geste était plein de tendresse.

— Si tu veux m'arrêter, c'est maintenant ou jamais, Nakata ! Le temps passe et Johnnie Walken, lui, n'hésite pas. Le mot « hésitation » ne figure pas dans le vocabulaire de Johnnie Walken, le célèbre tueur de chats !

Sur quoi, sans la moindre hésitation, il fendit d'un coup le ventre de Kawamura. Cette fois, on entendit le chat hurler. Sans doute sa langue n'était-elle pas totalement paralysée. Ou bien peut-être Nakata fut-il le seul à entendre ce hurlement. C'était un cri d'une violence inouïe. Nakata ferma les yeux, entoura sa tête de ses bras. Ses mains tremblaient.

— Interdiction de fermer les yeux ! dit Johnnie Walken d'un ton sec. Ça fait partie des règles. Il est interdit de fermer les yeux. Ça n'arrange rien, de toute façon, et n'efface pas ce qui est en train de se passer. Au contraire même. Parce que quand tu rouvriras les yeux, les choses auront encore empiré. Voilà dans quel monde nous vivons, mon cher Nakata. Ouvre grand les yeux. Il n'y a que les faibles qui les ferment. Ce sont les lâches qui détournent le regard de la réalité. Tu auras beau les fermer et te boucher les oreilles, le temps continuera à avancer. Tic tac tic tac.

Nakata obéit. Après s'être assuré qu'il regardait bien, Johnnie Walken mangea le cœur de Kawamura, plus lentement que celui du chat précédent. Il avait l'air de s'en régaler encore plus.

— C'est mou et chaud, on dirait du foie d'anguille frais, dit-il. (Puis il introduisit son index taché de sang dans sa bouche et le suça. Après quoi il le brandit en déclarant :) Une fois qu'on y a goûté, on devient accro. Surtout, ce goût de sang visqueux, c'est un délice indescriptible.

Il essuya soigneusement son scalpel avec un chiffon, tout en sifflant toujours gaiement, et découpa à la scie la tête de Kawamura. Le sang giclait partout pendant que les petites dents fines de l'instrument tailladaient l'os.

— Je vous en supplie, monsieur Johnnie Walken ! Nakata ne peut pas en supporter davantage.

Johnnie Walken cessa de siffler. Il interrompit sa tâche, leva la main et se gratta un lobe d'oreille.

— Ce n'est pas bien, Nakata. Ce n'est pas bien de se sentir mal. Je suis désolé pour toi, mais je ne peux pas m'arrêter juste pour te faire plaisir. Je te l'ai dit tout à l'heure, c'est la guerre, ici. Il est très difficile d'arrêter une guerre une fois qu'elle a commencé. L'épée est sortie du fourreau, le sang doit couler. Ce n'est plus accessible ni à la logique ni au raisonnement. C'est la règle, voilà tout. Si tu veux que j'arrête de tuer ces chats, il faut me tuer. Tu te lèves, tu rassembles tout ton ressentiment contre moi et tu me portes un coup mortel. Maintenant, tout de suite. Et ça s'arrêtera. Point final.

Il recommença à siffler, acheva de scier la tête de Kawamura puis jeta la dépouille dans le sac-poubelle. Il y avait maintenant trois têtes alignées sur le plateau en métal. Malgré les souffrances que les animaux avaient endurées, ils avaient une expression étrangement vide, comme les têtes de chat à l'intérieur du Frigidaire.

— Maintenant, c'est le tour du siamois, dit Johnnie Walken en tirant cette fois de son sac un chat siamois tout flasque, qui, bien sûr, n'était autre que Mimi.

— Et voilà : « On m'appelle Miiimiii ! » L'opéra de Puccini ! Il est vrai que cette petite chatte a un air élégant et coquet digne du nom qu'elle porte. Moi aussi, j'adore Puccini. Sa musique est, comment dire, éternellement d'une autre époque. C'est populaire, bien sûr, mais ça ne vieillit pas. Une perfection fantastique en matière d'art.

Johnnie Walken sifflota la mélodie de *On m'appelle Mimi*.

— Mais tu sais, Nakata, elle m'a donné du fil à retordre, ta Mimi ! Rapide, prudente, elle réfléchit vite en plus. Pas courant, comme cliente. Y a pas plus difficile à attraper qu'une bête comme ça. Mais le chat qui pourra échapper à Johnnie Walken, le célèbre tueur de chats, n'est pas encore né, crois-moi ! Je ne dis pas ça pour me vanter, hein. J'expose juste une vérité : le fait est qu'elle a été extrêmement difficile à capturer. Et pourtant, *voilà*[1] ! Mimi la siamoise, une de tes proches amies, non ? Moi, j'adore les siamois. Tu l'ignores sans doute, mais le cœur d'un chat siamois est vraiment un mets d'exception. Un véritable trésor ! Quelque chose comme les truffes, tu vois. Ça va aller, mam'zelle Mimi, ne vous inquiétez pas. Johnnie Walken va manger votre adorable cœur tout chaud. Oh, mais c'est qu'il bat fort, ce petit palpitant !

— Monsieur Johnnie Walken, dit Nakata, en rassemblant ses forces pour tirer un filet de voix du plus profond de lui. Je vous le demande à nouveau : arrêtez tout ceci. Si vous continuez, je vais avoir un coup de folie. Nakata a déjà l'impression de ne plus être lui-même.

Johnnie Walken étendit Mimi sur la table et, comme avec les autres chats, fit doucement glisser un doigt le long de son ventre.

— Tu n'es plus toi-même, dit-il d'une voix sereine, comme s'il savourait chaque mot. Ça, c'est très important, Nakata. Le moment où les gens deviennent quelqu'un d'autre.

Il prit un nouveau scalpel sur la table, essuya le tranchant sur le bout de son doigt puis, comme pour faire un essai, passa la lame sur le dos de sa main. Il y eut un instant de suspens, puis le sang se mit à couler, et dégoulina le long de sa main jusque sur la table. Des gouttes tombèrent sur la fourrure de Mimi. Johnnie Walken pouffa de rire.

— Un homme qui n'est plus lui-même ! Tu n'es plus toi-même, répéta-t-il. Quelle jolie formule, mon cher Nakata. C'est ça qui est important, tu vois. « Ah !

1. En français dans le texte (*N.d.T.*).

l'intérieur de mon esprit grouille de scorpions ! » Encore une réplique de *Macbeth*…

Nakata se leva sans un mot. Personne, pas même lui, n'aurait pu le retenir. Il s'avança à grands pas, saisit sur la table un grand couteau, qui avait la forme d'un couteau à découper la viande. Empoignant soigneusement le manche de bois, il dirigea la lame vers la poitrine de Johnnie Walken, puis l'enfonça sans hésiter à travers le gilet noir. Ensuite, il la retira et la planta à nouveau de toutes ses forces. Il entendit soudain un bruit tonitruant tout proche, Nakata ne comprit pas tout de suite de quoi il s'agissait : c'était le rire de Johnnie Walken. Le couteau en pleine poitrine, le sang coulant à flots de sa blessure, il riait à gorge déployée.

— C'est ça ! Très bien ! hurlait-il. Frappe-moi sans hésiter ! Bravo !

Tout en s'effondrant, il continuait à rire – Ha ha ha ha ha ! –, comme s'il n'en pouvait plus de cette bonne plaisanterie. Ensuite son rire se mua en gémissement, puis en gargouillis quand le sang se mit à jaillir de sa gorge. Cela faisait le même bruit qu'une baignoire dont on vient de retirer la bonde. Puis une violente convulsion parcourut tout son corps, et il cracha un jet de sang, mêlé de morceaux noirâtres et poisseux : les cœurs des chats qu'il venait de déguster. Le sang gicla sur la table et même sur la chemise de golf de Nakata.

Johnnie Walken et Nakata étaient couverts de sang des pieds à la tête, tout comme Mimi, toujours étendue sur la table.

Nakata se rendit soudain compte que Johnnie Walken gisait à ses pieds. Il était tourné sur le côté, roulé en boule comme un enfant par une nuit froide. Il était mort, sans le moindre doute possible. Sa main gauche appuyée sur sa gorge, sa main droite tendue droit devant lui comme pour chercher quelque chose. Son corps ne se convulsait plus et, bien entendu, il avait cessé de rire. Il avait cependant au coin des lèvres une vague trace d'un sourire sardonique qui paraissait devoir rester plaqué éternellement sur son visage. La flaque de sang s'étalait sur le plancher ; son chapeau haut de forme était tombé de sa tête pendant sa chute et avait roulé dans un coin de la pièce. Johnnie Walken n'avait plus que quelques cheveux fins à l'arrière du crâne, entre lesquels on apercevait sa peau. Sans son chapeau, il avait l'air vieux et faible.

Nakata lâcha le couteau, qui retomba sur la table avec un bruit métallique. On aurait dit que les rouages d'une énorme machine avançaient d'un cran, quelque part au loin. Pendant un long moment, il resta debout près du cadavre. Tout était parfaitement silencieux et immobile dans la pièce. Seul le sang continuait à s'écouler sans bruit, et la flaque s'élargissait toujours. Au bout d'un moment, Nakata recouvra ses esprits et saisit dans ses bras le corps de Mimi. Il sentit entre ses mains le contact de ce corps tiède et inerte. Le chat était couvert de sang, mais n'était pas blessé. Mimi regardait fixement le visage de Nakata, comme si elle essayait de lui dire quelque chose, mais n'y parvenait pas, à cause de la drogue.

Ensuite, Nakata trouva Sésame dans le sac de cuir et la prit dans sa main droite. Il ne la connaissait qu'en photo, mais il la regarda avec la même nostalgie que s'il retrouvait un ami après une longue séparation.

— Ma petite Sésame…, murmura-t-il.

Un chat sous chaque bras, Nakata s'assit sur le canapé.

— Allez, on rentre à la maison, leur dit-il.

Mais il était incapable de se lever.

Le chien noir avait réapparu, surgi d'on ne savait où. Il était couché près du cadavre de son maître. Peut-être avait-il léché la mare de sang ? Nakata n'arrivait pas à s'en souvenir. Sa tête était lourde et brumeuse. Il poussa un grand soupir, ferma les yeux. Sa conscience de plus en plus vague s'enfonçait dans des ténèbres totalement privées de lumière.

17

C'est la troisième nuit que je passe dans la cabane. Je m'habitue chaque jour davantage au silence et à la profondeur des ténèbres. Je n'ai plus vraiment peur de la nuit. Je mets des bûches dans le poêle, installe une chaise devant et me mets à lire. Quand je suis fatigué, je regarde les flammes du poêle, sans penser à rien. On ne se lasse pas de contempler les flammes. Elles semblent animées d'une volonté propre, et jouir de la liberté d'une créature vivante. Elles naissent, se rassemblent, se séparent, s'éteignent et disparaissent.

Quand le temps n'est pas couvert, je sors regarder le ciel. La vue des étoiles ne me donne pas le même sentiment d'impuissance qu'avant et je me sens de plus en plus proche d'elles. Chaque étincelle a un éclat différent. J'en ai identifié certaines et les observe briller dans la nuit. De temps en temps, elles jettent des feux plus forts, comme si elles venaient de se rappeler quelque chose d'important. La lune blanche est si claire qu'en concentrant mon regard j'arrive à distinguer tous les détails de ses reliefs. Dans ces moments-là, je ne peux plus penser à rien. Je retiens mon souffle et regarde fixement le spectacle, de tous mes yeux.

La batterie de mon baladeur s'est complètement déchargée, pourtant, être privé de musique ne me dérange pas autant que je l'aurais cru. Le gazouillis des oiseaux, le crissement des insectes, le murmure de la rivière, le froissement des feuilles agitées par le vent, les pas d'un petit animal trottinant sur le toit de la cabane, le bruit de la pluie… Et parfois, des sons indescriptibles et mystérieux frappent mes tympans… Je ne m'étais jamais rendu compte que le monde était plein de bruits naturels si vifs et si beaux. Je vivais sans voir, sans entendre ces choses essentielles. Pour combler ce manque, je reste assis des heures sous le porche, les yeux fermés, immobile, simplement attentif à tous les sons autour de moi.

La forêt ne provoque plus en moi la même crainte qu'au début. Elle m'inspire une sorte de respect naturel et je me sens même intime avec elle. Mais je me contente, bien sûr, de rester sur le petit sentier, à proximité de la cabane, et ne pénètre pas plus avant. Je ne dois pas m'éloigner du chemin. Tant que je respecte cette règle, il ne peut rien m'arriver. La forêt m'accueille en silence. Ou peut-être m'ignore-t-elle. Et je peux partager la sérénité, la beauté qu'elle abrite. Mais peut-être que si j'enfreins la règle, des bêtes sauvages tapies dans le silence viendront me prendre dans leurs griffes acérées.

Je me promène parfois sur le sentier, m'allonge dans la petite clairière ronde au milieu des arbres, savoure le soleil qui y joue. Je ferme les yeux et, tout en offrant mon visage à la caresse des rayons, je tends l'oreille aux bruits que fait le vent dans la cime des arbres. J'écoute les oiseaux battre des ailes, les fougères frémir. Un profond parfum de végétation m'enveloppe. Je me sens libéré de la gravité, il me semble que mon corps se soulève un peu au-dessus du sol. Je flotte légèrement dans l'espace. Naturellement, cet état ne dure pas. Ce ne sont que des sensations fugitives qui disparaissent dès que je rouvre les yeux et que je quitte la forêt. Mais j'ai beau le savoir, c'est une expérience qui me chavire le cœur : après tout, dans ces moments-là, j'arrive à flotter dans l'espace.

De temps en temps, un violent orage éclate, se déchaîne et s'arrête aussi vite qu'il a commencé. Le temps peut changer brusquement dans ces montagnes.

Chaque fois qu'il pleut, je me déshabille, sors tout nu devant la maison, me savonne tout le corps et me rince sous la pluie. Quand j'ai transpiré après avoir fait ma gymnastique, j'ôte mes vêtements et prends un bain de soleil. Je bois des quantités de thé et me plonge dans la lecture, assis sur une chaise sous le porche. Quand le soleil se couche, je rentre pour lire devant le poêle. Je lis des recueils de contes, des manuels scolaires, des récits folkloriques, des ouvrages de mythologie, de sociologie, de psychologie, et du Shakespeare aussi. Plutôt que de lire un livre du début à la fin, je lis et relis plusieurs fois des passages qui me semblent importants, m'efforçant de bien les comprendre. Cela me paraît un procédé assez sûr pour intégrer un grand nombre de connaissances dans divers domaines. Il y avait un nombre incalculable de livres que j'avais envie de lire sur les étagères et il me restait pas mal de provisions. Mais je savais que mon séjour dans cette cabane ne serait que temporaire. Je ne faisais qu'y passer. Cet endroit était trop serein, trop naturel, trop parfait. Je ne le méritais pas. C'était trop tôt – sans doute.

Oshima est revenu l'après-midi du quatrième jour. Je n'ai pas entendu la voiture. Un petit sac à dos sur l'épaule, il s'est avancé à pied sur le sentier. Je suis assis sur une chaise sous le porche, entièrement nu, somnolant au soleil et ne l'entends pas approcher. Il a dû étouffer le bruit de ses pas pour me faire une blague. Il monte les marches du perron, tends le bras et me touche la tête. Je me lève en sursautant, cherche une serviette pour cacher ma nudité, mais il n'y en a pas à portée de main.

— Ne t'en fais pas, dit Oshima. Moi aussi, quand je suis ici, je prends des bains de soleil tout nu. C'est agréable d'exposer au soleil des parties de notre corps qui n'en ont pas souvent l'occasion.

Mais j'ai le souffle court à l'idée d'être nu devant lui, avec mes poils pubiens, mon pénis, mes testicules brillant au soleil, vulnérables et sans défense. Je ne sais que faire. Il est trop tard pour cacher tout ça maintenant.

— Bonjour, dis-je. Vous êtes venu à pied ?

— Oui, il faisait tellement beau. Ç'aurait été dommage de ne pas utiliser mes jambes, non ? J'ai laissé la voiture au portail et j'ai marché jusqu'ici.

Il attrape une serviette posée sur la rampe et me la tend.

Je l'enroule autour de mes hanches et me sens enfin plus calme.

Oshima fait bouillir de l'eau en chantonnant, sort de son sac à dos de la farine, des œufs, du lait, fait chauffer la poêle et prépare des crêpes. Il les tartine de beurre et de sirop d'érable. Puis il prend dans son sac de la laitue, des tomates, des oignons et les tranche pour composer une salade. Il manie son couteau lentement et méticuleusement. Ensuite nous déjeunons ensemble.

— Comment te sens-tu au bout de trois jours ? demande-t-il en coupant sa crêpe.

Je lui raconte à quel point j'apprécie la vie ici. Je ne lui dis pas que je me suis enfoncé dans la forêt ni ce que j'y ai ressenti. Je ne sais pas pourquoi, il me semble que ça vaut mieux.

— Très bien, très bien, dit-il. J'étais sûr que tu t'y plairais.

— Mais nous allons rentrer en ville maintenant, n'est-ce pas ?

— Oui, nous allons rentrer.

Une fois les préparatifs de départ achevés, nous faisons un ménage rapide de la cabane. Je lave la vaisselle, la range dans les placards, nettoie le poêle. Je vide le seau d'eau, ferme la bouteille de gaz. Range les provisions qui se conservent dans un placard, jette celles qui sont périssables. Nous balayons par terre, passons un chiffon sur la table, les chaises, creusons un trou dehors pour enterrer les détritus. Nous emportons les sacs-poubelles avec nous.

Oshima ferme la cabane à clé. Je me retourne une dernière fois pour la regarder. Elle avait une telle présence jusqu'à tout à l'heure, mais maintenant, elle me paraît déjà irréelle. Il a suffi de quelques pas pour que tout ce qui se trouvait là perde toute réalité. Même moi qui m'y trouvais il y a un instant, j'ai l'impression d'être devenu imaginaire. Il nous faut une trentaine de minutes pour redescendre jusqu'à l'endroit où Oshima a garé sa voiture. Nous ne parlons pas beaucoup en marchant. Pendant tout le trajet, Oshima sifflote une mélodie. Moi, je me livre à des pensées sans suite.

La petite voiture de sport verte, qui se fond dans la forêt environnante, attend sagement son propriétaire. Afin d'éviter que des promeneurs n'entrent par hasard – ou sciemment – sur son terrain, Oshima ferme le portail, l'entoure de deux tours d'une chaîne qu'il cadenasse. Comme à l'aller, j'arrime à l'arrière mon sac à dos avec de la ficelle. Oshima décapote la voiture pour que nous profitions du soleil et annonce :

— Nous rentrons en ville.

Je hoche la tête.

— C'est merveilleux de vivre seul en pleine nature, cela ne fait aucun doute, mais il ne faut pas que ça dure trop longtemps, dit Oshima en mettant ses lunettes de soleil, et en attachant sa ceinture de sécurité.

Assis à côté de lui, j'attache moi aussi ma ceinture.

— Cela n'a rien d'impossible en théorie, et il y a des gens qui y parviennent. Mais la nature est, en un sens, peu naturelle. Trop se décontracter peut être source de menace pour nous, humains. Il faut une certaine préparation et de l'expérience pour accepter cette contradiction et vivre avec. Voilà pourquoi, dans un premier temps, nous retournons en ville. Nous retournons aux activités humaines et à la compagnie de nos semblables.

Oshima appuie sur l'accélérateur et entame la descente. Cette fois, il n'est pas pressé et conduit lentement, appréciant le paysage et le vent qui souffle par-derrière et agite sa longue frange. Bientôt, le chemin de terre rejoint une route étroite et goudronnée qui longe des champs et de petits hameaux.

— À propos de contradictions, dit soudain Oshima, la première fois que je t'ai vu, j'en ai senti une en toi. Je me suis dit : ce garçon a l'air de chercher désespérément quelque chose et en même temps de tout faire pour l'éviter.

— Qu'est-ce que je cherche d'après vous ?

Oshima secoue la tête et regarde dans son rétroviseur en fronçant les sourcils.

— Je ne sais pas. J'exprime juste une impression que j'ai eue.

Je ne réponds pas.

— D'après mon expérience, quand on cherche désespérément quelque chose, on ne le trouve pas. Et quand on s'efforce d'éviter quelque chose, on peut être sûr que ça va venir vers nous tout naturellement. Bien sûr, ce n'est qu'une théorie.

— Si vous appliquez cette théorie à mon cas, que va-t-il m'arriver si je cherche quelque chose et essaie de l'éviter en même temps ?

— C'est une question difficile, dit Oshima en souriant. (Puis il reprend après une petite pause :) Si je peux me permettre de le donner, voilà mon avis. Peut-être que ce que tu cherches ne viendra pas sous la forme à laquelle tu t'attends.

— On dirait une espèce de prédiction.

— Comme dans *Cassandre*.

— *Cassandre* ?

— Une tragédie grecque. Cassandre était la fille du roi de Troie, et une prophétesse. Apollon lui a donné le pouvoir de prédire le destin, elle était l'oracle du temple, mais en échange il a voulu l'obliger à avoir des relations charnelles avec lui. Elle a refusé et le dieu en colère l'a maudite. Les dieux grecs sont plutôt mythologiques que religieux. Autrement dit, ils ont les mêmes défauts que les humains. Ils s'emportent facilement, se laissent guider par le désir charnel, sont jaloux et versatiles.

Il sort une petite boîte de pastilles au citron de la boîte à gants, en met une dans sa bouche, m'en propose une, que j'accepte volontiers.

— Quelle était la malédiction ?

— La malédiction de Cassandre ?

Je hoche la tête.

— Toutes les prédictions sorties de sa bouche se réaliseraient, mais personne ne la croirait. Et en outre il ne s'agirait que de prédictions funestes : des trahisons, des accidents, des décès, la ruine du pays. Ainsi, non seulement les gens ne la croiraient pas, mais en plus ils la mépriseraient et la détesteraient. Si tu ne l'as pas déjà fait, tu devrais lire les pièces d'Euripide ou d'Eschyle. Ils décrivent de manière très actuelle les problèmes essentiels auxquels notre époque est confrontée. Notamment grâce au koros.

— Le koros ? qu'est-ce que c'est ?

— Un chœur qui était présent dans toutes les tragédies grecques. Les membres du koros se tiennent à l'arrière de la scène et expliquent la situation ou les sentiments profonds des personnages de la pièce. Parfois ils essaient même de les aider. C'est très pratique. Il m'arrive de me dire que j'aimerais bien avoir un chœur derrière moi, moi aussi.

— Vous avez le don de prédiction, Oshima-san ?

— Non. Heureusement ou malheureusement, je ne l'ai pas. Si je donne l'impression de n'annoncer que des événements funestes, c'est parce que je suis quelqu'un de réaliste et que j'ai du bon sens. Je généralise, et je raisonne par déduction. Du coup, ce que je dis sonne comme des prédictions. Et pourquoi ? Parce que la réalité est une simple accumulation de prédictions funestes qui se sont réalisées. N'importe qui peut le comprendre : il suffit d'ouvrir un journal et de faire le compte des bonnes et des mauvaises nouvelles.

Oshima rétrograde soigneusement avant chaque tournant, en douceur, cela se remarque à peine. Seul le bruit du moteur change légèrement.

— Mais j'ai une bonne nouvelle pour toi, reprend-il. Nous avons décidé de t'intégrer à l'équipe. Désormais, te voilà membre du personnel de la bibliothèque commémorative Komura. Tu as les qualités requises, je crois.

Involontairement, je tourne la tête vers lui :

— Vous voulez dire que je vais pouvoir travailler à la bibliothèque ?

— Pour être plus précis, tu fais maintenant partie de la bibliothèque. Tu vas y vivre, y dormir. Tu ouvriras et fermeras les portes au public quand ce sera l'heure. Tu mènes une vie saine et tu as l'air costaud. Ce travail ne sera pas une trop lourde charge pour toi. Mlle Saeki et moi-même n'avons pas la même force physique que toi, et nous nous sentirons soulagés que tu accomplisses ces tâches à notre place. Nous te donnerons sûrement quelques autres petites choses à faire. Rien de bien compliqué. Par exemple, préparer du café, faire de petites courses… Une chambre t'attend déjà, dans l'annexe de la bibliothèque, il y a même une douche. Au départ, c'était une chambre d'amis, mais personne ne vient dormir à la bibliothèque et on ne s'en sert jamais. C'est là que tu vivras. Le plus pratique dans tout ça, c'est que tu seras sur place pour lire ce que tu voudras.

— Mais comment… ?

Je ne sais pas comment terminer ma phrase.

— Comment cela a été possible ? complète Oshima. C'est très simple : je te comprends et Mlle Saeki me comprend. Je t'accepte et Mlle Saeki m'accepte. Même si tu es un adolescent fugueur dont nous ignorons l'identité, ce n'est pas très grave. Finalement, l'important c'est ce que tu penses toi. Ça te dit de faire partie du personnel de la bibliothèque ?

Je réfléchis un moment, et je réponds :

— Pour l'instant, j'ai juste besoin d'un lit. Je ne peux pas réfléchir plus loin. Je ne comprends pas très bien ce que ça signifie de faire partie du personnel de la bibliothèque. Mais si je peux vivre sur place, je vous en serai très reconnaissant. Je n'aurai plus besoin de faire des allers et retours en train.

— Alors c'est décidé, dit Oshima. Je t'emmène là-bas. Et tu vas intégrer notre équipe.

Nous nous engageons sur la nationale, traversons quelques agglomérations. Des panneaux publicitaires pour des sociétés de crédit, une station-service décorée de façon grandiose pour attirer l'attention, un restaurant aux salles vitrées, un love-hotel en forme de château occidental, un magasin de location de vidéos qui a fait faillite et dont il ne reste que l'enseigne, une salle de patchinko avec un immense parking – voilà le genre de choses qui défilent sous mes yeux.

Des chaînes de fast-foods, et de supermarchés : McDonald's, Family-mart, Lawson, Yoshinoya. La réalité extérieure devient de plus en plus bruyante. Les freins hydrauliques des semi-remorques, les klaxons, les pots d'échappement. Les flammes du poêle familier, le scintillement des étoiles, le silence de la forêt, toutes ces choses qui m'entouraient hier encore s'éloignent de plus en plus, disparaissent complètement. Je n'arrive même plus à m'en souvenir avec précision.

— Il faut que tu saches certaines choses à propos de Mlle Saeki, dit Oshima. Quand elle était petite, ma mère était à l'école avec elle, elles étaient très amies. Et d'après ma mère, c'était une petite fille très intelligente. Elle avait de bonnes notes, elle s'exprimait bien, elle était douée pour le sport aussi. Elle savait jouer du piano. Elle était première dans tout ce qu'elle faisait. Et en plus, elle était jolie. C'est toujours une jolie femme, d'ailleurs.

Je hoche la tête.

— Depuis l'école primaire, elle avait un amoureux attitré. Le fils aîné de la famille Komura. Ils avaient le même âge. Une belle petite fille et lui un beau petit garçon. On aurait dit Roméo et Juliette. Ils étaient cousins éloignés. Ils habitaient à proximité et ne se quittaient jamais. Tout naturellement, en grandissant ils sont tombés amoureux. C'était un couple complètement fusionnel. Enfin, c'est ce que ma mère m'a raconté.

Il regarde le ciel pendant que la voiture est arrêtée à un feu rouge. Quand le feu passe au vert, il appuie sur l'accélérateur et dépasse un camion-citerne.

— Tu te rappelles ce que je t'ai raconté à la bibliothèque ? Sur chaque être qui cherche sa moitié perdue ?

— Homme/homme, femme/femme et homme/femme ?

— C'est ça. C'est ce que dit Aristophane. Nous vivons des vies bancales, dont nous passons la majeure partie à rechercher notre moitié manquante. Mais Mlle Saeki n'avait pas besoin de chercher, elle. Elle et le jeune Komura avaient trouvé leur moitié, quasiment dès la naissance.

— Ils ont eu de la chance.

Oshima hoche la tête.

— Une chance inouïe. Jusqu'à un certain point.

Il se caresse la joue, comme pour vérifier qu'il s'est bien rasé. Mais il n'y a pas la moindre marque de rasoir sur sa peau lisse comme de la porcelaine.

— Quand le jeune homme a eu dix-huit ans, il est allé à l'université à Tokyo. Il avait de bonnes notes et voulait se spécialiser. Il voulait aussi voir à quoi ressemblait la vie dans une grande ville. Elle, de son côté, intégra une école de musique de sa région pour y poursuivre ses études de piano. Les gens, ici, sont assez conservateurs et elle avait été élevée dans une famille traditionaliste. Elle était fille unique, ses parents n'avaient pas envie d'envoyer leur enfant chérie à Tokyo. C'est ainsi que les deux amoureux se sont trouvés séparés pour la première fois de leur vie. Comme si une épée divine les avaient coupés en deux.

» Naturellement, ils s'envoyaient des lettres chaque jour : « C'est peut-être bien que nous soyons séparés au moins une fois, lui écrivait-il. Parce que, ainsi, nous pourrons vérifier à quel point nous sommes importants l'un pour l'autre, à quel point nous avons besoin l'un de l'autre. » Mais ce n'était pas ce qu'elle pensait, elle. Mlle Saeki savait que leur relation était suffisamment solide pour qu'il ne soit pas nécessaire de la mettre à l'épreuve par une séparation. C'était une union prédestinée telle qu'on n'en trouve qu'une sur un million, un lien impossible à dénouer. Elle en était sûre. Mais pas lui. Ou alors, il le savait, sans pouvoir l'accepter. Voilà pourquoi il était parti pour Tokyo. Il pensait sans doute que surmonter cette adversité renforcerait encore leur amour. Les hommes ont ce genre de pensée.

» À dix-neuf ans, elle écrivit un poème. Elle le mit en musique, le joua au piano et le chanta. L'air était mélancolique, innocent et d'une authentique beauté. Mais les paroles étaient symboliques, contemplatives, en un mot assez absconses. Ce contraste donnait une sorte de fraîcheur à l'ensemble. La mélodie, comme les paroles, exprimait le chagrin de son cœur plein de nostalgie pour son ami lointain. Elle chanta sa composition devant quelques personnes. Elle était plutôt timide de nature, mais elle aimait chanter et avait même formé un groupe de musique folk avec des amies du temps où elle était étudiante. Quelqu'un entendit sa chanson, fut impressionné, l'enregistra sur une cassette, qu'il envoya au directeur d'une maison de disques de sa connaissance. La chanson plut beaucoup à cet homme, qui fit venir Mlle Saeki à Tokyo dans le studio de sa compagnie et lui proposa d'enregistrer un disque.

» C'était la première fois de sa vie qu'elle allait à Tokyo et elle en profita pour voir son ami. Ils s'arrangèrent pour se retrouver entre les séances d'enregistrement, et s'aimer comme avant. Ma mère m'a dit un jour qu'elle pensait qu'ils avaient des relations sexuelles quotidiennes depuis l'âge de quatorze ans. Tous deux étaient précoces et, comme il arrive souvent avec les adolescents précoces, ils avaient du mal à grandir. Ils se comportaient comme s'ils avaient encore quatorze ou quinze ans. Chaque fois qu'ils se serraient dans les bras l'un de l'autre, ils mesuraient à quel point ils avaient besoin l'un de l'autre. Aucun d'eux n'avait jamais été attiré par personne d'autre. Même pendant leur séparation, il n'y avait pas eu de place pour un autre dans leur cœur. Dis, je t'ennuie peut-être, avec ce conte de fées ?

Je secoue la tête.

— Il va y avoir un revirement du destin, non ?

— Exactement, dit Oshima. C'est ce qui fait le sel des histoires : les retournements de situation, les développements inattendus. Il n'y a qu'une sorte de bonheur, mais le malheur prend mille formes différentes. Comme dit Tolstoï, le bonheur est une allégorie, le malheur est une histoire. Donc le disque fut mis en vente et connut un énorme succès. Il se vendait, se vendait… Un million, deux millions d'exemplaires je ne connais pas le chiffre exact. En tout cas, c'est un chiffre qui battit tous les records à l'époque. Il y avait une photo de Mlle Saeki sur la pochette : on la voyait assise devant le piano dans le studio d'enregistrement, souriante.

» Comme elle n'avait pas d'autre titre à proposer, on avait gravé la version instrumentale – piano et orchestre – de la même chanson sur la face B du 45 tours. C'est elle qui a joué la partition au piano. C'était en 1969 ou 1970. Ma mère m'a dit qu'on entendait cette chanson sur toutes les radios. Moi, je n'en sais rien, je n'étais pas né. Mais finalement, ce fut son seul et unique disque. Elle n'a pas fait d'album ensuite, et n'a pas sorti d'autre single non plus.

— Je me demande si j'ai déjà entendu cette chanson.

— Tu écoutes souvent la radio ?

Je secoue la tête.

— Pratiquement jamais.

— Dans ce cas, je pense que tu n'as jamais dû l'entendre. On n'en a pas tellement l'occasion, de nos jours, sauf dans un programme « spécial nostalgie » à la radio. Mais c'est une belle chanson. J'ai la musique sur un CD, et je l'écoute de temps en temps. Quand Mlle Saeki n'est pas là, bien entendu. Elle déteste qu'on lui rappelle cet épisode de sa vie. En fait, elle déteste tout ce qui peut évoquer son passé.

— Quel était le titre de la chanson ?

— *Kafka sur le rivage,* dit Oshima.

— *Kafka sur le rivage ?*

— Eh oui, Kafka Tamura. Le même nom que toi. Étrange coïncidence, non ?

— Ce n'est pas mon vrai nom. Enfin, Tamura, si, c'est mon vrai nom.

— Mais c'est toi qui as choisi ce prénom ?

Je hoche la tête. Oui, j'avais décidé depuis longtemps que ce prénom convenait parfaitement à la nouvelle personne que j'étais.

— C'est important, dit Oshima.

Le petit ami de Mlle Saeki est mort à vingt ans. Au moment où *Kafka sur le rivage* était un tube. L'université où il était a fait grève pendant le mouvement étudiant et des étudiants militants l'ont occupée. Un soir, vers dix heures, il a traversé les barricades pour apporter des provisions à un de ses amis qui se trouvait à l'intérieur. Les étudiants qui occupaient le bâtiment l'ont pris pour un membre d'un groupuscule rival (à qui il ressemblait, paraît-il), l'ont attrapé, ligoté sur une chaise et lui ont fait subir un interrogatoire comme s'il était un espion. Il a essayé d'expliquer qu'il y avait erreur sur la personne, mais chaque fois qu'il parlait, on le battait avec un bâton ou un tube d'acier. Quand il s'est effondré, ils ont continué à le frapper à coups de pied. Il est mort un peu avant l'aube. Il avait la boîte crânienne enfoncée, les côtes brisées, les poumons déchirés. Ils ont jeté son cadavre au bord d'un chemin, comme si c'était un chien. Deux jours après, à la demande de la direction de l'université, une unité de la gendarmerie mobile est intervenue, a pénétré dans l'enceinte de l'université et en quelques heures, la révolte a été matée. Plusieurs étudiants ont été arrêtés et accusés de meurtre. Ils ont reconnu leur crime, se sont défendus au tribunal en disant qu'ils n'avaient pas eu l'intention de le tuer, et finalement deux d'entre eux ont écopé de peines légères pour coups et blessures ayant entraîné la mort. Tout le monde s'est dit qu'il était mort pour rien.

Mlle Saeki n'a plus jamais chanté. Elle s'est enfermée chez elle, elle ne voulait plus parler à personne, même pas au téléphone. Elle n'a pas assisté à l'enterrement de son ami. Elle a envoyé une lettre à son école de musique pour dire qu'elle arrêtait ses études. Plusieurs mois se sont écoulés et puis, un jour, on s'est aperçu qu'elle avait quitté la ville. Personne ne savait où elle était partie, ni pourquoi. Ses parents ne voulaient rien dire. Ou peut-être qu'ils ne savaient pas exactement où elle se trouvait. Elle s'était volatilisée comme de la fumée. Même la mère d'Oshima, qui était sa meilleure amie, n'avait pas la moindre idée de ce qu'elle était devenue. La rumeur a couru qu'elle avait été internée en hôpital psychiatrique, à la suite d'une tentative de suicide dans les forêts proches du mont Fuji. Selon certains, quelqu'un l'aurait croisée dans une rue de Tokyo. D'après cette personne, elle était devenue écrivain, ou quelque chose comme ça, et vivait à Tokyo. D'autres ont prétendu qu'elle s'était mariée, qu'elle avait eu des enfants. Mais tout ça n'était que des rumeurs sans fondement. Vingt-cinq années se sont écoulées ainsi.

La seule chose dont on soit sûr, c'est que, où qu'elle ait passé ces vingt-cinq années, elle n'a pas eu de problèmes financiers. Les royalties de *Kafka sur le rivage* avaient été déposées sur son compte bancaire, et même après impôt, il lui restait une somme appréciable. Elle touchait aussi des droits chaque fois que la musique passait à la radio ou était incluse dans une compilation. Il était facile pour elle de vivre au loin sans dire où elle était. De plus, sa famille était riche et elle était fille unique.

Vingt-cinq ans plus tard, cependant, elle est soudain réapparue à Takamatsu. La raison première de son retour était l'enterrement de sa mère. (Son père était mort cinq ans auparavant, mais elle n'avait pas assisté aux obsèques.) Elle a commandé un modeste service funèbre puis, après quelque temps, elle a vendu la maison où elle était née et où elle avait grandi. Elle s'est acheté un appartement dans un quartier calme de la ville. Elle semblait avoir l'intention de s'y installer. Au bout d'un moment, elle a même repris contact avec la famille Komura. (Le chef de famille actuel est le fils cadet, qui a trois ans de moins que l'ancien fiancé de Mlle Saeki. Ils ont eu un entretien en tête-à-tête, et personne ne sait ce qu'ils se sont dit alors.) Finalement, elle est devenue responsable de la bibliothèque commémorative Komura.

Elle était restée belle et mince. Elle avait gardé la même allure discrète que sur la pochette du disque. Seul manquait son beau sourire innocent d'alors. Elle sourit encore de temps à autre. Un sourire charmant, mais fugitif. Elle semble maintenant entourée d'un grand mur invisible et son sourire n'invite plus personne. Tous les matins, elle quitte la ville pour se rendre à la bibliothèque Komura dans sa Golf grise et le soir elle fait la route dans l'autre sens.

Elle était revenue dans sa ville natale, mais ne fréquentait ni sa famille ni ses amis d'autrefois. Quand il lui arrivait de les rencontrer, elle leur parlait poliment de la pluie et du beau temps. La conversation était généralement limitée. Dès qu'on commençait à parler du passé (et spécialement d'un événement auquel elle aurait pu être mêlée) elle dirigeait aussitôt, quoique avec beaucoup de tact, la conversation vers un autre sujet. Elle parlait toujours courtoisement et avec douceur, mais sans la surprise et la curiosité dont sa voix débordait autrefois. Ses véritables sentiments – si tant est qu'elle en éprouvât encore – restaient désormais enfermés au fond d'elle.

Elle n'exprimait jamais d'opinion personnelle sur quoi que ce soit, sauf dans les cas où son avis était sollicité pour des questions pratiques. Elle se confiait très peu, faisait toujours parler son interlocuteur, et acquiesçait chaudement à ce qu'il disait. Et, à un moment ou à un autre, on ressentait en face d'elle une sorte de malaise. On avait la vague impression de gâcher inutilement son temps en venant piétiner son monde bien ordonné. Et, globalement, cette impression était juste.

Elle a beau être revenue dans sa ville, elle est restée une énigme pour ses proches. C'est une femme enveloppée de mystère, comme d'un vêtement subtil et raffiné. Il y a quelque chose en elle qui empêche les gens d'approcher. Même la famille Komura, qui l'emploie, a gardé ses distances avec elle, réduisant au minimum leurs échanges.

Au bout d'un moment, Oshima a été engagé par la bibliothèque pour lui servir d'assistant. Oshima ne faisait pas d'études, ne travaillait pas non plus : il passait ses journées enfermé chez lui, à lire et à écouter de la musique. Il n'avait guère d'amis, en dehors de quelques personnes avec lesquelles il échangeait des mails. Il passait beaucoup de temps dans les consultations spécialisées, à cause de son hémophilie, ou se promenait sans but dans sa voiture de sport. Mis à part ses visites régulières à l'hôpital universitaire d'Hiroshima ou les moments qu'il passait dans la cabane de Kôchi, il quittait rarement la ville. Mais, dans l'ensemble, il était satisfait de sa vie. Un beau jour, par hasard, sa mère l'avait présenté à Mlle Saeki, à qui il avait plu tout de suite. Il avait également trouvé Mlle Saeki sympathique et l'idée de travailler à la bibliothèque lui plaisait bien. Oshima était la seule personne avec laquelle Mlle Saeki avait un contact quotidien et avec qui elle parlait.

— À vous entendre, Oshima-san, j'ai l'impression que Mlle Saeki est revenue dans cette ville uniquement dans le but de travailler à la bibliothèque Komura.

— C'est exact. Les obsèques de sa mère ont juste été l'occasion pour elle de revenir ici. Revenir dans cette ville pleine de souvenirs a dû être une décision difficile à prendre, mais qu'elle avait à cœur.

— Pourquoi ce lieu est-il si important pour elle ?

— Tout d'abord, c'est là que son ami vivait. Il était le fils aîné de la famille et avait sans doute hérité ce goût de ses ancêtres, car il adorait lire. Et puis – et ça aussi c'est une caractéristique de sa famille –, c'était un garçon assez solitaire. C'est pourquoi, dès son entrée au collège, il a déclaré qu'il ne voulait plus habiter la maison principale où vivait toute la famille, mais s'installer dans ce petit bâtiment qui fait maintenant partie de la bibliothèque. Ses parents ont donné leur accord. Tout le monde aimait la lecture chez eux, ils pouvaient comprendre son désir de vivre seul, entouré de livres. Il occupait donc cette petite annexe, sans personne pour le déranger, et ne se rendait dans la maison principale que pour les repas qu'il prenait en famille. Mlle Saeki venait lui rendre visite tous les jours. Ils étudiaient ensemble, écoutaient de la musique, parlaient pendant des heures. Et sans doute faisaient-ils l'amour. Parfois aussi, ils dormaient ensemble. Cet endroit était leur paradis.

Les deux mains posées sur le volant, Oshima me regardait.

— Et c'est là-bas que tu vas vivre, mon petit Kafka. Comme je te l'ai dit, la bibliothèque a été rénovée. Mais cette pièce est restée la même. Fondamentalement, la vie de Mlle Saeki s'est arrêtée à vingt ans, à la mort de son ami. Elle n'avait peut-être même pas vingt ans, je ne sais pas exactement. Ce que je veux dire, c'est que les aiguilles de l'horloge enfouie dans son âme se sont arrêtées brutalement à cet âge-là. Ensuite, évidemment, le temps extérieur a continué de s'écouler et a laissé ses marques sur elle comme sur tout le monde. Mais pour elle, ce qu'il est convenu d'appeler le temps n'a aucun sens.

— Aucun sens ?

Oshima hoche la tête.

— C'est comme s'il n'existait pas.

— Autrement dit, elle continue à vivre dans ce temps arrêté ?

— Exactement. Ce qui ne signifie pas pour autant qu'elle soit un mort vivant. Quand tu la connaîtras un peu, tu comprendras.

Oshima étend une main et la pose sur mon genou, d'un geste très naturel.

— Tu sais, Kafka Tamura, il y a dans nos vies des points de non-retour. Et dans certains cas, des points au-delà desquels on ne peut plus avancer. Quand ça arrive, on est obligé de l'accepter et de vivre avec.

Juste avant de nous engager sur l'autoroute, Oshima arrête la voiture, remonte la capote et met à nouveau la sonate de Schubert dans le lecteur de CD.

— Encore une chose que tu dois savoir, dit-il. Mlle Saeki a le cœur blessé. Bien sûr, tout le monde l'a plus ou moins. Toi, moi. Aucun doute là-dessus. Mais, dans son cas, sa blessure est plus personnelle et dépasse le sens usuel que l'on donne à ce terme. Son âme est agitée de mouvements étranges. Je ne veux pas dire par là qu'elle est dangereuse, pas du tout. Elle se comporte parfaitement bien au quotidien, en un sens plus normalement que la plupart des gens que je connais. Elle est profonde, intelligente, pleine de charme. Simplement, je voudrais que tu ne t'inquiètes pas si tu remarques des choses bizarres dans son attitude.

— Des choses bizarres ?

Oshima secoue la tête.

— Je l'aime beaucoup, tu sais. Et j'ai du respect pour elle. Je suis sûr que tu éprouveras les mêmes sentiments à son égard.

Il n'a pas répondu directement à ma question. Pourtant, il n'ajoute rien. Il rétrograde, accélère de nouveau, et dépasse un minibus juste avant qu'on entre dans un tunnel.

18

Quand Nakata revint à lui, il était allongé sur le dos dans un pré. Il ouvrit lentement les yeux, C'était la nuit. Une nuit sans lune ni étoiles. Pourtant, le ciel était assez clair. Les herbes d'été répandaient un parfum puissant. Nakata entendait crisser les insectes. Apparemment, il se trouvait dans le terrain vague où il venait monter la garde tous les jours. Il avait la sensation que quelque chose lui frottait la figure. Quelque chose de tiède et de rugueux. Il remua un peu la tête, et vit que deux chats lui léchaient soigneusement les joues à coups de langue : Sésame et Mimi. Il se redressa, tendit la main pour les caresser.

— Nakata s'était endormi ? demanda-t-il.

Un son plaintif sortit de leurs gorges. Mais Nakata ne comprit pas ce que les chattes disaient. Impossible de saisir un mot : il entendait des miaulements, rien de plus.

— Excusez-moi. Nakata ne comprend pas bien ce que vous dites.

Il se leva, inspecta son corps pour vérifier que tout fonctionnait bien. Il n'avait mal nulle part. Il pouvait bouger bras et jambes normalement. Il lui fallut un peu de temps pour s'habituer à l'obscurité environnante, mais il put s'assurer qu'il n'avait pas de sang sur ses vêtements. Il était habillé de la même façon que lorsqu'il était sorti de chez lui et tout était en ordre : son sac, contenant sa bouteille Thermos et son casse-croûte, était posé à côté de lui. Son bonnet se trouvait dans une poche de son pantalon. Il n'y comprenait plus rien.

Il venait pourtant d'occire Johnnie Walken, le tueur de chats, avec un grand couteau de cuisine… pour sauver la vie de Mimi et de Sésame. Il s'en souvenait parfaitement. Il avait encore dans les mains la sensation de son geste. Il n'avait pas rêvé. Le sang l'avait éclaboussé tandis qu'il frappait sa victime. Johnnie Walken s'était effondré à terre, roulé en boule, mort. Les souvenirs de Nakata s'arrêtaient là : ensuite, il s'était laissé tomber sur le canapé et avait perdu connaissance. Et maintenant, il se retrouvait allongé dans le terrain vague. Comment était-il revenu ici ? Il ne connaissait même pas le chemin. Et il n'y avait pas une goutte de sang sur ses vêtements. La preuve qu'il n'avait pas rêvé : il était entouré de Mimi et de Sésame. Seulement, il ne comprenait plus ce qu'elles disaient.

Nakata poussa un soupir. Il n'arrivait pas à réfléchir. Rien à faire, il fallait remettre cela à plus tard. Il jeta son sac sur son épaule, prit les deux chattes dans ses bras et quitta le terrain vague. Une fois la clôture franchie, il sentit Mimi se trémousser entre ses bras, signe qu'elle voulait sauter à terre. Nakata la relâcha.

— Vous pouvez rentrer seule chez vous, n'est-ce pas, mam'zelle Mimi ? C'est juste à côté d'ici.

Mimi remua vigoureusement la queue, comme pour acquiescer.

— Nakata ne comprend pas très bien ce qui s'est passé et ne comprend pas non plus pourquoi il ne peut plus parler avec vous, mam'zelle Mimi. Mais au moins Sésame est retrouvée. Nakata va la ramener chez les Koizumi. Tout le monde l'attend avec impatience. Je vous remercie bien de votre aide, mam'zelle Mimi.

Mimi poussa un miaulement, agita encore une fois la queue et disparut rapidement au coin de la rue. Elle non plus n'avait pas la moindre tache de sang sur le pelage. Nakata décida de garder ce détail en mémoire.

Chez les Koizumi, ce fut un concert de cris de joie et de surprise à la vue de Sésame. Il était plus de dix heures du soir, mais les enfants étaient encore debout et se brossaient les dents lorsque Nakata avait frappé à la porte. Mme Koizumi, qui buvait du thé vert en regardant les informations accueillit chaleureusement le vieil homme. Les petites filles en pyjama prirent Sésame dans leurs bras et lui donnèrent aussitôt du lait et des croquettes, sur lesquelles la chatte se précipita avec appétit.

— Je suis vraiment désolé de vous déranger aussi tard. Nakata aurait préféré venir plus tôt, mais il n'a pas eu le choix.

— Aucune importance. Ne vous en faites pas pour ça, dit Mme Koizumi. Vous auriez pu venir à n'importe quelle heure. Sésame est un membre de la famille, vous savez. Nous sommes tellement heureux de l'avoir retrouvée. Vous ne voulez pas entrer un moment ? Venez donc boire un thé. — Non, non, Nakata prend congé tout de suite. Nakata voulait juste vous ramener Sésame le plus vite possible.

Mme Koizumi disparut dans le fond de la maison pour préparer une enveloppe contenant les honoraires de Nakata. Puis M. Koizumi vint lui-même remettre l'enveloppe à Nakata.

— Ce n'est pas grand-chose, mais nous tenons à vous remercier d'avoir retrouvé Sésame.

— Merci beaucoup, j'accepte avec joie, répondit Nakata en prenant l'enveloppe et en inclinant la tête.

— Mais comment avez-vous fait pour la retrouver comme ça, dans la nuit ?

— Oh, c'est une longue histoire. Nakata ne saurait pas vous raconter parce qu'il n'est pas très intelligent, et il n'est pas très à l'aise avec les longues explications.

— Ça ne fait rien. Je ne sais comment vous remercier, monsieur Nakata, dit Mme Koizumi. Ah, oui, voici les restes du dîner, j'ai là des aubergines grillées et du concombre au vinaigre, vous en voulez ?

— Ma foi, si vous insistez… Nakata adore les aubergines grillées et le concombre au vinaigre.

Nakata mit le Tupperware et l'enveloppe dans son sac et quitta la maison des Koizumi. Marchant à pas rapides, il se dirigea vers le poste de police situé près de la rue commerçante. Un jeune agent, tête nue, son képi posé sur le bureau devant lui, était occupé à rédiger un rapport.

Nakata ouvrit la porte vitrée coulissante et passa la tête dans le bureau.

— Bonsoir, excusez-moi, dit-il.

— Bonsoir, répondit l'agent, levant la tête de ses papiers pour examiner ce vieil homme discret et inoffensif qui était sans doute venu demander son chemin.

Debout dans l'entrée, Nakata ôta son bonnet, le fourra dans la poche de son pantalon. Puis il tira un mouchoir de la poche opposée, se moucha, remit le carré de tissu dans sa poche.

— Que puis-je pour vous ? s'enquit l'agent.

— Je viens de tuer un homme.

L'agent reposa son stylo sur le bureau et contempla Nakata, bouche bée. Il en perdit la voix un moment.

— Euh… Ah… Asseyez-vous là, finit-il par dire d'un air mi-figue mi-raisin, en désignant une chaise en face de lui.

Puis il tendit la main, vérifia qu'il avait bien sa matraque, son pistolet et que ses menottes étaient à sa ceinture.

— Oui, dit Nakata, qui s'assit, le dos droit, les deux mains sur les genoux.

Il regardait droit vers l'agent de police.

— Alors comme ça… vous avez tué quelqu'un ?

— Oui. Tout à l'heure. Avec un couteau.

Le policier prit un formulaire, regarda l'heure, la nota précisément, puis écrivit : homicide volontaire à l'arme blanche.

— Vos nom et adresse, pour commencer.

— Je m'appelle Satoru Nakata. J'habite…

— Un moment. Comment s'écrit votre nom ?

— Nakata ne sait pas écrire. Excusez-moi, mais je ne connais pas les idéogrammes. Je ne sais pas les lire non plus.

Le policier fronça les sourcils.

— Vous êtes totalement illettré ? Vous ne savez pas écrire votre nom ?

— C'est exact. Jusqu'à l'âge de neuf ans, je savais lire et écrire mais j'ai eu un accident et j'ai tout oublié. Je suis devenu idiot.

Le jeune agent de police poussa un soupir, reposa son stylo.

— Dans ce cas, on ne peut pas remplir le formulaire. Si vous ne savez même pas comment s'écrit votre nom…

— Je suis désolé.

— Il n'y a personne chez vous ? Pas de famille ?

— Nakata est tout seul. Il n'a pas de famille. Il ne travaille pas. Il vit de la panse-ion que lui donne le préfet.

— Écoutez, il est tard, vous devriez rentrer dormir tranquillement chez vous. Revenez demain. Vous vous rappellerez mieux après une bonne nuit de sommeil. Nous en reparlerons à ce moment-là.

C'était presque l'heure de la relève et le policier voulait ranger ses documents avant l'arrivée de son remplaçant. Il avait promis à un collègue d'aller boire un verre avec lui une fois son travail terminé. Il n'avait pas le temps de discuter avec ce vieillard dérangé. Mais Nakata lui jeta un regard sévère et secoua la tête.

— Non, monsieur l'agent. Nakata tient à tout vous raconter tant qu'il s'en souvient encore. Demain, j'aurai peut-être oublié des détails importants. Nakata se trouvait dans le terrain vague du bloc 2. Il recherchait le chat Sésame à la demande de la famille Koizumi. Un gros chien noir est arrivé sans prévenir et a emmené Nakata chez lui. Une grande maison, avec un long portail et une voiture noire garée devant. Je ne connais pas l'adresse, je n'avais jamais vu cette maison avant. Mais je crois qu'elle se trouve dans l'arrondissement de Nakano. Là, j'ai rencontré un homme qui disait s'appeler Johnnie Walken. Il était coiffé d'un étrange chapeau noir, très haut, et son Frigidaire était plein de têtes de chat. Une vingtaine, je dirais. Cet homme capturait les chats, leur découpait la tête à la scie électrique, leur mangeait le cœur et ensuite il fabriquait des flûtes avec leurs âmes. Il se servait de ces flûtes pour attraper des âmes humaines. Johnnie Walken a tué Kawamura avec un couteau, sous les yeux de Nakata. Et il a tué plusieurs autres chats aussi. Il leur a ouvert le ventre avec un couteau. Et il voulait faire la même chose à mam'zelle Mimi et à Sésame. Alors Nakata a pris un couteau et a tué Johnnie Walken.

» Johnnie Walken avait demandé à Nakata de le tuer. Mais Nakata n'avait aucune intention de le faire. Il voulait juste empêcher Johnnie Walken de continuer à tuer les chats. Seulement, son corps a refusé de lui obéir. Son corps s'est mis à agir contre sa volonté. Nakata a pris un couteau qui se trouvait là et a frappé la poitrine de Johnnie Walken, une fois, deux fois, trois fois. Johnnie Walken est tombé par terre et il est mort. Il était couvert de sang. Nakata aussi était couvert de sang. Ensuite, Nakata s'est laissé tomber sur le canapé et il a dû s'endormir. Quand il s'est réveillé, il faisait nuit, et il était dans le terrain vague avec mam'zelle Mimi et Sésame à côté de lui. Ça s'est passé tout à l'heure. Nakata a ramené Sésame chez les Koizumi. Mme Koizumi lui a donné des aubergines grillées et du concombre au vinaigre et tout de suite après, Nakata est venu vous voir. Il se disait qu'il fallait prévenir le préfet.

Quand il eut fini de raconter tout cela d'une traite, le dos toujours bien droit, Nakata poussa un gros soupir. C'était la première fois de sa vie qu'il prononçait autant de mots à la suite. Il avait l'impression que sa tête était complètement vidée.

— Vous seriez bien aimable de transmettre tout cela au préfet.

Le jeune agent de police avait écouté le récit de Nakata d'un air stupéfait. Mais il n'avait pas compris grand-chose à ce que lui avait raconté le vieil homme. Johnnie Walken ? Sésame ?

— Très bien. Je transmettrai au préfet, dit-il.

— J'espère qu'il continuera à verser ma panse-ion.

Une expression de perplexité passa sur le visage de l'agent de police. Il fit semblant de noter quelque chose sur une feuille de papier.

— Très bien, dit-il. Voilà ce que j'ai noté : « M. Nakata souhaite que sa pension ne soit pas supprimée. » Vous êtes satisfait ?

— C'est parfait. Merci beaucoup, monsieur l'agent. Désolé de vous avoir ennuyé aussi longtemps. Transmettez aussi mes salutations au préfet.

— Je n'y manquerai pas. Surtout, ne vous inquiétez pas et rentrez dormir sur vos deux oreilles, dit le policier, qui ne put s'empêcher d'ajouter : À propos, vos vêtements sont drôlement propres pour un assassin. Vous avez dit que vous étiez couvert de sang, non ?

— Tout à fait, tout à fait. À vrai dire, Nakata lui-même trouve cela fort curieux. Il y avait du sang partout, c'est vrai, mais quand je me suis réveillé, il avait disparu. Plutôt étrange, non ?

— En effet, c'est étrange, dit le policier d'une voix où perçait la fatigue.

Nakata avait ouvert la porte vitrée et s'apprêtait à sortir du poste quand il s'arrêta et se retourna :

— Au fait, monsieur l'agent, serez-vous de service demain soir ?

— Oui, répondit prudemment le policier. Je travaille ici demain soir. Pourquoi ?

— Même s'il fait beau, vous feriez mieux de prendre votre parapluie.

Le policier hocha la tête. Puis se retourna pour regarder l'horloge sur le mur derrière lui. Le collègue avec qui il avait rendez-vous n'allait pas tarder à l'appeler.

— Entendu, je prendrai mon parapluie.

— Il va tomber des poissons du ciel comme s'il en pleuvait. Des sardines, je pense. Mais il y aura peut-être bien quelques maquereaux aussi.

Le policier éclata de rire.

— Des sardines et des maquereaux ! répéta-t-il. Dans ce cas, il vaudrait mieux ouvrir son parapluie à l'envers pour recueillir les poissons et, de cette façon, on pourra préparer du maquereau au vinaigre !

— Le maquereau au vinaigre est un des plats préférés de Nakata, répondit le vieil homme avec le plus grand sérieux. Mais demain, à cette heure-là, Nakata ne sera plus là.

Le lendemain, quand une pluie de sardines et de maquereaux se mit effectivement à tomber sur ce coin de l'arrondissement de Nakano, le jeune policier se sentit blêmir. Environ deux mille poissons tombèrent soudain du ciel, sans le moindre signe précurseur. La plupart s'écrasèrent par terre à l'arrivée mais quelques-uns, encore vivants, frétillaient sur le sol devant les boutiques de la rue commerçante. Les poissons sentaient encore la marée. Ils tombèrent bruyamment sur les toits des voitures et des immeubles et sur les gens, mais, heureusement, personne ne fut blessé. L'impact psychologique de cet événement fut, en revanche, énorme. Après tout, les poissons étaient tombés du ciel comme de la grêle. C'était un spectacle quasiment apocalyptique.

Il y eut par la suite une enquête de police mais personne ne put expliquer comment ces poissons avaient pu tomber du ciel. Aucun marché aux poissons, aucun bateau de pêche ne s'était plaint de la disparition d'un stock de sardines et de maquereaux. Aucun avion ni hélicoptère ne survolait le quartier à ce moment-là. Aucune tornade n'avait été signalée non plus. Il était impensable qu'il puisse s'agir d'un canular. C'était bien trop compliqué à organiser. À la demande de la police, les services d'hygiène de l'arrondissement de Nakano examinèrent quelques-uns des poissons, mais aucune anomalie ne fut découverte. Il s'agissait de sardines et de maquereaux tout à fait ordinaires. Ils étaient frais et paraissaient bons à manger. Cependant, une voiture de police équipée d'un haut-parleur passa dans les rues pour avertir la population du danger qu'il y avait à consommer ces poissons d'origine inconnue dans la mesure où ils pouvaient contenir une substance nocive.

Les véhicules des équipes de télévision envahirent le quartier. C'était le genre d'incident qui faisait le régal des médias. Des nuées de journalistes se répandirent dans la rue commerçante et leurs reportages sur cet étrange événement furent diffusés dans tout le pays. Ils ramassaient des poissons sur le trottoir avec une pelle et les montraient ensuite aux caméras. Ils interviewèrent une ménagère qui avait reçu un poisson sur la tête. Une nageoire dorsale de maquereau lui avait ouvert la joue.

— Heureusement, c'était des maquereaux et des sardines, disait-elle en pressant un mouchoir sur sa joue blessée. Imaginez les dégâts s'il s'était agi d'une pluie de thons !

Elle parlait très sérieusement, mais cela faisait rire les gens devant leurs téléviseurs. Un reporter téméraire fit même griller des poissons sur le trottoir et les dégusta en faisant des commentaires :

— Un régal, affirmait-il fièrement. Ils sont tout frais, avec juste ce qu'il faut de gras. Dommage que je n'aie pas un peu de riz chaud et de radis râpé pour les accompagner.

Le jeune policier était complètement déconcerté. Cet étrange vieux bonhomme – comment s'appelait-il déjà ? impossible de se souvenir de son nom – avait prédit cette pluie de poissons. Des sardines et des maquereaux, exactement comme il l'avait annoncé. Mais lui, il s'était contenté de rigoler et n'avait noté ni son nom ni son adresse. Il aurait peut-être dû en aviser ses supérieurs ? C'était la procédure normale. Mais quel intérêt cela aurait eu d'en parler maintenant ? Il n'y avait pas eu de blessés graves et rien ne prouvait que cette affaire fût de nature criminelle. Des poissons étaient tombés du ciel, et voilà tout.

S'il allait voir ses supérieurs en leur expliquant qu'un drôle de vieux bonhomme s'était présenté la veille au poste de police et avait prédit cette pluie de poissons, qui le croirait ? On penserait que c'était lui qui avait le cerveau dérangé, l'affaire ferait le tour de la maison, et tous ses collègues le railleraient.

Et puis il y avait autre chose : ce vieil homme était venu se constituer prisonnier. Il affirmait avoir tué quelqu'un. Et lui, il ne l'avait pas pris au sérieux. Il n'avait même pas noté l'incident sur la main courante. De toute évidence, il avait enfreint le règlement et cela pouvait lui valoir un blâme. Mais cette histoire était tellement ridicule. Aucun policier digne de ce nom n'aurait ajouté foi aux élucubrations de ce vieillard. Dans ce poste de police, le travail ne manquait pas et ils croulaient sous des montagnes de paperasse. Le monde était plein de fous qui semblaient se donner le mot pour venir raconter des histoires insensées aux policiers de garde. On ne pouvait quand même pas prêter l'oreille à toutes leurs divagations !

Cependant, cette prédiction à propos de la pluie de poissons (pourtant, Dieu sait si cette histoire avait l'air ridicule elle aussi !) s'était finalement avérée, si bien qu'on ne pouvait totalement écarter l'hypothèse que son histoire de crime – qui était-il censé avoir tué, déjà ? un type du nom de Johnnie Walken… – ne soit pas une pure invention. Et si jamais c'était vrai, alors là, il aurait de sérieux ennuis. Non seulement il avait laissé repartir un type qui était venu déclarer avec insistance : « Je viens de tuer quelqu'un », mais en plus, il n'avait même pas noté l'incident sur le registre.

Les services de voirie du quartier envoyèrent des véhicules pour nettoyer les rues des débris de poissons. Le jeune agent de police réglait la circulation pendant l'opération. L'entrée de la rue commerçante avait été barrée pour empêcher les voitures d'y circuler. Il y avait des écailles collées partout sur la chaussée, et même en arrosant abondamment avec de gros tuyaux, il fut impossible de les enlever totalement. Le trottoir resta longtemps visqueux, rendant la chaussée glissante pour les vélos et les voitures, causant même la chute de quelques ménagères. Une odeur de poisson flotta pendant quelque temps sur le quartier et les chats en furent surexcités toute la nuit. L'agent de police, occupé comme ses collègues par les opérations de nettoyage, oublia le vieil excentrique.

Cependant, le lendemain de la pluie de poissons, il manqua s'étouffer sous le choc en apprenant la découverte, dans une maison du voisinage, du cadavre d'un homme lardé de coups de couteau. La victime était un célèbre sculpteur et le corps n'avait été découvert que le surlendemain par sa femme de ménage, qui venait un jour sur deux. La victime, entièrement nue pour une raison qu'on ignorait encore, baignait dans une mare de sang. On présumait que le meurtre remontait à deux jours. L'arme du crime était un couteau à viande qui se trouvait dans la cuisine. Le policier comprit enfin que le vieil homme avait dit la vérité. « Alors là, me voici dans de beaux draps ! se dit-il. J'aurais dû appeler tout de suite un panier à salade pour l'emmener en garde à vue. Il avait avoué un meurtre, mon devoir était de le remettre aux autorités. À eux de juger ensuite s'il était fou ou pas. J'ai failli à mon devoir de policier. Au point où j'en suis, il vaut mieux garder le silence. »

De toute façon, à ce moment-là, Nakata avait déjà quitté la ville.

19

C'est lundi et la bibliothèque est fermée. Déjà calme en temps ordinaire, les jours de fermeture, on dirait un endroit oublié du temps. Ou un endroit qui retient son souffle pour ne pas être découvert. Lorsqu'on passe la porte où est accroché un panneau « Privé – entrée interdite », et qu'on avance dans le couloir derrière la salle de lecture, on tombe sur un coin cuisine réservé aux employés avec un évier et un four à micro-ondes. Au fond du couloir se trouve la porte de la chambre des invités. Elle est équipée d'une salle de bains et de placards. Il y a un lit pour une personne et une table de chevet sur laquelle sont posés une lampe et un réveil. J'aperçois aussi un bureau avec une lampe à pied. Des fauteuils anciens revêtus de tissu blanc, une malle pour ranger les vêtements. Il y a aussi un petit Frigidaire, surmonté d'un placard à vaisselle. Dans la salle de bains se trouve un séchoir, des serviettes, du savon et du shampooing. Cette chambre contient tout ce qu'il faut pour passer un séjour confortable. Par la fenêtre, orientée à l'ouest, on aperçoit les arbres du jardin. Le crépuscule est proche, le soleil qui commence à décliner projette ses derniers rayons derrière les cyprès.

— Quand je n'ai pas envie de rentrer chez moi, il m'arrive de rester dormir ici. C'est rare, mais personne d'autre n'utilise cette pièce. À ma connaissance, Mlle Saeki n'y entre jamais. Tu vois, cela ne dérange vraiment personne que tu t'y installes.

Je pose mon sac à dos par terre, jette un regard circulaire sur la pièce.

— Le lit est fait, il y a ce qu'il faut dans le frigo : du lait, des fruits, des légumes, du beurre, du jambon et du fromage… Ce sera difficile de cuisiner des plats compliqués ici, mais tu pourras te préparer des sandwichs ou de la salade. Si tu as envie d'un vrai repas, tu peux toujours te le faire livrer ou aller manger à l'extérieur. Y a-t-il quelque chose que j'ai oublié de te dire ?

— Où travaille Mlle Saeki d'habitude ?

Oshima désigne le plafond.

— Tu as vu le bureau au moment de la visite guidée, n'est-ce pas ? Elle travaille toujours là-bas. Quand je m'absente, elle descend et me remplace à la réception. Mais, quand elle n'a rien à faire au rez-de-chaussée, elle reste en haut.

Je hoche la tête.

— Je viendrai te chercher un peu avant dix heures demain matin pour t'expliquer en gros l'organisation du travail. Repose-toi tranquillement d'ici là.

— Merci pour tout, dis-je.

— *My pleasure*, répond-il en anglais.

Après son départ, je dépose le peu de vêtements que j'ai dans la malle, suspends les chemises et la veste sur des cintres, pose le cahier et les crayons sur le bureau, mets les affaires de toilette dans la salle de bains, mon sac à dos vide dans le placard.

La chambre est dépourvue de toute décoration, à l'exception d'une petite peinture à huile accrochée au mur. Ce tableau plein de réalisme représente un jeune adolescent au bord de la mer. C'est une œuvre de qualité. Je me demande si elle a été réalisée par un peintre connu. Le garçon doit avoir une douzaine d'années. Protégé du soleil par un chapeau blanc, il est assis sur une petite chaise longue. Un coude sur l'accoudoir, il a posé sa joue sur sa main. Son expression est légèrement mélancolique et fière en même temps. Un berger allemand noir est couché à ses pieds. Derrière lui, on aperçoit la mer. Plusieurs personnes s'y baignent, mais elles sont peintes en tout petit, on ne distingue pas leurs visages. On voit aussi une petite île au large. Dans le ciel d'été flottent quelques nuages en forme de poing. Assis devant le bureau, je contemple ce tableau. Au bout d'un moment, il me semble entendre le bruit des vagues et sentir l'odeur de la marée.

L'adolescent représenté est peut-être le garçon qui a vécu jadis ici. Celui que Mlle Saeki a aimé et qui est mort pour rien à vingt ans, victime des rivalités entre mouvements estudiantins. Je n'ai aucun moyen de le vérifier mais j'en ai la vague intuition. Je suis sûr que le bord de mer que représente le tableau existe près d'ici. Si c'est le cas, on le voit tel qu'il était il y a une trentaine d'années. Un temps qui me semble presque une éternité. J'essaie de m'imaginer dans trente ans. Autant essayer d'imaginer le bout du monde.

Le lendemain matin, Oshima-san vient me chercher et me montre ce qu'il y a à faire avant l'ouverture de la bibliothèque. Il faut déverrouiller les fenêtres, les ouvrir pour aérer, passer rapidement l'aspirateur, essuyer les bureaux, changer l'eau des fleurs, allumer la lumière, de temps à autre arroser le jardin et enfin, l'heure venue, ouvrir la porte d'entrée. Lors de la fermeture on procède à peu près de la même façon mais en sens inverse. On ferme les fenêtres, on essuie de nouveau les bureaux avec un chiffon, on éteint les lumières et on ferme la porte à clé.

— Ce serait très étonnant qu'on nous vole quoi que ce soit, on pourrait ne pas être aussi prudents, dit Oshima, mais ni Mlle Saeki ni moi n'aimons le laisser-aller. Nous nous acquittons de nos tâches le plus sérieusement possible. J'en attends autant de toi.

J'acquiesce.

Ensuite, il m'explique ce qu'il faut faire à la réception, comment aider les visiteurs qui viennent consulter des livres.

— Reste près de moi et observe comment je m'y prends. Ce n'est pas difficile. Si par hasard on te demande quelque chose de trop compliqué, tu n'as qu'à appeler Mlle Saeki. Elle viendra s'en occuper.

Mlle Saeki arrive un peu avant onze heures. Le moteur de sa Volkswagen fait un bruit facilement reconnaissable. Elle gare la voiture au parking, entre par la porte de derrière, nous salue, Oshima et moi.

— Bonjour, dit-elle.

— Bonjour, répondons-nous en chœur, et la conversation s'arrête là.

Mlle Saeki est vêtue d'une robe bleu marine à manches courtes. Elle a un sac à l'épaule, et une veste de coton posée sur son bras. Elle ne porte presque pas de bijoux et est très peu maquillée. Mais quelque chose en elle éblouit. Elle me regarde, semble avoir envie de dire quelque chose, mais se ravise. Elle m'adresse un petit sourire, puis monte l'escalier pour se rendre au premier étage.

— Ne t'inquiète pas, dit Oshima, ta présence ne lui pose aucun problème. Elle est tout à fait d'accord. C'est une personne qui ne s'encombre pas de propos inutiles, c'est tout.

À onze heures pile, Oshima ouvre la bibliothèque. Aucun visiteur ne s'étant encore présenté, il en profite pour m'expliquer comment chercher un ouvrage sur l'ordinateur. C'est un IBM, et j'ai déjà l'habitude de ce genre de machine fréquemment utilisée dans les bibliothèques. Ensuite, Oshima m'apprend à classer les cartes de références. Chaque jour, quelques nouveautés arrivent au courrier, et il faut les noter sur les cartes. Ce sera l'une de mes tâches.

À onze heures et demie, deux femmes arrivent ensemble. Toutes deux portent un jean de la même couleur et de la même forme. L'une est petite, a les cheveux courts d'une nageuse de compétition, l'autre a noué les siens en natte. Toutes deux ont des tennis. L'une des Nike, l'autre des Asics. La plus grande doit avoir la quarantaine, la petite la trentaine. La grande porte une chemise à carreaux et des lunettes, la petite un chemisier blanc. Elles ont un petit sac à dos, et l'air sombre comme un ciel nuageux. Elles parlent à peine. Elles laissent leurs sacs à Oshima à l'entrée et s'emparent avec une évidente mauvaise humeur de cahiers et de crayons mis à la disposition du public.

Elles inspectent les rayons les uns après les autres, consultent frénétiquement les cartes de références. De temps en temps, elles prennent des notes dans leurs cahiers. Elles ne lisent aucun livre. Ne s'asseyent pas. On dirait des fonctionnaires des impôts inspectant des stocks, plutôt que des lectrices d'une bibliothèque. Ni Oshima ni moi n'arrivons à deviner qui elles sont ni ce qu'elles font ici. Il me fait un signe des yeux, hausse les épaules. Je n'ai pas un très bon pressentiment – et c'est un euphémisme.

À l'heure du déjeuner, je reste à la réception pendant qu'Oshima va s'installer dans le jardin pour manger.

— J'ai des questions à vous poser, dit l'une des deux femmes, la grande, en s'approchant de moi.

Son ton sec et ferme me fait penser à un vieux pain oublié au fond d'un placard.

— De quoi s'agit-il ?

Elle fronce les sourcils, me dévisage en penchant la tête comme si elle regardait un tableau accroché de travers.

— Dites, vous ne seriez pas lycéen ?

— Oui, je suis stagiaire.

— Pourriez-vous appeler quelqu'un de plus compétent ?

Je vais chercher Oshima dans le jardin. Il finit tranquillement ses dernières bouchées, les fait descendre avec une gorgée de café, époussette les miettes sur ses genoux, se lève et me suit.

— En quoi puis-je vous aider ? demande-t-il aimablement aux deux femmes.

— Nous faisons partie d'une association chargée d'étudier les aménagements des établissements culturels publics, du point de vue des femmes. Nous avons organisé une tournée à travers le Japon pour examiner tous les équipements, dans le but de publier un rapport. De nombreuses femmes participent à cette enquête. Nous avons été chargées de visiter cette bibliothèque.

— Si cela ne vous dérange pas, pourriez-vous me donner le nom de cette organisation ? demande Oshima.

La femme sort une carte de visite, la lui tend. Oshima l'examine attentivement, la pose sur le comptoir, lève la tête, adresse à son interlocutrice un sourire éclatant, un sourire de première qualité qui ferait rougir n'importe quelle femme normalement constituée. Mais celle-ci ne lève même pas un sourcil et reprend :

— J'irai droit au but : nous avons relevé un certain nombre de problèmes dans cette bibliothèque.

— *Du point de vue des femmes ?* demande Oshima.

— Du point de vue des femmes, absolument, dit la visiteuse qui ajoute après avoir toussoté : J'aimerais en discuter avec l'administration, si cela ne vous dérange pas.

— Nous ne sommes pas assez importants pour avoir une « administration » officielle, mais je serais heureux de vous répondre, si cela vous convient.

— Premier point, vous ne disposez pas de toilettes pour femmes. Les commodités sont communes aux deux sexes, c'est exact ?

— Absolument. Il n'y a pas de toilettes réservées aux femmes dans cette bibliothèque.

— En principe, même pour les établissements privés, les toilettes hommes et femmes doivent être séparées.

— *En principe ?* répète Oshima.

— Oui. Des toilettes communes sont la porte ouverte à toutes sortes de harcèlements. D'après notre enquête, la plupart des femmes répugnent à utiliser les W-C communs. Votre établissement est clairement négligent à l'égard de ses usagers de sexe féminin.

— *Négligent*, répète Oshima.

On dirait qu'il vient d'avaler quelque chose d'amer. Visiblement, il n'aime pas la sonorité de ce mot.

— C'est de l'omission intentionnelle.

— *De l'omission intentionnelle*...

Cette fois, Oshima médite sur cette formule maladroite.

— Comme vous pouvez le constater par vous-même, cette bibliothèque est toute petite, dit-il. Et nous n'avons pas assez de place pour installer des W-C séparés. Ce serait préférable, j'en conviens, mais jusqu'à présent nous n'avons enregistré aucune plainte de la part de nos lectrices. Heureusement, ou malheureusement, notre bibliothèque est peu fréquentée. Si vous voulez examiner en profondeur ce problème de toilettes communes, je vous suggérerai de vous rendre à Seattle, au siège de la société Boeing, et de leur poser la question à propos des commodités de leurs avions. Un Jumbo Jet est bien plus grand et il accueille beaucoup plus de monde que notre établissement. Pourtant, que je sache, il ne dispose pas de W-C séparés.

La grande femme fixe Oshima en fronçant sévèrement les sourcils. Ses lunettes semblent se hausser sur ses pommettes proéminentes.

— Nous ne sommes pas en train de procéder à une enquête sur les transports. Pourquoi nous parlez-vous des Jumbo Jet ?

— Parce que, qu'il s'agisse d'avions ou de bibliothèques, l'absence de toilettes séparées engendre le même type de désagrément. N'êtes-vous pas d'accord sur le principe ?

— Nous inspectons les aménagements publics un par un. Je ne suis pas venue vous parler de principes.

Oshima a toujours un aimable sourire aux lèvres.

— Ah, bon ? Je croyais que nous parlions justement de ce qui se fait *en principe*.

La femme se rend compte qu'elle a commis une erreur quelque part. Elle rougit un peu, mais ce n'est pas dû au sex-appeal d'Oshima. Elle essaie de redresser la barre :

— En tout cas, les Boeing n'ont rien à voir là-dedans. Ne cherchez pas à détourner la conversation.

— Entendu. Ne parlons plus de transport aérien, dit Oshima. Soyons plus terre à terre.

La femme le foudroie du regard. Elle prend une profonde inspiration et reprend :

— J'aimerais soulever un autre point. Nous avons remarqué que les auteurs hommes et femmes sont classés séparément chez vous.

— En effet, ce catalogue a été créé par nos prédécesseurs, qui classaient séparément les écrivains hommes et femmes. Nous avons le projet de refaire les index, mais nous n'en avons pas eu le temps jusqu'ici.

— Ce n'est pas cela que nous critiquons, corrige-t-elle.

Oshima penche la tête en signe d'incompréhension.

— Dans tous les classements de cet établissement, les auteurs hommes viennent avant les auteurs femmes, dit-elle. Cette disposition va à l'encontre de l'égalité des sexes. C'est une injustice flagrante.

Oshima reprend la carte de visite, relit le nom de la femme, puis repose la carte sur le comptoir.

— Madame Soga, dit-il, quand on faisait l'appel à l'école, vous étiez sans doute avant Mlle Tanaka et après Mlle Sekine, selon l'alphabet. Avez-vous fait une réclamation pour demander à ce que cet ordre soit inversé ? Est-ce que la lettre G se fâche sous prétexte qu'elle est après le F ? Est-ce que la page 68 d'un livre fait la révolution, pour la seule raison qu'elle est après la page 67 ?

— Ce n'est pas la même chose, dit-elle en élevant la voix. Vous cherchez à détourner la conversation depuis tout à l'heure.

En l'entendant, sa compagne qui prenait des notes un peu plus loin arrive à grands pas.

— *Je cherche à détourner la conversation*, répéta Oshima comme s'il voulait souligner ces paroles.

— Oseriez-vous prétendre le contraire ?

— *Red herring*, dit Oshima.

La femme nommée Soga reste bouche bée.

— C'est une expression anglaise. Elle désigne un sujet intéressant mais qui vous entraîne un peu loin de la proposition principale. Une digression, en somme. *Red herring* signifie « hareng rouge ». J'ignore d'où vient cette expression, excusez mon manque de culture.

— Qu'il s'agisse de hareng ou de maquereau, vous détournez la conversation.

— Pour être précis, j'inverse l'analogie, dit Oshima. Selon Aristote, il s'agit de l'une des techniques les plus utilisées en rhétorique. Ces astuces intellectuelles faisaient la joie des Athéniens. Il est regrettable, cependant, que le gouvernement de l'époque n'ait pas jugé bon d'inclure les femmes dans la définition des citoyens.

— Vous vous moquez de nous ?

Oshima secoue la tête.

— Pas du tout. Ce que je veux dire, en fait, c'est que vous pourriez trouver, pour vérifier si les droits légitimes des femmes sont respectés dans ce pays, des moyens plus efficaces que de venir fouiner dans une petite bibliothèque de province, critiquer l'aspect des toilettes, et chercher les défauts du catalogue. Ici, nous faisons de notre mieux pour rendre cette modeste bibliothèque utile à la communauté. Nous réunissons des ouvrages de valeur, que nous mettons à la disposition des amateurs. Nous faisons tout notre possible pour offrir à nos visiteurs un service aimable et de qualité. Vous l'ignorez peut-être, mais notre collection d'études sur les poèmes du début du XXe siècle jouit d'une grande renommée dans tout le pays. Bien sûr, il y a des imperfections. Nous avons nos limites. Mais nous faisons de notre mieux, même si nous ne sommes pas à la hauteur. Au lieu de vous focaliser sur ce que nous n'avons pas su faire, regardez plutôt ce que nous avons réussi à accomplir en réalité. C'est ce qu'on appelle le *fair-play* en anglais.

La plus grande des deux femmes regarde la petite, qui lève les yeux vers elle.

Voilà que la plus petite ouvre la bouche pour la première fois. Elle a une voix haut perchée :

— Ces affirmations vides de sens ne vous servent qu'à fuir vos responsabilités. Vous utilisez ce terme bien commode de *réalité* pour vous justifier à bon compte. Si je puis me permettre, vous êtes un exemple historique pathétique de machisme.

— *Exemple historique pathétique de machisme,* répète Oshima d'un air impressionné.

Au ton de sa voix, je sens qu'il savoure cette expression.

— Ça signifie que vous êtes un macho mâle typique, qui pratique une discrimination sexiste, explique la grande, sans pouvoir cacher son énervement.

— *Un macho mâle typique*, répète de nouveau Oshima.

La petite ignore cette interruption et poursuit sa démonstration :

— Vous vous protégez derrière le *statu quo* et la logique sexiste primaire qui le sous-tend pour réduire le genre féminin à des citoyennes de seconde zone. Vous déniez carrément aux femmes des droits dont elles devraient disposer naturellement. Et que votre attitude soit plus inconsciente que délibérée aggrave d'autant votre responsabilité. En vous montrant insensible à la souffrance des femmes, vous contribuez à préserver les droits acquis des hommes. Et vous ne cherchez même pas à comprendre quel mal votre aveuglement cause aux femmes et à la société en général. Les problèmes de toilettes et de catalogue sont de simples points de détail. Mais c'est à travers les détails qu'on peut cerner l'ensemble. Il faut bien commencer par les détails pour parvenir à soulever le voile aveuglant qui recouvre la société. Tel est le principe de notre action.

— Et toutes les femmes qui ont un cœur ressentent les choses de cette manière.

— *Quelle femme ayant un cœur, et subissant un tourment semblable au mien, n'agirait pas comme moi ?*

Les deux femmes restent silencieuses et figées comme deux blocs de glace.

— *Électre*, de Sophocle. Une pièce magnifique. Je l'ai lue plusieurs fois. Et à titre de référence, j'ajouterai que le terme de « genre » est grammatical. Lorsqu'il est question du féminin en tant que sexe, il me paraît plus approprié d'utiliser le terme « sexe ». L'emploi du mot « genre » dans ce contexte est une erreur courante, si je peux me permettre de soulever un simple point de détail linguistique.

Silence glacial.

— De toute façon, ce que vous dites est fondamentalement erroné, reprend Oshima d'une voix calme mais ferme. Je ne suis certainement pas *un exemple historique pathétique de machisme mâle typique*.

— Pouvez-vous nous expliquer en quoi nous nous trompons si fondamentalement ? demande la petite avec un air de défi.

— Sans raisonner ni étaler votre érudition, s'il vous plaît, ajoute la grande.

— Très bien. Je vais vous expliquer cela simplement, sans raisonner ni étaler mon érudition, dit Oshima.

— Faites donc, je vous en prie, dit la grande, tandis que l'autre hoche la tête pour manifester son accord.

— Tout d'abord, je ne suis pas un homme, déclare le bibliothécaire.

Ses interlocutrices en restent pantoises. Moi-même, je lui jette un coup d'œil, le souffle coupé.

— Je suis une femme, ajoute-t-il.

Après un silence, la petite réagit :

— Épargnez-nous vos mauvaises plaisanteries.

Mais elle a dit cela simplement par réaction à ce qu'elle vient d'entendre et n'a pas l'air très sûre d'elle.

Oshima sort son portefeuille de la poche de son pantalon, en extrait un permis de conduire plastifié, le tend à la petite. Elle lit le nom qui y est inscrit, fronce les sourcils, passe le document à la grande, qui le déchiffre à son tour, puis le rend à Oshima après une légère hésitation. Elle a la tête d'un joueur de cartes qui a reçu un mauvais jeu.

— Tu veux voir aussi ? demande Oshima en se tournant vers moi.

Je secoue la tête en silence. Il range son permis de conduire dans son portefeuille, remet celui-ci dans sa poche.

Il pose les deux mains sur son bureau.

— D'un point de vue biologique comme pour l'état civil, je suis une femme. Voilà pourquoi votre raisonnement est fondamentalement erroné. Je ne peux pas répondre à votre définition du *macho mâle typique*.

— Mais…, commence la grande.

Elle n'arrive pas à poursuivre. La petite tire sur son col de la main gauche ; sa bouche fermée forme une fine ligne droite.

— Toutefois, si mon corps est féminin, mon esprit est complètement masculin, reprend Oshima. Je vis avec une conscience d'homme, aussi avez-vous peut-être raison en ce qui concerne *l'exemple historique*. Et je suis peut-être un fieffé sexiste. Simplement, j'ai beau m'habiller en homme, je ne suis pas lesbienne. Ma préférence sexuelle va aux hommes. Autrement dit, je suis une femme mais je suis gay. Je ne me suis jamais servi de mon vagin pour des rapports sexuels, uniquement de mon anus. Mon clitoris réagit à l'excitation, mais pas mes seins. Je n'ai jamais eu de règles. Alors, envers qui pourrais-je me montrer sexiste ? Est-ce que quelqu'un pourrait me le dire ?

Les deux femmes et moi gardons le silence. Puis l'un de nous émet un toussotement qui résonne de façon intempestive dans la pièce. Les aiguilles de l'horloge avancent avec un petit bruit sec qui retentit dans le silence.

— Maintenant, veuillez m'excuser, mais j'étais en train de déjeuner, dit Oshima en souriant. Je mangeais un rouleau aux épinards et au thon. Il m'en reste la moitié mais, si je le laisse trop longtemps dehors, les chats du quartier risquent de se l'approprier. C'est plein de chats errants dans le coin : beaucoup de gens abandonnent des chatons dans la pinède en bord de mer. Donc, si ça ne vous dérange pas, je vais aller finir mon repas. Je vous laisse, mais prenez votre temps. Cette bibliothèque est ouverte à tous les citoyens. Tant que vous respectez le règlement et ne dérangez pas les autres lecteurs, vous êtes libres de faire ce que bon vous semble. Prenez votre temps. Inspectez tout ce que vous voulez. Et écrivez ce qui vous plaira dans votre rapport. Nous n'en tiendrons aucun compte, de toute façon. Jusqu'ici, nous avons toujours fait les choses à notre manière, sans subventions et sans recevoir d'ordres de qui que ce soit et nous entendons bien continuer ainsi.

Une fois Oshima parti, les deux femmes se regardent en silence puis me dévisagent. Elles me prennent sans doute pour l'amant d'Oshima. Je range les cartes de références en silence. Elles discutent à voix basse devant les rayons, puis rassemblent leurs affaires et s'en vont. Elles ont l'air crispé et ne me remercient pas quand je leur rends leurs sacs à dos.

Peu après, Oshima revient. Il m'offre deux de ses rouleaux aux épinards et au thon. C'est une sorte de tortilla verte fourrée avec un peu de sauce blanche par-dessus. Je les mange pour mon déjeuner. Puis je fais chauffer de l'eau, et me prépare de l'Earl Grey en sachet.

Lorsque je reviens de ma pause-déjeuner, Oshima me déclare :

— Tu sais, ce que j'ai dit tout à l'heure, c'est la pure vérité.

— Quand vous disiez que vous étiez une personne spéciale, c'était dans ce sens-là ?

— Tu vois que je n'exagérais pas.

Je hoche la tête en silence.

Il rit.

— D'un point de vue sexuel, je suis une femme, aucun doute là-dessus. Mais mes seins ont à peine poussé, je n'ai jamais été réglée. Je n'ai pas de pénis, ni de testicules et je suis imberbe. En fait, je n'ai *rien*. Pour me sentir léger, je me sens léger. Tu ne peux pas comprendre ce que c'est.

— C'est sûr, dis-je.

— De temps en temps, je ne m'y retrouve plus moi-même. Qu'est-ce que je suis, à ton avis ?

Je secoue la tête.

— Puisqu'on parle de ça, vous savez, Oshima-san, moi non plus je ne sais pas très bien qui je suis.

— La quête de l'identité. Classique.

J'acquiesce.

— Mais toi, tu as au moins quelques points de repère. Pas moi.

— Je m'en fiche de ce que vous êtes, je vous aime, c'est tout, dis-je.

C'est la première fois de ma vie que je dis ça à quelqu'un. Je me sens rougir.

— Merci, dit Oshima, en passant sa main sur mon dos. Je suis un peu différent des autres, c'est vrai, mais au fond je suis un être humain. J'espère que tu comprends ça. Je ne suis pas un monstre. Je suis normal. Je ressens les mêmes choses que tout le monde, j'agis comme tout le monde. Mais parfois, cette petite différence devient un véritable gouffre. Pourtant, je ne peux rien y faire.

Il prend entre ses doigts le long crayon bien taillé posé sur le bureau de la réception, le regarde comme si c'était un prolongement de son corps.

— J'avais l'intention de t'en parler à la première occasion. Je préférais te le dire moi-même, avant que quelqu'un d'autre s'en charge. Alors, aujourd'hui, disons que c'était… une excellente occasion. Pas très agréable, toutefois.

Je hoche la tête.

— Tel que tu me vois, j'ai été victime de discriminations diverses dans ma vie, poursuit-il. Seuls ceux qui en ont subi eux-mêmes savent à quel point cela peut blesser. Chacun souffre à sa façon et ses cicatrices lui sont personnelles. Je pense que j'ai soif d'égalité et de justice autant que n'importe qui. Mais je déteste pardessus tout les gens qui manquent d'imagination. Ceux que T. S. Eliot appelait « les hommes vides ». Ils bouchent leur vide avec des brins de paille qu'ils ne sentent pas, et ne se rendent pas compte de ce qu'ils font. Et avec leurs mots creux, ils essaient d'imposer leur propre insensibilité aux autres. Comme nos deux visiteuses de tout à l'heure.

Oshima soupire, fait tourner le crayon entre ses doigts.

— Les gays, les lesbiennes, les hétéros, les féministes, les cochons de fascistes, les communistes, les Hare Krishna, et j'en passe, aucun d'eux ne me dérange. Peu m'importe de savoir quel drapeau ils brandissent. Ce que je ne supporte pas, ce sont les gens *creux*. Ceux-là me font perdre tout contrôle. Je finis par dire des choses que je ne devrais pas dire. Tout à l'heure, j'aurais dû les laisser parler, prendre ça à la légère. Ou alors j'aurais pu appeler Mlle Saeki et la laisser s'en charger. Elle est capable d'affronter ce genre de personnes en gardant le sourire jusqu'au bout. Moi, j'en suis incapable. Je ne sais pas me contrôler, c'est mon point faible. Et sais-tu pourquoi c'est une faiblesse ?

— Parce que si vous deviez vous occuper sérieusement de tous ceux qui manquent d'imagination, ce serait épuisant et surtout cela n'aurait jamais de fin.

— Exactement, dit-il en pressant légèrement sur sa tempe la gomme de son crayon. C'est tout à fait ça. Mais rappelle-toi ceci, Kafka Tamura : ceux qui ont arraché son ami d'enfance, l'amour de sa vie, à Mlle Saeki, étaient de cette sorte. Des esprits étroits, sans aucune imagination et très intolérants. Les thèses déconnectées de la réalité, les termes vidés de leur sens, les idéaux usurpés, les systèmes rigides. Voilà ce qui me fait *vraiment* peur. Je crains toutes ces choses et je les exècre du fond du cœur. Qu'est-ce qui est juste ? Bien sûr, c'est important de savoir ce qui est juste et injuste. Mais, la plupart du temps, les erreurs de jugement peuvent être rectifiées. Quand on a le courage de reconnaître ses erreurs, on peut les réparer. Or l'étroitesse d'esprit et l'intolérance sont des parasites qui changent d'hôte et de forme, et continuent éternellement à prospérer. Je sais que c'est une cause perdue, mais je refuse que ce genre de choses entre *ici*.

Il désigne les étagères du bout de son crayon. Naturellement, il parle de la bibliothèque en général.

— Je ne peux pas me contenter d'en rire et de les ignorer.

20

Quand le chauffeur du camion frigorifique laissa Nakata au parking de l'aire de repos de Fujigawa, sur l'autoroute Tokyo-Nagoya, il était déjà huit heures du soir. Nakata descendit du camion, son sac et son parapluie à la main.

— Tu trouveras facilement une voiture ici, dit le routier en passant la tête par la vitre de son véhicule. Si tu fais le tour des chauffeurs, il y en aura bien un pour t'emmener.

— Nakata vous remercie de votre aide.

— Sois prudent, dit le chauffeur, puis il leva une main pour dire au revoir à Nakata et démarra.

Fujigawa, avait-il dit… Nakata n'avait aucune idée d'où se trouvait cette ville mais il savait que depuis qu'il avait quitté Tokyo, il s'était dirigé vers l'ouest. Il comprenait d'instinct ce genre de choses et n'avait besoin ni de boussole ni de cartes. Il suffisait maintenant de trouver une voiture allant dans cette direction.

Nakata avait faim. Il décida de manger un bol de nouilles *chinoises* à la cafétéria de l'autoroute. Il avait des boulettes de riz aux algues et du chocolat dans son sac mais préférait les garder en réserve. Comme il ne savait pas lire, il lui fallut un moment pour comprendre comment se procurer un ticket repas au distributeur automatique situé à l'entrée du restaurant. Il fallait que quelqu'un lui lise le nom des plats proposés, aussi s'adressa-t-il à une dame d'âge moyen à côté de lui :

— Je n'y vois pas très bien, madame…

La dame inséra aimablement les pièces à sa place dans la machine et appuya sur le bouton, puis lui rendit sa monnaie. L'expérience avait appris à Nakata qu'il valait mieux éviter de dire qu'il ne savait pas lire. Quand il le disait, les gens se mettaient parfois à le dévisager comme s'ils voyaient un fantôme.

Après avoir mangé, Nakata, son sac sur l'épaule et son parapluie à la main, fit le tour des chauffeurs routiers en annonçant qu'il voyageait vers l'ouest et demandant s'ils n'avaient pas une place pour lui dans leur camion. Tous le regardaient des pieds à la tête puis refusaient d'un signe. C'était assez rare de voir un vieillard faire de l'auto-stop et ils se méfiaient instinctivement de ce qui sortait de l'ordinaire. Désolé, répondaient-ils, mais la compagnie nous interdit de prendre des auto-stoppeurs.

Il avait fallu un certain temps à Nakata pour se rendre de l'arrondissement de Nakano jusqu'à l'entrée de l'autoroute Tokyo-Nagoya. Il n'était jamais sorti de Nakano et ne savait pas où se trouvait l'autoroute. Il utilisait fréquemment sa carte de bus gratuite, mais n'avait jamais pris le métro ni le train tout seul.

Un peu avant dix heures ce matin-là, quand il avait quitté son appartement, son grand parapluie noir à la main, avec dans son sac une tenue de rechange, une trousse de toilette, quelques provisions et dans sa ceinture abdominale l'argent liquide qu'il gardait caché sous un tatami.

Il avait demandé au chauffeur de bus comment se rendre jusqu'à l'autoroute Tokyo-Nagoya, mais ce dernier lui avait ri au nez :

— Ce bus ne va que jusqu'à la gare de Shinjuku. Les bus de ville n'empruntent pas l'autoroute. Il faut prendre un car longue distance pour ça.

— Et d'où partent les cars longue distance qui empruntent l'autoroute Tokyo-Nagoya ?

— De la gare de Tokyo. Descendez au terminus, à Shinjuku, et de là, vous pourrez prendre un train pour la gare de Tokyo, où vous réserverez un billet pour un car longue distance qui vous emmènera sur l'autoroute Tokyo-Nagoya.

Nakata n'avait pas tout compris, mais il décida de rester dans le bus jusqu'au terminus. Cependant, la gare de Shinjuku était trop immense pour lui. Des gens allaient et venaient dans tous les sens, on ne pouvait même pas marcher normalement. Il y avait toutes sortes de trains et il n'avait pas la moindre idée de celui qu'il devait prendre pour aller à la gare de Tokyo. Et bien sûr, il ne pouvait pas lire les panneaux indicateurs. Il demanda sa direction à plusieurs personnes, mais leurs explications étaient si rapides et si compliquées, pleines de noms de lieux dont il n'avait jamais entendu parler, qu'il fut incapable de retenir ce qu'ils lui disaient. C'était plus simple de discuter avec le chat Kawamura, se disait Nakata en son for intérieur. Il aurait bien demandé son chemin au poste de police, mais il craignait qu'ils ne le prennent pour un vieux gâteux et ne veuillent le garder. (Cela lui était déjà arrivé.) À force de tourner en rond dans la gare, il avait fini par se sentir mal, à cause du bruit et du manque d'air. Il s'arrangea pour emprunter les couloirs où il y avait moins de monde, sortit et déboucha dans un petit square coincé entre deux gratte-ciel. Il s'assit sur un banc.

Il resta là longtemps, complètement désorienté. De temps en temps, il parlait tout seul et caressait ses cheveux ras. Il n'y avait pas un seul chat dans ce square. Un corbeau fouillait la poubelle. Nakata leva plusieurs fois la tête, pour essayer de deviner l'heure à la position du soleil. Mais les gaz d'échappement teignaient le ciel d'une couleur étrange.

Vers midi, les gens commencèrent à affluer : ils sortaient des immeubles de bureaux voisins, et venaient s'installer dans le parc pour manger. Nakata sortit lui aussi ses petits pains fourrés aux haricots rouges, sa Thermos et les mangea en buvant du thé. Il s'adressa aux deux jeunes femmes qui étaient venues s'asseoir sur le banc voisin.

— Comment puis-je me rendre jusqu'à l'autoroute Tokyo-Nagoya ?

Elles lui expliquèrent la même chose que le chauffeur de bus : « Il faut prendre la ligne Chuo jusqu'à la gare de Tokyo, et de là prendre un car pour Nagoya. »

— J'ai essayé tout à l'heure, mais je n'y suis pas arrivé, avoua le vieil homme. Nakata n'a jamais quitté l'arrondissement de Nakano et il ne sait pas prendre le train, seulement les bus. Je ne sais pas lire et je ne peux pas acheter de billet. Je suis arrivé jusqu'ici en bus, mais impossible d'aller plus loin.

Les deux jeunes femmes eurent l'air fort surpris. Ce vieux monsieur ne savait pas lire ? Il avait pourtant l'air normal. Il était souriant, habillé proprement. Certes, il tenait un parapluie à la main alors qu'il faisait beau temps, ce qui attirait un peu l'attention, mais n'avait pas l'air d'un SDF. Il avait des traits plaisants et un regard limpide.

— Vous n'êtes vraiment jamais sorti de l'arrondissement de Nakano ? demanda celle des deux filles qui avait les cheveux noirs.

— Jamais. Je m'en suis bien gardé, parce que si jamais je m'étais perdu, personne ne serait venu me chercher.

— Et vous ne savez pas lire, ajouta la fille aux cheveux teints en châtain clair.

— Non. Je reconnais les chiffres les plus simples, mais je ne sais pas compter.

— Dans ce cas, c'est difficile de prendre le métro, pas vrai ?

— Très difficile. Je ne peux pas acheter de billet.

— Si on avait le temps, on vous emmènerait jusqu'à la gare et on vous aiderait à trouver votre train, mais nous devons retourner rapidement au bureau. Nous n'avons pas le temps d'aller jusqu'à la gare. Nous sommes désolées.

— Non, ne vous excusez pas. Nakata va se débrouiller.

— Oh, j'ai une idée, dit la fille aux cheveux noirs. Togeguchi, du département des ventes, il ne devait pas aller à Yokohama aujourd'hui ?

— Oui, c'est vrai. On pourrait lui demander de vous aider. Il n'est pas très causant, mais c'est un brave type, dit la fille aux cheveux clairs.

— Dites, monsieur, puisque vous ne savez pas lire, vous devriez peut-être faire du stop ? fit remarquer la fille aux cheveux noirs.

— Du stop ?

— Vous demandez à une voiture de vous emmener. Enfin, plutôt aux poids lourds, parce que les véhicules individuels ne prennent pas souvent des auto-stoppeurs.

— Poids lourds, véhicules individuels, tout cela est trop compliqué pour Nakata, il ne comprend pas bien.

— Bah, si vous essayez, vous arriverez à vous débrouiller. J'ai fait du stop, une fois, quand j'étais étudiante. Les chauffeurs routiers sont gentils en général.

— Mais au fait, jusqu'où voulez-vous aller ? demanda la fille châtain.

— Je ne sais pas.

— Vous ne savez pas ?

— Non. Mais une fois que j'y serai, je saurai que je suis arrivé. En tout cas, il faut que j'aille vers l'ouest par l'autoroute Tokyo-Nagoya. La suite, j'y réfléchirai après. Nakata doit aller vers l'ouest.

Les deux filles se regardèrent. Il y avait une certaine force de persuasion dans les paroles du vieil homme, et puis il leur inspirait une sympathie naturelle. Elles terminèrent leur déjeuner, jetèrent les barquettes vides dans la poubelle, puis se levèrent.

— Écoutez, monsieur, venez avec nous. Je pense qu'on peut vous aider, dit la fille aux cheveux noirs.

Nakata les suivit jusqu'à un immeuble tout proche. Il n'était jamais entré dans un building aussi grand. Les deux filles lui dirent de s'asseoir sur un banc à l'accueil, échangèrent quelques mots avec la réceptionniste, puis disparurent à l'intérieur de l'un des nombreux ascenseurs alignés dans le hall, non sans avoir dit à Nakata de les attendre là sans bouger. Les employés qui rentraient de leur pause-déjeuner défilaient devant Nakata, sagement assis avec son sac sur les genoux et son parapluie fermé à côté de lui. Encore un spectacle qu'il contemplait pour la première fois. Tous ces hommes habillés avec élégance, comme s'ils s'étaient donné le mot : cravates impeccables, attachés-cases reluisants ; les femmes en hauts talons… Et tout ce monde marchait très vite, dans la même direction. Nakata n'avait pas la moindre idée de la raison qui pouvait pousser ces gens à se réunir ainsi en ce lieu.

Les deux jeunes femmes revinrent au bout d'un moment, accompagnées d'un jeune homme dégingandé, en chemise blanche et cravate rayée, qu'elles lui présentèrent :

— C'est Togeguchi, il doit aller à Yokohama aujourd'hui. Il dit qu'il peut vous emmener. Il vous laissera sur l'aire de Kôhoku, sur l'autoroute Tokyo-Nagoya, et de là, vous pourrez trouver un autre véhicule pour continuer la route. Vous n'aurez qu'à faire le tour des voitures en disant que vous voulez aller vers l'ouest, et si quelqu'un vous prend, en remerciement, vous lui paierez un repas quand vous ferez une pause. Vous avez compris ? dit la jeune fille châtain.

— Vous avez un peu d'argent sur vous, au moins, monsieur ? demanda la fille aux cheveux noirs.

— Oui, dit Nakata, j'ai bien de quoi payer un repas à quelqu'un.

— Sois gentil avec monsieur, hein, Togeguchi, c'est un ami à nous, dit la fille châtain.

— Si tu es gentille avec moi en échange, rétorqua le jeune homme avec timidité.

— On verra ça, quand tu reviendras, dit la fille aux cheveux noirs.

Au moment de le quitter, les deux jeunes filles tendirent à Nakata des boulettes de riz aux algues et du chocolat qu'elles avaient achetés au supermarché.

— Tenez, c'est un petit cadeau d'adieu. Vous mangerez ça en route quand vous aurez faim.

Nakata se confondit en remerciements :

— Je ne sais comment vous remercier de votre gentillesse. Je prierai pour qu'il ne vous arrive que de bonnes choses à toutes les deux.

— Espérons que vos prières seront efficaces, dit la fille châtain, tandis que sa collègue se mettait à pouffer.

Togeguchi installa Nakata sur le siège du passager avant de son Hi-Ace, et ils prirent la voie rapide jusqu'à l'autoroute Tokyo-Nagoya. Comme il y avait des embouteillages, ils eurent le temps de parler longuement. Togeguchi était plutôt timide, aussi ne dit-il pas grand-chose au début, mais au fur et à mesure qu'il s'habituait à la présence de Nakata, il devint de plus en plus loquace, jusqu'à finalement monopoliser la parole. Il avait un tas de choses à raconter et trouvait facile de se confier en toute franchise à un inconnu qu'il ne reverrait sans doute jamais. Il lui expliqua qu'il avait rompu avec sa fiancée quelques mois plus tôt. Tout le temps de leur relation, elle avait eu un autre petit ami qu'elle voyait en cachette. Il raconta aussi qu'il ne s'entendait pas avec ses supérieurs et avait l'intention de démissionner de son emploi actuel. Ses parents avaient divorcé quand il était au collège, et sa mère n'avait pas tardé à se remarier avec une espèce de bon à rien. Il avait également prêté toutes ses économies à un ami proche, qui ne semblait pas vouloir le rembourser. Et l'étudiant qui habitait l'appartement voisin du sien écoutait de la musique à fond toutes les nuits, si bien qu'il pouvait à peine fermer l'œil.

Nakata écouta avec attention, hochant la tête quand il le fallait, donnant brièvement son point de vue par moments. Quand la voiture s'arrêta sur l'aire de Kôhoku, Nakata savait à peu près tout de la vie de Togeguchi. Certains détails lui avaient échappé mais il avait compris dans les grandes lignes que ce pauvre garçon s'efforçait de mener une vie normale mais se retrouvait toujours aux prises avec un tas de problèmes.

— Merci beaucoup d'avoir accompagné Nakata jusqu'ici. Vraiment vous lui rendez un grand service.

— C'est moi qui vous remercie, monsieur Nakata. Je suis ravi de vous avoir emmené. Grâce à vous, je me sens soulagé. Ça fait du bien de parler franchement à quelqu'un. Je n'avais jamais dit à personne tout ce que je vous ai raconté. J'espère que je ne vous ai pas trop ennuyé avec mes problèmes.

— Pas du tout. Nakata aussi est très content d'avoir pu parler avec vous, monsieur Togeguchi. Ne vous en faites pas, vous ne m'avez pas ennuyé du tout. Je suis sûr que tout va s'arranger pour vous, vous verrez.

Le jeune homme sortit une carte téléphonique de son portefeuille et la tendit à Nakata.

— Je vous offre ça en souvenir. C'est une carte de téléphone fabriquée par la société pour laquelle je travaille. Un petit cadeau d'adieu. J'aurais aimé vous offrir quelque chose de mieux mais…

— Merci beaucoup, dit Nakata en prenant la carte et en la rangeant soigneusement dans son porte-monnaie.

Il n'avait personne à qui téléphoner, et ne savait pas comment on utilisait ce genre de carte mais il aurait été impoli de refuser.

Il était trois heures de l'après-midi.

Il fallut une heure à Nakata pour trouver le chauffeur routier qui avait accepté de l'emmener jusqu'à Fujigawa. Il conduisait un semi-remorque réfrigéré qui transportait du poisson frais. C'était un homme corpulent, d'une quarantaine d'années avec des bras épais comme des bûches et un ventre proéminent.

— Mon camion pue le poisson, ça ne vous fait rien ? demanda-t-il.

— Nakata aime beaucoup le poisson.

Le routier se mit à rire.

— T'es pas ordinaire, toi au moins !

— Oui, on me le dit parfois.

— Moi, j'aime bien les gens bizarres. Je me méfie des gens normaux qui mènent une vie normale.

— Ah, vraiment ?

— Ouais. C'est ma façon de voir. Chacun son opinion, non ?

— Nakata n'a pas tellement d'opinions personnelles. Mais il aime l'anguille.

— Eh bien, en voilà une, d'opinion !

— L'anguille, c'est une opinion ?

— Ouais. Dire que tu aimes l'anguille, ça c'est une sacrée opinion, mon vieux.

C'est ainsi qu'ils se rendirent ensemble à Fujigawa. Le chauffeur s'appelait Hagita.

— Dis, Nakata, comment tu vois l'avenir de ce monde, toi ?

— Excusez-moi, mais Nakata n'est pas très intelligent et ne comprend rien à ce genre de choses.

— Avoir sa propre opinion, ça n'a rien à voir avec l'intelligence ou la bêtise.

— Pourtant, monsieur Hagita, être idiot, ça empêche de réfléchir.

— Mais tu aimes l'anguille, non ?

— Oui, c'est un des plats favoris de Nakata.

— Tu vois, là, tu t'impliques.

— Ah ?

— Est-ce que tu aimes le riz aux œufs et au poulet ?

— Ça aussi, c'est un des plats préférés de Nakata.

— Là encore, tu t'impliques, répondit le chauffeur. Et c'est à force de s'impliquer comme ça dans de petites choses que tout prend sens naturellement. Plus tu entres en rapport avec les choses, plus tu prends conscience de leur sens. Ça peut être l'anguille, le riz aux œufs et au poulet, le poisson grillé, n'importe quoi. Tu saisis ?

— Pas très bien. Il faut entrer en rapport avec la nourriture, c'est ça ?

— Pas seulement la nourriture. Le système ferroviaire, l'empereur, tout ce que tu veux.

— Le système ferroviaire ?

— Les trains, quoi.

— Nakata ne prend jamais le train.

— Tu fais bien. Alors, ce que je veux dire, c'est que, par le simple fait de vivre, on établit un lien avec les choses qui nous entourent, quelles qu'elles soient. Et le sens émerge spontanément de tout ça. Le plus important, c'est de savoir si ça se passe spontanément ou pas. Ce n'est pas une question d'intelligence, il suffit juste de regarder les choses avec ses propres yeux.

— Ce que vous êtes intelligent, monsieur Hagita.

Le routier éclata de rire.

— Je te dis que c'est pas une question d'intelligence ! Je suis pas spécialement intelligent. Mais j'ai ma façon à moi de voir les choses. C'est pour ça que les autres en ont vite marre de moi. D'après eux, je suis un type qui complique tout. Dès que tu commences à réfléchir par toi-même, tu déranges.

— Nakata n'a toujours pas très bien compris. Il y a un lien entre le fait que Nakata aime l'anguille et le fait qu'il aime le riz aux œufs et au poulet ?

— Ma foi, on peut dire ça comme ça. Il y a toujours un lien entre toi, Nakata, et les choses auxquelles tu t'intéresses. Et en même temps, il y a un lien entre l'anguille et le riz au poulet. Et ce réseau de liens s'étend au fur et à mesure, jusqu'à ce qu'un lien s'établisse tout naturellement entre toi et le capitalisme, entre toi et le prolétariat.

— Le pro… ?

— Pro-lé-ta-riat, répéta Hagita en écartant ses grosses mains du volant pour les montrer à Nakata. (On aurait dit des gants de base-ball.) Les gens qui gagnent leur vie à la sueur de leur front, comme moi, c'est ça le prolétariat. De l'autre côté, il y a ceux qui restent assis dans leurs fauteuils sans lever le petit doigt, qui donnent des ordres aux autres et gagnent cent fois plus qu'eux. Ce sont les capitalistes.

— Nakata ne sait pas grand-chose des capitalistes. Il est pauvre, et ne sait pas comment vivent les gens importants. En fait, je ne connais qu'une personne comme vous dites : le préfet de Tokyo. C'est un capitaliste ?

— Bah, oui, sans doute. Enfin, les préfets ce sont plutôt les chiens de garde des capitalistes.

— Le préfet serait un chien ?

Nakata se rappela le gros chien noir qui l'avait conduit chez Johnnie Walken et superposa son ombre sinistre à celle du préfet.

— Le monde grouille de ce genre de chiens, suppôts du capitalisme !

— Supo ?

— Instruments, si tu préfères. Des chiens qui obéissent à leurs maîtres.

— Les capitalistes n'ont pas de chats ?

Hagita éclata de rire.

— Ah, t'es un comique, toi ! J'adore les types comme toi, Nakata. Les chats du capitalisme ! Ça, c'est une opinion tout à fait inédite !

— Dites, monsieur Hagita…

— Hum ?

— Comme je suis pauvre, le préfet me verse une panse-ion tous les mois. Peut-être que je n'aurais pas dû accepter ?

— Combien tu touches ?

Nakata lui indiqua la somme. Le camionneur secoua la tête d'un air écœuré.

— Ça doit pas être facile de vivre avec si peu d'argent, hein ?

— Si, ça va. Nakata ne dépense pas beaucoup d'argent. Et puis les gens me font de petits cadeaux, parce que je retrouve les chats perdus du quartier.

— Waouh ! Un chercheur de chats professionnel, fit Hagita d'un air admiratif. Tu me bluffes, toi. Tu es vraiment unique en ton genre.

— À vrai dire, Nakata sait parler avec les chats. C'est ce qui me permet d'en retrouver pas mal.

Hagita hocha la tête.

— Je vois. Ça ne m'étonne pas de toi.

— Mais tout récemment, Nakata s'est aperçu qu'il ne comprenait plus leur langage. Je me demande bien pourquoi.

— Le monde change tous les jours, mon vieux. L'heure venue, la nuit s'achève et le jour se lève. Et le monde que tu vois n'est plus le même que la veille. Tu n'es plus le même Nakata que la veille. Tu saisis ?

— Oui.

— Les relations entre les choses changent aussi. Qui est capitaliste, qui est prolétaire ? Qui est de droite, qui est de gauche ? La révolution informatique, les actions, le flux des capitaux, les restructurations, la diminution des salaires, les multinationales… Où est le bien, où est le mal ? Toutes les barrières s'écroulent les unes après les autres. C'est peut-être à cause de tout ça que tu ne peux plus parler aux chats.

— Nakata sait seulement distinguer sa droite de sa gauche. Ici, c'est la droite, là, c'est la gauche. C'est exact ?

— Exact, fit Hagita en hochant la tête. Très bien.

À la fin du voyage, ils s'arrêtèrent pour dîner. Hagita commanda deux plats d'anguille et régla la note. Nakata insista pour payer, mais Hagita refusa en secouant la tête.

— Laisse tomber. Je suis pas riche, mais je suis pas encore sur la paille au point de me faire payer à manger sur la maigre pension que t'accorde le préfet de Tokyo.

— Merci beaucoup. Je vous suis reconnaissant de ce bon repas, dit Nakata, acceptant l'offre généreuse du chauffeur routier.

Nakata passa une heure dans le restaurant de l'aire de Fujigawa à demander aux camionneurs de l'emmener vers l'ouest, sans succès. Il ne céda pas pour autant à la panique ni au découragement. Dans sa conscience, le temps passait très lentement. Ou peut-être ne passait-il pas du tout.

Il sortit faire quelques pas aux alentours, histoire de prendre l'air. Il n'y avait pas un nuage dans le ciel et la lune se détachait nettement avec tous ses reliefs. Nakata marcha dans le parking, tapotant l'asphalte du bout de son parapluie. D'énormes poids lourds y étaient alignés côte à côte comme des animaux au repos. Certains avaient une vingtaine de pneus, aussi hauts qu'un homme. Nakata contempla un moment ce fascinant spectacle. Tant de véhicules énormes parcouraient les routes la nuit ? Que pouvaient-ils bien transporter ? Nakata n'en avait pas la moindre idée. S'il avait pu déchiffrer ce qui était inscrit sur les containers, sans doute en aurait-il su davantage sur le chargement de tous ces camions ?

Après avoir marché un moment, il aperçut une dizaine de motos garées dans un coin désert. Un groupe de jeunes gens se tenait en cercle autour de quelque chose ; ils étaient tous en train de hurler. Intrigué, Nakata s'approcha. Ils avaient peut-être trouvé un trésor, une curiosité ?

Mais il se rendit bientôt compte qu'ils étaient occupés à tabasser un autre jeune homme, étendu au centre du cercle. La plupart frappait à mains nues, sauf un qui avait une chaîne et un autre qui tenait à la main un bâton noir pareil aux matraques des agents de police. Ils avaient les cheveux teints, en blond ou en châtain clair. Ils portaient des chemises à manches courtes déboutonnées, des tee-shirts ou des survêtements.

Certains avaient même des tatouages sur les épaules. Le jeune sur lequel ils s'acharnaient avait la même allure qu'eux. Quand Nakata s'approcha en tapotant le bout de son parapluie sur l'asphalte, ils se retournèrent tous pour le regarder d'un œil mauvais. Mais lorsqu'ils se rendirent compte que l'intrus était un vieillard, toute méfiance les abandonna.

— Hé pépé, va-t'en voir là-bas si j'y suis, fit l'un d'eux.

Nakata l'ignora et continua à avancer. Le jeune étendu à terre saignait de la bouche.

— Il saigne. Il va mourir si vous le laissez comme ça, dit Nakata.

Pris de court, les jeunes gens restèrent coits.

— Dis donc, pépé, fiche le camp si tu ne veux pas y passer toi aussi, dit le jeune qui tenait la chaîne.

— En zigouiller un ou en zigouiller deux, c'est pas plus compliqué, fit un autre.

— On ne tue pas les gens sans raison, insista Nakata.

— « On ne tue pas les gens sans raison », répéta l'un des jeunes en singeant Nakata.

Les autres s'esclaffèrent.

— On a nos raisons, t'en fais pas. Qu'on le tue ou non, c'est pas tes oignons. Allez, reprends ton pébroque et fiche le camp avant qu'y s'mette à pleuvoir.

L'homme étendu à terre esquissa un mouvement et, aussitôt, un jeune au crâne rasé lui donna un violent coup de botte dans les côtes.

Nakata ferma les yeux. Il sentait quelque chose commencer à enfler en lui. Quelque chose d'incontrôlable, qui lui donnait une vague nausée. Il se rappela soudain comment il avait frappé Johnnie Walken. Il avait encore dans les mains le souvenir du couteau s'enfonçant dans la poitrine de Johnnie Walken. Il faut s'impliquer, pensa Nakata, établir des liens. C'était peut-être de ce genre de choses que parlait M. Hagita tout à l'heure ? Anguille = couteau = Johnnie Walken. Les voix des jeunes voyous lui parvenaient déformées et indistinctes. Le chuintement incessant des pneus sur l'autoroute se mêlait à ces voix, formant un étrange bruit de fond. Son cœur se rétracta soudain, envoyant du sang dans tout son corps. La nuit enveloppa Nakata.

Il leva la tête vers le ciel, ouvrit lentement son parapluie, l'éleva au-dessus de lui. Puis il recula prudemment de quelques pas. Les jeunes le regardaient faire en rigolant.

— Il est marrant, ce vieux. Il a vraiment ouvert son pébroque, dis donc !

Mais leurs rires ne durèrent pas longtemps. Tout à coup, des objets inconnus et visqueux se mirent à tomber du ciel et à s'écraser sur le sol avec de drôles de bruits. Shploch ! Shploch ! Les jeunes gens cessèrent alors de donner des coups de pied à leur victime inerte et levèrent les yeux vers le ciel. Il n'y avait pas un nuage. Pourtant, une averse tombait bel et bien de là-haut. Sporadiquement au début, puis la cadence s'intensifia et, en quelques instants, il se mit à pleuvoir quantité de ces petits objets noirs longs de trois centimètres environ. Sous les lumières du parking, on aurait dit une neige noire et luisante. Ces choses immondes pleuvaient sur les épaules, les bras, la nuque des jeunes voyous et y restaient collées. Ils avaient beau essayer de les arracher, ils n'y parvenaient pas.

— Des sangsues ! s'écria l'un d'eux.

Ce fut le signal de la débandade : ils se mirent tous à hurler et traversèrent le parking en courant en direction des toilettes. À mi-chemin, l'un d'eux fut renversé par une voiture qui sortait du parking, Comme elle ne roulait pas vite, le jeune aux cheveux blonds se releva aussitôt, frappa le capot de la voiture de toutes ses forces du plat de la main, abreuva le chauffeur d'injures. Puis il reprit sa course vers les toilettes en traînant un peu la jambe.

Après être abondamment tombée, la pluie de sangsues se calma puis s'arrêta complètement. Nakata referma son parapluie, épousseta ses vêtements et s'avança vers le jeune étendu à terre. Un tas de sangsues grouillait tout autour de lui et le recouvrait, empêchant Nakata de l'approcher et même de le voir. Il se rendit cependant compte qu'il avait une arcade sourcilière fendue, d'où le sang coulait abondamment, ainsi que quelques dents cassées. Nakata ne pouvait pas s'en occuper tout seul, il lui fallait aller chercher de l'aide. Il retourna donc vers le restaurant, et expliqua aux employés qu'il y avait un jeune homme blessé étendu dans un coin du parking.

— Il faut appeler la police, sinon il va peut-être mourir.

Un petit moment plus tard, Nakata trouva un chauffeur routier qui acceptait de l'emmener à Kobe. C'était un homme d'environ vingt-cinq ans, au regard endormi. Il avait une queue-de-cheval et un anneau à l'oreille et était coiffé d'une casquette de base-ball à l'effigie des Chunichi Dragons. Assis seul dans le restaurant, il lisait des mangas en fumant une cigarette. Il portait une chemise hawaïenne criarde, et était chaussé de Nike trop grandes pour lui. Il était de taille moyenne. Il laissait négligemment tomber les cendres de sa cigarette dans son bol de nouilles à moitié vide. Il regarda fixement Nakata puis hocha la tête comme à regret.

— D'accord, je vous prends. Vous ressemblez à mon grand-père. La façon dont vous êtes habillé et dont vous parlez… À la fin, il était complètement gâteux. Ça fait un moment qu'il est mort.

Ils arriveraient le lendemain matin à Kobe, expliqua-t-il. Il transportait des meubles destinés à un grand magasin de la ville. À la sortie du parking, ils tombèrent sur un accident. On voyait clignoter les gyrophares rouges de plusieurs voitures de police, et un agent réglait la circulation sur le parking en agitant une lampe torche. Ça n'avait pas l'air très grave. Plusieurs voitures s'étaient carambolées, apparemment. L'aile avant d'un minibus était enfoncée, et une voiture avait les feux arrière cassés. Le routier ouvrit sa vitre et passa la tête au-dehors. Il échangea quelques mots avec l'agent puis referma sa vitre.

— Il paraît qu'il a plu des sangsues, expliqua-t-il à Nakata sans la moindre émotion. Ç'a rendu la chaussée glissante et certains chauffeurs ont perdu le contrôle de leurs véhicules. Il m'a dit de conduire prudemment. En plus de ça, il y a eu un règlement de comptes chez un gang de motards du coin, il paraît qu'il y a un blessé grave. Des sangsues et un gang de motards, drôle de combinaison, hein ? Ça occupe la police, au moins.

Il ralentit, se dirigea prudemment vers la sortie. Ses pneus dérapèrent plusieurs fois. Chaque fois, il redressait le camion en manœuvrant habilement.

— Eh ben, dites donc ! On dirait qu'il en est tombé pas mal. La route est une vraie savonnette. C'est plutôt dégoûtant, les sangsues, pas vrai ? Hein, grand-père, vous avez déjà eu des sangsues collées sur vous ?

— Non, Nakata n'en a pas le souvenir en tout cas.

— Moi, j'ai été élevé dans les montagnes du côté de Gifu, alors ça m'est arrivé plein de fois. Quand vous marchez dans la forêt, les sangsues vous tombent dessus du haut des arbres. Si vous allez vous baigner dans la rivière, elles vous attaquent les pieds. Je vous le dis, j'en connais un rayon, question sangsues. Une fois qu'elles sont collées à vous, impossible de s'en défaire. Les grosses, elles sont drôlement costauds. Si vous les arrachez, elles vous laissent une cicatrice sur la peau. Il n'y a qu'une seule chose à faire pour s'en débarrasser, c'est de les brûler. Beurk ! Elles se collent sur votre peau pour vous sucer le sang et après, elles deviennent toutes grosses et flasques. C'est immonde, hein ?

— C'est sûr, acquiesça Nakata.

— Tout de même, les sangsues ne tombent pas du ciel au milieu d'un parking d'autoroute. Rien à voir avec une averse. Jamais rien entendu d'aussi stupide ! Les gars d'ici n'y connaissent rien en sangsues, je vous le dis, moi. Depuis quand les sangsues tombent du ciel, hein, pouvez me le dire ?

Nakata ne répondit pas.

— Il y a quelques années, des quantités invraisemblables de mille-pattes sont apparues dans la préfecture de Yamanashi, Ça faisait déraper les pneus, c'était terrible, ça a causé un tas d'accidents. Les rails de chemin de fer étaient inutilisables, ils ont dû interrompre le trafic. Mais ils n'étaient pas tombés du ciel pour autant, ces mille-pattes. Ils étaient sortis en rampant de je ne sais quel trou. Il suffit d'un peu de bon sens pour comprendre ça.

— Nakata aussi est allé dans la préfecture de Yamanashi, autrefois. C'était pendant la guerre.

— Ah bon ? quelle guerre ? demanda le chauffeur.

21

LE SCULPTEUR KOICHI TAMURA ASSASSINÉ À COUPS DE COUTEAU !
SON CORPS RETROUVÉ À SON DOMICILE DANS UNE MARE DE SANG

Le sculpteur mondialement connu, Koichi Tamura, âgé de cinquante-*** ans, a été retrouvé mort à son domicile de Nogata, arrondissement de Nakano, Tokyo, dans l'après-midi du 30. Sa femme de ménage l'a découvert, étendu à plat ventre et entièrement nu, sur le plancher couvert de sang de son bureau. Il y avait des traces de lutte. Selon toute probabilité, il s'agirait d'un assassinat. L'arme du crime, un couteau qui venait de la cuisine de la victime, a été retrouvée par terre à côté du corps.

D'après le communiqué de la police, le meurtre aurait eu lieu dans la soirée du 28, mais M. Tamura vivait seul, si bien que la découverte du cadavre a été retardée de deux jours. Le sculpteur a été poignardé au niveau de la cage thoracique à l'aide d'un couteau de boucher. Une hémorragie abondante du cœur et des poumons aurait provoqué une mort immédiate. La victime, qui avait également quelques côtes cassées, semble avoir reçu des coups ou des chocs violents. À l'heure actuelle, la police n'a communiqué aucune information concernant des empreintes digitales ou d'éventuels indices trouvés sur place. Il semble n'y avoir eu aucun témoin.

Le vol ne paraît pas être le mobile du meurtre. En effet, le domicile de la victime n'a apparemment pas été fouillé ; les objets précieux et le portefeuille qui se trouvaient à proximité du corps n'ont pas été touchés, ce qui laisse supposer qu'il pourrait s'agir d'une vengeance personnelle. Le domicile de M. Tamura est situé dans un quartier calme de l'arrondissement de Nakano et les voisins, qui n'ont entendu aucun bruit suspect à l'heure de l'agression, ont du mal à dissimuler leur étonnement. M. Tamura était un homme discret, qui fréquentait peu ses voisins, et aucune personne des alentours n'a remarqué quoi que ce soit d'anormal ce soir-là.

Le célèbre sculpteur vivait avec son fils âgé de quinze ans mais, d'après la femme de ménage, ce dernier n'avait pas été vu au domicile depuis dix jours. L'adolescent étant également absent du collège, la police a lancé un avis de recherche.

M. Tamura possédait un bureau et un atelier à côté de son domicile, et, d'après sa secrétaire, il a continué à travailler normalement à ses créations jusqu'à la veille du meurtre. Le jour des faits, elle a essayé à plusieurs reprises d'appeler à son domicile, pour des raisons professionnelles, mais est tombée chaque fois sur le répondeur.

M. Tamura, originaire du quartier de Kokubunji à Tokyo, a fait ses études au département de sculpture de l'université des beaux-arts de Tokyo. Dès le début, l'originalité de ses œuvres lui a valu d'être remarqué dans le monde de la sculpture où il a été très vite considéré comme un éminent représentant de la nouvelle vague. L'inconscient humain était son sujet de prédilection et son style, aussi innovant qu'audacieux, lui a attiré une solide réputation internationale. Son œuvre la plus connue, la grande série « Les Labyrinthes », explore avec une grande imagination le thème du dédale, de son esthétique et des émotions qu'il suscite. M. Tamura était depuis plusieurs années professeur à l'université de *** et, il y a deux ans, une exposition de ses œuvres avait été présentée au musée d'Art moderne de New York…

J'arrête là ma lecture. À côté de l'article figure une photo du portail de la maison, ainsi qu'un cliché de mon père quand il était plus jeune. Ces deux images donnent une impression assez sinistre. Je plie le journal en quatre, le pose sur la table. Puis, sans rien dire, je presse mes paupières du bout des doigts. Un bourdonnement retentit dans mes oreilles, toujours à la même fréquence. Je secoue la tête plusieurs fois mais je n'arrive pas à m'en débarrasser.

Je suis dans ma chambre. Il est un peu plus de sept heures. Oshima et moi avons fermé la bibliothèque il y a peu de temps. Mlle Saeki venait de partir en faisant ronfler le moteur de sa Golf. Il n'y avait plus qu'Oshima et moi dans la bibliothèque. Ce bruit agaçant continue de me vriller les tympans.

— Le journal date d'avant-hier soir. Quand cet article est paru, tu étais là-haut, à la montagne. En le lisant, je me suis demandé si, par hasard, ce Koichi Tamura n'était pas ton père. Beaucoup de détails concordaient avec le peu que tu m'as raconté. J'aurais dû te montrer le journal hier mais j'ai pensé qu'il valait mieux attendre que tu sois installé ici.

Je fais oui de la tête. Je presse toujours mes doigts sur mes yeux. Oshima s'assied sur le fauteuil pivotant devant le bureau, croise les jambes, me regarde. Il ne dit rien.

— Je ne l'ai pas tué, vous savez.

— Bien sûr que je le sais, dit-il. Le jour où ça s'est passé, tu étais dans cette bibliothèque, et tu as lu jusqu'à l'heure de la fermeture. Tu n'aurais jamais eu le temps de rentrer à Tokyo, tuer ton père et revenir à Takamatsu.

Je n'en suis pas si sûr. La mort de mon père a eu lieu exactement le jour où je me suis réveillé avec une large tache de sang sur mon tee-shirt.

— Cet article dit que la police te recherche en tant que témoin.

Je fais oui de la tête.

— Si tu te présentais à la police et expliquais clairement que tu as un alibi, ce serait beaucoup plus simple que de fuir et de te cacher. Naturellement, je suis prêt à témoigner pour toi.

— Mais si je faisais ça, on me ramènerait à Tokyo.

— J'imagine. Après tout, tu n'as pas fini le collège. À ton âge l'école est encore obligatoire, et tu n'as pas le droit de décider seul de ce que tu fais. En principe, tu dois avoir un tuteur légal.

Je hausse les épaules.

— Je n'ai aucune envie d'expliquer quoi que ce soit à qui que ce soit. Je n'ai pas envie de retourner au collège, et encore moins chez moi à Tokyo.

Oshima me regarde fixement et se tait un moment, puis il dit d'une voix calme :

— C'est à toi de décider. Moi, je pense que chacun a le droit de vivre comme il l'entend. Qu'on ait quinze ans ou cinquante ne change rien à l'affaire. Malheureusement ce n'est pas l'opinion qui prime dans notre société. Supposons que tu choisisses l'option : « Je n'ai pas envie d'expliquer quoi que ce soit à qui que ce soit », cela t'obligera à être sans cesse en cavale, tu devras te cacher non seulement de la police, mais aussi de la société et ça te rendra la vie très dure. Tu n'as que quinze ans et un long avenir devant toi. Ça ne te fait pas peur ?

Je ne dis rien.

Oshima reprend le journal et parcourt de nouveau l'article.

— D'après cet article, tu étais sa seule famille.

— J'ai une mère et une sœur. Mais elles sont parties depuis longtemps, je ne sais pas où elles sont. Même si on les retrouvait, aucune chance qu'elles viennent à l'enterrement.

— Alors, si tu n'es pas là, qui va s'occuper des obsèques, des démarches administratives, tout ça ?

— Comme le dit le journal, mon père avait une secrétaire : c'est elle qui s'occupait de toutes les questions administratives. Elle connaît bien les affaires de mon père, et je suis sûr que, si on la laisse faire, elle s'en tirera très bien. Je n'ai pas l'intention d'hériter quoi que ce soit de mon père. La maison et le reste, ils n'ont qu'à s'en débarrasser, ça ne m'intéresse pas.

Je me dis que la seule chose que j'ai héritée de mon père et que je ne suis pas en mesure de refuser, c'est son ADN.

— Je ne sais pas si mon impression est juste, dit Oshima, mais il me semble que l'assassinat de ton père ne t'attriste pas particulièrement.

— Je regrette ce qui lui est arrivé. Après tout, c'est mon père, nous sommes liés par le sang. Mais pour être honnête, je regrette surtout qu'il ne soit pas mort plus tôt. Je sais que c'est une chose horrible à dire à propos d'un défunt mais…

Oshima secoue la tête.

— Ça ne me choque pas. Dans un moment comme celui-ci, tu as le droit d'être honnête avec toi-même.

— Alors je…

La voix me manque. Les mots que j'ai prononcés se perdent dans le vide, sans trouver leur destination. Oshima se lève, et vient s'asseoir tout près de moi. Alors je recommence à parler :

— Il se passe beaucoup de choses autour de moi. Certaines que j'ai choisies, d'autres non. Mais je ne perçois plus très bien la différence entre les deux. C'est-à-dire, même ce que je crois choisir de ma propre volonté me semble avoir été déterminé d'avance. J'ai l'impression de suivre un chemin que quelqu'un d'autre a déjà tracé pour moi. J'ai beau essayer de comprendre, cela me semble complètement inutile. Ou plutôt, j'ai l'impression que plus je fais d'efforts pour comprendre, moins je suis moi-même. Comme si je m'éloignais de ma propre trajectoire. C'est terrible comme sensation. Cela me fait peur. Rien que d'y penser, je me sens pétrifié.

Oshima pose une main sur mon épaule. J'en sens la chaleur sur ma peau.

— Même si c'est vrai, même si tes choix et tes efforts doivent fatalement se révéler vains, tu seras toujours toi, et personne d'autre. C'est bien toi qui avances et pas un autre. Ne t'inquiète pas.

Je lève les yeux, le regarde. Il a un ton étrangement convaincant.

— Pourquoi en êtes-vous si sûr ?

— À cause de l'ironie.

— L'ironie ?

Il me regarde dans les yeux.

— Écoute-moi bien, Kafka Tamura, le sentiment que tu éprouves actuellement a fait l'objet de nombreuses tragédies grecques. Ce ne sont pas les humains qui choisissent leur destin mais le destin qui choisit les humains. Voilà la vision du monde essentielle de la tragédie grecque. Et la tragédie – d'après Aristote – prend sa source, ironiquement, non pas dans les défauts mais dans les vertus des personnages. Tu comprends ce que je veux dire ? Ce ne sont pas leurs défauts, mais leurs vertus qui entraînent les humains vers les plus grandes tragédies. *Œdipe roi,* de Sophocle, en est un remarquable exemple. Ce ne sont pas sa paresse ou sa stupidité qui le mènent à la catastrophe mais son courage et son honnêteté. Il naît de ce genre de situation une ironie inévitable.

— Alors il n'y a aucune chance d'y échapper.

— Ça dépend des cas. Mais l'ironie donne de la profondeur aux humains, et de la grandeur. Elle leur offre le salut, un salut d'un niveau supérieur, et une sorte d'espérance universelle. C'est pour cela que tant de gens lisent les tragédies grecques aujourd'hui encore. Elles constituent une sorte d'archétype de l'art. Je me répète mais, dans la vie, tout est métaphorique. Personne ne tue réellement son père, personne ne couche réellement avec sa mère, n'est-ce pas ? Nous intégrons l'ironie de la vie grâce à un instrument appelé métaphore. Et c'est comme cela que nous grandissons, que nous devenons plus profonds.

Je me tais. Je suis trop pris par mes propres pensées pour réfléchir à autre chose.

— Est-ce qu'il y a des gens qui savent que tu es à Takamatsu ? demande Oshima.

Je secoue la tête.

— Je suis venu tout seul et de ma propre initiative. Je ne l'ai dit à personne. Personne dans mon entourage n'est au courant.

— Dans ce cas, tu ferais mieux de rester caché dans cette bibliothèque quelque temps. Ne va même pas travailler à la réception. À mon avis, la police ne retrouvera pas ta trace. Et, si besoin était, tu pourrais toujours te réfugier dans la cabane, à Kôchi.

Je le regarde fixement.

— Si je ne vous avais pas rencontré, Oshima-san, je n'aurais pas pu m'en sortir. Seul dans cette ville, sans personne pour m'aider.

Il sourit. Retire sa main de mon épaule et regarde fixement sa paume.

— Je ne crois pas. Si tu ne m'avais pas rencontré, tu aurais trouvé une autre solution. Je ne sais pas pourquoi, mais j'en suis sûr. Quelque chose en toi me pousse à le penser.

Sur quoi, il se lève, m'apporte un autre journal qui était posé sur le bureau.

— À propos, dans le journal d'hier, il y avait aussi cet article. Un petit entrefilet à propos d'un incident tellement étonnant que je l'ai remarqué. Et ça s'est aussi passé assez près de chez toi. Je me demande si c'est une coïncidence.

Il me tend le journal.

DES POISSONS TOMBENT DU CIEL !
2 000 SARDINES ET MAQUEREAUX
DANS UNE RUE COMMERÇANTE DE NAKANO !

Le 29 aux alentours de 18 heures, les habitants du bloc ** de l'arrondissement de Nakano ont eu la surprise de voir quelque deux mille sardines et maquereaux tomber du ciel. Deux ménagères qui faisaient leurs courses dans le quartier ont été légèrement blessées au visage par la chute des poissons, mais aucun blessé grave n'est à déplorer. Le ciel était dégagé à l'heure de l'incident, il n'y avait ni nuages, ni vent. La plupart des poissons, vivants lors de leur chute, étaient encore agités de soubresauts sur la chaussée.

Après avoir lu l'entrefilet, je rends le journal à Oshima. L'article évoque les causes possibles de cette pluie de poissons, mais aucune ne paraît vraiment convaincante. La police explore les pistes d'un canular ou d'un cambriolage. L'institut météorologique n'a pas relevé de conditions atmosphériques susceptibles d'entraîner une pluie de poissons. Le porte-parole du ministère de l'Agriculture, de la Pêche et de l'Industrie n'a pas encore commenté l'événement.

— À ton avis, qu'est-ce qui a bien pu se passer ? me demande Oshima.

Je secoue la tête. Pas la moindre idée.

— Deux mille poissons sont tombés du ciel le lendemain de l'assassinat de ton père, non loin de chez toi. Ça doit être une coïncidence.

— Sans doute.

— Un autre article dans le journal mentionne également une pluie de sangsues sur une aire de repos de l'autoroute Tokyo-Nagoya, qui a entraîné un carambolage sans gravité. Personne ne parvient à expliquer comment des sangsues ont pu se mettre à pleuvoir du ciel. La nuit était claire, il n'y avait pas un nuage. Là non plus, tu n'as aucune idée de ce qui a pu se passer ?

Aucune idée.

Oshima replie le journal.

— Ce qui veut dire qu'une succession d'événements étranges et inexplicables frappe notre pays. Ces événements n'ont certainement aucun lien entre eux, il doit s'agir de simples coïncidences. Mais cela m'intrigue tout de même. Il y a quelque chose qui cloche dans tout ça.

— C'est peut-être une métaphore ?

— C'est possible. Mais de quoi cette pluie de sardines et de maquereaux peut-elle être la métaphore, je te le demande ?

Nous restons silencieux un moment. Alors j'essaie de prononcer des mots que je n'ai pas pu dire depuis longtemps :

— Vous savez, Oshima-san, il y a quelques années, mon père a fait une prédiction.

— Une prédiction ?

— Je n'en ai encore jamais parlé à qui que ce soit. Pour être franc, je pensais que personne ne me croirait.

Oshima ne dit rien, et son silence m'encourage à poursuivre :

— Plus encore qu'une prédiction, c'est peut-être une malédiction. Mon père me l'a répétée je ne sais combien de fois, comme s'il voulait graver chaque mot au burin dans ma conscience.

Je prends une inspiration profonde. Je me répète une nouvelle fois les mots que je dois prononcer, je sais qu'ils sont là, je n'ai pas vraiment besoin de vérifier. Ils ont toujours été là. Mais je dois les soupeser encore une fois. Et je dis :

— *Un jour, tu tueras ton père de tes mains, et tu coucheras avec ta mère.*

Une fois que j'ai prononcé cette phrase avec des mots concrets, réels, je sens un vide naître en moi. Et, au fond de ce vide, j'entends mon cœur battre avec un son creux, métallique. Oshima me regarde un bon moment, sans changer d'expression.

— « Un jour, tu tueras ton père de tes mains, et tu coucheras avec ta mère. » C'est ce que t'a dit ton père ?

Je hoche la tête à plusieurs reprises.

— C'est exactement la prophétie qui a été faite à Œdipe. Tu le sais, j'imagine ?

Je hoche la tête.

— Mais ce n'est pas tout. Il y a un bonus. J'ai une sœur de six ans mon aînée que je ne connais pas, et mon père a dit que je coucherais avec elle aussi.

— Ton père t'a dit ces mots en face ?

— Oui. Mais à l'époque je n'étais encore qu'un enfant et je ne connaissais pas le sens particulier du terme « coucher ». Ce n'est que plusieurs années après que j'ai compris ce que mon père voulait dire.

Oshima reste muet.

— Mon père m'a dit que j'aurais beau faire, je ne pourrais pas échapper à mon destin. Cette prophétie est comme un mécanisme à retardement enfoui dans mes gènes et, quoi que je fasse, elle se réalisera à coup sûr. *Un jour, je tuerai mon père de mes mains, et je coucherai avec ma mère et ma sœur.*

Oshima reste plongé dans le silence, comme s'il inspectait minutieusement chacun des mots que j'ai prononcés pour y chercher des indices.

— Pourquoi, dit-il enfin, pourquoi ton père a-t-il éprouvé le besoin de te faire cette horrible prédiction ?

— Je l'ignore. Il ne m'a pas donné d'explications, dis-je en secouant la tête. Peut-être que c'était une manière de se venger de ma mère et de ma sœur qui nous avaient abandonnés. Ou qu'il voulait les punir à travers moi.

— Même s'il devait te faire du mal pour ça ?

Je hoche la tête.

— Mon père ne m'a jamais considéré que comme un objet, au même titre que ses sculptures, qu'il se sent libre de briser ou de jeter à sa guise.

— Si c'est vrai, c'est drôlement tordu et pervers, dit Oshima.

— Vous savez, Oshima-san, là où j'ai été élevé, tout est tordu. Tout est atrocement tordu et pervers, à tel point que ce qui est droit y semble tordu. J'ai compris ça il y a des années. Mais je n'étais encore qu'un enfant et je n'avais pas d'autre endroit où aller.

— J'ai déjà vu les œuvres de ton père, dit Oshima. C'est un sculpteur de talent. Des œuvres originales, provocantes, fortes. Sans concession. De l'art authentique, sans le moindre doute.

— Peut-être. Mais vous savez, les débris qui restent une fois qu'il a créé une œuvre, ces débris-là sont répandus comme du poison tout autour de mon père, et on ne cesse de s'y heurter. Mon père a sali et blessé tous ceux qui l'entouraient. Je ne sais pas s'il faisait exprès ou non, ou s'il ne pouvait pas faire autrement. Peut-être que ça faisait partie de sa personnalité dès le départ. Et je me demande si, en ce sens, il n'était pas relié à *quelque chose de particulier*. Vous voyez ce que je veux dire ?

— Je crois, oui. *Quelque chose* qui dépasserait la distinction ordinaire entre le bien et le mal. On pourrait dire que ç'a été la source de sa force artistique.

— Et moi, j'ai hérité de lui la moitié de mes gènes. C'est peut-être pour ça que ma mère m'a abandonné. Elle voulait se séparer d'un être né de cette force terrible, un être souillé.

Oshima presse doucement les doigts sur ses tempes en réfléchissant. Puis il me regarde, les paupières plissées.

— Mais il est possible qu'il ne soit pas ton véritable père, non ? Ton père biologique, je veux dire.

Je secoue la tête.

— Il y a quelques années, nous avons fait des examens à l'hôpital. Nous sommes allés tous les deux faire un test ADN. Les résultats ont prouvé qu'il était bien mon père biologique, sans aucun doute possible.

— C'est quelqu'un de circonspect, on dirait.

— Il voulait me prouver que j'étais sa création, quelque chose qu'il pouvait signer comme une de ses œuvres.

Oshima a toujours les doigts appuyés sur ses tempes.

— Mais en fait, la prophétie de ton père ne s'est pas réalisée. Ce n'est pas toi qui l'as tué. Puisque tu étais à Takamatsu à ce moment-là. Quelqu'un l'a tué, mais ce n'était pas toi.

J'ouvre mes mains devant mon visage en silence et les regarde. Ces deux mains sinistres, qui étaient couvertes de sang dans les ténèbres de la nuit.

— Pour être franc, je n'en suis pas si sûr, dis-je.

Et je lui raconte tout. Comment j'ai perdu connaissance pendant quelques heures, l'autre nuit, en rentrant de la bibliothèque. Comment je me suis réveillé dans l'enceinte d'un sanctuaire, avec mon tee-shirt plein de sang. Comment j'ai essayé de nettoyer ces taches dans des toilettes publiques. Je lui explique que je n'ai gardé aucun souvenir de ce qui a pu se passer pendant que j'étais évanoui. Pour que l'histoire ne soit pas trop longue, j'omets de lui raconter que j'ai passé le reste de la nuit chez Sakura. Oshima me pose une question ou deux, pour vérifier quelques détails et assimiler mon récit. Mais il ne fait aucun commentaire.

— Je ne sais pas du tout comment j'ai pu me retrouver avec tout ce sang sur moi, ni à qui il était. Je ne me souviens de rien. Mais ce n'est pas une métaphore. J'ai peut-être bel et bien tué mon père de mes mains. C'est l'impression que j'ai. Bien sûr, je ne suis pas retourné à Tokyo ce jour-là. J'étais à Takamatsu. Mais « la responsabilité commence dans les rêves », n'est-ce pas ?

— Le poème de Yeats, dit Oshima.

— J'ai peut-être assassiné mon père en rêve. J'ai emprunté des circuits particuliers aux rêves et je suis allé le tuer.

— C'est ce que tu crois. En un sens, c'est peut-être une réalité pour toi. Mais la police – et personne d'autre d'ailleurs – ne te poursuivra pas pour responsabilité onirique. Personne n'a le don d'ubiquité. Einstein l'a démontré scientifiquement, c'est une vérité universellement reconnue.

— Je ne parle pas de lois, ni de science.

— Ce dont tu parles, Kafka Tamura, c'est d'une supposition, ni plus ni moins. Une supposition hardie et surréaliste, digne d'un scénario de science-fiction.

— Bien sûr, qu'il s'agit d'une supposition. Je le sais bien. Sans doute que personne ne croira à une hypothèse aussi ridicule. Mais si aucune antithèse ne vient réfuter une hypothèse, aucun progrès scientifique n'est possible. C'est ce que mon père disait toujours. Une antithèse, c'est un champ de bataille dans le cerveau, voilà ce qu'il disait. Il répétait cette phrase comme une litanie. Et pour l'instant, je ne vois pas la moindre antithèse à opposer à cette supposition.

Oshima se tait.

Je ne trouve rien à ajouter non plus.

— C'est pour échapper à cette prédiction que tu as fugué et que tu t'es enfui aussi loin, n'est-ce pas ? finit par dire Oshima.

Je hoche la tête, puis je lui montre le journal plié sur la table.

— Mais on dirait que je ne suis pas parvenu à y échapper.

N'espère pas que la distance résoudra tout, avait fait remarquer le garçon nommé Corbeau.

— Ce qui est sûr, c'est que tu as besoin d'un endroit où te cacher quelque temps, dit Oshima. Je ne sais pas quoi te dire d'autre.

Je me sens terriblement fatigué. Il me semble tout à coup que mes jambes ne me soutiennent plus. Je me laisse aller contre Oshima, qui est assis tout près de moi, et il me serre dans ses bras. J'enfouis mon visage contre sa poitrine plate.

— Vous savez, Oshima-san, je n'ai pas envie de faire ce genre de choses. Je ne voulais pas tuer mon père, et je ne veux pas coucher avec ma mère ou ma sœur.

— Évidemment, dit Oshima en caressant mes cheveux courts. Évidemment. Qui le souhaiterait ?

— Pas même en rêve.

— Ni dans une métaphore. Ou une allégorie. Ou une analogie. (Il fait une pause, puis ajoute au bout d'un moment :) Si tu veux, je resterai ici avec toi cette nuit. Je peux dormir dans un fauteuil.

Mais je refuse. Il me semble que je ferais mieux de rester seul.

Oshima rejette en arrière la mèche qui lui tombe sur le front puis dit après une légère hésitation :

— Je sais que je ne suis qu'un absurde hermaphrodite gay et abîmé, mais si c'est cela qui t'inquiète, je…

— Oh non, ce n'est pas ça du tout. Simplement, je voudrais réfléchir seul cette nuit. Il s'est passé trop de choses ces derniers temps. C'est tout.

Oshima note son numéro de téléphone sur un Post-it.

— Si tu as envie de parler à quelqu'un cette nuit, appelle-moi. J'ai le sommeil léger.

Je le remercie.

Cette nuit-là, j'ai vu un fantôme.

22

Quand le poids lourd qui transportait Nakata entra dans Kobe, il était plus de cinq heures du matin. Il commençait à faire jour, mais les entrepôts étaient encore fermés et le camion ne pouvait pas décharger son fret. Le routier se gara dans une large avenue près du port et décida de faire un petit somme en attendant l'ouverture. Le jeune homme inclina son dossier de façon à pouvoir s'allonger, et bientôt de bienheureux ronflements s'élevèrent de son siège. Nakata ouvrait les yeux de temps en temps à cause de ce bruit, mais il se rendormait aussitôt. L'insomnie était un phénomène dont il n'avait encore jamais fait l'expérience.

Quand le chauffeur se réveilla en bâillant, il était presque huit heures du matin.

— Hé, papi, tu as faim ? demanda-t-il tout en se rasant dans son rétroviseur avec un rasoir électrique.

— Oui. Nakata a un petit creux.

— Allons prendre un petit déjeuner, alors.

Nakata avait passé presque tout le trajet à dormir. Le chauffeur n'avait pratiquement pas dit un mot en conduisant, et avait écouté un programme de radio nocturne. De temps en temps, il fredonnait l'air qui passait à la radio. Nakata ne connaissait pas ces chansons. Il se demandait même si c'était du japonais, car il ne comprenait pas les paroles, tout juste un mot ici ou là. Il sortit de son sac le chocolat et les boulettes de riz offertes par les deux jeunes employées de bureau de Tokyo et les partagea avec le routier.

Ce dernier fumait cigarette sur cigarette – cela l'aidait à rester réveillé, assurait-il –, si bien qu'à l'arrivée à Kobe, les vêtements de Nakata empestaient la fumée.

Nakata descendit du camion avec son sac et son parapluie.

— Hé, tu devrais laisser ça dans le camion, dit le chauffeur, on ne va pas loin et on revient tout de suite après bouffer.

— Oui, vous avez certainement raison, mais Nakata ne se sent pas tranquille sans ses affaires.

— D'accord, fit le chauffeur en plissant les yeux. Après tout, ce n'est pas moi qui les porte, fais comme tu le sens.

— Merci beaucoup.

— À propos, je m'appelle Hoshino. Comme l'ancien manager de l'équipe des Chunichi Dragons. Mais on n'a aucun lien de parenté.

— Enchanté, monsieur Hoshino. Moi je m'appelle Nakata.

— Ça, je le savais déjà.

Hoshino semblait connaître le quartier, et marchait à grandes enjambées devant Nakata, qui était presque obligé de courir pour le suivre. Ils entrèrent dans un petit restaurant situé dans une ruelle. Il était plein de chauffeurs routiers et de dockers, il n'y avait pas une seule cravate en vue. Tous les clients avalaient leur déjeuner en silence, d'un air aussi sérieux que s'ils étaient en train de faire le plein d'essence. On entendait seulement les bruits de vaisselle entrechoquée, les voix des serveuses criant les commandes en direction des cuisines et celle du présentateur qui annonçait les informations à la télé.

Hoshino désigna le menu affiché au mur :

— Prends ce que tu veux, papi. C'est bon et pas cher ici.

— Entendu, fit Nakata qui se mit à regarder fixement le menu. Puis il se souvint qu'il ne savait pas lire.

— Excusez-moi, monsieur Hoshino, mais Nakata n'est pas très intelligent et il ne sait pas lire.

— Waouh ! fit Hoshino, l'air impressionné. Tu ne sais pas lire ? Plutôt rare de nos jours, non ? Enfin, peu importe. Moi, je prends du poisson grillé et une omelette, tu veux la même chose ?

— Nakata adore le poisson grillé et l'omelette.

— Tant mieux.

— J'aime beaucoup l'anguille aussi.

— Moi aussi, j'aime l'anguille, mais c'est pas le genre de trucs qu'on mange le matin.

— C'est vrai, et puis j'en ai déjà mangé hier soir, M. Hagita m'a invité.

— Je suis bien content pour toi ! dit le jeune chauffeur routier. Deux poissons grillés et deux omelettes ! cria-t-il ensuite à l'adresse de la serveuse. Dont une avec double portion de riz.

— Deux poissons grillés, deux omelettes, une double portion de riz ! hurla celle-ci à son tour en direction de la cuisine.

— Ça ne te gêne pas de ne pas savoir lire ? demanda Hoshino.

— Si. Parfois cela m'embarrasse beaucoup. Tant que je ne quitte pas l'arrondissement de Nakano, ça va, mais si je vais un peu plus loin, comme en ce moment, c'est très compliqué pour moi.

— Je te comprends. Kobe, c'est plutôt loin de l'arrondissement de Nakano.

— Nakata ne sait pas où se trouvent le nord et le sud. Il distingue seulement la droite et la gauche. Alors je me perds, et puis je ne peux pas acheter de billets.

— C'est déjà extraordinaire que tu sois arrivé jusqu'ici.

— Oui. Beaucoup de gens très gentils ont aidé Nakata. Vous faites partie de ces gens, monsieur Hoshino. Je ne sais pas comment vous remercier.

— Tout de même, ça doit être drôlement gênant de ne pas savoir lire. Mon grand-père était plutôt gâteux, mais il savait lire.

— Oui. Nakata est particulièrement idiot.

— Tout le monde est comme ça dans ta famille ?

— Non, pas du tout. Un de mes frères cadets est chef dans un bureau du nom d'Itochu, et l'autre est employé au ministère du Comme-herse et de l'Indus-tri.

— Eh ben, fit le jeune homme d'un air admiratif. Ce sont des intellos dans ta famille. Alors, tu es le seul un peu bizarre ?

— Oui. Nakata est le seul à avoir eu un accident et à être idiot. C'est pour ça qu'on me recommande toujours de ne pas trop sortir, pour ne pas causer d'ennuis à mes frères, mes neveux et mes nièces.

— C'est sûr, n'importe qui serait embarrassé de voir quelqu'un dans ton genre débarquer sans prévenir.

— Nakata ne comprend pas les choses compliquées, mais il sait que s'il reste dans l'arrondissement de Nakano, il ne se perd pas. Le préfet s'occupe bien de moi, et puis, je m'entends bien avec les chats. Je vais chez le coiffeur une fois par mois, et de temps en temps je mange de l'anguille. Mais depuis que Johnnie Walken est apparu dans sa vie, Nakata ne peut plus rester à Nakano.

— Johnnie Walken ?

— Oui, il porte un chapeau noir très haut, une redingote et il tient une canne. Il attrape les chats pour voler leurs âmes.

— Laisse tomber. Moi aussi, j'ai du mal à comprendre les histoires trop longues. Bref, il t'est arrivé quelque chose et tu as dû quitter l'arrondissement de Nakano.

— Tout à fait.

— Et où as-tu l'intention d'aller ?

— Nakata ne sait pas très bien. Tout ce qu'il sait, c'est qu'il doit traverser un pont. Un très grand pont qui se trouve près d'ici.

— Tu veux dire que tu vas dans l'île de Shikoku ?

— Excusez-moi, monsieur Hoshino, je ne connais pas bien la géographie. Une fois qu'on a passé le pont, on est dans l'île de Shikoku ?

— Exact. Il n'existe qu'un seul grand pont dans le coin, c'est le viaduc qui passe au-dessus de la mer et mène dans le Shikoku. En fait, il y en a trois. Un qui traverse l'île d'Awajima et conduit à Tokushima. Un autre au sud de Kurashiki, par là, qui va jusqu'à Sakade. Et puis il y en a un qui relie Onomichi à Imabari. Un seul aurait largement suffi, mais les politiciens ont fourré leur nez là-dedans et on s'est retrouvés avec trois viaducs.

Hoshino renversa de l'eau sur la table en résine et traça une carte sommaire du Japon du bout de son doigt.

— Est-ce que ces ponts sont très grands ? demanda Nakata.

— Tu plaisantes ou quoi ? Ils sont immenses.

— Ah bon ? En tout cas, Nakata voudrait traverser l'un d'eux. Le plus proche, peut-être. Pour le reste, on verra quand on y sera.

— Autrement dit, tu ne cherches pas à rejoindre un lieu particulier où des amis ou de la famille t'attendraient ?

— Non. Nakata n'a ni famille ni amis dans le Shikoku.

— Tu veux juste franchir ce pont et continuer ta route ?

— Tout à fait, tout à fait.

— Mais tu ne sais pas où tu vas exactement ?

— Nakata n'en a aucune idée. Mais il pense que quand il sera arrivé, il le saura.

— Je suis scié, dit Hoshino en remettant de l'ordre dans ses cheveux et en vérifiant que sa queue-de-cheval était bien à sa place, avant de reposer sa casquette des Chunichi Dragons sur sa tête.

Les plats qu'ils avaient commandés ne tardèrent pas à arriver et ils se mirent aussitôt à manger.

— Hé, pas mauvaise l'omelette, hein ? Ça c'est de l'omelette façon Kobe. Rien à voir avec les trucs tout plats et sans goût de Tokyo.

Tous deux mangèrent en silence le maquereau grillé au sel, la soupe au miso et aux coques, le navet en saumure, les épinards au sésame, les algues séchées ; ils ne laissèrent pas un grain de riz au fond de leurs bols. Nakata prenait soin de mâcher chaque bouchée trente-deux fois avant de l'avaler, si bien qu'il lui fallut un certain temps pour terminer son repas.

— Tu as assez mangé, papi ?

— Oui. Nakata a vraiment l'estomac plein. Et vous, monsieur Hoshino ?

— Moi aussi, je n'en peux plus. Ça rend heureux, un bon petit déjeuner traditionnel comme ça, non ?

— Oui. Nakata se sent très heureux.

— Hé, tu ne veux pas aller chier un coup ?

— Oui. Maintenant que vous me le dites, je crois que j'irai volontiers.

— Ben vas-y, alors. Les chiottes, c'est par là.

— Et vous, monsieur Hoshino ?

— J'irai tranquillement tout à l'heure, vas-y d'abord.

— Très bien. Merci beaucoup. Nakata va aller faire la grosse commission le premier, dans ce cas.

— Hé ! pas la peine de le claironner aussi fort. Il y a des gens qui mangent autour de nous.

— Oui. Excusez-moi. Nakata n'est pas très intelligent.

— Ouais. C'est pas grave. Bon, alors, tu te décides ?

— Est-ce que je peux me brosser les dents tant que j'y suis ?

— Bien sûr. Lave-toi les dents aussi. On a encore le temps. Mais tu peux laisser ton parapluie ici. Tu vas juste aux toilettes, non ?

— Bon, je laisse mon parapluie, alors.

Quand Nakata revint des toilettes, le jeune routier avait déjà réglé leur note.

— Monsieur Hoshino, Nakata a de l'argent, vous savez. Laissez-moi au moins payer le déjeuner.

Le jeune homme secoua la tête.

— Non, non, c'est rien. J'ai emprunté pas mal de sous à mon grand-père, à l'époque où je faisais des bêtises.

— Mais Nakata n'est pas votre grand-père, monsieur Hoshino.

— C'est pas ton problème, ça. Tu ne peux pas te laisser inviter et la boucler ?

Nakata réfléchit un peu et décida d'accepter l'aimable proposition du jeune homme.

— Merci beaucoup pour ce délicieux repas.

— C'est juste une omelette et du maquereau grillé dans un boui-boui. Pas la peine de me remercier en faisant autant de courbettes.

— Tout de même, monsieur Hoshino, Nakata a profité des bontés de tout le monde depuis son départ de Nakano il et n'a pas encore pu dépenser un seul yen.

— Ça c'est què'que chose, fit Hoshino d'un ton admiratif.

Nakata demanda à une serveuse de remplir de thé sa bouteille Thermos, qu'il rangea ensuite soigneusement dans son sac.

Ils retournèrent vers l'endroit où le camion était garé.

— À propos de ton histoire d'aller dans le Shikoku…

— Oui ? dit Nakata.

— Qu'est-ce que tu vas faire là-bas exactement ?

— Nakata ne sait pas.

— Tu n'as pas de but particulier, tu ne sais même pas où tu vas au juste, pourtant il faut que tu ailles dans le Shikoku ?

— Oui. Nakata doit traverser un grand pont.

— Quand tu l'auras traversé, les choses seront plus claires ?

— Peut-être. Mais je ne peux pas savoir, tant que je ne l'ai pas traversé.

— Hum, fit le jeune homme. Alors, l'important, c'est de franchir ce pont ?

— Oui, c'est très important de le franchir.

— Je suis scié, fit Hoshino en se grattant la tête.

Le jeune routier reprit le volant pour aller décharger les meubles qu'il transportait dans l'entrepôt du grand magasin. Il demanda à Nakata de l'attendre sur un banc, dans un petit parc à côté du port.

— Hé, papi, tu ne bouges pas d'ici, d'accord ? Il y a des chiottes là-bas, avec de l'eau potable si tu veux. Ça suffit à tes besoins, non ? Alors ne t'éloigne pas, sinon, tu risques de te perdre et de ne plus retrouver ton chemin.

— Entendu. Ce n'est pas Nakano, ici.

— C'est sûr. Ce n'est pas Nakano, donc tu restes tranquille et tu ne bouges pas, OK ?

— Compris. Nakata ne bougera pas d'ici.

— Bien. Je reviens dès que j'ai fini de décharger le camion.

Nakata respecta les instructions du chauffeur et ne quitta pas son banc, même pas pour aller aux toilettes. Cela ne lui posait aucun problème de rester longtemps immobile au même endroit. C'était une de ses spécialités.

L'endroit où il était assis donnait sur la mer. Cela faisait longtemps qu'il ne l'avait pas vue. Quand il était petit, il était allé plusieurs fois à la plage avec sa famille. Il avait mis un maillot de bain, avait joué sur le rivage en faisant des éclaboussures et ramassé des coquillages à marée basse. Mais ces souvenirs étaient plutôt flous, comme si cela avait eu lieu dans une autre vie. Et il ne se rappelait pas avoir vu la mer depuis cette époque.

Après l'étrange accident qui avait eu lieu dans les collines de la préfecture de Yamanashi, Nakata était retourné à l'école à Tokyo. Complètement rétabli physiquement, sa mémoire, en revanche, avait été complètement balayée, et il ne put jamais réapprendre à lire ni à écrire. N'ayant pas accès aux manuels scolaires, il ne pouvait pas passer les examens. Il avait oublié la totalité des connaissances acquises jusqu'alors et avait complètement perdu sa capacité d'abstraction. Pourtant, on le laissa continuer sa scolarité jusqu'au bout. Il ne pouvait pas suivre les explications des professeurs, aussi restait-il tranquillement assis dans un coin de la classe. Quand un professeur lui demandait de faire quelque chose, il suivait ses instructions au pied de la lettre. Il ne causait d'ennuis à personne et les professeurs avaient tendance à oublier sa présence. Il était un « invité » dans la classe, jamais un fardeau.

Personne ne se rappelait plus l'excellence de ses résultats jusqu'à son accident, et toutes les activités scolaires se déroulèrent désormais sans sa participation. Mais Nakata ne s'en faisait pas pour ça. S'il n'avait pas d'amis, personne ne l'embêtait non plus et, du moment qu'on ne s'occupait pas de lui, il pouvait rester dans son monde intérieur. Il adorait s'occuper des petits animaux qu'on élevait à l'école – des lapins et une chèvre – et aussi des parterres de fleurs dans la cour. Il aimait également faire le ménage dans les salles de classe. Il s'absorbait dans ces activités, toujours souriant, sans jamais se lasser.

Il n'y avait pas qu'à l'école que sa présence passait désormais inaperçue. Quand ils eurent compris que leur fils ne réapprendrait jamais à lire et ne pourrait pas suivre les cours correctement, les parents de Nakata, obnubilés par l'éducation de leurs enfants, se mirent à l'ignorer et concentrèrent toute leur attention sur leurs fils cadets. Nakata était incapable d'entrer au collège, aussi fut-il envoyé, une fois l'école primaire terminée, chez ses grands-parents maternels, dans la préfecture de Nagano. On l'inscrivit dans une école d'agriculture. Comme il ne savait pas lire, il avait du mal avec la partie théorique de ces études mais aimait beaucoup travailler aux champs. Il aurait peut-être choisi de devenir fermier, si ses camarades de classe ne l'avaient pas autant tourmenté. À la moindre occasion, ils le battaient comme plâtre et le blessèrent si atrocement (allant jusqu'à lui écraser un lobe d'oreille) que ses grands-parents décidèrent de le retirer de l'école. Ils le gardèrent à la maison et le firent participer aux tâches ménagères. Nakata était un enfant calme et obéissant, et ses grands-parents le choyèrent.

C'est vers cette époque qu'il se mit à comprendre le langage des chats. Ses grands-parents en élevaient plusieurs, et Nakata devint très ami avec eux. Au début, il ne pouvait échanger que quelques mots avec eux, mais il développa patiemment ses capacités, comme s'il apprenait une langue étrangère, et parvint bientôt à tenir d'assez longues conversations. Dès qu'il avait du temps libre, il s'installait sur la véranda pour parler avec les chats. Ils lui enseignèrent beaucoup sur la nature et la vie. En fait, c'est d'eux qu'il apprit comment marchait le monde.

À quinze ans, il commença à travailler comme apprenti dans une fabrique de meubles du voisinage. C'était en fait un petit atelier qui fabriquait à la main des meubles artisanaux, chaises, tables, commodes, qui étaient ensuite envoyés à Tokyo. Nakata adorait travailler le bois. Son patron l'appréciait beaucoup, parce qu'il était adroit de ses mains, attentif aux détails, parlait peu et ne se plaignait jamais. Lire un plan ou faire un devis n'était pas son fort mais, à part ces tâches-là, il réalisait habilement tout ce qu'on lui confiait. Une fois qu'il avait compris comment fabriquer un modèle, il était capable de le reproduire parfaitement autant de fois qu'on le lui demandait. Au bout de deux ans d'apprentissage, son patron l'engagea à temps plein.

Nakata travailla dans cette fabrique de meubles jusqu'à ses cinquante ans, sans jamais tomber malade ni avoir le moindre accident. Il ne buvait pas, ne fumait pas, ne se couchait pas tard, ne faisait pas d'excès de nourriture. Il ne regardait pas la télé et n'allumait la radio que pour l'émission de gymnastique du matin. Il se contentait de confectionner des meubles, jour après jour, sans se lasser. Ses grands-parents moururent, ses parents aussi. Tous les gens qui entouraient Nakata l'aimaient bien, même s'il n'avait pas d'amis proches. Personne ne pouvait rien à ça, car la plupart des gens qui essayaient d'engager la conversation avec lui avaient épuisé tous les sujets possibles au bout de dix minutes.

Cependant, cette vie ne rendait pas Nakata malheureux, il ne se sentait pas particulièrement seul. Il n'éprouvait jamais de désir sexuel, ni même simplement l'envie d'avoir quelqu'un près de lui. Nakata savait bien qu'il était différent. Il avait remarqué (même si personne d'autre ne s'en était rendu compte) que son ombre sur le sol était plus légère et plus pâle que celle des autres. Les seuls êtres qui le comprenaient vraiment étaient les chats. Il passait ses journées de congé assis sur un banc à bavarder avec eux. Avec les chats, étrangement, il n'était jamais à court de sujets de conversation.

Nakata avait cinquante-deux ans quand le patron de la fabrique de meubles mourut. L'entreprise ferma aussitôt après. Ce genre de mobilier traditionnel lourd, aux teintes sombres, ne se vendait plus aussi bien que par le passé. Les artisans vieillissaient, et les jeunes prêts à prendre la relève manquaient. La fabrique elle-même, qui, au début, était située au milieu des champs, était maintenant entourée de maisons et les voisins se plaignaient des bruits de scies et de la fumée qui s'élevait quand on brûlait les copeaux de bois. Le fils du patron dirigeait un cabinet de comptabilité en ville, et n'avait bien évidemment aucune intention de prendre la suite de son père. À la mort de ce dernier, il céda donc la fabrique à un agent immobilier. Ce dernier la fit démolir et vendit le terrain à un promoteur, qui y éleva un immeuble de cinq étages. Tous les appartements furent vendus dès le premier jour.

C'est ainsi que Nakata perdit son travail. La fabrique avait laissé des crédits impayés, si bien qu'il n'obtint qu'une maigre retraite. Il ne retrouva pas de travail. Comment un homme ne sachant ni lire ni écrire, incapable de rien faire d'autre que fabriquer des meubles artisanaux, aurait-il pu se recycler à cinquante ans passés ?

Nakata avait travaillé sans relâche pendant trente-sept années de sa vie sans prendre un seul congé, si bien qu'il avait accumulé un petit pécule. Il dépensait très peu, et aurait pu finir confortablement ses jours en vivant de ses économies. Étant illettré, il s'était fait aider par un de ses cousins qui travaillait à la mairie pour ouvrir un compte d'épargne à la Poste. Ledit cousin, un brave homme qui manquait un peu de jugeote, se laissa convaincre par un courtier en immobilier véreux d'investir dans un projet d'immeubles de location dans une station de sports d'hiver, et se retrouva criblé de dettes. À peu près à la période où Nakata perdit son travail, le cousin disparut avec toute sa famille pour échapper à ses créanciers. Apparemment, il avait après lui un groupe mafieux lié à la finance immobilière. Personne ne savait où il était parti. On ignorait même s'il était encore en vie.

Nakata se fit accompagner à la Poste par une de ses connaissances mais, quand il vérifia le montant de ses économies, il découvrit qu'il ne lui restait plus que quelques dizaines de milliers de yens. Même l'argent de sa retraite, qui venait d'être viré sur son compte, s'était envolé. Nakata n'avait vraiment pas eu de chance, c'est le moins qu'on puisse dire. Il se retrouvait sans le sou juste au moment où il perdait son emploi. Tous ses parents compatirent à son malheur, mais eux aussi avaient été victimes des indélicatesses du fameux cousin. Ils lui avaient tous prêté de l'argent, ou servi de caution pour des emprunts. Il ne leur restait pas assez pour venir en aide à Nakata.

Finalement, ce fut l'aîné de ses deux frères qui le fit venir à Tokyo et décida de le prendre provisoirement en charge. Il avait hérité de ses parents un petit immeuble à Tokyo dans l'arrondissement de Nakano divisé en studios qu'il louait à des employés de passage. Il mit un de ces studios à la disposition de Nakata. Il gérait aussi la petite somme d'argent que les parents avaient laissée à Nakata, et fit les démarches nécessaires pour que son frère ait droit à la pension pour handicapés de la préfecture de Tokyo. C'était à peu près tout ce qu'il pouvait faire pour lui. Nakata ne savait ni lire ni écrire, mais il savait se débrouiller seul, du moment que son loyer était payé et qu'il avait un peu d'argent pour régler ses maigres dépenses.

Ses deux frères avaient très peu de contacts avec lui. Ils le virent quelques fois lors de son installation à Tokyo et ce fut tout. Cela faisait trente ans qu'ils ne vivaient plus ensemble, et leurs existences étaient trop différentes. Aucun des frères de Nakata n'éprouvait d'affection particulière pour lui et, par ailleurs, ils étaient bien trop occupés par leurs carrières pour s'occuper d'un frère handicapé.

Cependant, Nakata n'en voulut aucunement à ses frères de le traiter si froidement. Il était habitué à la solitude et se sentait gêné quand les gens s'efforçaient d'être gentils avec lui. Il n'était pas non plus particulièrement en colère contre son cousin qui lui avait volé ses économies de toute une vie. Bien sûr, pour lui, c'était ennuyeux, mais il n'était pas spécialement déçu par l'attitude de son cousin. Il ne savait pas ce qu'était une « station de sports d'hiver », ni ce que signifiait le mot « investissement ». Pas plus ce qu'était un « emprunt ». Il vivait dans son monde à lui, un monde au vocabulaire limité.

Nakata pouvait se faire une idée de la valeur de l'argent jusqu'à cinq mille yens. Au-delà, il ne faisait pas la différence entre dix mille, cent mille ou un million de yens. C'était juste « beaucoup d'argent ». Il avait eu des économies, mais n'avait jamais réellement vu de ses yeux de telles sommes. Il avait seulement entendu les chiffres. On lui disait : « Votre solde se monte à tant » ; or cela restait trop abstrait pour qu'il pût imaginer ce que cela représentait. Il avait beau savoir que ses économies s'étaient évaporées d'un seul coup, il n'éprouvait aucun sentiment de perte.

Il s'installa donc dans le studio prêté par son frère, toucha sa pension tous les mois, reçut une carte de bus, alla parler avec les chats dans les parcs du quartier et mena une petite vie bien tranquille. Ce quartier de Nakano devint son nouvel univers. Comme un chien ou un chat, Nakata avait son territoire, entre les limites duquel il évoluait librement et en dehors desquelles il ne s'aventurait jamais. Il y coulait des jours paisibles, sans frustration, ni colère. Il ne ressentait pas la solitude, ne s'inquiétait pas pour l'avenir, trouvait sa vie parfaitement confortable. Il savourait, paresseusement, minutieusement, chaque jour qui passait. Telle fut sa vie pendant plus de dix ans.

Jusqu'au jour où Johnnie Walken était apparu.

Cela faisait longtemps que Nakata n'avait pas vu la mer – il n'y en avait pas dans l'arrondissement de Nakano. Il se rendit compte pour la première fois que cela faisait vraiment très longtemps qu'il avait perdu le souvenir de ce qu'était la mer. Il n'y pensait même jamais. Il hocha la tête plusieurs fois, comme pour se confirmer à lui-même ce qu'il venait de se dire. Il ôta son bonnet, frotta du plat de la main sa chevelure poivre et sel, remit son couvre-chef et contempla à nouveau la mer. Tout ce qu'il en savait, c'est qu'elle était très vaste, très salée et que des poissons vivaient dedans.

Assis sur son banc, il respira le vent marin, regarda les mouettes planer dans le ciel, admira les bateaux amarrés dans le port. Il ne se lassait pas de ce spectacle. De temps en temps, une mouette toute blanche volait dans la direction du parc et venait se poser sur la pelouse verte de ce début d'été. Nakata trouvait cette combinaison de couleurs magnifique. Il s'avança à la rencontre d'une des mouettes, et essaya d'engager la conversation, mais l'oiseau se contenta de lui jeter un regard glacé. Il n'y avait pas le moindre chat à l'horizon. Les seuls animaux visibles dans ce parc étaient des mouettes et des moineaux. Au moment où Nakata sortait sa Thermos de son sac pour boire un peu de thé, de grosses gouttes de pluie se mirent à tomber ; il ouvrit le parapluie qu'il avait précieusement gardé près de lui.

Lorsque Hoshino revint le chercher, un peu avant midi, il avait cessé de pleuvoir. Nakata était assis sur son banc, le parapluie replié, exactement tel qu'Hoshino l'avait quitté quelques heures plus tôt et il regardait la mer. Le jeune routier avait dû garer son camion quelque part, car il arriva en taxi.

— Hé, excuse-moi, j'ai été retardé.

Il avait un sac marin en plastique sur l'épaule.

— J'aurais dû terminer avant, mais il y a eu un tas de complications. Dans les entrepôts des grands magasins, il y a toujours un type pour venir te casser les pieds.

— Cela ne fait rien. Nakata ne s'est pas ennuyé. Il est resté là tout le temps à regarder la mer.

— Eh ben ! fit Hoshino, en jetant un coup d'œil au panorama que Nakata contemplait.

Il n'y avait rien d'autre à voir qu'une jetée délabrée et une mer sur laquelle luisaient des flaques de pétrole.

— Voilà longtemps que Nakata n'avait pas vu la mer.

— Ah bon ?

— La dernière fois, j'étais à l'école primaire. Je suis allé sur une plage qui s'appelait Enoshima.

— Ça doit faire un sacré bout de temps.

— À cette époque, le Japon était occupé par l'Amérique et il y avait plein de soldats américains sur la plage d'Enoshima.

— C'est pas vrai ?

— Si.

— Arrête ton char. Pourquoi l'Amérique aurait-elle occupé le Japon ?

— C'est trop compliqué pour Nakata. Mais l'Amérique avait des avions qui s'appelaient des B29, et qui lâchaient des tas de bombes sur Tokyo. Et Nakata est allé dans la préfecture de Yamanashi, c'est là qu'il est tombé malade.

— Eh ben ! Laisse tomber, va. Les histoires trop longues, ça me fatigue. Allons-y. Le déchargement m'a pris plus longtemps que prévu, et si on traîne il va faire nuit.

— Où allons-nous ?

— Dans le Shikoku, pardi ! On va traverser le pont. C'est bien ce que tu voulais, non ?

— Oui. Mais votre travail ?

— T'occupe. Mon boulot, je trouverai toujours un moyen de le faire. J'ai trop travaillé ces derniers temps, je pensais justement prendre un peu de vacances. J'ai encore jamais mis les pieds dans le Shikoku, j'ai bien envie de voir à quoi ça ressemble. Et pour toi, papi, c'est plus commode d'être avec moi, non ? Tu ne sais pas lire, tu ne peux pas acheter tes billets tout seul, pas vrai ? Peut-être que ça te dérange que je vienne avec toi ?

— Pas du tout, cela ne dérange pas du tout Nakata.

— Alors, c'est décidé, on part ensemble dans le Shikoku ! J'ai pris les horaires de car.

23

Cette nuit, j'ai vu un fantôme.

Je ne sais pas si je dois appeler ça un fantôme. En tout cas, ce n'est pas un être vivant, mais une créature sans substance qui n'appartient pas au monde réel. Il suffit d'un regard pour s'en rendre compte.

La sensation d'une présence me réveille brusquement, et je vois cette adolescente. On est au milieu de la nuit, mais la chambre est étrangement claire. Des rayons de lune pénètrent par la fenêtre. J'avais pourtant bien fermé les rideaux avant de me coucher ; à présent, ils sont grands ouverts. La silhouette de la jeune fille se découpe nettement dans le clair de lune, lavée par cette lumière lunaire blanche comme de l'os.

Elle doit avoir à peu près mon âge, quinze ou seize ans. Je dirais plutôt quinze. Il y a une grande différence entre quinze et seize ans. Elle est petite et frêle, mais son maintien, n'évoque pas la faiblesse. Ses cheveux raides lui tombent dans le cou. Elle a une frange. Elle porte une robe bleu clair évasée, qui lui arrive aux genoux. Elle est pieds nus. Les boutons de manchettes de sa robe sont soigneusement fermés. Un décolleté rond met son joli cou en valeur.

Elle est assise devant le bureau, regarde un point sur le mur. Elle semble rêvasser, comme si elle se remémorait des souvenirs récents et agréables. De temps à autre, une esquisse de sourire apparaît sur ses lèvres. Cependant, comme elle est à contre-jour dans le clair de lune, je n'arrive pas à distinguer les nuances de son expression. Je fais semblant de dormir. Quoi qu'elle fasse, je ne veux pas la déranger. Je retiens mon souffle, essaie de ne pas faire remarquer ma présence.

Je suis sûr que cette fille est un fantôme. D'abord, elle est trop belle. Non seulement elle a un visage sublime, mais tout en elle est trop parfait pour qu'elle soit réelle. On la croirait sortie d'un rêve. La pureté de sa beauté éveille en moi une émotion proche de la tristesse – un sentiment très naturel, mais que seul quelque chose d'extraordinaire peut susciter.

Enveloppé dans mes couvertures, je retiens mon souffle. Elle est immobile, une joue dans la main, le coude sur le bureau. De temps à autre, son menton change de position, elle modifie imperceptiblement l'angle de sa tête. Tout près de la fenêtre, le tronc d'un gros cornouiller luit paisiblement dans la nuit. Le vent est tombé. Aucun son ne parvient à mes oreilles. Comme si j'étais mort et que je ne m'en sois pas rendu compte. C'est ça : je suis mort, et cette fille et moi sommes tous les deux au fond d'un profond lac de cratère.

Soudain, elle ôte la main de sa joue, pose ses deux paumes sur ses genoux. Au bas de sa jupe, on distingue deux petits genoux, serrés l'un contre l'autre. Alors, comme si une idée lui était venue à l'esprit, son regard se détache du mur, elle pivote et regarde dans ma direction. Elle porte la main à son front, touche la frange qui tombe sur ses yeux. Ses doigts fins d'adolescente restent posés quelque temps sur son front comme si elle essayait de se rappeler quelque chose. *Elle me regarde.* Mon cœur bat avec un bruit sec. Mais, chose surprenante, je n'ai pas l'impression qu'elle me voit. Peut-être que ce n'est pas moi qu'elle regarde, plutôt quelque chose derrière moi.

Tout est calme au fond du lac de cratère où nous avons sombré tous les deux. Le volcan n'est plus en activité depuis longtemps. La solitude s'est accumulée sur ce lieu comme une douce coulée de boue. Le peu de lumière qui traverse l'eau éclaire d'une lumière blanche les recoins, tels des vestiges de souvenirs lointains. Dans ces profondeurs, on ne trouve pas de signe de vie. Pendant combien de temps m'a-t-elle regardé ou a-t-elle regardé dans ma direction ? Je me rends compte que la loi du temps ne s'applique plus ici. Ici le temps s'étire, ou stagne, selon les circonstances. Tout à coup, la jeune fille se dresse sur ses jambes minces et se dirige vers la porte d'un pas silencieux. La porte ne s'ouvre pas. Mais elle disparaît à travers.

Je reste immobile au fond de mon lit. Je garde les yeux entrouverts, je ne fais pas un geste. *Elle va peut-être revenir.* Je voudrais qu'elle revienne. Mais j'ai beau attendre, elle ne réapparaît pas. Je soulève la tête pour jeter un regard sur les aiguilles fluorescentes du réveil à mon chevet : 3 h 25. Je me lève, effleure la chaise sur laquelle elle était assise. Je ne sens aucune chaleur. J'inspecte le bureau : n'aurait-elle pas laissé ne serait-ce qu'un cheveu ? Mais je ne trouve rien. Je m'assieds sur cette chaise, me masse les joues et pousse un long soupir.

Je n'arrive pas à me rendormir. J'éteins et m'enfonce sous les couvertures. Impossible de dormir. Je prends conscience que je suis étrangement attiré par cette fille. J'ai ressenti dès que je l'ai vue un sentiment inconnu, quelque chose de fort, de violent qui naissait dans mon cœur, s'y enracinait et grandissait. Mon cœur, enfermé dans la tiédeur de ma cage thoracique, se dilate et se contracte, encore et encore.

Je rallume la lumière, m'assieds sur le lit en attendant l'aube. Je n'arrive pas à lire ni à écouter de la musique. *Je ne peux rien faire.* Je ne peux que rester assis là, à attendre le matin. Quand le ciel commence à blanchir, je parviens enfin à dormir un peu. Je crois que j'ai pleuré dans mon sommeil, parce que l'oreiller est froid et humide quand je me réveille. Mais j'ignore pourquoi j'ai versé ces larmes.

Peu après neuf heures, j'entends le bruit de la Mazda d'Oshima. Ensemble nous préparons l'ouverture de la bibliothèque. Ensuite, je m'apprête à lui faire un café. Il m'explique la méthode pour qu'il soit bon. Il faut moudre les grains à la main, au moulin, faire bouillir de l'eau dans un récipient spécial à col étroit, laisser reposer un peu, puis mettre la poudre dans un filtre à café et verser l'eau dessus en prenant son temps, tout son temps. Une fois le café prêt, Oshima y ajoute un tout petit peu de sucre – une pincée symbolique. Il ne met pas de crème.

— C'est la meilleure façon de boire le café, affirme-t-il.

De mon côté, je me prépare un Earl Grey. Oshima porte une chemise marron satinée à manches courtes et un pantalon de lin blanc. Il essuie ses lunettes à l'aide d'un mouchoir propre qu'il sort de sa poche et me regarde.

— On dirait que tu n'as pas assez dormi.

— Je voudrais vous demander quelque chose.

— Vas-y.

— J'aimerais écouter *Kafka sur le rivage*. Pourriez-vous trouver le 45 tours ?

— Tu ne préfères pas un CD ?

— J'aimerais mieux un microsillon. Je voudrais l'écouter avec le son d'origine. Pour ça, il faudrait aussi un tourne-disque.

Oshima réfléchit, un doigt posé sur la tempe.

— Je crois bien qu'il y a une vieille chaîne stéréo dans la réserve. Mais je ne sais pas si elle fonctionne encore.

La réserve est une petite pièce donnant sur le parking, seulement éclairée par une lucarne haute. Divers objets, datant de différentes périodes, y sont conservés dans l'anarchie la plus complète : il y a là des meubles, de la vaisselle, des magazines, des tableaux. Certains ont sans doute de la valeur mais la plupart ne valent pas un clou, à mon avis.

— Il faudrait s'occuper de ranger tout ça un jour, mais personne n'en a eu le courage jusqu'à maintenant, remarque sombrement Oshima.

Dans cette pièce où le temps semble s'être arrêté, nous découvrons une ancienne chaîne stéréo Sansui. Elle est encore en bon état mais vingt-cinq ans au moins ont dû s'écouler depuis l'époque où ce modèle représentait le *nec plus ultra* du modernisme. L'appareil est recouvert d'une fine couche de poussière. Il y a un amplificateur, un tourne-disque, des écouteurs et, à proximité, une collection d'une trentaine de vieux 33 tours des années soixante : les Beatles, les Rolling Stones, les Beach Boys, Simon & Garfunkel, Stevie Wonder. Je sors les disques de leurs pochettes. Celui ou celle qui les écoutait devait en prendre soin : ils n'ont pas une seule rayure ni une trace de moisissure.

Je découvre aussi une guitare dans le débarras. Elle a encore ses cordes. Il y a un tas de vieux magazines inconnus, et une raquette de tennis à l'ancienne mode. On dirait les vestiges d'un passé complètement révolu, et en même temps pas si lointain.

— Les disques, la guitare et la raquette de tennis appartenaient au petit ami de Mlle Saeki, m'explique Oshima. Comme je te l'ai déjà dit, il habitait dans ce bâtiment. Après sa mort, on a dû mettre toutes ses affaires en vrac dans cette pièce. La chaîne stéréo a l'air de dater d'une époque un peu plus récente.

Nous transportons la platine et les disques jusqu'à ma chambre. Nous la dépoussiérons, branchons la prise, connectons le tourne-disque à l'amplificateur et le branchons également. Le témoin vert de l'amplificateur s'allume et le tourne-disque se met à tourner doucement. Après avoir vérifié que l'aiguille de la tête de lecture est en bon état, je dépose un vinyle rouge sur le plateau : *Sergent Pepper's Lonely Hearts Club Band*, et la fameuse intro à la guitare sort du haut-parleur. Le son est beaucoup plus net que je l'avais imaginé.

— Le Japon a bien des problèmes mais il faut lui reconnaître son génie technique, dit Oshima, impressionné. Cette stéréo n'a pas dû être utilisée depuis bien longtemps, et elle a un son impeccable !

Nous écoutons *Sergent Pepper's Lonely Hearts Club Band* un moment. J'ai l'impression d'entendre une musique différente de la version CD que je connaissais jusqu'ici.

— Nous avons un appareil pour l'écouter, dit Oshima mais il n'est pas sûr que nous puissions trouver un exemplaire du 45 tours de *Kafka sur le rivage*. C'est devenu une rareté. Je demanderai à ma mère si elle en a gardé un exemplaire. Sinon, elle pourrait connaître quelqu'un qui l'a.

Je hoche la tête.

Oshima dresse son index comme un prof qui avertit un de ses élèves.

— Je te l'ai déjà dit mais, surtout, ne mets pas ce morceau quand Mlle Saeki est là. Quoi qu'il arrive. C'est bien clair ?

Je fais oui de la tête.

— C'est comme dans le film *Casablanca*, ajoute Oshima, qui se met à fredonner le début de *As Time Goes by*. « Joue tout ce que tu veux, sauf ce morceau. »

Je me risque à poser la question qui me brûle les lèvres :

— Dites, Oshima-san, je voulais vous demander : est-ce qu'une fille d'une quinzaine d'années fréquente cet endroit ?

— *Cet endroit,* tu veux dire la bibliothèque ?

J'acquiesce. Il penche un peu la tête, réfléchit un moment.

— Pas que je sache, dit-il. Il n'y a pas de fille de quinze ans par ici, du moins à ma connaissance. (Puis il me dévisage comme s'il regardait une pièce à travers une fenêtre :) Pourquoi cette énigmatique question ?

— J'ai cru apercevoir une fille de mon âge l'autre jour, dis-je.

— Quand ça, *l'autre jour ?*

— Hier soir.

— Hier soir, tu as vu une jeune fille ici ?

— Oui.

— Comment était-elle ?

Je rougis un peu.

— Je ne sais pas, une fille comme les autres, avec des cheveux jusqu'aux épaules, et une robe bleue.

— Elle était jolie ?

Je hoche la tête.

— C'était peut-être une hallucination née de tes fantasmes, dit-il en souriant. Le monde est plein de phénomènes étranges. Des visions de ce genre n'ont rien d'anormal de la part d'un hétéro en pleine force de l'âge.

Je me rappelle qu'Oshima m'a vu nu dans la montagne, et je rougis encore plus.

Pendant la pause-déjeuner, Oshima me tend discrètement une enveloppe blanche dans laquelle je trouve le 45 tours de *Kafka sur le rivage*.

— J'avais raison, ma mère l'avait. Et en cinq exemplaires ! Elle garde toujours tout, elle est incapable de jeter quoi que ce soit. Une habitude insupportable la plupart du temps, mais pour une fois appréciable.

— Merci.

Je retourne dans ma chambre, sors le disque de l'enveloppe. Il n'a jamais dû être écouté car il paraît étrangement neuf. J'examine la pochette. On y voit une photo de Mlle Saeki à dix-neuf ans. Elle est assise devant le piano du studio d'enregistrement et regarde droit vers l'objectif. Elle a une joue posée dans la main, le coude sur le pupitre, et penche légèrement la tête, esquissant un sourire timide mais plein de naturel. De petites lignes charmantes se dessinent aux coins de ses lèvres fermées. Elle n'est pas maquillée, apparemment.

Une barrette en plastique retient sa frange, l'empêchant de tomber sur son front. Le bout de son oreille droite pointe entre ses cheveux. Elle est vêtue d'une courte robe bleu pâle, évasée, et porte pour seul bijou un bracelet en argent au poignet gauche. Une paire de magnifiques sandales est jetée au pied du tabouret du piano, et les jolis pieds de Mlle Saeki sont nus.

On dirait qu'elle symbolise quelque chose. Une époque, un lieu. Et aussi un certain état d'esprit. Elle a l'air d'une fée qu'un heureux coup de baguette du destin aurait fait apparaître. Une naïveté, une innocence intemporelle et vulnérable flotte autour d'elle comme des spores dans l'air printanier. Sur cette photo, le temps est arrêté. 1969... C'était bien avant ma naissance.

Naturellement, je savais que l'adolescente qui avait visité cette chambre hier soir n'était autre que Mlle Saeki. Je l'ai toujours su, je voulais juste le vérifier.

Elle a dix-neuf ans sur la photo, et fait plus adulte, plus mûre, qu'à quinze ans. Les contours de son visage sont plus anguleux. Elle semble plus sûre d'elle aussi. Mais globalement, elle est la même qu'à quinze ans. Son sourire est exactement celui de l'adolescente que j'ai vue hier, jusque dans sa façon de poser la joue dans sa main et de pencher la tête. Et la femme d'aujourd'hui a conservé cette même physionomie, cette étrange aura. Je vois dans ses expressions et ses gestes la jeune fille qu'elle était à quinze et à dix-neuf ans. Ses traits réguliers et son air de fée détachée de la réalité sont toujours là. Et je constate avec ravissement que même sa silhouette a à peine changé.

Cependant, la photo de la pochette du disque a gardé une trace d'une chose que la femme mûre a définitivement perdue : une sorte de jaillissement d'énergie. Pas quelque chose d'éclatant, non. Un appel transparent et discret qui va droit au cœur, comme de l'eau jaillissant d'entre les rochers. L'éclat de cette force illumine la jeune fille assise devant le piano. Derrière son sourire, on entrevoit le beau chemin qu'emprunte le cœur des gens heureux. Comme lorsqu'on garde derrière les paupières la trace des lueurs que dessinent les lucioles dans l'obscurité.

La pochette à la main, je reste assis sur le lit, sans penser à rien, laissant le temps passer. Puis je rouvre les yeux, me dirige vers la fenêtre, inspire l'air de dehors. Le vent sent la marée. C'est le vent qui traverse la pinède au bord de la mer. La vraie Mlle Saeki est bien vivante. C'est une femme de plus de cinquante ans, qui mène une vie réelle dans un monde réel. En ce moment même, elle doit être en train de travailler à son bureau, au premier étage, comme d'habitude. Il me suffit de quitter cette pièce et de monter l'escalier, et je la verrai. Je pourrai parler avec elle. *Et pourtant*, la jeune fille que j'ai vue ici est son fantôme. Personne n'a le don d'ubiquité, a dit Oshima. Pourtant, dans certains cas, cela se produit. J'en ai la conviction. De son vivant, un être humain peut devenir un fantôme.

L'autre fait important et incontestable, c'est que je suis attiré par ce fantôme. Je suis attiré non par Mlle Saeki mais par le fantôme de celle qu'elle était à quinze ans. Et avec une telle force que je ne peux l'exprimer avec des mots. Mais cela est indéniable. Si cette adolescente n'est pas un être réel, c'est pourtant mon cœur réel qui bat si fort dans ma poitrine. Tout comme était réel le sang sur ma poitrine, ce soir-là.

Quand l'heure de la fermeture approche, Mlle Saeki descend de son bureau. J'entends ses hauts talons résonner sur les marches. Je sens mes muscles se raidir à sa vue, et les battements de mon cœur résonner dans mon corps. Je distingue en elle la silhouette de la fille de quinze ans. Comme un petit animal en hibernation, endormi et roulé en boule dans un creux à l'intérieur d'elle. Je la vois.

Mlle Saeki me demande quelque chose. Je suis incapable de répondre. Je ne comprends même pas sa question. Je l'entends, naturellement : les mots vibrent dans mes tympans, transmettent à mon cerveau un message aussitôt converti en langage. Mais les mots sont déconnectés de leur sens. Complètement décontenancé, je rougis, et finis par émettre quelques syllabes incohérentes. Oshima intervient et répond à ma place. J'opine du bonnet. Mlle Saeki sourit, nous dit au revoir, et rentre chez elle. J'écoute le bruit du moteur de sa Golf qui quitte le parking, s'éloigne et disparaît. Oshima reste encore un peu pour m'aider à fermer la bibliothèque.

— Serais-tu tombé amoureux par hasard ? demande-t-il. Tu m'as l'air extrêmement distrait.

Ne sachant que répondre, je me tais. Au bout d'un moment, je dis :

— Oshima-san, c'est un peu bizarre comme question, mais est-ce qu'il peut arriver qu'une personne devienne un fantôme de son vivant ?

Oshima, qui était en train de ranger le dessus de son bureau, s'interrompt pour me regarder.

— C'est une question très intéressante. De quel point de vue : littéraire, métaphorique en somme ? psychologique ? ou est-ce une question plus terre à terre ?

— Plutôt terre à terre, je crois.

— En partant du principe que les fantômes existent réellement ?

— Oui.

Oshima ôte ses lunettes, les essuie avec un mouchoir, les repose sur son nez.

— On les appelle les « esprits vivants ». Je ne sais pas comment cela se passe dans les autres pays mais au Japon, ce genre de phénomène est fréquemment évoqué dans la littérature. Le *Dit du Genji*, par exemple, regorge d'esprits vivants. À l'ère Heian, ou en tout cas dans le monde mental de cette époque, les gens pouvaient se transformer dans certains cas en esprits vivants. Ils avaient alors le pouvoir de se déplacer dans l'espace et d'accomplir ce qu'ils souhaitaient. Tu as lu le *Dit du Genji* ?

Je secoue la tête.

— Il en existe plusieurs versions en langage moderne à la bibliothèque, je t'encourage à en lire une. Dame Rokujo-no-Miyasudokoro, par exemple, une des amantes du prince Genji, éprouvait une si violente jalousie envers Aoi, l'épouse officielle du prince, qu'elle se transforma en démon et prit possession de l'esprit de sa rivale. Elle l'attaquait nuit après nuit dans sa chambre, et finalement elle la tua. Dame Aoi portait l'enfant du prince Genji, et cette nouvelle avait exacerbé la haine de dame Rokujo. Le prince Genji fit appel à des moines bouddhistes pour l'exorciser, en vain. La volonté de cet esprit était trop forte, il était impossible de lui résister.

» Mais le point le plus intéressant dans cette histoire, c'est que dame Rokujo ne savait absolument pas qu'elle était devenue un esprit vivant. Elle faisait des cauchemars qui la réveillaient, et elle découvrait alors, déconcertée, que ses longs cheveux noirs sentaient la fumée. C'était la fumée qui s'élevait du petit bois liturgique que les moines faisaient brûler pour délivrer dame Aoi de l'esprit néfaste. Sans s'en rendre compte, dame Rokujo se transportait dans l'espace, traversant le tunnel de son inconscient, pour se rendre dans la chambre de sa rivale. C'est une des scènes les plus lugubres et les plus fascinantes du *Dit du Genji*. Par la suite, dame Rokujo apprend le crime qu'elle a commis à son insu et, prise d'un profond remords, elle se coupe les cheveux et entre en religion.

» Ce qu'on nomme l'univers du surnaturel n'est autre que les ténèbres de notre propre esprit. Bien avant que Freud ou Jung fassent au XIXe siècle la lumière sur le fonctionnement de l'inconscient, les gens avaient déjà instinctivement établi une corrélation entre l'inconscient et le surnaturel, ces deux mondes obscurs. Ce n'était pas une métaphore. D'ailleurs, si on remonte encore plus loin, ce n'était même pas une corrélation. Jusqu'à ce qu'Edison découvre la lumière électrique, la majeure partie de la planète était plongée dans un noir d'encre. Aucune frontière ne séparait l'obscurité physique, extérieure, de l'obscurité intérieure de l'âme. Elles étaient mêlées sans qu'il soit possible de les distinguer. (Oshima colle ses paumes l'une contre l'autre.) À l'époque où vivait Murasaki Shikibu, l'auteur du *Dit du Genji*, les « esprits vivants » étaient à la fois un phénomène surnaturel et une forme naturelle de l'esprit. Il était sans doute impossible aux gens de l'époque de penser en termes différents ces deux mondes de ténèbres. Aujourd'hui, il en va autrement. Les ténèbres extérieures se sont dissipées, mais les ténèbres intérieures demeurent. Ce que nous appelons ego ou conscience est la partie émergée de l'iceberg : la partie la plus importante reste plongée dans le royaume des ténèbres et c'est là que gît la source des contradictions et des confusions profondes qui nous tourmentent.

— Autour de votre cabane de montagne, il y avait de véritables ténèbres.

— Exactement. Les véritables ténèbres existent encore là-bas. Je m'y rends parfois uniquement dans le but de les contempler.

Je lui demande alors :

— Est-ce toujours une émotion négative qui cause l'apparition de ces esprits vivants ?

— Je suis loin d'être un expert en la matière, mais, à ma connaissance, il semble bien que, dans la plupart des cas, ils naissent d'émotions négatives. Chez la plupart des gens, les sentiments intenses sont à la fois très individualistes et très négatifs. Et les « esprits vivants » apparaissent spontanément à la suite de ces émotions violentes. C'est regrettable mais il n'existe aucun exemple de personne s'étant transformée en « esprit vivant » dans le but d'apporter la paix à l'humanité ou dans un dessein rationnel.

— Et dans un dessein amoureux ?

Oshima s'assit sur une chaise pour réfléchir.

— C’est une question difficile. Tout ce que je peux te dire, c’est que je n’ai jamais rencontré d’exemple concret de ce type. Il y a par exemple un récit appelé « La promesse du chrysanthème » dans *les Contes de pluie et de lune*. Tu as lu ce livre ?

— Non.

— Ueda Akinari a écrit *Contes de pluie et de lune* durant l’ère Edo mais il a placé l’action de ces récits un peu plus tôt, à l’époque des Provinces combattantes. Ueda avait des tendances quelque peu rétro, il avait la nostalgie du passé. C’est l’histoire de deux guerriers qui se lient d’amitié et se jurent une fidélité fraternelle – un lien très important pour les samouraïs parce que être frères signifie être prêt à sacrifier sa vie pour l’autre. Les deux amis étaient chacun au service d’un seigneur différent. L’un d’eux écrivit à l’autre qu’il lui rendrait visite au moment de la floraison des chrysanthèmes, quoi qu’il advienne. L’ami répondit qu’il l’attendrait. Mais le premier se trouva pris dans un conflit de son fief et fut mis aux arrêts par son seigneur. Il ne pouvait plus ni sortir ni même envoyer de lettre à l’extérieur. L’été s’acheva, l’automne vint, et avec lui la saison de la floraison des chrysanthèmes. Le samouraï ne pouvait honorer sa promesse. Or, pour un samouraï, une promesse est la chose la plus importante qui soit. Son honneur compte plus que sa propre vie. Le samouraï se fit donc hara-kiri et, devenu un esprit, parcourut les mille li qui le séparaient de la demeure de son ami. Ils parlèrent tout leur content en contemplant les chrysanthèmes, puis l’esprit disparut de la surface de la terre. C’est un très beau récit.

— Mais il a dû mourir pour devenir un esprit.

— Oui. Il a sacrifié sa vie pour son ami, au nom de l’honneur et de l’amitié, et il est devenu esprit. Pour ce que j’en sais, ceux qui se transforment en esprits de leur vivant le font toujours pour des motivations misérables. Leurs pensées sont toujours négatives.

Je réfléchis un moment à ça.

— Comme tu le dis, il peut y avoir des exemples de gens qui se sont transformés en esprits vivants par amour. Je n'ai pas fait de recherches détaillées sur la question mais ça peut arriver. On dit que l'amour peut rebâtir le monde, alors tout est possible.

Je lui demande :

— Dites, Oshima-san, vous êtes déjà tombé amoureux ?

Il me regarde d'un air stupéfait.

— Allons bon ! De quoi crois-tu que je sois fait ? Je ne suis pas une méduse, ni un bâton de genévrier. Je suis un être de chair et d'os. Évidemment que je suis déjà tombé amoureux !

— Ce n'est pas ce que je voulais dire, dis-je en rougissant.

— Je sais bien, répond-il en me souriant gentiment.

Après le départ d'Oshima, je retourne dans ma chambre, allume la stéréo et mets *Kafka sur le rivage* sur la platine. J'abaisse l'aiguille sur le disque, et j'écoute la chanson, tout en lisant les paroles sur la pochette.

Tu es assis au bord du monde,
et moi dans un cratère éteint.
Debout dans l'ombre de la porte,
il y a des mots qui ont perdu leurs lettres.

La lune éclaire un lézard endormi,
de petits poissons tombent du ciel.
Derrière la fenêtre il y a des soldats
résolus à mourir.

Refrain :
Kafka est au bord de la mer
assis sur un transat.
Il pense au pendule qui met le monde en mouvement.

Quand le cercle du cœur se referme,
l'ombre du Sphinx immobile se transforme en cou-
[teau
qui transperce les rêves.

Les doigts de la jeune noyée
cherchent la pierre de l'entrée.
Elle soulève le bord de sa robe d'azur
et regarde Kafka sur le rivage

J'écoute ce disque trois fois de suite. Comment une chanson avec des paroles pareilles a-t-elle pu devenir un tube vendu à des millions d'exemplaires ? Sans aller jusqu'à dire qu'elles sont totalement incompréhensibles, on peut affirmer qu'elles sont pour le moins abstraites et surréalistes. En tout cas, pas exactement le genre de paroles que tout le monde retient et se met à fredonner d'emblée. Mais quand on les a écoutées plusieurs fois, elles commencent à renvoyer un écho familier. Un à un, les mots se fraient un chemin jusqu'à mon cœur. C'est une sensation bizarre. Par-delà les mots, des images surgissent dans mon esprit comme des figures découpées au pochoir, et se mettent à exister par elles-mêmes comme si j'étais plongé dans un rêve.

Pour commencer, la mélodie est sublime. Simple, sans ostentation. Les paroles et la voix de Mlle Saeki se fondent en une harmonie parfaite. Il lui manque la puissance vocale et la technique d'une chanteuse professionnelle, mais sa voix lave doucement ma conscience, comme une pluie de printemps les pierres d'un jardin. Elle s'accompagne au piano et quelques arrangements de cordes et de hautbois ont été ajoutés. La simplicité de ces arrangements, assez rare à l'époque, est peut-être due à une question de budget, mais elle confère à l'ensemble une fraîcheur supplémentaire.

Deux accords inhabituels apparaissent lors du refrain. Les autres instruments à cordes n'ont rien d'exceptionnel, mais ceux-ci sont différents. Au début, je suis déconcerté. En exagérant un peu, je pourrais presque dire que je me sens trahi. Je suis choqué par cette rupture inattendue. Cela me déstabilise, comme si un vent froid venait brusquement souffler par un interstice. Mais à la fin du refrain, la belle mélodie reprend et me ramène à l'intimité du début, loin du vent glacé. La chanson s'achève dans un dernier accord plaqué au piano, tandis que les cordes maintiennent leur paisible harmonie et que s'attarde en écho le son du hautbois.

À force de l'écouter en boucle, je commence à comprendre pourquoi cette chanson a ému tant de gens : simple et douce, elle émane de toute évidence d'un cœur pur. Le terme de « miraculeux » s'applique parfaitement à cette chanson. Une jeune provinciale timide s'assied devant son piano et compose une chanson dédiée à son ami parti au loin, et livre sa création sans fard. Elle n'a pas écrit cet air pour le faire écouter aux autres, mais pour apaiser son chagrin. C'est cette innocence qui fait vibrer doucement mais profondément le cœur de tous ceux qui l'écoutent.

Je me prépare un dîner très simple avec ce que je trouve dans le frigo. Puis je mets une fois de plus *Kafka* sur la platine. Installé dans le fauteuil, je ferme les yeux et imagine Mlle Saeki assise devant son piano, dans le studio d'enregistrement, chantant sa chanson. Je pense à la tendresse qu'elle éprouve pour son ami. Et aussi à la violence absurde et aveugle qui l'a arrachée pour toujours à cet amour.

La chanson s'achève, l'aiguille se soulève et retourne automatiquement à sa place.

Mlle Saeki a sans doute composé cette chanson dans la pièce où je me trouve en ce moment. Je m'en persuade peu à peu, tandis que je continue à écouter inlassablement le disque. Je suis sûr que *Kafka sur le rivage* est l'adolescent qui figure sur la peinture à l'huile accrochée au mur. Assis devant le bureau, comme Mlle Saeki la nuit dernière, je pose mon menton dans ma main, et contemple la toile selon le même angle qu'elle. J'en suis absolument sûr maintenant : c'est ici qu'elle a écrit cette chanson. Sans doute à l'heure la plus sombre de la nuit.

Je me lève et avance jusqu'au mur pour examiner le tableau de plus près. Les yeux du jeune homme, fixés au loin, ont une profondeur énigmatique. Il regarde un coin du ciel où sont peints quelques nuages aux contours nets. Le plus gros a un peu la forme d'un Sphinx couché. Le Sphinx… Je fouille dans mes souvenirs. Le jeune Œdipe avait réussi à vaincre le Sphinx en trouvant la solution de l'énigme que celui-ci lui proposait. Se sachant vaincu, le monstre s'était jeté du haut d'une falaise. C'est grâce à cet exploit qu'Œdipe est devenu le roi de Thèbes et a épousé la reine, qui en fait était sa mère.

Et ce nom de Kafka… Je devine que Mlle Saeki a fait le lien entre la mystérieuse solitude qui flotte autour du jeune homme du tableau, et l'univers des romans de Kafka. Voilà pourquoi elle a appelé le jeune homme de sa chanson Kafka : une âme solitaire errant le long d'un rivage absurde battu par les flots. C'est peut-être la signification de ce nom : Kafka.

Il n'y a pas que le nom de Kafka et l'énigme du Sphinx qui me font penser à ma propre histoire. Plusieurs couplets de la chanson s'appliquent exactement à ma situation. Les petits poissons qui tombent du ciel, n'est-ce pas exactement ce qui est arrivé quand les maquereaux et les sardines se sont mis à pleuvoir au-dessus des rues commerçantes de Nakano ? Et cette phrase :

L'ombre du Sphinx immobile se transforme en cou-
[teau
qui transperce les rêves.

On dirait une allusion à la mort de mon père, assassiné à coups de couteau. Je note les paroles de la chanson dans mon carnet, les lis et les relis, soulignant les mots qui retiennent particulièrement mon attention. Mais finalement, tout me paraît très obscur. Je me sens complètement perdu.

Debout dans l'ombre de la porte
il y a des mots qui ont perdu leurs lettres.
Les doigts de la jeune noyée
cherchent la pierre de l'entrée.
Derrière la fenêtre, il y a des soldats
résolus à mourir.

Tout cela a-t-il une signification ? Ou bien s'agit-il de simples coïncidences ? Je vais jusqu'à la fenêtre et regarde le jardin. La nuit commence doucement à tomber. Je m'installe dans le canapé de la salle de lecture, et commence à lire la version moderne du *Dit du Genji* rédigée par Tanizaki. À dix heures, je me couche, éteins ma lampe de chevet, ferme les yeux. Et j'attends que la jeune Mlle Saeki *revienne* dans cette pièce.

24

Il était huit heures du soir quand le car les déposa devant la gare de Tokushima.

— Bon, nous voilà dans le Shikoku, papi.

— Oui. Le pont était magnifique, en effet. C'est la première fois de sa vie que Nakata en voyait un aussi grand.

Une fois descendus du car, Hoshino et Nakata passèrent un moment assis sur un banc à regarder le paysage.

— Et maintenant ? As-tu eu une révélation à propos de ce que tu dois faire et d'où tu dois aller ? demanda le jeune homme.

— Non, Nakata ne sait toujours rien.

— C'est bien embêtant.

Nakata se frotta la tête d'un air pensif.

— Monsieur Hoshino…

— Ouais ?

— Je suis confus, mais Nakata doit dormir. Nakata a terriblement sommeil. Tellement sommeil que je risque de m'endormir ici, tout de suite.

— Attends une minute, dit le jeune homme, affolé. Tu ne peux pas t'endormir ici. Je vais nous trouver tout de suite un endroit où passer la nuit, patiente un tout petit peu.

— Entendu. Nakata va faire un effort pour ne pas s'endormir.

— Et puis, on n'a pas encore bouffé.

— Nakata n'a pas envie de manger, juste de dormir.

Hoshino consulta à la hâte son guide touristique, trouva l'adresse d'une auberge traditionnelle bon marché, vérifia par téléphone qu'une chambre était disponible. L'auberge étant assez loin de la gare, ils s'y rendirent en taxi. Sitôt arrivés, ils demandèrent à la femme de chambre d'étendre les futons pour qu'ils puissent se coucher. Nakata se déshabilla et plongea sous la couette sans même se laver. La seconde d'après, une respiration régulière s'élevait de son matelas. Avant de s'allonger, Nakata avait prévenu son compagnon :

— Ne faites pas attention à moi, je crois que je vais dormir très longtemps.

— T'inquiète, je ne te dérangerai pas. Tu peux dormir tout ton soûl, répondit le camionneur, mais Nakata était déjà profondément assoupi.

Hoshino se prélassa un moment dans son bain, puis sortit. En se promenant au hasard des rues, il se fit une vague idée de la géographie de la ville. Il entra dans un restaurant, commanda des sushis et une bière. Comme il supportait assez mal l'alcool, la moitié de la bouteille suffit à l'égayer et à lui rougir les joues. En sortant du restaurant, ses pas le guidèrent jusqu'à une salle de patchinko où il dépensa trois mille yens. Il avait gardé sa casquette de base-ball de l'équipe des Chunichi Dragons, et les gens lui lançaient des regards pleins de curiosité : il était sans doute la seule personne à se promener dans Tokushima avec une casquette de l'équipe de Nagoya vissée sur la tête.

De retour à l'auberge, il trouva Nakata toujours profondément endormi, exactement dans la même position que lorsqu'il l'avait quitté. La lumière était restée allumée, mais cela ne semblait gêner aucunement le vieil homme. Hoshino se prit à envier la vie insouciante de Nakata. Il ôta sa casquette, sa chemise hawaïenne et son jean avant de se glisser à son tour sous la couette. Il éteignit la lumière. Mais une excitation, sans doute due au changement de décor, le maintenait éveillé.

« J'aurais mieux fait d'aller voir les filles et de tirer un coup avant de rentrer », songea-t-il.

Cependant en entendant la respiration régulière et paisible qui s'élevait du matelas voisin, il finit par trouver son état d'excitation sexuelle plutôt ridicule. Il eut honte de ses pensées lascives.

Tandis qu'il regardait le plafond, ne parvenant toujours pas à trouver le sommeil, il commença à douter de la réalité de ce qu'il était en train de vivre : était-ce bien lui qui était là, dans cette auberge bon marché en compagnie de ce vieil homme bizarre ? Normalement, à cette heure-ci, il aurait dû être au volant de son camion, sur la route du retour. Il serait déjà aux environs de Nagoya. Il aimait bien son travail et, à Tokyo, il avait des copines à qui il pouvait téléphoner pour passer la soirée avec elles. Pourtant, après avoir livré les marchandises au grand magasin, il avait appelé un collègue et, sur une impulsion soudaine, lui avait demandé de rapporter le camion à Tokyo. Puis il avait téléphoné à son employeur pour lui annoncer qu'il prenait trois jours de congé. Et maintenant, il se retrouvait dans le Shikoku avec Nakata. Il avait juste quelques vêtements de rechange et une trousse de toilette dans son petit sac de voyage.

Au départ, c'était la ressemblance de Nakata avec son défunt grand-père qui avait attiré l'attention d'Hoshino. Puis cette première impression s'était atténuée et il s'était vraiment intéressé à ce vieil excentrique. Sa façon de s'exprimer – et surtout ce qu'il racontait – le troublait, mais ce personnage totalement décalé n'était pas sans charme. Le jeune homme avait eu envie d'en savoir plus sur le but que poursuivait ce curieux voyageur.

Hoshino était originaire de la campagne. Troisième fils d'une famille de cinq garçons, il avait été un élève sans problèmes jusqu'au collège mais, dès son entrée au lycée professionnel, il avait commencé à avoir de mauvaises fréquentations et à faire des bêtises. Il avait même eu des démêlés avec la police. Hoshino avait cependant réussi à décrocher un bac technique, mais n'avait pu trouver aucun emploi décent. Qui plus est, ça ne marchait pas très bien avec sa petite amie de l'époque, et il avait fini par s'engager dans les forces d'autodéfense. Son ambition première était de devenir pilote de char d'assaut, mais il avait échoué au concours et s'était retrouvé au volant d'un poids lourd pendant toute la durée de son engagement. Au bout de trois ans, il avait quitté l'armée et avait dégoté un emploi dans une société de transports. Cela faisait maintenant six ans qu'il conduisait son camion sur des trajets longues distances.

Conduire un semi-remorque lui plaisait bien. Il était passionné de mécanique et, au volant, de son siège qui dominait la route, il avait l'impression d'être à l'abri à l'intérieur d'une forteresse. Le travail était dur, il n'y avait pas d'horaires. Mais il aurait, de toute façon, eu du mal à supporter une vie de petit employé, se rendant chaque matin dans un bureau pour faire un travail minable sous le contrôle d'un supérieur mesquin.

En dépit de sa petite taille et de sa minceur, Hoshino avait toujours été d'un caractère belliqueux. Il était assez fort et s'en tirait bien dans une bagarre. Quand il s'énervait vraiment, il avait un regard de fou, et n'arrivait plus à se dominer. Cela suffisait à décourager la plupart de ses adversaires. Pendant l'armée, et même après, il s'était trouvé mêlé à de nombreuses bagarres. Parfois, il gagnait, d'autres fois, il perdait. Mais finalement l'issue du combat n'avait pas d'importance, il s'en rendait compte depuis quelque temps, et se disait qu'il avait eu de la chance de n'avoir jamais pris un sale coup.

À l'époque du lycée, quand il était un petit délinquant, c'était toujours son grand-père qui venait le chercher au commissariat, et présentait ses excuses aux policiers. Sur le chemin de la maison, ils s'arrêtaient dans un restaurant où son grand-père le régalait d'un délicieux repas, sans jamais lui faire la morale. Son père et sa mère n'étaient jamais venus le récupérer au commissariat. La famille était pauvre, les parents avaient d'autres chats à fouetter que de s'occuper d'un fils sorti du droit chemin. Le jeune homme se demandait parfois ce qu'il serait devenu sans son grand-père. Lui, au moins, se souvenait de son existence et s'inquiétait pour lui.

Cependant, malgré tout ce que son grand-père avait fait pour lui, il ne lui avait jamais dit merci. Il n'aurait pas su comment s'y prendre et en outre, à l'époque, sa propre survie était son unique préoccupation. Son grand-père était mort des suites d'une longue maladie peu de temps après l'entrée d'Hoshino dans les forces d'autodéfense. À la fin, il ne reconnaissait même plus son petit-fils. Hoshino n'avait jamais remis les pieds dans la maison familiale après le décès de son grand-père.

Quand le jeune routier se réveilla, Nakata dormait profondément, allongé dans la même position. Sa respiration avait toujours le même rythme régulier. Le jeune homme descendit prendre son petit déjeuner dans une vaste salle avec les autres clients de l'auberge. Quoique assez simple, c'était un petit déjeuner traditionnel, avec riz et soupe au miso à volonté.

— Et pour votre ami ? demanda la femme de service.

— Il dort encore. Je crois qu'il ne va pas prendre de petit déjeuner. Ne le dérangez pas, s'il vous plaît.

À midi, Nakata dormait encore, et Hoshino réserva la chambre pour une nuit supplémentaire. Puis il sortit et alla dans le premier troquet venu, où il commanda un bol de riz au poulet et aux œufs. Après le déjeuner, il se promena un peu, entra dans un bar, dégusta un café, fuma une cigarette en lisant quelques mangas laissés à la disposition des clients.

Quand il rentra à l'auberge, Nakata dormait toujours. Il était plus de deux heures. Pris d'une légère inquiétude, Hoshino posa sa main sur le front du vieil homme, mais sa température était normale. Il n'était ni chaud ni froid. Sa respiration était toujours régulière et la teinte rosée de ses joues témoignait de sa bonne santé. Il n'avait pas l'air malade du tout. Il dormait tout simplement, complètement immobile sur son matelas.

— C'est normal de dormir aussi longtemps ? Ce n'est pas mauvais pour la santé ? s'inquiéta la femme de chambre qui était venue voir si tout allait bien.

— Il était fatigué, il récupère, dit Hoshino. Faut le laisser roupiller.

— Ah bon… En tout cas, je n'ai jamais vu quelqu'un dormir aussi profondément.

L'heure du dîner arriva : Nakata était toujours plongé dans le sommeil. Hoshino sortit et se dirigea vers une gargote spécialisée dans les currys. Il commanda un énorme curry au bœuf avec une salade. Puis il retourna à la salle de patchinko et y joua pendant une heure. Cette fois, il gagna deux cartouches de Marlboro. Il était neuf heures et demie quand il revint à l'auberge, ses paquets de cigarettes sous le bras. À sa grande surprise, Nakata dormait encore.

Hoshino fit un calcul rapide : cela faisait plus de vingt-quatre heures que Nakata avait sombré dans le sommeil. Certes, il l'avait prévenu qu'il allait dormir longtemps et qu'il ne faudrait pas s'en faire, mais aussi longtemps, tout de même… Le jeune routier commençait à s'inquiéter. Et s'il ne se réveillait pas ?

— C'est bien ma veine ! fit-il en secouant la tête.

Le lendemain matin, finalement, à sept heures, quand Hoshino ouvrit les yeux, il trouva Nakata debout, en train de regarder par la fenêtre.

— Oh, papi, t'es enfin revenu parmi nous, fit-il, soulagé.

— Oui. Nakata s'est réveillé tout à l'heure. Nakata ne sait pas combien de temps, mais il a l'impression d'avoir dormi très longtemps. Il a l'impression de renaître.

— « Très longtemps » n'est pas le mot ! Tu t'es endormi avant-hier à neuf heures du soir, alors tu as dû dormir à peu près trente-quatre heures d'affilée. Une vraie Belle au bois dormant !

— Nakata a très faim maintenant.

— Je comprends ça. Tu n'as rien mangé depuis deux jours.

Ils descendirent dans la grande salle prendre leur petit déjeuner. L'appétit féroce de Nakata impressionna la serveuse.

— Vous ne faites pas les choses à moitié, vous au moins, dit-elle. Quand vous dormez, vous dormez ! Et une fois réveillé, vous ne vous laissez pas abattre ! Vous avez mangé pour deux jours, là.

— Oui. Nakata a besoin de manger beaucoup.

— Vous avez la santé !

— Oui. Nakata ne sait pas lire, mais il n'a jamais eu de caries, n'a jamais eu besoin de lunettes et n'est jamais allé voir un médecin. Nakata n'a jamais eu de torticolis non plus, et il fait la grosse commission tous les matins.

— Vous m'en direz tant ! fit la femme de service, l'air admiratif.

— Qu'est-ce que vous comptez faire aujourd'hui ? s'enquit-elle.

— Nous allons vers l'ouest, déclara Nakata d'un air décidé.

— Ah… l'ouest…, fit-elle. Vers Takamatsu, alors ?

— Nakata n'est pas très intelligent, il ne connaît rien à la géographie.

— Bah, allons toujours jusqu'à Takamatsu, dit Hoshino, et une fois là-bas on réfléchira à ce qu'on fera, pas vrai ?

— Oui. Allons jusqu'à Takamatsu, et nous réfléchirons après.

— Vous avez une manière originale de voyager, dit la serveuse.

— Ça c'est sûr, renchérit Hoshino.

À peine revenu dans la chambre, Nakata se rendit aux toilettes. Pendant ce temps, Hoshino, allongé sur les tatamis, vêtu du peignoir fourni par l'auberge, regardait les informations à la télé. Il n'y avait pas de nouvelles importantes. L'enquête sur l'assassinat d'un sculpteur renommé dans le quartier de Nakano piétinait. Pas de témoins, aucun indice. La police recherchait le fils de l'artiste, un adolescent de quinze ans, qui avait disparu du domicile familial quelques jours avant le meurtre.

« Et allez donc, encore un gamin de quinze ans ! » se dit Hoshino. Pourquoi tant de garçons de cet âge commettaient-ils des crimes ces derniers temps ? Lui, à quinze ans, il faisait des virées sur des motos volées, sans permis bien sûr. Il n'était pas bien placé pour faire la morale aux autres, mais voler une moto, ce n'était pas la même chose qu'assassiner son père. « Enfin, seule la chance a fait que je n'ai jamais tué le mien. Ses coups de poing m'ont laissé de sacrés souvenirs. »

Nakata revint des toilettes juste à la fin des informations.

— Euh, monsieur Hoshino, puis-je vous poser une question ?

— Ouais, quoi ?

— N'auriez-vous pas mal au dos, par hasard ?

— Ah, si. Voilà un bout de temps que je conduis mon camion, alors j'ai mal ; c'est normal. Un chauffeur routier qui n'a pas mal au dos, c'est comme un lanceur de base-ball qui n'a pas de problèmes à l'épaule. Mais pourquoi tu me demandes un truc pareil ?

— Parce que j'ai eu cette impression en regardant votre dos…

— Hum.

— Est-ce que Nakata peut vous toucher le dos ?

— Si ça te chante.

Nakata se mit à califourchon sur le dos du jeune homme allongé sur le ventre. Le vieillard posa les mains un peu au-dessus de l'os iliaque et resta immobile un moment. Pendant ce temps, Hoshino regardait un magazine sur les stars. Le reportage parlait des fiançailles d'une actrice célèbre avec un jeune écrivain peu connu. Le sujet n'était pas passionnant, mais il n'y avait rien d'autre d'intéressant à regarder. Les reporters expliquaient que l'actrice avait des revenus dix fois plus importants que ceux de son fiancé. L'écrivain n'était pas particulièrement beau et n'avait pas même l'air intelligent. Hoshino avait un peu de mal à comprendre le choix de l'actrice.

— Hé, ce genre de truc ne marche jamais. C'est sûrement un malentendu.

— Monsieur Hoshino, vos os sont un peu de travers.

— Pas étonnant. J'ai vécu de travers pendant pas mal de temps, alors…, dit le jeune homme en bâillant.

— Si vous ne faites rien, ça peut devenir très grave.

— Ah bon ?

— Oui, cela risque de vous causer des maux de tête, de la constipation et même de provoquer des tours de reins.

— Hum. C'est embêtant.

— Ce sera un petit peu douloureux, mais vous permettez ?

— Vas-y, j'suis pas douillet.

— Euh, à vrai dire, ce sera *très* douloureux.

— Ho, papi, je vais te dire, c'est pas pour me vanter, mais je me suis fait tellement tabasser depuis ma naissance, chez moi, à l'école et à l'armée que je peux compter sur mes doigts le nombre des jours où je n'ai pas reçu un gnon. Alors, que ça fasse mal, que ça brûle, que ça gratte, que ça chatouille, que ça pique ou que ça fasse du bien, pour moi ce sera du pareil au même !

Nakata plissa les paupières, se concentra et vérifia la position de ses pouces sur le dos d'Hoshino. Une fois son appui bien assuré, il imprima sur l'os une pression croissante et continue. Puis il inspira d'un coup et enfonça ses pouces de toutes ses forces entre l'os et le muscle, en lançant un cri court comme celui d'un oiseau en hiver. Une douleur d'une violence inouïe envahit soudain le jeune homme, lui coupant la respiration. Un éclair lui traversa le cerveau, il sentit sa conscience l'abandonner. Il avait l'impression d'être précipité du sommet d'une haute tour vers les abîmes de l'enfer. L'intensité de la douleur était telle qu'elle l'empêchait de crier ou de penser. Toutes ses sensations convergeaient vers la douleur. Une douleur destructrice, pire que la mort, qui réduisait son corps à l'état de morceaux. Incapable même d'ouvrir les yeux, Hoshino resta allongé sur le tatami, bavant, les yeux larmoyants. Cela dura trente bonnes secondes.

Enfin, il inspira une goulée d'air, se redressa en prenant faiblement appui sur un coude. Le tatami lui paraissait agité de mouvements de mauvais augure, comme la mer avant l'orage.

— Vous avez eu mal ?

Le jeune homme balança doucement la tête plusieurs fois comme pour vérifier qu'il était encore en vie.

— « Mal », c'est pas le mot. J'ai plutôt eu l'impression qu'on m'a écorché vif, empalé sur des brochettes, écrasé au pilon et de m'être fait piétiner par un troupeau de vaches en colère ! Mais qu'est-ce que tu m'as fait, bon sang de bonsoir ?

— J'ai remis vos os en place. Vous n'avez plus rien à craindre pour un bon moment. Fini, le mal au dos. Finie, la constipation.

En effet, dès que la douleur commença à refluer, Hoshino se sentit le dos beaucoup plus léger. Sa sensation habituelle de vague lourdeur avait disparu. Il avait les tempes fraîches et respirait plus facilement. Il se rendit compte qu'il avait envie d'aller aux toilettes.

— Hum. C'est vrai, je me sens mieux de partout.

— Oui. Tous les problèmes venaient de votre colonne vertébrale, dit Nakata.

— Mais bon sang, ce que ça m'a fait mal ! s'exclama Hoshino en poussant un soupir.

Ils se rendirent à la gare de Tokushima et prirent un express pour Takamatsu. C'est Hoshino qui avait réglé la note de l'auberge et acheté les billets. Nakata insista pour payer sa part, mais le jeune homme refusa obstinément.

— Pour le moment, c'est moi qui paie, on fera les comptes plus tard. Je n'aime pas les types qui discutent comme des gonzesses à propos de qui va sortir la thune…

— Entendu, je vous laisse faire. Nakata ne comprend pas grand-chose à l'argent.

— Tu sais, Nakata, je me sens beaucoup mieux depuis ta petite séance de shiatsu. Alors laisse-moi te remercier comme ça. Ça fait longtemps que je ne m'étais pas senti aussi bien. J'ai l'impression d'être un homme neuf.

— J'en suis bien content. Nakata ne sait pas ce que c'est que le « shiatsu », mais en tout cas, les os, c'est primordial.

— Je ne sais pas trop non plus si on doit appeler ce que tu m'as fait « shiatsu », « ostéopathie » ou « chiromachin », mais ce que je sais, c'est que tu es drôlement doué pour ce genre de chose. Si tu te mettais à ton compte, tes poches se rempliraient vite, je t'assure. Il suffirait que je te présente mes collègues camionneurs et ta fortune serait faite !

— En regardant votre dos, j'ai vu qu'il était de travers. Et quand quelque chose est déplacé, Nakata a envie de le remettre à la bonne place. J'ai longtemps fabriqué des meubles, vous savez. Aussi, quand les choses ne sont pas droites, j'ai envie de les remettre dans l'axe. C'est dans ma nature. Tout de même, c'est la première fois que Nakata remettait un os en place.

— Ça doit être ça, le talent, fit le jeune homme, impressionné.

— Avant, Nakata savait parler avec les chats…

— Sans blague ?

— Mais depuis quelque temps, je n'y arrive plus. C'est arrivé d'un coup. Sans doute à cause de M. Johnnie Walken.

— Je vois.

— Comme vous le savez, monsieur Hoshino, je ne suis pas très intelligent, je ne comprends pas les choses compliquées. Et ces derniers temps, il s'est produit un tas de choses compliquées. Par exemple, tous ces poissons et ces sangsues qui se sont mis à tomber du ciel.

— Hum.

— Enfin, Nakata est très content que votre dos ne vous fasse plus souffrir. Si vous vous sentez bien, je me sens bien également.

— Je suis très content moi aussi.

— Tant mieux.

— Hé, au fait, à propos de ces sangsues, sur l'aire de repos de Fujigawa…

— Oui, Nakata aussi se souvient bien des sangsues.

— Y serais-tu pour quelque chose par hasard ?

Nakata réfléchit un moment – chose rare chez lui.

— Nakata ne sait pas trop. Mais au moment où j'ai ouvert le parapluie, des centaines de sangsues se sont mises à tomber du ciel.

— Mouais…

— On a beau dire, tuer quelqu'un est la pire chose qui soit, fit Nakata en hochant gravement la tête.

— Absolument, ce n'est pas bien de tuer les gens, renchérit le jeune homme.

— Tout à fait, tout à fait, dit Nakata en hochant à nouveau la tête.

Ils descendirent du train à la gare de Takamatsu, entrèrent dans un restaurant pour manger des *udon*, la spécialité locale. Depuis la fenêtre du restaurant, on apercevait quelques grandes grues au-dessus du port, avec des nuées de mouettes perchées dessus.

— Ces nouilles sont délicieuses, dit Nakata.

— Tant mieux, fit Hoshino. Alors papi, on est au bon endroit ?

— Oui, monsieur Hoshino. Il me semble que l'endroit est le bon. Nakata en a l'impression.

— Le bon endroit… c'est déjà ça. Et qu'est-ce qu'on fait maintenant ?

— Il faut que je trouve la pierre de l'entrée.

— La pierre de l'entrée ?

— Oui.

— Hum, fit le jeune homme. Encore une longue histoire, je suppose ?

Nakata souleva son bol de nouilles à deux mains et but le bouillon jusqu'à la dernière goutte.

— Oui. C'est une longue histoire. Tellement longue que Nakata n'y comprend rien. En fait, je pense qu'on comprendra quand on y sera.

— Comme d'habitude.

— Tout à fait tout à fait.

— On ne comprendra pas avant ?

— Non, tant qu'on n'y est pas, Nakata ne comprend rien du tout.

— Oui, enfin, bref. Franchement, les longues histoires, ce n'est pas mon truc non plus. Alors, il faut trouver cette « pierre de l'entrée » maintenant, hein ?

— Oui, tout à fait.

— Et dans quel coin elle se trouve ?

— Nakata n'en a pas la moindre idée.

— Je n'aurais pas dû poser cette question, soupira le jeune homme en secouant la tête.

25

Je dors un peu, me réveille, sombre à nouveau dans le sommeil et me réveille une fois encore. Je voudrais assister à son apparition. Mais tout à coup, je me rends compte qu'elle est déjà là, assise sur la même chaise qu'hier. Les aiguilles fluorescentes du réveil indiquent un peu plus de trois heures. Les rideaux de la fenêtre, que j'avais pourtant fermés, sont ouverts. Comme hier. Mais il n'y a pas de lune. C'est la seule différence. Les nuages sont épais, il tombe peut-être quelques gouttes au-dehors. Dans ma chambre, il fait beaucoup plus sombre qu'hier soir ; la lueur des projecteurs, au fond du jardin, filtre à peine à travers les arbres. Il faut un peu de temps à mes yeux pour s'habituer à l'obscurité.

La jeune fille, la joue posée dans sa main, regarde le tableau accroché au mur. Elle porte les mêmes vêtements qu'hier. J'ai beau écarquiller les yeux, je ne parviens pas à distinguer ses traits. Étrangement, pourtant, les contours de son corps se découpent nettement dans l'obscurité. Cela ne fait aucun doute : c'est Mlle Saeki quand elle était jeune.

Elle semble plongée dans ses pensées. Ou dans un rêve profond. Ou peut-être que cette jeune fille *est* le rêve profond de Mlle Saeki… Je retiens mon souffle pour ne pas troubler le fragile équilibre de cette scène. Je reste parfaitement immobile. De temps à autre, je jette un coup d'œil au réveil. Le temps passe lentement, uniformément.

Soudain, mon cœur se met à battre la chamade. On dirait que quelqu'un frappe de violents coups sur une porte. Ces bruits sourds retentissent dans la chambre silencieuse plongée dans la nuit. Je suis si surpris que je manque me lever.

La jeune fille tressaille. Elle lève la tête, tend l'oreille dans le noir : le battement de mon cœur parvient à ses oreilles. Elle incline un peu la tête, comme un animal de la forêt attentif à un bruit inhabituel. Ensuite, elle se tourne vers mon lit. Elle ne me voit pas, je le sais. Je ne fais pas partie de son rêve. Elle et moi sommes dans deux mondes différents, séparés par une ligne de démarcation invisible.

Mon cœur se calme aussi brusquement qu'il s'est emballé. Ma respiration s'apaise. J'efface à nouveau ma présence. La jeune fille cesse de tendre l'oreille. Elle regarde *Kafka au bord de la mer*. Comme avant, la joue dans la main, un coude posé sur le bureau, elle est perdue dans la contemplation du garçon sur la plage, un été de sa jeunesse.

Elle reste une vingtaine de minutes, puis s'en va, comme hier. Elle se lève et se dirige, pieds nus, sans faire de bruit, vers la porte à travers laquelle elle disparaît. Je reste immobile encore un moment, puis je me lève. Je n'allume pas la lumière, je m'assieds simplement, dans le noir, sur la chaise où l'adolescente pensive était encore installée un instant auparavant. Je pose mes mains sur le bureau, cherchant à absorber ce qu'il reste de sa présence. Je ferme les yeux, je conserve en moi la trace de son cœur tremblant pour en imprégner le mien.

Je prends conscience de ce qui me relie à la jeune fille : nous sommes tous deux amoureux d'un être qui n'est plus de ce monde.

Peu après, je sombre dans un sommeil agité. Mon corps fatigué cherche le repos, mais ma conscience refuse de s'endormir. Je balance entre les deux, comme un pendule. Plus tard, alors que le jour commence tout juste à se lever, les oiseaux du jardin entament leur premier concert et leur chant me réveille complètement.

J'enfile un jean, une chemise à manches longues par-dessus mon tee-shirt, et je sors. Il est à peine huit heures du matin, le quartier est désert. Je passe devant une rangée de vieilles maisons, traverse la pinède qui fait barrage au vent, dépasse la digue et arrive à la plage. Une légère brise effleure ma peau. Le ciel est couvert de nuages gris, mais rien n'indique qu'il va pleuvoir dans l'immédiat. La matinée est calme. Les nuages semblent absorber les bruits de la terre, comme une couche de matériau insonorisant.

Je me promène un moment le long de la plage, en imaginant que le garçon du tableau a dû marcher lui aussi sur cette digue, sa chaise de toile à la main, cherchant un endroit où s'asseoir. Mais je n'arrive pas à deviner où il s'est installé. Dans le paysage du tableau on ne voit que la digue, l'horizon et les nuages. Et une île au loin. Mais il y a plusieurs îles posées sur la mer, je ne me souviens pas assez nettement de la forme de celle du tableau. Je m'assieds sur le sable face à la mer, forme un cadre avec mes doigts. J'essaie de me représenter un jeune garçon sur la plage. Une mouette blanche erre dans le ciel sans vent. De petites vagues viennent se briser sur la plage à intervalles réguliers, laissant derrière elles de petite bulles et des courbes douces dessinées sur le sable.

Je me rends compte que je suis jaloux du garçon du tableau.

— Tu es jaloux du garçon du tableau, susurre à mon oreille le garçon nommé Corbeau.

Tu es jaloux d'un adolescent mort à vingt ans, assassiné pour rien, juste parce qu'on l'avait pris pour un autre, il y a trente ans de cela. Si violemment jaloux que tu en suffoques. C'est la première fois de ta vie que tu éprouves un sentiment pareil. Maintenant, tu sais ce

que c'est que la jalousie. Elle te brûle le cœur comme un feu dans la plaine.

Depuis ta naissance, tu n'as jamais envié personne, tu n'as jamais désiré être un autre. Mais à présent, tu envies ce garçon du fond du cœur. Tu voudrais être lui. Même si tu sais qu'il a été torturé et tué à coups de barre de fer. Oui, en dépit de cela, tu voudrais devenir cet adolescent pour pouvoir aimer de tout ton cœur Mlle Saeki pendant ces cinq années et être, toi aussi, aimé d'elle. Tu voudrais pouvoir la prendre dans tes bras, tu voudrais faire l'amour avec elle, encore et encore. Toucher les moindres parcelles de son corps, et qu'elle touche le tien de la même façon. Et tu voudrais qu'après ta mort le souvenir de votre amour reste gravé en elle pour toujours. Tu voudrais que, chaque nuit, elle t'aime en souvenir.

Oui, tu es dans une bien étrange situation : amoureux d'un fantôme, jaloux d'un mort. Pourtant, tes sentiments sont plus intenses et plus douloureux que tous ceux que tu as pu éprouver jusqu'à présent. Il n'y a pas d'issue. Tu n'as pas la moindre chance d'en trouver une. Car tu t'es égaré dans le labyrinthe du temps, et le plus grave c'est que tu n'as aucun désir d'en sortir. C'est bien cela, n'est-ce pas ?

Oshima arrive un peu plus tard qu'hier. En l'attendant, je passe l'aspirateur au rez-de-chaussée et à l'étage, époussette avec un chiffon humide les tables et les chaises, ouvre les fenêtres et les essuie, nettoie les toilettes, vide les poubelles, change l'eau des vases. J'allume la lampe, mets l'ordinateur en marche. Il ne reste plus qu'à ouvrir la porte. Oshima vérifie que tout est bien fait et hoche la tête, l'air satisfait.

— Tu apprends vite et tu travailles avec efficacité.

Je fais chauffer de l'eau, lui prépare du café. Moi, je bois un Earl Grey, comme hier. Il se met à pleuvoir assez fort. On entend même des coups de tonnerre au loin. Il fait sombre comme au crépuscule alors qu'il n'est pas encore midi.

— Oshima-san, j'ai quelque chose à vous demander.

— Je t'écoute.

— Pourrais-je me procurer quelque part la partition de *Kafka sur le rivage* ?

Il réfléchit un peu.

— Si je peux la trouver sur Internet, je te la téléchargerai. Je verrai ça plus tard.

— Merci.

Oshima s'assied au bout du comptoir, laisse tomber un minuscule morceau de sucre dans son café, le remue méticuleusement avec une cuillère.

— Cette chanson t'a plu, alors ?

— Oui, beaucoup.

— Moi aussi j'aime ce morceau, il est beau et original à la fois. Tout en étant simple, il a de la profondeur. Il révèle beaucoup de la personnalité de la compositrice.

— Les paroles sont très symboliques, pourtant.

— La symbolique est indissociable de la poésie, comme le rhum l'est des pirates.

— Croyez-vous que Mlle Saeki comprenait ce que ces mots signifiaient ?

Oshima lève la tête, tend l'oreille aux coups de tonnerre lointains, comme pour mesurer à quelle distance a éclaté l'orage. Puis il me regarde et secoue la tête.

— Pas forcément. Le symbolisme et la signification ne sont pas la même chose. Elle a sans doute réussi à trouver les mots justes en outrepassant le sens ou la logique. Elle a saisi au vol les mots comme on attrape délicatement les ailes d'un papillon voletant autour de soi. Les artistes ont le droit de ne pas se montrer trop prolixes.

— Vous voulez dire que Mlle Saeki aurait trouvé ces mots dans un autre espace, dans celui d'un rêve, par exemple ?

— C'est plus ou moins le cas de tous les grands poèmes. Si les mots ne parviennent pas à se frayer un chemin prophétique, à traverser un tunnel les reliant à la conscience du lecteur, cela n'a plus grand-chose à voir avec un poème.

— C'est pourtant le cas d'un grand nombre de poèmes.

— Exactement. Une fois qu'on a compris le procédé, ce n'est pas très compliqué de faire semblant. Il suffit d'utiliser des mots qui ont une résonance symbolique et l'ensemble peut avoir l'air d'un poème.

— Mais dans *Kafka sur le rivage*, on a un sentiment d'urgence, on sent une gravité.

— Je suis de ton avis ; les paroles n'ont rien de superficiel. Mais dans ma tête elles sont tellement inséparables de la mélodie que je serais incapable de juger exclusivement la forme poétique et sa force de conviction, dit Oshima. (Il secoue légèrement la tête avant de poursuivre :) En tout cas, elle avait un don naturel, un vrai sens musical. Elle avait aussi suffisamment d'esprit pratique pour saisir les occasions qui se présentaient. Si ce terrible accident n'était pas arrivé, si elle n'avait pas renoncé à la vie, son talent aurait pu se déployer beaucoup plus librement. Tout cela est vraiment regrettable à plus d'un titre.

— Où est passé ce talent, alors ?

Oshima me regarde fixement.

— Tu me demandes où est passé le talent de Mlle Saeki après la mort de son petit ami ?

Je fais oui de la tête.

— Si le talent est une sorte d'énergie naturelle, il devrait trouver un moyen ou un autre de s'exprimer, non ?

— Je ne sais pas, dit Oshima. On ne peut pas savoir où il va se loger. Il peut disparaître sans faire de bruit. Ou bien se retirer en profondeur, comme une nappe d'eau sous la terre, et suivre des directions inconnues.

— À moins que Mlle Saeki ait décidé de concentrer son talent sur autre chose que la musique…

— Autre chose ? (Oshima fronce le sourcil, l'air intéressé.) Quoi, par exemple ?

Je ne trouve pas les mots.

— Je ne sais pas… C'est juste une impression que j'ai eue. Des choses intangibles, par exemple.

— Des choses intangibles ?

— Je veux dire qu'elle a pu poursuivre quelque chose d'invisible aux autres. Comme une sorte de travail intérieur.

Oshima tend la main vers son front, relève sa mèche. Ses cheveux semblent couler entre ses doigts fins.

— C'est une idée intéressante. Peut-être a-t-elle consacré son talent à une de ces « choses intangibles » dans un endroit que nous ne connaissons pas, après avoir quitté cette ville. Mais elle a disparu pendant vingt-cinq ans. On ne peut pas savoir ce qu'elle a fait pendant tout ce temps, à moins de le lui demander directement.

J'hésite un peu, puis je prends mon courage à deux mains :

— Dites, Oshima-san, je peux vous poser une question vraiment absurde ?

— Une question vraiment absurde ?

Je rougis.

— Tout ce qu'il y a de plus absurde.

— Si tu veux. Je ne déteste pas l'absurdité.

— J'ai du mal à croire moi-même que je vais prononcer ces mots devant quelqu'un, mais…

Oshima penche la tête légèrement, attendant la suite.

— Serait-il possible que Mlle Saeki soit ma mère ?

Oshima ne dit rien. Appuyé à son bureau, il cherche ses mots en prenant son temps.

J'écoute le tic-tac de la pendule. Enfin, Oshima ouvre la bouche :

— Tu veux dire qu'après avoir quitté Takamatsu à l'âge de vingt ans, Mlle Saeki serait partie seule quelque part où elle aurait rencontré M. Koichi Tamura, l'aurait épousé, aurait eu le bonheur de te mettre au monde, puis au bout de quatre ans, pour des raisons qui nous échappent, elle aurait quitté le foyer conjugal en t'abandonnant. Ensuite, après quelques années dont on ne sait rien, elle serait revenue dans son Shikoku natal. C'est bien cela ?

— Oui.

— On ne peut pas exclure cette possibilité. Ou plutôt, disons qu'aucune base ne permet de rejeter cette hypothèse pour le moment. Une longue période de la vie de Mlle Saeki est enveloppée de mystère. Selon certaines rumeurs, elle aurait vécu à Tokyo. Et puis elle a à peu près le même âge que ton père. Mais elle est revenue seule à Takamatsu. Évidemment, même si elle a une fille, il se peut très bien que celle-ci vive ailleurs. Quel âge aurait ta sœur maintenant, au fait ?

— Vingt et un ans.

— Comme moi, dit Oshima. Mais je ne suis pas ta sœur. J'ai mes deux parents et un frère aîné. Tous du même sang. Ils sont trop bien pour moi, d'ailleurs.

Il croise les bras, m'observe quelque peu.

— À propos, moi aussi j'ai une question à te poser. As-tu déjà regardé ton acte de naissance ? Il pourrait t'apprendre le nom et l'âge de ta mère.

— Je l'ai fait, bien sûr.

— Et comment s'appelait ta mère ?

— Son nom ne figure pas sur l'acte de naissance.

Oshima semble stupéfait.

— Ce n'est pas possible !

— Pourtant, il n'y était pas. Je ne sais pas pourquoi. Du point de vue de l'acte de naissance, je n'ai pas de mère. Ni de sœur. Seuls mon père et moi y figurons. Légalement, je suis un enfant naturel, illégitime.

— Mais en réalité, tu avais bien une mère et une sœur.

Je fais oui de la tête.

— Jusqu'à l'âge de quatre ans, j'avais une mère et une sœur. On vivait tous les quatre dans une maison, je m'en souviens clairement. Je ne l'ai pas inventé. Elles ont quitté la maison peu après mes quatre ans.

Je prends dans mon portefeuille la photo où ma sœur et moi jouons sur une plage. Oshima la regarde un moment, sourit, puis me la rend en disant :

— Kafka au bord de la mer.

J'acquiesce du menton, puis remets la vieille photo dans mon portefeuille. Dehors, le vent souffle par rafales et la pluie frappe les vitres. La lampe qui nous éclaire du plafond fait jouer nos ombres sur le plancher. Comme celles de deux sombres comploteurs, dans un monde à l'envers.

— Tu ne te souviens pas du visage de ta mère ? Si tu as vécu quatre ans avec elle, tu devrais te le rappeler un peu, non ?

Je secoue la tête

— Je n'arrive absolument pas à m'en souvenir. Je ne sais pas pourquoi, dans ma mémoire, à la place de son visage, il y a une tache sombre, un vide.

— Peux-tu m'en dire un peu plus sur les raisons qui te font supposer que Mlle Saeki pourrait être ta mère ?

— Ça suffit, dis-je, changeons de sujet. Je crois que j'ai un peu trop gambergé, c'est tout.

— Ne t'en fais pas, dis-moi juste ce que tu as en tête, dit Oshima. Ensuite, nous pourrons juger ensemble si c'est de l'affabulation ou non.

Sur le sol, son ombre suit ses mouvements. On dirait qu'elle est légèrement exagérée.

— Entre l'histoire de Mlle Saeki et la mienne il y a un tas de choses qui coïncident exactement, dis-je. Elles s'emboîtent comme les pièces manquantes d'un puzzle. C'est en écoutant *Kafka sur le rivage* que je l'ai compris. Pour commencer, je suis venu jusqu'à cette bibliothèque comme si quelque chose m'y attirait. J'ai fait le voyage presque directement de Nakano. C'est très étrange, quand on y pense.

— Une vraie intrigue de tragédie grecque.

— Et puis je suis amoureux d'elle.

— De Mlle Saeki ?

— Oui. Je crois.

— Tu crois ? répète Oshima en fronçant les sourcils. Tu crois que tu es *amoureux* ? Ou tu crois que c'est *d'elle* que tu es amoureux ?

Je rougis de nouveau.

— J'ai du mal à expliquer. C'est compliqué, moi-même, je n'ai pas encore tout compris.

— Mais tu crois être amoureux d'elle ?

— Oui, dis-je. Très amoureux.

— Tu crois être très amoureux d'elle ?

Je fais oui de la tête.

— En même temps tu continues de penser qu'elle pourrait être ta mère ?

Je hoche de nouveau la tête.

— Pour un adolescent de quinze ans encore imberbe, tu te charges de fardeaux bien lourds, fait remarquer Oshima.

Il boit lentement une gorgée de café, repose la tasse sur la soucoupe.

— Je ne dis pas que c'est mal. Juste que toute chose a ses limites.

Je me tais.

Oshima pose ses doigts sur ses tempes et réfléchit un moment. Puis il croise ses fines mains devant sa poitrine.

— Je te trouverai dès que possible la partition de *Kafka sur le rivage*. En ce qui concerne le travail, je peux m'occuper de ce qui reste. Pourquoi ne retournes-tu pas te reposer dans ta chambre ?

À l'heure du déjeuner, je remplace Oshima à la réception. Comme il n'a pas cessé de pleuvoir depuis ce matin, les visiteurs sont peu nombreux aujourd'hui. Lorsque Oshima revient de sa pause, il me tend une grande enveloppe contenant une photocopie de la partition, qu'il a imprimée à partir de l'ordinateur.

— On vit dans un monde vraiment pratique, dit-il.

— Merci.

— Cela ne te dérange pas d'apporter du café au premier étage ? Noir, sans sucre ni crème. Tu es très doué pour faire le café, tu sais.

Je prépare du café frais, en pose une tasse sur un plateau, et le porte à Mlle Saeki, à l'étage. Comme d'habitude la porte est ouverte. Elle est assise à son bureau, en train d'écrire. Elle lève la tête et me sourit lorsque je pose le café devant elle. Puis elle remet le capuchon à son stylo et le dépose sur le papier.

— Alors, tu t'es habitué à la vie ici ?

— Je m'habitue peu à peu.

— Tu as un moment ?

— Oui.

— Alors assieds-toi là, dit-elle en désignant un siège en bois à côté de son bureau.

Le tonnerre retentit à nouveau. Il est encore loin mais semble se rapprocher.

Je fais ce qu'elle me dit.

— Quel âge as-tu déjà ? Seize ans ?

— En fait, j'ai quinze ans. Je viens de les avoir.

— Tu as fugué de chez toi ?

— Oui.

— Tu avais de bonnes raisons de quitter la maison ?

Je secoue la tête. Que pourrais-je lui dire ?

— Il me semblait qu'en restant là-bas, j'allais finir par être abîmé au point qu'on ne pourrait plus me réparer.

— Abîmé ? répète-t-elle en plissant les yeux.

— Oui.

Elle laisse passer un peu de temps et ajoute :

— Je trouve étrange qu'un garçon de ton âge emploie cette expression. Cela m'intrigue. Et si tu expliquais un peu plus concrètement ce que tu veux dire ? Qu'entends-tu par être abîmé ?

Je cherche mes mots. Je cherche le garçon nommé Corbeau. Mais je ne le trouve nulle part. Alors j'essaie de me débrouiller tout seul pendant que Mlle Saeki attend patiemment. Un éclair zèbre le ciel, suivi peu après par un coup de tonnerre lointain.

— Je veux dire que je risquerais d'être transformé en ce que je ne veux pas être.

Elle me regarde avec intérêt.

— Mais avec le temps, tout le monde finit tôt ou tard abîmé et transformé.

— Si cela doit arriver un jour, il est d'autant plus nécessaire d'avoir un endroit où l'on puisse retourner.

— Un endroit où l'on puisse retourner ?

— Je veux dire, un endroit où cela vaille la peine de retourner.

Elle me regarde longuement, bien en face.

Je rougis, puis je prends mon courage à deux mains et lève la tête pour la regarder moi aussi. Elle porte une robe bleu marine à manches courtes. Elle doit avoir une collection de robes bleues de diverses nuances. Elle porte comme seuls accessoires un fin collier en argent et une petite montre au bracelet de cuir noir. Je cherche la jeune fille de quinze ans en elle. Je la trouve tout de suite. Elle est cachée dans la forêt de son cœur comme une image en trompe-l'œil. Mais en écarquillant les yeux je la repère rapidement. Elle est là, endormie. Mon cœur émet à nouveau un bruit sec, comme si quelqu'un frappait avec un long clou sur les murs qui le ceignent.

— Tu dis des choses très sensées pour un garçon d'à peine quinze ans.

Je ne sais que répondre.

— Moi, quand j'avais quinze ans, poursuit-elle, je voulais partir pour un autre monde, un monde où rien ne pourrait m'atteindre et où le temps serait immobile.

— Mais un tel endroit n'existe pas.

— C'est vrai. Voilà pourquoi je vis ainsi, dans ce monde où les choses s'abîment, où les cœurs changent, où le temps s'écoule.

Elle se tait quelques secondes, perdue dans ses pensées sur le temps qui passe. Puis elle reprend :

— Mais quand j'avais quinze ans, je croyais qu'il existait un endroit de ce genre, quelque part dans le monde. Je croyais que je pourrais trouver l'entrée de cet autre monde.

— Vous vous sentiez seule, mademoiselle Saeki, quand vous aviez quinze ans ?

— En un sens oui. Je n'étais pas isolée mais je me sentais très seule. Parce que je savais que je ne pourrais jamais être plus heureuse que je ne l'étais alors. Je le savais clairement. Voilà pourquoi je voulais trouver l'entrée d'un endroit où le temps serait figé, où je pourrais rester éternellement celle que j'étais alors.

— Moi, j'aimerais vieillir le plus vite possible.

Elle recule un peu pour mieux étudier mon expression.

— Tu es sans doute plus fort que je ne l'étais, tu as davantage l'esprit d'indépendance. Moi, à ton âge je vivais dans l'illusion que l'on pouvait fuir la réalité. Mais toi, tu l'affrontes, tu te bats contre elle. Cela fait une grande différence.

Je ne me sens ni fort ni empli d'esprit d'indépendance. Simplement, la réalité m'oblige à aller de l'avant, que je le veuille ou non. Mais je ne dis rien.

— Tu sais, tu me fais penser à un garçon de quinze ans que j'ai connu.

— Je lui ressemble ?

— Tu es plus grand, plus costaud. Mais tu lui ressembles un peu, en effet. Il ne s'entendait pas avec les adolescents de son âge et passait son temps enfermé seul dans sa chambre, à lire ou à écouter de la musique. Quand il abordait des sujets difficiles, il fronçait les sourcils exactement comme toi. On m'a dit que tu lisais beaucoup aussi ?

Je fais oui de la tête.

Elle regarde sa montre.

— Merci pour le café.

Je me lève aussitôt, m'apprête à quitter la pièce. Mlle Saeki reprend son stylo noir, enlève lentement le capuchon, et se remet à écrire. Dehors, un nouvel éclair vient d'éclater, et, pendant une fraction de seconde, il colore la pièce d'une teinte étrange. Un grondement de tonnerre suit peu après. Cette fois, l'intervalle est plus court que tout à l'heure.

— Tu sais, Kafka…

Je m'arrête sur le seuil de la pièce, me retourne.

— Je viens de me souvenir d'une chose : j'ai écrit un livre sur le tonnerre.

Je ne dis rien. Un livre sur le tonnerre ?

— J'ai parcouru le Japon pour rencontrer des gens frappés par la foudre et qui avaient survécu, et je les ai interviewés. Cela m'a pris plusieurs années. J'ai pu recueillir pas mal de témoignages, ils étaient tous très intéressants. Le livre a été publié par une petite maison d'édition, et il s'est très mal vendu. Il n'aboutissait à aucune conclusion, or personne ne veut lire de livres sans conclusion. Pourtant, à mes yeux, cette absence de conclusion était parfaitement normale.

Dans ma tête, un marteau minuscule frappe sur un des tiroirs de ma mémoire. Il frappe encore et encore. Je dois me souvenir de quelque chose de très important. Mais je ne sais pas de quoi il s'agit. Mlle Saeki se remet à écrire, et moi, renonçant à réfléchir davantage, je retourne dans ma chambre.

L'orage a duré une heure. Le tonnerre était si violent que j'ai cru que toutes les vitres de la bibliothèque allaient se briser. À chaque éclair, les vitraux du palier du premier étage projetaient une image sur le mur blanc, comme un fantôme du passé. Au bout de deux heures, la pluie s'est arrêtée et une lumière jaune a commencé à filtrer d'entre les nuages, comme si les éléments s'étaient enfin réconciliés. Les gouttes de pluie ont continué à tomber des auvents, sous ces doux rayons. Maintenant, le crépuscule approche, et nous

nous préparons à fermer la bibliothèque. Mlle Saeki nous dit au revoir, à Oshima et à moi. J'entends sa Golf quitter le parking. Je l'imagine en train de tourner la clé de contact. Je dis à Oshima que je pourrai finir de ranger seul. Après s'être lavé les mains et la figure dans la salle d'eau en chantant un air d'opéra, il s'en va à son tour. J'entends le moteur de sa Mazda Miata pétarader, puis le bruit s'éloigne et disparaît. Maintenant la bibliothèque m'appartient, à moi seul. Le silence me paraît plus profond que d'habitude.

De retour dans ma chambre, je regarde la partition de *Kafka sur le rivage* qu'Oshima a imprimée pour moi. C'est bien ce que je pensais, la partie des instruments à cordes est très simple, sauf dans le refrain, qui comprend deux accords très compliqués. Je vais dans la salle de lecture, m'installe devant le piano à queue et essaie de jouer le morceau. Cela demande beaucoup d'agilité. Je m'y reprends à plusieurs reprises, et finis par parvenir tant bien que mal à produire des sons corrects.

Au début, les accords sonnent faux. Je me demande s'il n'y a pas une erreur d'impression. Ou bien est-ce le piano qui est mal accordé ? Mais à force d'écouter attentivement ces deux accords qui se font écho, je finis par en être convaincu : la chanson tout entière repose sur les deux accords du refrain. Grâce à eux, *Kafka sur le rivage* acquiert une profondeur, une substance qui en font bien autre chose qu'une banale chanson pop. Comment Mlle Saeki a-t-elle trouvé des accords aussi extraordinaires ?

Je retourne dans ma chambre, fais chauffer de l'eau dans la bouilloire électrique, me prépare du thé. Ensuite, je pose l'un après l'autre sur le tourne-disque tous les vieux 33 tours qu'Oshima et moi avons trouvés dans le débarras : *Blonde on Blonde* de Bob Dylan, le *White Album* des Beatles ; *Dock of the Bay* d'Otis

Redding ; *Getz/Gilberto* de Stan Getz. Uniquement des tubes de la seconde moitié des années soixante.

L'adolescent qui occupait cette chambre – Mlle Saeki était sans doute à ses côtés – posait ces disques sur le plateau, abaissait le saphir, écoutait attentivement le son qui sortait des haut-parleurs. J'avais l'impression qu'il transportait la pièce tout entière, et moi avec, dans un autre temps. Dans un monde d'avant ma naissance. Tout en écoutant la musique, j'essaie de me remémorer avec le plus de précision possible ma conversation du début de l'après-midi avec Mlle Saeki.

« Mais quand j'avais quinze ans, je croyais qu'il existait un endroit de ce genre, quelque part dans le monde. Je croyais que je pourrais trouver l'entrée de cet autre monde. »

Il me semble entendre sa voix tout près de mon oreille. De nouveau, quelque chose frappe avec insistance à une porte dans ma tête.

« L'entrée ? »

Je soulève le saphir, ôte l'album de Stan Getz, sors le 45 tours *Kafka sur le rivage* de sa pochette, le pose à la place sur le plateau du tourne-disque. J'abaisse l'aiguille, et Mlle Saeki se met à chanter :

Les doigts de la jeune noyée
cherchent la pierre de l'entrée.
Elle soulève le bord de sa robe d'azur
et regarde Kafka sur le rivage.

L'adolescente qui vient ici chaque nuit a dû trouver la pierre de l'entrée. Elle est restée dans un autre monde, où elle a toujours quinze ans. La nuit, elle vient de là-bas visiter cette chambre. Enveloppée de sa robe bleu clair, elle regarde *Kafka au bord de la mer.*

Soudain, sans transition, un souvenir me revient : mon père expliquant comment, dans sa jeunesse, il avait été frappé par la foudre. Il ne m'avait pas raconté directement cette histoire. Je l'avais lue par hasard, dans une interview qu'il avait accordée à un magazine. À l'époque où mon père était étudiant aux Beaux-Arts, il améliorait ses fins de mois en travaillant comme caddie. Un après-midi de juillet, tandis qu'il parcourait le terrain de golf à la suite d'un client, la couleur du ciel avait changé brusquement et un violent orage avait éclaté. La foudre s'était abattue sur l'arbre sous lequel son client et lui avaient trouvé refuge. Le joueur de golf avait été foudroyé en même temps que l'arbre, fendu par le milieu. Mon père avait eu une sorte d'intuition à laquelle il devait la vie : il avait bondi hors de leur abri juste avant que la foudre s'abatte dessus. Il s'en était tiré avec de légères brûlures. Ses cheveux avaient pris feu et le choc l'avait projeté contre un rocher. Il s'y était cogné la tête si violemment qu'il était tombé assommé. Il ne lui était resté de cet accident qu'une petite cicatrice au front. Une fois remis, mon père s'était lancé sérieusement dans la sculpture. Voilà l'histoire dont j'essayais en vain de me souvenir cet après-midi en écoutant le tonnerre, dans le bureau de Mlle Saeki.

Je me dis qu'elle a pu rencontrer mon père à l'époque où elle faisait ses interviews pour son livre sur les rescapés de la foudre. C'est possible. Il ne doit pas y avoir tant de gens qui ont survécu à un foudroiement, après tout.

Je retiens mon souffle et attends que la nuit tombe. Les nuages se déchirent, les rayons de la lune éclairent les arbres du jardin. Il y a trop de coïncidences. Les choses commencent à se précipiter, et tout converge vers le même lieu.

26

Il était déjà tard dans l'après-midi et il leur fallait d'abord trouver un endroit où passer la nuit. Hoshino se rendit à l'office du tourisme de la gare de Takamatsu, d'où il réserva une chambre dans une auberge. Une auberge quelconque, mais qui présentait l'avantage d'être facilement accessible à pied depuis la gare. Peu leur importait l'endroit, du moment qu'ils pouvaient dormir sur des matelas convenables. Comme l'auberge précédente, celle-ci servait le petit déjeuner mais pas le dîner. Cela arrangeait bien Nakata, qui risquait de s'endormir à n'importe quel moment.

Une fois dans la chambre, Nakata fit à nouveau étendre Hoshino à plat ventre sur le tatami et se mit à califourchon sur son dos. Il vérifia l'état de ses articulations et de ses muscles. Cette fois, il appuya à peine et se contenta de suivre des doigts le contour de l'os afin de vérifier la contraction des muscles qui l'entouraient.

— Il y a un problème ? demanda Hoshino, l'air inquiet, craignant que le vieil homme ne lui fasse aussi mal que la dernière fois.

— Non, tout va bien. Nakata ne trouve aucun désordre. Les os se sont remis à la bonne place.

— Tant mieux. Franchement, je ne veux plus jamais avoir aussi mal, dit le jeune homme.

— Oui. Je suis désolé. Mais comme M. Hoshino a dit qu'il n'était pas douillet, Nakata a appuyé très fort.

— Je sais bien que j'ai dit ça. Mais il y a des limites à tout. Il faut un minimum de bon sens, je te le dis, moi, papi. Je ne me plains pas puisque tu m'as guéri, mais cette douleur dépassait tout ce qu'on peut imaginer. Mon corps est littéralement tombé en morceaux. J'ai eu l'impression de mourir et de ressusciter juste après.

— Nakata aussi est mort une fois, pendant trois semaines.

— Tiens donc ? fit le jeune homme, toujours allongé sur le ventre.

Il but une gorgée de thé, grignota quelques crackers qu'il avait achetés à la supérette.

— Alors comme ça, tu es mort pendant trois semaines… Et pendant ce temps-là tu étais où ?

— Nakata ne s'en souvient pas très bien. J'ai l'impression que j'étais quelque part très loin, que je faisais d'autres choses. Mais c'est très vague, je ne me rappelle rien, vraiment. Et puis, quand Nakata est revenu dans ce monde, il était devenu idiot et ne savait plus ni lire ni écrire.

— Tu as laissé ta faculté de lire et d'écrire de l'autre côté.

— Peut-être, oui.

Ils restèrent silencieux un moment. Si excentrique que lui semblât le récit du vieil homme, Hoshino décida qu'il valait mieux le croire. En même temps, il hésitait à approfondir cette histoire craignant que tout cela ne l'entraîne dans un chaos incontrôlable. Il changea donc de sujet et revint à des problèmes plus concrets et d'un ordre immédiat :

— Bon, alors maintenant qu'on est arrivés à Takamatsu, qu'est-ce que tu as l'intention de faire ?

— Je ne sais pas, Nakata ne sait pas trop quoi faire.

— On n'était pas censés trouver la « pierre de l'entrée » ?

— Ah oui, tout à fait, tout à fait ! Nakata avait complètement oublié. Il faut trouver la pierre. Mais Nakata n'a aucune idée d'où elle se trouve. J'ai une espèce de brouillard dans la tête qui ne veut pas se dissiper. Je ne suis déjà pas très intelligent mais là, je ne peux vraiment pas réfléchir.

— C'est embêtant.

— Assez, oui.

— Enfin bon, rester ici à se regarder en chiens de faïence, ça ne mène nulle part.

— Comme vous dites.

— À mon avis, ce serait bien, de se renseigner un peu. Demander aux gens du coin s'ils ont entendu parler d'une pierre particulière, par exemple.

— Si vous pensez que c'est une bonne idée, Nakata est prêt à essayer. Je vais demander à tout le monde. Ce n'est pas pour me vanter, mais comme Nakata n'est pas intelligent, il a l'habitude de poser des tas de questions.

— Hum. Comme disait mon grand-père : « Demander une fois, gêne vite passée. Ne pas demander, gêne pour la vie. »

— C'est parfaitement exact. Une fois qu'on est mort, tout ce qu'on savait disparaît.

— Euh… Ce n'est pas tout à fait ce qu'il voulait dire, fit le jeune homme en se grattant la tête. Enfin bref… À part ça, tu n'aurais pas une idée, même vague, d'à quoi ressemble cette pierre ? Sa taille, sa forme, sa couleur… Ou bien à quoi elle sert exactement ? Sans ce genre d'information, il va être difficile de se renseigner… Si on demande simplement aux gens : « Il n'y aurait pas une pierre de l'entrée dans le coin ? », on va passer pour des fous, non ?

— Oui. Nakata est idiot, mais il n'est pas fou.

— C'est juste.

— La pierre que cherche Nakata est spéciale. Elle est blanche, pas très grande et n'a pas d'odeur particulière. Je ne sais pas à quoi elle sert. Elle est ronde, comme un gâteau de riz, un *mochi* à peu près de cette taille.

Pour illustrer ses paroles Nakata forma de ses deux mains un cercle de la taille d'un disque vinyle.

— Hum. Et si tu la voyais de tes yeux, tu crois que tu la reconnaîtrais ?

— Oui. Nakata reconnaîtra la pierre tout de suite.

— Il y a peut-être une légende concernant son origine ou une tradition qui lui est associée ? Il pourrait s'agir d'une pierre célèbre de la région, exposée dans un sanctuaire, par exemple ?

— Je me demande… Nakata ne sait pas trop, mais c'est une possibilité.

— Ou alors, elle pourrait être dans une maison, où on l'utiliserait comme mortier ?

— Non. Ça, ce n'est pas possible.

— Comment tu le sais ?

— Parce que cette pierre ne se laisse pas déplacer par n'importe qui.

— Mais Nakata, lui, pourra la faire bouger ?

— Oui. Nakata le pourra, sans aucun doute.

— Et qu'est-ce qui se passe, quand on la déplace ?

Nakata réfléchit, ce qui lui arrivait rarement. Du moins, il avait l'air de réfléchir, car il passait la paume de sa main sur ses cheveux grisonnants.

— Je ne sais pas trop. Tout ce que Nakata sait, c'est qu'il faut que quelqu'un la déplace très bientôt.

— Et ce *quelqu'un*, ce serait Nakata ?

— Oui, exactement.

— Et on ne peut trouver cette pierre qu'à Takamatsu ?

— Non. Nakata a l'impression que l'endroit importe peu. Simplement, la pierre est à Takamatsu en ce moment. Évidemment, si elle s'était trouvée dans l'arrondissement de Nakano, cela aurait été plus pratique.

— Tout de même, Nakata, tu ne crois pas que ça peut être dangereux de déplacer une pierre aussi spéciale, sans permission ?

— En effet, monsieur Hoshino. Je suis désolé de vous le dire, mais c'est assez dangereux.

— Manquait plus que ça ! fit Hoshino, qui secoua la tête et mit sa casquette des Chunichi Dragons, en faisant ressortir sa queue-de-cheval par l'ouverture à l'arrière. Nous voilà en plein *Indiana Jones* maintenant !

Le lendemain matin, ils se rendirent à l'office du tourisme de la gare et se renseignèrent sur l'existence d'une pierre célèbre dans Takamatsu ou les environs.

— Une pierre ? répéta la jeune femme au comptoir avec une moue dubitative.

De toute évidence, cette question dépassait ses compétences. Sa formation devait être limitée aux sites touristiques classiques.

— Mais elle ressemble à quoi, votre pierre ?

— Elle est grande comme ça, dit Hoshino en formant un cercle de la taille d'un 33 tours. Et elle s'appelle « la pierre de l'entrée ». Je pense qu'elle est assez connue.

— Mais de quelle entrée s'agit-il ?

— Si on le savait, ce serait plus simple.

L'employée réfléchit un bon moment. Pendant ce temps, Hoshino fixait son visage : elle n'était pas laide, mais avait les yeux trop écartés. Cet espace vide au milieu du visage lui donnait un air prudent et vaguement bovin. Elle passa quelques coups de téléphone pour vérifier si un de ses collègues connaissait « la pierre de l'entrée », mais n'obtint aucune information utile.

— Je suis désolée, personne n'a entendu parler d'une telle pierre.

— Personne ?

Elle hocha la tête.

— Désolée. Pardonnez mon indiscrétion, mais vous êtes venus de loin exprès pour voir cette pierre ?

— Ouais. Exprès ou pas, en tout cas, moi, je suis venu de Nagoya. Et le papi, là, il a fait un sacré bout de chemin : il vient de l'arrondissement de Nakano, à Tokyo.

— Oui. Nakata est venu de Nakano, intervint le vieil homme. Il est monté dans un tas de camions et on lui a même offert de l'anguille en route. Je suis arrivé jusqu'ici sans dépenser un sou.

— Ah…, fit la jeune femme.

— Oui, enfin bref, si personne ne connaît cette pierre, on n'y peut rien. Ce n'est pas votre faute. Mais il n'y aurait pas une autre pierre célèbre par ici, même si elle ne s'appelle pas la « pierre de l'entrée » ? Je ne sais pas, moi, une pierre particulière qui apparaîtrait dans un conte folklorique local ou qui exaucerait les vœux, peu importe.

La jeune femme au comptoir observa timidement de ses yeux trop écartés la casquette des Chunichi Dragons, la queue-de-cheval, les lunettes de soleil aux verres verts, la boucle d'oreille et la chemise hawaïenne d'Hoshino.

— Euh, je suis vraiment désolée, mais si vous voulez, je peux vous indiquer le chemin de la bibliothèque municipale. Peut-être pourrez-vous faire des recherches par vous-même ? Pour ma part, je ne connais pas grand-chose aux pierres.

Ils revinrent également bredouilles de la bibliothèque. L'établissement ne possédait aucun livre spécialisé sur les pierres des environs de Takamatsu.

— Il peut y avoir des passages concernant une pierre là-dedans, vérifiez par vous-même, avait proposé la bibliothécaire en posant devant eux une pile de livres tels que *Traditions du département de Kagawa*, *Légendes du grand maître Kôbô-Daishi* ou encore *Histoire de Takamatsu*. Hoshino se mit à l'ouvrage en soupirant. Cela dura jusque tard dans l'après-midi. Pendant ce temps, Nakata regardait, fasciné, *Les Plus Belles Pierres du Japon*.

— Comme vous le savez, Nakata ne sait pas lire, aussi c'est la première fois qu'il visite une bibliothèque, dit-il.

— Il n'y a pas de quoi me vanter, mais moi qui sais lire, c'est aussi la première fois que j'entre dans une bibliothèque, fit le jeune Hoshino.

— Maintenant que je connais, je peux dire que c'est un endroit assez intéressant.

— Content que ça te plaise.

— Il y a aussi une bibliothèque municipale à Nakano. Je pense que j'irai souvent maintenant. Ce qui est bien, c'est que l'entrée est libre. Nakata ne savait pas qu'on avait le droit d'entrer sans savoir lire.

— J'ai un cousin aveugle de naissance qui va tout le temps au cinéma. Je ne comprends pas ce qu'il y trouve d'intéressant.

— Ah bon ? Nakata a de bons yeux, lui, et il n'a jamais mis les pieds au cinéma.

— C'est pas vrai ? Ben, je t'y emmènerai la prochaine fois.

La bibliothécaire s'approcha de leur table pour leur dire de ne pas parler si fort. Ils cessèrent leur bavardage et se concentrèrent chacun sur ses livres. Une fois qu'il eut fini de regarder *Les Plus Belles Pierres du Japon*, Nakata remit l'album dans les rayons et se plongea dans un autre ouvrage, intitulé *Les Chats du monde*.

Bien qu'en grommelant, Hoshino finit par arriver au bout de sa pile. Malheureusement, il trouva peu d'informations sur les pierres. Plusieurs livres évoquaient les murailles de pierre du château de Takamatsu, mais elles n'étaient pas de taille à être manipulées par Nakata. Certaines légendes du grand maître Kôbô-Daishi concernaient les pierres : le célèbre moine avait fait jaillir une source en déplaçant une pierre dans une étendue sauvage qu'il avait ainsi transformée en rizière fertile. Hoshino apprit aussi qu'il existait dans un temple local une pierre du nom de « pierre de fécondité », que venaient vénérer les femmes en mal d'enfants. Cependant, cette pierre d'un mètre de haut en forme de phallus ne pouvait en aucun cas être la « pierre de l'entrée » que cherchait Nakata.

Le soir tombant, ils abandonnèrent leurs recherches, quittèrent la bibliothèque et allèrent dîner dans un restaurant du coin. Ils commandèrent tous les deux des bols de riz garnis de beignets de *tempura*. Hoshino prit une soupe de nouilles *udon* en supplément.

— Nakata a bien aimé la bibliothèque, dit le vieil homme. Je ne savais pas qu'il y avait autant d'espèces de chats dans le monde.

— En revanche, on n'a pas trouvé beaucoup d'informations sur la pierre, mais enfin, on vient juste de commencer nos recherches. Une bonne nuit de sommeil là-dessus, et nous verrons ce que demain nous apportera…

Le lendemain matin, ils retournèrent à la bibliothèque. Comme la veille, Hoshino empila sur la table des livres qui semblaient avoir un rapport avec les pierres et se mit à les feuilleter l'un après l'autre. Il n'avait jamais lu autant de sa vie. Ces lectures lui apprirent beaucoup sur l'histoire de Shikoku et sur le fait que les pierres faisaient l'objet de diverses croyances depuis les temps anciens. Cependant, il ne trouva rien sur le sujet qui les avait amenés là. Dans l'après-midi, cet excès de lecture commençant à lui donner mal à la tête, ils sortirent et allèrent s'allonger sur le gazon du parc, où ils regardèrent passer les nuages. Hoshino fuma une cigarette tandis que Nakata buvait le thé vert grillé que contenait sa bouteille Thermos.

— Demain, il y aura de nombreux coups de tonnerre, dit Nakata.

— J'espère que ce n'est pas toi qui les appelles exprès ?

— Non. Nakata n'appelle jamais les coups de tonnerre. Le tonnerre viendra de son propre gré.

— Me voilà rassuré, dit le jeune homme.

À peine rentré à l'auberge, Nakata prit un bain, se glissa sous la couette et s'endormit. Hoshino alluma la télé et regarda le match de base-ball sans mettre le son trop fort. Mais voyant que l'équipe des Giants allait battre à plate couture celle d'Hiroshima, la mauvaise humeur le gagna et il éteignit la télé. Comme il n'avait pas encore sommeil, il décida de sortir boire un verre. Il entra dans le premier bar à bière venu, commanda un demi avec une assiette d'oignons frits. L'idée d'engager la conversation avec les filles de la table voisine le traversa, mais il y renonça rapidement : ce n'était pas le moment de s'amuser, il fallait reprendre la quête de la pierre dès le lendemain matin.

Il termina sa bière, sortit du bar et remit sa casquette. Puis il se promena un peu au hasard. Même si elle n'avait pas l'air particulièrement intéressante, cela lui plaisait de marcher seul sans but dans cette grande ville inconnue. Il avait toujours aimé marcher. Une Marlboro aux lèvres, les mains dans les poches, il traîna d'une avenue à l'autre, d'une ruelle à l'autre. Quand il n'avait pas de cigarette à la bouche, il sifflotait. Il traversa des quartiers animés, puis des rues désertes, mortellement silencieuses. Il avançait toujours au même rythme. Jeune, libre, en bonne santé, il n'avait peur de rien.

Après avoir descendu une petite rue étroite bordée de karaokés, de bars et de clubs privés (qui changeaient probablement de propriétaires et de noms tous les six mois), il venait de tourner au coin d'une ruelle plutôt sombre et déserte quand il entendit quelqu'un l'appeler d'une grosse voix. « Hé, Hoshino ! Hoshino ! »

Il pensa d'abord qu'il ne s'agissait pas de lui. Personne à Takamatsu ne le connaissait. La voix appelait sans doute une personne qui portait le même nom que lui. Sans être commun pour autant, son patronyme n'était pas particulièrement rare. Il continua donc à avancer sans se retourner. Mais la voix le poursuivait en répétant son nom sans répit : « Hoshino, Hoshino. »

Le jeune homme finit par s'arrêter et aperçut derrière lui un petit vieux vêtu d'un costume blanc. Sa moustache, sa barbiche et ses cheveux étaient également blancs, et de petites lunettes lui donnaient un air sérieux. Il portait une chemise blanche et un ruban noir en guise de cravate. Ses traits laissaient penser qu'il était japonais, mais ses vêtements évoquaient plutôt un planteur du Sud des États-Unis. Il ne devait pas mesurer plus d'un mètre cinquante et ressemblait davantage à un modèle réduit qu'à un nain. Il tendait les bras devant lui à l'horizontale comme s'il tenait un plateau.

— Mon petit Hoshino, fit le vieil homme, d'une voix claire et stridente, avec une pointe d'accent étranger.

Le jeune homme le regarda, stupéfait.

— Vous êtes…

— Oui. Je suis le colonel Sanders.

— Vous êtes vraiment son sosie, dit Hoshino d'un air admiratif.

— Je ne suis pas son sosie. Je *suis* le colonel Sanders.

— Celui du Kentucky Fried Chicken ?

Le vieillard hocha solennellement la tête.

— Exact.

— Mais… attendez, comment connaissez-vous mon nom ?

— J'appelle toujours les fans des Chunichi Dragons Hoshino. C'est systématique. Les supporters des Giants, je les appelle tous Nagashima, et ceux des Chunichi Dragons, Hoshino. C'est ainsi.

— Mais moi je m'appelle vraiment Hoshino !

— Pure coïncidence. Je n'y suis pour rien, fit le colonel Sanders, faussement modeste.

— Hum. Qu'est-ce que vous me voulez au juste ?

— J'ai des filles pas mal.

— Ah, je vois, répondit Hoshino. Un maquereau ! Voilà pourquoi vous êtes habillé de la sorte.

— Mon petit Hoshino, combien de fois dois-je te le répéter ? Je ne suis pas déguisé. Je *suis* le colonel Sanders. Qu'il n'y ait pas de malentendus.

— D'accord, d'accord. Mais si vous êtes le véritable colonel Sanders, pourquoi cherchez-vous des clients dans cette ruelle déserte ? Un type comme vous, mondialement célèbre, devrait être quelque part en

Amérique, au bord de la piscine d'une confortable villa, à profiter agréablement de sa retraite, grâce aux royalties de sa chaîne de restaurants, non ?

— Mon petit Hoshino, j'imagine que tu l'ignores, mais il existe en ce monde ce que l'on appelle un *gauchissement*.

— Hein ?

— Cela t'échappe sans doute, mais c'est ce gauchissement qui donne toute sa profondeur à notre monde en trois dimensions. Si tu veux que tout soit bien droit autour de toi en permanence, va-t'en donc vivre dans un monde tracé à l'équerre.

— Hé, colonel, vous aussi vous racontez des trucs bizarres, dit Hoshino, admiratif. C'est génial. Le destin veut qu'en ce moment je n'arrête pas de rencontrer des vieux plus loufoques les uns que les autres. Si ça continue, je ne vais bientôt plus savoir distinguer ma droite de ma gauche.

— On s'en moque. Bon, alors, mon petit Hoshino, tu veux une fille ou tu n'en veux pas ?

— Vous parlez d'un salon de massage, là ?

— Comment ça, un salon de massage ?

— C'est-à-dire qu'on ne le fait pas pour de vrai, vous voyez. Lèche-lèche, frotte-frotte, mais pas crac-crac.

— Pas du tout, dit le colonel Sanders en secouant la tête avec irritation. Pas du tout du tout du tout. Pas seulement lèche-lèche, frotte-frotte, tu peux faire crac-crac aussi.

— C'est un bain turc alors ?

— Comment ça, un bain turc ?

— Colonel, arrêtez un peu de vous moquer de moi. Je ne suis pas venu seul ici, et demain, on doit se lever tôt. Je n'ai pas le temps de m'amuser à des trucs farfelus toute la nuit.

— Alors tu ne veux pas de fille.

— Non, ce soir, pas de fille, pas de poulet frit. Je rentre me coucher.

— Et tu crois que tu trouveras facilement le sommeil ? demanda le colonel Sanders d'un ton plein de sous-entendus. Quand on ne trouve pas ce qu'on cherche, on ne s'endort pas paisiblement, mon petit Hoshino.

Hoshino, bouche bée, fixa son interlocuteur.

— Ce qu'on cherche ? Hé, colonel, comment vous savez que je cherche quelque chose ?

— C'est écrit sur ton visage, mon petit Hoshino. Tu es quelqu'un de très honnête. Tout est écrit sur ton visage. Pour ceux qui savent regarder, tout ce que tu penses est étalé là, sur ta figure, aussi visible que l'intérieur d'un poisson séché ouvert en deux.

Hoshino se gratta machinalement la joue de la main droite. Puis il regarda sa paume, mais il ne vit rien dessus. *Écrit sur mon visage ?*

— Bon, maintenant, dit le colonel Sanders en levant un doigt en l'air, tu ne chercherais pas un objet rond et dur par hasard ?

Hoshino grimaça.

— Hé, colonel, qui êtes-vous au juste ? Comment le savez-vous ?

— Je t'ai dit que c'était écrit sur ton visage. Tu as vraiment des problèmes de compréhension, toi, dit le colonel Sanders en remuant son doigt de droite à gauche. Je ne suis pas dans le métier depuis des années pour rien. Alors, tu ne veux vraiment pas de fille ?

— Écoutez, je cherche une pierre. Une pierre appelée « la pierre de l'entrée ».

— Hum. La pierre de l'entrée. Je la connais bien.

— Vraiment ?

— Je ne mens jamais. Je ne plaisante jamais non plus. Mon caractère est tout d'une pièce.

— Et vous savez aussi où se trouve cette pierre ?

— Ma foi oui, je le sais.

— Et, euh, vous pouvez me le dire ?

Le colonel Sanders toucha la monture noire de ses lunettes et toussota.

— Dis voir, mon petit Hoshino, au fond de toi, tu veux une fille, n'est-ce pas ?

— Si vous me répondez pour la pierre, je veux bien y réfléchir, dit Hoshino, d'un ton légèrement méfiant.

— Parfait. Suis-moi.

Le colonel Sanders se mit à avancer dans la ruelle, sans attendre la réponse. Hoshino se hâta de le suivre.

— Hé, colonel… colonel… Je n'ai que vingt-cinq mille yens en poche.

Le colonel Sanders claqua la langue, tout en continuant à marcher.

— Ça suffira largement. Pour ce prix-là, tu auras une fille de dix-neuf ans belle à croquer. Avec toutes les options spécial septième ciel, mon petit Hoshino. Lèche-lèche, frotte-frotte, crac-crac, toute la panoplie. Et en prime, je te dirai tout sur la pierre.

— Là, je suis scié ! fit le jeune homme.

27

L'écran du réveil affiche 2 h 47 quand je me rends compte que la fille est de nouveau là. Je grave dans ma mémoire ces chiffres. Elle est venue un peu plus tôt qu'hier. Mais cette fois je suis resté réveillé pour l'attendre. Je n'ai pas fermé les yeux une seule fois, ou tout juste pour cligner les paupières. Pourtant je n'ai pas vu l'instant précis où elle a fait son apparition. Tout à coup, je me suis rendu compte qu'elle était là, c'est tout.

Elle porte la même robe bleue, est assise dans le même fauteuil, dans la même position, les yeux fixés sur le tableau de *Kafka au bord de la mer* accroché au mur. Et moi, je la regarde en retenant mon souffle. Le tableau, la jeune fille et moi formons un triangle silencieux dans la chambre. Elle ne se lasse pas de contempler la peinture, et moi, je ne me lasse pas de la contempler, elle. Le triangle est parfaitement fixe, il ne bouge pas d'un iota. Quand soudain, il se produit une chose totalement inattendue.

Je m'entends l'appeler :

— Mademoiselle Saeki…

Je n'avais pas du tout l'intention de prononcer son nom. Mais la pensée s'est frayé un chemin dans mon esprit et s'est transformée en son, à mon insu. J'ai parlé à voix très basse, mais elle m'a entendu. Un des côtés du triangle s'effondre. C'est peut-être ce que j'espérais secrètement. Je ne sais pas.

Elle regarde dans ma direction, mais pas comme si elle essayait de percer les ténèbres. Elle tourne simplement son visage vers moi, calmement, en gardant sa joue dans sa main. Comme si elle avait senti une très légère vibration dans l'air. J'ignore si elle peut me voir, mais je souhaite de tout mon cœur qu'elle me remarque. Je veux qu'elle sache que j'existe.

Je répète son nom : « Mademoiselle Saeki... » Je ne peux pas m'empêcher de le prononcer. Peut-être qu'effrayée par le son de ma voix, elle va s'en aller et ne plus jamais revenir ? Dans ce cas, je serais affreusement déçu. Ou plutôt non, pas déçu, totalement désespéré : j'aurais perdu quelque chose qui représente tout pour moi. Pourtant, je ne peux pas m'empêcher de prononcer son nom. Ma langue, mes lèvres se meuvent indépendamment de ma volonté et répètent, encore et encore, presque automatiquement, son nom.

Maintenant, ce n'est plus le tableau qu'elle regarde, mais moi. Ou du moins, je fais partie de son champ de vision. De là où je suis, je ne distingue pas son expression. Au-dehors, les nuages se déplacent dans le ciel, et leurs mouvements font vaciller la lumière de la lune. Il doit y avoir du vent, mais je ne l'entends pas.

Poussé par une force implacable qui me dépasse, j'appelle à nouveau :

— Mademoiselle Saeki...

Elle enlève la main droite de sous sa joue, la pose devant ses lèvres comme pour dire « chut ! » Mais est-ce bien cela qu'elle veut signifier ? Si seulement je pouvais m'approcher d'elle et regarder au fond de ses yeux, je pourrais voir ce qu'elle pense, quelles émotions la traversent en ce moment. Qu'essaie-t-elle de me communiquer par ce geste ? Que cherche-t-elle à me suggérer ? Mais le sens se dissout, absorbé par les lourdes ténèbres du cœur de la nuit. Tout à coup, je me sens suffoquer et je ferme les yeux. Une masse d'air me bloque la poitrine, comme si j'avais avalé un nuage de pluie. Je rouvre les yeux au bout de quelques secondes, mais la jeune fille a disparu. Il ne reste plus qu'un fauteuil vide devant le bureau et l'ombre d'un nuage qui passe sur le mur.

Je me lève, vais à la fenêtre et regarde le ciel. Et je pense au temps qui ne reviendra pas. Je pense aux rivières, aux marées. Je pense aux forêts et aux sources. À la pluie et aux éclairs. Aux rochers. Aux ombres. Et tout cela est à l'intérieur de moi.

Le lendemain, en début d'après-midi, un policier en uniforme se présente à la bibliothèque. Je suis resté dans ma chambre, aussi, j'ignore sa présence. Il va rester une vingtaine de minutes, poser un tas de questions à Oshima puis repartir. Après quoi Oshima vient me voir dans la chambre et m'explique ce qui s'est passé :

— Un policier est venu et a posé des questions sur toi.

Il ouvre le Frigidaire, prend une bouteille de Perrier, la décapsule et s'en verse un verre.

— Comment est-il arrivé jusqu'ici ?

— Tu as dû utiliser un téléphone portable. Celui de ton père.

Je fouille dans mes souvenirs. C'est vrai, j'ai appelé Sakura depuis ce téléphone, le jour où je me suis réveillé, ensanglanté, dans le bois derrière le sanctuaire.

— Je ne m'en suis servi qu'une fois…

— Les enquêteurs ont remonté tous les appels enregistrés depuis ce téléphone, cela leur a permis de découvrir que tu étais venu à Takamatsu. En général, les policiers n'expliquent pas en détail leurs méthodes d'investigation mais j'ai réussi à faire parler celui-là, mine de rien. Je peux être très aimable, quand je veux. Il m'a dit aussi qu'ils n'avaient pas pu identifier la personne que tu avais appelée, parce qu'il devait s'agir d'un téléphone à carte prépayée. En tout cas, ils ont su que tu étais venu à Takamatsu, et la police locale a vérifié tous les hôtels. Ils ont trouvé la trace d'un « Kafka Tamura » correspondant à ta description qui a séjourné dans un business-hotel de la ville jusqu'au 28 mai. C'est le jour où ton père a été tué.

Je suis soulagé d'apprendre que les enquêteurs n'ont pas retrouvé Sakura. Je lui ai causé suffisamment d'ennuis comme ça.

— Le gérant de l'hôtel se rappelait que tu avais parlé de notre bibliothèque. Tu t'en souviens, une employée avait même téléphoné ici pour vérifier que tu y étais ?

Je hoche la tête.

— Voilà comment la police a abouti ici.

Oshima boit une gorgée de Perrier.

— J'ai menti, évidemment. Je leur ai dit qu'on ne t'avait pas revu ici après le 28. Que tu étais venu tous les jours jusqu'à cette date, mais après, plus rien.

— Ça va vous causer des ennuis d'avoir menti à ce policier.

— Mais si je ne mens pas, c'est toi qui vas en avoir, des ennuis.

— Je ne veux pas vous mettre dans une situation délicate.

Oshima rit en plissant les yeux.

— Je crois que tu ne comprends pas : tu m'as déjà mis dans une situation délicate.

— Alors justement, je ne…

— Écoute, arrête de dire que tu vas me causer des ennuis, d'accord ? C'est déjà fait, je te le répète. Ça ne mènera à rien d'en discuter maintenant.

Je hoche la tête en silence.

— En tout cas, cet inspecteur m'a laissé sa carte, et m'a demandé de l'appeler si jamais tu réapparaissais.

— Je suis soupçonné de meurtre ?

Oshima secoue lentement la tête.

— Je ne crois pas. Mais ils comptent sur ton témoignage pour parvenir à élucider l'affaire. J'ai suivi l'évolution de l'enquête dans les journaux : les policiers s'impatientent, ils ne trouvent rien. Pas d'indices, pas d'empreintes, pas de témoins. Tu es leur seule piste. Voilà pourquoi ils veulent à tout prix te retrouver. Ton père était un homme célèbre ; la télé, les magazines ont fait beaucoup de bruit autour de son assassinat. La police ne peut pas attendre en se tournant les pouces.

— Mais si cet inspecteur découvre que vous lui avez menti, il récusera votre témoignage, et je pourrai dire adieu à mon alibi pour le soir du meurtre. Ils penseront que c'est moi le coupable.

Oshima secoue de nouveau la tête.

— Les policiers japonais ne sont pas si stupides, Kafka Tamura. On ne peut pas dire qu'ils débordent d'imagination, mais ils sont loin d'être incompétents. Les enquêteurs ont déjà vérifié toutes les listes de passagers sur les vols entre le Shikoku et Tokyo et puis, tu l'ignores peut-être, mais dans les aéroports, à toutes les portes d'embarquement, il y a des caméras vidéo qui filment les passagers. Ils doivent déjà savoir que tu n'as fait aucun aller et retour Shikoku-Tokyo le jour de l'assassinat. On a accès à des informations très précises dans ce pays, crois-moi. La police sait que ce n'est pas toi le coupable. Si jamais ils le pensaient d'ailleurs, ce n'est pas un inspecteur local qu'ils auraient envoyé, mais un policier du commissariat central de Tokyo. Et dans ce cas-là, ils m'auraient interrogé bien plus sérieusement et j'aurais eu du mal à les berner. Non, tout ce qu'ils veulent pour le moment, c'est entendre ton témoignage.

Je me dis qu'il doit avoir raison.

— Enfin, il vaut tout de même mieux que tu ne te montres pas trop pour le moment, ajoute Oshima. Des policiers patrouillent peut-être dans le secteur et ils doivent ouvrir l'œil en espérant te repérer. Ils ont des photos de toi. Des copies de la photo de ta carte de collégien. On ne peut pas dire que tu sois vraiment ressemblant dessus. Tu as l'air – comment dire ? – très en colère sur cette photo.

C'était le seul cliché que j'avais laissé derrière moi. J'avais essayé d'éviter par tous les moyens d'être pris en photo. Mais pour ma carte de collégien, je n'avais pas eu le choix.

— L'inspecteur m'a dit que tu étais un gamin à problèmes. Il a parlé d'incidents violents entre toi et tes camarades de classe, et a dit que tu avais été exclu trois fois du collège.

— Pas trois, deux. Et je n'ai été exclu que provisoirement il s'agissait à chaque fois de renvois temporaires.

Après cette explication, j'inspire profondément, souffle tout l'air hors de mes poumons, puis j'ajoute :

— J'ai des moments comme ça.

— Des moments où tu ne te contrôles plus ?

Je hoche la tête.

— Et tu te bagarres ?

— C'est plus fort que moi. Dans ces moments-là, c'est comme s'il y avait quelqu'un d'autre à l'intérieur de moi. Et avant que je me sois rendu compte de ce qui se passe, j'ai blessé quelqu'un.

— Gravement ? demande Oshima.

Je pousse un soupir.

— Non. Jamais de bras ou de dents cassés, non.

Oshima s'assied sur le lit, croise les jambes et repousse sa mèche de la main. Il porte un pantalon de coton bleu marine, un polo noir et des Adidas blanches.

— J'ai l'impression que tu as pas mal de problèmes à surmonter.

Pas mal de problèmes à surmonter ? Je lève la tête.

— Pas vous, Oshima-san ?

Il lève les deux bras en l'air.

— Non. Moi je n'ai qu'un seul problème à surmonter : vivre chaque jour dans ce corps, cette enveloppe défectueuse. Dit comme ça, ça paraît simple, mais en fait, c'est compliqué. De toute façon, ce n'est pas parce que j'y arriverai que j'aurai accompli quelque chose d'important. Je ne m'attends pas vraiment à recevoir une ovation.

Je me mords les lèvres un moment puis demande :

— Et vous n'avez jamais pensé à sortir de cette enveloppe ?

— Tu veux dire quitter mon corps ?

Je hoche la tête.

— Symboliquement, ou pour de vrai ?

— N'importe.

Oshima plaque ses cheveux en arrière. Je peux voir les rouages de sa pensée se mettre en route à plein régime derrière le front blanc qui vient d'apparaître.

— Toi, c'est ce que tu voudrais faire ? me demande-t-il au lieu de répondre à ma question.

Je prends une inspiration.

— À la vérité, Oshima-san, moi non plus je n'aime pas le corps dans lequel je suis enfermé. Je ne l'ai jamais aimé, je le déteste même. Mon visage, mes mains, mon sang, mes gènes… Je hais tout ce que j'ai hérité de mes parents. Je n'aimerais rien tant que m'en échapper, comme je me suis enfui de la maison.

Il me regarde fixement en souriant.

— Tu as un corps magnifique, bien musclé. Et peu importe de qui tu as hérité tes traits, tu es plutôt beau. Enfin, ton visage est peut-être trop particulier pour être beau au sens où on l'entend habituellement, mais il est loin d'être laid. Moi, il me plaît. Et puis, tu es intelligent. Tu es bien équipé aussi – entre parenthèses, j'aimerais bien en avoir une comme la tienne. D'ici quelque temps, un nombre incalculable de filles va se mettre à te courir après. Je ne comprends pas vraiment ce que tu reproches à cette enveloppe qui me paraît plutôt satisfaisante.

Je rougis, et Oshima reprend :

— Enfin, bon, peu importe. J'imagine que la question n'est pas là. Pour ma part, c'est sûr, je ne suis pas très satisfait de mon enveloppe physique. C'est compréhensible, non ? On peut la regarder de la façon qu'on veut, impossible de la considérer comme un corps normal. Si on juge en termes de commodité, il n'est pas pratique, c'est sûr. Malgré tout, voilà ce que je pense : si on inverse les choses et que l'on considère notre corps comme l'essence de notre être, et que cette essence soit seulement constituée de notre enveloppe extérieure, peut-être que nos vies deviendront plus faciles à comprendre.

Je regarde à nouveau mes mains. Je pense au sang qui les couvrait l'autre jour. Je me rappelle nettement la sensation visqueuse de ce liquide épais sur mes mains. Je réfléchis à l'essence de mon être, à mon enveloppe extérieure. À l'essence de moi-même, enfermée dans cette enveloppe qui est aussi moi. Mais tout ce qui me vient à l'esprit, c'est la sensation de ce sang sur mes mains.

— Et Mlle Saeki, je me demande ce qu'il en est pour elle.

— À quel sujet ? demande Oshima.

— Est-ce qu'elle a des problèmes à surmonter, à votre avis ?

— Tu ferais mieux de lui poser directement la question, dit Oshima.

À deux heures, je monte une tasse de café à Mlle Saeki sur un plateau. Elle est assise devant son bureau au premier étage. La porte est ouverte. Comme d'habitude, il y a du papier et un stylo devant elle. Mais le stylo a encore son capuchon. Les deux mains posées sur le bureau, Mlle Saeki a le regard perdu dans le vide. Elle a l'air d'être fatiguée. La fenêtre derrière elle est ouverte, et le vent de ce début d'été fait trembler les rideaux de dentelle blanche. Il y a un je-ne-sais-quoi dans cette scène qui me fait penser à un tableau allégorique.

— Merci, dit-elle quand je pose la tasse sur son bureau.

— Vous avez l'air fatigué.

Elle hoche la tête.

— Oui. Ça me vieillit, non ?

— Pas du tout. Vous êtes toujours très jolie.

Elle sourit.

— Tu sais te montrer galant avec les dames, malgré ton jeune âge.

Je rougis.

Mlle Saeki désigne une chaise. La même chaise que la veille, exactement dans la même position. Je m'assieds.

— J'ai l'habitude d'être fatiguée. Ce n'est pas ton cas, j'imagine.

— Non, je ne crois pas.

— Bien sûr, moi non plus, quand j'avais quinze ans, je n'étais jamais fatiguée.

Elle soulève sa tasse de café et boit une gorgée en silence.

— Kafka, que vois-tu au-dehors ?

Je regarde par la fenêtre derrière elle.

— Des arbres, le ciel, des nuages. Des oiseaux perchés sur les branches.

— Un paysage tout à fait ordinaire ?

— Oui.

— Mais si tu te disais que tu ne le verras plus demain, ce paysage deviendrait tout d'un coup précieux et particulier à tes yeux, non ?

— Sans doute, oui.

— Il t'est déjà arrivé de penser à ce genre de choses ?

— Oui.

Elle semble surprise.

— Quand penses-tu à ces choses ?

— Quand je suis amoureux, dis-je.

Mlle Saeki esquisse un sourire, qui s'attarde un moment sur ses lèvres. Il me fait penser à une eau rafraîchissante jetée en pluie sur le jardin un matin d'été, et qui aurait été recueillie dans un petit creux.

— Et tu es amoureux en ce moment, dit-elle.

— Oui.

— Autrement dit, le visage, la silhouette de celle que tu aimes te paraissent précieux et particuliers chaque fois que tu les vois.

— Oui, et j'ai peur de perdre tout cela.

Mlle Saeki me regarde un moment. Son sourire s'est effacé.

— Imagine un oiseau perché sur une branche, dit-elle, une branche que le vent agite. Et chaque fois que la branche bouge, le champ de vision de l'oiseau change. Tu vois ?

Je hoche la tête.

— Comment crois-tu que l'oiseau ajuste sa vision ?

— Je ne sais pas.

— Il baisse et lève la tête en accord avec les mouvements de la branche. La prochaine fois qu'il y aura du vent, observe les oiseaux, tu verras. Moi, je les regarde souvent par la fenêtre. Ça doit être fatigant de vivre comme ça, non ? D'épouser le mouvement de la branche chaque fois que le vent l'agite ?

— Oui.

— Mais les oiseaux ont l'habitude. Ils font cela naturellement. Ils n'ont pas à réfléchir, ils le font, c'est tout. Pour eux, ce n'est pas aussi fatigant qu'on peut l'imaginer. Mais moi je suis un être humain et, parfois, cela me fatigue.

— Vous êtes perchée sur une branche, vous aussi, mademoiselle Saeki ?

— D'une certaine façon, oui, dit-elle. Et il arrive que le vent souffle très fort.

Elle repose la tasse sur la soucoupe, enlève le capuchon de son stylo. C'est le signal : je dois me retirer. Je me lève et, prenant mon courage à deux mains, je lui dis :

— Mademoiselle Saeki, je voudrais vous poser une question.

— Une question personnelle ?

— Oui. Et indiscrète aussi, peut-être.

— Mais c'est une question importante pour toi ?

— Très importante.

Mlle Saeki repose son stylo sur le bureau. Ses yeux brillent d'un éclat neutre.

— Vas-y, je t'écoute.

— Est-ce que vous avez des enfants, mademoiselle Saeki ?

Elle déglutit, ne répond pas tout de suite. Elle semble s'éloigner peu à peu puis revenir à elle. On dirait un cortège de carnaval qui disparaît au coin d'une rue et revient en sens inverse.

— Pourquoi veux-tu savoir ça ?

— À cause d'un problème personnel. Je ne vous ai pas posé cette question au hasard, vous savez.

Elle prend son gros stylo Mont-Blanc dans sa main, vérifie le niveau de l'encre. On dirait qu'elle s'assure que son stylo a toujours la même taille. Puis elle le repose sur le bureau et lève la tête.

— Je suis désolée, Kafka, mais c'est une question à laquelle je ne peux pas répondre simplement par oui ou par non. Pas maintenant en tout cas. Je suis fatiguée, le vent souffle très fort.

Je hoche la tête.

— Excusez-moi, je n'aurais pas dû vous le demander.

— Cela ne fait rien. Ce n'est pas ta faute, dit-elle gentiment. Merci pour le café. Tu le prépares très bien, tu sais.

Je quitte le bureau et redescends. Une fois dans ma chambre, je m'assieds sur mon lit et essaie de lire, mais les phrases ne pénètrent pas dans mon esprit. Je regarde simplement défiler les caractères que j'ai sous les yeux, comme si c'était une liste de chiffres incompréhensibles. Je pose mon livre, vais jusqu'à la fenêtre et regarde le jardin. Je vois des oiseaux perchés. Mais il n'y a pas de vent. Je ne sais plus si je suis amoureux de Mlle Saeki, l'adolescente de quinze ans, ou de Mlle Saeki, la femme mûre de plus de cinquante ans. La frontière qui les séparait se brouille, s'efface, je ne parviens plus à ajuster ma vision. Je suis en pleine confusion. Je ferme les yeux et cherche au fond de moi un sentiment auquel me raccrocher.

Je sais maintenant. Elle a raison. Son visage et sa silhouette me sont chaque jour plus précieux.

28

Le colonel Sanders marchait vite pour un homme de son âge. On aurait dit un ancien champion de marche à pied. De surcroît, il paraissait connaître la ville dans ses moindres recoins. Il prit des raccourcis par des escaliers étroits et sombres, se glissa de biais dans des passages entre des maisons. Il bondit par-dessus un égout, calma d'une phrase brève un chien qui s'était mis à aboyer derrière une clôture. Sa petite silhouette, dans son costume blanc, se déplaçait à la vitesse de l'éclair dans les ruelles de la ville, telle une âme cherchant son chemin. Hoshino, qui s'efforçait de ne pas le perdre de vue, arrivait à peine à le suivre. Il ne tarda pas à avoir les aisselles trempées de sueur et le souffle court. Le colonel ne se retourna pas une seule fois pour voir s'il le suivait ou non.

— Hé, colonel, c'est encore loin ? cria dans son dos Hoshino, qui n'en pouvait plus.

— Que dis-tu, mon garçon ? Allons, c'est juste une petite marche, répondit le colonel sans même se retourner.

— Hé, colonel, c'est moi le client, non ? Si vous me faites marcher encore longtemps comme ça, je vais arriver complètement épuisé et je n'aurai même plus la force de baiser !

— Qu'est-ce qu'il ne faut pas entendre ! Et ça se dit un homme ? Si ton désir sexuel ne résiste pas à une petite marche, il aurait mieux valu que tu y renonces.

— Elle est bien bonne, celle-là ! fit le jeune camionneur.

Le colonel coupa encore par une ruelle, traversa une large avenue sans faire attention au feu, et poursuivit sa route. Il passa un pont et entra dans l'enceinte d'un sanctuaire. Un sanctuaire, assez vaste apparemment, mais désert à cette heure tardive. Le colonel Sanders désigna un banc devant le bâtiment administratif à l'entrée et fit signe à Hoshino de s'y asseoir. Une lampe au mercure éclairait les environs, et il faisait aussi clair qu'en plein jour. Hoshino obéit, et le colonel prit place à côté de lui.

— Colonel, je suis pris d'un doute : vous n'allez tout de même pas me dire que ça va se passer ici, dans les buissons ? demanda Hoshino d'un air inquiet.

— Ne dis pas de sottises, mon gars. Tu n'es pas un daim, que je sache ? Tu ne vas pas faire crac-crac dans un sanctuaire sacré. Qu'est-ce que tu racontes, allons ! Pour qui me prends-tu ?

Sur ce, le colonel Sanders sortit un portable gris argent de sa poche, et appela un numéro préenregistré.

— Allô ? C'est moi… Oui, comme d'habitude. Au sanctuaire… Le garçon s'appelle Hoshino… Oui. C'est ça… Comme d'habitude. Entendu… Pas de problème… Amène-toi tout de suite.

Il raccrocha et remit le téléphone dans la poche de sa veste blanche.

— Vous donnez toujours rendez-vous aux filles dans ce sanctuaire ?

— Ça te pose un problème ?

— Pas spécialement. Mais il y a des endroits plus appropriés, non ? Un endroit, je ne sais pas, moi, normal… On pourrait avoir rendez-vous dans un café, ou directement dans une chambre d'hôtel.

— Un sanctuaire, c'est tranquille, et puis l'air est frais et pur.

— Ça c'est sûr. Mais attendre une fille sur un banc devant un temple, ça ne favorise pas la relaxation. J'ai l'impression que je vais me faire ensorceler par un renard ou voir apparaître un fantôme.

— Qu'est-ce que tu racontes ? Ne t'avise pas de te moquer du Shikoku, hein, mon garçon ! Takamatsu est la préfecture du département, une ville tout ce qu'il y a de bien. Il n'y a pas de renard ensorceleur par ici.

— C'était pour blaguer. Moi, ce que j'en dis… Mais vous êtes dans un business de service, non ? Vous pourriez penser au client, et proposer un lieu qui soit dans l'ambiance, un peu plus classe, quoi. C'est pas mes oignons, mais…

— Exact. Ce ne sont pas tes oignons, mon gars, répliqua le colonel Sanders d'un ton sans appel. Au fait, à propos de la pierre…

— Oui, dites-m'en un peu plus sur la pierre.

— D'abord, tu dois faire crac-crac. On parlera de la pierre après.

— Ah oui, le plus important d'abord, hein.

Le colonel hocha gravement la tête, puis se caressa la barbiche d'un air plein de sous-entendus.

— Exact. Essentiel, le crac-crac. Un cérémonial nécessaire. Alors, tu le fais, ensuite on parle de la pierre. Je suis certain que cette fille va te plaire, mon petit Hoshino. C'est une perle, notre *number one*. Des seins voluptueux, une peau lisse, une taille de guêpe, chaude et humide là où je pense, bref, une vraie bombe sexuelle. En termes d'automobile, c'est un tout-terrain, elle met le turbo dès que tu appuies sur l'accélérateur, le levier de vitesse bien en main, elle prend les virages à fond, passe les rapports en douceur, vas-y, mon gars, tout droit sur la bande de dépassement, direction le septième ciel, et paf !

— Vous, vous êtes unique ! s'écria Hoshino d'un air admiratif.

— Une qualité indispensable pour gagner sa vie dans ce business, jeune homme !

Un quart d'heure plus tard, la fille arrivait. Comme l'avait promis le colonel Sanders, c'était une vraie beauté, avec un corps splendide. Elle portait une minijupe très moulante, des talons aiguilles noirs, et avait à l'épaule un petit sac noir verni. Avec les mensurations qu'elle affichait, elle aurait pu être mannequin. Un décolleté généreux offrait également une vue plongeante sur son opulente poitrine.

— La marchandise te convient, mon petit Hoshino ? s'enquit le colonel Sanders.

Hoshino, bouche bée, opina d'un signe de tête. Aucun mot ne lui venait à l'esprit.

— Une machine sexuelle prête à l'emploi, mon gars. Allez, va t'amuser, dit le colonel, qui souriait pour la première fois, en pinçant les fesses d'Hoshino.

La fille emmena le jeune routier dans un love-hotel du voisinage. Elle fit couler un bain et se déshabilla d'abord, puis engagea Hoshino à en faire autant. Elle le lava soigneusement dans la baignoire, le lécha partout, puis lui fit une fellation avec un art consommé. Jamais le jeune homme n'avait ressenti ni même imaginé de pareilles sensations. Il éjacula en moins de temps qu'il n'en faut pour le dire.

— Eh ben dis donc, c'est la première fois que je jouis comme ça, dit-il en se laissant doucement aller dans la baignoire.

— Et ce n'est qu'un début, dit la fille. Je t'ai réservé le meilleur pour la suite.

— C'était drôlement bon, pourtant.

— Bon à quel point ?

— Au point qu'il n'y a plus de passé ni de futur après un truc pareil.

— *À vrai dire, toute perception est déjà mémoire. Nous ne percevons pratiquement que le passé, le présent pur étant l'insaisissable progrès du passé rongeant l'avenir.*

Le jeune routier leva la tête, la bouche entrouverte et dévisagea la fille.

— Qu'est-ce que tu viens de dire, là ?

— Du Henri Bergson, dit la fille en posant ses lèvres sur le gland d'Hoshino pour lécher les quelques gouttes de sperme qui restaient. Ma hier et mets-moi.

— Quoi ? J'ai pas compris.

— *Matière et Mémoire.* Tu ne l'as jamais lu ?

— Je ne crois pas, répondit Hoshino après un instant de réflexion.

À part le manuel de conduite des véhicules spéciaux qu'il avait été obligé de potasser pendant son séjour à l'armée, les livres sur l'histoire du Shikoku qu'il avait consultés deux jours durant à la bibliothèque, il n'avait pas le souvenir d'avoir lu quoi que ce soit dans sa vie, si ce n'est des mangas.

— Et toi ?

La fille hocha la tête.

— Bien obligée. Je suis en fac de philo, et les examens approchent.

— Je vois, fit Hoshino, impressionné. Alors, ce que tu fais là, c'est un petit job d'étudiante.

— Hum. Il faut bien que je paye mes études.

Après quoi, elle entraîna Hoshino vers le lit, le caressa doucement de la langue et des doigts, si bien qu'il se remit aussitôt à bander. Une érection bien ferme, fièrement dressée comme la tour de Pise au moment du carnaval.

— Dis donc, tu as la santé, mon petit Hoshino, dit la fille. Tu n'as rien de spécial à me demander ? Une petite gâterie supplémentaire ? Le colonel m'a recommandé d'être très très gentille avec toi.

— Rien de particulier, mais tu n'aurais pas d'autres citations philosophiques ? Je ne sais pas pourquoi, il me semble que ça pourrait m'aider à retarder l'éjaculation. Sinon, avec ce que tu me fais, je vais jouir tout de suite, moi.

— Voyons… Ça date un peu, mais que dirais-tu de Hegel ?

— Ce que tu voudras.

— Allons-y pour Hegel alors. Un peu vieux, mais comme dit le proverbe anglais : *Oldies but goodies !*

— D'accord.

— *L'homme se constitue pour soi par son activité pratique, parce qu'il est poussé à se trouver lui-même, à se reconnaître lui-même dans ce qui s'offre à lui extérieurement.*

— Hum.

— Hegel a conceptualisé la « conscience de soi ». Il pensait que l'homme ne considère pas le soi et l'objet comme entités séparées ; ainsi il peut comprendre plus profondément le soi de manière active, par la projection du soi sur l'objet en tant que médiation. C'est cela la « conscience de soi ».

— J'y comprends que dalle.

— C'est un peu ce qu'on fait en ce moment. Moi, je suis le sujet, et toi, tu es l'objet. Et pour toi, c'est exactement le contraire. Nous échangeons réciproquement le sujet et l'objet en nous y projetant, et établissons ainsi la conscience de soi, de manière active. Pour dire les choses simplement.

— Je comprends toujours pas, mais je crois que ça m'aide.

— C'est le but.

Quand ce fut fini, Hoshino dit au revoir à la fille et retourna au sanctuaire, où il trouva le colonel Sanders qui l'attendait, toujours assis sur le même banc.

— Colonel, vous m'avez attendu tout ce temps ici ?

Le colonel Sanders secoua la tête avec irritation.

— Ne dis donc pas de sottises, blanc-bec. Tu crois peut-être que j'ai du temps à perdre ? Pendant ton petit séjour au septième ciel, moi, je suis retourné explorer les ruelles. Ta dulcinée m'a appelé pour me prévenir qu'elle en avait fini avec toi, et je suis revenu ici au pas de course. Alors, elle fonctionne bien, la machine sexuelle fournie par la maison ?

— Parfait. Rien à redire. C'était quelque chose, cette fille ! J'ai joui trois fois, *de manière active*. J'ai dû perdre au moins deux kilos.

— Tu m'en vois ravi. Alors, à propos de la pierre…

— Oui, revenons à nos moutons.

— Elle se trouve dans le bois derrière ce sanctuaire.

— On parle bien de « la pierre de l'entrée », hein ?

— C'est ça. « La pierre de l'entrée ».

— Vous êtes sûr que vous ne me racontez pas des bobards ?

Le colonel Sanders releva la tête d'un air éberlué.

— Qu'est-ce que tu me chantes là, bougre d'imbécile ? Est-ce que je t'ai mené en bateau jusqu'à présent ? Je t'ai trompé sur la marchandise ? Je t'ai promis une bombe sexuelle, tu as eu une bombe sexuelle, non ? Et à prix d'ami encore ! Dois-je te rappeler que tu as éjaculé trois fois pour seulement quinze mille yens ? Comment oses-tu encore douter de moi ?

— Mais non, j'ai confiance en vous, bien sûr. Ne vous énervez pas comme ça. Simplement les choses se passent trop bien, ça me rend un peu nerveux. Mettez-vous à ma place, hein. Je suis là, en train de me promener tranquillement, et je tombe sur un vieux habillé bizarrement, qui me dit qu'il va me montrer où est la pierre, je le suis, et je me retrouve à tirer un coup avec une fille superbe.

— *Trois* coups.

— D'accord, trois coups. Et en prime, la pierre que je cherche serait là, juste sous mon nez ? N'importe qui se sentirait un peu troublé, non ?

— Tu ne comprends vraiment rien, tête de bois ! C'est une révélation divine, dit le colonel Sanders avec un claquement de langue énervé. Une révélation, ça dépasse les bornes du quotidien. Que serait la vie, sans les révélations divines, je te demande un peu ? C'est important de franchir le pas, de passer de la raison qui observe à la raison qui agit. Tu comprends ce que je te dis ou non, bougre d'âne ? Non mais, qui m'a fichu un imbécile pareil !

— Vous voulez parler de l'échange et de la projection du soi sur l'objet ? fit timidement Hoshino.

— Exactement. Content que tu comprennes au moins ça. Tout est là. Allez, suis-moi. Tu vas pouvoir la vénérer, ta pierre. Ce sera gratuit pour toi, mon petit Hoshino…

29

J'appelle Sakura du téléphone public de la bibliothèque. Je me rends compte que je ne lui ai plus donné signe de vie depuis la nuit où elle m'a offert l'hospitalité. Je me sens un peu honteux. Après avoir quitté son appartement ce jour-là, je suis allé à la bibliothèque et, ensuite, Oshima m'a emmené dans sa cabane, d'où je ne pouvais pas téléphoner. Après ça, je me suis installé à la bibliothèque, j'ai commencé à rencontrer chaque nuit le « fantôme vivant » de Mlle Saeki, et je suis tombé éperdument amoureux de cette adolescente de quinze ans. Évidemment, ça n'excuse rien.

Il est presque neuf heures du soir et Sakura décroche à la sixième sonnerie.

— Je me demandais où tu étais passé, me dit-elle sèchement.

— Je suis toujours à Takamatsu.

Elle se tait un moment. J'entends une émission de variétés à la télé en arrière-fond. J'ajoute :

— Je me suis plus ou moins débrouillé.

Nouveau silence, suivi d'un petit soupir résigné.

— Tout de même, qu'est-ce qui t'a pris de disparaître comme ça ? J'étais inquiète pour toi, moi. Ce jour-là, je m'étais débrouillée pour rentrer tôt exprès, j'avais même fait des courses.

— Je suis désolé. Sincèrement. J'étais en pleine confusion, il fallait que je rassemble mes esprits, que je prenne le temps de réfléchir au calme. Avec toi, j'étais trop… je ne sais pas comment dire.

— Trop stimulé ?

— Oui. Je n'avais jamais été avec une fille avant et…

— Ah bon ?

— Tu sais, cette odeur de fille chez toi. Et puis, un tas d'autres choses…

— C'est dur d'être jeune, hein ?

— Peut-être. Au fait, comment se passe ton travail, Sakura ?

— Atroce. Mais comme je veux mettre de l'argent de côté, je ne me plains pas.

Je lui explique que la police me recherche. Elle se tait, puis demande d'une voix prudente :

— Ça… Ça a quelque chose à voir avec le sang que tu avais sur toi ?

Je décide de ne pas lui dire la vérité tout de suite.

— Non, en fait c'est juste parce que j'ai fait une fugue. S'ils me retrouvent, ils me ramèneront à Tokyo, c'est tout. Mais si ça se trouve, la police va te contacter à mon sujet. La nuit où j'ai dormi chez toi, je t'ai appelée de mon portable. Ils ont remonté tous mes appels. Ils savent que je suis à Takamatsu et que j'ai composé ton numéro.

— Ah bon ? fait-elle. Mais il n'y a aucune inquiétude à avoir : j'utilise des cartes prépayées, ils ne peuvent pas m'identifier, et en plus c'est celui de mon copain. Je le lui ai emprunté, mon nom et mon adresse ne figurent nulle part. Ne t'en fais pas.

— Tant mieux. Je ne voulais pas te causer davantage d'ennuis.

— Tu es tellement gentil que je vais me mettre à pleurer.

— Mais je le pense vraiment.

— Je sais, dit-elle d'un ton embarrassé. Et où crèche l'adolescent fugueur maintenant ?

— Quelqu'un que je connais m'héberge.

— Je croyais que tu ne connaissais personne à Takamatsu ?

— C'est une longue histoire.

— Ce sont toujours de longues histoires avec toi.

— Oui. Je ne sais pas pourquoi mais c'est souvent le cas.

— Un penchant naturel, peut-être ?

— Sans doute. Je te raconterai un jour. Ce n'est pas que je veuille te cacher quoi que ce soit mais c'est compliqué à expliquer au téléphone.

— Tu n'es pas obligé de tout m'expliquer. Enfin, tu n'es pas dans un endroit louche, au moins ?

— Non, ne t'inquiète pas, ça n'a rien de louche.

Elle soupire à nouveau.

— Je comprends que tu aies un tempérament indépendant mais évite les bagarres et les trucs illégaux, d'accord ? Ça n'en vaut jamais la peine et je ne veux pas te voir mourir à dix-huit ans comme Billy the Kid.

— Billy the Kid n'est pas mort à dix-huit ans. Il a tué vingt et une personnes et il est mort à vingt et un ans.

— Ouais. Enfin, peu importe. Tu m'appelles pourquoi au juste ?

— Je voulais juste te remercier. Je suis parti sans te dire au revoir et après tout ce que tu as fait pour moi, j'avais des remords.

— Ça va, j'ai compris. Ne t'en fais pas pour si peu.

— Et puis j'avais envie d'entendre ta voix.

— Je suis contente que tu me dises ça, mais pourquoi voulais-tu entendre ma voix ?

— Je ne sais pas comment dire… C'est bizarre, mais toi, tu vis dans le monde réel, tu respires un air réel, tu prononces des mots réels, alors en parlant avec toi, je me sens relié au monde réel. C'est important pour moi.

— Pourquoi ? Les gens qui t'entourent ne sont pas *réels* ?

— Je ne sais pas trop, dis-je.

— Dis-moi si j'ai compris quelque chose à ta situation : tu es dans un endroit hors de la réalité, entouré de gens irréels ?

Je réfléchis avant de répondre.

— En un sens, oui, on peut dire ça.

— Écoute, Kafka, c'est ta vie, alors je n'ai pas de leçons à te donner mais, d'après ce que tu me dis, j'ai l'impression que tu ferais bien de quitter cet endroit. Je ne sais pas où tu es, mais tu devrais vraiment t'en aller vite fait. J'ai un mauvais pressentiment, tu vois. Tu peux venir ici, je t'hébergerai le temps que tu voudras.

— Pourquoi es-tu si gentille avec moi ?

— Tu ne serais pas complètement idiot, par hasard ?

— Pourquoi ?

— Mais si je fais ça, c'est parce que je t'aime bien. Je m'attache facilement, c'est sûr, mais enfin, je ne ferais pas ça pour n'importe qui. Je t'aime bien, tu me plais, voilà pourquoi je me fais du souci pour toi. Je ne sais pas comment te le dire, mais c'est comme si tu étais mon frère.

Je reste muet, le combiné à la main. Je ne sais comment réagir. Je ne comprends plus rien. Je suis pris d'un léger vertige. De ma vie, personne ne m'a jamais dit des choses pareilles. Personne.

— Allô ? Allô ? fait Sakura.

— Oui, je suis là.

— Ben, dis quelque chose, alors.

Je me redresse, inspire profondément.

— Écoute, Sakura, j'aimerais bien pouvoir venir chez toi. J'aimerais vraiment. Mais je ne peux pas. Comme je te l'ai dit tout à l'heure, je ne peux pas m'éloigner d'ici. D'abord, parce que je suis amoureux.

— D'un être compliqué qui n'est pas tout à fait réel ?

— On peut le dire de cette façon.

Au bout du fil, Sakura pousse un nouveau soupir. Un soupir profond qui vient de très loin.

— Tu sais, quand un garçon de ton âge tombe amoureux, il a tendance à se déconnecter plus ou moins de la réalité, alors si tu es amoureux d'une personne elle-même irréelle, cela risque d'être sacrément compliqué. Tu me suis ?

— Complètement.

— Dis-moi, Kafka Tamura.

— Hum ?

— S'il t'arrive quelque chose, appelle-moi. À n'importe quelle heure, hein ? n'hésite pas, surtout.

— Merci, dis-je avant de raccrocher.

Puis je retourne dans ma chambre, je mets *Kafka sur le rivage* sur la platine, abaisse l'aiguille. Et une fois de plus, que je le veuille ou non, je suis emporté *là-bas*, en ce *temps-là*.

La sensation d'une présence me réveille. Il fait encore sombre. Les aiguilles du réveil indiquent trois heures du matin. J'ai dû m'endormir sans m'en rendre compte. Je distingue sa silhouette, à la faible lueur d'un projecteur resté allumé dans le jardin, qui pénètre dans la chambre. Elle est assise sur le fauteuil, devant le bureau, dans sa position habituelle, et regarde le tableau au mur. Immobile, une joue dans la main. Et moi, comme toujours, allongé dans le noir, les yeux grands ouverts, je contemple sa silhouette en retenant mon souffle. Dehors, le vent de la mer agite faiblement les branches du cornouiller.

Au bout d'un moment, cependant, je sens dans l'atmosphère quelque chose d'inhabituel. Quelque chose qui trouble imperceptiblement l'harmonie de ce petit monde et le prive de sa perfection. Je concentre mon regard sur les ténèbres. En quoi est-ce différent des autres nuits ? Le vent souffle plus fort, le sang qui court dans mes veines me semble étrangement épais, lourd. Les branches du cornouiller dessinent sur les vitres de la fenêtre un labyrinthe aux lignes nerveuses. Cette silhouette n'est pas celle de la jeune fille. Elle lui ressemble, mais il ne s'agit pas d'elle. On dirait le calque d'un dessin, presque identique, mais que quelques détails distinguent de l'original. Sa coiffure est différente. Ses vêtements aussi. Sa présence même est différente. Je le sens, je le sais. Je secoue la tête involontairement. Ce n'est pas elle, il s'agit de *quelqu'un d'autre*. Il se passe quelque chose. Quelque chose d'important. Avant que je m'en sois rendu compte, mes poings se sont serrés sous les couvertures. Mon cœur bat sourdement et s'affole, incapable de supporter cette situation plus longtemps.

Comme si le bruit de mon cœur avait donné le signal, la silhouette sur la chaise se met en mouvement. Elle pivote lentement comme un grand vaisseau changeant de cap. Elle ôte sa main de sa joue et se tourne vers moi. Je comprends que c'est Mlle Saeki. Je suffoque, incapable d'expulser l'air de mes poumons. C'est la vraie Mlle Saeki qui se trouve là. Ou peut-être devrais-je dire celle qui appartient au présent. Elle me regarde un moment, avec la même concentration paisible que lorsqu'elle contemplait *Kafka au bord de la mer*. Et moi je pense à l'axe du temps. Je me dis que quelque part, à mon insu, il s'est produit une anomalie dans la course du temps. C'est pour cela que rêve et réalité se mélangent. Comme les fleuves se mêlent à la mer. J'essaie de faire travailler mes méninges, pour trouver un sens à tout cela. Mais je n'aboutis nulle part.

Au bout d'un moment, Mlle Saeki se lève et se dirige lentement vers moi. Elle se tient très droite, comme toujours. Elle est pieds nus. Le plancher grince doucement sous ses pas. Elle s'assied en silence au bord du lit et reste immobile, mais je sens la densité, le poids de son corps près du mien. Elle porte un chemisier de soie blanche et une jupe bleu marine qui lui arrive aux genoux. Elle tend la main, me caresse la tête, ses doigts se promènent entre mes cheveux courts. Cette main, ces doigts, sont bien réels. Puis elle se lève et, comme s'il n'y avait rien de plus naturel au monde, commence à se déshabiller sous les rayons de lune qui se déversent par la fenêtre. Il n'y a aucune hâte dans ses gestes, pas d'hésitation non plus. Doucement, elle déboutonne son chemisier, enlève sa jupe, puis ses sous-vêtements. Un à un, dans l'ordre, les étoffes soyeuses tombent sans bruit sur le sol. Mlle Saeki est endormie, je le sais. Elle a les yeux ouverts, mais *elle dort*. Ces gestes sont ceux d'une somnambule.

Une fois nue, elle se glisse près de moi dans le lit étroit, et m'étreint de ses bras blancs. Je sens son souffle chaud dans mon cou, sa toison pubienne contre ma cuisse. Peut-être me prend-elle pour son ami mort il y a si longtemps ? Peut-être qu'endormie, elle retrouve les gestes d'autrefois. Des gestes parfaitement naturels, qu'elle accomplirait en rêvant.

Je dois la réveiller. Elle me prend pour un autre. Il faut que je lui dise qu'elle fait une grossière erreur. Ce n'est pas un rêve. On est dans le monde de la réalité, ici. Mais tout se déroule trop vite. Je n'ai pas la force d'arrêter le cours des événements. Je suis dans un état d'extrême confusion, et me laisse moi aussi absorber dans cette distorsion du temps.

Et tu te laisses toi aussi absorber dans cette distorsion du temps.

En un instant, son rêve a enveloppé ta conscience dans la tiédeur d'un liquide amniotique. Mlle Saeki t'enlève ton tee-shirt, ton caleçon. Elle t'embrasse dans le cou, sa main tendue s'empare de ton pénis, déjà dur comme de la porcelaine. Ses doigts entourent doucement tes testicules ; sans rien dire, elle guide ta main vers son pubis. Son sexe chaud et humide. Elle pose ses lèvres sur ta poitrine, mordille tes tétons. Tes doigts, comme aspirés, s'enfoncent en elle.

Où commence ta responsabilité ? Tout en dissipant le brouillard blanc qui voile ta conscience, tu t'efforces de te maintenir dans la réalité. Tu tentes de découvrir d'où vient ce flux pour rétablir l'axe normal du temps. Mais tu ne trouves pas la frontière entre le rêve et la réalité. Ni même la frontière entre le réel et le virtuel.

Tu comprends seulement que tu es dans une situation délicate. Délicate et dangereuse. Incapable de comprendre le mécanisme de la prédiction. Tu es entraîné malgré toi dans son accomplissement. Comme une ville en bordure d'un fleuve est emportée par la crue. Les panneaux au bord de la route sombrent au fond de l'eau et tu vois les toits anonymes des maisons englouties sous les flots.

Tu te retrouves allongé sur le dos, Mlle Saeki te chevauche. Elle écarte les cuisses, guide ton pénis dur comme la pierre à l'intérieur de son corps. Tu es abandonné à sa volonté. Elle ondule des hanches, trace de larges courbes dans l'espace, comme si elle dessinait un plan. Ses cheveux tombent sur tes épaules, s'agitent sans bruit telles les branches d'un saule. Peu à peu, tu t'enfonces dans un tiède marécage. Le monde entier est devenu chaud, humide et indistinct, et la seule chose qui existe est ton membre dur et luisant. Tu fermes les yeux pour contempler ton rêve. Tu as perdu toute conscience du temps. La marée monte, la lune se lève. Tu éjacules. Bien entendu, tu ne peux pas te retenir. Tu jouis très fort et plusieurs fois en elle. Son vagin se contracte, elle retient tendrement ton sperme. Et pendant tout ce temps, elle dort. Elle dort les yeux grands ouverts. Elle est dans un autre monde. Ton sperme est absorbé dans un autre monde.

Un long moment s'écoule. Je suis incapable de bouger. Je me sens complètement paralysé. Enfin, je ne sais pas très bien si je suis vraiment paralysé ou si c'est moi qui ne veux même pas essayer de bouger. Mlle Saeki se détache de moi, reste allongée un moment en silence contre mon corps. Puis elle se lève, enfile ses sous-vêtements, sa jupe, reboutonne son chemisier. Elle tend doucement sa main, la pose une fois de plus sur mes cheveux. Elle ne dit pas un mot. Elle n'a pas prononcé une parole depuis qu'elle est entrée dans cette chambre.

Seuls les légers grincements du parquet et le bruit du vent qui souffle sans répit au-dehors parviennent à mes oreilles. La chambre qui respire, la fenêtre qui tremble. Voilà le *koros*, le chœur qui m'accompagne.

Toujours endormie, Mlle Saeki traverse la pièce, et s'en va. La porte s'entrouvre à peine, et elle se glisse au-dehors comme un poisson délicat et rêveur. La porte se referme sans bruit. Depuis mon lit, je l'ai regardée sortir, toujours paralysé, incapable de bouger même le petit doigt. Mes lèvres sont fermées, comme si elles étaient scellées. Les mots dorment dans la fosse du temps.

Incapable du moindre mouvement, je reste allongé, tendant l'oreille, m'attendant à entendre le bruit du moteur de la Golf quittant le parking. Mais je n'entends rien. Le vent disperse les nuages nocturnes. Les branches du cornouiller tremblent doucement, et d'innombrables lames brillent dans les ténèbres. La fenêtre de cette chambre est la fenêtre de mon cœur, la porte de cette chambre est la porte de mon cœur. Je reste éveillé jusqu'au matin, le regard fixé sur le fauteuil vide.

30

Se faufilant entre les haies basses, Hoshino et le colonel Sanders pénétrèrent dans le bois à l'arrière du sanctuaire. Le colonel sortit une petite lampe de la poche de sa veste pour éclairer l'étroit sentier qui s'enfonçait entre les arbres. Le bois n'était pas très profond, mais les arbres étaient vieux et leurs branches enchevêtrées formaient un dais sombre au-dessus de leurs têtes. Une puissante odeur d'herbes montait du sol.

Le colonel marchait devant Hoshino mais, contrairement à leur première expédition, il avançait lentement, pas à pas, éclairant avec prudence le chemin à leurs pieds, Hoshino sur ses talons. Ce dernier s'adressa au dos vêtu de blanc.

— Hé, colonel, c'est une épreuve pour prouver son courage ou quoi ? Hou ! au secours, un fantôme !

— Inutile de débiter toutes les sottises qui te passent par la tête, mon bonhomme. Si tu la bouclais un moment ? répondit le colonel sans même se retourner.

— Bon, d'accord.

Le jeune homme pensa tout à coup à Nakata. Sans doute était-il encore profondément endormi. Et quand il dormait, plus rien ne pouvait le réveiller, celui-là. À croire que l'expression « sommeil de plomb » avait été inventée rien que pour lui. Hoshino se demanda si le vieux Nakata rêvait au cours de ces longs sommes.

— C'est encore loin ?

— Nous y sommes presque.

— Dites voir, colonel, fit Hoshino.
— Quoi ?
— Vous êtes vraiment le colonel Sanders ?
Le colonel toussota.
— En fait, non. J'ai seulement emprunté son apparence.
— C'est bien ce que je pensais, fit Hoshino. Et qui êtes-vous au juste ?
— Je n'ai pas de nom.
— Ça doit être gênant dans la vie courante, non ?
— Pas vraiment. Je n'ai jamais eu de nom, ni de forme d'ailleurs.
— Comme un pet, quoi.
— Oui, si tu veux, en effet. Comme je n'ai pas de forme, je peux devenir tout ce que je veux.
— Ah.
— Cette fois-ci, j'ai décidé de prendre une forme facile à reconnaître, celle d'une icône du capitalisme. J'aurais bien pris Mickey, mais chez Disney ils sont assez tatillons avec les droits de reproduction. Je n'ai pas envie de me retrouver avec un procès sur le dos.
— Moi, ça ne m'aurait pas trop plu que ce soit Mickey qui me présente une fille.
— Oui, je te comprends.
— Et puis, il me semble que l'aspect du colonel Sanders convient bien à votre personnalité.
— Mais je n'ai pas de personnalité. Pas de sentiments non plus. Je peux prendre forme et parler comme en ce moment, mais *je ne suis ni Dieu ni Bouddha, mon cœur diffère de celui des hommes car je n'éprouve nulle sensation.*
— Qu'est-ce que vous dites ?
— C'est une citation tirée des *Contes de Pluie et de Lune* de Ueda Akinari. Je parie que tu ne l'as jamais lu.
— C'est pas pour me vanter mais, en effet, je l'ai jamais lu.
— Cela veut dire que je me manifeste sous la forme d'un être humain, mais que je ne fonctionne pas de la même manière puisque je n'ai aucune émotion.

— Ah, fit le jeune homme. Je ne comprends pas très bien, mais en gros, vous n'êtes pas un humain, et vous n'êtes ni Dieu ni Bouddha.

— *N'étant ni Dieu ni Bouddha, je suis sans émotions et donc ne questionne ni ne m'attache au bien ni au mal.*

— Ce qui veut dire ?

— N'étant ni Dieu ni Bouddha, je n'ai pas besoin de porter un jugement sur ce qui est bien ou mal dans le monde humain. Pas besoin non plus d'agir conformément aux conceptions habituelles de la morale.

— Vous vous situez au-delà du bien et du mal, c'est ça ?

— Tu me flattes, mon petit Hoshino. Je n'enfreins pas la morale, simplement je n'en ai pas. Je ne sais même pas ce que sont le bien et le mal. Je m'occupe seulement de mener à bien la mission que l'on m'a confiée. Je suis un être très pragmatique. Un objet neutre, si tu préfères.

— Qu'est-ce que vous voulez dire par « mener à bien votre mission » ?

— Tu n'es jamais allé à l'école ou quoi ?

— Si, jusqu'à la fin du lycée, mais c'était un lycée professionnel, et je passais mon temps à faire des virées en moto.

— Je supervise, je m'assure que toute chose remplisse bien son rôle. Je vérifie les corrélations entre les différents mondes, afin que tout se déroule correctement. Je m'arrange pour que la conséquence vienne après la cause. Que les significations ne se mélangent pas. Que le passé arrive avant le présent. Et le futur après le présent. Enfin, ce n'est pas gênant qu'il y ait un peu de confusion là-dedans, parce que le monde n'est pas parfait, sache-le, mon petit Hoshino. Je ne suis pas pointilleux, il faut juste que dans le registre des comptes la balance soit à peu près équilibrée. L'à-peu-près me suffit, tu vois, je ne fais pas dans le détail. Ou alors, pour utiliser un terme plus technique, disons que je fais dans le processus elliptique de l'information continue, mais enfin, là, il faudrait entrer dans des explications compliquées, ce serait trop long et puis, je crois que ça dépasserait tes capacités de compréhension, aussi, je préfère éviter. Ce que je veux dire, pour faire simple, c'est que je ne suis pas du genre trop regardant. Si, en fin de course, les comptes sont trop déséquilibrés, c'est embêtant pour moi, bien sûr. Question de responsabilité.

— Je ne saisis pas très bien : si vous êtes une personne si importante, qu'est-ce qui vous oblige à faire le maquereau dans les bas quartiers de Takamatsu ?

— Je ne suis pas *une personne*, combien de fois faut-il te le répéter ?

— Oui, enfin, je me comprends.

— Si j'ai fait le maquereau c'est uniquement pour t'appâter, mon petit gars. J'ai besoin que tu me donnes un coup de main, alors j'ai voulu t'offrir une petite récompense à l'avance. Une sorte de rituel…

— Vous avez besoin que je vous donne un coup de main ?

— Écoute, je t'ai déjà dit que je n'ai pas de forme particulière. Je suis un objet métaphysique et conceptuel. Je peux prendre la forme que je veux, mais je n'ai pas de substance. Et pour accomplir un acte réel, j'ai besoin de l'aide d'une substance réelle.

— Et la substance, en l'occurrence, c'est moi.

— T'as tout compris, dit le colonel Sanders.

En continuant à avancer prudemment sur le sentier de la forêt, ils parvinrent à un petit temple shinto érigé sous un gros chêne. Le sanctuaire avait l'air très ancien et était à moitié en ruine. Sans offrandes ni ornements, il semblait désaffecté, oublié des hommes, exposé au vent et aux intempéries. Le colonel Sanders balaya la façade de sa lampe de poche.

— La pierre est là-dedans. Ouvre la porte.

— Pas question, dit Hoshino en secouant la tête avec véhémence. On n'ouvre pas les portes des sanctuaires shinto comme ça. C'est un coup à vous attirer une malédiction. À vous faire tomber les oreilles, si ce n'est pas le nez.

— T'inquiète. Je te dis que tu peux ouvrir cette porte. Il n'y aura pas de malédiction, tu ne perdras ni ton nez ni tes oreilles. Tu es drôlement vieux jeu pour certaines choses.

— Pourquoi vous ne l'ouvrez pas vous-même alors ? Je n'ai pas envie d'être mêlé à tout ça, moi.

— Décidément, tu es long à la détente, mon garçon. Je viens de te le dire : je n'ai pas de substance, je ne suis qu'un concept abstrait. Je ne peux rien faire tout seul. C'est pour cette raison que je t'ai fait venir jusqu'ici, tu saisis ? Pour cette même raison que je t'ai laissé tirer trois coups pour un prix défiant toute concurrence.

— Ah, je ne dis pas, cette fille valait le déplacement… Mais vraiment, ça ne m'inspire rien de bon, votre histoire. Depuis tout petit, mon grand-père m'a toujours répété que s'il y avait une chose à ne pas faire dans la vie, c'était bien de profaner les sanctuaires.

— Laisse ton grand-père où il est, et arrête un peu avec ta morale de péquenot de Nagoya, d'accord ? On n'a pas le temps.

Hoshino ouvrit finalement la porte en grommelant, et le colonel balaya l'intérieur de la chapelle du faisceau de sa lampe. Une vieille pierre ronde était effectivement posée au milieu. Une pierre de la forme d'un gâteau de riz pilé, comme Nakata l'avait prédit, blanche et plate, du diamètre d'un 33 tours.

— C'est la pierre ? demanda le jeune homme.

— Affirmatif. Sors-la.

— Attendez voir, colonel. C'est du vol, ça.

— M'en fiche. Personne ne s'apercevra qu'une pierre manque, et d'ailleurs tout le monde s'en moque.

— Mais cette pierre appartient au dieu du sanctuaire. Si on l'emporte sans lui demander son avis, il risque de se fâcher.

Le colonel Sanders croisa les bras, et se mit à regarder fixement Hoshino.

— Qu'est-ce qu'un dieu, hein ?

Comme le jeune homme restait perplexe, le colonel insista :

— Oui, quelle tête il a, ton dieu, qu'est-ce qu'il fait ?

— Je ne sais pas très bien mais un dieu, c'est un dieu. Il est partout, il regarde ce qu'on fait, et il juge si c'est bien ou mal.

— Comme un arbitre de foot alors ?

— Peut-être bien.

— Alors Dieu est en short, il a un sifflet et l'œil rivé à sa montre ?

— Vous commencez à me casser les pieds, colonel, dit Hoshino.

— Et les dieux du Japon et le Dieu occidental, ils sont amis ou ennemis ?

— Mais j'en sais rien, moi !

— Alors écoute, benêt, les dieux existent seulement dans la conscience humaine. Et c'est un concept qui n'a pas arrêté de changer selon les circonstances, surtout au Japon. La preuve, avant la guerre, Dieu, c'était l'empereur, mais quand le général de l'armée d'occupation américaine Douglas MacArthur lui a intimé l'ordre de quitter cette fonction, il a fait un beau discours pour déclarer : « Écoutez-moi tous, à partir de maintenant, je ne suis plus Dieu » et, en 1946, c'était terminé. Pour te dire à quel point les dieux japonais sont accommodants. Ils changent de statut comme ça, il suffit qu'un militaire américain avec des lunettes de soleil sur le nez et une pipe bon marché au bec le leur ordonne et pfut ! ils filent leur démission. Complètement postmoderne, comme concept, non ? Si tu crois qu'il existe, il existe. Si tu n'y crois pas, il n'existe pas. Alors pourquoi on se ferait du mouron à cause de lui ?

— Bon, alors…

— Alors, tu me la sors de là, cette pierre ? J'en assume toute la responsabilité. Je ne suis ni Dieu ni Bouddha, mais j'ai tout de même quelques relations. Aucune malédiction ne s'abattra sur toi, je m'en porte garant.

— Vous en prenez vraiment la responsabilité ?

— Je ne reviens jamais sur ce que j'ai dit.

Hoshino tendit les mains et souleva la pierre, avec autant de précautions que si c'était une mine antipersonnel.

— Elle est sacrément lourde.

— C'est une pierre, pas du flan de soja.

— Même pour une pierre, elle est vraiment lourde. Et que voulez-vous que j'en fasse, maintenant ?

— Emporte-la chez toi, et pose-la à ton chevet. Ensuite, il se passera ce qui se passera.

— Vous voulez que je porte cette pierre jusqu'à l'hôtel ? !

— Si c'est trop lourd, tu n'as qu'à prendre un taxi,

— Mais on a vraiment le droit de l'emporter ?

— Écoute, mon petit Hoshino. Tout en ce monde est constamment en mouvement. La Terre, le temps, les idées, l'amour, la vie, la foi, la justice, le mal. Tout est fluide, tout est transitoire. Rien ne reste éternellement au même endroit, sous la même forme. L'univers lui-même est une sorte d'énorme service postal.

— Ah !

— Cette pierre est là, temporairement, sous sa forme de pierre. Le cours de l'univers ne va pas changer parce que tu l'aides à se déplacer un peu plus vite.

— Mais qu'a-t-elle de si important, cette pierre ? Elle n'a pas l'air si extraordinaire que ça, à vue d'œil.

— Pour tout te dire, cette pierre n'a en elle-même aucune importance. Les circonstances exigent la participation d'un certain objet, et il se trouve qu'il s'agit de cette pierre. Comme l'a si bien dit l'écrivain russe Anton Tchekhov : « Si un revolver apparaît dans une histoire, à un moment donné, il faut que quelqu'un s'en serve. » Tu comprends ce que cela signifie ?

— Non.

— Ça m'aurait étonné. Tu ne comprends jamais rien. Je t'ai juste posé la question par politesse.

— Trop aimable.

— Ce que Tchekhov voulait dire, c'est que la nécessité est un concept indépendant. La nécessité a une structure différente de la logique, de la morale ou de la signification. Sa fonction repose entièrement sur le rôle. Ce qui n'est pas indispensable n'a pas besoin d'exister. Ce qui a un rôle à jouer doit exister. C'est cela, la dramaturgie. La logique, la morale ou la signification, quant à elles, n'ont pas d'existence en tant que telles, mais naissent d'interrelations. Tchekhov, en voilà un qui s'y connaissait en dramaturgie !

— J'y comprends rien, c'est trop compliqué ce que vous dites.

— La pierre que tu tiens entre tes mains, c'est le revolver dont parle Tchekhov. Et il va falloir que quelqu'un tire. C'est en ce sens que cette pierre est spéciale. Mais elle n'est pas sacrée pour autant. Aussi tu n'as pas à t'en faire pour cette histoire de malédiction.

Hoshino fronça les sourcils.

— Cette pierre est un revolver ?

— Au sens métaphorique, oui. Aucune balle ne va en sortir, tranquillise-toi.

Le colonel Sanders tira un grand carré de tissu de sa poche, et le tendit à Hoshino.

— Enroule la pierre là-dedans. Il vaut mieux que personne ne la voie.

— Ah, vous voyez bien que c'est du vol !

— Qu'est-ce que tu racontes ? Tu n'écoutes pas ce qu'on te dit ou quoi ? Ce n'est pas du vol, on l'emprunte juste un moment, dans un but très important.

— Je sais, je sais. On ne fait que déplacer la matière nécessaire suivant les règles de la dramaturgie.

— Exactement, mon garçon, dit le colonel Sanders en opinant du bonnet. Tu vois que tu comprends quand tu veux !

Hoshino reprit le sentier forestier en tenant dans ses bras la pierre enveloppée de tissu bleu. Le colonel éclairait le sol à ses pieds avec la lampe de poche. La pierre était bien plus lourde qu'elle ne le paraissait et Hoshino dut s'arrêter plusieurs fois pour reprendre son souffle. Une fois sortis du petit bois, ils traversèrent rapidement le périmètre éclairé du sanctuaire, pour ne pas être vus, puis débouchèrent dans l'avenue principale. Le colonel Sanders leva la main pour arrêter un taxi en maraude, et y fit monter le jeune homme, toujours chargé de la pierre.

— Il faut que je la garde à mon chevet, c'est ça ? demanda Hoshino.

— Oui, c'est tout ce que tu as à faire. Ne réfléchis pas trop. L'important, c'est que la pierre soit là où elle doit être, c'est tout.

— Je vous dois des remerciements pour m'avoir indiqué où elle était.

Le colonel Sanders fit un large sourire.

— Inutile de me remercier. Je fais juste ce que j'ai à faire. Je remplis ma mission, c'est tout. Mais cette fille, elle était bonne, hein, mon gaillard ?

— Ça oui, colonel.

— C'est le principal.

— Dites, elle était réelle, au moins ? Ce n'était pas un renard, un esprit, une abstraction ou un truc tordu de ce genre ?

— Ni un renard ni une abstraction, mon garçon. Une véritable machine sexuelle. Un tout-terrain fonctionnant au pur désir. Pas de la camelote ! Je me suis donné du mal pour la trouver, je te le dis. Aucun souci à te faire, mon petit gars !

— Ouf ! fit Hoshino.

Il était plus d'une heure du matin quand Hoshino déposa la pierre enveloppée de tissu au pied du lit de Nakata. Il avait préféré – à cause de la malédiction – la mettre au chevet de Nakata plutôt qu'au sien. Ainsi qu'Hoshino s'y attendait, Nakata dormait toujours comme une souche. Le jeune routier enleva le tissu, de façon à ce que la pierre soit bien visible. Puis il enfila un peignoir, et se mit au lit. Il sombra instantanément dans le sommeil. Dieu lui apparut un court instant en rêve : il était en short, ses mollets poilus à l'air, et traversait un terrain de sport en courant, un sifflet entre les lèvres.

À cinq heures du matin, Nakata ouvrit les yeux et vit la pierre au pied de son matelas.

31

Un peu après une heure, je monte au premier étage avec le café que j'ai préparé. La porte est ouverte, comme d'habitude. Mlle Saeki, debout près de la fenêtre, une main posée sur le rebord, regarde au-dehors. Perdue dans ses pensées, elle tripote les boutons de son chemisier. Je pose la tasse de café sur le bureau, en remarquant qu'aucun stylo ni papier ne sont posés dessus aujourd'hui. Une fine couche de nuages recouvre le ciel, et on n'entend pas les oiseaux chanter.

En me voyant arriver, Mlle Saeki sursaute, s'éloigne de la fenêtre, se rassied devant son bureau, boit une gorgée de café. Elle me fait signe de m'asseoir, sur la même chaise qu'hier. J'obtempère, et la regarde boire son café, me demandant si elle se souvient de ce qui s'est passé cette nuit. Impossible à dire. Elle a l'air à la fois de tout savoir et de ne rien savoir. Moi, je pense à son corps nu. Le souvenir de son contact me revient. Je ne pourrais même pas affirmer avec certitude que c'était bien le corps de Mlle Saeki. À ce moment-là, pourtant, je savais que c'était elle.

Elle porte un chemisier vert pâle brillant comme de la soie et une jupe moulante beige. Dans l'échancrure du chemisier, on aperçoit un fin collier en argent. Elle est très élégante. Ses doigts fins sont joliment croisés sur la table, comme un bel objet d'artisanat.

— Est-ce que tu te plais dans la région ? me demande-t-elle.

— La région ? Vous voulez dire à Takamatsu ?

— Oui.

— Je ne sais pas. Je n'ai pas encore vu grand-chose de la ville. Tout ce que je connais pour l'instant, c'est cette bibliothèque, la salle de sport, la gare, un hôtel… C'est tout.

— Tu ne trouves pas cette ville ennuyeuse ?

Je secoue la tête.

— Je ne sais pas. À vrai dire, je n'ai pas eu le temps de m'ennuyer depuis mon arrivée, et puis toutes les villes se ressemblent, non ?… Vous trouvez qu'on s'ennuie à Takamatsu, vous ?

Elle hausse imperceptiblement les épaules.

— Je le pensais quand j'étais jeune. Je voulais m'en aller d'ici. Je voulais vivre dans un endroit où il se passerait des choses plus intéressantes.

— Où il y aurait des gens plus intéressants ?

Elle secoue légèrement la tête.

— J'étais jeune, dit-elle. La plupart des jeunes gens ont ce genre de pensées. Pas toi ?

— Je ne me suis jamais dit ça. Je n'ai jamais pensé que des choses plus intéressantes m'attendaient ailleurs. Je voulais juste partir, ne plus être là où j'étais, et je ne réfléchissais pas plus loin.

— Ne plus être là où tu étais, c'est-à-dire ?

— À Tokyo. Nogata, dans l'arrondissement de Nakano. C'est là que je suis né.

J'ai cru voir quelque chose traverser ses pupilles au moment où elle m'entendait prononcer le nom de ce quartier. Mais je n'en suis pas sûr.

— L'endroit où tu irais une fois que tu serais parti t'importait peu ?

— Oui. Ce n'était pas un problème. Je me disais que je serais fichu si je ne m'en allais pas. Alors je suis parti.

Elle regarde ses deux mains posées sur la table. Un regard tout à fait objectif. Puis elle dit doucement :

— Je me suis dit la même chose, à vingt ans, quand je suis partie d'ici. Je pensais que si je restais ici, je ne survivrais pas. J'étais sûre que je ne reverrais plus jamais cet endroit. Je n'envisageais vraiment pas de revenir, mais il s'est passé certaines choses et voilà, finalement j'ai dû revenir, et tout recommencer à zéro ici.

Elle se retourne, jette un coup d'œil vers la fenêtre ouverte. Les nuages qui couvrent le ciel n'ont pas changé de teinte. Il n'y a pas un souffle de vent. Tout est parfaitement immobile, on dirait un décor de cinéma.

— Dans la vie, il arrive un tas de choses auxquelles on ne s'attend pas, dit Mlle Saeki.

— Vous voulez dire qu'un jour, je serai peut-être obligé de retourner à mon point de départ ?

— Je n'en sais rien, naturellement. Il s'agit de toi, et si cela devait arriver, ce serait dans un futur encore lointain. Mais je me dis que le lieu où l'on naît et celui où l'on meurt sont très importants. Bien sûr, on ne choisit pas le lieu de sa naissance. Mais dans une certaine mesure, on peut choisir celui de sa mort.

Elle parle tranquillement, toujours tournée vers la fenêtre ; on dirait qu'elle s'adresse à une personne imaginaire au-dehors. Puis elle se tourne à nouveau vers moi, comme si elle venait de se rappeler ma présence.

— Je me demande pourquoi je te confie tout cela.

— Sans doute parce que je ne suis pas d'ici, et que nous avons une grande différence d'âge.

— Oui, peut-être, admet-elle.

Pendant vingt ou trente secondes nous restons plongés dans nos pensées. Elle reprend sa tasse et boit une autre gorgée de café.

Je décide d'être direct, et dit :

— Mademoiselle Saeki, je crois que moi aussi j'ai un aveu à vous faire.

Elle me regarde. Puis sourit.

— Nous échangeons des secrets, c'est cela ?

— En ce qui me concerne, ce n'est pas vraiment un secret, plutôt une hypothèse.

— Une hypothèse ? répète-t-elle. Tu veux me confier une hypothèse ?

— Oui.

— C'est amusant.

— C'est à propos de ce que vous me disiez tout à l'heure. Êtes-vous revenue dans cette ville pour y mourir, mademoiselle Saeki ?

Un faible sourire flotte sur ses lèvres, telle une lune d'argent à l'aube.

— Peut-être. Mais cela n'a pas d'importance : qu'on vienne dans un lieu comme celui-ci pour vivre ou pour mourir, le quotidien se déroule toujours de la même manière.

— Est-ce que vous avez envie de mourir, mademoiselle Saeki ?

— Je ne le sais pas moi-même, dit-elle.

— Mon père voulait mourir.

— Tu as perdu ton père ?

— Oui, récemment, dis-je. Tout récemment.

— Pourquoi ton père voulait-il mourir ?

Je prends une profonde inspiration.

— Pendant longtemps, je n'ai pas compris pourquoi. Mais maintenant, je le sais enfin. Je l'ai compris lorsque je suis arrivé ici.

— Pourquoi, alors ?

— Je pense que mon père était amoureux de vous. Mais il n'a pas réussi à vous faire revenir vers lui. Ou bien peut-être qu'il n'a jamais pu vous posséder. Il le savait. C'est pour cela qu'il voulait mourir. Et il voulait mourir de la main de son fils – de votre fils. Et il voulait que je couche avec vous et avec ma sœur aînée. C'était sa prédiction, sa malédiction. Et il l'a programmée à l'intérieur de moi.

Mlle Saeki repose dans la soucoupe la tasse qu'elle tenait à la main. Un tintement opaque résonne dans la pièce. Elle regarde droit vers moi. Mais ce n'est pas moi qu'elle voit. Elle fixe le vide devant elle.

— Je connais ton père ? demande-t-elle.

Je secoue la tête.

— Je vous l'ai dit tout à l'heure : c'est une hypothèse.

Elle pose les deux mains sur la table, l'une sur l'autre. La trace d'un sourire s'attarde aux coins de ses lèvres.

— Dans cette hypothèse, je suis ta mère, n'est-ce pas ?

— Oui. Vous avez vécu avec mon père, vous m'avez mis au monde, et vous êtes partie en m'abandonnant. L'été de mes quatre ans.

— C'est ton hypothèse ?

Je hoche la tête.

— C'est pour cela que tu m'as demandé hier si j'avais des enfants ?

Je hoche la tête à nouveau.

— Et je t'ai dit que je ne pouvais pas te répondre simplement par oui ou par non ? Si bien que ton hypothèse reste une pure hypothèse ?

— Oui.

— Et ton père… comment est-il mort ?

— Assassiné.

— Ce n'est pas toi qui l'as tué, au moins ?

— Non. Je ne l'ai pas touché. Si on considère strictement les faits, j'ai un alibi.

— Mais tu n'es pas certain de ton innocence.

Je secoue la tête.

— Non, je n'en suis pas certain.

Mlle Saeki soulève à nouveau sa tasse, boit encore une gorgée. Je suis sûr qu'elle n'en sent pas le goût.

— Pourquoi ton père t'aurait-il jeté une telle malédiction ?

— Je pense qu'il voulait me transmettre sa volonté.

— Sa volonté que tu me désires ?

— C'est cela.

Mlle Saeki scrute le fond de la tasse qu'elle tient à la main, puis lève la tête et me regarde.

— Et… tu me désires ?

Je hoche la tête, une seule fois. Elle ferme les yeux et, moi, je regarde ses paupières closes. À travers elles, je peux voir les ténèbres qu'elle contemple. Il y flotte un tas de dessins étranges, qui s'élèvent puis disparaissent tour à tour. Au bout d'un moment, elle rouvre lentement les yeux.

— Toujours selon ton hypothèse ?

— Non. Je vous désire vraiment, et cela a dépassé de loin le stade de l'hypothèse.

— Tu as envie de faire l'amour avec moi ?

Je hoche la tête.

Mlle Saeki plisse les yeux comme si elle regardait quelque chose d'éblouissant.

— Tu as déjà fait l'amour avec une fille ?

Je hoche la tête. *Oui, la nuit dernière, avec vous.* Mais je suis incapable de formuler cette pensée tout haut. Elle ne se souvient de rien.

Elle pousse un vague soupir.

— Mais, Kafka Tamura, puis-je te rappeler que tu as quinze ans, et que j'en ai plus de cinquante ?

— Le problème ne se résume pas à ça. Il ne s'agit pas de ce temps-là. Je vous connais telle que vous étiez à quinze ans, mademoiselle Saeki. Et je suis amoureux de celle que vous étiez à cet âge. Profondément amoureux. Et à travers elle, je suis amoureux de vous maintenant. Cette jeune fille vit toujours en vous. Elle dort en vous. Mais quand vous vous endormez, elle revient à la vie et moi, je la vois.

Mlle Saeki ferme à nouveau les yeux. Ses paupières tremblent légèrement.

— Je suis amoureux de vous, et c'est très important pour moi, je voulais que vous le sachiez.

Elle pousse un grand soupir, comme quelqu'un remontant à la surface de la mer, puis elle cherche ses mots. Mais elle ne les trouve pas.

— Kafka, excuse-moi, tu ne voudrais pas me laisser seule un moment ? finit-elle par dire. Referme la porte derrière toi, s'il te plaît.

Je hoche la tête, me lève, m'apprête à sortir. Mais quelque chose me retient. Je m'arrête, me retourne et traverse la pièce pour m'approcher d'elle. Je pose ma main sur ses cheveux. Mes doigts effleurent sa petite oreille qui pointe entre les mèches. Je ne peux pas m'en empêcher. Elle lève la tête, l'air surpris, puis, après une brève hésitation, pose sa main sur la mienne.

— Quoi qu'il en soit, toi et ton hypothèse avez atteint une cible bien plus lointaine que tu ne l'imagines. En as-tu conscience ?

Je hoche la tête.

— Je sais, mais les métaphores permettent de réduire la distance, dis-je.

— Ni toi ni moi ne sommes des métaphores.

— Je sais. Mais les métaphores permettent de réduire la distance qui nous sépare, vous et moi.

Elle sourit, la tête levée vers moi.

— C'est la phrase la plus étrange qu'un homme m'ait jamais dite pour me séduire.

— Tout est de plus en plus étrange. En même temps, j'ai l'impression de me rapprocher de la vérité.

— Tu veux dire te rapprocher *réellement* d'une vérité métaphorique ou te rapprocher *métaphoriquement* d'une vérité réelle ? Ou peut-être que les deux sont complémentaires ?

— De toute façon, je ne peux pas supporter plus longtemps la tristesse dans laquelle me plonge cette situation, dis-je.

— Moi non plus.

— Donc, vous êtes revenue ici pour mourir.

Elle secoue la tête.

— Je ne cherche pas à mourir, à vrai dire. J'attends simplement la mort. Comme si j'étais assise sur un banc dans une gare et que j'attende un train.

— Savez-vous à quelle heure le train doit passer ?

Elle retire sa main de dessus la mienne et se presse les paupières.

— Tu sais, Kafka, j'ai beaucoup usé ma vie jusqu'à maintenant. Je me suis usée moi-même. À un certain moment, j'aurais dû cesser de vivre, mais je ne l'ai pas fait. Je savais que ma vie n'avait plus de sens, mais j'ai continué quand même. J'ai continué à faire des choses absurdes, simplement pour passer le temps. Je me suis blessée et j'ai blessé les autres aussi. J'en paie le prix maintenant. On peut aussi appeler ça une malédiction. Ce que j'ai possédé à un moment de ma vie était trop parfait, et lorsque je l'ai perdu, je n'ai rien pu faire d'autre que me laisser sombrer. C'est cela, ma malédiction. Tant que je vivrai, je ne pourrai pas y échapper. Voilà pourquoi la mort ne me fait pas peur. Et pour répondre à ta question, oui, je sais à peu près à quelle heure le train passera.

Je prends à nouveau sa main dans la mienne. La balance oscille. Il suffit de rajouter un tout petit peu de poids pour la faire pencher d'un côté ou de l'autre. Il faut que je réfléchisse. Il faut que je prenne une décision. Il faut que j'agisse.

— Mademoiselle Saeki, accepteriez-vous de coucher avec moi ?

— Même si, selon ta théorie, je suis ta mère ?

— J'ai l'impression que tout est en déplacement perpétuel autour de moi, que tout a un double sens.

Elle réfléchit un moment à ce que je viens de dire, puis :

— Mais ce n'est peut-être pas le cas pour moi. Pour moi, les choses ne sont pas aussi nuancées, c'est plutôt une question de « tout ou rien ».

— Et vous savez si c'est « tout » ou si c'est « rien » ?

Elle hoche la tête.

— Est-ce que je peux vous poser une question, mademoiselle Saeki ?

— Oui.

— Où avez-vous trouvé ces accords ?

— Ces accords ?

— Les deux accords du refrain de *Kafka sur le rivage*.

Elle me regarde.

— Ils te plaisent ?

Je hoche la tête.

— Je les ai trouvés dans une vieille chambre, loin, très loin d'ici. La porte de cette pièce était ouverte à ce moment-là, dit-elle paisiblement. Une chambre lointaine, si lointaine…

Elle ferme les yeux, plonge dans ses souvenirs.

— Kafka, ferme la porte en sortant, veux-tu ? dit-elle.

Et c'est ce que je fais.

Après la fermeture de la bibliothèque, Oshima m'emmène dîner dans un restaurant de fruits de mer. Les grandes baies vitrées font face à la mer plongée dans la nuit. Je pense aux créatures qui vivent dans cette eau.

— Il faut que tu sortes de temps en temps et que tu prennes un repas bien nourrissant, dit Oshima. Je n'ai pas l'impression que la police surveille la bibliothèque. Il n'y a aucune raison d'être nerveux pour le moment. Ce petit changement de décor va te faire du bien.

Après avoir pris une grosse salade, nous commandons une paella que nous nous partageons.

— J'aimerais aller en Espagne un jour, dit Oshima.

— Pourquoi en Espagne ?

— Pour participer à la guerre d'Espagne.

— Mais elle est finie depuis longtemps.

— Je sais bien. Lorca y a laissé sa peau, Hemingway a survécu. Mais j'ai tout de même le droit de vouloir aller en Espagne participer à cette guerre.

— Métaphoriquement.

— Bien sûr, dit-il en grimaçant. Un hémophile de sexe indéterminé qui n'a pratiquement jamais mis les pieds hors du Shikoku ne peut pas aller réellement faire la guerre en Espagne, si ?

Nous dévorons l'énorme paella en buvant du Perrier.
— Il y a du nouveau dans l'enquête sur le meurtre ?
— Rien qui vaille la peine d'être signalé. En tout cas, ces derniers temps, les journaux n'ont guère donné d'informations sur l'affaire. À part une chronique nécrologique dans les pages culture. L'enquête doit piétiner. Malheureusement les résultats de la police sont en baisse. Comme les cours de la Bourse. Ils n'ont même pas été capables de retrouver le fils fugueur.
— Un garçon de quinze ans à peine.
— Quinze ans, avec des pulsions de violence, et quelques obsessions, complète Oshima.
— Et les poissons tombés du ciel ?
Oshima secoue la tête.
— Là aussi, l'enquête est au point mort. Rien d'autre n'est tombé du ciel depuis. À l'exception, bien sûr, des coups de tonnerre de l'autre soir, dignes de figurer dans le *Livre des records*.
— Le calme est revenu, alors ?
— Ça m'en a tout l'air. Ou alors, nous sommes dans l'œil du cyclone.
Je hoche la tête, prends un coquillage dans le plat et en extrais la chair avec ma fourchette. Je dépose la coquille vide dans l'assiette prévue à cet effet.
— Tu es toujours amoureux ? demande Oshima.
Je hoche la tête.
— Et vous, Oshima-san ?
— Tu veux dire, est-ce que je suis amoureux ?
Je réitère ma question, mais il veut des précisions :
— Autrement dit, tu poses une question indiscrète à propos de l'éventuelle romance qui pourrait pimenter la vie privée forcément pervertie d'un hermaphrodite homosexuel et hémophile ?
Je hoche à nouveau la tête, et il fait de même.
— Eh bien oui, j'ai un partenaire, reprend-il. (Il s'attaque à un coquillage avec concentration.) Pas le genre de passion violente qu'on trouve dans les opéras de Puccini, mais, comment dire, c'est quand même un

peu « ni avec toi, ni sans toi ». On ne se voit que de temps en temps. Mais je pense que, fondamentalement, une entente profonde nous unit.

— Une entente profonde ?

— Quand Haydn composait, il s'habillait toujours de façon très formelle et mettait une perruque poudrée.

Surpris, je regarde Oshima.

— Haydn ?

— Sans cela, il ne pouvait pas composer de musique.

— Mais pourquoi ?

— Je ne sais pas. Seul Haydn et sa perruque le savent. Personne d'autre. Ça ne s'explique peut-être pas.

Je hoche la tête.

— Dites, Oshima-san, cela vous arrive quand vous êtes seul, de penser à votre partenaire et de vous sentir triste ?

— Évidemment. Cela m'arrive de temps à autre. Spécialement à la saison de la lune pâle, ou quand les oiseaux s'envolent vers le sud…

— Pourquoi *évidemment* ?

— Parce que celui qui aime cherche la partie manquante de lui-même. Aussi, quand on pense à l'être dont on est amoureux, on est toujours triste. C'est comme si on entrait à nouveau dans une chambre pleine de nostalgie qu'on a quittée il y a longtemps. C'est normal. Tu n'es pas le premier à découvrir ce sentiment. Alors n'essaie pas d'en obtenir le brevet exclusif, d'accord ?

Je pose ma fourchette et lève la tête.

— Une chambre lointaine, pleine de nostalgie ?

— Exactement, dit Oshima. (Puis il lève sa fourchette en l'air et ajoute :) C'est une métaphore, bien sûr.

À neuf heures du soir, Mlle Saeki me rend visite dans ma chambre. Je suis assis devant la table, en train de lire, quand j'entends sa Golf se garer dans le parking. La portière claque au moment où elle descend. Ses semelles de caoutchouc crissent tandis qu'elle traverse le parking. Puis elle frappe à ma porte, et je lui ouvre. Elle est là, devant moi. Cette fois, elle ne dort pas. Elle porte un chemisier à rayures roses, un jean en toile légère, des tennis blanches. C'est la première fois que je la vois en pantalon.

— J'avais la nostalgie de cette pièce, dit-elle. (Elle s'arrête devant le tableau au mur et ajoute :) Et de ce tableau aussi.

— Est-ce qu'il a été peint près d'ici ?

— Il te plaît ?

Je hoche la tête.

— Qui est l'artiste ?

— Un jeune peintre qui résidait chez les Komura cet été-là. Il n'était pas spécialement célèbre, du moins à l'époque, et j'ai oublié son nom. Mais il était gentil, et je pense que ce tableau est une réussite. Il en émane une certaine force, non ? J'étais à côté de lui pendant qu'il le peignait. Je le regardais, lui donnais des conseils en plaisantant. On s'entendait bien, ce peintre et moi. Cela remonte à loin maintenant. C'était l'été de mes douze ans. Et le garçon sur le tableau avait douze ans lui aussi.

— On dirait que c'est peint au bord de la mer près d'ici, non ?

— Viens, dit Mlle Saeki. Allons nous promener. Je te montrerai l'endroit.

Je marche avec elle jusqu'au rivage. Après avoir traversé une pinède, nous foulons le sable de la plage. Les nuages s'entrouvrent, une lune à son demi-quartier éclaire les vagues. Des vaguelettes qui se soulèvent à peine et se brisent aussitôt. Mlle Saeki s'assied sur le sable, et je m'installe à côté d'elle. Le sable est encore tiède. Elle tend les doigts comme pour vérifier le cadrage, désigne un point de la côte où les vagues viennent s'écraser.

— C'est de là qu'il a peint cet endroit. Il avait installé une chaise pliante sur la plage, et y avait fait asseoir le garçon. Et il avait disposé son chevalet ici. Je m'en souviens bien. Tu vois l'île, là-bas, elle est exactement à la même position que dans le tableau.

Je regarde le point au bout de son doigt. La position de l'île est la même, sans aucun doute. Mais j'ai beau regarder, je ne reconnais pas le paysage du tableau. Je le lui dis.

— Les environs ont changé depuis cette époque, me répond-elle. C'était il y a quarante ans. Même la topographie du lieu s'est transformée : de nombreux phénomènes affectent le littoral – les vagues, le vent, les typhons. La plage s'érode ou au contraire elle s'agrandit. Mais il n'y a pas le moindre doute : c'était bien là. Je me le rappelle aussi nettement que si c'était aujourd'hui. C'est aussi cet été-là que j'ai eu mes premières règles.

Ensuite, nous regardons le paysage un moment tous les deux sans rien dire. La forme changeante des nuages crée des mouchetures sur le clair de lune. Le vent siffle à travers la pinède, on croirait qu'une armée de jardiniers ratissent le sol. Je ramasse une poignée de sable, le laisse couler entre mes doigts. Et le sable se fond à nouveau dans celui de la plage, comme le temps écoulé. Je répète plusieurs fois ce geste.

— À quoi penses-tu ? demande Mlle Saeki.

— À partir pour Espagne, dis-je.

— Pourquoi l'Espagne ?

— On y mange de bonnes paellas.

— C'est tout ?

— Non, je voudrais faire la guerre d'Espagne.

— Mais elle est finie depuis plus de soixante ans.

— Je sais bien. Lorca y a laissé sa peau, Hemingway a survécu.

— Mais tu voudrais quand même la faire.

Je hoche la tête.

— Je ferais sauter des ponts.

— Et tu tomberais amoureux d'Ingrid Bergman.

— Mais dans la réalité, je suis à Takamatsu et je suis amoureux de vous.

— La vie est mal faite.

Je passe un bras autour de ses épaules.

Tu passes un bras autour de ses épaules.

Elle s'appuie contre toi. Un long moment s'écoule.

— J'ai fait exactement la même chose, il y a bien longtemps, exactement à cet endroit.

— Je sais, dis-je.

— Comment le sais-tu ? demande Mlle Saeki.

Puis elle me regarde.

— Parce que j'étais là à ce moment-là.

— Tu faisais sauter des ponts ?

— Je faisais sauter des ponts.

— Métaphoriquement ?

— Bien sûr.

Tu la prends dans tes bras, et la serres contre toi. Tu poses tes lèvres sur les siennes. Tu sens toutes ses forces l'abandonner.

— Nous rêvons tous, dit-elle.

Oh oui, nous rêvons tous.

— Pourquoi a-t-il fallu que tu meures ?

— Je ne pouvais pas faire autrement, répondis-je.

Tu marches avec Mlle Saeki sur la plage, puis vous rentrez à la bibliothèque. Tu éteins la lumière, tu fermes les rideaux et, sans dire un mot, vous vous mettez au lit et vous enlacez. Il se passe presque exactement la même chose que la nuit dernière. À deux différences près. Elle pleure après l'amour. Elle enfouit son visage dans l'oreiller et elle pleure, longuement, en silence. Tu ne sais pas quoi faire. Tu poses doucement la main sur son épaule nue. Tu sens qu'il faudrait dire quelque chose, mais tu ne sais pas quoi. Tous les mots ont disparu dans le fossé du temps. Ils se sont entassés sans bruit au fond d'un lac volcanique. Voilà pour la première différence. Ensuite, quand elle repart, tu entends le bruit du moteur de sa Golf. C'est la deuxième différence.

Elle démarre, puis coupe le moteur, comme si elle réfléchissait. Ensuite, elle tourne à nouveau la clé de contact et sort du parking. Ce silence, entre les deux démarrages, te laisse un arrière-goût d'une infinie tristesse. Ce vide envahit ton cœur comme une brume blanche la surface de la mer, et il reste là longtemps, longtemps. Si longtemps qu'il devient une partie de toi.

Mlle Saeki a disparu, ne laissant derrière elle qu'un oreiller mouillé de larmes. Tu poses la main sur ce tissu humide et tu regardes le ciel blanchir par la fenêtre. Au loin, tu entends crailler un corbeau. La Terre continue lentement de tourner. Au-delà de ces détails, chacun vit dans ses rêves.

32

Nakata se réveilla à cinq heures et vit la grosse pierre posée au pied de son matelas. Hoshino dormait comme un loir sur le matelas voisin, la bouche à demi ouverte, la chevelure emmêlée. Sa casquette des Chunichi Dragons avait roulé par terre à côté de lui. Son visage avait dans le sommeil un air de détermination qui semblait dire : « Surtout ne me réveillez sous aucun prétexte ! » Nakata ne fut pas particulièrement surpris de découvrir la pierre près de lui. Son esprit intégra aussitôt ce fait nouveau sans se demander le moins du monde comment la pierre était arrivée là. Réfléchir aux liens de cause à effet n'avait jamais été son fort.

Il s'assit en tailleur à côté de son matelas et passa un long moment à regarder intensément la pierre. Finalement, il tendit la main et la posa sur elle, comme sur un gros chat endormi. Au début, il y alla timidement, du bout des doigts, puis, voyant qu'il ne se passait rien, il s'enhardit et caressa toute la surface de la paume, en réfléchissant – ou du moins en donnant l'impression de réfléchir. Il palpa la surface de la pierre comme s'il lisait une carte, et en grava dans sa mémoire les moindres aspérités, les moindres creux. Puis, saisi d'une idée soudaine, il posa une main sur sa tête et brossa sa courte tignasse poivre et sel. Comme s'il cherchait une corrélation entre sa tête et cette pierre.

Bientôt, il poussa un vague soupir, se leva, ouvrit la fenêtre et mit son visage au-dehors. La chambre donnait sur l'arrière de l'immeuble voisin, une bâtisse misérable où devaient vivre des gens misérables qui faisaient des boulots de misère. Un bâtiment tombé en disgrâce comme il y en a dans toutes les villes, le genre que Charles Dickens aurait passé dix pages à décrire. Les nuages qui flottaient au-dessus ressemblaient à des blocs de poussière durcie sortis d'un aspirateur qu'on avait oublié de vider depuis longtemps. Ou peut-être les contradictions sociales engendrées par la troisième révolution industrielle s'étaient-elles condensées sous cette forme pour flotter dans le ciel. Il n'allait pas tarder à pleuvoir. Nakata regarda en bas, et aperçut un chat noir squelettique. La queue dressée tout droit, il faisait sa ronde sur le mur étroit qui séparait les deux immeubles.

— Il va y avoir du tonnerre aujourd'hui, lança Nakata à l'adresse du chat, mais ce dernier ne l'entendit sans doute pas, car il poursuivit sa marche élégante sans même se retourner et disparut dans l'ombre du bâtiment.

Nakata prit le sac en plastique qui contenait ses affaires de toilette et se dirigea vers la salle de bains, commune. Il prit tout son temps. Il se lava soigneusement la figure en prenant tout son temps, se brossa soigneusement les dents en prenant tout son temps, se rasa soigneusement en prenant tout son temps. Il se coupa les poils du nez avec ses ciseaux, se brossa les sourcils, se nettoya les oreilles. Il n'était pas d'une nature encline à faire les choses à la hâte, mais ce matin-là, il se pressa encore moins que d'ordinaire. À une heure aussi matinale, il avait la salle de bains pour lui tout seul, et il restait largement le temps avant le petit déjeuner. Hoshino n'allait sûrement pas se réveiller tout de suite. Il n'y avait personne pour déranger Nakata. Il fit donc tranquillement sa toilette devant le miroir, en pensant aux têtes des chats qu'il avait vues l'avant-veille dans le livre de la bibliothèque. Comme il ne savait pas lire, il ne connaissait pas les noms de ces races de chats, mais chacune de leurs physionomies était restée gravée dans son esprit.

« Il y a vraiment beaucoup de chats différents dans le monde », se dit-il tout en se curant une oreille. C'était la première visite de sa vie dans une bibliothèque et il était obligé de reconnaître, non sans amertume, à quel point il était ignorant. Il y avait dans le monde un nombre infini de choses dont il ne savait rien. Penser à l'infini lui donna aussitôt mal à la tête. Cela pouvait paraître naturel, mais il se trouvait que l'infini n'avait pas de limites, ce qui compliquait les choses. Il en resta là de ses réflexions, et pensa à nouveau aux photos de chats. Il aurait bien aimé parler à chacun d'eux. Ils devaient tous avoir une façon différente de penser et de s'exprimer. « Je me demande si les chats étrangers parlent une langue étrangère », songea Nakata. Cependant, la question était trop compliquée pour lui, et son mal de tête le reprit.

Quand il fut prêt, il se rendit aux toilettes pour faire ses besoins, comme tous les matins. Cela lui prit beaucoup moins de temps que le reste. Quand il eut fini, il reprit le sac contenant ses affaires et retourna dans la chambre. Hoshino était toujours profondément endormi, exactement dans la même position. Nakata ramassa la chemise hawaïenne et le jean qui traînaient par terre, les plia proprement et les posa à côté du matelas du jeune homme, ajoutant par-dessus la casquette des Chunichi Dragons, comme on donne un titre à une collection de concepts hétéroclites. Ensuite il ôta le peignoir de l'hôtel qu'il avait sur lui, enfila son pantalon et sa chemise habituels. Il se frotta les mains l'une contre l'autre en inspirant profondément.

Il s'assit à nouveau, le dos bien droit, devant la pierre, et la regarda un moment avant de tendre timidement la main pour la toucher.

— Il va y avoir du tonnerre aujourd'hui, dit-il sans s'adresser à personne en particulier.

Peut-être parlait-il à la pierre. Ensuite, il hocha la tête plusieurs fois, comme pour lui-même.

Hoshino se réveilla au moment où Nakata faisait sa gymnastique matinale devant la fenêtre ouverte. Nakata exécutait ses exercices en cadence, en sifflotant la mélodie de l'émission de gymnastique de la radio. Hoshino entrouvrit les yeux et regarda sa montre : huit heures passées. Le jeune homme tourna la tête, pour vérifier que la pierre était bien là où il l'avait posée en arrivant. Elle lui parut plus grande et plus rugueuse que dans le noir.

— Je n'ai pas rêvé, alors.

— De quoi parlez-vous ? demanda Nakata.

— De la pierre. Elle est bien là. Je n'ai pas rêvé.

— Elle est là, répondit brièvement Nakata, tout en poursuivant sa gymnastique en rythme.

Ces mots résonnèrent comme la proposition fondamentale d'un philosophe allemand du XIXe siècle.

— Oui, mais la façon dont elle est arrivée, ça c'est une longue histoire, papi, dit Hoshino.

— C'est bien ce qu'il semblait à Nakata.

— Enfin, bref, dit le jeune homme en se redressant sur le matelas et en poussant un profond soupir. En résumé, nous avons la pierre.

— Nous avons la pierre, répéta Nakata. C'est cela qui est important.

Hoshino allait répliquer, mais il se rendit compte tout à coup qu'il mourait de faim.

— Hé, papi, on s'en fiche de tout ça, si on allait plutôt déjeuner ?

— Oui. Nakata a faim lui aussi.

Une fois le petit déjeuner fini, Hoshino demanda, tout en buvant une tasse de thé :

— Qu'est-ce qu'on va faire de cette pierre, maintenant ?

— Oui, qu'est-ce qu'on va faire de cette pierre ?

— Arrête ton char, dit Hoshino en secouant la tête. Tu voulais trouver cette pierre, j'ai passé la nuit à la chercher, alors maintenant ne me demande pas ce que tu dois en faire.

— Oui. Vous avez parfaitement raison, monsieur Hoshino, pourtant, Nakata ne sait pas encore très bien à quoi peut servir cette pierre.

— C'est fâcheux.

— Très fâcheux, en effet, acquiesça Nakata, quoique rien dans son expression ne laissât penser qu'il était « fâché ».

— Et si tu réfléchis tranquillement, tu crois que tu arriveras à comprendre à quoi elle sert ?

— Je crois, oui. Mais il faut plus de temps à Nakata qu'aux gens normaux pour faire les choses.

— Écoute, papi…

— Oui, monsieur Hoshino ?

— Je ne sais pas qui lui a donné ce nom, mais puisqu'on l'appelle la pierre de l'entrée, elle doit bien donner accès à quelque chose, non ? Ou alors il doit y avoir une légende à son sujet.

— C'est certainement le cas.

— Mais tu ne sais pas de quelle entrée il s'agit.

— En effet. Nakata ne le sait pas encore. Il sait parler avec les chats, mais n'a encore jamais parlé avec une pierre.

— Ça doit être difficile de parler avec une pierre.

— Oui, c'est très différent de parler avec les chats.

— Tout de même, comme je l'ai trouvée dans un sanctuaire, je me demande si elle ne peut pas attirer une malédiction ou quelque chose dans le genre. Je suis de plus en plus inquiet, moi. Rapporter cette pierre ici, c'est une chose, mais c'est ce qu'on va en faire ensuite qui me turlupine. Le colonel Sanders a dit qu'il n'y avait aucune malédiction à craindre, mais je ne fais pas complètement confiance au bonhomme.

— Le colonel Sanders ?

— Un vieux type qui s'appelle comme ça. Celui qu'on voit sur les panneaux publicitaires de Kentucky Fried Chicken, tu sais. Il a un costume blanc, une barbichette, des petites lunettes… Tu ne vois pas qui c'est ?

— Nakata est désolé, mais il ne connaît pas ce monsieur.

— Ah bon ? Tu ne connais pas la chaîne de fast-foods Kentucky Fried Chicken ? C'est étonnant, de nos jours. Enfin, bref, peu importe. En fait, ce vieux est une idée abstraite. Ce n'est ni un homme, ni un dieu, ni un bouddha. C'est un concept, donc il n'a pas de forme. Mais comme il lui faut une apparence extérieure, il prend de temps en temps cette forme-là.

Nakata frotta sa chevelure poivre et sel d'un air embarrassé.

— Nakata ne comprend pas bien ce que vous dites.

— Pour être franc, moi non plus, je ne comprends pas bien. En tout cas, c'est un bonhomme plutôt original, qui est sorti de nulle part, et s'est mis à me raconter un tas de trucs loufoques. Bref, pour abréger et en venir plus vite à la conclusion, ce type m'a aidé à trouver la pierre et je l'ai rapportée jusqu'ici – ho hisse ! C'était pas du gâteau. Je ne cherche pas à me faire plaindre, mais j'en ai bavé cette nuit, je te le dis. Alors maintenant, je voudrais bien te refiler cette fichue pierre et te laisser prendre le relais.

— Entendu, Nakata prend le relais, maintenant.

— Bien… Ça n'a pas traîné, pour une fois.

— Monsieur Hoshino, dit Nakata.

— Ouais ?

— Il va y avoir beaucoup de tonnerre aujourd'hui. Attendons le tonnerre.

— Tu veux dire que le tonnerre va nous aider avec la pierre ?

— Nakata ne sait pas comment ça va se passer en détail, mais il lui semble que oui, le tonnerre va nous être utile.

— Le tonnerre, maintenant ? Enfin bon. Pourquoi pas ? C'est intéressant. Attendons le tonnerre, alors. Et voyons un peu ce qui va arriver.

Une fois de retour dans leur chambre, Hoshino s'affala sur les nattes et alluma la télévision. Toutes les chaînes ne passaient que des émissions de variétés pour ménagères, mais comme il n'avait rien de mieux à faire, il se mit à en regarder une tout en commentant abondamment ce qui se déroulait à l'écran.

Pendant ce temps, Nakata, assis devant la pierre, la regardait, la touchait, marmonnant parfois tout seul. Hoshino n'entendait pas ce qu'il disait mais il se demandait si le vieil homme n'essayait pas d'engager la conversation avec la pierre.

Vers midi, les premiers coups de tonnerre éclatèrent enfin.

Juste avant qu'il commence à pleuvoir, Hoshino était sorti acheter dans une supérette des packs de lait et des petits pains qu'ils se partagèrent en guise de déjeuner. Pendant qu'ils mangeaient, une employée de l'auberge vint faire la chambre, mais Hoshino refusa d'un : « Ce n'est pas la peine, ça ira comme ça. »

— Vous ne sortez pas aujourd'hui ? demanda la fille.

— Non, on a quelque chose à faire ici, répondit Hoshino.

— À cause du tonnerre, ajouta Nakata.

— À cause du tonnerre, hein, répéta-t-elle d'un air méfiant, puis elle s'en alla, préférant sans doute ne pas s'attarder avec les deux toqués qui occupaient cette chambre.

C'est alors que retentirent au loin des coups de tonnerre sourds, aussitôt suivis, comme s'il s'agissait d'un signal, des premières gouttes de pluie. Le tonnerre n'était pas très violent, on aurait cru qu'un nain sans énergie piétinait un tambour. Cependant, les gouttes de pluie se firent rapidement plus grosses, et bientôt il se mit à tomber des cordes. Une odeur humide d'orage enveloppa le monde.

Dès qu'il se mit à tonner, Hoshino et Nakata s'assirent face à face en tailleur, de part et d'autre de la pierre, tels deux Indiens fumant le calumet de la paix. Nakata frottait la pierre en marmonnant tout seul, puis se passait la main sur les cheveux. Hoshino le regardait faire en fumant des Marlboro.

— Monsieur Hoshino, dit Nakata.

— Ouais ?

— Vous voulez bien rester un moment près de moi ?

— Pas de problème ! Je n'ai pas l'intention d'aller où que ce soit avec ce qui tombe, de toute façon.

— Je crois qu'il va se passer quelque chose de bizarre.

— Si tu veux mon avis, ça fait déjà un moment qu'il se passe des choses bizarres.

— Monsieur Hoshino…

— Quoi encore ?

— Tout d'un coup, je me demande qui est cette personne nommée Nakata.

Hoshino se retrouva plongé dans un abîme de perplexité.

— C'est une question difficile, papi. Je suis embarrassé que tu me la poses comme ça, sans prévenir. Je ne sais pas très bien moi-même qui est la personne nommée Hoshino, alors, ça m'est difficile de dire ce qu'il en est pour les autres. Ce n'est pas pour me vanter, mais la réflexion n'est pas mon fort. À mon avis, Nakata est un type honnête. C'est ce que je ressens, voilà tout. Un peu à côté de la plaque, mais on peut lui faire confiance. Sinon, je ne serais pas venu jusque dans le Shikoku avec lui, pas vrai ? Je ne suis pas très malin, mais assez pour me rendre compte à qui j'ai à faire.

— Monsieur Hoshino ?

— Ouais ?

— Nakata n'est pas seulement idiot. Il est vide. Je m'en rends bien compte maintenant. Nakata est comme une bibliothèque sans livres. Autrefois, je n'étais pas comme ça. Il y avait des livres en moi. Je ne m'en étais jamais souvenu jusqu'ici, mais à présent cela me revient. Oui, autrefois, Nakata était normal, il était comme tout le monde. À un moment, il s'est passé quelque chose, et Nakata est devenu une sorte de boîte vidée de son contenu.

— Mais, papi, si on va par là, on est tous plus ou moins vides, non ? On bouffe, on chie, on fait un boulot minable pour un salaire de misère, on tire un coup de temps en temps. Et en dehors de ça, hein ? Enfin, je dis ça, mais il se passe quand même des choses intéressantes dans la vie, comme en ce moment. Je ne comprends pas exactement de quoi il retourne, mais… Mon grand-père disait toujours que ce qui est intéressant dans la vie, c'est que les choses ne se passent jamais comme on s'y attend. C'est logique, après tout. Si les Chunichi Dragons gagnaient à chaque fois, plus personne ne regarderait les matchs de base-ball, pas vrai ?

— Vous aimiez beaucoup votre grand-père, n'est-ce pas, monsieur Hoshino ?

— Ça oui. Je ne sais pas ce que je serais devenu sans lui. Il m'a donné envie de mener une vie honnête. Je ne sais pas bien comment l'exprimer, mais il me semble que c'est lui qui m'a rattaché à la vie. Grâce à lui, j'ai quitté mon gang de motards et je me suis engagé dans les forces d'autodéfense.

— Mais Nakata, lui, est seul au monde. Personne pour le rattacher à la vie. Il ne sait pas lire. Même son ombre est moitié moins épaisse que celle des autres.

— Personne n'est parfait.

— Monsieur Hoshino ?

— Ouais ?

— Si Nakata avait été normal, il aurait eu une vie complètement différente. Comme ses deux frères, il serait allé à l'université, aurait travaillé dans une entreprise, se serait marié et aurait eu des enfants. Il aurait eu une grosse voiture, et aurait joué au golf les jours de congé. Mais Nakata n'est pas normal, voilà pourquoi il vit comme il le fait aujourd'hui. C'est trop tard pour recommencer à zéro, je le sais bien. Tout de même, j'aimerais bien redevenir le Nakata normal, ne serait-ce qu'un tout petit moment. Pour être franc, Nakata n'en a jamais éprouvé le moindre désir jusqu'à aujourd'hui. Il s'efforçait seulement de faire ce que les autres attendaient de lui. Mais c'est différent à présent. Je souhaite vraiment redevenir le Nakata normal. Un Nakata qui réfléchit par lui-même et dont la vie a un sens.

Hoshino poussa un soupir.

— Si c'est ce que tu souhaites, fais-le. Redeviens normal. Quoique je n'aie pas la moindre idée de ce que c'est qu'un Nakata normal.

— Nakata non plus n'en a pas la moindre idée.

— J'espère que ça marchera. Je prie pour que tu redeviennes un Nakata normal.

— Mais Nakata a beaucoup de choses à régler avant de redevenir normal.

— Quoi par exemple ?

— Par exemple, Johnnie Walken.

— Johnnie Walken ? Je crois bien que tu as déjà prononcé ce nom. C'est celui de la marque de whisky ?

— Oui. Nakata est tout de suite allé au poste de police expliquer ce qui s'était passé avec Johnnie Walken. Je me disais qu'il fallait prévenir le préfet, mais ils ne m'ont pas écouté. Alors je suis obligé de tout résoudre moi-même. Une fois que j'aurai réglé ce problème, je pourrai peut-être, si tout va bien, redevenir le Nakata normal.

— Je ne comprends pas très bien ce que tu racontes, mais en tout cas, tu as besoin de la pierre pour résoudre ton problème, c'est ça ?

— Tout à fait, tout à fait. Nakata doit récupérer la moitié manquante de son ombre.

Autour d'eux, le fracas était devenu assourdissant. Des éclairs zébraient le ciel en tout sens, aussitôt suivis par de violents coups de tonnerre. L'air vibrait alentour et les vitres tremblaient. Des nuages noirs recouvraient le ciel comme un couvercle ; il faisait si sombre qu'aucun des deux hommes assis dans la pièce ne distinguait les traits de l'autre. Ils ne songèrent pas pour autant à allumer la lumière. Ils restèrent assis face à face, chacun d'un côté de la pierre. Au-dehors la pluie faisait rage avec une violence pénible même pour qui se trouvait à l'abri. Des éclairs illuminaient la pièce. Hoshino et Nakata restèrent un long moment incapables de dire un mot.

Hoshino profita d'une accalmie entre les coups de tonnerre pour demander :

— Mais pourquoi est-ce que tu dois t'occuper de cette pierre, Nakata ? Pourquoi toi ? Qu'est-ce qu'elle a à voir avec toi ?

— Parce que Nakata est celui qui est *entré et sorti.*

— Entré et sorti ?

— Oui, Nakata est sorti d'ici une fois, puis il y est rentré. Il y avait une grande guerre au Japon à ce moment-là. Le couvercle s'est soulevé, pour je ne sais quelle raison, et je suis sorti. Ensuite, il s'est encore passé quelque chose, je ne sais pas quoi, et je suis revenu. C'est pour ça que je ne suis plus le Nakata normal, celui d'avant. Et que mon ombre a diminué de moitié. En revanche, après, je pouvais parler avec les chats. Même si, maintenant, je n'y arrive plus aussi bien. Et je crois aussi que je peux faire tomber des choses du ciel.

— Comme les sangsues l'autre soir ?

— Oui.

— Tout le monde ne peut pas en faire autant, c'est sûr.

— C'est sûr.

— Et c'est parce que autrefois tu es entré et sorti que tu arrives à faire ça ? Oui, tu n'es pas une personne ordinaire, je le reconnais.

— Tout à fait, tout à fait. Quand je suis revenu, je n'étais plus le Nakata normal. Mais en revanche, je ne savais plus lire. Et je n'ai jamais touché une femme de ma vie.

— Là, je suis scié.

— Monsieur Hoshino.

— Ouais ?

— Nakata a peur. Comme je vous l'ai dit tout à l'heure, Nakata est vide. Vous savez ce que cela veut dire, être complètement vide ?

Le jeune homme secoua la tête.

— Je ne crois pas.

— C'est comme être une maison inoccupée, et dont la porte est restée ouverte. N'importe qui peut entrer librement s'il en a envie. C'est très effrayant. Par exemple, Nakata peut faire tomber diverses choses du ciel, mais il ne sait pas lesquelles à l'avance. Imaginez que la prochaine fois ce soit des milliers de couteaux, ou une bombe très puissante, ou encore un gaz empoisonné, qu'est-ce que je ferai ? Je pourrai m'excuser, cela ne servira à rien.

— Hum, tu as raison. T'excuser ne servirait à rien. Les sangsues, ce n'était déjà pas drôle, alors si tu te mets à faire pleuvoir des choses encore pires, on n'est pas sortis de l'auberge.

— Johnnie Walken est entré à l'intérieur de Nakata et lui a fait faire des choses qu'il ne voulait pas. Johnnie Walken a utilisé Nakata. Et Nakata n'a pas pu lui résister. Il n'en a pas eu la force. Parce que Nakata est vide, il n'a rien à l'intérieur, rien !

— C'est pour ça que tu veux redevenir le Nakata normal. Avec son contenu normal.

— Exactement. Nakata n'est pas très intelligent, mais il savait fabriquer des meubles, et c'est ce qu'il faisait. Nakata aimait façonner des tables, des chaises jour après jour. C'est bien de donner forme à des objets. Pendant des dizaines d'années, Nakata ne s'est pas dit une seule fois qu'il voulait redevenir normal. Et personne n'a essayé de pénétrer de force à l'intérieur de lui. Jamais il n'a eu peur. Mais depuis que Johnnie Walken est apparu, Nakata a peur.

— Et qu'est-ce qu'il t'a fait faire, ce Johnnie Walken, quand il est entré en toi ?

Un violent fracas déchira l'air. Le tonnerre avait dû tomber tout près. Hoshino sentit ses tympans vibrer douloureusement. Nakata pencha la tête, tendit l'oreille au bruit, tout en continuant à caresser lentement la surface de la pierre de ses deux mains.

— Il m'a fait verser du sang.

— Verser du sang ? !

— Oui. Mais ce sang n'est pas resté sur les mains de Nakata.

Le jeune homme ne comprenait pas ce que Nakata voulait dire.

— Bref, quoi qu'il en soit, une fois que tu auras ouvert la porte à laquelle cette pierre donne accès, les choses vont se remettre naturellement en place, non ? L'eau va se remettre à couler du haut vers le bas, et non l'inverse.

Nakata réfléchit à son tour – enfin, eut l'air de réfléchir.

— Ce ne sera peut-être pas si simple. Le rôle de Nakata est de trouver la pierre de l'entrée, et de l'ouvrir. Mais pour être honnête, je ne sais pas ce qui va se passer ensuite.

— Mais pourquoi cette pierre se trouve-t-elle dans le Shikoku ?

— La pierre est partout. Pas seulement dans le Shikoku, et ce n'est pas forcément une pierre.

— Là, il y a quelque chose qui m'échappe. Si la pierre est partout, tu aurais pu t'occuper de ça directement depuis Nakano. Cela t'aurait évité bien des tracas, non ?

Nakata frotta ses cheveux ras.

— C'est compliqué. Depuis tout à l'heure, Nakata essaie d'écouter ce que la pierre a à dire, mais il ne saisit pas tout. Voyez-vous, je pense que vous et moi, monsieur Hoshino, nous devions venir ici. Il fallait que nous traversions ce grand pont. À Nakano, cela n'aurait pas marché.

— Je peux te poser une autre question ?

— Mais je vous en prie, monsieur Hoshino.

— Si tu arrives à ouvrir cette pierre ici, est-ce qu'il ne va pas se passer quelque chose d'extraordinaire ? Un truc invraisemblable comme le génie qui jaillit de la lampe d'Aladin ? Ou peut-être qu'un prince transformé en crapaud va bondir hors de cette pierre et nous embrasser passionnément sur la bouche ? Ou alors on va être dévorés par des Martiens cannibales ?

— Peut-être qu'il se passera quelque chose, peut-être qu'il ne se passera rien. Je ne sais pas. On ne peut pas savoir tant que la pierre n'est pas ouverte.

— Et ça pourrait être dangereux, pas vrai ?

— C'est possible.

— Manquait plus que ça ! s'exclama Hoshino en sortant son paquet de Marlboro et son briquet de sa poche.

Il alluma une cigarette.

— Mon grand-père me le disait bien : « Ton défaut, c'est d'être prêt à suivre des inconnus n'importe où, sans réfléchir ! » C'est dans ma nature, depuis que je suis tout petit. Comme dit le proverbe, « L'enfant est le père de l'homme. » Enfin bon, c'est trop tard maintenant. Je t'ai suivi jusque dans le Shikoku, j'ai trouvé cette pierre. Je ne peux plus m'en aller. Ouvrons-la, même si c'est risqué. Je veux voir de mes propres yeux ce qui va se passer. Ça me fera des souvenirs à raconter à mes petits-enfants.

— Oui. Nakata a une faveur à vous demander, monsieur Hoshino.

— De quoi s'agit-il ?

— Pouvez-vous soulever cette pierre pour moi ?

— Si tu veux.

— Elle est plus lourde que quand vous l'avez apportée.

— Je ne suis pas Schwarzenegger, mais vise un peu les biceps tout de même. Quand j'étais dans les forces d'autodéfense, je gagnais tous les concours de bras de fer. Et maintenant que tu m'as guéri mon mal de dos…

Hoshino se leva, saisit la pierre à deux mains et essaya de la soulever. Elle ne bougea pas d'un pouce.

— C'est sûr, elle est plus lourde, dit le jeune homme en soupirant. Je n'ai eu aucun mal à la porter jusqu'ici, mais on dirait qu'elle est clouée au sol maintenant.

— Oui, il s'agit d'une entrée importante, alors on ne peut pas la déplacer facilement. Ce serait ennuyeux, si c'était le cas.

— C'est vrai, ma foi.

À ce moment précis, plusieurs éclairs zébrèrent le ciel à intervalles irréguliers et une série de coups de tonnerre ébranla le sol. « On dirait que quelqu'un vient de soulever le couvercle de l'enfer », songea Hoshino. Un dernier coup de tonnerre éclata tout près d'eux, suivi par un silence épais, suffocant. L'atmosphère était humide et stagnante, pleine de soupçons, comme si d'innombrables oreilles flottaient dans l'air, essayant de percer le complot fomenté par les deux hommes assis dans la chambre. Enveloppés de ténèbres en plein jour, ils restaient assis en silence, figés sur place. Soudain, le vent se remit à souffler, la pluie à battre les carreaux de la fenêtre. Le tonnerre gronda de nouveau mais il n'était plus aussi violent. L'orage semblait enfin s'éloigner de la ville.

Hoshino leva la tête, fit le tour de la pièce des yeux. Autour d'eux, tout avait l'air étrangement indifférent, les murs étaient plus inexpressifs que jamais. Dans le cendrier, la dernière Marlboro s'était transformée en cendres compactes, qui avaient conservé la forme de la cigarette. Le jeune homme déglutit et parla pour briser ce silence pesant :

— Nakata.

— Qu'y a-t-il, monsieur Hoshino ?

— J'ai l'impression de faire un cauchemar.

— Oui. Si c'est le cas, nous faisons le même rêve, vous et moi.

— Ah, d'accord, dit Hoshino. (Puis il se gratta l'oreille d'un air résigné.) J'en ai marre. Marabout, bout de ficelle, selle de cheval, cheval de course, course à pied, pied à terre, Terre de Feu, feu follet… Ça me soulage…

Là-dessus, il se leva, essaya une fois de plus de soulever la pierre. Il inspira profondément, retint son souffle, concentra la force de ses deux bras, et souleva la pierre en laissant échapper un petit gémissement. Cette fois, elle bougea de quelques centimètres.

— Elle a bougé ! s'exclama Nakata.

— Comme ça au moins, on est sûrs qu'elle n'est pas clouée au sol, dit Hoshino. Mais ça ne suffit pas, je suppose ?

— Non, il faut la retourner complètement.

— Comme une crêpe ?

— Tout à fait, tout à fait, dit Nakata en hochant la tête. Nakata aime beaucoup les crêpes.

— Je suis bien content pour toi. Des crêpes préparées dans les cuisines de l'enfer, sûrement… Je vais te retourner ça en moins de deux, moi, tu vas voir.

Hoshino ferma les yeux, rassembla toute son énergie en un seul point. « Cette fois, c'est la bonne ! se dit-il. Maintenant ou jamais ! »

Il agrippa les deux côtés de la pierre, inspira lentement, souffla et poussa un cri venu du fond de son ventre, et la souleva d'un coup. Il était à la limite de ses forces. Il parvint cependant à la maintenir en l'air. Il avait mal partout, il lui semblait entendre ses muscles, ses nerfs et ses os hurler de douleur. Mais il n'allait pas abandonner. Il prit à nouveau une profonde inspiration, lâcha un cri en expulsant tout l'air de ses poumons. Mais il n'entendit pas sa propre voix. Les yeux fermés, il parvint à tirer de lui-même une force qui dépassait la sienne. Il ne savait pas qu'il avait de telles ressources en lui. Le manque d'oxygène le rendit tout blanc. Il sentit plusieurs de ses nerfs lâcher, comme des plombs qui sautent. Il ne voyait plus rien, n'entendait plus rien. Ne pensait plus à rien. Il suffoquait. Cependant, tenant toujours la pierre à bout de bras, il parvint à la retourner et poussa un dernier cri. Il lâcha prise et la pierre retomba à l'envers sous son propre poids. Cela fit un bruit énorme, la pièce entière trembla. On eût dit que l'immeuble lui-même vacillait.

Le contrecoup projeta Hoshino en arrière. Il haletait, allongé sur le tatami, et une sorte de boue liquide tourbillonnait doucement dans sa tête. « Je ne soulèverai plus jamais quelque chose d'aussi lourd de ma vie », songea-t-il. (À ce moment-là, il ignorait ce que cette prévision avait d'un peu trop optimiste, et ne devait le comprendre que bien plus tard.)

— Monsieur Hoshino ?

— Quoi encore ?

— Grâce à vous, la pierre s'est ouverte.

— Hé, papi…

— Qu'y a-t-il ?

Toujours allongé sur le dos, les yeux fermés, Hoshino inspira profondément et parvint à articuler :

— Si elle ne s'était pas ouverte après ce que je viens de faire, j'aurais vraiment perdu la face.

33

Je prépare l'ouverture de la bibliothèque avant l'arrivée d'Oshima. Je passe l'aspirateur dans toutes les salles, essuie soigneusement les vitres et le vitrail du palier, nettoie les toilettes, époussette toutes les chaises et les tables avec un chiffon. Je vaporise un spray sur la rampe de l'escalier pour la faire briller. Je balaie le jardin, mets en marche l'air conditionné dans la salle de lecture, l'humidificateur dans les réserves de livres. Je prépare du café, taille les crayons. L'atmosphère de la bibliothèque déserte, tôt le matin, me comble de bonheur. À l'idée de tous les mots, de tous les mondes imaginaires qui reposent paisiblement dans ces pièces, je déborde du désir de préserver la beauté et l'harmonie du lieu. J'interromps de temps en temps ma tâche pour contempler les livres silencieux alignés dans les rayons, et je tends la main pour toucher leurs tranches. À dix heures et demie, comme d'habitude, j'entends la Mazda Miata d'Oshima entrer dans le parking en pétaradant. Oshima apparaît, l'air un peu ensommeillé, et nous bavardons en attendant l'heure d'ouverture.

— J'aimerais bien sortir un peu vers onze heures si c'est possible, lui dis-je.

— Pour faire quoi ?

— Je voudrais aller m'entraîner au gymnase.

Ce n'est pas la seule raison, bien sûr : je veux surtout éviter de croiser Mlle Saeki quand elle arrivera pour prendre son service, vers midi. J'ai besoin de me retrouver un peu, avant de la revoir.

Oshima me regarde, ne dit rien le temps d'une inspiration, puis acquiesce d'un signe de tête.

— Entendu, mais fais attention. Je ne veux pas jouer les mères poules, or dans ta situation, on n'est jamais trop prudent.

— Je serai prudent, dis-je.

Mon sac à l'épaule, je monte dans le train. Une fois à Takamatsu, je prends un bus en direction du gymnase. Je me change dans les vestiaires, puis entame ma série d'exercices de musculation, avec dans les écouteurs la musique de Prince à plein volume. Au début, je sens que mon corps est un peu rouillé, mais je m'en sors bien quand même. Réaction normale, les muscles protestent en gémissant contre le fardeau supplémentaire qui leur est imposé. Tout en écoutant *Little Red Corvette*, j'inspire, retiens mon souffle, puis expire. Régulièrement, je répète les mêmes gestes : inspiration, pause, expiration. Inspiration, pause, expiration. Je fais souffrir mes muscles jusqu'à la limite de leurs capacités. Je suis trempé de sueur, mon tee-shirt lourd et humide me colle à la peau ; je m'interromps plusieurs fois pour aller à la fontaine à eau boire quelques gobelets.

Je passe d'une machine à l'autre dans l'ordre habituel et, pendant tout ce temps, je ne pense qu'à Mlle Saeki. À notre nuit d'amour. J'essaie de faire le vide dans ma tête, mais ce n'est pas facile. Je me concentre sur le travail de mes muscles, m'absorbe dans la série de gestes réguliers. Les machines habituelles, les poids habituels. Le nombre d'exercices habituel. Prince chante *Sexy Mother-fucker*. Le bout de mon pénis est un peu irrité. Cela m'a fait mal tout à l'heure lorsque j'ai uriné. Le gland est rouge. La peau de mon prépuce est encore toute fraîche et sensible. Entre les fantasmes sexuels qui défilent dans ma tête, les citations venues de diverses lectures qui fusent, et la voix suave de Prince qui accompagne le tout, j'ai l'impression que mon cerveau va exploser.

Je me douche, enfile des sous-vêtements propres, me rhabille et prends le bus en direction de la gare. Je me sens affamé, et entre dans la première gargote que je vois devant la gare pour commander un plat. Pendant que je mange, je me rends compte qu'il s'agit du restaurant où je suis allé le jour de mon arrivée à Takamatsu. Depuis combien de temps suis-je là ? Cela fait un peu plus d'une semaine que je vis à la bibliothèque Komura, je dois donc être dans le Shikoku depuis trois semaines environ. Il faudrait que je sorte mon agenda de mon sac pour connaître exactement la date de mon arrivée.

Après le repas, je bois un thé en regardant la foule pressée s'engouffrer dans la gare ou en sortir. Tous ces gens ont un endroit où aller. Moi aussi, je pourrais me mêler à eux, prendre un train, et m'en aller. Je pourrais tout laisser tomber ici, et partir vers une ville inconnue pour tout recommencer à zéro. Comme si je tournais la page d'un carnet. Je pourrais aller à Hiroshima, ou à Fukuoka. Rien ne m'oblige à rester ici. Je suis libre, cent pour cent libre. Mon sac à dos contient tout ce dont j'ai besoin : des vêtements de rechange, mes affaires de toilette. Et je n'ai encore pratiquement pas touché à l'argent pris dans le bureau de mon père.

Mais je sais bien que je ne peux plus partir nulle part.

— Tu sais bien que tu ne peux plus partir nulle part, dit le garçon nommé Corbeau.

Tu as fait l'amour avec Mlle Saeki, tu as éjaculé à plusieurs reprises en elle. Chaque fois, elle t'a accueilli. Ton pénis en est encore cuisant. Il se rappelle le contact des parois de son vagin. Un endroit fait pour toi. Tu penses aussi à la bibliothèque. Aux livres silencieusement alignés sur les étagères dans le calme du matin. Tu penses à Oshima. À ta chambre. À la jeune fille de quinze ans qui vient la nuit regarder *Kafka au bord de la mer*. Et tu secoues la tête : non, tu ne peux plus partir d'ici. Tu n'es pas libre. Mais as-tu vraiment envie de l'être ?

Je croise plusieurs fois des policiers qui patrouillent dans la gare, mais ils ne me jettent pas un regard. La gare est pleine d'adolescents bronzés chargés de sacs à dos. Je suis juste l'un d'entre eux, je me fonds dans le paysage. Aucune raison d'être nerveux. Il suffit que je me comporte avec naturel, et personne ne me prête la moindre attention.

Je monte dans le petit train à deux wagons qui me ramène vers la bibliothèque.

— Re-bonjour, dit Oshima, puis il regarde mon sac à dos avec stupéfaction : Eh ben dis donc ! Tu te promènes toujours avec autant de bagages ? Comme Charlie Brown, dans la bande dessinée, qui emporte partout sa couverture ?

Je fais chauffer de l'eau, prépare un thé. Comme toujours, Oshima fait tourner un long crayon bien taillé entre ses doigts. (Je me demande ce qu'il en fait, quand ils sont devenus trop courts.)

— Ce sac à dos est le symbole de ta liberté, non ? dit-il.

— Peut-être.

— Posséder un objet qui symbolise sa liberté peut rendre un homme plus heureux que la liberté elle-même.

— Parfois.

— « Parfois », répète-t-il. S'il existait un concours des réponses les plus courtes, tu le gagnerais haut la main.

— Possible, dis-je.

— « Possible », répète-t-il d'un air écœuré. Tu sais, Kafka, la plupart des gens dans le monde ne veulent pas vraiment être libres. Ils croient seulement le vouloir. Pure illusion. Si on leur donnait vraiment la liberté qu'ils réclament, ils seraient bien embêtés. Souviens-toi de ça. En fait, les gens aiment leurs entraves.

— Et vous, Oshima-san ?

— Oui. Moi aussi, j'aime mes entraves. Jusqu'à un certain point, naturellement. Jean-Jacques Rousseau disait que la civilisation naît quand les gens commencent à construire des barrières. Une remarque très perspicace. C'est vrai : toutes les civilisations sont le produit d'une restriction de la liberté que l'on a délimitée avec des barrières. Mis à part les Aborigènes d'Australie qui ont maintenu jusqu'au XVIIe siècle une civilisation sans barrières. C'était un peuple profondément libre. Ils allaient où ils voulaient, quand ils voulaient et faisaient ce qu'ils voulaient. Leur vie était littéralement une marche errante. Et cette errance était une métaphore parfaite de leur vie. Et puis les Anglais sont arrivés et ont élevé des clôtures pour enfermer le bétail. Comme les Aborigènes n'ont pas compris le sens de cette démarche, ils ont été considérés comme dangereux et antisociaux et ont été refoulés vers la brousse. Voilà pourquoi il faut que tu fasses attention, Kafka Tamura. Finalement, dans ce monde, ce sont ceux qui dressent les plus hautes barrières qui survivent le plus sûrement, et si tu nies ce principe, tu seras refoulé vers la brousse.

Je retourne dans ma chambre déposer mes affaires. Ensuite, je prépare du café frais dans le coin cuisine, et en monte comme d'habitude une tasse à Mlle Saeki. Je gravis précautionneusement les marches une à une, tenant le plateau en métal à deux mains. Le vieux parquet craque sous mes pas. Je traverse les flaques de lumière aux couleurs vives que le vitrail projette sur le sol du palier.

Mlle Saeki est à son bureau, en train d'écrire. Je pose la tasse de café devant elle. Elle lève la tête et me fait signe de m'asseoir sur la chaise. Elle porte un chemisier café-au-lait sur un tee-shirt noir. Sa frange est retenue par une barrette, et elle a de petites boucles d'oreilles.

Pendant un moment, elle ne dit rien. Elle regarde fixement la feuille sur laquelle elle vient d'écrire. Rien dans son expression ne diffère des autres jours. Elle referme le capuchon de son stylo plume, le pose sur sa feuille. Puis elle écarte ses mains, vérifie que ses doigts ne sont pas tachés d'encre. La lumière de ce dimanche après-midi ensoleillé pénètre par la fenêtre. On entend des gens parler dans le jardin.

— Oshima-san m'a dit que tu étais allé au gymnase, dit-elle en me regardant.

— C'est exact.

— Quel genre d'exercices fais-tu là-bas ?

— De la musculation avec des machines.

— C'est tout ?

— Oui.

— Un sport plutôt solitaire, non ?

Je hoche la tête.

— Tu veux devenir fort, c'est ça ?

— Il faut être fort pour survivre. Spécialement dans mon cas.

— Parce que tu es seul au monde ?

— Personne ne viendra à mon aide. En tout cas, personne ne m'a aidé jusqu'ici. Il faut que je m'en sorte par moi-même. Donc il faut que je sois fort. Comme un corbeau égaré. C'est pour ça que j'ai choisi le nom de Kafka. Cela signifie corbeau en tchèque, vous savez.

— Hum, fait-elle d'un air impressionné. Alors tu es un corbeau solitaire.

— C'est exact.

— C'est exact, dit le garçon nommé Corbeau.

— Mais il y a des limites à ce genre de vie, tu ne crois pas ? dit Mlle Saeki. Le mur que tu te construis avec ta force ne suffira pas à te protéger. Il y aura toujours quelqu'un de plus fort pour le démolir. C'est le principe même de la force, non ?

— Parce que la force devient la seule morale ?

Mlle Saeki sourit.

— Tu comprends vite, n'est-ce pas ?

— La force que je recherche ne fonctionne pas selon ce principe-là. Ce n'est pas le plus fort qui gagne. Je ne veux pas élever un mur pour repousser les puissances extérieures. Moi, je recherche une force capable d'absorber les pressions de l'extérieur et qui me permette de les supporter.

— C'est peut-être la plus difficile à acquérir.

— Je sais.

Le sourire de Mlle Saeki s'élargit.

— Tu sais tout, on dirait…

Je secoue la tête.

— Non. Je n'ai que quinze ans, et il y a un tas de choses que j'ignore. Même des choses que je devrais savoir. Par exemple, je ne sais rien de vous.

Elle soulève sa tasse et boit une gorgée de café.

— Il n'y a rien à savoir à mon sujet, en fait. Ou plutôt, il n'y a rien de moi que tu doives savoir.

— Vous vous souvenez de mon hypothèse ?

— Bien sûr. Mais c'est ton hypothèse, pas la mienne. Moi je n'y ai aucune responsabilité, n'est-ce pas ?

— Exactement. C'est celui qui a établi l'hypothèse qui doit prouver qu'elle est vraie, dis-je. À ce propos, j'ai une question.

— Oui ?

— Autrefois, vous avez écrit un livre sur des gens frappés par la foudre. Il a bien été publié, n'est-ce pas ?

— Oui.

— Est-ce qu'on le trouve encore aujourd'hui ?

Elle secoue la tête.

— Il est sorti en très peu d'exemplaires et il est épuisé depuis longtemps. Je suppose que ce qui n'a pas été vendu a été passé au pilon. Même moi, je n'en ai plus un seul en ma possession. Je crois te l'avoir déjà dit, mais un livre sur des témoignages de foudroyés, cela n'intéressait personne.

— Pourquoi est-ce que cela vous intéressait, vous ?

— Je ne sais pas… Peut-être que je voyais un symbole là-dedans. Ou peut-être que je voulais juste avoir un but, quelque chose pour m'occuper l'esprit. J'ai oublié les circonstances exactes qui m'ont donné l'idée d'écrire ce livre. En tout cas, j'ai eu cette idée, et j'ai commencé à faire des recherches. J'écrivais à l'époque, et je n'avais pas de soucis d'argent ; j'avais du temps et je pouvais faire ce qui me plaisait. Le sujet lui-même était très intéressant, tu sais. Cela m'a fait rencontrer un tas de gens, j'ai entendu toutes leurs histoires. Sans ce projet, je me serais progressivement éloignée de la réalité et j'aurais fini complètement isolée, enfermée en moi-même.

— Quand mon père était jeune, il travaillait comme caddie dans un club de golf, et il a été frappé par la foudre. Il s'en est sorti de justesse. La personne qui se trouvait avec lui est morte.

— Beaucoup de gens meurent frappés par la foudre sur des terrains de golf. La foudre aime bien ces larges étendues plates, sans aucun endroit où s'abriter. Ton père s'appelait Tamura comme toi, n'est-ce pas ?

— Oui. Et je pense que vous avez à peu près le même âge que lui.

Mlle Saeki secoue la tête.

— Ce nom ne me dit rien. Aucune des personnes que j'ai interviewées ne s'appelait Tamura.

Je me tais.

— C'est une partie de ton hypothèse ? Tu penses que ton père et moi avons pu nous rencontrer lors de mon enquête pour ce livre, et que tu serais né de cette rencontre ?

— Oui.

— Voilà qui met fin à ton hypothèse puisque, dans la réalité, il ne s'est rien passé de tel. Ta théorie ne tient plus.

— Ce n'est pas sûr.

— Ce n'est pas sûr ?

— Je ne crois pas forcément tout ce que vous me dites.

— Pourquoi ?

— Eh bien, par exemple… Vous avez répondu tout de suite, sans réfléchir, que vous n'aviez interrogé personne du nom de Tamura. Mais c'était il y a plus de vingt ans, et vous avez interviewé beaucoup de gens, alors comment pouvez-vous en être si sûre ?

Mlle Saeki secoue la tête, boit une autre gorgée de café. Un pâle sourire flotte sur ses lèvres.

— Tu sais, Kafka, je…, commence-t-elle, puis elle se tait.

Elle cherche ses mots. J'attends en silence qu'elle les trouve.

— Je sens que les choses commencent à changer autour de moi, poursuit-elle.

— Quelles choses ?

— Je ne sais pas comment le dire, mais je le sais. La pression de l'air, les bruits et leurs échos, les reflets de la lumière, les mouvements des gens autour de moi, le temps qui s'écoule, tout change peu à peu. De minuscules changements. Comme des gouttes, qui se rassemblent pour former un courant.

Elle prend son stylo Mont-Blanc dans sa main, le contemple, puis le repose. Ensuite, elle me regarde bien en face.

— Peut-être que ce qui s'est passé cette nuit avec toi, dans ta chambre, fait partie de ce courant. Je ne sais pas si c'était juste ou non, mais sur le moment, j'avais décidé de ne pas chercher à juger les choses à tout prix. Je me disais que, si ce courant existait vraiment, je voulais me laisser porter vers le lieu où il m'entraînait.

— Je peux vous dire ce que je pense de vous ?

— Bien sûr.

— À mon avis, vous essayez de rattraper le temps perdu.

Elle réfléchit un moment.

— Peut-être, dit-elle, mais comment le sais-tu ?

— Parce que je fais la même chose.

— Rattraper le temps perdu ?

— Oui. Beaucoup de choses m'ont été volées depuis mon enfance. Beaucoup de choses importantes. Il faut que je les récupère maintenant, sans plus tarder.

— Pour pouvoir continuer à vivre ?

Je hoche la tête.

— C'est une nécessité pour moi. Tout le monde a besoin d'un lieu où revenir. Et il est encore temps. Peut-être. Pour vous comme pour moi.

Elle ferme les yeux, pose ses mains sur la table, les doigts croisés. Puis elle soulève ses paupières avec une sorte de résignation et dit :

— Qui es-tu ? Pourquoi comprends-tu si bien tant de choses ?

Et tu lui réponds : « Qui je suis ? Vous devriez le savoir, mademoiselle Saeki. Je suis Kafka sur le rivage. Je suis votre amant, et je suis votre fils. Je suis le garçon nommé Corbeau. Vous et moi, nous ne sommes plus libres désormais. Nous sommes au cœur d'un grand tourbillon. Nous sommes entraînés hors du temps. Nous avons été frappés par la foudre. Une foudre invisible et silencieuse.

Cette nuit-là, vous faites de nouveau l'amour. Tu entends qu'en elle le vide se comble. Cela fait un bruit léger, comme le sable fin du rivage qui s'effondre sous la lumière de la lune. Tu retiens ton souffle et tu tends l'oreille pour mieux percevoir ce bruit. Tu es à l'intérieur de ton hypothèse. Tu es à l'extérieur de ton hypothèse. Dedans, dehors. Dedans, dehors. Inspiration, pause, expiration. Inspiration, pause, expiration. Prince continue à chanter sans fin dans ta tête de sa voix de mollusque. La lune se lève, la marée monte. L'eau de l'océan s'écoule vers les fleuves. Les branches du cornouiller s'agitent nerveusement derrière la fenêtre. Tu la serres contre toi. Elle enfouit son visage dans ta poitrine. Tu sens son souffle tiède sur ton torse nu. Elle caresse tes muscles un à un. Puis elle lèche tendrement ton gland enflammé, comme pour le soigner. Tu jouis à nouveau, dans sa bouche. Elle avale tout, tel un liquide précieux. Tu embrasses son sexe, le touches partout du bout de ta langue. Tu deviens quelqu'un d'autre, tu deviens autre chose. Tu es ailleurs.

— Il n'y a rien de moi que tu aies besoin de savoir, dit-elle.

Vous vous serrez l'un contre l'autre jusqu'à l'aube du lundi, tendant l'oreille au temps qui passe.

34

L'énorme nuage noir chargé d'électricité traversa lentement la ville en déversant des torrents d'éclairs, qui s'abattirent l'un après l'autre sur la terre, comme pour frapper tous les recoins d'où la morale était absente, avant de disparaître en un écho lointain et courroucé dans le ciel de l'est. L'orage cessa alors d'un coup, et un silence étrange s'ensuivit. Hoshino ouvrit la fenêtre pour laisser entrer un peu d'air. Le ciel était maintenant couvert de nuages pâles pareils à des voiles légers. Tous les immeubles alentour étaient complètement détrempés, et les fissures noires qui les marquaient par endroits ressortaient comme les veines d'un vieil homme. L'eau qui tombait goutte à goutte des lignes électriques formait de nouvelles flaques sur le sol. Les oiseaux qui s'étaient mis à l'abri pendant l'orage réapparaissaient et chantaient en cherchant des insectes, de sortie eux aussi après la pluie.

Hoshino tourna plusieurs fois la tête pour vérifier l'état de sa colonne vertébrale, puis s'étira. Il s'assit près de la fenêtre, contempla le paysage d'après la pluie, puis alluma une Marlboro.

— Dis, papi, finalement, après tous les efforts qu'on a faits pour retourner cette lourde pierre et ouvrir cette fameuse « entrée », il ne s'est rien passé de spécial. On n'a vu apparaître ni crapaud, ni génie, ni rien d'extraordinaire. Tant mieux pour nous, remarque. Enfin, tout de même, je suis un peu déçu : le décor était planté, avec ces éclairs et ces coups de tonnerre, ç'aurait pu être spectaculaire.

N'obtenant pas de réponse, il se retourna. Nakata était assis par terre, les genoux repliés sous lui ; penché en avant, les deux mains à terre, il avait les yeux fermés. On aurait dit un vieil insecte affaibli.

— Qu'est-ce que tu as ? Comment tu te sens ?

— Excusez-moi, mais Nakata est un peu fatigué. Je ne me sens pas très bien. Si vous permettez, Nakata va s'allonger et dormir un peu.

Le vieil homme était en effet tout pâle, ses yeux étaient enfoncés dans leurs orbites, ses doigts tremblaient. Il semblait avoir vieilli de plusieurs années en l'espace de quelques heures.

— D'accord. Je fais tout de suite ton lit. Allonge-toi, et dors autant que tu voudras, dit Hoshino. Mais tu es sûr que ça va ? Tu n'as pas mal au ventre ? La nausée ? Les oreilles qui bourdonnent ? La colique, ou quelque chose comme ça ? Tu veux que j'appelle un médecin ? Est-ce que tu as ta carte d'assuré social avec toi au moins ?

— Oui. Nakata garde toujours précieusement dans son sac la carte d'assuré social que le préfet lui a offerte.

— C'est bien, papi, c'est bien. À propos, ça peut paraître un détail négligeable dans la situation actuelle, mais ce n'est pas le préfet qui t'a offert cette carte. C'est une assurance sociale, et je ne sais pas trop, mais je crois bien que c'est le gouvernement qui la donne. Enfin bref, ce que je veux dire, c'est que le préfet ne s'occupe pas de tout ce qui te concerne. Alors, oublie-le un peu.

— D'accord. Ce n'est pas le préfet qui m'a donné la carte d'assurance. Nakata va oublier le préfet un moment. En tout cas, monsieur Hoshino, je n'ai pas besoin de médecin. Si je m'allonge et que je dors un moment, ça ira sûrement mieux.

— Hé, Nakata, tu vas dormir longtemps cette fois encore ? Du genre trente-six heures d'affilée ?

— Je suis désolé, mais Nakata n'en sait rien, il ne décide pas à l'avance combien de temps il va dormir.

— Tu as raison, dit le jeune homme, on ne peut pas planifier son sommeil… Bon, c'est pas grave, t'en fais pas. Dors autant que tu veux. Tu as eu une journée chargée. Il y a eu tous ces coups de tonnerre, tu as parlé avec la pierre, on a ouvert l'entrée de *je ne sais trop quoi*. Ça n'arrive pas tous les jours. Et puis, tu as beaucoup réfléchi aujourd'hui, ça a dû te fatiguer. Ne t'occupe de rien ni de personne et dors tout ton soûl. Pour le reste, tu peux compter sur moi. Allez, dors tranquille.

— Merci beaucoup. Nakata est désolé de vous causer tout ce souci… Je ne vous remercierai jamais assez. Je me serais senti complètement perdu sans vous, monsieur Hoshino. Et je crois que vous avez un travail aussi…

— Ah oui, c'est vrai…, dit Hoshino d'un ton un peu abattu.

Toutes ces aventures lui avaient complètement fait oublier que son travail l'attendait.

— Maintenant que tu me le dis, c'est vrai. Il va falloir que je me remette bientôt au boulot… Mon patron doit fulminer. Je lui avais téléphoné pour dire que je prenais deux ou trois jours de congé pour convenance personnelle et après, je n'ai plus donné aucune nouvelle. Je vais me faire copieusement engueuler quand je vais y retourner…

Le jeune homme alluma une autre cigarette et souffla lentement la fumée. Puis il adressa quelques grimaces à un corbeau perché sur un poteau électrique.

— Mais bon, c'est pas grave. Quoi qu'il dise et même s'il se fâche si fort que de la vapeur lui sort par les oreilles, ce n'est pas mon problème. Parce que moi, tu vois, j'ai travaillé comme un forçat ces dernières années, en acceptant même le travail des autres. « Hé,

Hoshino, y a personne de disponible, tu peux aller jusqu'à Hiroshima ce soir ? – Pas de problème, patron, comptez sur moi. » Chaque fois, j'acceptais sans me plaindre. À force, comme tu le sais, je me suis esquinté le dos. Heureusement que tu m'as soigné l'autre jour, ç'aurait pu devenir beaucoup plus grave. Je n'ai même pas trente ans, et en plus, ce n'est pas un boulot de rêve, ce serait dommage de me ruiner la santé avec. Le ciel ne va pas me tomber sur la tête parce que je prends un peu de vacances Mais au fait, papi…

Hoshino se rendit soudain compte que Nakata dormait déjà profondément. Les paupières hermétiquement closes, la tête tournée vers le plafond, il respirait longuement et régulièrement par le nez. À son chevet, la pierre retournée n'avait pas changé de position.

— Incroyable ce qu'il peut s'endormir vite ! s'exclama le jeune homme, impressionné.

N'ayant rien de mieux à faire, Hoshino s'allongea par terre et alluma la télévision. Mais les émissions de l'après-midi étaient si ennuyeuses qu'elles lui devinrent vite insupportables. Il décida d'aller faire un tour. Il n'avait presque plus de sous-vêtements de rechange, il en profiterait pour en acheter. Hoshino ne se sentait vraiment pas fait pour la lessive. Acheter des slips neufs bon marché lui paraissait plus commode que laver un par un ceux qui étaient sales. Il descendit à la réception, régla la chambre en liquide pour le lendemain et demanda à ce qu'on laisse son compagnon se reposer sans le réveiller. Il était fatigué et dormait profondément, expliqua-t-il, avant d'ajouter :

— De toute façon, même si vous essayiez de le réveiller, vous n'y arriveriez pas.

Hoshino marcha au hasard dans les rues, en respirant l'odeur d'après la pluie. Il était comme à son habitude vêtu de sa chemise hawaïenne et portait sa casquette des Chunichi Dragons et ses Ray-Ban aux verres verts. Il acheta un journal à la gare, vérifia le résultat du match des Chunichi Dragons dans la rubrique sport – ils avaient perdu au stade d'Hiroshima –, puis jeta un coup d'œil à la page cinéma. Ils passaient un nouveau film de Jackie Chan et il décida d'aller le voir. Il y avait justement une séance qui commençait sous peu, il n'aurait pas à attendre. Il demanda la direction du cinéma dans un poste de police. Comme il était à côté de la gare, il décida d'y aller à pied. Il acheta son billet, se cala dans son fauteuil, et regarda le film en mangeant des cacahuètes.

Quand il sortit de la salle, il commençait à faire nuit. Il n'avait pas très faim mais, n'ayant rien de mieux à faire, il décida d'aller dîner. Il entra dans le premier restaurant de sushis venu et commanda un assortiment de *nigini-rushi* ainsi qu'une bière. Il se rendit compte qu'il était plus fatigué qu'il ne pensait et laissa la moitié de la bière.

« Bah, normal que je sois épuisé, après avoir soulevé un truc aussi lourd, se dit-il. J'ai l'impression d'être la maison construite tout de travers par l'aîné des Trois Petits Cochons. Le Grand Méchant Loup n'a qu'à souffler un coup et je m'envole jusqu'à Okayama ! »

En sortant du restaurant, il alla jouer au patchinko. Il perdit deux mille yens en un rien de temps. « Ce n'est pas mon jour », se dit-il, en quittant la salle de jeux pour reprendre sa balade au hasard dans la ville. Il se rappela soudain qu'il n'avait toujours pas acheté de sous-vêtements. « Mince, j'ai failli oublier, alors que je suis sorti pour ça ! » Il entra dans un magasin discount du quartier commerçant et acheta des slips, des tee-shirts blancs et des chaussettes. « Enfin, je vais pouvoir jeter mon linge sale », songea-t-il. Il était temps aussi de changer sa chemise hawaïenne, mais après être entré dans plusieurs boutiques, il conclut qu'il était impossible de trouver des articles à son goût à Takamatsu. Il portait ce type de chemise été comme hiver, mais cela ne voulait pas dire qu'il achetait n'importe quoi dans le genre.

Il s'arrêta également dans une boulangerie et acheta quelques petits pains au cas où Nakata aurait faim en se réveillant en pleine nuit. Il prit aussi une brique de jus d'orange. Il se rendit ensuite à la banque, retira cinquante mille yens au distributeur et les mit dans son portefeuille. Il vérifia le solde de son compte : il lui restait encore pas mal d'argent. Il travaillait tellement qu'il n'avait pas le temps de dépenser son salaire.

Il faisait complètement nuit maintenant. L'envie le prit de boire un café. Il regarda autour de lui, remarqua une enseigne, un peu en retrait de la rue commerçante. C'était un établissement de style ancien, comme on n'en voyait plus guère. Il s'assit dans un large fauteuil moelleux, commanda un café. Des baffles de fabrication anglaise, aux solides caissons de noyer, diffusaient de la musique de chambre. Hoshino était le seul client. Enfoncé dans son fauteuil, il se sentait serein, pour la première fois depuis longtemps. Autour de lui, tout était calme et harmonieux. Le café, servi dans une tasse élégante, était fort et délicieux. Il ferma les yeux et, respirant calmement, écouta de toutes ses oreilles le jeu des cordes et du piano qui s'entrelaçaient. Il n'écoutait pratiquement jamais de musique classique, mais ce morceau, pour une raison inconnue, l'apaisait et le rendait d'humeur introspective.

Hoshino ferma les yeux, s'enfonça encore plus dans son confortable fauteuil, et se mit à réfléchir à diverses choses. Mais plus il pensait à sa vie, moins il y trouvait de substance. Son existence n'avait aucune profondeur réelle, il était seulement là, sorte d'accessoire inutile.

« Par exemple, songeait-il, j'ai toujours été un grand supporter des Chunichi Dragons. Mais qu'est-ce que cette équipe représente pour moi en fait ? En quoi la victoire des Chunichi Dragons sur les Yomiuri Giants va-t-elle contribuer à me rendre meilleur ? En rien, bien sûr… Alors pourquoi est-ce que je soutiens cette équipe avec une telle passion, comme si c'était une extension de ma personne ?

« Nakata prétend qu'il est vide. Bon. Mais moi alors, qu'est-ce que je suis ? Lui, il dit qu'il est devenu vide à la suite d'un accident quand il était petit, mais moi, je n'ai même pas eu d'accident. Si Nakata est vide, moi je suis plus que vide. Lui, il a au moins quelque chose en lui, qui m'a donné envie de le suivre jusque dans le Shikoku. Il a quelque chose de spécial. Quoi ? je n'en sais rien, mais bon… »

Hoshino commanda un autre café.

— Notre café vous a plu ? vint lui demander le patron, un homme aux cheveux blancs qui – naturellement, Hoshino ne pouvait pas le savoir – était un ancien fonctionnaire du ministère de l'Éducation.

À la retraite, il était retourné dans sa ville natale de Takamatsu et y avait ouvert cet établissement, dont le succès reposait sur une alliance de musique classique et de bon café.

— Oui, il était délicieux. Un excellent arôme, vraiment.

— Je le torréfie moi-même. Je trie les grains à la main un par un.

— Ah… Je comprends qu'il soit bon, alors.

— La musique ne vous gêne pas ?

— La musique ? fit Hoshino. Ah, non, c'est très agréable. Ça ne me dérange pas du tout, bien au contraire. Qui est-ce qui joue ?

— C'est le trio Rubinstein-Heifetz-Feuermann. On les appelait le « Million-Dollar Trio ». De véritables virtuoses. C'est un vieil enregistrement qui date de 1941, et il n'a rien perdu de son éclat.

— Les bonnes choses vieillissent bien, pas vrai ?

— Certains préfèrent les versions plus structurées, plus classiques comme celle du trio *À l'archiduc*…

— Moi, je trouve celui-là bien, dit le jeune homme. Il est… comment dire, il est doux.

— Merci beaucoup, dit poliment le patron, en acceptant ce compliment à la place du Million-Dollar Trio.

Quand il fut reparti, le jeune homme reprit le cours de ses pensées en dégustant son deuxième café.

« Bon, pour le moment, Nakata a besoin de moi. Je lis à sa place et c'est aussi moi qui ai trouvé la pierre. Ça fait du bien de se sentir utile. C'est la première fois de ma vie que je ressens ça. J'ai laissé tomber mon boulot, je suis venu jusqu'ici et me suis impliqué dans des histoires plus incompréhensibles les unes que les autres, mais je ne regrette absolument rien.

« J'ai l'impression d'être au bon endroit. Je ne me pose pas la question de savoir qui je suis au côté de Nakata. C'est sans doute exagéré, mais je me dis que les disciples du Bouddha ou du Christ devaient ressentir la même chose. Ils devaient penser : "Quand je suis avec Bouddha, je ne sais pas pourquoi, mais je me sens bien." C'est pour cette raison qu'ils sont devenus ses disciples, avant de se poser des questions compliquées sur la Doctrine ou sur la Vérité. »

Quand il était petit, son grand-père lui avait raconté l'histoire d'un disciple du Bouddha du nom de Myoga qui était lent d'esprit au point de ne pas pouvoir retenir correctement le moindre verset d'un soutra. Les autres disciples se moquaient de lui. Un jour, le Bouddha lui dit : « Dis donc, Myoga, tu n'es pas très malin, alors ce n'est pas la peine d'essayer d'apprendre les soutras par cœur. Reste plutôt à l'entrée pour cirer les pompes de tout le monde. » Comme Myoga était un garçon obéissant, il ne répliqua pas : « Tu te fiches de moi, Bouddha ? Va te faire voir ! » Au contraire, il fit ce que le Maître lui avait dit, et cira les sandales de tout le monde pendant dix, ou peut-être même vingt ans. Et un jour, soudainement, il connut l'Éveil et devint le plus grand de tous les disciples du Bouddha. Si cette histoire avait marqué Hoshino, c'était surtout parce que passer dix ou vingt ans à cirer les chaussures des autres lui paraissait la chose la plus moche qu'on puisse faire de sa vie. « C'est une plaisanterie ou quoi ? » se disait-il. Pourtant, maintenant, l'histoire résonnait différemment dans son esprit. « De toute façon, la vie est moche », se dit-il. Quand il était petit, il ignorait encore cette vérité, c'est tout.

Ses pensées occupèrent son esprit jusqu'à la fin du trio *À l'archiduc*. La musique semblait l'inciter à la méditation.

— Hé, m'sieur, dit-il au patron au moment de quitter le café. Comment elle s'appelait déjà, votre musique ? Vous me l'avez dit tout à l'heure, mais j'ai oublié.

— C'est le trio *À l'archiduc* pour piano, violon et violoncelle de Beethoven.

— Le trio à l'aqueduc ?

— Non, à l'archiduc. Beethoven avait dédié ce morceau à l'archiduc d'Autriche. C'est pour cela qu'on l'appelle le trio *À l'archiduc*. L'archiduc Rudolf était un membre de la famille impériale, le fils de l'empereur Léopold II. Il était très doué pour la musique et est devenu, à l'âge de seize ans, l'élève de Beethoven, qui lui a appris le piano et la théorie musicale. Il vénérait profondément son maître. L'archiduc lui-même n'a pas connu de grand succès en tant que pianiste ni même en tant que compositeur, mais matériellement il a beaucoup aidé Beethoven, qui était peu sociable. Il l'a soutenu aux yeux de tous, mais aussi dans l'ombre. Sans Rudolf, la carrière de Beethoven aurait connu des moments bien difficiles.

— On a toujours besoin de quelqu'un comme ça dans la vie.

— Tout à fait.

— On serait bien ennuyé s'il n'y avait que des héros et des génies dans le monde. Il faut aussi des gens pour prendre soin d'eux et s'occuper des détails pratiques.

— Je suis bien d'accord avec vous. S'il n'y avait que des héros et des génies, on aurait des tas de problèmes.

— J'ai bien aimé cette musique.

— Oui, elle est magnifique. On ne s'en lasse pas. C'est le plus raffiné de tous les trios pour piano de Beethoven. Il l'a achevé à l'âge de quarante ans et n'a jamais plus composé de trio pour piano ensuite. Il a sans doute considéré qu'il avait atteint le sommet du genre avec cette œuvre.

— Je crois que je comprends. Atteindre le sommet, c'est important, non ?

— Revenez boire un café quand vous voulez.

— Avec plaisir.

Quand Hoshino regagna l'auberge, il trouva, ainsi qu'il s'y attendait, Nakata toujours endormi. Comme c'était la deuxième fois que cela arrivait, le jeune homme ne s'inquiéta pas. Mieux valait laisser dormir le vieil homme autant qu'il en avait besoin. La pierre était toujours à son chevet, dans la même position. Le jeune homme posa le sac plein de petits pains à côté de la pierre. Il prit un bain, enfila des sous-vêtements neufs. Il fourra les anciens dans un sac en papier qu'il jeta à la poubelle. Puis il se glissa sous la couette et s'endormit aussitôt.

Il se réveilla le lendemain matin à neuf heures. Nakata dormait toujours à côté de lui, dans la même position. Sa respiration silencieuse et régulière attestait de la profondeur de son sommeil. Hoshino prit le petit déjeuner tout seul et demanda à la femme de service de ne pas réveiller son compagnon.

— Inutile de faire le lit, dit-il.

— Mais ce n'est pas mauvais de dormir si longtemps ?

— Ça va, ça va, il ne va pas en mourir. Il récupère, c'est tout. Ne vous inquiétez pas. Je le connais bien.

Le jeune homme alla à la gare acheter un journal. Il s'assit sur un banc pour consulter les horaires de cinéma. Il y avait une rétrospective de François Truffaut dans une salle près de la gare. Hoshino n'avait pas la moindre idée de qui était ce François Truffaut (était-ce un homme ou une femme ? Mystère !), mais comme c'était une séance avec deux films à la suite pour le prix d'un, il décida d'y aller, songeant que ce serait un bon moyen de tuer le temps. Ce jour-là, on passait *Les Quatre Cents Coups* et *Tirez sur le pianiste*. Il y avait très peu de spectateurs dans la salle. Hoshino n'était pas un grand cinéphile, c'était le moins qu'on puisse dire. Il allait à l'occasion au cinéma, mais uniquement pour voir des films d'action ou de kung-fu. Aussi, ces œuvres datant des débuts de la carrière de François Truffaut étaient-elles obscures à ses yeux. De plus, le rythme était assez lent, comme dans tous les vieux films. Cela ne l'empêcha pas d'apprécier le ton général et les habiles descriptions psychologiques des personnages. En tout cas, il ne s'ennuya pas et n'eut pas hâte que le film se termine. Après la séance, il se dit même qu'il aimerait bien voir d'autres films de ce réalisateur.

Une fois sorti du cinéma, il marcha jusqu'au quartier commerçant, et entra dans le même café que la veille. Le patron se souvenait de Hoshino, qui s'installa dans le même fauteuil que la veille et commanda un café. Il était le seul client, comme la dernière fois. Cette fois, la musique était un concerto pour violoncelle.

— *Concerto numéro un* de Haydn. Pierre Fournier au violoncelle, dit le patron en posant le café sur la table.

— Ça sonne très naturel, répondit Hoshino.

— Comme vous dites, approuva le patron, Pierre Fournier est un de mes musiciens préférés. Il a de l'arôme et du corps, comme un vin noble ; il réchauffe le sang et apaise le cœur. Je l'appelle toujours le « Pr Fournier ». Je ne l'ai pas connu personnellement bien sûr, mais je le considère comme un maître.

En tendant l'oreille aux sons coulants et pleins d'élégance du violoncelle de Fournier, le jeune homme laissa son esprit errer parmi ses souvenirs d'enfance. Il se rappela l'époque où il allait tous les jours à la rivière, près de chez lui, pêcher des loches. « C'était une époque sans souci. Je prenais chaque jour comme il venait, j'étais *quelqu'un*. Ça se faisait tout naturellement. Mais un beau jour tout s'est arrêté. Et la vie m'a réduit à n'être *personne*. Drôle d'histoire. L'homme naît pour vivre, non ? Pourtant, plus le temps passait, plus je perdais ce qui constituait mon noyau intérieur, jusqu'à avoir l'impression d'être devenu complètement vide. Et peut-être que, désormais, plus je vivrai, plus je deviendrai vide, moins j'aurai de valeur. Il y a eu une erreur quelque part. Jamais entendu une histoire si bizarre. Est-ce que je peux faire quelque chose pour changer la direction du courant ? »

— Hé, m'sieur, fit Hoshino en se tournant vers le patron derrière sa caisse.

— Vous désirez ?

— Si vous avez le temps, et si ça ne vous dérange pas trop, vous ne viendriez pas bavarder un moment avec moi ? J'aimerais bien en savoir un peu plus sur ce compositeur, Haydn.

Le patron le rejoignit et lui fit un petit cours enthousiaste sur Haydn, sa personnalité, sa musique. Il était intarissable dès qu'il s'agissait de musique classique. Il expliqua à Hoshino que Haydn avait été au service de nombreux monarques au cours de sa longue vie. Il avait écrit d'innombrables pièces de commande. C'était un homme pragmatique, sociable, modeste et généreux, ce qui ne l'empêchait pas d'avoir une personnalité complexe qui abritait une sorte d'obscurité silencieuse.

— Haydn est énigmatique en un sens. Personne ne sait vraiment quelles violentes émotions il gardait enfermées au fond de lui. Mais il est né en des temps féodaux, où il n'avait pas d'autre choix que celui de traverser la vie en souriant et en enveloppant habilement de soumission ses velléités individualistes. Sinon, il aurait été écrabouillé. Beaucoup de gens ont un préjugé défavorable envers sa musique et sa façon de vivre, et ce d'autant plus si on le compare à Bach ou à Mozart. Certes Haydn n'a que modérément innové et n'a jamais été un musicien avant-gardiste. Cependant, si on écoute ses œuvres avec attention, et surtout avec son cœur, on y lit une admiration secrète pour la modernité et un désir de liberté. Tout cela vibre tout doucement dans sa musique, comme un écho lointain plein de contradictions. Tenez, écoutez cet accord, par exemple… Voyez, il est très paisible, mais on y sent un esprit obstiné et introverti, une curiosité insatiable de petit garçon.

— Comme dans les films de François Truffaut.

— Tout à fait ! s'exclama le patron en tapant involontairement sur l'épaule du jeune homme. Vous avez raison, cette musique a des points communs avec les œuvres de Truffaut : un esprit obstiné et introverti, une curiosité insatiable de petit garçon.

Lorsque la musique de Haydn cessa, le jeune homme demanda au patron de lui passer encore une fois le trio *À l'archiduc* joué par Rubinstein, Heifetz et Feuermann. Il se laissa entraîner de nouveau dans les méandres d'une longue réflexion.

« Je vais rester avec Nakata le plus longtemps possible, décida-t-il. Au diable le boulot ! »

35

À sept heures du matin, quand le téléphone sonne, je suis profondément endormi. Je rêve que je suis au fond d'une grotte, une lampe de poche à la main, et je me penche pour chercher quelque chose dans le noir. Quelqu'un m'appelle depuis l'entrée de la grotte, d'une voix faible et lointaine. Je réponds distinctement mais la personne n'a pas l'air de m'entendre, et continue à crier mon nom. Je me redresse et me dirige vers la sortie, tout en me disant : « Encore un peu, et je le trouvais ! » En même temps, je me sens soulagé de n'avoir pas trouvé ce que je cherchais. C'est à ce moment-là que je me réveille. Je regarde autour de moi, rassemblant lentement les morceaux épars de ma conscience. Je me rends compte que le téléphone est en train de sonner. Celui de la réception. Un soleil vif pénètre à travers les rideaux de la chambre. Mlle Saeki n'est plus à côté de moi, je suis seul dans mon lit.

J'enfile un tee-shirt et un caleçon, et me précipite afin de répondre au téléphone. Il me faut un moment pour arriver jusqu'à la réception, mais les sonneries n'ont pas cessé.

— Allô ?

— Tu dormais ? fait la voix d'Oshima.

— Hmm.

— Désolé de te réveiller si tôt un jour de congé, mais on a un petit problème.

— Un petit problème ?

— Je t'expliquerai en détail plus tard, mais il faut que tu t'installes ailleurs quelque temps. Je viens te chercher tout de suite, alors rassemble tes affaires. Quand tu m'entendras arriver, viens me rejoindre sur le parking et monte dans la voiture sans poser de questions, d'accord ?

— D'accord.

Je retourne dans ma chambre, prépare mes bagages. Inutile de me presser : il ne me faut pas plus de cinq minutes pour rassembler toutes mes affaires. Je vais chercher les vêtements que j'avais lavés et mis à sécher dans la salle de bains, fourre mes affaires de toilette, mes livres et mon journal intime dans mon sac à dos. Je m'habille, fais le lit, lisse les draps, regonfle les oreillers, arrange les couvertures, effaçant toute trace de mes ébats nocturnes avec Mlle Saeki. Puis je m'assieds sur une chaise et pense à elle, qui était là il y a encore quelques heures.

Je prends un petit déjeuner rapide composé de cornflakes et de lait, lave mon bol et le range. Je me brosse les dents, je me lave la figure. Je suis en train d'inspecter mon visage dans le miroir quand j'entends un bruit de moteur dans le parking.

Il fait un temps idéal pour ouvrir le toit, pourtant Oshima a laissé la capote fermée. Mon sac sur le dos, je m'avance jusqu'à la voiture, m'assieds sur le siège passager. Oshima arrime mon sac à l'arrière comme la dernière fois. Il porte des lunettes noires qui m'ont tout l'air d'être des Armani, et une chemise en lin rayée par-dessus un tee-shirt à col en V, ainsi qu'un jean blanc et des Converse basses bleu marine. Une tenue de week-end. Il me tend une casquette bleu marine North Face.

— Tu as dit que tu avais perdu la tienne, non ? Prends celle-là, elle dissimulera un peu tes traits.

— Merci, dis-je.

Je mets la casquette. Oshima inspecte mon allure, hoche le menton avec un air d'approbation.

— Tu as des lunettes de soleil ? demande-t-il.

Je fais oui de la tête, sors mes Revo de ma poche, les mets.

— Cool, fait Oshima en me regardant. Retourne ta casquette pour voir.

J'obéis et mets la visière derrière. Oshima hoche à nouveau la tête.

— Super… On dirait un rappeur bien élevé.

Puis il passe la première et appuie doucement sur l'accélérateur.

— Où va-t-on ?

— Au même endroit que la dernière fois.

— La montagne près de Kôchi ?

— Oui. Encore un long trajet.

Il met la stéréo en marche. Un morceau de Mozart plein de gaieté. Je l'ai déjà entendu. La sérénade *Posthorn* peut-être.

— Tu en as assez de la montagne ?

— Non, j'aime bien cet endroit, c'est calme et je peux lire tant que je veux.

— Parfait, dit Oshima.

— Quel est le problème, au juste ?

Oshima jette un coup d'œil inquiet dans le rétroviseur, me regarde, puis reporte son attention sur la route.

— Pour commencer, la police te recherche. Ils m'ont téléphoné la nuit dernière et cette fois ils te recherchent très activement. Ce n'est plus du tout la même ambiance.

— Mais j'ai un alibi, non ?

— Bien sûr. Tu as un alibi imparable : tu étais dans le Shikoku le soir du meurtre. La police n'en doute pas. Mais il reste la possibilité que tu aies eu un complice.

— Un complice ? (Je secoue la tête). D'où ont-ils sorti une idée pareille ?

— Comme d'habitude, ils sont restés assez discrets. Insistants quand c'est eux qui posent les questions, moins bavards si on leur en pose. Du coup, j'ai passé toute la nuit sur Internet pour essayer de glaner des informations. Tu sais qu'il y a déjà plusieurs sites spécialisés sur cette affaire ? Tu es célèbre : le petit prince errant détient les clés du mystère !

Je hausse les épaules. *Le petit prince errant* ?

— Malheureusement, comme toujours avec ce type d'informations, il est difficile de démêler le vrai du faux. Enfin, pour résumer, voilà ce que j'ai appris : la police recherche un homme d'une soixantaine d'années, qui serait venu avouer le crime le soir même, dans un poste de police près de la rue commerçante de Nogata. Il a dit qu'il venait de tuer quelqu'un du quartier à coups de couteau. Mais il a aussi raconté beaucoup de fadaises, si bien que le jeune policier de service l'a pris pour un gâteux et l'a renvoyé sans même l'écouter. Évidemment, le policier s'est souvenu de cette visite quand le crime a été découvert et il a compris qu'il avait fait une erreur. Il n'avait relevé ni le nom ni l'adresse du vieux. Comme il avait peur d'avoir des problèmes avec sa hiérarchie, il n'a rien dit sur le moment. Mais pour une raison ou une autre – je n'ai pas réussi à savoir laquelle –, la vérité a été découverte. Le policier a écopé d'une sanction disciplinaire. Il ne s'en remettra peut-être jamais, le pauvre.

Oshima rétrograde, dépasse une Toyota Tercel et se rabat rapidement.

— Du coup, branle-bas général au commissariat pour retrouver l'identité du vieil homme en question. Je ne connais pas les détails, mais il s'agirait d'un handicapé mental léger, qui vit seul, grâce à une subvention des services sociaux et au soutien de sa famille. Seulement, voilà, il a disparu de son domicile. Il paraîtrait qu'il est parti en stop pour le Shikoku. Un chauffeur de car se souvenait de quelqu'un correspondant à son signalement qui serait monté dans son véhicule à Kobe. Il se le rappelait bien, parce qu'il s'exprimait d'une façon un peu particulière et racontait des trucs bizarres. Il était accompagné d'un jeune homme d'environ vingt-cinq ans. Tous deux sont descendus devant la gare de

Tokushima. La police a retrouvé l'auberge où ils avaient passé la nuit, et interrogé une femme de service : ils auraient pris un train en direction de Takamatsu. Les déplacements de ce type semblent suivre les tiens. Vous êtes tous les deux partis de Nogata, arrondissement de Nakano, pour arriver à Takamatsu. Cela paraît trop curieux pour être une simple coïncidence. Alors, naturellement, la police soupçonne que vous auriez prémédité ensemble le meurtre de ton père. Cette fois, ce sont les inspecteurs du commissariat central de Tokyo qui se sont déplacés, et ils sont en train de fouiller toute la ville. On va peut-être avoir du mal à leur cacher que tu as habité dans la bibliothèque. Voilà pourquoi j'ai décidé de t'emmener quelque temps à la montagne.

— Un vieil handicapé mental qui vivait à Nakano ?

— Ça te dit quelque chose ?

Je secoue la tête.

— Rien du tout.

— D'après son adresse, il n'habitait pas loin de chez toi. À un quart d'heure à pied environ.

— Mais enfin, un tas de gens habitent l'arrondissement de Nakano. Je ne connais même pas ceux qui vivent juste derrière chez moi.

— L'histoire ne s'arrête pas là, reprend Oshima en me lançant un petit coup d'œil. Ce serait ce type qui aurait provoqué la pluie de maquereaux et de sardines de Nogata. En tout cas, la veille, il a prédit au policier auquel il a avoué le crime que ça allait arriver.

— Incroyable, dis-je.

— Oui, vraiment. Et le même jour, il y a eu une averse de sangsues sur une aire d'autoroute entre Tokyo et Nagoya, on l'a lu dans le journal, tu t'en souviens ?

— Bien sûr.

— Évidemment, la police a établi une corrélation entre ces différents événements et ce mystérieux vieillard. Car ils se sont produits sur son trajet.

La musique vient de s'arrêter. Un autre morceau de Mozart commence aussitôt après.

Les mains sur le volant, Oshima hoche plusieurs fois la tête.

— Tout cela suit un développement fort étrange. C'était assez bizarre depuis le début, mais là, ça passe l'entendement. Impossible de prévoir ce qui va arriver ensuite, mais une chose est sûre : les événements semblent se rapprocher de plus en plus. Ton chemin et celui de ce vieil homme vont sûrement se croiser quelque part, non loin d'ici.

Je ferme les yeux et écoute ronronner le moteur.

— Oshima-san, je ferais peut-être mieux de partir pour une autre ville, vous ne croyez pas ? Je ne sais pas ce qui se prépare, mais quoi qu'il advienne, je refuse de causer davantage d'ennuis à Mlle Saeki et à vous.

— Où irais-tu ?

— Je ne sais pas. Si vous me déposez à la gare, je réfléchirai. Je pourrais prendre un train pour la première destination venue.

Oshima soupire.

— Je ne crois pas que ce soit une bonne idée. Je suis sûr que la gare de Takamatsu grouille de policiers à la recherche d'un adolescent d'une quinzaine d'années, grand, cool, chargé d'un sac à dos et de quelques obsessions.

— Vous n'avez qu'à me conduire jusqu'à une gare un peu plus loin, une qui ne soit pas surveillée.

— Ce sera pareil. Ils te retrouveront, tôt ou tard.

Je me tais.

— Écoute. Pour l'instant, il n'y a pas de mandat d'arrêt contre toi, d'accord ? Tu n'es même pas le suspect numéro un, OK ?

Je hoche la tête.

— Ce qui veut dire que tu es encore libre. Et moi aussi, je suis libre de t'emmener où je veux. Je n'enfreins aucune loi. Je ne connais même pas ton vrai nom, Kafka Tamura. Ne t'inquiète pas pour moi. Je n'en ai pas l'air, mais je suis quelqu'un de très prudent. Je ne me laisse pas coincer si facilement.

— Oshima-san…

— Oui ?

— Je n'ai jamais prémédité d'assassiner mon père. Si j'avais voulu le tuer, je n'aurais pas demandé à quelqu'un de le faire à ma place.

— Je sais.

Oshima arrête la voiture à un feu rouge, rectifie la position du rétroviseur. Il prend une pastille au citron, m'en offre une, que je mets dans ma bouche.

— Et ensuite ? dis-je.

— Ensuite quoi ?

— Vous avez dit qu'il fallait me cacher dans la montagne parce que la police me recherchait, *pour commencer*. Cela suppose qu'il y a une autre raison à mon départ, non ?

Oshima regarde un moment le feu, qui ne se décide pas à passer au vert. Il finit par dire :

— La deuxième raison est moins importante que la première.

— J'aimerais tout de même la connaître.

— Il s'agit de Mlle Saeki.

Le feu passe au vert et il démarre, puis reprend :

— Tu couches avec elle, n'est-ce pas ?

Je suis incapable de répondre.

— Ne t'inquiète pas, je ne te juge pas. J'ai de l'intuition, et je m'en doutais, c'est tout. C'est une femme merveilleuse, pleine de charme. Elle est… spéciale, pour toutes sortes de raisons. Elle est beaucoup plus âgée que toi, c'est sûr, mais la question n'est pas là. Elle a envie de faire l'amour avec toi ? Qu'elle le fasse. C'est simple. Je n'ai rien à redire. Si vous êtes bien, alors ça me va.

Oshima fait tourner la pastille de citron dans sa bouche.

— Mais il vaut mieux que vous preniez un peu de distance tous les deux. Et je ne dis pas ça à cause de ce qui s'est passé à Nakano.

— Pourquoi alors ?

— Elle est dans une situation très délicate en ce moment.

— Une situation très délicate ?

— Mlle Saeki…, commence Oshima, puis il cherche ses mots. Pour faire bref, elle est en train de mourir. Je le sais. Cela fait longtemps que je le sens.

Je soulève mes lunettes de soleil et scrute le profil d'Oshima, qui regarde droit devant lui, les yeux fixés au loin sur la route. Nous venons de nous engager sur l'autoroute pour Kôchi. Cette fois, étonnamment, il respecte les limitations de vitesse. Une Toyota Supra fend l'air en nous dépassant.

— Elle va mourir… ? Vous voulez dire qu'elle a une maladie incurable ? Un cancer, une leucémie, quelque chose comme ça ?

Oshima secoue la tête.

— Peut-être. Peut-être pas. Je ne connais pas exactement la nature de ses problèmes de santé. Peut-être qu'elle a une maladie de ce genre, ce n'est pas impossible. Mais je pense plutôt à un mal-être psychologique. Qui aurait davantage à voir avec le désir de vivre.

— Elle aurait perdu le désir de vivre ?

— Oui. Elle a perdu le désir de *continuer à vivre*.

— Vous croyez qu'elle va se suicider ?

— Non, dit Oshima, simplement, elle va vers la mort, doucement mais sûrement.

— Comme un train se dirige vers une gare ?

— Peut-être, dit Oshima. (Il s'interrompt et serre les lèvres avant de poursuivre.) Et puis, Kafka Tamura, tu es arrivé. Frais comme un concombre, mystérieux comme le véritable Kafka. Vous avez été attirés l'un par l'autre, et vous avez – si tu me permets cette expression désuète – engagé une relation.

— Et puis ?

— Et puis c'est tout, dit-il en lâchant un instant le volant.

Je secoue lentement la tête.

— Non, je sais ce que vous pensez. Vous pensez que *ce train, c'est moi*.

Oshima se tait un long moment. Et quand il parle enfin, il déclare :

— C'est tout à fait ça. C'est ce que je pense, en effet.

— D'après vous, c'est moi qui conduis la mort vers elle, dis-je.

— Oui, mais je ne te le reproche pas, loin de là. Je pense même que c'est bien.

— Pourquoi ?

Oshima ne répond pas, mais j'entends sa voix dans le silence. *C'est à toi de le découvrir*. Ou alors : *La réponse à cette question est tellement évidente, tu n'as pas besoin de réfléchir*.

Je m'enfonce dans mon siège, ferme les yeux et m'abandonne totalement.

— Oshima-san…

— Qu'y a-t-il ?

— Je ne sais vraiment plus ce que je dois faire. Je ne sais plus où je vais. Je ne sais plus ce qui est juste, ce qui ne l'est pas. Est-ce que je dois avancer ou revenir en arrière…

Comme Oshima ne répond pas, je lui demande :

— Qu'est-ce que je dois faire ?

— Rien, répond-il simplement.

— Rien du tout ?

Il acquiesce.

— Rien. C'est bien pour ça que je t'emmène à la montagne.

— Mais qu'est-ce que je ferai une fois là-bas ?

— Tu n'auras qu'à écouter le vent. C'est ce que je fais toujours.

Je réfléchis à ce qu'il vient de dire.

Oshima tend la main et la pose doucement sur la mienne.

— Ce qui est en train de se passer n'est pas ta faute, dit-il. Ni la mienne. Ni la faute d'une prédiction ou d'une malédiction. Ni de l'ADN, ni de l'absurdité du monde, ni du structuralisme, ni de la troisième révolution industrielle. Si nous mourons et disparaissons, c'est parce que le monde repose sur un mécanisme d'anéantissement et de perte. Nos existences ne sont rien d'autre que les ombres projetées par ce principe. Le vent souffle. Mais – tempête déchaînée ou brise douce – il finit par décroître et disparaître. Le vent n'est pas un corps matériel. C'est juste un terme général pour désigner les déplacements d'air. Tends l'oreille et tu comprendras cette métaphore.

Je serre la main d'Oshima dans la mienne. Sa main douce et chaude. Elle est délicate, élégante, ni tout à fait féminine, ni tout à fait masculine.

— Oshima-san, dis-je, il vaut mieux que je m'éloigne un peu de Mlle Saeki, n'est-ce pas ?

— Oui, Kafka. Je pense qu'il est préférable de mettre de la distance entre vous. Il faut la laisser seule. Elle est intelligente et forte. Elle a longtemps enduré la solitude et elle vit avec des souvenirs pénibles. Il faut la laisser prendre ses décisions seule, au calme.

— Moi je ne suis qu'un gamin et je la dérange, c'est ce que vous voulez dire ?

— Pas du tout, dit Oshima d'une voix douce. Tu as fait ce que tu devais faire, et cela avait du sens. Pour toi et pour elle. Il faut lui laisser le soin de décider de la suite. Ce que je te dis peut te paraître dur mais, pour l'instant, tu ne peux rien pour elle. Tu dois aller dans la montagne. Le moment est venu de faire ce que tu as à faire.

— Faire ce que j'ai à faire ?

— Tendre l'oreille, Kafka Tamura. Tendre l'oreille, immobile et attentif, comme si tu étais une palourde.

36

Lorsque le jeune homme retourna à l'auberge, il trouva Nakata toujours endormi, comme il s'y attendait. Le sachet de petits pains et le jus d'orange posés près de son oreiller étaient intacts. Il n'avait même pas changé de position et n'avait pas dû se réveiller une seule fois. Hoshino compta les heures. Le vieil homme s'était endormi la veille vers deux heures de l'après-midi. Cela faisait donc trente heures qu'il dormait sans interruption. « Mais quel jour est-on ? » se demanda Hoshino. Il avait complètement perdu la notion du temps. Il sortit son calepin de son sac de voyage pour vérifier la date. « Voyons voir… On a pris le car à Kobe et on est arrivés à Tokushima samedi. Ensuite, Nakata s'est endormi jusqu'à lundi. Après, on est partis pour Takamatsu, où l'on est arrivés le soir. Les histoires de pierre et de tonnerre, c'était jeudi, et il s'est rendormi l'après-midi du même jour. On a passé une nuit ici depuis… Donc on est vendredi. Ma parole, c'est à croire que cet homme-là est venu dans le Shikoku uniquement pour dormir ! »

Comme la veille, Hoshino prit un bain, regarda un moment la télévision puis se glissa sous la couette. Nakata respirait toujours paisiblement dans son sommeil. « Bon, tant pis, advienne que pourra, se dit le jeune homme. Je le laisserai dormir autant qu'il veut. Inutile de se fatiguer les méninges. » Sur ce, il s'endormit à son tour. Il était dix heures et demie du soir.

Sur le coup de cinq heures du matin, Hoshino fut réveillé en sursaut par son téléphone portable qui sonnait au fond de son sac. Il s'en empara aussitôt. À côté de lui, Nakata dormait toujours aussi profondément.

— Allô ?

— Mon petit Hoshino, fit une voix d'homme.

— Colonel Sanders.

— Exact. Tu vas bien ?

— Pas trop mal, ma foi, répondit le jeune homme, mais comment vous avez eu ce numéro ? Je ne vous l'ai pas donné. Sans compter que j'avais laissé mon portable éteint ces derniers jours, parce que je ne voulais pas qu'on me contacte pour le boulot. Alors comment avez-vous fait pour m'appeler ? Ça me paraît bizarre. Y a un truc qui cloche.

— Je te l'ai déjà dit, mon petit Hoshino, je ne suis ni Dieu, ni Bouddha, ni un être humain. Je suis spécial. Je suis un concept, voilà. Alors, faire sonner ton portable – driiing driiing ! –, c'est un jeu d'enfant pour moi. Du gâteau, je te dis. Qu'il soit allumé ou éteint, ça ne veut rien dire pour moi. Ne sois pas surpris par une broutille pareille. J'aurais pu venir te voir directement, mais si tu t'étais réveillé et que tu m'aies trouvé assis à ton chevet, là tu aurais été vraiment surpris, non ?

— Ben oui, c'est normal…

— Voilà pourquoi je t'appelle sur ton portable. Je suis quand même capable d'un minimum de délicatesse.

— C'est une bonne nouvelle, dit le jeune homme. Bon, alors, colonel, qu'est-ce qu'on en fait de cette pierre ? Nakata et moi, on a réussi à la retourner et à l'ouvrir tant bien que mal, au beau milieu d'un orage et la pierre était lourde comme un âne mort, je peux vous le dire. Ah, euh… Je ne vous ai pas encore parlé de Nakata, si ? On voyage ensemble tous les deux, et…

— Je vois qui c'est, ton Nakata, dit le colonel Sanders, inutile de m'expliquer.

— Ah ?… Bon, enfin bref, peu importe. Là-dessus, Nakata s'est endormi, un peu comme s'il était entré en hibernation. Et la pierre est toujours là. Il ne vaudrait pas mieux la rapporter au sanctuaire maintenant ? On l'a prise sans autorisation et je crains toujours une malédiction, moi.

— Quel casse-pieds ! Combien de fois faut-il te répéter qu'il n'y aura pas de malédiction ? s'exclama le colonel Sanders d'une voix lasse. Garde encore un peu cette pierre. Vous l'avez ouverte. Alors il faudra bien la refermer. Tu la rendras quand ce sera fait. Et ce n'est pas encore le moment. OK ?

— OK, fit le jeune homme. Quand on ouvre quelque chose, on le referme. Quand on emprunte un objet, on le rapporte dans l'état où on l'a trouvé. Ça va, j'ai compris. Hé, colonel, vous savez, j'ai cessé de chercher midi à quatorze heures, moi. Même si j'y comprends que dalle, je fais ce que vous me dites, comme vous me le dites. J'ai pris conscience de ça hier soir. Je me suis dit qu'il était inutile de me poser des questions normales à propos de trucs qui ne le sont pas.

— Sage décision. Tu connais le dicton : « C'est une perte de temps de réfléchir quand on ne sait pas penser. »

— C'est bien dit, ça.

— En effet, c'est plein de sens.

— Il y a aussi : « Tâche que les tasses de thé tachetées que tu as achetées soient attachées et tassées. »

— Qu'est-ce que c'est que ça ?

— Une phrase difficile à dire. Je l'ai inventée.

— Et as-tu une raison particulière de la placer maintenant ?

— Aucune. J'avais juste envie de la dire.

— Mon petit Hoshino, s'il te plaît, arrête un peu de sortir des idioties. Ça finira par me rendre fou. Je n'ai pas beaucoup de patience pour ce genre d'ineptie, tu vois.

— Excusez-moi, alors, dit le jeune homme. Mais dites, colonel, vous aviez quelque chose à me dire, non ? Si vous m'avez appelé de si bon matin, ce n'est pas sans raison, je suppose ?

— C'est vrai, c'est vrai, ça m'était complètement sorti de la tête, dit le colonel Sanders. J'ai quelque chose de très important à te dire. Voilà, mon petit Hoshino, il faut que tu quittes cette auberge immédiatement. On n'a pas beaucoup de temps, alors inutile de prendre le petit déjeuner. Réveille Nakata tout de suite, embarquez la pierre avec vous et trouvez un taxi. Surtout n'appelez pas le taxi de l'auberge, allez en prendre un dans la rue. Indique au chauffeur l'adresse que je vais te donner. Tu as de quoi écrire ?

— Oui, fit le jeune homme en prenant le calepin et le stylo dans son sac. J'ai tout ce qu'il faut. Le balai et la pelle, tout est prêt.

— Je viens de te dire d'arrêter tes blagues stupides ! hurla le colonel Sanders dans le téléphone. Je suis sérieux. C'est une question de minutes.

— Bon, bon, je suis prêt, j'ai le carnet et le stylo.

Le jeune homme nota aussitôt l'adresse que le colonel Sanders lui donna. Il la relut au téléphone pour vérifier.

— … 3-16-15, Takamatsu Park Heights, appartement 308. C'est bien ça ?

— Parfait, dit le colonel Sanders. Vous trouverez un porte-parapluies noir devant l'entrée. J'ai mis la clé de l'appartement dessous. Restez-y autant que vous voudrez. Vous trouverez tout ce qu'il faut à l'intérieur, vous n'aurez pas besoin de sortir pendant un bon moment.

— Et je suppose que vous êtes l'heureux propriétaire ?

— Oui, oui. Enfin non, c'est une location. Je suis le locataire. Alors, faites comme chez vous. J'ai préparé cet endroit à votre intention.

— Colonel, dit le jeune homme.

— Oui ?

— Vous n'êtes ni Dieu, ni Bouddha, ni un être humain, et à l'origine vous n'avez pas de forme, c'est bien ce que vous m'avez dit ?

— Tout à fait.

— En somme, vous n'êtes pas de ce monde.

— Exactement.

— Alors comment avez-vous pu louer un appartement ? Vous n'êtes pas un humain, donc vous n'avez pas de papiers d'état civil, ni de justificatif de domicile, ni de fiches de paye, ni de sceau officiel. Personne n'accepterait de vous louer un appartement sans toute cette paperasse. Vous avez triché ou quoi ? Vous avez trompé votre monde en transformant une feuille morte en document officiel, hein ? Oh ! là, là ! c'est que je ne veux pas être impliqué dans des histoires encore plus compliquées, moi. Ça suffit comme ça !

— Tu es drôlement long à la comprenette, toi, dit le colonel Sanders avec un claquement de langue énervé. Tu es vraiment borné. Tu as de la gélatine à la place du cerveau ou quoi ? Espèce de méduse ! Une feuille morte ? Et puis quoi encore ? Je ne suis pas un blaireau qui fait des tours de passe-passe comme dans les contes de fées. Un con-cept ! Je suis un con-cept ! Tu vois un rapport entre un blaireau et un concept, toi ? Moi pas. Non mais franchement, arrête un peu de dire des bêtises. Tu crois que je prends la peine d'aller voir un agent immobilier et de faire des démarches ? Ne sois pas ridicule ! J'ai une secrétaire pour s'occuper de tous les détails matériels. C'est elle qui prépare les papiers, qu'est-ce que tu croyais ?

— Je vois. M. le colonel a une secrétaire.

— Évidemment ! Non mais, pour qui me prends-tu ? Tu peux te moquer, mais il ne faut pas pousser le bouchon trop loin tout de même. Je suis un homme occupé, moi. Qu'est-ce qu'il y a d'étrange à ce que j'aie une secrétaire, hein ?

— Bon, bon, d'accord. Calmez-vous. Je plaisantais, c'est tout… Dites, colonel, pourquoi est-ce qu'on doit partir aussi précipitamment ? Je pourrais quand même prendre mon petit déjeuner tranquillement, non ? À vrai dire, j'ai plutôt faim. Et puis, Nakata dort si profondément que ce ne sera pas facile de le réveiller…

— Écoute, mon petit Hoshino, je ne plaisante pas, moi. La police vous recherche, et avec acharnement. Ce matin à la première heure, ils vont visiter tous les hôtels et auberges de la ville. Votre signalement est déjà diffusé dans les commissariats. Il suffit qu'ils se mettent à l'ouvrage, et ils vous retrouveront en moins de deux. Il faut reconnaître que vous formez un couple qui ne passe pas inaperçu… Allez, il n'y a pas une minute à perdre !

— La police ? s'écria le jeune homme. C'est quoi, cette blague ? Je n'ai rien fait de mal ! D'accord, quand j'étais au lycée, il m'est arrivé de piquer des motos. Mais c'était juste pour m'amuser et rouler un peu avec, jamais pour les revendre. En plus, je les remettais à leur place après. Et depuis, je n'ai commis aucun délit. À la limite, j'ai pris la pierre du sanctuaire l'autre jour, c'est tout. Et encore, c'est vous qui m'avez dit de le faire…

— La pierre n'a rien à voir là-dedans, dit sèchement le colonel Sanders. Tu es vraiment bouché. Je t'ai dit d'oublier la pierre. La police n'est même pas au courant, et même si elle le savait, ce serait le cadet de ses soucis. En tout cas, elle ne quadrillerait pas la ville dès potron-minet pour une pierre barbotée dans un sanctuaire. Non, il s'agit d'une affaire de bien plus grande ampleur.

— De bien plus grande ampleur ?

— Nakata a la police aux trousses.

— Attendez, colonel, je ne comprends plus, là. Nakata est la dernière personne qu'on imaginerait commettre un délit. Qu'est-ce que c'est que cette affaire *de grande ampleur* ? Comment Nakata s'y est-il trouvé impliqué ? Qu'est-ce qu'on lui reproche au juste ?

— Je n'ai pas le temps de t'expliquer en détail maintenant. L'important, c'est que tu protèges Nakata et que tu prennes la poudre d'escampette avec lui. Tout repose sur tes épaules, mon petit Hoshino. Compris ?

— Non, non, pas compris, fit le jeune homme en secouant la tête. Elle ne tient pas debout, votre histoire. Et puis, si je fais ça, je serai accusé de complicité !

— Aucun risque. Ils t'interrogeront, c'est certain, mais c'est tout. Bon, écoute, on n'a pas le temps d'en discuter maintenant, mon petit Hoshino. Pour le moment, oublie ce qui te paraît trop compliqué et fais ce que je te dis sans rechigner.

— Oh là, oh là, attendez une minute ! Colonel, j'aime pas la police, moi. Je la déteste, même. La mafia ou l'armée, ce sont des enfants de chœur à côté. Les flics sont vicieux, arrogants, et ce qu'ils aiment pardessus tout, c'est persécuter les faibles. Quand j'étais au lycée, et même une fois devenu chauffeur, ils m'ont toujours joué de sales tours. Je ne veux surtout pas me les mettre à dos. D'abord j'ai aucune chance de gagner, et puis, après, je pourrais plus m'en débarrasser. Voyez ce que je veux dire ? Non mais pourquoi est-ce que je me retrouve toujours dans d'aussi sales draps ? Je vais vous dire…

Là-dessus, la communication fut coupée.

— Elle est bien bonne, celle-là ! fit le jeune homme.

Il poussa un grand soupir et remit le portable dans son sac. Puis il entreprit de réveiller Nakata.

— Hé ! Nakata ! Au feu ! Une inondation ! Un tremblement de terre ! C'est la révolution ! Y a Godzilla qui rapplique ! Allez, réveille-toi, papi, je t'en supplie !

Il fallut pas mal de temps avant que Nakata ouvre enfin un œil.

— Nakata vient de finir le biseautage, dit-il. J'ai utilisé les copeaux pour allumer le feu. Non, le chat ne prend pas de bain. C'est Nakata qui en a pris un.

Il semblait être complètement désorienté, dans un autre monde, un autre temps. Hoshino le secoua par les épaules, lui pinça le nez, lui tira les oreilles. Le vieil homme reprit enfin ses esprits :

— Mais c'est M. Hoshino que je vois là ?

— Oui, c'est M. Hoshino, fit le jeune homme. Désolé de t'avoir réveillé, papi.

— Non, non, il n'y a pas de mal. C'était bientôt l'heure de se lever pour Nakata. Ne vous en faites pas, j'avais déjà allumé le feu.

— C'est une bonne chose. Mais en fait, on a un petit pépin, là, et il faut qu'on s'en aille d'ici tout de suite.

— C'est à cause de M. Johnnie Walken ?

— Je n'ai pas bien compris les détails… Visiblement, il faut filer d'ici dare-dare, parce que la police nous recherche.

— Vraiment ?

— C'est ce qu'on m'a dit. Mais qu'est-ce qui s'est passé entre vous et M. Johnnie Walken ?

— Euh… je ne vous en avais pas touché mot, monsieur Hoshino ?

— Non, tu ne m'en avais pas… touché mot.

— Il me semblait bien vous en avoir parlé, pourtant.

— En tout cas, tu ne m'as pas dit l'essentiel.

— Eh bien, en fait, M. Johnnie Walken… Nakata l'a tué.

— Sans blague ?

— Oui, Nakata l'a tué, sans blague.

— Manquait plus que ça ! s'exclama le jeune homme.

Hoshino fourra ses affaires dans le sac et enveloppa la pierre dans le tissu. Elle avait retrouvé son poids initial. Elle n'était pas vraiment légère mais on pouvait la déplacer. Nakata fit son sac en toile. Le jeune homme alla à la réception prévenir l'aubergiste de leur départ précipité. Comme il avait payé d'avance, cette formalité ne prit guère de temps. Nakata avait encore le pas mal assuré, il tenait à peine sur ses jambes.

— Combien d'heures Nakata a-t-il dormi ?

— Voyons, fit le jeune homme en calculant de tête. Quarante heures à peu près.

— Nakata a bien dormi.

— C'est le moins qu'on puisse dire. Si tu n'as pas l'impression d'avoir bien dormi après ça, c'est que le sommeil ne sert à rien. Hé, papi, tu n'as pas trop faim ?

— Nakata a très faim.

— Est-ce que tu peux attendre encore un peu ? On doit filer d'ici tout de suite. On mangera après.

— Entendu. Nakata peut attendre.

Hoshino sortit dans l'avenue en soutenant Nakata et arrêta un taxi en maraude. Il montra au chauffeur l'adresse que le colonel Sanders lui avait donnée. Le chauffeur acquiesça et les y emmena en une petite demi-heure. Le taxi traversa la ville, prit la nationale, entra dans une zone résidentielle de la proche banlieue. À la différence du quartier de la gare où ils avaient séjourné jusque-là, l'environnement était chic et paisible.

Le « Takamatsu Park Heights » était un immeuble de quatre étages, banal et bien entretenu, comme il en existe partout au Japon. En dépit de son nom, il était bâti sur un terrain parfaitement plat, et il n'y avait pas de parc aux environs. Les deux hommes prirent l'ascenseur, et Hoshino trouva la clé sous le porte-parapluies comme prévu. L'appartement était un trois-pièces classique : deux chambres, un salon, une cuisine-salle à manger, une salle de bains et un WC. Tout était neuf et reluisant de propreté. Le mobilier semblait n'avoir jamais été utilisé. Le salon était équipé d'un téléviseur grand écran, d'une petite chaîne hi-fi, d'un canapé et d'un fauteuil. Il y avait un lit, déjà fait, dans chaque chambre. La cuisine contenait tous les ustensiles nécessaires et un buffet rempli de vaisselle. Quelques élégantes gravures étaient accrochées aux murs.

L'ensemble ressemblait à un appartement-témoin d'une résidence haut de gamme.

— Pas mal, dit Hoshino. On peut pas dire que ce soit original, mais au moins c'est propre.

— C'est un bel appartement, fit Nakata.

Le réfrigérateur blanc cassé était plein à ras bord de denrées diverses. Nakata vérifia les produits un par un en marmonnant, puis sortit des œufs, des poivrons verts et du beurre. Il lava les poivrons, les coupa en fines lamelles et les fit revenir dans une casserole. Ensuite, il cassa les œufs dans un bol, mélangea le tout avec des baguettes, choisit une poêle et prépara deux omelettes aux poivrons d'une main assurée. Il fit griller du pain de mie, et apporta ce petit déjeuner sur la table, ainsi que du thé.

— Quelle efficacité ! s'exclama le jeune homme d'un ton admiratif. Je suis impressionné !

— Nakata a toujours vécu seul, il a l'habitude de faire ce genre de choses.

— Moi aussi je vis seul mais je ne sais pas cuisiner pour autant.

— Nakata a beaucoup de temps libre et n'a rien d'autre à faire.

Ils mangèrent les toasts et les omelettes. Comme ils avaient encore faim, Nakata prépara ensuite un sauté d'épinards aux lardons. Il fit griller deux toasts supplémentaires pour chacun.

Enfin repus, ils s'assirent confortablement sur le canapé et prirent une autre tasse de thé.

— Tu disais donc que tu as tué quelqu'un…, commença Hoshino.

— Oui. Nakata a tué quelqu'un, répondit le vieil homme qui entreprit de raconter en détail comment il avait poignardé Johnnie Walken.

— C'est stupéfiant, dit Hoshino à la fin. Quelle histoire invraisemblable ! La police ne te croira jamais si tu racontes les choses telles qu'elles se sont vraiment passées. Moi, maintenant, je sais que tu dis la vérité, mais tu m'aurais raconté ça la semaine dernière, je n'en aurais pas cru un mot.

— Nakata non plus n'a rien compris à ce qui s'est passé.

— En tout cas, il y a eu un mort. On ne peut pas balayer ça d'un simple : « Mais c'est stupéfiant, dites-moi ! » La police mène une enquête sérieuse et ils ont retrouvé ta piste. Ils sont déjà dans le Shikoku.

— Nakata vous cause bien du souci…

— Et tu n'as pas l'intention de te dénoncer ?

— Non, dit Nakata avec une étonnante fermeté. Quand c'est arrivé, Nakata a voulu le faire, plus maintenant. Nakata a une mission. S'il se dénonce à la police, il ne pourra plus l'accomplir. Et dans ce cas, Nakata serait venu au Shikoku pour rien.

— L'entrée qui a été ouverte doit être refermée.

— Oui, monsieur Hoshino, exactement. On doit refermer ce qu'on a ouvert. Ensuite, je redeviendrai un Nakata normal. Mais avant, j'ai plusieurs tâches à terminer.

— Et le colonel Sanders nous aide, fit le jeune homme. C'est lui qui nous a dit où se trouvait la pierre et c'est lui aussi qui nous a trouvé cette planque. Mais pourquoi fait-il tout ça pour nous ? Y aurait-il un lien entre le colonel Sanders et Johnnie Walken ?

Plus le jeune homme y pensait, plus sa confusion augmentait. « Inutile d'essayer de chercher une logique lorsqu'il n'y en a pas », conclut-il.

— « C'est une perte de temps de réfléchir quand on n'en a pas les capacités », déclara le jeune homme, les bras croisés.

— Monsieur Hoshino, fit Nakata.

— Ouais ?

— Ça sent la mer.

Le jeune homme s'approcha de la fenêtre, l'ouvrit et sortit sur le balcon étroit. Mais il eut beau prendre de longues inspirations, il ne perçut aucune odeur de marée.

Au loin, on distinguait une pinède au-dessus de laquelle flottaient des nuages.

— Ça ne sent pas du tout la mer, dit Hoshino.

Nakata le rejoignit et huma l'air comme un écureuil.

— Mais si. La mer est là-bas, insista-t-il en pointant un doigt vers la forêt.

— Hum, tu as du flair, papi, répondit le jeune homme. Moi, j'ai toujours le nez un peu bouché, je ne suis pas très fort pour ce genre de choses.

— Dites, monsieur Hoshino, si on marchait jusqu'à la mer ?

Après un instant de réflexion, le jeune homme décida qu'ils ne risquaient rien en allant juste se promener au bord de la mer.

— D'accord, allons-y.

— Avant d'y aller, Nakata voudrait faire la grosse commission, si vous permettez.

— Prends ton temps. Rien ne presse.

Pendant que Nakata était aux toilettes, le jeune homme fit le tour de l'appartement et vérifia l'équipement. Le colonel Sanders n'avait pas menti : rien ne manquait. La salle de bains contenait tous les produits de base, des Coton-Tige au coupe-ongles en passant par les pansements et bien entendu la mousse à raser et les brosses à dents. Il y avait même un fer et une table à repasser.

« J'imagine que c'est sa secrétaire qui s'est occupée de ces détails, en tout cas, elle a vraiment pensé à tout », se dit Hoshino.

Il découvrit même des sous-vêtements et des vêtements de rechange dans l'armoire. Mais pas une seule chemise hawaïenne, uniquement une banale chemise à carreaux et un polo, tous deux neufs et griffés Tommy Hilfigers. « Le colonel Sanders n'est pas si prévenant que ça finalement…, grommela Hoshino. Il aurait dû savoir que j'adore les chemises hawaïennes. J'en porte même en hiver. Tant qu'à tout préparer, il aurait pu y penser ! » Cependant, comme la chemise qu'il avait portée jusque-là commençait à sentir la sueur, il se résigna et enfila le polo. Il était juste à sa taille.

Ils marchèrent jusqu'au rivage. Ils traversèrent la pinède, franchirent une digue et descendirent sur une plage de sable. La mer Intérieure était calme. Assis côte à côte, ils regardèrent un long moment, en silence, les vagues monter et retomber comme un drap soulevé par le vent, avant de se briser avec un petit bruit. On apercevait quelques îles au large. Nakata et Hoshino n'avaient pas souvent vu la mer et ils ne se lassaient pas du spectacle.

— Monsieur Hoshino, dit Nakata.

— Ouais ?

— J'aime bien la mer.

— Oui, moi aussi. C'est apaisant de la regarder.

— Pourquoi ?

— Sans doute parce qu'elle est vaste et déserte, répondit le jeune homme. Il pointa un doigt vers l'étendue marine. Si on voyait un Seven-Eleven ici, un supermarché Seiyu là, une salle de patchinko par là-bas, ou encore dans le coin, là, un panneau publicitaire pour les prêts sur gages Yoshikawa, on ne se sentirait pas aussi bien, je crois. C'est bien qu'il n'y ait rien à perte de vue.

— Oui. C'est sans doute pour cela... Monsieur Hoshino ?

— Ouais ?

— Nakata a une autre question à vous poser...

— Vas-y, je t'écoute.

— Qu'est-ce qu'il peut y avoir au fond de la mer ?

— Au fond de la mer, il y a le monde sous-marin, avec des poissons, des coquillages, des algues, ce genre de choses. Tu n'as jamais visité d'aquarium ?

— Non, Nakata n'a jamais visité d'*acariôme* de sa vie. À Matsumoto, où j'ai vécu longtemps, il n'y en avait pas.

— J'imagine. Matsumoto, c'est dans les montagnes. Au mieux, il doit y avoir un musée des champignons.

En tout cas, plein de créatures vivent au fond de la mer. La plupart absorbent l'oxygène de l'eau. Elles n'ont donc pas besoin d'air pour vivre, contrairement à nous. Certaines sont magnifiques à regarder, d'autres très bonnes à manger, d'autres encore, dangereuses. Et il y en a pas mal aussi qui ont l'air assez répugnantes. C'est difficile à expliquer à quelqu'un qui n'a jamais vu ça, mais c'est un monde complètement différent du nôtre. La lumière du soleil n'arrive pas à pénétrer les grandes profondeurs de l'océan, et là tu trouves des créatures vraiment flippantes… Tu sais quoi, Nakata ? Quand toute cette histoire sera finie, je t'emmènerai visiter un aquarium. Ça fait longtemps que je n'y suis pas allé, et c'est intéressant comme endroit. Takamatsu se trouve au bord de la mer, il doit bien y en avoir un quelque part en ville.

— Oui, Nakata aimerait bien aller à l'*acariôme*.

— À propos, Nakata…

— Qu'y a-t-il, monsieur Hoshino ?

— On a soulevé la pierre vers midi avant-hier et on a ouvert l'entrée, pas vrai ?

— Oui. M. Hoshino et Nakata ont ouvert la pierre de l'entrée. Tout à fait, tout à fait. Ensuite Nakata a dormi longtemps.

— Ce que je voudrais savoir, moi, c'est s'il s'est passé vraiment quelque chose ou pas quand on a ouvert cette entrée.

Nakata acquiesça d'un signe de tête.

— Oui. Je crois bien qu'il s'est passé quelque chose, oui.

— Mais tu ne sais pas encore quoi, j'imagine ?

Nakata hocha à nouveau brièvement la tête.

— Non, je ne sais pas.

— Et j'imagine que ce *je-ne-sais-quoi* est en train de se passer quelque part en ce moment même ?

— Oui, je crois. Il me semble en effet que c'est encore en train de se passer. Et Nakata attend que cela *se termine*.

— Et après, je veux dire, quand ce sera fini, tout se résoudra tout seul ?

Cette fois, Nakata secoua la tête.

— Non, monsieur Hoshino, Nakata ne sait pas comment seront les choses après. Je fais *ce que je dois faire*. Mais je ne sais pas ce que ça provoquera. Nakata n'est pas intelligent, il ne peut pas réfléchir à une chose aussi compliquée. Je ne sais pas ce qui va se passer après.

— Tu veux dire qu'il va falloir encore un peu de temps avant que tout se termine et qu'on arrive au dénouement ?

— Tout à fait, tout à fait.

— Et en attendant, il ne faut pas qu'on se laisse attraper par la police, car il nous reste encore des choses à faire, c'est ça ?

— Oui, monsieur Hoshino, tout à fait. Je ne vois pas d'inconvénient à aller voir ces messieurs de la police. Je suis prêt à faire tout ce que le préfet dira. Mais pas maintenant.

— Hé, papi… Si tu vas raconter ton histoire farfelue à la police, ils l'enverront balader d'une chiquenaude, la remplaceront par une autre qui leur conviendra mieux, et t'obligeront à signer la déposition. Ils inventeront une version toute simple, à la portée de tous. Du genre, tu es entré dans cette maison pour la cambrioler, mais quelqu'un t'a surpris, alors tu as pris un couteau et poignardé le type. Ils n'en ont rien à cirer de la vérité ou de la justice. Fabriquer un coupable pour augmenter leur taux d'arrestations, c'est un jeu d'enfants pour eux. Après, tu seras envoyé en prison ou dans un hôpital psychiatrique, enfermé à double tour. Des endroits horribles, dont tu ne ressortiras probablement jamais. Ça m'étonnerait que tu aies les moyens d'engager un bon avocat, alors on t'en attribuera un d'office, un minable qui n'en aura rien à faire de toi. Je vois d'ici comment ça va se passer.

— Nakata ne comprend pas, c'est trop compliqué.

— En tout cas, je connais les méthodes des flics, je te le dis. C'est bien pour ça que je ne veux pas avoir d'ennuis avec eux. La police et moi, c'est pas le grand amour.

— Oui. Nakata vous cause bien des soucis, monsieur Hoshino.

Le jeune homme poussa un soupir.

— Mais tu sais, papi, il y a un proverbe qui dit : « Quitte à avaler le poison, autant manger l'assiette. »

— Qu'est-ce que cela peut bien vouloir dire ?

— Ça veut dire que si tu as avalé du poison, autant aller jusqu'au bout, ça ne fera pas de différence que tu manges aussi l'assiette.

— Mais, monsieur Hoshino, si on mange une assiette, on en meurt. Ce n'est pas bon pour les dents, et ça doit faire mal à la gorge aussi.

— Bon sang, tu as raison…, fit le jeune homme, déconcerté. Je me demande bien pourquoi il faudrait manger l'assiette.

— Nakata ne comprend pas grand-chose, il n'est pas intelligent… Mais tout de même, le poison, on peut toujours l'avaler tandis qu'une assiette c'est bien trop dur.

— Oui, tu as raison. La confusion me gagne aussi. Sans me vanter, je ne suis pas très intelligent non plus. En tout cas, ce que je voulais dire, c'est que maintenant que je suis venu ici, autant aller jusqu'au bout. Alors je continue à te protéger et, si tu dois fuir, je fuirai avec toi. Je n'arrive pas à croire que tu aies commis un crime et je ne vais pas te laisser tomber maintenant. Question de loyauté.

— Merci beaucoup. Nakata ne sait vraiment pas comment vous remercier. Je ne voudrais pas abuser mais, est-ce que je peux encore vous demander quelque chose ?

— Vas-y.

— Je crois que nous allons avoir besoin d'une voiture.

— Une voiture de location ferait l'affaire ?

— Nakata ne sait pas ce que c'est, mais n'importe quelle voiture fera l'affaire. Petite ou grande, du moment que nous en avons une.

— Rien de plus facile. Les véhicules à moteur, c'est ma spécialité. J'irai te chercher ça tout à l'heure. On part faire un tour, alors ?

— Oui, nous irons probablement faire un tour.

— Hé, tu sais quoi, papi ?

— Oui, monsieur Hoshino ?

— Je ne m'ennuie jamais avec toi. Il se passe un tas de choses incompréhensibles, c'est le moins qu'on puisse dire, mais je ne m'ennuie jamais.

— Merci beaucoup. Nakata est rassuré d'entendre cela. Toutefois, monsieur Hoshino…

— Quoi ?

— À vrai dire, Nakata ne comprend pas trop ce que *s'ennuyer* veut dire.

— Tu ne t'es jamais ennuyé, alors ?

— Non, Nakata ne s'est jamais ennuyé.

— Ah bon ? Je m'en doutais un peu, remarque.

37

Comme la dernière fois, nous nous arrêtons en route pour acheter de l'eau minérale et des provisions dans un supermarché, puis nous gravissons le chemin de montagne qui mène à la cabane. À l'intérieur, rien n'a changé depuis notre départ, il y a une semaine. J'ouvre les fenêtres pour aérer et je range les provisions.

— Je voudrais faire un somme avant de repartir, dit Oshima, qui bâille à se décrocher la mâchoire, les mains devant la bouche. Je n'ai pas beaucoup dormi la nuit dernière.

Il est sans doute exténué, car à peine a-t-il installé le matelas par terre qu'il se fourre sous la couette, se tourne vers le mur et s'endort. Je fais chauffer de l'eau minérale et lui prépare du café pour la route du retour. Je le verse dans une bouteille Thermos. Ensuite, je prends deux bidons en plastique et vais les remplir au ruisseau. Le paysage est le même que la dernière fois. Le parfum des herbes, le chant des oiseaux, le murmure de la rivière, le vent qui siffle entre les troncs, l'ombre tremblante des feuilles, rien n'a changé. Les nuages qui filent au-dessus de ma tête me semblent tout proches. Revoir tout cela m'emplit de nostalgie, comme si je retrouvais une partie de moi-même.

Pendant qu'Oshima fait sa sieste, je m'installe sous le porche pour lire un livre sur la campagne de Russie de Napoléon en 1812. Quelque quatre cent mille soldats français décimés lors d'une guerre gigantesque et absurde, dans un pays immense dont ils ignoraient tout. Les batailles, naturellement, étaient d'une indicible cruauté, mais les médecins, comme les médicaments, étaient insuffisants, et la plupart des soldats grièvement blessés mouraient sur place dans d'atroces souffrances. Plus nombreux encore furent ceux qui moururent de froid ou de faim, ce qui était tout aussi horrible. Assis sous le porche, j'écoute les oiseaux chanter en sirotant une tasse de tisane fumante et je pense à la campagne de Russie et aux tempêtes de neige qu'enduraient les soldats.

J'ai lu à peu près un tiers de mon livre quand, pris d'une soudaine inquiétude, je me lève et vais voir si Oshima dort toujours. Même s'il est profondément endormi, la cabane me semble un peu trop silencieuse, comme s'il n'y avait personne à l'intérieur. Mais non : la couette remontée jusqu'au-dessus de la tête, Oshima respire paisiblement. En m'approchant, je vois ses épaules se soulever et s'abaisser régulièrement. Debout à côté de lui, je regarde un moment ses clavicules. Puis, tout à coup, je me souviens qu'Oshima est une femme. Je l'oublie souvent. La plupart du temps, je pense à lui comme à un homme. C'est sans doute ce qu'il souhaite. Mais quand il dort, on dirait que sa nature féminine reprend tout d'un coup le dessus.

Je retourne m'asseoir sous le porche et poursuis ma lecture. Mon esprit reprend à cette route des faubourgs de Smolensk, jonchée de cadavres gelés.

Lorsque Oshima se réveille au bout de deux heures, il va immédiatement vérifier que sa voiture est toujours là. La carrosserie verte est tellement couverte de poussière, à cause de la route de montagne, qu'elle en est presque blanche. Oshima s'étire de tout son long, puis s'assied près de moi.

— La saison des pluies n'est pas très forte cette année, dit-il en se frottant les yeux. Il pleut à peine, ce n'est pas bien. On risque d'avoir des restrictions d'eau à Takamatsu cet été.

Je lui demande si Mlle Saeki sait que je suis ici. Il secoue la tête :

— À vrai dire, elle ignore tout. Elle ne sait même pas que j'ai une cabane dans la montagne. Mais moins elle en saura, moins elle aura besoin de mentir à la police, et moins elle sera mêlée à tout ça.

Je hoche la tête. Je préfère ça, moi aussi.

— Elle a déjà eu sa part d'ennuis dans la vie, dit Oshima.

— Je lui ai dit que mon père a été assassiné récemment, mais je ne lui ai pas dit que j'étais recherché par la police.

— Je ne l'ai pas mentionné non plus, mais je me demande si elle ne s'en doute pas. Elle est intelligente, tu sais. Je lui dirai demain que tu as dû partir brusquement et que tu m'as demandé de lui dire au revoir de ta part. À mon avis, elle ne posera pas de questions. Si je ne lui donne pas davantage d'explications, elle hochera la tête sans rien dire et ce sera tout.

J'acquiesce en silence.

— Mais toi, tu as envie de la voir, j'imagine ? ajoute Oshima.

Je ne réponds pas. Je ne sais pas comment exprimer ce que je ressens et la réponse est évidente, de toute façon.

— Cela me fait de la peine pour toi, mais comme je te l'ai dit tout à l'heure, il vaut mieux que vous preniez un peu de distance.

— Qui sait, peut-être que je ne pourrais plus jamais la revoir, dis-je.

— C'est possible, reconnaît Oshima après avoir réfléchi un moment. C'est un lieu commun, mais les choses n'existent pas tant qu'elles ne se sont pas produites. Et souvent, d'ailleurs, elles ne sont pas ce qu'on croit.

— Je me demande ce que ressent Mlle Saeki en ce moment…

— À quel sujet ? demande Oshima en plissant les paupières pour me scruter.

— Eh bien… Si elle pense qu'on ne se reverra peut-être jamais, est-ce qu'elle ressent la même chose que moi ?

Oshima sourit.

— Pourquoi me demandes-tu ça à moi ?

— Parce que moi-même je n'en ai pas la moindre idée. Jusqu'ici je n'avais jamais été amoureux, je n'avais jamais désiré personne, l'expérience est nouvelle pour moi. Et être désiré par quelqu'un, c'est aussi une expérience nouvelle.

— Tu es en pleine confusion alors ?

Je hoche la tête.

— Exactement.

— Tu te demandes si l'autre éprouve les mêmes sentiments que toi, avec la même force, la même pureté.

Je secoue la tête.

— C'est trop pénible d'y penser.

Oshima reste silencieux un moment, les yeux fixés sur la forêt, les bras croisés derrière sa nuque. Les oiseaux volent de branche en branche.

— Je comprends ce que tu ressens, dit-il. Néanmoins, c'est à toi d'y réfléchir et d'en tirer les conclusions. Personne ne peut le faire à ta place. C'est cela aimer, Kafka Tamura. Tu es seul à avoir ces images merveilleuses de l'être aimé, qui te font suffoquer, mais tu es aussi le seul à devoir t'aventurer dans la forêt obscure. C'est à ton esprit et à ton corps d'endurer tout cela.

À deux heures et demie, Oshima remonte dans son cabriolet, et s'en va.

— Si tu économises les provisions, tu peux tenir une semaine, me dit-il. D'ici là, je serai revenu. Si jamais les circonstances m'en empêchent, j'enverrai mon frère à ma place, avec un nouveau stock de nourriture. Il habite à une heure d'ici et je lui ai dit que j'avais un visiteur. Aussi, ne t'inquiète pas, d'accord ?

— D'accord.

— Et puis, je t'ai déjà prévenu, mais je te le répète : fais extrêmement attention quand tu vas dans la forêt. Si tu t'y égarais, tu ne pourrais plus en ressortir.

— Je serai prudent.

— Juste avant le début de la Seconde Guerre mondiale, un bataillon de l'armée impériale s'est entraîné dans ces montagnes. Ils reconstituaient les combats avec l'armée soviétique dans les forêts de Sibérie. Je t'en ai déjà parlé, non ?

— Non.

— Parfois, j'oublie de mentionner certaines choses cruciales, dit Oshima en se tapotant la tempe d'un doigt.

— Pourtant les environs ne ressemblent pas aux forêts sibériennes, fais-je remarquer.

— C'est sûr. Ici, il n'y a que des arbres à larges feuilles et en Sibérie, ce sont plutôt des conifères, mais l'armée ne s'embarrasse pas de ce genre de détail. L'idée c'était d'entraîner les hommes au combat en leur faisant faire de longues marches forcées dans les bois, en équipement militaire et avec tout le barda sur le dos.

Oshima se verse une tasse du café que j'ai préparé tout à l'heure, ajoute un peu de sucre. Il a l'air de se régaler.

— L'armée avait envoyé une lettre de requête officielle à mon grand-père pour qu'il leur prête son terrain, et mon grand-père leur a répondu : « Vous pouvez faire ce que vous voulez dans ce bout de forêt que personne n'utilise. » Les recrues ont dû monter à pied la route que nous avons gravie en voiture. Ensuite, ils se sont enfoncés dans la forêt. Mais quand les exercices ont été terminés et qu'ils ont fait l'appel, ils se sont aperçus qu'il manquait deux soldats. Ils avaient disparu pendant l'entraînement, avec tout leur équipement.

Deux jeunes soldats qui venaient tout juste d'être mobilisés. Naturellement, une grande battue a été organisée pour les retrouver. Mais ils n'ont jamais réapparu.

Oshima boit une gorgée de café, puis reprend :

— Personne n'a jamais su s'ils s'étaient perdus dans la forêt ou s'ils avaient déserté. Mais la forêt est incroyablement dense de ce côté, et on n'y trouve rien à manger. Tu sais, il y a un autre monde à côté du nôtre. Tu peux t'y aventurer, et en revenir sain et sauf, si tu fais attention. Mais si tu dépasses un certain point, tu n'en reviens jamais. Tu ne trouves plus le chemin du retour. C'est un labyrinthe. Tu connais l'origine du labyrinthe ?

Je secoue la tête.

— On pense que ce sont les habitants de la Mésopotamie antique qui ont eu les premiers l'idée du labyrinthe. Ils lisaient le futur dans des entrailles d'animaux – et sans doute parfois d'hommes – sacrifiés. Ils en observaient les dessins complexes qui leur permettaient d'interpréter l'avenir. À l'origine, la forme du labyrinthe s'est inspirée de celle des boyaux. Autrement dit, le principe du labyrinthe existe à l'intérieur de toi. Et il correspond à un labyrinthe extérieur à toi.

— C'est une métaphore ?

— Exactement. Une métaphore à double sens. Ce qui est extérieur à toi, c'est la projection de ce qui est intérieur, et l'intérieur est la projection de l'extérieur. Souvent, quand tu mets le pied dans un labyrinthe extérieur, c'est que tu entres aussi dans un labyrinthe intérieur. Dans la plupart des cas, c'est très dangereux.

— Comme dans le conte d'*Hansel et Gretel*.

— Exactement. La forêt est pleine de pièges. Et tu auras beau prendre toutes les précautions du monde, des oiseaux au regard perçant viendront picorer les miettes de pain que tu avais laissées derrière toi pour retrouver ton chemin.

— Je serai prudent, dis-je.

Oshima baisse la capote de son cabriolet, puis s'installe au volant. Il met ses lunettes de soleil, pose la main sur le levier de vitesse. Le bruit familier du moteur résonne dans la forêt. Il repousse sa mèche d'un geste, me fait un petit signe de la main, et le voilà parti. Les tourbillons de poussière qui s'élèvent derrière la voiture sont rapidement dispersés par le vent.

Je rentre dans la cabane, m'allonge à mon tour sur le matelas, ferme les yeux. Réflexion faite, moi non plus je n'ai pas beaucoup dormi la nuit dernière. Je sens encore les traces de la présence d'Oshima sur ce matelas et cet oreiller. Ou plutôt, les traces de son sommeil. Je me pelotonne dedans et m'endors. J'ai dû dormir une demi-heure à peine, quand un grand bruit à l'arrière de la cabane me réveille en sursaut. On dirait qu'une branche vient de se fracasser à terre. Je jette un coup d'œil autour de moi, mais rien ne semble avoir changé dans la pièce. C'est sans doute un de ces bruits mystérieux qui émanent de la forêt de temps à autre. Ou peut-être était-ce un rêve ? Je ne sais plus très bien où se situe la frontière.

Je sors m'asseoir sur le perron et lis jusqu'à ce que le soleil commence à décliner.

Je mange en silence le repas tout simple que je me suis préparé. Après avoir rangé la vaisselle, je m'enfonce dans le vieux canapé et je pense à Mlle Saeki.

— Comme dit Oshima, Mlle Saeki est une femme intelligente, dit le garçon nommé Corbeau, et puis, elle est unique.

Il est assis à côté de moi sur le canapé, exactement comme avant, dans le bureau de mon père.

— Elle est très différente de toi.

Elle est très différente de toi. Elle a surmonté beaucoup d'épreuves jusqu'à présent – des épreuves inhabituelles, c'est le moins qu'on puisse dire. Elle sait beaucoup de choses que tu ignores, elle a connu des émotions

que tu n'as pas encore goûtées. Plus les gens avancent dans la vie, plus ils font la différence entre ce qui est important et ce qui ne l'est pas. Elle a pris des décisions, dont elle a dû constater les effets. Ce n'est pas le cas pour toi, n'est-ce pas ? Toi, finalement, tu n'es qu'un enfant qui n'a fait que quelques expériences limitées, au sein d'un monde étroit. Tu t'es efforcé de devenir plus fort. Et, dans une certaine mesure, tu as réussi. Mais maintenant tu es dans un monde nouveau, face à des situations nouvelles. Et tu te sens complètement perdu. Après tout, tu viens de découvrir toutes ces choses.

Tu es complètement déconcerté. L'une des questions qui te tourmentent est de savoir si les femmes éprouvent du désir sexuel. Théoriquement, oui, bien sûr. Même toi, tu sais ça. Mais tu n'as pas la moindre idée de la façon dont il se manifeste chez elles, ni de ce qu'elles ressentent. Ton désir à toi fonctionne très simplement. Mais le désir des femmes, et particulièrement celui de Mlle Saeki, reste un mystère. A-t-elle éprouvé le même plaisir physique que toi pendant que vous faisiez l'amour ? Ou bien ses sensations ont-elles été totalement différentes ?

Plus tu réfléchis et plus tu voudrais ne pas avoir quinze ans. Tu te sens même désespéré. Si seulement tu en avais vingt, ou même dix-huit, tu serais sans doute capable de saisir le sens des mots et des gestes de cet être appelé Mlle Saeki. Et tu pourrais y réagir correctement. Tu vis quelque chose de merveilleux, de si merveilleux que cela ne t'arrivera peut-être pas deux fois. Et pourtant, tu es incapable de comprendre vraiment à quel point c'est beau. Et cela te désespère.

Tu essaies d'imaginer ce qu'elle fait en ce moment. C'est lundi, la bibliothèque est fermée. Comment occupe-t-elle ses jours de congé ? Tu l'imagines seule chez elle. Elle lave le linge, prépare la cuisine, fait le ménage, sort faire des courses. Tu visualises les scènes une par une. Plus tu l'imagines, plus tu as du mal à rester immobile sur ta chaise. Tu voudrais te transformer en corbeau vigoureux et sauvage, et t'en aller à tire-d'aile, voler par-dessus les montagnes, te percher devant la fenêtre de sa chambre et la regarder, sans fin.

Mais peut-être est-elle allée à la bibliothèque, pour te voir. Elle frappe à la porte, et n'obtient pas de réponse. La chambre n'est pas fermée à clé. Elle entre, se rend compte que tu n'es pas là. Le lit est fait, tes affaires ont disparu. Elle se demande où tu es. Elle attendra peut-être un moment dans ta chambre, espérant ton retour. Alors, sans doute, elle s'assiéra devant le bureau et regardera *Kafka au bord de la mer*. Elle pensera peut-être au passé qu'évoque ce tableau. Mais elle aura beau attendre, tu ne reviendras pas. Elle finira par renoncer et quitter la pièce. Elle marchera jusqu'au parking, montera dans sa Golf, démarrera. Mais tu ne veux pas qu'elle s'en aille comme ça. Alors, tu seras là, tu la serreras dans tes bras, tu voudras comprendre le moindre de ses gestes. Mais non, tu n'es pas là-bas, auprès d'elle. Tu es seul, dans un endroit coupé du monde.

Tu t'assieds sur le lit, éteins la lumière, espère voir Mlle Saeki apparaître dans la pièce. Celle d'aujourd'hui. Ou celle de quinze ans. Peu importe qu'elle soit un fantôme ou une hallucination, tu veux la voir, c'est tout. Tu veux qu'elle soit là, près de toi. Et à cette pensée, il te semble que ta tête va exploser, ton corps éclater en morceaux. Mais tu as beau attendre et espérer, elle n'apparaît pas. Un vent léger souffle au-dehors, et des oiseaux de nuit crient de temps en temps, c'est tout. Tu retiens ton souffle, concentre ton regard dans le noir. Tu écoutes le vent, essaies de trouver un sens aux bruits que tu entends, d'y découvrir un signe. Mais autour de toi, il n'y a que ces couches de ténèbres profondes. Tu finis par renoncer, tu fermes les yeux et t'endors.

38

Hoshino chercha les agences de location de voitures dans l'annuaire et en appela une.

— Je voudrais louer une berline, pour deux ou trois jours. Pas trop grande, un modèle pas trop voyant.

— Monsieur, répondit son interlocuteur, nous sommes spécialisés dans la marque Mazda. Tranquillisez-vous. Je ne devrais sans doute pas le dire mais nous n'avons pas un seul modèle voyant.

— Tant mieux.

— Une Familia, vous conviendrait-elle ? C'est une voiture fiable et je vous le garantis, je vous le jure même, sur tous les bouddhas et tous les dieux, qu'il n'y a pas plus anonyme.

— Bon, ça va, d'accord pour la Familia.

L'agence était située près de la gare, et Hoshino prévint le loueur qu'il viendrait chercher la voiture une heure plus tard.

Il se rendit à l'agence en taxi, montra sa carte de crédit et son permis de conduire à l'employé et loua la voiture pour deux jours. La Familia blanche garée dans le parking était effectivement on ne peut plus banale. Elle était assurément un modèle de réussite parfaite du point de vue de l'anonymat. À peine avait-elle disparu du champ de vision qu'il devenait impossible de se rappeler sa forme.

Sur le chemin du retour, Hoshino s'arrêta dans une librairie et y acheta un plan de Takamatsu, ainsi qu'une carte routière du Shikoku. Comme il y avait un magasin de CD à côté de la librairie, il en profita pour y faire un tour aussi et chercha le trio *À l'archiduc* de Beethoven. Le rayon musique classique étant assez limité, il n'en trouva qu'une édition populaire. Le morceau n'était malheureusement pas interprété par le Million-Dollar Trio, mais il ne lui en coûta que mille yens.

Lorsqu'il arriva à l'appartement, il trouva Nakata en train de faire revenir un ragoût de navets et d'émincé de tofu frit. Un agréable fumet flottait dans la pièce.

— Comme Nakata avait du temps, il a fait un peu de cuisine, annonça le vieil homme.

— Génial ! J'ai beaucoup mangé dehors ces derniers temps, j'avais justement envie d'un petit plat léger fait maison, dit Hoshino. Au fait, papi, ça y est, j'ai loué une voiture. Elle est garée devant l'immeuble. On s'en sert bientôt ?

— Non, cela attendra demain. Aujourd'hui, j'ai l'intention de reprendre ma discussion avec Mme la pierre.

— Hum. Bonne idée. C'est important de discuter. Quel que soit ton interlocuteur – humain, animal, objet –, il vaut toujours mieux parler que ne rien dire. Moi aussi, quand je conduis mon camion, ça m'arrive souvent de discuter avec le moteur. Si on est attentif et qu'on tend bien l'oreille, on entend un tas de choses.

— Oui. C'est aussi ce que pense Nakata. Nakata ne sait pas parler avec les moteurs, mais quel que soit l'interlocuteur, c'est toujours bien de discuter.

— Et donc, ça se passe bien avec la pierre, vous arrivez à vous comprendre ?

— Oui. Je crois qu'on commence à se comprendre, petit à petit.

— Eh bien tant mieux. À propos, papi, la pierre n'est pas trop contrariée qu'on l'ait transportée ici sans lui demander son avis ?

— Non, ça va. D'après ce que ressent Nakata, Mme la pierre ne se soucie pas particulièrement de l'endroit où elle se trouve.

— Me voilà rassuré, dit le jeune homme. Si la pierre nous jetait un sort, ce serait le bouquet.

Hoshino passa l'après-midi à écouter le trio *À l'archiduc*. L'interprétation n'était ni aussi somptueuse ni aussi inoubliable que celle du Million-Dollar Trio. Elle était plus effacée et un peu retenue, mais Hoshino l'apprécia quand même. Il s'allongea sur le canapé et tendit l'oreille au timbre des cordes et du piano. La beauté de la mélodie lui alla droit au cœur, les circonvolutions subtiles de la fugue le bouleversaient.

« Il y a ne serait-ce qu'une semaine, je n'aurais rien compris à cette musique, se dit le jeune homme, je n'aurais même pas essayé de comprendre, mais un heureux hasard m'a fait entrer dans ce petit café où j'ai bu un bon caoua dans un fauteuil confortable ; j'ai su alors accueillir spontanément cette musique en moi. » Cette rencontre avec la musique classique était à ses yeux un événement de la plus haute importance.

Il écouta le CD à plusieurs reprises comme pour vérifier sa nouvelle sensibilité. À part le trio *À l'archiduc*, le disque contenait également un trio pour piano appelé le trio *Fantôme*, du même compositeur, qui lui plut également. L'interprétation du Million-Dollar Trio restait cependant sa préférée. Elle avait davantage de profondeur. Pendant ce temps, Nakata, assis dans un coin de la pièce, marmonnait devant la pierre. De temps à autre, il faisait un signe de tête, ou se frottait les cheveux de la paume de la main. Chacun des deux hommes était complètement absorbé par ce qu'il faisait.

— La musique ne te gêne pas pour parler avec la pierre ? demanda Hoshino.

— Non, ça va. Pour Nakata, la musique, c'est comme le vent.

— Hum, fit Hoshino. Comme le vent, hein ?

À six heures, Nakata prépara le dîner. Il fit griller du saumon et confectionna une salade. Il servit aussi un peu de ragoût aux navets en accompagnement. Hoshino alluma la télévision pour regarder les informations.

Peut-être y avait-il de nouveaux développements dans l'enquête sur le meurtre de Nogata, mais l'affaire ne fut même pas mentionnée. L'enlèvement d'une fillette, des représailles israélo-palestiniennes, un grave accident de la circulation sur une autoroute du Chugoku, un gang de voleurs de voitures formé principalement d'étrangers, les propos discriminatoires d'un ministre et le chômage technique des employés d'une grande entreprise d'informatique, tels étaient les titres du jour. Pas une seule bonne nouvelle.

Ils s'assirent à la table, face à face, pour le dîner.

— Mmm… c'est délicieux. Tu es vraiment doué pour la cuisine, le complimenta Hoshino.

— Merci beaucoup. C'est la première fois que quelqu'un d'autre mange ce que Nakata a préparé.

— Tu n'avais pas de famille ou d'amis avec qui partager un repas ?

— Non. Il y avait bien les chats, mais nous ne mangeons pas les mêmes choses.

— Oui, ça, j'imagine..., fit le jeune homme. En tout cas, c'est fameux. Ce ragoût, surtout…

— Je suis content que cela vous plaise. Nakata ne peut pas lire les étiquettes, alors il fait de temps en temps de grosses erreurs, et le résultat est immangeable. Pour éviter ça, j'utilise toujours les mêmes ingrédients, et je prépare toujours la même chose. Si je savais lire, je pourrais faire des plats plus variés.

— Ceux-là me conviennent très bien.

— Monsieur Hoshino, dit Nakata d'un ton grave en se redressant.

— Ouais ?

— C'est dur de ne pas savoir lire.

— Ouais, j'imagine..., fit le jeune homme, mais tu vois, dans la notice explicative de ce CD, ils disent que Beethoven était sourd. C'était un grand compositeur, et quand il était jeune, il était aussi le plus grand pianiste d'Europe. Il était donc célèbre à la fois comme compositeur et comme interprète. Pourtant, un jour, une maladie l'a rendu sourd. Il a fini par perdre presque toute son ouïe. C'est très grave pour un compositeur de ne plus entendre, tu comprends ça ?

— Oui, Nakata croit comprendre.

— Un musicien sourd, c'est comme un cuisinier qui ne sent plus les goûts. Une grenouille sans palmes. Ou une suspension de permis pour un chauffeur de poids lourd. Il y a de quoi perdre tout espoir, non ? Mais Beethoven, lui, ne s'est pas résigné. Ça a bien dû le déprimer, c'est sûr, mais il ne s'est pas laissé abattre par son malheur, genre : « Tiens bon la barre et tiens bon le vent, hisse et hooo… », tu vois. Il a continué de composer et a créé des musiques encore plus belles, encore plus profondes. Le trio *À l'archiduc* que j'écoutais tout à l'heure, par exemple, quand il l'a composé, il n'entendait pratiquement plus rien. Pour toi non plus, ça ne doit pas être commode, c'est sûrement pénible de ne pas savoir lire, mais ce n'est pas la fin du monde. Même si tu ne sais pas lire, il y a un tas de choses que tu es le seul à savoir faire. C'est ça qu'il faut voir. Tiens, par exemple, tu sais parler avec la pierre.

— Certes, Nakata peut communiquer un peu avec Mme la pierre. Avant, je savais aussi parler aux chats.

— C'est bien ce que je te dis. Les gens normaux lisent peut-être énormément, mais ils ne savent pas parler avec les pierres ni les chats.

— Vous savez, monsieur Hoshino, Nakata fait souvent le même rêve ces temps-ci. Dans ce rêve, Nakata sait lire et il est devenu intelligent. Alors il est tellement content qu'il va à la bibliothèque et lit un tas de livres. Il se dit que c'est merveilleux de savoir lire. Il dévore les livres les uns après les autres. Mais tout d'un coup, la salle est plongée dans le noir. Quelqu'un a éteint la lumière. Nakata n'y voit plus rien. Il ne peut plus lire… C'est à ce moment-là que je me réveille. Même en rêve, c'est vraiment merveilleux de savoir lire.

— Hum, fit le jeune homme. Moi, je sais lire mais je ne lis jamais. Le monde est mal fait.

— Monsieur Hoshino.
— Quoi ?
— Quel jour sommes-nous ?
— Samedi.
— Et demain, on sera dimanche ?
— En principe, oui.
— Pourriez-vous prendre le volant dès demain matin ?
— Sans problème, mais pour aller où ?
— Nakata ne sait pas encore, il réfléchira dans la voiture.
— Tu me croiras pas, dit le jeune homme, mais je m'attendais à cette réponse.

Le lendemain matin, Hoshino se réveilla peu après sept heures. Nakata était déjà debout dans la cuisine et préparait le petit déjeuner. Le jeune homme alla à la salle de bains, se lava vigoureusement la figure à l'eau froide, puis se rasa avec un rasoir électrique. Le petit déjeuner était composé de riz, d'une soupe de miso aux aubergines, de maquereau séché et de petits légumes en saumure.

Pendant que Nakata débarrassait la table, le jeune homme regarda à nouveau les informations télévisées. Cette fois, il fut question du meurtre de Nakano. « Dix jours après le crime, la police n'a toujours pas de piste sûre », annonça platement le présentateur de la NHK. Sur l'écran, on voyait des policiers devant une maison avec un grand portail barré d'un ruban « entrée interdite ».

« Des recherches actives se poursuivent pour retrouver le fils de la victime, âgé de quinze ans, disparu juste avant le meurtre, mais elles n'ont encore rien donné. Les policiers recherchent également un habitant du quartier, âgé d'une soixantaine d'années. L'homme s'est présenté au poste juste après le crime et a donné des informations très précises à ce sujet. On ignore encore pour le moment s'il existe un lien entre le fils de la victime et cet homme. Aucune dégradation n'ayant été remarquée à l'intérieur du domicile, la police privilégie la piste de la vengeance personnelle et oriente son enquête vers les amis et relations de la victime, M. Tamura. Par ailleurs, le musée national d'Art moderne de Tokyo a décidé de rendre hommage aux mérites artistiques du défunt en… »

Le jeune homme appela Nakata qui s'activait dans la cuisine.

— Hé, papi !

— Oui. Qu'y a-t-il, monsieur Hoshino ?

— Est-ce que tu connaîtrais par hasard le fils de la victime ? Il paraît qu'il a quinze ans.

— Nakata ne le connaît pas. Comme je vous l'ai dit l'autre jour, j'ai seulement rencontré M. Johnnie Walken et son chien.

— Hum, fit le jeune homme. Il semble que la police le recherche, lui aussi. Il était fils unique, et n'a plus de mère. Il a fait une fugue juste avant le crime et maintenant il a disparu.

— Ah bon…

— Bien compliquée, cette affaire. Mais je suis sûr que la police en sait plus qu'elle ne le dit. Ils ne livrent que des bribes d'informations. D'après le tuyau du colonel Sanders, ils savent que tu es à Takamatsu, papi. Et ils savent aussi que tu voyages avec un beau jeune homme qui me ressemble. Mais ils donnent pas ce genre d'informations aux médias. Ils craignent qu'en apprenant qu'ils savent où on est, on prenne à nouveau la poudre d'escampette. Ils sont dissimulateurs, en plus de leurs autres qualités !

À huit heures et demie, ils montèrent dans la Familia, garée dans l'avenue. Nakata avait préparé sa sempiternelle bouteille Thermos de thé grillé. Il enfonça son bonnet tout froissé sur sa tête, et s'installa sur le siège passager avec son parapluie et son sac de toile. Alors que, fidèle à son habitude, Hoshino était sur le point de se coiffer de sa casquette des Chunichi Dragons devant le miroir de l'entrée, une idée lui traversa l'esprit. « La police doit parfaitement savoir que le *jeune homme* qui accompagne Nakata porte une casquette des Chunichi Dragons, des lunettes de soleil à verres verts et une chemise hawaïenne. Je dois pratiquement être le seul dans tout le département de Kagawa à avoir une casquette de l'équipe de Nagoya et si on ajoute à ça la chemise et les Ray-Ban vertes, le signalement devient vraiment précis. C'est pour ça que le colonel Sanders m'a préparé un polo bleu foncé anonyme. Il pense vraiment à tout, ce type. » Hoshino décida de laisser sa casquette et les Ray-Ban dans l'appartement.

— Alors, je te conduis où ? demanda-t-il une fois au volant.

— N'importe où. Tournez en rond dans la ville.

— N'importe où ?

— Oui. Où vous voulez. Nakata regardera par la fenêtre.

— Hum, grogna Hoshino, que ce soit à l'armée ou dans ma société de transports, j'ai toujours conduit, je suis un bon chauffeur. J'ai toujours su précisément où je devais aller et je fonçais droit vers ma destination. Mais personne ne m'a jamais dit : « Va où tu veux. » Là, je dois dire que ça me désoriente.

— Je suis désolé.

— Enfin, bref, c'est pas grave. Je ferai de mon mieux.

Il inséra le CD du trio *À l'archiduc* dans le lecteur.

— Alors je tourne en rond dans la ville et toi, tu regardes par la fenêtre. C'est bien ça, le programme ?

— Oui, ce sera parfait.

— Quand tu auras trouvé ce que tu cherches, on s'arrête. Et un nouveau chapitre s'ouvre tout seul, hein ?

— Oui. Cela pourrait bien se passer comme ça.

— Si seulement ! dit le jeune homme.

Il déplia le plan de la ville posé sur ses genoux.

Ils se mirent à tourner dans Takamatsu. Hoshino cochait sur la carte les rues où ils étaient passés. Après avoir vérifié qu'ils avaient bien arpenté toutes les rues d'un même secteur, ils recommençaient l'opération dans le quartier suivant. Ils s'arrêtaient de temps en temps, l'un pour boire du thé grillé, l'autre pour fumer une Marlboro. Ils écoutèrent plusieurs fois le trio *À l'archiduc*. À midi, ils mangèrent du riz au curry dans un petit restaurant.

— Nakata, ça ressemble à quoi au juste, ce que tu cherches ? demanda le jeune homme après le repas.

— Nakata n'en a aucune idée. C'est…

— Tu le reconnaîtras quand tu le verras, et tant que tu ne l'as pas vu de tes yeux, tu n'en sais rien.

— Tout à fait, tout à fait.

Le jeune homme hocha la tête avec lassitude.

— Je l'aurais parié ! Je voulais juste vérifier.

— Monsieur Hoshino.

— Ouais ?

— Cette recherche va peut-être prendre un peu de temps.

— C'est pas grave, je ferai mon possible. Maintenant que je suis embarqué dans cette galère…

— Nous allons prendre un bateau ? demanda Nakata.

— Non, pas pour le moment du moins.

À trois heures, ils firent une pause dans un café. Hoshino commanda un café et Nakata, après une longue hésitation, un lait froid. Le jeune homme se sentait épuisé et n'avait même plus envie de parler. Il commençait même à se lasser du trio *À l'archiduc*. Tourner en rond au volant n'était pas dans son tempérament. C'était monotone, il ne pouvait pas rouler vite et il lui fallait faire des efforts pour maintenir sa concentration. Ils avaient rencontré quelques voitures de police en route, mais Hoshino s'était arrangé pour ne pas croiser le regard des représentants de l'ordre. Dans la mesure du possible il avait également évité de passer devant les commissariats. La Mazda Familia avait beau être une voiture très banale, s'ils la voyaient passer trop souvent, les policiers finiraient peut-être par trouver ce manège bizarre et voudraient vérifier leurs papiers. Il fallait aussi être très attentif afin d'éviter tout accrochage.

Pendant que le jeune homme conduisait en inspectant son plan, Nakata regardait le paysage au-dehors, les mains posées sur le bord de la vitre comme un enfant sage ou un chien. Il semblait chercher quelque chose avec application. Les deux hommes restèrent concentrés chacun sur sa tâche tout l'après-midi, sans échanger un mot.

« Mais qu'est-ce que c'eeest, que vous chercheeez ? »

De désespoir, le jeune homme s'était mis à chanter le célèbre tube de Yosui Inoué. Comme il avait oublié la suite des paroles, il les inventa au fur et à mesure :

« Vous ne l'avez toujours pas trouvééé ?
Mais il fera nuit bientôôôt
Et il a faim Hoshinooo !
À force de tourner en rooond,
C'est sa tête qui tourne plus rooond. »

À six heures, ils retournèrent à l'appartement.

— On recommencera demain, monsieur Hoshino, dit Nakata.

— On a fait une bonne partie de la ville aujourd'hui. Si on y retourne demain, on verra le reste, dit le jeune homme. Au fait, je peux te poser une question ?

— Oui, que voulez-vous savoir ?

— Si on ne trouve pas ce que tu cherches à Takamatsu, qu'est-ce qu'on fera ?

Nakata se frotta vigoureusement la tête de la paume.

— Si on ne le trouve pas à Takamatsu, il faudra élargir la zone.

— Je vois, fit le jeune homme, et si on ne le trouve toujours pas en élargissant la zone ?

— Dans ce cas, il faudra élargir la zone encore plus.

— Tu veux dire qu'on va élargir la zone jusqu'à ce qu'on trouve ce que tu cherches ? Comme dit le proverbe : « Qui reste à la maison ne rencontre jamais la fortune », et inversement : « Chien qui se promène heurte un bâton. »

— Oui, cela risque d'arriver, dit Nakata. Mais, monsieur Hoshino, Nakata ne comprend pas très bien pourquoi un chien se cognerait à un bâton en marchant ? D'après moi, si le chien voit un bâton devant lui, il l'évite.

Hoshino réfléchit un moment.

— Tu as raison… Je n'y avais jamais pensé, pourquoi faudrait-il que le chien heurte un bâton, après tout ?

— C'est étrange.

— Laisse tomber, dit Hoshino. Si en plus on commence à réfléchir à ce genre de choses, on va se compliquer la tâche. Ce que je voudrais savoir, moi, c'est jusqu'où on élargit la zone de recherche. Parce que si on élargit sans se fixer de limites, on risque d'arriver aux départements voisins, à Ehime ou Kôchi. On va y passer l'été et on se retrouvera en automne.

— C'est possible, monsieur Hoshino, mais que ce soit en automne ou en hiver, Nakata doit trouver ce qu'il cherche à tout prix. Naturellement, je ne peux pas vous demander de m'aider indéfiniment, aussi Nakata continuera ses recherches seul, à pied.

— Oui, enfin, quoi qu'il en soit…, bredouilla le jeune homme, ta pierre ne peut pas nous donner des informations un peu plus précises ? Juste nous indiquer en gros de quel côté il faut chercher, par exemple. *En gros*, tu vois…

— Je suis vraiment désolé, mais Mme la pierre n'est pas très bavarde.

— Je vois, la pierre est taciturne. On s'en serait douté à la voir, note bien, dit le jeune homme. Et je parierais que la natation n'est pas son fort non plus. Enfin bref, inutile de se creuser davantage la tête. Dormons sur nos deux oreilles et on reprendra les recherches demain.

La journée du lendemain se déroula exactement comme celle de la veille, à cette différence près que le jeune homme sillonna cette fois les rues de la moitié ouest de Takamatsu, et que le nombre de ses bâillements avait sensiblement augmenté. Son plan fut bientôt recouvert de traits jaunes. Nakata, de son côté, inspectait les rues d'un air grave, le visage collé contre la vitre. Comme la veille, les deux hommes parlaient peu. Hoshino se concentrait sur sa conduite et repérait les silhouettes des agents de police, tandis que Nakata poursuivait inlassablement sa recherche, sans plus de résultats que la veille.

— On est lundi aujourd'hui ? demanda Nakata.

— Oui, on était dimanche hier, donc aujourd'hui, c'est lundi, fit le jeune homme.

Puis, en désespoir de cause, il se mit à chanter, inventant des paroles sur une mélodie de son cru :

« Si c'est lundi aujourd'hui
Demain on s'ra sans doute mardi.
La fourmi, c'est connu,
abat un travail ardu,
mais l'hirondelle fait la belle.
Sur les hautes cheminées,
le soleil rouge s'est couché. »

— Monsieur Hoshino, dit Nakata après un silence.

— Quoi ?

— On ne s'ennuie jamais en regardant travailler les fourmis.

— Ça, c'est vrai, fit le jeune homme.

À midi, ils s'arrêtèrent dans un restaurant et prirent le menu du jour : un bol de riz garni de filets d'anguille. À trois heures, ils firent de nouveau une pause-café pour Hoshino, thé aux algues pour Nakata. À six heures, le plan était constellé de marques jaunes, les pneus anonymes de la Mazda Familia ayant parcouru à peu près toutes les rues de la ville. Pourtant, ils n'avaient toujours pas trouvé ce qu'ils cherchaient.

« *Mais qu'est-ce que c'eeest, que vous chercheeez ?* » se remit à chanter le jeune homme d'une voix sans force, en y ajoutant des paroles de circonstance :

« *Vous ne l'avez toujours pas trouvééé ?*
Pourtant partout en ville on a étééé.
Je commence à avoir mal au cuuul
J'veux rentrer, j'en peux pluuus. »

— Si on continue longtemps comme ça, je vais finir par devenir un grand chanteur-compositeur, moi.

— Nakata ne comprend pas ce que vous dites.

— C'est pas grave, c'était juste une petite blague innocente…

Ils décidèrent d'en rester là et prirent le chemin du retour, via la nationale. Hoshino, distrait, se trompa de direction et oublia de tourner à gauche. Il essaya de retrouver la nationale, mais les rues faisaient des angles bizarres et le quartier était plein de sens uniques. En peu de temps, ils furent complètement perdus. Ils se retrouvèrent dans un quartier résidentiel qu'ils n'avaient pas encore traversé. Des rangées de belles maisons anciennes, cernées de hauts murs, les entouraient. Un étrange silence régnait dans cette rue, où l'on ne voyait pas âme qui vive.

— Je pense qu'on ne doit pas être trop loin de l'appartement, mais je ne sais vraiment plus où on est ! reconnut le jeune homme.

Il se gara près d'un terrain vague, coupa le moteur, tira le frein à main et déplia à nouveau sa carte. Il vérifia le numéro et le nom du quartier, indiqués sur une plaque apposée à un poteau électrique et chercha cet endroit sur son plan. S'il avait du mal à trouver, c'était sans doute à cause de la fatigue oculaire qui commençait à se faire sentir.

— Monsieur Hoshino, dit Nakata.

— Ouais ?

— Désolé de vous déranger dans votre travail, mais qu'y a-t-il écrit sur cette pancarte là-bas, près du portail ?

Hoshino leva les yeux, regarda dans la direction que Nakata pointait du doigt. Au bout d'un long mur assez élevé, on apercevait un portail à l'ancienne mode, avec une grande enseigne de bois plantée à côté.

— « Bibliothèque commémorative Komura », lut le jeune homme. Tiens, une bibliothèque dans un quartier désert ? D'ailleurs, on ne dirait même pas une bibliothèque, ça ressemble plutôt à une ancienne résidence.

— Bibliothèque commémorative Komura ?

— Oui. Elle doit être dédiée à la mémoire d'un certain Komura. Mais je n'ai pas la moindre idée de qui était ce type.

— Monsieur Hoshino.

— Ouais ? fit Hoshino qui consultait à nouveau son plan.

— C'est là.

— C'est là, quoi ?

— Ce que Nakata cherchait, c'est cet endroit.

Hoshino regarda Nakata dans les yeux. Puis il examina le portail de la bibliothèque en fronçant les sourcils et relut attentivement l'enseigne. Il prit son paquet de Marlboro, le secoua pour en dégager une cigarette, la glissa entre ses lèvres et l'alluma avec son briquet en plastique. Il aspira lentement la fumée et en rejeta une longue bouffée par la vitre ouverte.

— Tu es sûr ?

— Oui. Sans erreur possible.

— C'est vraiment effrayant, le hasard.

— Tout à fait. Vous avez absolument raison, approuva Nakata.

39

Ma deuxième journée dans la montagne se déroule lentement, de façon identique à la première. La seule différence, minime, c'est le temps. S'il avait été le même que la veille, j'aurais perdu toute notion du calendrier. Hier et aujourd'hui se seraient fondus dans le même continuum, comme un bateau ayant perdu son ancre erre sur l'immensité de l'océan.

Je calcule qu'on est mardi. Le jour où Mlle Saeki fait visiter la bibliothèque, comme à moi le premier jour où j'en ai franchi la porte… Ses petits talons montant l'escalier, le parquet grinçant sous ses pas, ses bas luisant dans la lumière, son chemisier blanc, ses boucles d'oreilles en perles, son stylo Mont-Blanc posé sur le bureau. Son sourire doux teinté de l'ombre longue de la résignation. Ces souvenirs me paraissent si lointains que je doute de leur réalité.

Tandis que, assis sur le canapé à l'intérieur de la cabane, je respire l'odeur du tissu fané, je repense aux moments d'amour avec Mlle Saeki. Elle ôte lentement ses vêtements. Entre dans le lit. Inutile de dire qu'à cette pensée je suis déjà en érection. Mon sexe est dur comme la pierre, mais il n'est plus douloureux comme hier, et l'inflammation du gland a disparu.

Quand je suis las de ressasser mes fantasmes, je sors et fais ma gymnastique habituelle. Je m'accroupis et me relève alternativement, très vite. Puis j'exécute des mouvements de stretching assez durs. Je suis rapidement en sueur, aussi je vais tremper une serviette dans le ruisseau de la forêt et m'en essuie le torse. L'eau fraîche apaise un peu mes nerfs. Je m'assieds sur le perron, écoute Radiohead sur mon baladeur. Depuis mon départ de la maison, j'écoute la même musique : *Kid A* de Radiohead, le *Best of* de Prince, et de temps en temps *My Favorite Things* de Coltrane.

À deux heures – l'heure où commence la visite guidée de la bibliothèque –, je pars pour la forêt. Je suis le même petit chemin que la dernière fois et débouche sur la clairière. Je m'assieds dans l'herbe, m'adosse à un tronc et regarde le ciel qui apparaît à travers les branches. J'aperçois des nuages blancs d'été. Jusqu'ici je suis dans une zone de sécurité : je peux retrouver sans difficulté mon chemin vers la cabane. Si j'étais dans un jeu vidéo, ce serait un labyrinthe pour débutants : au niveau 1, on peut encore trouver facilement des solutions. Mais si je m'aventure plus loin, je passerai à un défi plus élevé : après la clairière, le chemin se rétrécit, se perd dans un océan de fougères.

Pourtant, je décide de continuer.

Je veux vérifier à quel point cette forêt est profonde. Je sais que c'est dangereux, mais je dois voir de mes yeux quelle sorte de danger elle recèle, je veux le sentir avec ma peau. Il faut que je le fasse. C'est comme si quelqu'un me poussait dans le dos.

Je suis pas à pas, avec précaution, le chemin qui paraît s'enfoncer le plus loin dans la forêt. Les arbres sont de plus en plus hauts, l'air autour de moi semble plus dense, plus lourd. Au-dessus de ma tête, un dais de branches cache complètement le ciel. L'atmosphère d'été, qui était présente il y a encore un instant, a complètement disparu. On dirait qu'ici les saisons n'existent plus. Je ne suis plus sûr du tout que l'endroit où je marche soit un sentier. Cela ressemble à un sentier et, en même temps, on dirait que ce n'en est pas un. Dans cette masse verte qui dégage une odeur d'humidité, toutes les définitions deviennent vagues. Ce qui a un sens, ce qui n'en a pas. Tout s'embrouille. Un corbeau crie à tue-tête au-dessus de moi. Ce cri perçant serait-il un avertissement, à moi destiné ? Je m'arrête, inspecte prudemment les environs. Il serait dangereux de poursuivre sans équipement approprié. Mieux vaut rebrousser chemin.

Mais ce n'est pas simple. C'est peut-être plus difficile de revenir en arrière que de continuer à avancer. Comme l'armée de Napoléon pendant la retraite de Russie. Non seulement le sentier n'est pas très visible, mais de plus les arbres autour de moi forment une barrière noire impénétrable. Mon propre souffle résonne bizarrement à mes oreilles. On dirait un vent qui viendrait de l'autre bord du monde. Un énorme papillon noir, de la taille de ma main, traverse mon champ de vision en voletant. Il me fait penser à la tache de sang sur mon tee-shirt blanc. Il est apparu entre les arbres, traverse lentement l'espace, puis disparaît dans l'ombre. Autour de moi, tout devient plus oppressant encore, l'air est plus froid. La panique m'envahit : j'ai peut-être perdu de vue le bon sentier ? Juste au-dessus de ma tête, un corbeau jette de nouveau son cri perçant. C'est le même que tout à l'heure, et il me transmet le même message, me dis-je. Je m'arrête, lève la tête, mais je ne le vois pas. De temps en temps, le vent de la réalité agite les feuilles à mes pieds avec un bruit sinistre. Je sens des ombres se déplacer rapidement dans mon dos, mais quand je me retourne, elles se sont déjà dissimulées derrière les arbres.

Je parviens cependant, je ne sais comment, à retrouver la petite clairière ronde où je suis en sécurité. Je m'assieds sur l'herbe, respire profondément. Je regarde plusieurs fois le rond de ciel au-dessus de moi, pour être sûr que je suis bien revenu dans le monde d'avant. L'été, dont j'avais la nostalgie, m'entoure à nouveau. La lumière du soleil m'enveloppe comme un film protecteur, me réchauffe. Mais la peur que j'ai ressentie s'attarde longuement au fond de moi, comme une plaque de neige qui n'a pas réussi à fondre dans un coin de jardin. Les battements de mon cœur sont encore irréguliers par moments, et j'ai la chair de poule.

Cette nuit, allongé dans le noir, les yeux grands ouverts, retenant mon souffle, j'attends de voir apparaître une silhouette. Je prie pour qu'elle apparaisse, mais je ne sais pas si mon souhait a une chance ou non de se réaliser. Je me concentre de toutes mes forces pour former ce vœu.

Mais mes espoirs se dissipent sans être exaucés. Mlle Saeki n'apparaît pas plus que la nuit dernière. Ni la vraie ni la jeune fille de quinze ans, ni une hallucination. Les ténèbres restent les ténèbres. Juste avant de m'endormir, je suis tourmenté par une énorme érection. Plus énorme, plus dure que jamais. Mais je ne me masturbe pas. Je suis déterminé à préserver le souvenir des moments d'amour vécus avec Mlle Saeki. Je serre les poings, et finis par sombrer dans le sommeil, espérant rêver d'elle.

C'est de Sakura que je rêve.

En fait, ce n'est peut-être pas un rêve. Tout est tellement clair, net et cohérent. Je ne sais pas comment il faut appeler ça. Disons que c'est un phénomène onirique. La scène se passe chez elle. Elle, allongée dans son lit, et moi dans mon sac de couchage. Exactement la même situation que la nuit où elle m'a hébergé. J'ai l'impression d'être revenu en arrière, et de me trouver à un carrefour décisif.

Une soif inextinguible me réveille en pleine nuit, et je quitte mon sac de couchage pour aller boire de l'eau. J'en bois cinq ou six verres de suite. Ma peau est légèrement moite, une érection tend le tissu de mon caleçon. Mon sexe ressemble à une créature dotée d'une conscience propre qui fonctionne selon un système différent du mien. Il absorbe instantanément une partie de l'eau que je bois. Je l'entends aspirer l'eau dans les ténèbres.

Je pose mon verre dans l'évier, m'adosse un moment au mur. Je voudrais vérifier l'heure, mais je ne vois pas le réveil. On doit être à une heure de la nuit où même les horloges ont disparu dans les profondeurs des ténèbres. Je suis debout à côté du lit de Sakura. La lumière du réverbère en bas de chez elle filtre entre les rideaux. Sakura est allongée sur le dos, profondément endormie. Ses jolis petits pieds dépassent de la mince couette. Derrière moi, j'entends un petit bruit sec, comme si quelqu'un actionnait un interrupteur. Des branches d'arbres entrecroisées bouchent la vue. Il n'y a pas de saison. Je me glisse sans hésiter dans le lit auprès de Sakura. Les ressorts du petit lit à une place grincent sous notre poids. Je respire l'odeur de sa nuque de jeune fille. Elle sent un peu la transpiration. Je pose les mains sur les hanches de Sakura, par-derrière. Elle émet un petit gémissement, mais ne se réveille pas. Un corbeau jette un cri perçant. Je lève les yeux, mais ne vois pas d'oiseau. Je ne vois même pas le ciel.

Je soulève son tee-shirt, pose la main sur ses seins à la peau souple. Je pince ses tétons entre mes doigts. Comme si je tournais le bouton d'une radio. Mon pénis en érection cogne contre l'arrière de sa cuisse. Mais Sakura n'émet pas un son. Sa respiration reste parfaitement normale. Elle dort profondément. Je me dis qu'elle doit être en train de rêver. Le corbeau craille à nouveau. Il m'envoie sûrement un message. Mais je ne parviens pas à le déchiffrer.

Le corps de Sakura est tiède et un peu moite, comme le mien. D'un geste ferme, je l'attire à moi, et la retourne. Elle se retrouve face à moi. Elle soupire profondément, mais ne fait pas mine de se réveiller. Je pose mon oreille contre son ventre plat comme une feuille de papier à dessin, et essaie de percevoir l'écho de ses rêves à l'intérieur du labyrinthe sous sa peau.

Je bande toujours. J'ai l'impression que cette érection ne va jamais s'arrêter. J'enlève le petit slip de coton de Sakura. Je le fais glisser le long de ses jambes en prenant tout mon temps. Puis je pose la main sur sa toison pubienne, introduit doucement mes doigts tout au fond. Cet endroit tiède et humide semble m'inviter. Je remue lentement les doigts. Elle ne se réveille toujours pas. Elle ne fait que pousser un profond soupir, à l'intérieur de son rêve.

En même temps, quelque chose semble vouloir sortir d'un creux au fond de moi : tout à coup, je sens une paire d'yeux à l'intérieur de moi qui me regarde agir. Je peux observer toute la scène. Je ne sais pas encore si ce *quelque chose* en moi est bon ou mauvais, mais je ne peux pas le repousser d'où il vient. C'est une chose visqueuse qui n'a pas encore de visage. Bientôt, elle va sortir de sa coquille, ses traits vont prendre forme, l'espèce de gelée qui recouvre son corps va disparaître. Alors, je saurai de quoi il s'agit. Mais pour l'instant, c'est plutôt *une sorte de signe*, qui n'a pas de forme fixe. Cette chose étend ses mains qui n'en sont pas, essaie de trouver l'endroit le plus mince de la coquille où elle est enfermée pour la briser. Je distingue le moindre de ses mouvements.

Ma décision est prise.

Ou plutôt non, je ne décide rien. Parce qu'en fait, je n'ai pas le choix. J'enlève mon caleçon, libère mon pénis. Je prends Sakura dans mes bras, écarte ses cuisses, et la pénètre. Ce n'est pas difficile, elle est très molle et moi je suis très dur. Cela fait plusieurs jours que je n'ai pas débandé. Sakura rêve toujours. J'enfouis mon corps au creux de ses rêves.

Mais voilà qu'elle se réveille brusquement. Et se rend compte que je suis en elle.

— Hé, Kafka, qu'est-ce que tu fais ? !

— On dirait que je suis à l'intérieur de toi.

— Pourquoi as-tu fait ça ? dit-elle d'un ton sec. Je t'avais pourtant dit que je ne voulais pas.

— Mais je n'ai pas pu m'en empêcher.

— Arrête immédiatement. Sors *ce truc* de moi tout de suite.

— Je ne peux pas, dis-je en secouant la tête.

— Écoute-moi bien, Kafka Tamura. Primo, j'ai un petit ami. Deuzio, tu entres dans mes rêves sans me demander mon avis. Tu n'as pas le droit de faire ça.

— Je sais.

— Il est encore temps. Tu es en moi, aucun doute là-dessus, mais tu n'as pas commencé à remuer et tu n'as pas éjaculé. Ton pénis est là, immobile, comme s'il réfléchissait. C'est ce qui se passe, n'est-ce pas ?

Je hoche la tête.

— Sors-le, ordonne-t-elle. Et oublions tout cela. On est frère et sœur, tous les deux. Même si on n'a pas de véritable lien de sang, on est frère et sœur, cela ne fait aucun doute. Tu comprends, non ? On fait partie de la même famille, toi et moi. On n'a pas le droit de faire ça.

— C'est trop tard, dis-je.

— Pourquoi ?

— Parce que j'en ai décidé ainsi.

— Parce que tu en as décidé ainsi, dit le garçon nommé Corbeau.

Tu ne veux plus te laisser mener par les événements extérieurs, ni te laisser plonger dans la confusion. Tu as déjà tué ton père. Tu as violé ta mère. Et maintenant tu viens de pénétrer ta sœur. S'il y a une malédiction dans tout cela, tu dois t'y soumettre. Tu dois suivre le programme tel qu'il doit se dérouler. Tu dois te décharger sans attendre du fardeau que tu portes, puis cesser d'obéir aux plans formés par un autre que toi, et vivre ta propre vie. C'est cela que tu souhaites.

Elle couvre son visage de ses deux mains, et pleure un peu. Mais tu ne peux plus te retirer d'elle maintenant. Ton pénis continue à enfler et à durcir à l'intérieur d'elle. Comme s'il prenait racine.

— J'ai compris. Je ne dirai plus rien. Mais rappelle-toi une chose : tu es en train de me violer. Je t'aime bien, mais ce n'est pas ce que je voulais. Peut-être que nous ne nous reverrons jamais, même si nous avons vraiment envie de nous revoir. Cela ne te fait rien ?

Tu ne réponds pas. Tu fais taire tes pensées. Tu la serres contre toi, et commences à bouger ton bassin. D'abord doucement, attentivement, puis plus fort. Tu essaies de te rappeler la forme des arbres que tu dépasses, pour pouvoir retrouver le chemin du retour, mais ils se ressemblent tous, et bientôt une mer anonyme t'absorbe. Sakura ferme les yeux, et s'abandonne à tes mouvements. Elle ne dit rien. Elle ne résiste pas. Son visage sans expression est tourné sur le côté. Mais tu peux sentir le plaisir qui monte en elle, comme une extension de toi-même. Les branches des arbres s'entrecroisent, formant une muraille noire qui obstrue ton champ de vision. L'oiseau a cessé de t'envoyer des messages. Et tu éjacules.

J'éjacule.

J'ouvre les yeux. Je suis seul, dans mon lit, il n'y a personne près de moi. On est en pleine nuit, autour de moi la profondeur des ténèbres a absorbé toutes les horloges. Je me lève, ôte mon caleçon, vais à la cuisine pour laver le sperme qui y est collé. Il est blanc et lourd, visqueux, comme un enfant illégitime né des ténèbres de la nuit. Je bois plusieurs verres d'eau, sans parvenir à étancher ma soif. Je suis seul, si seul que c'en est insupportable. Dans une obscurité absolue, entouré par la forêt, dans la solitude la plus extrême qui puisse être. Ici, plus de saison, plus de lumière. Je retourne m'asseoir sur le lit, et soupire profondément, dans les ténèbres qui m'enveloppent.

Cette *chose* à l'intérieur de toi a révélé sa véritable forme. Elle est tapie en toi, comme une ombre noire. Sa coquille est complètement tombée. Elle l'a brisée et jetée. Quelque chose de visqueux te colle aux mains. Du sang, on dirait, du sang humain. Tu lèves tes mains à la hauteur de tes yeux, pour essayer de voir. Mais il n'y a pas assez de lumière. Il fait trop sombre, à l'intérieur comme à l'extérieur de toi.

40

À côté de l'enseigne « bibliothèque commémorative Komura », un petit panneau explicatif indiquait : « Ouvert tous les jours de 11 h à 17 h, sauf le lundi. Entrée libre. Visite guidée le mardi à 14 h. » Hoshino le lut tout haut pour Nakata.

— On est lundi aujourd'hui, ça devrait être fermé, dit le jeune homme qui ajouta, après un coup d'œil sur sa montre : De toute façon, l'heure de fermeture est largement dépassée.

— Monsieur Hoshino.

— Ouais ?

— Cette bibliothèque a l'air très différente de celle que nous avons visitée la dernière fois.

— Hum. L'autre était un établissement public, et celle-ci est privée, elles n'ont pas la même taille.

— Nakata ne comprend pas ce que vous voulez dire par « bibliothèque privée ».

— Eh bien, imagine un type qui a un patrimoine important et qui aime les livres. Il ouvre au public le bâtiment où il a rassemblé tous les siens, pour que tout le monde puisse les lire. Celui-là, il devait être plein aux as. Rien que la porte est magnifique.

— Qu'est-ce que c'est, un « type qui a un patrimoine important » ?

— Un homme riche, quoi.

— Mais quelle est la différence entre un homme riche et un homme qui a un patrimoine important ?

Hoshino inclina un peu la tête.

— La différence ? Euh, moi non plus, je ne sais pas trop, mais il me semble que le type qui a du patrimoine est plus cultivé que le richard ordinaire.

— « Cultivé » ?

— Il suffit d'avoir de l'argent pour être riche, d'accord ? Même toi et moi, si on avait de la thune, on serait riches. Mais on n'aurait pas un patrimoine important pour autant, tu vois ? Ça prend un peu plus de temps.

— C'est bien compliqué.

— C'est clair. On est bien loin de tout ça, toi et moi. On n'a aucune chance de devenir riches, pour commencer. Alors, le patrimoine, je ne t'en parle même pas !

— Monsieur Hoshino ?

— Quoi ?

— Si la bibliothèque est fermée le lundi, cela signifie que si nous venons demain à onze heures, elle sera ouverte, n'est-ce pas ?

— Absolument, puisque demain c'est mardi.

— Est-ce que Nakata pourra entrer aussi ?

— C'est écrit sur le panneau que tout le monde peut entrer. Alors Nakata aussi.

— Même s'il ne sait pas lire ?

— Mais oui, ne t'inquiète pas. Ils ne vont pas vérifier à l'entrée qui sait lire et qui ne sait pas.

— Dans ce cas, Nakata aimerait bien entrer lui aussi.

— D'accord. On reviendra demain à l'heure de l'ouverture, et on entrera tous les deux. Mais je voudrais vérifier une chose : cette bibliothèque est bien l'endroit que tu cherchais ? L'endroit où se trouve cette chose si importante ?

Nakata ôta son bonnet, passa plusieurs fois la paume sur sa chevelure rase poivre et sel.

— Normalement, oui.

— Alors on peut s'arrêter de chercher ?

— Tout à fait. On peut s'arrêter de chercher.

— C'est pas trop tôt ! soupira le jeune homme d'un ton rasséréné. Ça m'aurait ennuyé de devoir continuer comme ça jusqu'à l'automne.

Ils retournèrent chez le colonel Sanders, dormirent tout leur soûl et reprirent le chemin de la bibliothèque Komura le lendemain matin à onze heures. Comme elle se trouvait à vingt minutes seulement de l'appartement du colonel, ils décidèrent d'y aller à pied. Hoshino avait rendu la voiture de location plus tôt dans la matinée.

Quand ils arrivèrent devant la bibliothèque, la porte était déjà grande ouverte. La journée promettait d'être chaude et humide. Quelqu'un avait déjà aspergé d'eau le trottoir pour empêcher la poussière de s'élever, et on apercevait un beau jardin à l'arrière de l'entrée.

— Au fait, papi…, fit Hoshino au moment de passer la porte.

— Oui, monsieur Hoshino ?

— Qu'est-ce qui est prévu au programme une fois qu'on sera dans la bibliothèque ? Si tu t'apprêtes à faire un truc complètement farfelu, j'aimerais autant que tu me préviennes plutôt que d'être mis devant le fait accompli. Il faut que je me prépare psychologiquement, tu comprends.

Nakata parut soudain plongé dans une profonde réflexion.

— Nakata n'a pas la moindre idée de ce qu'il devra faire une fois à l'intérieur. Mais comme il s'agit d'une bibliothèque, je propose que nous commencions par lire. Je regarderai un livre de peinture ou de photos, et vous pourrez choisir quelque chose qui vous intéresse.

— D'accord. Lire dans une bibliothèque, ça me paraît logique.

— Nous pourrons réfléchir ensuite à ce qu'il faut faire.

— Parfait. On réfléchira à la suite des événements en temps voulu. Voilà une façon assez saine de voir les choses.

Ils traversèrent un jardin soigneusement entretenu et entrèrent par une porte ancienne. Un beau jeune homme mince était assis derrière un comptoir, juste à l'entrée. Il portait une chemise de coton blanc au col ouvert et de petites lunettes. Des mèches de cheveux fins lui tombaient sur le front. Le genre de type qu'on pourrait voir dans les films noir et blanc de François Truffaut, se dit Hoshino. Ce beau jeune homme tourna vers eux un visage avenant.

— Bonjour, lança Hoshino d'une voix joyeuse.

— Bonjour. Soyez les bienvenus.

— Euh, nous voudrions lire des livres.

— Naturellement, dit Oshima en hochant la tête. Vous pouvez lire tout ce qu'il vous plaira. La bibliothèque est ouverte au public. Vous pouvez choisir librement dans les rayons. Nous avons un index, et si vous cherchez quelque chose en particulier, vous pouvez consulter l'ordinateur ou les cartes, comme vous voudrez. Si vous avez besoin d'aide, n'hésitez pas à faire appel à moi, je suis à votre disposition.

— Merci beaucoup.

— Y a-t-il un domaine qui vous intéresse particulièrement, ou un livre que vous recherchez ?

Hoshino secoua la tête.

— Non, pas pour l'instant. À vrai dire, plutôt que les livres, c'est la bibliothèque elle-même qui nous intéresse. Nous sommes passés devant par hasard, et avons trouvé l'endroit intéressant. Le bâtiment est magnifique.

Oshima leur adressa un petit sourire plein d'élégance, et prit un crayon à la mine bien taillée.

— C'est le cas de beaucoup de nos visiteurs.

— Tant mieux pour vous, dit Hoshino.

— Si vous avez le temps, il y a justement une visite guidée à deux heures. Elle a lieu tous les mardis. La directrice de la bibliothèque vous donnera des détails sur l'origine du lieu, etc. Profitez-en puisque nous sommes mardi.

— Ça m'a l'air intéressant. Qu'en penses-tu, Nakata ?

Pendant qu'Hoshino et Oshima conversaient ainsi, de part et d'autre du comptoir, Nakata était resté à côté, son bonnet de montagne à la main, regardant dans le vide, d'un air absent. En entendant Hoshino l'appeler, il reprit ses esprits.

— Oui, vous me parliez ?

— Il y a une visite guidée de la bibliothèque à deux heures, ça te dirait ?

— Oui, merci beaucoup, monsieur Hoshino, Nakata aimerait beaucoup visiter cet endroit.

Oshima les observait tous les deux avec curiosité. M.M. Nakata et Hoshino... Quel genre de lien pouvaient bien avoir ces deux-là ? Ils n'avaient pas l'air d'être parents, et, du point de vue de l'âge comme de l'apparence, ils formaient un couple bien étrange. Oshima avait beau chercher, il ne leur trouvait absolument aucun point commun. Et puis, le vieil homme, Nakata, avait une manière bizarre de s'exprimer. Quelque chose en lui retenait l'attention d'Oshima, sans qu'il sût dire quoi au juste. Il ne lui paraissait pas antipathique, de toute façon.

— Vous venez de loin ? s'enquit le bibliothécaire.

— De Nagoya, répondit Hoshino sans laisser le temps à Nakata d'ouvrir la bouche. Si jamais le vieil homme se lançait dans son récit habituel commençant par : « Nakata vient de l'arrondissement de Nakano », cela risquait de devenir un peu compliqué : la télévision avait déjà annoncé aux informations qu'un vieil homme, dont le signalement correspondait exactement à celui de Nakata – et pour cause ! –, était mêlé à l'affaire de meurtre de Nogata, arrondissement de Nakano. Heureusement, du moins à la connaissance d'Hoshino, aucune photo de lui n'avait été diffusée pour l'instant.

— C'est plutôt loin, fit remarquer Oshima.

— Oui, dit Nakata. Nous avons traversé un pont. Un grand pont magnifique.

— En effet ce pont est très grand, renchérit Oshima. Moi-même, je ne l'ai encore jamais emprunté.

— Nakata n'avait jamais vu un pont aussi grand de toute sa vie.

— Il a fallu beaucoup de temps et des sommes considérables pour le construire, expliqua Oshima. D'après les journaux, la régie autonome des ponts et chaussées qui gère le viaduc et l'autoroute a un déficit annuel de cent milliards de yens. Et ce sont nos impôts qui comblent ce déficit.

— Nakata ne comprend pas « cent milliards ».

— Franchement, moi non plus, rétorqua Oshima. Passé un certain point, les chiffres perdent toute réalité. Cela fait beaucoup d'argent en tout cas.

— Bon, merci pour tout, intervint Hoshino, inquiet de la tournure que Nakata risquait de donner à la conversation. Pour la visite guidée, il suffit de venir ici à deux heures, n'est-ce pas ?

— Oui, rendez-vous ici à deux heures. La directrice sera là.

— En attendant, nous irons lire dans la salle de lecture, dit Hoshino.

Tout en faisant tourner son crayon entre ses doigts, Oshima les regarda s'éloigner, puis se replongea dans son travail.

Les deux compères se choisirent des livres dans les rayons. Hoshino opta pour *Beethoven et son temps*, tandis que Nakata prenait un livre de photos de mobilier qu'il alla déposer sur une table. Ensuite, il fit le tour de la pièce, observant attentivement les moindres détails, un peu à la manière d'un chien, humant des objets, en touchant d'autres, ou regardant fixement un coin en particulier. Personne ne put se formaliser de l'attitude du vieil homme car, jusqu'à midi, aucun autre visiteur ne se présenta.

— Hé, papi, appela Hoshino à voix basse.

— Oui. Qu'y a-t-il ?

— Euh, excuse-moi de te le dire si brusquement, mais j'aimerais que tu évites de mentionner le fait que tu viens de Nakano, d'accord ?

— Mais pourquoi donc ?

— C'est une longue histoire… pour résumer, disons que je trouve que c'est préférable. Parce que si les gens apprenaient que tu viens de Nakano, cela pourrait leur causer des ennuis.

— Entendu, alors, dit Nakata avec un grand hochement de tête. Ce n'est pas bien de causer des ennuis aux autres. Je suivrai votre recommandation, monsieur Hoshino.

— Je t'en serais reconnaissant. À propos, as-tu trouvé cette chose importante que tu cherches ?

— Non, pas encore.

— Mais nous sommes au bon endroit, c'est sûr ?

Nakata hocha la tête.

— Oui. J'ai parlé un bon moment avec la pierre hier soir avant de m'endormir. Je suis sûr que c'est ici.

— Tant mieux.

Hoshino hocha la tête et retourna à la biographie de Beethoven. Le célèbre musicien était un homme plein d'arrogance qui avait une confiance absolue en son propre talent et ne faisait aucun effort pour flatter la noblesse. Convaincu que la seule chose respectable et la plus sublime en ce monde était l'art et l'expression juste des émotions, il considérait que le pouvoir ou la richesse avaient pour seule fonction de servir l'art. Haydn, lui, quand il était pensionnaire chez un mécène noble (et il fut pensionnaire la majeure partie de sa vie) dînait avec les domestiques. À l'époque de Haydn, on considérait que les musiciens appartenaient à cette classe. Haydn, qui était un homme simple et sans affectation, préférait pour sa part partager ses repas avec les serviteurs plutôt que de devoir supporter l'atmosphère formelle des dîners de la noblesse.

En revanche ce traitement humiliant plongeait Beethoven dans de violentes colères, au cours desquelles il jetait la vaisselle sur les murs, affirmant son droit à être traité en égal et à manger à la table des maîtres. Beethoven s'énervait facilement (il était même très soupe au lait) et une fois qu'il était en colère, il était difficile de le calmer. Il ne faisait rien non plus pour dissimuler ses idées politiques radicales, et ce comportement s'accentua à mesure qu'il devenait sourd. En vieillissant, sa musique devint à la fois plus expansive et d'une plus grande intériorité. Beethoven est sans doute le seul musicien au monde dont la musique réunit ces deux qualités contradictoires. Mais cette disposition peu ordinaire eut un effet dévastateur sur sa vie. Tout le monde a ses limites, aussi bien physiques que mentales et personne n'est fait pour supporter longtemps des situations aussi extrêmes.

« C'est dur d'être un génie », se dit Hoshino, profondément impressionné. Il reposa son livre au beau milieu de sa lecture et poussa un soupir.

Il se rappelait le buste en bronze de Beethoven dans la salle de musique de son école et ses traits courroucés, mais il ne savait pas qu'il avait eu une vie aussi difficile. « Pas étonnant qu'il ait l'air grincheux », se dit-il.

« Je sais que j'ai peu de chances d'en devenir un, mais ça ne donne pas envie d'être un grand homme », conclut le jeune homme, après quoi il jeta un coup d'œil sur Nakata.

Ce dernier regardait son livre de photos de mobilier japonais traditionnel, tout en maniant un petit burin et un rabot imaginaires. Il lui suffisait de regarder des meubles pour que ses anciens gestes lui reviennent.

« Lui, il deviendra peut-être un grand homme un jour, songea Hoshino. Les gens ordinaires ne pourraient jamais faire ce qu'il fait ; il m'impressionne, tout de même. »

À midi, d'autres visiteurs se présentèrent – deux dames d'âge mûr –, et les deux compères sortirent prendre un peu l'air. Hoshino avait prévu des petits pains pour leur déjeuner et Nakata avait, comme d'habitude, emporté sa bouteille Thermos remplie de thé vert grillé. Le jeune homme demanda à Oshima s'ils pouvaient déjeuner sur place.

— Bien sûr, répondit le bibliothécaire. Vous pouvez vous installer sur la véranda et déjeuner devant le jardin. Et ensuite, venez prendre une tasse de café, si vous voulez. N'hésitez pas, j'en ai préparé.

— Merci beaucoup, dit Hoshino. Cette bibliothèque est très cosy.

Oshima sourit, rejeta sa mèche en arrière.

— C'est certainement différent d'une bibliothèque ordinaire. Le terme « cosy » convient bien, en effet. En tout cas, nous nous efforçons de mettre à la disposition de nos lecteurs un espace intime et agréable où ils peuvent lire en toute quiétude.

« Très sympathique, ce garçon, se dit Hoshino. Intelligent, propre sur lui, bien élevé, et aimable de surcroît. » Il devait être gay. Mais Hoshino n'avait aucun préjugé envers les homosexuels. Tous les goûts sont dans la nature. Certains aiment parler avec des pierres, d'autres préfèrent coucher avec des hommes. Pourquoi pas ?

Une fois le déjeuner fini, Hoshino se leva, bâilla en s'étirant puis alla jusqu'au comptoir de l'accueil se faire offrir la tasse de café promise. Nakata, qui ne buvait pas de café, resta sur la véranda et but son thé en regardant les oiseaux aller et venir dans le jardin.

— Avez-vous trouvé des ouvrages qui vous intéressent ? demanda Oshima.

— Ouais. Je lis une biographie de Beethoven. C'est intéressant. Sa vie donne à réfléchir.

Oshima hocha la tête.

— Oui, il a eu une vie plutôt difficile, c'est le moins qu'on puisse dire.

— C'est clair, mais à mon avis, il en est le seul responsable, répliqua Hoshino. Il n'a jamais fait la moindre concession et ne pensait qu'à lui. À lui et à sa musique. Pour lui, cela n'avait aucune importance de sacrifier tout le reste. Il devait être invivable. Moi, j'aurais eu envie de lui dire « Hé, Ludwig, lâche-nous un peu avec ta musique ! » Je ne suis pas surpris que son neveu ait fini mentalement dérangé. Pourtant, sa musique est magnifique, elle touche le cœur. C'est bizarre, non ?

— Vous avez raison, dit Oshima.

— Je me demande pourquoi il s'est fait une vie si dure. Il me semble qu'il aurait pu vivre un peu plus normalement.

Oshima faisait tourner un crayon entre ses doigts.

— En son temps, on pensait sans doute qu'il était important de manifester son ego. Ce genre d'attitude, dans les époques précédentes, c'est-à-dire sous la monarchie absolue, aurait été considérée comme inconvenante et socialement déviante, et aurait été sévèrement réprimée. Mais à partir du XIXe siècle, lorsque la bourgeoisie a accédé au pouvoir, il y a eu une brusque libération, une émancipation de l'individu. Les ego ont pu s'exprimer dans de nombreux domaines. L'art, et particulièrement la musique, a pris cette vague de liberté de plein fouet. Tous les musiciens qui sont apparus après Beethoven – Berlioz, Wagner, Liszt, Schumann – ont mené des vies excentriques et mouvementées. À l'époque, l'excentricité constituait un modèle de vie idéal. C'était l'âge d'or du romantisme. Mais je pense que, pour les intéressés, ce genre de vie était parfois pénible… Vous aimez la musique de Beethoven, donc ?

— Je ne la connais pas assez pour pouvoir dire que je l'aime, répondit honnêtement Hoshino. En fait, je ne l'ai même pratiquement jamais écoutée. Mais j'aime bien le trio *À l'archiduc* pour piano, violon et violoncelle.

— Moi aussi, j'aime bien ce morceau.

— J'aime bien la version du Million-Dollar Trio, reprit Hoshino.

— Personnellement, je préfère le groupe tchèque, le trio Suk. C'est bien équilibré, on a l'impression de sentir le vent traverser une steppe. Mais j'ai déjà entendu la version du Million-Dollar Trio. Il y a une grande élégance dans le jeu de Rubinstein, Heifetz et Feuermann.

— Dites, monsieur… euh, Oshima, dit Hoshino en regardant le nom inscrit sur la plaque posée sur le comptoir, vous vous y connaissez en musique, vous, hein ?

Oshima sourit.

— Je n'irai pas jusque-là, mais j'aime bien la musique, c'est vrai, et j'en écoute souvent quand je suis seul.

— Je voudrais vous poser une question : à votre avis, est-ce que la musique a le pouvoir de transformer les gens ? Autrement dit, est-ce que le fait d'écouter une certaine musique à un moment particulier peut changer quelque chose en vous de façon radicale ?

Oshima fit oui de la tête.

— Bien sûr ! Ça arrive. Vous faites une expérience particulière, et il se passe *quelque chose* en vous. Comme une réaction chimique, vous voyez. Ensuite, on examine les effets, et on remarque que la température a augmenté de plusieurs degrés, et que notre monde s'est élargi. J'ai déjà vécu cette expérience, moi-même. C'est rare, mais ça arrive. C'est comme pour l'amour.

Hoshino n'avait jamais fait l'expérience d'un amour aussi intense, mais cela ne l'empêcha pas d'acquiescer en hochant la tête.

— C'est important, vous ne croyez pas ? Dans nos vies, je veux dire.

— J'en suis persuadé, répondit Oshima. Sans ce genre d'expériences, nos vies seraient sèches et dépourvues de sens. Comme disait Berlioz : « Si vous n'avez jamais lu *Hamlet* au cours de votre vie, c'est comme si vous l'aviez passée au fond d'une mine de charbon ».

— Au fond d'une mine de charbon…

— Bah, un jugement hyperbolique bien digne du XIXe siècle, mais…

— Merci pour le café, dit Hoshino. Je suis content d'avoir bavardé avec vous.

Oshima lui répondit par un grand sourire affable.

Nakata et Hoshino retournèrent à leurs livres jusqu'à l'heure de la visite guidée. Le vieil homme continua à regarder passionnément les photos de meubles en agitant machinalement les mains. Après les deux dames de midi, trois autres visiteurs étaient arrivés. Cependant, personne d'autre que Nakata et Hoshino ne se présenta pour la visite.

— Cela n'est pas gênant d'organiser cette visite seulement pour nous deux ? Je suis désolé de vous donner du travail supplémentaire, dit Hoshino à Oshima.

— Ne vous en faites pas. La directrice est toujours heureuse de faire faire le tour du propriétaire, ne serait-ce qu'à une seule personne.

À deux heures précises, une belle quinquagénaire descendit l'escalier. Elle avait une allure élégante et un maintien parfait. Elle portait un tailleur bleu marine à la ligne stricte et des talons aiguilles noirs. Ses cheveux étaient attachés en arrière et on apercevait un fin collier en argent derrière le col largement ouvert de son chemisier. Une impression de raffinement et de bon goût, sans la moindre ostentation, émanait de sa personne.

— Bonjour. Je m'appelle Saeki, et je suis la directrice de cette bibliothèque.

Après s'être ainsi présentée, elle sourit aimablement aux deux hommes et ajouta :

— En fait, l'équipe se réduit à deux personnes, M. Oshima, ici présent, et moi-même.

— Enchanté. Hoshino, dit le jeune chauffeur.

— Je m'appelle Nakata et je viens de l'arrondissement de Nakano, dit le vieil homme, son bonnet à la main.

— Merci d'être venus de si loin, dit Mlle Saeki.

Hoshino avait frémi, mais la directrice ne semblait avoir prêté aucune attention particulière à la phrase de Nakata. Ce dernier, bien entendu, ne s'était pas rendu compte de sa bévue.

— Nous avons traversé un très grand pont, ajouta-t-il.

— Cette bibliothèque est magnifique, intervint Hoshino.

Si Nakata se mettait à parler du viaduc, cela risquait de traîner en longueur.

— Oui, le bâtiment a été construit au début de l'ère Meiji par la famille Komura pour servir de bibliothèque et de structure d'accueil aux artistes. Tous les représentants de l'intelligentsia de l'époque ont séjourné ici, et ce lieu fait partie des sites culturels importants de la ville de Takamatsu.

— L'intelligence y a… ? fit Nakata

— Je veux dire les artistes, écrivains, romanciers et poètes. Autrefois, les gens fortunés jouaient souvent le rôle de mécènes. L'art n'était pas considéré comme un moyen de gagner sa vie. Dans notre région, les Komura sont l'une des familles qui ont le plus encouragé et protégé les arts. Cette bibliothèque a toujours eu pour vocation de transmettre un patrimoine culturel historique aux générations futures.

— Un patrimoine… Nakata sait ce que cela veut dire, intervint Nakata. Cela prend du temps de construire un patrimoine.

— Certes, dit Mlle Saeki en souriant. On peut accumuler de l'argent mais le temps, lui, ne peut pas s'acheter. Maintenant, je vous propose de me suivre au premier étage pour commencer notre visite.

Ils firent le tour des pièces du premier étage. Mlle Saeki les renseigna sur les artistes célèbres qui avaient séjourné dans ces lieux et les œuvres qu'ils avaient laissées en souvenir. Le stylo noir de la directrice était, comme toujours, posé sur la table, dans la pièce qui lui servait de bureau dans la journée. Nakata examinait tous les objets un à un avec curiosité. Il n'écoutait pratiquement pas un mot des explications de leur guide. Le rôle de l'auditeur attentif, prêt à placer les exclamations appropriées au bon moment, revenait à Hoshino, qui jetait de petits coups d'œil à son compagnon, frémissant à l'idée qu'il se mette à raconter sans prévenir ses histoires à dormir debout. Mais Nakata se contentait d'observer les lieux, et Mlle Saeki ne paraissait pas se soucier de ce qu'il faisait. Elle leur montra tout ce qu'il y avait à voir dans la bibliothèque, avec un professionnalisme et une amabilité qui forcèrent l'admiration du jeune Hoshino.

La visite dura vingt minutes. Ensuite, les deux hommes remercièrent leur guide. Elle n'avait pas cessé de sourire pendant tout le temps de la visite, mais plus Hoshino la regardait, moins il comprenait qui était cette femme. « Elle nous regarde en souriant, songea-t-il, mais on dirait qu'elle ne nous voit pas. Ou plutôt, elle nous voit, mais elle voit autre chose en même temps. Elle nous parle, mais en fait elle pense à autre chose. Elle est d'une courtoisie et d'une affabilité parfaites. Quand on lui pose une question, elle répond clairement et aimablement. Mais elle a l'esprit complètement ailleurs. Pourtant, elle n'a pas l'air de trouver désagréable ce qu'elle fait. Elle remplit son rôle sans tricher, et y trouve même un certain plaisir. Mais on dirait qu'elle est absente.

Les deux hommes retournèrent dans la salle de lecture, s'installèrent dans un canapé et se remirent à tourner les pages de leurs livres en silence. Tout en feuilletant un nouvel ouvrage, Hoshino pensait vaguement à Mlle Saeki. Cette belle femme avait quelque chose de vraiment étrange, qu'il n'arrivait pas à définir. Il y renonça et se concentra à nouveau sur sa lecture.

À trois heures, Nakata se leva sans prévenir, avec une détermination inhabituelle chez lui. Il serrait son bonnet de montagne de toutes ses forces entre ses doigts.

— Hé, papi, où tu vas ? demanda Hoshino à voix basse, mais le vieil homme ne lui répondit pas.

Les lèvres serrées, il se dirigea à pas rapides vers l'entrée. Il avait laissé son sac par terre à ses pieds. Hoshino referma son livre et se leva à son tour. Il se passait quelque chose d'anormal.

— Hé, attends-moi, s'exclama-t-il, puis, comprenant que Nakata n'avait aucune intention de l'attendre, il se précipita à sa suite, sous le regard éberlué des autres lecteurs, qui avaient tous levé le nez de leurs livres.

Le vieil homme tourna à gauche près de l'entrée et commença à gravir les marches sans marquer le moindre arrêt. En bas de l'escalier, une pancarte indiquait : « Interdit à toute personne étrangère au service », mais il est vrai que Nakata ne savait pas lire. Les semelles de caoutchouc de ses tennis usées crissaient sur le parquet.

— Euh, excusez-moi.

Oshima se dressa derrière le comptoir, interpella Nakata de dos :

— Vous ne pouvez pas entrer.

Mais Nakata ne parut même pas l'entendre. Hoshino se mit à grimper l'escalier derrière Nakata.

— Écoute, papi, c'est interdit d'aller par là.

Oshima avait quitté son comptoir et s'était lancé à leur suite.

Le vieil homme s'engagea dans le couloir sans hésiter, pénétra dans le bureau. La porte était ouverte, comme toujours, et Mlle Saeki se tenait assise derrière sa table, dos à la fenêtre. Elle était en train de lire un livre et, entendant un bruit de pas, leva la tête et regarda Nakata. Il s'avança jusqu'à la table, s'arrêta devant Mlle Saeki, la regarda bien en face. Elle ne disait pas un mot. Hoshino entra à son tour dans la pièce, suivi de près par Oshima.

— Hé, papi, fit Hoshino en posant la main sur l'épaule de Nakata par-derrière. Tu ne peux pas entrer ici comme ça, c'est interdit. Allez, viens, retournons en bas.

— Nakata a quelque chose à vous dire, déclara le vieil homme à Mlle Saeki.

— De quoi s'agit-il ? demanda celle-ci d'une voix posée.

— C'est au sujet de la pierre. De la pierre de l'entrée.

La directrice de la bibliothèque contempla longuement le vieil homme sans mot dire. Ses yeux étaient incroyablement inexpressifs. Ensuite, elle cligna plusieurs fois des paupières, referma son livre et le posa sur la table, puis fixa à nouveau Nakata. Elle semblait indécise sur la réaction à avoir, mais lui adressa néanmoins un léger signe de tête. Puis elle regarda Hoshino et Oshima.

— Auriez-vous la gentillesse de nous laisser seuls un moment ? dit-elle. Je dois parler à monsieur. Merci de refermer la porte derrière vous.

Oshima hésita un instant, puis inclina la tête. Il prit doucement Hoshino par le coude, l'entraîna dans le couloir avec lui et ferma la porte du bureau.

— Vous croyez qu'on peut les laisser seuls ? demanda Hoshino.

— Mlle Saeki est assez grande pour savoir ce qu'elle veut. Laissons-la faire, répondit Oshima en redescendant l'escalier avec Hoshino. Il n'y a pas à s'inquiéter. Allons plutôt boire un café.

— Avec Nakata, ça ne sert strictement à rien de s'inquiéter, c'est clair, dit Hoshino en secouant la tête.

41

Cette fois, je ne m'aventure pas dans la forêt sans préparatifs : j'emporte une boussole, une gourde, des rations d'urgence, des gants de travail, une bombe de peinture et une serpette que j'ai trouvés dans le débarras. Je mets tout cela dans un sac à dos en nylon (qui provient également de la remise à outils), puis je m'enfonce dans la forêt. J'ai vaporisé un spray répulsif sur les parties exposées de ma peau. J'ai mis une chemise à manches longues, enroulé une serviette autour de mon cou, et je porte la casquette qu'Oshima m'a donnée. Le ciel est lourd, nuageux, le temps chaud et humide : on dirait qu'il va pleuvoir. J'ai décidé d'emporter aussi une cape de pluie au cas où. Une nuée d'oiseaux traverse le ciel bas, couleur de plomb, en se lançant les uns aux autres des cris aigus.

Comme les fois précédentes, je parviens sans difficulté jusqu'à la clairière ronde. Je vérifie à l'aide de la boussole que je me dirige vers le nord, et je m'engage dans les profondeurs de la forêt. À l'aide de la bombe, je marque à la peinture jaune les troncs d'arbre près desquels je passe. Cela me permettra au retour de retrouver la clairière d'où je serai parti. Contrairement aux miettes de pain de *Hansel et Gretel*, ces marques-là ne risquent pas d'être mangées par les oiseaux.

M'étant mieux préparé, j'ai aussi moins peur. Évidemment, je suis tendu, mais les battements de mon cœur sont réguliers. Je suis surtout motivé par la curiosité. Qu'y a-t-il au bout de ce chemin ? Voilà ce que je voudrais savoir. S'il n'y a rien, j'aimerais le savoir aussi. Je *dois* savoir. Tout en mémorisant le paysage environnant, j'avance pas à pas, avec lenteur et détermination.

De temps à autre, j'entends des bruits bizarres. Un choc sourd, quelque chose qui tombe sur le sol, un plancher grinçant sous un poids ; et un tas d'autres bruits mystérieux, indescriptibles. Difficile d'imaginer leur origine. Parfois ils paraissent lointains, parfois ils se produisent juste à côté de moi. On dirait que la notion de distance s'étend et se rétrécit tour à tour. Des battements d'ailes retentissent aussi au-dessus de ma tête, étrangement amplifiés, irréels. Quand je les entends, je m'arrête pour tendre l'oreille. Retenant mon souffle, j'attends qu'il se passe quelque chose. Mais en vain. Je continue à marcher.

En dehors de ces bruits sporadiques, les environs sont à peu près calmes. Il n'y a ni vent, ni bruissement de feuilles au-dessus de ma tête. Seul le bruit de mes souliers qui fendent les herbes. Parfois j'écrase une branche morte qui émet un craquement sonore.

Je tiens fermement dans ma main droite la serpette fraîchement aiguisée. Je sens le contact râpeux du manche en bois grossièrement taillé sur ma paume nue. Pour le moment, je n'ai pas besoin de cet outil. Mais son poids me rassure. Je me sens protégé. De quoi ? En principe, il n'y a ni ours, ni loups dans les forêts du Shikoku. Peut-être quelques serpents venimeux ? À la réflexion, je suis sans doute la créature la plus dangereuse de cette forêt. Peut-être ai-je seulement peur de mon ombre, en fin de compte.

Pourtant, je sens une présence : j'ai l'impression d'être épié, écouté. Des êtres tapis observent chacun de mes mouvements. Quelque part au loin, *ils* guettent les bruits que je fais, tentant de deviner où je vais et pour quelle raison. Mais je fais mon possible pour ne pas y penser. Quand l'imagination s'emballe, l'illusion enfle, finit par prendre une forme concrète, cessant d'être une simple illusion.

Pour briser le silence, je siffle l'air du saxophone soprano de *My Favorites Things* de Coltrane. Naturellement, mon sifflement approximatif ne rend aucunement compte des envolées de cette improvisation complexe. Je me contente d'ajouter des notes à celles dont je me souviens. Mais c'est mieux que rien. Je jette un coup d'œil à ma montre : 10 h 30. Oshima doit ouvrir la bibliothèque. Aujourd'hui, nous sommes… mercredi, je crois. J'imagine Oshima en train d'arroser le jardin, d'essuyer les tables avec un chiffon, de faire chauffer de l'eau, de se préparer un café. Ce sont les tâches qui me reviennent d'ordinaire. Mais aujourd'hui, je suis dans les profondeurs de cette forêt, et je continue à avancer vers des lieux plus reculés encore. Personne ne sait que je suis là. Je suis seul à le savoir, avec *eux*.

Je progresse le long du sentier qui serpente devant moi. À vrai dire, cela mérite à peine le nom de sentier. C'est sans doute un passage naturel formé par un cours d'eau. Lorsque des pluies abondantes s'abattent sur une forêt, l'eau s'écoule en torrents qui creusent la terre, emportent les herbes, dénudent les racines des arbres et contournent les rochers. Quand la pluie cesse, il reste une sorte de lit de rivière asséché qui dessine un chemin. Celui-ci est couvert en grande partie de fougères et d'herbes. Il faut être extrêmement attentif pour ne pas le perdre de vue. Par endroits, il grimpe en pente raide, que je gravis en m'accrochant aux troncs avoisinants.

Je ne sais quand, le saxophone de Coltrane s'est arrêté. À présent, c'est le solo au piano de McCoy Tyner qui résonne à mes tympans : la main gauche joue des notes au rythme répétitif tandis que la droite plaque des accords denses et sombres. Comme dans une scène mythologique, la musique décrit le passé obscur d'un homme sans nom et sans visage – un passé dont tous les détails sont tirés des ténèbres comme des entrailles se déroulant à l'infini. C'est du moins ainsi que j'interprète cette musique. Le son patiemment répétitif démolit peu à peu le réel, puis le recompose. Il y a dans cette mélodie un subtil parfum hypnotique de danger, exactement comme dans cette forêt.

J'avance toujours, en continuant à vaporiser de petites touches de peinture sur les troncs. De temps à autre, je me retourne pour vérifier que je distingue les marques jaunes. Tout va bien : le chemin de retour est bien visible, telle une ligne de bouées sur la mer. Par précaution, j'entaille aussi des troncs ici et là avec la serpette. L'outil léger ne fait pas le poids face à tous ces arbres, et je choisis des troncs assez minces, et tendres, pour y planter la lame. Les arbres encaissent les coups en silence.

De gros moustiques viennent tourner autour de moi comme le feraient des patrouilleurs en reconnaissance, essayant de piquer la peau à nu autour de mes yeux. Dès que j'entends des bourdonnements près de mes oreilles, je les chasse ou les écrase. Quand je les écrase, leurs corps, déjà gonflés de mon sang, ont une texture épaisse. La démangeaison se manifeste un peu plus tard. J'essuie les petites taches de sang sur mes paumes avec la serviette enroulée autour de mon cou.

Les soldats qui faisaient des marches d'entraînement dans cette montagne autrefois ont dû être eux aussi tourmentés par les moustiques, si c'était en été. Et combien pèse le barda complet d'un militaire ? Le fusil – autrefois véritable masse d'acier –, les munitions, la baïonnette, le casque en métal, quelques grenades, l'eau bien sûr, et les rations de nourriture, une gamelle, une pelle pour creuser des tranchées… Cela devait peser au moins vingt kilos, j'imagine. En tout cas, ce devait être terriblement lourd. Rien à voir avec mon petit sac à dos en nylon. J'ai soudain l'impression que je vais croiser ces soldats du temps jadis au prochain tournant. Pourtant, cela fait plus de soixante ans qu'ils ont disparu.

Je me rappelle ce que j'ai lu sur les troupes de Napoléon pendant la campagne de Russie. Durant l'été 1812, les soldats français ont dû eux aussi souffrir des moustiques sur la longue route menant à Moscou. Évidemment, les insectes ne devaient pas être les seuls à les tourmenter. Les soldats ont dû se battre contre la faim, la soif, les mauvais chemins bourbeux, les maladies contagieuses, la chaleur torride, le manque de médicaments, les commandos de cosaques qui attaquaient le ravitaillement clairsemé, sans compter bien sûr les combats avec l'armée russe. Quand les troupes françaises ont enfin pénétré dans un Moscou déserté par ses habitants, leur nombre, dramatiquement diminué, était passé de cinq cent mille à cent mille soldats.

Je m'arrête, bois une gorgée d'eau. La montre à mon poignet indique onze heures pile : l'heure de l'ouverture de la bibliothèque. J'imagine Oshima en train d'ouvrir la porte puis de s'installer au comptoir. Un long crayon pointu doit être posé sur le bureau. De temps à autre, il le prend dans la main et le fait tourner, ou presse doucement le bout de gomme sur sa tempe. La scène m'apparaît avec beaucoup de réalisme. Pourtant la bibliothèque est si loin d'ici…

Je le vois en train de dire : *Je n'ai pas jamais eu de règles. Mon clitoris réagit à l'excitation, mais pas mes seins. Je ne me suis jamais servi de mon vagin pour l'acte sexuel, j'utilise uniquement mon anus.* Je le revois endormi sur le matelas de la cabane, le visage tourné vers le mur. Et je me souviens de la sensation de sa présence qui subsistait après son départ. Ensuite, j'avais dormi sur le même matelas, comme enveloppé de sa présence. Mais il vaut mieux arrêter là mes réflexions.

À la place je pense à la guerre. Aux guerres de Napoléon, aux batailles auxquelles les soldats japonais ont pris part. Je sens le poids de la serpette dans ma main. La lame blanche, fraîchement aiguisée, étincelle sous mes yeux, m'obligeant à détourner involontairement les yeux. Pourquoi les hommes se battent-ils ? Pourquoi des centaines de milliers ou même des millions d'hommes s'entretuent-ils ? Est-ce la colère et la peur qui sont à l'origine des guerres ? Ou bien celles-ci ne sont-elles que différentes manifestations de la même âme guerrière ?

Je frappe les troncs avec ma serpette. Les arbres poussent des cris inaudibles, un sang invisible coule. Je continue ma marche. Coltrane reprend son saxophone et se remet à jouer. Un rythme répétitif déconstruit la réalité puis la recompose.

À mon insu, mon esprit pénètre dans le territoire de mes rêves, et ils reviennent en silence vers moi. Je serre Sakura contre moi. Elle est dans mes bras, et je suis en elle.

Je ne veux plus être à la merci de toutes ces choses que je ne peux pas contrôler, ni être perturbé par elles. J'ai déjà tué mon père, violé ma mère. Et je suis en train de pénétrer ma sœur. Si malédiction il y a, je veux la regarder en face et l'assumer totalement. J'aimerais en finir au plus vite avec elle, me délivrer de ce fardeau le plus tôt possible. J'aimerais vivre en tant que moi-même, sans me laisser manipuler par quelqu'un d'autre. Voilà ce que je veux. Et j'éjacule en elle.

— Même en rêve, tu n'aurais pas dû faire ça, dit le garçon nommé Corbeau, qui avance dans la forêt avec moi. J'ai fait mon possible pour t'en empêcher. Tu le savais, je crois. Tu as dû entendre ma voix. Mais tu ne m'as pas écouté. Tu as continué à avancer.

Je ne réponds pas et continue à marcher en silence.

— Tu as cru pouvoir vaincre la malédiction qui pèse sur toi, n'est-ce pas ? Mais as-tu réussi ? demande le garçon nommé Corbeau.

As-tu réussi ? Tu as tué celui qui était ton père, tu as violé celle qui était ta mère, et maintenant celle qui était ta sœur. Tu voulais en finir avec la malédiction que t'a jetée ton père. Mais en fait, rien n'est terminé. Rien n'a été surmonté. Au contraire, cette malédiction est gravée dans ton esprit plus profondément encore. Tu

devrais comprendre que cette malédiction est dans tes gènes. Elle est ton propre souffle et les vents l'emportent aux quatre coins du monde. L'obscure confusion est toujours en toi. N'est-ce pas ? La peur, la colère, l'angoisse que tu portes en toi n'ont pas disparu. Elles sont plus que jamais en toi et tourmentent ton esprit avec ténacité.

— Écoute. La bataille qui mettra fin à toutes les batailles n'existe pas, dit le garçon nommé Corbeau. La guerre se nourrit d'elle-même. Elle lèche le sang que la violence a répandu, elle dévore la chair blessée par les combats. La guerre est une sorte de créature autosuffisante qui renaît d'elle-même. Il faut que tu le saches.

— Ma sœur, dis-je à haute voix.

Je n'aurais pas dû violer Sakura. *Même en rêve.*

— Que dois-je faire ?

J'ai posé cette question tout haut.

— Tu dois dépasser la peur et la colère qui sont en toi, dit le garçon nommé Corbeau. Laisser entrer dans ton cœur une lumière rayonnante qui en fera fondre la glace. C'est ainsi que tu deviendras un vrai dur. Alors, tu seras enfin le garçon de quinze ans le plus endurci du monde. Tu comprends ce que je veux dire ? Il n'est pas trop tard pour te retrouver vraiment. Pense à ce que tu dois faire. Tu n'es pas bête. Tu dois être capable de réfléchir.

— Est-ce que j'ai vraiment tué mon père ?

Mais aucune réponse ne vient.

Je me retourne. Le garçon nommé Corbeau n'est plus là. Le silence a absorbé ma question.

Seul dans la forêt profonde, l'être que je suis me paraît étrangement vide. Il me semble être devenu moi aussi un de ces *hommes vides*, dont Oshima m'a parlé un jour. Il y a un grand vide en moi, et il s'étend progressivement. En ce moment même, il dévore le peu de consistance qui me reste. J'entends le bruit de ses mandibules. Je comprends de moins en moins qui je suis. Je me sens perdu. Là où je suis, il n'y a ni directions, ni ciel, ni terre. Je pense à Mlle Saeki, à Sakura, à Oshima. Mais je suis à des années-lumière du lieu où ils sont. C'est comme si je regardais dans des jumelles à l'envers. J'aurai beau tendre les mains, je n'arriverai pas à les toucher. Je suis seul, perdu dans un obscur labyrinthe. « Écoute le bruit du vent », m'a dit Oshima. Je tends l'oreille. Mais aucun vent ne souffle ici. Le garçon nommé Corbeau a disparu.

Utilise ton cerveau. Pense à ce que tu dois faire. Or je suis incapable de penser à quoi que ce soit. Mes réflexions aboutissent dans un cul-de-sac de labyrinthe. Qu'y a-t-il vraiment en moi ? Y a-t-il quoi que ce soit pour s'opposer au vide ?

Si je pouvais éliminer mon existence ? Au cœur de cette épaisse muraille végétale, sur ce chemin qui n'en est pas un, j'arrêterais de respirer, j'ensevelirais en silence ma conscience dans les ténèbres, ferais couler jusqu'à la dernière goutte mon sang obscur imprégné de violence, laisserais pourrir mon patrimoine génétique dans ces sous-bois. Ainsi je pourrais mettre un terme final à ma bataille. Sinon, je continuerai éternellement à tuer celui qui est mon père, à souiller celle qui est ma mère, à salir celle qui est ma sœur et à détruire jusqu'au monde lui-même. Je ferme les yeux, essaie de trouver mon propre centre. Il est recouvert de ténèbres irrégulières, aux bords effilochés. Puis ces nuages sombres se déchirent, et les feuilles des cornouillers scintillent, telles des milliers de lames dans le clair de lune.

À ce moment précis, je sens quelque chose se recomposer sous ma peau. Des objets s'entrechoquent dans ma tête. J'ouvre les yeux, inspire profondément. Je jette la bombe de peinture à mes pieds. Je lâche la serpette, puis la boussole, qui tombent avec fracas sur le sol. Le bruit semble venir de très loin. J'ai l'impression d'être devenu très léger. Je détache le petit sac à dos de mes épaules, le jette aussi par terre. Mes sens ont soudain une acuité accrue. La transparence de l'air alentour s'est encore renforcée. La présence de la forêt se fait plus intense. John Coltrane poursuit un interminable solo labyrinthique au fond de mes tympans.

Me ravisant, je me penche sur mon sac à dos, sors mon couteau de chasse et le mets dans ma poche. C'est le couteau à la lame aiguisée que j'ai subtilisé dans le bureau de mon père avant de quitter la maison. S'il le faut, je pourrai me trancher les veines des poignets avec et laisser la terre absorber tout le sang qui est en moi. Ainsi, je détruirai le mécanisme.

Je m'enfonce vers le cœur de la forêt. *Je suis un homme vide*. Je suis le vide qui dévore la substance. Il n'est rien ici que je doive craindre. Rien.

Et je m'enfonce vers le cœur de la forêt.

42

Une fois seule avec lui dans la pièce, Mlle Saeki invita Nakata à s'asseoir. Il hésita. Ils s'observèrent en silence, de part et d'autre du bureau, pendant quelques instants. Puis Nakata s'assit, posa son bonnet sur ses genoux serrés et frotta ses cheveux de la paume de sa main. Mlle Saeki le regardait faire tranquillement, ses mains croisées posées sur le bureau.

— Je crois que nous avions rendez-vous, finit-elle par dire.

— Oui, c'est ce qu'il me semble aussi. Mais cela m'a pris du temps pour arriver ici, j'espère que je ne vous ai pas fait attendre trop longtemps. Nakata s'est dépêché, il a fait aussi vite qu'il a pu.

Mlle Saeki secoua la tête.

— Ne vous excusez pas. Si vous étiez arrivé plus tôt ou plus tard, cela n'aurait fait qu'augmenter ma confusion. Maintenant, c'est le moment parfait pour moi.

— M. Hoshino m'a fourni une aide précieuse. S'il avait été seul, Nakata aurait mis encore plus de temps. C'est que je ne sais pas lire, voyez-vous.

— M. Hoshino est un ami à vous ?

— Oui, dit Nakata en hochant la tête, après quoi il ajouta : Enfin, peut-être. Pour être franc, Nakata ne sait pas très bien. À part les chats, Nakata n'a jamais eu ce qu'on appelle un ami.

— Moi non plus, je n'ai pas d'amis depuis longtemps, répondit Mlle Saeki. À part mes souvenirs.

— Mademoiselle Saeki ?

— Oui ?

— À vrai dire, Nakata n'a pas non plus de souvenirs. Cela aussi, c'est parce qu'il n'est pas intelligent. Pourriez-vous me dire ce que sont les souvenirs ?

Mlle Saeki regarda ses mains posées sur la table, puis leva les yeux vers Nakata.

— Les souvenirs, c'est quelque chose qui vous réchauffe de l'intérieur. Et qui vous déchire violemment le cœur en même temps.

Nakata secoua la tête.

— C'est compliqué. Nakata ne comprend pas encore très bien. Nakata ne comprend que le présent, voyez-vous.

— Exactement le contraire de moi.

Un profond silence envahit un moment la pièce. Ce fut Nakata qui le brisa, avec un petit toussotement.

— Mademoiselle Saeki ?

— Oui ?

— Vous connaissez la pierre de l'entrée, n'est-ce pas ?

— En effet, je la connais, dit-elle.

Ses doigts sur la table effleurèrent le stylo Mont-Blanc. Elle reprit :

— Je l'ai croisée il y a longtemps, dans un certain lieu. Peut-être aurait-il mieux valu que je ne la rencontre pas. Mais je n'ai pas eu le choix.

— Nakata l'a rouverte il y a quelques jours. L'après-midi où le tonnerre a grondé très fort. La foudre est tombée sur la ville à plusieurs reprises. M. Hoshino m'a aidé. Nakata n'aurait pas pu réussir tout seul. Vous vous souvenez du jour où il y a eu tous ces coups de tonnerre ?

— Je m'en souviens.

— Nakata a ouvert la pierre, parce qu'il devait le faire.

— Je comprends. Pour remettre un certain nombre de choses à leur place, n'est-ce pas ?

Nakata hocha la tête.

— Tout à fait, tout à fait.

— Vous étiez la personne la plus qualifiée pour cette mission.

— Nakata ne comprend pas bien que ce signifie « qualifié ». Mais je peux vous dire, mademoiselle Saeki, que je n'avais pas le choix, moi non plus. À vrai dire, Nakata a assassiné quelqu'un à Nakano. Nakata ne voulait tuer personne. Mais Johnnie Walken l'a poussé à le faire, et Nakata l'a tué, à la place d'un garçon de quinze ans. Nakata a été obligé d'accepter.

Mlle Saeki ferma les yeux, puis les rouvrit et regarda le vieil homme.

— Est-ce que toutes ces choses sont arrivées parce que autrefois j'ai ouvert la pierre de l'entrée ? Est-ce que l'effet a perduré ? Est-ce à cause de cela que de nombreuses distorsions se sont produites ?

Nakata secoua la tête.

— Mademoiselle Saeki.

— Oui ?

— Nakata ne connaît pas la réponse à votre question, mais son rôle est de redonner aux choses la forme qu'elles doivent avoir. C'est pour cela que Nakata a quitté l'arrondissement de Nakano et traversé un grand pont pour venir jusque dans le Shikoku. Je suis sûr que vous le savez déjà, mais vous ne pouvez pas rester ici.

Mlle Saeki sourit.

— Cela me convient parfaitement. C'est ce que je souhaitais depuis longtemps, vous savez, monsieur Nakata. Je l'ai souhaité dans le passé, et je le souhaite encore aujourd'hui, mais je ne savais pas comment obtenir ce résultat. J'étais obligée d'attendre que le moment s'impose de lui-même. Cette attente a été assez insupportable. Mais naturellement, je devais accepter la responsabilité de cette souffrance.

— Mademoiselle Saeki. Nakata a une ombre réduite de moitié. Comme vous.

— Je sais.

— Nakata a perdu la moitié manquante pendant la guerre. Il ne sait pas comment c'est arrivé, ni pourquoi, toujours est-il que beaucoup de temps s'est écoulé depuis. Et maintenant il faut que nous partions d'ici.

— Je sais.

— Nakata a vécu longtemps, mais comme je vous l'ai dit tout à l'heure, Nakata n'a pas de souvenirs. Aussi, Nakata ne comprend pas très bien ce que vous dites quand vous parlez de « souffrance ». Il ne comprend pas ce sentiment, mais quoi qu'il en soit, même si c'était douloureux, vous n'avez jamais voulu vous séparer de ces souvenirs, n'est-ce pas ?

— En effet. Mes souvenirs avaient beau être pénibles, je voulais les garder avec moi toute ma vie. C'était la seule chose qui lui donnait un sens, la seule preuve que j'étais vivante.

Nakata acquiesça silencieusement.

— J'ai vécu plus longtemps que nécessaire et cela a eu pour seul résultat de causer la perte de beaucoup de gens et de choses, reprit Mlle Saeki. J'ai eu une relation charnelle avec ce jeune garçon de quinze ans dont vous avez parlé. Tout récemment. Je suis retournée dans *cette pièce*, je suis redevenue la jeune fille de quinze ans que j'étais, et j'ai fait l'amour avec *lui*. Je ne sais pas si c'était juste ou pas, mais il fallait que je le fasse. Peut-être qu'en agissant ainsi, j'ai encore détruit quelque chose. C'est mon seul regret.

— Nakata ne comprend pas le désir sexuel. Nakata n'a pas de souvenirs, et pas de désir sexuel non plus. C'est pourquoi il ne fait pas non plus la différence entre un désir juste et un autre qui ne l'est pas. Si c'est arrivé, c'est arrivé. Que ce soit juste ou non, j'accepte tout ce qui arrive, c'est comme cela que je suis devenu celui que je suis maintenant. C'est ma position.

— Monsieur Nakata ?

— Oui, mademoiselle Saeki ?

— J'ai quelque chose à vous demander.

Mlle Saeki souleva le sac à main posé à ses pieds, en sortit une petite clé, à l'aide de laquelle elle ouvrit le tiroir du bureau. Elle en tira plusieurs épais dossiers qu'elle déposa sur la table.

— Je travaille à ce manuscrit depuis que je suis revenue dans cette ville. J'y raconte mes souvenirs. Je suis née près d'ici, et j'ai aimé un garçon qui vivait dans cette maison. Je l'ai aimé autant qu'on peut aimer. Et il éprouvait pour moi un amour tout aussi profond. Nous vivions dans une bulle à l'intérieur de laquelle tout était parfait et absolu. Mais naturellement cela ne pouvait durer éternellement. Nous avons grandi, les temps ont changé. La bulle s'est déchirée et le monde extérieur a pénétré dans notre paradis, et certaines choses qui se trouvaient à l'intérieur se sont échappées au-dehors. C'était naturel. Mais à l'époque, je ne trouvais pas cela normal du tout. J'ai voulu empêcher ces intrusions et ces écoulements vers l'extérieur, c'est pour cela que j'ai ouvert la pierre de l'entrée. Aujourd'hui, je ne sais plus très bien comment j'ai fait, mais j'étais déterminée à ouvrir la pierre quel qu'en soit le prix, pour ne pas perdre celui que j'aimais et pour ne pas laisser le monde détruire notre bulle. Je ne comprenais pas à l'époque ce que cela impliquait. Et il va sans dire que j'en ai été bien punie.

Elle s'interrompit, prit son stylo sur la table, ferma les yeux.

— Ma vie s'est arrêtée à vingt ans. La suite n'a été que réminiscences sans fin, comme un long corridor tortueux plongé dans la pénombre, et qui ne mène nulle part. Pourtant, il fallait que je continue à vivre. Il fallait que j'accueille l'une après l'autre ces journées vides, que je laisse le temps se dévider en vain. J'ai fait alors de nombreuses erreurs. Non, pour être honnête, il me semble que je n'ai fait *que* des erreurs. À cette époque, je vivais complètement retirée à l'intérieur de moi. J'avais l'impression de vivre seule au fond d'un puits profond. Je maudissais et haïssais tout ce qu'il y avait au-dehors. De temps en temps, je sortais de mon puits et je faisais semblant de vivre. J'acceptais ce qui ce présentait, je traversais le monde sans éprouver la moindre sensation. J'ai couché avec pas mal d'hommes à cette époque. J'ai même failli me marier. Et puis… tout cela n'avait aucun sens. Tout passait en un clin d'œil, il n'en restait rien, à part des cicatrices sur ce que j'avais méprisé ou abîmé.

Elle souleva un des dossiers posés sur la table.

— J'ai relaté tous ces événements en détail dans ce manuscrit. J'ai écrit ces souvenirs pour remettre de l'ordre en moi-même. Pour savoir qui j'étais, quelle vie j'avais menée, en examiner tous les recoins. Je dois dire que ç'a été une tâche assez exténuante. Enfin, j'en suis venue à bout. J'ai tout raconté. Je n'ai plus besoin d'écrire. Et je ne veux pas non plus que cela soit lu par qui que ce soit. Si quelqu'un jetait les yeux sur ces pages, peut-être que cela engendrerait de nouvelles pertes, de nouvelles destructions. Voilà pourquoi je voudrais que vous détruisiez ce manuscrit, que vous le brûliez et en jetiez les cendres, afin qu'il n'en reste rien. Si c'est possible, j'aimerais que ce soit vous, monsieur Nakata, qui vous chargiez de cette tâche. Vous êtes la seule personne sur qui je puisse compter. Excusez mon insistance, mais accepteriez-vous de faire cela pour moi ?

— Entendu, répondit Nakata. (Puis il hocha fermement la tête plusieurs fois.) Si tel est votre souhait, je brûlerai ces pages jusqu'à la dernière. Soyez tranquille.

— Merci.

— C'était important pour vous d'écrire tout cela, n'est-ce pas ? demanda Nakata.

— Oui. Le fait de l'écrire était très important, mais maintenant que c'est terminé, cela n'a plus aucun sens.

— Nakata ne sait ni lire ni écrire, aussi serait-il bien incapable de noter quoi que ce soit. Je suis comme les chats.

— Monsieur Nakata ?

— Oui ?

— J'ai l'impression de vous connaître depuis très longtemps. N'étiez-vous pas dans ce tableau ? La personne qu'on voyait au fond, dans le paysage, ce n'était pas vous ? Vous aviez relevé le bord de votre pantalon blanc pour tremper vos pieds dans l'eau.

Nakata se leva tranquillement, s'avança jusqu'à elle. Puis il posa sa main noueuse et hâlée par le soleil sur celle de Mlle Saeki, qui reposait sur les dossiers. Il resta immobile, comme s'il tendait l'oreille, attentif à la tiédeur qui montait de cette main vers la sienne.

— Mademoiselle Saeki ?

— Oui ?

— Nakata comprend un petit peu.

— Quoi donc ?

— Ce que sont les souvenirs. Je le sens à travers votre main.

— Tant mieux, dit Mlle Saeki en souriant.

Nakata garda longtemps sa main posée sur celle de Mlle Saeki. Celle-ci avait fermé les yeux, et restait silencieusement plongée dans ses souvenirs. Ils n'étaient plus douloureux. C'était comme si quelqu'un avait aspiré cette souffrance pour toujours. La bulle était à nouveau parfaite. Elle ouvrit la porte d'une chambre lointaine et vit deux beaux accords de musique endormis sur le mur, comme deux lézards. Elle toucha doucement ces lézards. Elle pouvait sentir leur sommeil paisible au bout de ses doigts. Une brise légère soufflait. Elle s'en rendait compte aux vieux rideaux qui s'agitaient doucement de temps à autre. Ils semblaient vouloir dire quelque chose, transmettre un message profond. Mlle Saeki était vêtue d'une longue robe bleu pâle. Une robe qu'elle avait portée autrefois, il y a longtemps, elle ne savait plus en quelle occasion. L'ourlet bruissait à chacun de ses pas. Par la fenêtre, on voyait la mer. Elle pouvait entendre le bruit des vagues, auquel se mêlaient des voix. Le vent sentait légèrement la marée. C'était l'été. De petits nuages blancs aux contours nets flottaient dans le ciel.

Nakata descendit l'escalier, trois épais dossiers dans les bras. Oshima, assis derrière le comptoir, parlait avec un visiteur. Quand il vit Nakata redescendre, il lui adressa un large sourire. Nakata s'inclina poliment en réponse, et Oshima retourna à sa conversation. Hoshino était dans la salle de lecture, plongé dans son livre.

— Monsieur Hoshino…, dit Nakata.

Le jeune homme posa son livre sur la table et leva la tête.

— Ça t'a pris du temps, dis donc. Tu as fini ?

— Oui. Nakata a terminé ce qu'il avait à faire. Si vous êtes d'accord, monsieur Hoshino, je pense que nous devrions partir maintenant.

— Aucun problème. J'ai pratiquement fini le livre que j'étais en train de lire. Beethoven vient de mourir, j'en suis à son enterrement. Il a eu des funérailles magnifiques. Vingt-cinq mille Viennois se sont joints au cortège et les écoles ont été fermées pour la journée en signe de deuil.

— Monsieur Hoshino…

— Ouais ?

— Nakata a encore une chose à vous demander.

— Vas-y, je t'écoute.

— Je voudrais brûler ceci quelque part.

Hoshino jeta un coup d'œil aux dossiers que tenait le vieil homme.

— Hum. Il y a beaucoup de pages, hein ? On ne peut pas brûler ça n'importe où. Il faudrait aller sur la berge d'un fleuve, ou un endroit de ce genre.

— Monsieur Hoshino…

— Quoi ?

— Allons chercher la berge d'un fleuve.

— Je vais poser une question qui sera sûrement stupide, mais c'est vraiment si important que ça ? On ne pourrait pas juste jeter ça quelque part dans le coin ?

— Non, monsieur Hoshino. C'est très important. Il faut le brûler. Il faut que cela parte en fumée vers le ciel. Et il faut vérifier de nos yeux que tout a bien brûlé.

Hoshino se leva en bâillant.

— D'accord, mais il faudra une berge assez grande alors. Il y en a sûrement dans le coin. En cherchant bien, on doit trouver un fleuve dans le Shikoku.

Ce fut un après-midi plus chargé que d'habitude. De nombreux visiteurs se présentèrent, plusieurs demandèrent des renseignements sur des sujets très pointus. Oshima courait d'une pièce à l'autre, répondant aux questions, allant chercher les documents qu'on lui demandait. Il dut aussi faire des recherches sur l'ordinateur. En temps normal, il aurait demandé de l'aide à Mlle Saeki, mais ce jour-là, il n'en eut pas le loisir. Des tâches diverses l'obligèrent tant de fois à quitter son poste à l'accueil qu'il n'aurait même pas su dire exactement à quel moment Nakata était redescendu du bureau. Quand l'agitation se fut un peu calmée, il se rendit compte en allant jeter un coup d'œil dans la salle de lecture que Nakata et Hoshino n'étaient plus là. Il monta alors au premier étage, et trouva la porte fermée, ce qui était rare. Il frappa deux coups brefs et attendit. N'obtenant aucune réponse, il frappa à nouveau, avant de demander à travers la porte :

— Tout va bien ?

Toujours pas de réponse.

Oshima tourna doucement la poignée. La pièce n'était pas fermée à clé. Il entrouvrit la porte, risqua un coup d'œil à l'intérieur et aperçut Mlle Saeki, la tête reposant sur le bureau, les cheveux cachant son visage. Oshima hésita un instant. Elle devait être tellement épuisée qu'elle s'était endormie. Cependant, c'était bien la première fois qu'il voyait la directrice assoupie ; cela ne lui ressemblait pas. Oshima s'avança jusqu'au bureau, se pencha sur elle et l'appela doucement par son nom. Aucune réaction. Il posa la main sur l'épaule de Mlle Saeki, puis prit son poignet entre ses doigts : le pouls ne battait plus. La peau était encore un peu tiède, mais cette chaleur semblait disparaître rapidement.

Oshima souleva les cheveux de Mlle Saeki pour examiner ses traits. Elle avait les yeux entrouverts et ne dormait pas : elle était morte. Elle semblait plongée dans un rêve plein de douceur, et l'ombre d'un sourire flottait encore au coin de sa bouche. Même dans la mort, elle ne perd rien de sa distinction, songeait Oshima. Il laissa retomber les cheveux devant le visage de la défunte et saisit le téléphone posé sur le bureau.

Il s'était résigné à l'idée qu'un jour ou l'autre, il se produirait quelque chose de ce genre. Cependant, maintenant qu'elle était réellement morte et qu'il se trouvait seul avec elle, dans ce bureau silencieux, il ne savait que faire. Il sentait son cœur se dessécher dans sa poitrine. « *J'avais besoin de cette femme*, songea-t-il. J'avais besoin de sa présence, peut-être pour combler un vide en moi. Mais je n'ai pas été capable de combler celui qui existait en elle. Jusqu'au dernier moment, elle est demeurée seule avec ce vide qui n'appartenait qu'à elle. »

Oshima entendit quelqu'un l'appeler du rez-de-chaussée. Du moins, il lui sembla qu'il entendait quelqu'un appeler. Par la porte du bureau qu'il avait laissée ouverte, il entendait des bruits de voix en bas, et des allées et venues animées. Un téléphone se mit à sonner. Mais Oshima n'y prêta aucune attention. Il s'était assis sur une chaise et regardait Mlle Saeki. Si quelqu'un veut m'appeler, libre à lui. Et si quelqu'un a envie de me téléphoner, à son aise ! Bientôt il entendit une sirène d'ambulance retentir au loin. Il lui sembla qu'elle se rapprochait rapidement. Dans peu de temps, des gens allaient monter et emmener Mlle Saeki. Pour toujours. Oshima leva son bras gauche, regarda sa montre. Il était quatre heures trente-cinq. Mardi après-midi, 16 h 35. Il fallait qu'il se souvienne de cette date, de cette heure. Il fallait qu'il garde cet après-midi-là en mémoire, toute sa vie.

— Kafka Tamura, murmura-t-il, tourné vers le mur qui lui faisait face. Il faut que je t'annonce la nouvelle. Si tu n'es pas déjà au courant, bien sûr.

43

Débarrassé de mon attirail, je continue à avancer dans la forêt, uniquement concentré sur la marche. Je n'ai même plus besoin de marquer les arbres. Ni de me souvenir du chemin de retour. J'ai même cessé de regarder le paysage alentour. De toute façon, c'est toujours le même : les arbres enchevêtrés, des lianes qui pendent, des racines noueuses, des tas de feuilles pourries, des carcasses desséchées d'insectes. Des toiles d'araignée épaisses et gluantes. Et d'innombrables branches – un univers entier. Des branches menaçantes, d'autres qui se disputent l'espace, d'autres encore qui se dissimulent habilement, des branches tordues, des branches songeuses, des branches sèches, des branches mortes. Ce paysage se répète à l'infini. Simplement, chaque fois *la forêt devient plus profonde.*

La bouche fermée, je poursuis mon ascension sur ce sentier. Il monte continuellement. La pente est douce pour l'instant. Pas assez raide pour que je m'essouffle, en tout cas. De temps à autre, le sentier se perd dans le sous-bois ou dans des buissons épineux et j'avance à l'aveuglette mais, un peu plus loin, un semblant de layon réapparaît. La forêt ne me fait plus peur. Elle a ses propres règles, sa propre organisation. Quand on cesse d'avoir peur, on commence à les comprendre. J'absorbe ce paysage répétitif, j'en fais une partie de moi-même.

J'ai les mains vides désormais. J'ai lâché la bombe de peinture que je tenais précieusement, ainsi que la serpette bien aiguisée. Plus de sac. Plus de gourde, ni de nourriture. Plus de boussole. J'ai tout abandonné. Je veux montrer à la forêt que la peur m'a quitté, et que j'ai choisi d'avancer sans protection. Ou peut-être que je cherche à m'en persuader moi-même. Je me dirige vers le centre du labyrinthe, seul, sans carapace, livré au vide qui m'attend là-bas.

La musique qui retentissait au fond de mes tympans s'est tue. Il n'y a plus qu'un grand silence. Comme un drap blanc étalé sans un pli sur un grand lit. Je pose les doigts sur ce drap et le caresse du bout des doigts. La blancheur continue à l'infini. La sueur suinte de mes aisselles. J'entrevois de temps à autre entre les hautes branches un ciel couvert de nuages gris. Mais la pluie ne menace pas encore. Les nuages sont immobiles, la scène figée. Les oiseaux perchés sur les branches faîtières, se lancent des cris stridents, qui remplissent l'air de signes dont le sens m'échappe. Les bruissements d'ailes des insectes dans les herbes résonnent comme les prophéties d'un chœur antique.

Je pense à la maison de Nogata, où plus personne ne vit. Elle est sans doute fermée. Qu'elle le reste, cela m'est bien égal ! Que le sang qui a suinté sur son sol y reste. Ce n'est pas mon affaire. Je n'y retournerai jamais. Déjà, avant que le sang y soit réellement versé, beaucoup de choses étaient mortes dans ce lieu. Ou plutôt, beaucoup de choses y ont été *assassinées*.

Parfois, la forêt essaie de me menacer, tantôt d'en dessus, tantôt de sous mes pieds. Je sens son souffle glacé sur ma nuque. Il me perce la peau, se transforme en mille yeux perçants. La forêt tente de se débarrasser de moi comme d'un corps étranger. Peu à peu j'apprends à laisser passer ces menaces sans réagir. Cette forêt n'est-elle pas une partie de moi-même ? À partir d'un certain moment, c'est ainsi que je me suis mis à voir les choses. Je voyage à l'intérieur de moi-même. Comme le sang à l'intérieur des veines. Ce que je vois ainsi est l'intérieur de moi-même, les tentatives d'intimidation de la forêt ne sont que l'écho de ma propre peur. C'est mon esprit qui a tissé les toiles d'araignée que je vois ici, et les oiseaux au-dessus de ma tête, c'est moi qui les ai élevés. Ces images, nées en moi, s'y sont enracinées.

Je continue à progresser sur le sentier de la forêt, comme si les battements d'un cœur géant me poussaient en avant. Ce chemin mène à un lieu particulier de moi-même. Une lumière d'où sourdent les ténèbres, un lieu où naissent des échos silencieux. Je veux voir ce qu'il y a là. Je suis porteur d'une lettre hermétiquement scellée, d'un message secret destiné à moi-même.

Une question se formule en moi.

Pourquoi ne m'a-t-elle pas aimé ?

Ne méritais-je pas l'amour de ma mère ?

Cette question a calciné mon cœur, dévoré mon âme pendant des années. Il devait exister un problème fondamental en moi-même pour que ma mère me refuse ainsi son amour. Je devais porter de naissance une souillure qui m'empêchait d'être aimé. Étais-je né pour que tout le monde se détourne de moi ?

Ma mère ne m'a même pas serré dans ses bras avant de partir. Sans un mot, elle s'est détournée de moi, et elle est partie en emmenant ma sœur avec elle. Elle a disparu comme une fumée silencieuse. Et son visage s'est éloigné de moi pour l'éternité.

Au-dessus de ma tête un oiseau pousse à nouveau un cri perçant. Je regarde le ciel : toujours ces nuages gris et bas, inexpressifs. Il n'y a pas de vent. Je poursuis ma marche. J'avance sur le rivage de ma conscience. Les vagues viennent lécher la grève, et refluent en laissant des lettres derrière elles ; puis elles reviennent et les effacent. J'essaie de déchiffrer les mots écrits entre les vagues. Mais ils sont effacés avant que j'aie eu le temps de les lire par les nouvelles vagues qui arrivent, ne laissant derrière elles que d'énigmatiques fragments.

Mon esprit retourne vers la maison de Nogata. Je me rappelle le jour où ma mère est partie. Je suis assis sous le porche et regarde le jardin sous le crépuscule de ce début d'été ; sur le sol, les ombres des arbres s'allongent. Je suis seul à la maison. Je n'en connais pas la raison mais je sais que ma mère m'a abandonné.

Je sais déjà que cet événement aura un impact décisif sur mon avenir. Pas parce que quelqu'un me l'a dit. Je le sais, c'est tout. La maison est déserte, comme un poste de garde abandonné sur quelque frontière lointaine. Le soleil décline vers l'ouest, je regarde les ombres envelopper progressivement le monde. Dans l'univers où règne le temps, rien ne revient jamais en arrière. Les tentacules de la nuit érodent progressivement tous les morceaux de la terre, jusqu'au visage de ma mère, présent il y a un instant encore, et bientôt englouti lui aussi dans ce royaume sombre et froid. Ce visage qui se détourne est automatiquement arraché de ma mémoire et s'efface petit à petit.

Je pense maintenant à Mlle Saeki. À son visage. Son sourire calme et vague, la chaleur de sa main… J'imagine ma mère sous les traits de Mlle Saeki, m'abandonnant alors que je viens d'avoir quatre ans. Je secoue involontairement la tête. L'image manque de naturel, elle ne semble pas appropriée. Pourquoi Mlle Saeki aurait-elle agi ainsi ? Pourquoi aurait-elle été obligée de me faire aussi mal, de détruire ainsi ma vie ? Il doit exister une raison cruciale, profonde, qui n'a pas encore été élucidée.

J'essaie de me mettre le plus possible à sa place, de ressentir ce qu'elle a ressenti. Ce n'est pas facile. Car je suis celui qui a été abandonné, et elle celle qui est partie. Mais je prends mon temps, et mets de la distance entre moi et moi-même. Mon âme quitte les oripeaux rigides de celui que je suis aujourd'hui, devient un corbeau noir, qui se pose sur une haute branche de pin, et me regarde, tel que j'étais à quatre ans.

Je suis métamorphosé en un corbeau noir qui élabore des hypothèses.

— Ce n'est pas que ta mère ne t'aimait pas, dit la voix du garçon nommé Corbeau dans mon dos. En fait, elle t'aimait très profondément. Tu dois d'abord être sûr de cela. Ce sera ton point de départ.

— Mais elle m'a abandonné ! Elle a disparu en me laissant seul dans un endroit où je n'aurais pas dû être. J'en ai été terriblement blessé, abîmé à vie. Je le sais bien. Si elle m'avait vraiment aimé, comment aurait-elle pu agir ainsi ?

— Oui, ce que tu dis est vrai, dit le garçon nommé Corbeau, tu as été blessé, abîmé. Et tu porteras toujours cette blessure. J'en suis désolé pour toi. Mais tu peux encore guérir. Tu es jeune et courageux. Tu es souple aussi, capable de t'adapter. Tu pourrais panser ta blessure, relever la tête, et aller de l'avant. Alors qu'elle, elle n'en a plus la possibilité. Elle restera toujours perdue. La question n'est pas de savoir ce qui est bon et ce qui est mauvais. Dans la réalité, c'est toi qui es gagnant : réfléchis-y.

Je me tais.

— Vois-tu, tout cela a déjà eu lieu, continue le garçon nommé Corbeau. C'est irrémédiable. Elle n'aurait jamais dû t'abandonner, et tu n'aurais jamais dû être abandonné par elle. Mais le passé, c'est comme une assiette brisée : on aura beau tenter d'en recoller les morceaux, on ne pourra jamais lui rendre son aspect d'antan.

Je fais oui de la tête : j'aurais beau faire tous mes efforts, ce ne sera plus jamais comme avant. Il a raison.

— Vois-tu, poursuit le garçon nommé Corbeau, la peur et la colère tenaillaient ta mère. Comme toi à présent. C'est justement pour cela qu'elle devait t'abandonner à cette époque.

— Même si elle m'aimait ?

— Oui, dit-il. Si elle t'aimait, elle était obligée de t'abandonner. Tu dois comprendre et accepter son attitude. Tu dois comprendre et accepter comme si elles t'appartenaient la peur et la colère écrasantes qu'elle ressentait à l'époque. Non pas pour en hériter et les reproduire. Tu dois lui pardonner. Évidemment, ce n'est pas facile. Mais tu dois le faire. C'est ta seule planche de salut. Il n'y en a pas d'autre.

Plus je réfléchis à tout cela, plus ma confusion augmente. J'ai la tête qui tourne, et mal partout comme si on me déchirait. Je demande :

— Mlle Saeki est-elle ma mère ?

— Elle te l'a dit, non, que ça n'était qu'une hypothèse plausible ? En somme, voilà : c'est une hypothèse plausible. C'est tout ce que je peux dire.

— Cette hypothèse n'a pas trouvé d'antithèse assez puissante pour être réfutée ?

— Exactement.

— Je dois donc aller jusqu'au bout de cette hypothèse ?

— Exactement, répète le garçon nommé Corbeau d'un ton ferme. Une hypothèse mérite d'être poursuivie tant que son contraire n'a pas été démontré. Et pour le moment, tu n'as pas le choix. Tu dois la poursuivre, même s'il te faut pour cela te sacrifier toi-même.

— Comment ça, me sacrifier moi-même ?

Ces mots ont une sonorité mystérieuse, que je n'arrive pas à saisir.

Pas de réponse. Je me retourne, inquiet, mais le garçon nommé Corbeau est toujours là : il marche derrière moi au même rythme que moi. Je regarde à nouveau droit devant moi, et lui demande en marchant :

— Quelle peur, quelle colère étreignaient Mlle Saeki au moment où elle m'a abandonné ?

Il me questionne en retour :

— Quelle peur, quelle colère l'étreignaient à ce moment-là, selon toi ? Tu dois le découvrir par toi-même. Réfléchis bien. Un cerveau, c'est fait pour ça.

Je réfléchis. Je dois comprendre et accepter cela avant qu'il soit trop tard. Mais je ne parviens toujours pas à lire les mots laissés sur le rivage de ma conscience. L'intervalle entre les vagues est trop court.

— Je suis amoureux de Mlle Saeki, dis-je.

Les mots me sont sortis spontanément de la bouche.

— Je sais, dit le garçon nommé Corbeau d'un ton abrupt.

— C'est la première fois que je ressens ça. Et c'est ce qui a le plus d'importance pour moi en ce moment.

— Bien sûr, ça va de soi. Bien sûr que cela a un sens : c'est pour ça que tu es venu ici.

— Mais pour l'instant, je ne comprends pas, je suis perdu. Tu dis que ma mère m'aimait. Qu'elle m'aimait profondément. J'ai envie de te croire. Mais même ainsi, je ne comprends toujours pas : pourquoi aimer quelqu'un signifierait-il qu'on lui inflige une atroce blessure ? Dans ce cas, à quoi bon aimer quelqu'un profondément ? Pourquoi les choses doivent-elles se passer comme ça ?

J'attends la réponse. Je n'ouvre plus la bouche pendant un long moment. Mais il n'y a pas de réponse.

Je me retourne. Personne ne se trouve derrière moi. Le garçon nommé Corbeau n'est plus là. J'entends ses ailes battre sèchement l'air au-dessus de ma tête.

Tu es complètement perdu.

Peu de temps après, deux soldats apparaissent devant moi.

Ils portent la tenue de campagne de l'ancienne armée impériale. L'uniforme d'été, à manches courtes, avec, non pas un casque, mais un képi à visière, leur visage est enduit d'une sorte de peinture de camouflage noire. Tous deux sont jeunes. L'un est grand, mince et porte des lunettes rondes cerclées de métal. L'autre est petit, râblé, large d'épaules. Assis l'un à côté de l'autre sur un rocher plat, ils ne sont pas en position de combat : leurs fusils sont posés à leurs pieds. Le grand mâchonne un brin d'herbe avec ennui. Ils ont une attitude parfaitement détendue, comme si leur présence ici n'avait rien d'anormal. Ils me regardent approcher avec calme, sans le moindre étonnement.

Ils se tiennent sur un petit plateau dégagé qui me fait penser à un palier en haut d'un escalier.

— Salut, fait le grand, d'une voix enjouée.

— Bonjour, dit le costaud avec une petite grimace.

Je les salue à mon tour. Je devrais sans doute être surpris de les voir. Mais je ne le suis pas spécialement.

Je ne suis même pas intrigué. Cette rencontre ne me paraît pas improbable.

— Nous t'attendions, dit le grand.

— Moi ?

— Nous ne voyons pas passer grand monde par ici.

— On t'attend depuis un moment, dit le costaud.

— Le temps n'est pas un facteur très important, ajoute le grand. Mais tu as mis plus de temps que prévu.

— Vous êtes les deux soldats qui ont disparu dans cette forêt pendant l'entraînement il y a très, très longtemps, n'est-ce pas ?

Le grand fait oui de la tête.

— C'est exact.

— Ils vous ont cherchés partout, dis-je.

— Ça, nous le savons, dit le costaud. Nous savions que tout le monde nous recherchait. Nous n'ignorons rien de ce qui se passe dans cette forêt. Mais ils auront beau chercher, ils ne nous trouveront pas.

— Pour être exact, nous ne nous sommes pas perdus, dit le grand d'une voix calme.

— Nous nous sommes plutôt enfuis délibérément.

— Oui, nous avons déserté. Ou, pour être plus exact, nous avons trouvé ce lieu par hasard et y sommes restés, ajoute le costaud. Nous ne nous sommes pas perdus.

— Ne trouve pas cet endroit qui veut, dit le grand. Mais nous l'avons trouvé, et toi aussi. C'était une vraie chance – pour nous deux en tout cas.

— Sinon, on aurait été mobilisés et on nous aurait envoyés nous battre à l'étranger, dit le costaud. Nous aurions été contraints de tuer ou nous aurions été tués. Nous n'en avions aucune envie. Moi, je suis paysan, et lui, il venait de sortir de l'université. Aucun de nous deux ne voulait tuer qui que ce soit, et encore moins se faire tuer – ce qui est bien naturel.

— Et toi ? Tu as envie de tuer quelqu'un ou d'être tué ? demande le grand.

Je secoue la tête. Je n'ai envie de tuer personne. Je ne veux pas me faire tuer non plus.

— C'est le cas de tout le monde, dit le grand. Ou presque. Mais si tu déclares « Je n'ai pas envie d'aller à la guerre », l'État ne va pas te répondre bien gentiment « Ah, bon, tu n'as pas envie de faire la guerre ? D'accord, tu n'es pas obligé d'y aller alors. » Ce n'était pas possible de déserter. Dans tout le Japon, il n'y avait pas un endroit où l'on aurait pu fuir. Où qu'on aille, on nous aurait retrouvés tout de suite ! Après tout, c'est un petit archipel. Du coup, nous sommes restés ici.

Il secoue la tête, puis reprend :

— Et on n'a pas bougé depuis. Ça fait *très, très longtemps* comme tu dis si bien. Mais comme je l'ai dit aussi tout à l'heure, le temps n'est pas un facteur important ici. Il n'y a presque pas de différence entre maintenant et il y a très, très longtemps.

— Tu veux dire pas de différence du tout, intervient le costaud.

Et il accompagne sa phrase d'un geste vif de la main, comme pour écarter quelque chose.

— Vous saviez que j'allais venir ?

— Oui, dit le costaud.

— Nous montons la garde ici, alors nous savons bien qui va arriver. Nous faisons quasiment partie de la forêt, dit l'autre.

— L'entrée est ici, dit le costaud, et nous montons tous les deux la garde.

— Pour le moment, l'entrée est encore ouverte, dit le grand. Mais elle ne va pas tarder à se refermer. Aussi, si tu veux entrer, c'est maintenant ou jamais. Tu peux me croire, ce n'est pas souvent que cet endroit est ouvert.

— Si tu veux entrer, nous te guiderons. Le chemin est dur à suivre, tu auras besoin de nous, dit le costaud.

— Si tu n'entres pas, fais demi-tour ici, dit le grand. Le sentier n'est pas trop difficile à retrouver. Ne t'inquiète pas, tu pourras retourner d'où tu es venu. Et tu reprendras ta vie comme avant. À toi de décider.

Entrer ou ne pas entrer, personne ne t'oblige à rien. Mais une fois à l'intérieur, il sera difficile de reculer.

— Emmenez-moi, dis-je sans hésiter.

— Vraiment ? dit le costaud.

— J'ai des gens à voir là-dedans, je crois.

Les deux soldats se lèvent lentement, sans mot dire, ramassent leurs fusils. Ils échangent un bref regard, puis se mettent à marcher devant moi.

Le grand se retourne pour m'adresser la parole :

— Peut-être trouves-tu étrange que nous nous promenions avec des fusils aussi lourds qui ne nous servent à rien ? D'ailleurs, ils ne sont même pas chargés.

— C'est un symbole, dit le costaud sans se retourner. Nos fusils symbolisent ce qu'on a laissé derrière nous.

— C'est important, les symboles, dit le grand. Il se trouve que, par hasard, nous portons un uniforme de soldat et un fusil, comme tu vois. C'est pour cela que nous acceptons le rôle de sentinelle. Un rôle : c'est à cela que mènent les symboles.

— As-tu quelque chose de ce genre sur toi ? Quelque chose qui pourrait servir de symbole ? demande le costaud.

Je secoue la tête.

— Non, je n'ai rien. Je n'ai que mes souvenirs.

— Hum, fait le costaud. Des souvenirs ?

— Cela ne nous dérange pas, naturellement, dit le grand. Les souvenirs peuvent tout à fait servir de symboles. Toutefois, j'ignore quelle est la durée de la mémoire et si elle est réellement fiable.

— Je préférerais un objet tangible, dit le costaud, c'est plus facile à comprendre.

— Un fusil automatique, par exemple, explique le grand. À propos, comment t'appelles-tu ?

— Kafka Tamura.

— Kafka Tamura, répètent-ils en chœur.

— Drôle de nom, dit le grand.

— Ça c'est sûr, renchérit le costaud.

Ensuite, nous avançons en silence.

44

Ils s'arrêtèrent au bord d'une rivière qui longeait la nationale et brûlèrent les trois dossiers que Mlle Saeki avait confiés à Nakata. Hoshino avait acheté de l'essence pour briquet dans un drugstore et il en arrosa les feuillets avant d'y mettre le feu. Debout côte à côte, les deux hommes regardèrent en silence le manuscrit s'enflammer page après page. Il n'y avait presque pas de vent, et la fumée s'élevait droit dans le ciel, disparaissant rapidement dans la couche de nuages gris et bas.

— On n'avait pas le droit de lire ce manuscrit avant de le brûler, je suppose ? demanda Hoshino.

— Non, il nous était interdit de le lire. Mlle Saeki a confié ce manuscrit à Nakata parce qu'il ne sait pas lire, et il a promis de le brûler. Nakata devait tenir sa promesse.

— Hum. Tu as raison, c'est important de tenir ses promesses, dit Hoshino, qui suait à grosses gouttes. C'est important pour tout le monde. Enfin, passer ces feuilles dans un broyeur à papier aurait été plus pratique. On aurait pu en trouver pour vraiment pas cher dans un magasin de photocopies. Je ne me plains pas mais, je te le dis franchement, il fait trop chaud en cette saison pour faire un feu de camp. Si c'était l'hiver, je ne dis pas…

— Je suis désolé. Nakata a promis à Mlle Saeki de *brûler* ce manuscrit, alors on était bien obligés.

— Enfin bref, peu importe. Je n'ai rien d'urgent à faire, de toute façon. Je peux supporter d'avoir un peu trop chaud. Je faisais juste, comment dire, une suggestion.

Un chat qui passait par là s'arrêta pour regarder avec curiosité ces deux humains en train de faire du feu au plus fort de la chaleur estivale. C'était un matou brun tigré tout maigre, au bout de la queue un peu tordu. Il semblait avoir plutôt bon caractère et Nakata envisagea un instant d'engager la conversation avec lui mais, se rappelant qu'il n'était pas seul, il préféra s'en abstenir. Le chat ne se laisserait pas aller à des confidences en présence d'un étranger qui ne parlait pas son langage et, de plus, Nakata n'avait plus très confiance en ses capacités de communiquer avec la gent féline. Il n'avait pas envie d'effrayer ce matou avec des propos bizarres. Le chat, de son côté, finit par se lasser du spectacle. Il leva le camp et disparut dans les fourrés.

Les dossiers mirent longtemps à se consumer entièrement. Quand ce fut fini, Hoshino piétina les derniers bouts de papier brûlé pour achever de les réduire en cendres. La prochaine rafale de vent les éparpillerait. Le soir approchait et on voyait des corbeaux voleter en direction de leurs nids.

— Et voilà, papi, maintenant c'est sûr, personne ne lira ce manuscrit, s'exclama Hoshino. Je ne sais pas de quoi il parlait, mais il n'en reste rien. Un peu de forme a disparu de ce monde, et le néant a augmenté d'autant.

— Monsieur Hoshino…

— Ouais ?

— Je souhaiterais vous poser une question.

— Je t'écoute.

— Le néant peut-il augmenter ?

Le jeune Hoshino inclina la tête et se mit à réfléchir.

— C'est une question difficile. Le néant, augmenter ? Voyons voir. Retourner au néant, c'est revenir à zéro, et zéro plus zéro… ça fait toujours zéro.

— Nakata ne comprend pas très bien.

— Moi non plus. Ça me donne mal à la tête de penser à ce genre de trucs.

— Arrêtons de penser alors.

— Entièrement d'accord. Le manuscrit est réduit en cendres, c'est le principal, non ? Il ne reste rien des mots qui y étaient écrits. Ils sont retournés au néant – voilà ce que je voulais dire.

— Oui. Nakata se sent soulagé.

— On a fini ce qu'on avait à faire ici, pas vrai ? demanda Hoshino.

— En gros, oui. Il ne reste plus qu'à refermer l'entrée.

— Ah, oui, c'est important, ça.

— Très important. Il faut toujours refermer ce qu'on a ouvert.

— Allons-y vite, alors. Il faut battre le fer tant qu'il est chaud, comme dit le proverbe.

— Monsieur Hoshino…

— Quoi ?

— On ne peut pas.

— Comment ça ?

— Le moment n'est pas encore venu. Nous devons attendre le bon moment pour refermer la pierre de l'entrée. En attendant, Nakata va dormir un peu. Il a terriblement sommeil.

Hoshino regarda Nakata.

— Allons bon, ça te reprend ? Tu ne vas pas dormir plusieurs jours de suite comme l'autre fois ?

— Je ne peux rien affirmer, mais je crains que ce ne soit le cas.

— Dis, tu ne peux pas attendre avant de piquer ton roupillon qu'on s'occupe de tout avant ? Parce qu'une fois que tu te seras mis en mode « sommeil », papi, les choses risquent de rester au point mort un bon moment.

— Monsieur Hoshino ?

— Quoi encore ?

— Je suis désolé. Si je pouvais, j'aimerais vraiment procéder comme vous dites. S'il avait le choix, Nakata préférerait aussi refermer l'entrée avant de s'endormir, mais malheureusement, il faut qu'il dorme d'abord. J'arrive à peine à garder les yeux ouverts.

— Comme une batterie à plat, en somme ?

— Peut-être. Les choses ont pris plus de temps que je ne pensais. Les forces de Nakata sont complètement épuisées. Auriez-vous l'obligeance de me ramener dans un endroit où je pourrais dormir ?

— OK, ça marche. On va trouver un taxi et retourner à l'appartement. Tu pourras dormir comme une souche.

À peine assis dans le taxi, Nakata commença à s'assoupir.

— Patiente un peu, papi. Je te promets qu'une fois arrivé tu pourras dormir tant que tu voudras.

— Monsieur Hoshino…

— Hum ?

— Je suis désolé de vous causer autant de soucis…, dit Nakata d'une voix ensommeillée.

— C'est sûr que tu me causes pas mal de soucis, reconnut le jeune homme. Mais si je réfléchis à tout ce qui s'est passé, je t'ai accompagné de mon plein gré. Pour dire les choses autrement, je me suis fourré dans les ennuis tout seul. Personne ne m'a forcé à venir. C'est comme de faire du déneigement bénévole. Alors tu vois, tu n'as pas à t'inquiéter.

— Sans votre aide, Nakata se serait senti perdu. Je n'aurais sans doute pas réussi à faire la moitié de ce que j'ai fait.

— Si c'est le cas, j'estime que mes efforts en valaient la peine.

— Nakata vous est très reconnaissant.

— Tu sais, papi…

— Oui ?

— Je crois bien que moi aussi je te suis reconnaissant.

— Vraiment ?

— Voilà une dizaine de jours que nous voyageons ensemble, et que je ne suis pas allé travailler. Au début, j'ai appelé mon patron pour lui demander quelques jours de congé, mais ensuite j'ai prolongé mon absence sans même le prévenir. Je ne crois pas que la boîte me reprendra à mon retour. Enfin, si je m'excuse bien platement, peut-être qu'ils passeront l'éponge. Peu importe. Ce n'est pas pour me vanter, mais je suis un bon chauffeur, et le travail ne me fait pas peur. Je ne crois pas que j'aurai du mal à retrouver une place. Je n'ai pas à m'en faire pour ça, et donc, toi non plus, papi, faut pas t'inquiéter. Enfin, ce que je veux dire, tu vois, c'est que je ne regrette absolument pas d'avoir entrepris ce voyage. J'ai fait des expériences plutôt étranges en l'espace de dix jours. J'ai vu des sangsues tomber du ciel, rencontré le colonel Sanders en chair et en os, fait des galipettes fabuleuses avec une fille belle à tomber et étudiante en philo de surcroît, j'ai fauché la pierre de l'entrée dans un sanctuaire… Bref, en dix jours, j'ai vécu assez de situations invraisemblables pour me faire des souvenirs pour toute ma vie.

Le jeune homme s'interrompit, réfléchit à la suite de ce qu'il allait dire.

— Mais je dois avouer, papi, que le plus étrange dans tout ça, c'était toi. Oui, toi, papi Nakata. Tu as changé ma vie. En dix jours, j'ai le sentiment de m'être complètement transformé. Comme si ma façon de voir les choses avait changé du tout au tout. Je me suis mis à regarder d'un œil neuf des choses auxquelles je ne prêtais aucune attention avant. Comme cette musique qui ne m'intéressait pas et qui me va droit au cœur maintenant. Et j'ai envie d'en parler à des gens qui partagent la même émotion. Jamais je n'avais ressenti ça avant. Et comment j'en suis arrivé là ? Tout simplement en vivant à côté de toi, papi. Évidemment, ça ne veut pas dire que je me suis mis à voir le monde à travers tes yeux. Mais j'ai vu certaines choses quand même. Ta façon d'être dans la vie m'a plu, c'est sans doute pour cette raison que je t'ai accompagné jusqu'ici. Je n'arrive plus à te quitter, dis donc ! J'ai vécu plus intensément que je l'ai jamais fait. Alors, c'est plutôt moi qui dois t'être reconnaissant. Toi, tu n'as pas à me dire merci. Non pas que ça me dérange, bien sûr, mais ce que je veux dire, c'est que tu m'as fait un bien énorme. Tu comprends ce que j'essaie de te dire ?

Mais Nakata n'écoutait plus. Il avait fermé les yeux, et respirait régulièrement, profondément endormi.

— Ah, lui au moins, il ne s'en fait pas, soupira le jeune homme.

Après avoir porté le vieil homme dans ses bras jusque dans l'appartement, Hoshino l'étendit sur le lit tout habillé, lui ôta simplement ses chaussures, et le recouvrit d'une mince couette. Nakata remua un peu dans son sommeil en grommelant et se retourna pour adopter sa position habituelle, sur le dos, tête tournée vers le plafond, puis il cessa de bouger, dormant d'un air bienheureux.

— Et allez donc ! C'est parti pour deux ou trois jours ! se dit Hoshino.

Cependant, les choses ne se déroulèrent pas comme le jeune homme l'avait prévu. Le lendemain matin, mercredi, Nakata était mort. Il avait tranquillement cessé de respirer dans son sommeil. Comme d'habitude, son visage était extrêmement paisible et, à première vue, on aurait pu croire qu'il dormait. Mais il ne respirait plus. Hoshino le secoua plusieurs fois par l'épaule, l'appela. Rien n'y fit : Nakata était bel et bien mort. Son pouls ne battait plus, et quand le jeune homme tendit un miroir devant sa bouche, aucune vapeur ne vint s'y déposer. Il avait cessé de respirer. Il ne se réveillerait plus en ce monde.

Seul dans la pièce avec le mort, Hoshino se rendit compte que tous les bruits s'éteignaient les uns après les autres. Les sons qui l'entouraient avaient progressivement perdu leur réalité. Les bruits qui avaient jusque-là eu une signification disparaissaient dans le silence. Ce silence devenait de plus en plus profond, comme le fond d'un océan où la vase s'accumule. Le silence atteignit d'abord les chevilles, puis les hanches, puis la poitrine du jeune homme. Il restait cependant dans la chambre à côté du cadavre, mesurant simplement la montée de ce silence. Assis sur le canapé, il contemplait le profil du défunt, intégrant peu à peu en lui la réalité de cette mort. Il lui fallut beaucoup de temps. L'air autour de lui devenait étrangement pesant, il ne savait plus si ce qu'il ressentait avait la moindre authenticité. En revanche, il avait spontanément compris un certain nombre de choses.

Il lui semblait que la mort avait permis à Nakata de redevenir le « Nakata normal » qu'il avait souhaité être. Il n'avait pas d'autre choix que de mourir pour redevenir lui-même et se délivrer du bon vieux papi pas très malin.

— Hé, papi ! appela Hoshino, ça ne sert plus à rien de te le dire, mais ce n'était pas une mauvaise façon de mourir, pas vrai ?

Après tout, il était mort dans son sommeil, paisiblement, et probablement sans penser à rien. Ses traits détendus indiquaient qu'il n'avait pas souffert ; il ne semblait avoir eu ni regret, ni hésitation. Sa mort lui ressemblait bien, estimait Hoshino. Il n'avait aucune idée de ce qu'avait été la vie de Nakata, au fond. Avait-elle eu un sens ? La vie de la plupart des gens en était complètement dénuée, de toute façon, mais ce qui comptait vraiment, ce qui avait du poids, songeait le jeune homme, c'était leur mort. Comparé à la façon de mourir, la façon de vivre n'avait peut-être pas une telle importance. Ou plutôt, c'était sans doute la façon de vivre qui déterminait la façon de mourir. Tel était le genre de pensées qui traversaient vaguement l'esprit d'Hoshino, tandis qu'il contemplait le cadavre de Nakata.

Il restait cependant un problème de taille : quelqu'un devait refermer la pierre de l'entrée. Nakata avait eu beau s'acquitter de la plupart de ses tâches, il avait laissé celle-ci en suspens. La pierre était là, au pied du canapé. « Le moment venu, il faudra que je la soulève et la retourne de nouveau pour fermer l'entrée », songea le jeune homme. Mais Nakata l'avait prévenu qu'il pouvait être très dangereux de manipuler cette pierre. Il y avait sûrement une manière appropriée de la retourner. Si on le faisait de travers, c'est le monde qui risquait de se retrouver sens dessus dessous.

— Hé, papi, tu es mort, personne n'y peut plus rien, mais tout de même, tu me laisses dans l'embarras, là, à t'en aller avant d'avoir achevé ta mission, lança Hoshino, s'adressant directement au mort, qui, naturellement, ne lui répondit pas.

Il restait un autre problème à résoudre : que faire du corps de Nakata ? Bien sûr, la façon normale de procéder était d'appeler la police ou l'hôpital, qui enverrait des gens s'occuper du cadavre. C'est ce qu'auraient fait quatre-vingt-dix-neuf pour cent des gens, en pareilles circonstances. Et c'est ce qu'Hoshino lui-même aurait aimé faire. Malheureusement, Nakata était recherché par la police en tant que témoin – voire suspect – dans une affaire de meurtre. Si la police apprenait que lui, Hoshino, n'avait pas quitté le vieil homme depuis dix jours, cela le mettrait lui aussi dans une position pour le moins délicate. Il serait mis en garde à vue, on le cuisinerait pendant des heures. Il préférait s'épargner ce genre de désagrément. Il aurait été trop compliqué d'expliquer tout ce qui s'était passé depuis sa rencontre avec Nakata. En outre, Hoshino n'avait jamais eu tellement d'atomes crochus avec les représentants de la loi. Dans la mesure du possible, il préférait les éviter.

« Sans compter, se dit-il, que je vais avoir du mal à leur expliquer ce que fait ici le cadavre de Nakata. »

« C'est un vieillard habillé comme le colonel Sanders qui nous a prêté son appartement, m'sieur l'inspecteur. Il nous a dit qu'il l'avait loué exprès pour nous et que nous pouvions rester autant que nous voulions… » Les policiers le croiraient-ils ? Impossible. « Ah, oui, tiens donc, et le colonel Sanders, qui est-ce ? Un militaire américain ?… – Pas du tout, c'est, euh, le type de la publicité de la chaîne de fast-foods Kentucky Fried Chicken. Vous le connaissez, non, m'sieur l'inspecteur ?… Oui, c'est ça, il a des lunettes et une barbichette blanche… Où je l'ai rencontré ? Eh bien, euh, il racolait dans une ruelle louche de Takamatsu, il m'a proposé une fille… » Allez donc dire ça aux flics ! Vous obtiendrez une réaction du style : « Espèce de crétin, tu te fiches de nous, ou quoi ? » Et un bon coup de poing dans la figure de bibi, un ! La seule différence entre ces gars-là et la mafia, c'est qu'eux sont salariés par le gouvernement.

Le jeune homme poussa un profond soupir.

« Non, ce que je dois faire, c'est m'éloigner d'ici au plus vite. Je passerai un coup de fil anonyme à la police depuis la gare. Je leur donnerai l'adresse de l'appartement et leur dirai qu'ils trouveront un cadavre à l'intérieur. Ensuite, je reprends le train et je rentre à Nagoya. Comme ça, je resterai en dehors de l'affaire. Après tout, il s'agit d'une mort naturelle, il n'y aura sans doute pas d'enquête très poussée. La famille de Nakata récupérera le corps, et j'espère qu'ils lui feront un petit enterrement, quand même ! Moi, je retourne voir mon patron, je lui fais des excuses en m'inclinant bien bas. Pardon, pardon, je vous promets d'être sérieux dans mon travail dorénavant. Et le tour est joué, la vie reprend son cours normal. »

Sur ce, Hoshino commença à rassembler ses affaires, fourra une tenue de rechange dans son sac. Il enfonça sa casquette des Chunichi Dragons sur sa tête, en faisant bien attention à faire sortir sa queue-de-cheval à l'arrière, chaussa ses lunettes de soleil vertes. Comme il avait soif, il prit un Diet-Pepsi dans le frigo. Pendant qu'il le buvait, adossé à la porte du réfrigérateur, son regard tomba sur la pierre ronde, posée à l'envers au pied du canapé. Il retourna dans la chambre, contempla de nouveau le corps allongé de Nakata. Le vieillard avait toujours l'air de dormir paisiblement. Il semblait sur le point de se relever d'un bond en disant : « Nakata n'était pas mort, c'était une erreur. » Mais rien de tel ne se produisit. Il était bien mort. « Il n'y a pas de miracles, se dit Hoshino. Il a déjà dû traverser le grand canyon entre la vie et la mort et passer sur l'autre rive. »

Sa canette de Pepsi à la main, le jeune homme secoua la tête. « Je ne peux pas m'en aller en laissant la pierre telle quelle, se dit-il. Si je fais ça, Nakata ne pourra pas reposer en paix. Il était consciencieux et s'assurait toujours que tout était en ordre. Mais sa batterie s'est retrouvée à plat avant qu'il ait eu le temps d'achever son ultime tâche, la plus importante. » Hoshino écrasa entre ses doigts la canette de Pepsi, la jeta à la poubelle. Il avait encore soif. Il retourna à la cuisine, prit un autre Pepsi, fit sauter la languette.

« Avant de mourir, Nakata m'a dit à quel point il aurait aimé savoir lire pour au moins une fois aller dans une bibliothèque et lire ce qu'il voulait. Il est mort sans pouvoir le faire. Naturellement, peut-être que, dans l'autre monde, il est redevenu le "Nakata normal" et sait lire et écrire maintenant. » Mais dans ce monde-ci, il n'avait pas pu. Et d'ailleurs, la dernière chose qu'il avait faite dans sa vie ç'avait été de *brûler des lettres*. Il avait propulsé tous ces mots, qui emplissaient des pages et des pages, vers le néant. Quelle ironie du sort ! « Mais dans ce cas, songea Hoshino, est-ce que je ne dois pas justement exaucer son autre souhait et refermer la pierre de l'entrée ? C'est important, non ? Finalement, je n'ai pas pu emmener Nakata à l'aquarium ni au cinéma, alors je peux au moins faire ça pour lui. »

Quand il eut fini son Pepsi, il se pencha devant le canapé et essaya de soulever la pierre. Étonnamment, elle n'était pas lourde. Pas spécialement légère non plus, mais il pouvait la soulever facilement sans trop forcer. Elle avait à peu près le même poids que le soir où il l'avait sortie du sanctuaire en compagnie du colonel Sanders. Le poids d'une de ces grosses pierres qui servent de couvercle aux baquets de radis en saumure. Ce qui signifiait qu'elle était redevenue une pierre ordinaire. « Voyons voir, se dit Hoshino. Quand elle est la pierre de l'entrée, elle est si lourde qu'il est quasiment impossible de la soulever. Mais quand elle est légère, ce n'est qu'une pierre comme les autres… il faut qu'il se passe quelque chose d'extraordinaire, comme les coups de tonnerre de l'autre jour, pour qu'elle reprenne un poids particulier et recommence à jouer son rôle de pierre de l'entrée… »

Le jeune homme s'approcha de la fenêtre, souleva les rideaux, regarda le ciel au-dessus du balcon. Il était, comme la veille, couvert de nuages bas et gris. Mais il ne semblait pas qu'il allait pleuvoir de sitôt. Il n'y aurait donc pas de tonnerre non plus. Hoshino tendit l'oreille, huma l'air. Tout était parfaitement normal. « Notre thème central d'aujourd'hui, se dit-il, sera : “Rien à signaler” ! »

Puis il s'adressa de nouveau au cadavre :

— Hé, papi, si je comprends bien, il faut que je reste ici avec toi à attendre docilement qu'il se passe quelque chose d'extraordinaire ? Le problème c'est que je ne sais absolument pas ce que c'est. Ni quand ça va se produire. En plus, ça tombe mal, on est au mois de juin, avec ce temps chaud et humide, si je te laisse comme ça, tu ne vas pas tarder à te décomposer. L'odeur risque d'attirer l'attention. Je sais que ce n'est pas très drôle pour toi de m'entendre dire ça mais bon, la nature, c'est la nature, hein. Enfin, plus le temps passe, plus je retarde le moment de signaler ta disparition à la police, et plus je me mets dans de sales draps. Bon, je vais faire tout ce que je peux pour régler notre problème, mais je voulais juste que tu saches où on en est.

Naturellement, Nakata ne répondit pas.

Hoshino se mit à tourner en rond dans la pièce. « Mais oui ! songea-t-il soudain. Le colonel Sanders ! Il va peut-être prendre contact avec moi, et lui saura me dire ce que je dois faire avec cette fichue pierre. Il me donnera un conseil utile qui me réchauffera le cœur. » Cependant, il eut beau contempler le téléphone, aucune sonnerie ne retentit. Le combiné gardait un silence obstiné. Il n'y a rien de plus inutile et introverti qu'un téléphone. Personne ne vint frapper à la porte non plus. Aucun facteur ne vint apporter de lettre. Il ne se passait absolument rien d'*extraordinaire*. Le temps ne changeait pas, et aucune intuition géniale ne venait à Hoshino. Le temps passait, complètement indifférent. Midi arriva, puis l'après-midi s'écoula tranquillement vers le soir. Les aiguilles de l'horloge murale glissaient lentement à la surface du temps comme un gyrin sur des eaux stagnantes. Sur le lit, Nakata était toujours mort. Hoshino se demandait pourquoi il ne se sentait aucun appétit. Vers le soir, il but son troisième Pepsi et se força à grignoter quelques crackers.

À six heures, il s'installa sur le canapé, s'empara de la télécommande et alluma la télé. Il regarda les informations sur la NHK, mais rien ne retint particulièrement son attention. C'était une journée parfaitement ordinaire, qu'aucun événement n'était venu troubler. Quand les informations furent terminées, Hoshino éteignit le poste. La voix du présentateur l'agaçait. Les alentours commençaient à s'assombrir et bientôt, il fit complètement nuit. Un profond silence enveloppa la pièce. Hoshino s'adressa à nouveau au mort étendu sur le lit :

— Hé, papi, tu ne voudrais pas te relever, juste un instant ? C'est que je suis vraiment embêté, moi, maintenant. Et puis, j'aimerais bien entendre ta voix.

Bien entendu, Nakata ne répondit pas. Il était toujours de l'autre côté du grand canyon. Il s'obstinait à rester mort et silencieux. Le silence était si épais qu'Hoshino avait l'impression, en tendant l'oreille, d'entendre la Terre tourner.

Il se rendit dans le salon et mit le CD du trio *À l'archiduc*. Dès le premier mouvement, les larmes lui montèrent aux yeux, puis se mirent à couler abondamment sur ses joues. « Eh ben ça alors, se dit le jeune homme, je me demande à quand remonte la dernière fois que j'ai pleuré, moi. » Mais il ne parvint pas à s'en souvenir.

45

Sans aucun doute, à partir de « l'entrée », le sentier devient difficile à deviner. À vrai dire, il a même complètement disparu. La forêt s'est faite encore plus dense, plus écrasante. La pente sous mes pieds est de plus en plus raide, le sol entièrement couvert de ronces et de buissons. Sous le ciel quasiment invisible entre les branches, il fait aussi sombre qu'au crépuscule. Les toiles d'araignée sont plus épaisses, l'odeur des plantes plus prenante, et le silence de plus en plus pesant, comme si la forêt voulait rejeter ces humains qui empiètent sur son territoire. Pourtant, les deux soldats, leurs fusils en bandoulière, continuent à avancer dans la forêt sans le moindre effort. Marchant d'un pas étonnamment rapide, ils gravissent les rochers, franchissent les fossés d'un bond, traversent habilement les fourrés pleins d'épines.

Je m'efforce désespérément de les suivre, attentif à ne pas les perdre de vue. Ils ne s'assurent même pas que je suis toujours derrière eux. On dirait qu'ils testent mes forces, ma résistance. J'ai même l'impression qu'ils sont un peu fâchés contre moi (pour une raison qui m'échappe). Ils sont silencieux. Même entre eux, ils n'échangent pas le moindre mot. Ils continuent seulement à avancer droit devant eux, totalement concentrés, ouvrant la marche à tour de rôle. À force de garder les yeux fixés sur leurs dos où les fusils oscillent avec un balancement de métronome, je finis par ressentir un effet hypnotique. Ma conscience se met à dériver, comme si elle glissait sur une surface verglacée. Mais je dois continuer à me concentrer sur une seule chose : ne pas me laisser distancer, et je continue à avancer en silence, suant à grosses gouttes.

— On marche trop vite pour toi ? me demande soudain le costaud, d'une voix ferme et nullement essoufflée.

— Non, ça, va, je vous suis.

— Tu es jeune, et tu as l'air fort, dit le grand sans se retourner.

— On connaît tellement bien ce trajet qu'on ne se rend pas compte qu'on marche vite, dit son compagnon comme pour se justifier. Si notre allure est trop rapide pour toi, il vaut mieux nous le dire, on ralentira un peu. Mais en ce qui nous concerne, on préfère ne pas marcher plus lentement que nécessaire. Tu comprends ?

— Si je n'arrive plus à suivre, je vous le dirai.

Je m'efforce de contrôler ma respiration pour ne pas parler d'un ton essoufflé et cacher mon épuisement aux deux soldats.

— On a encore beaucoup de route à faire ?

— Plus trop, répond le plus grand.

— On y est presque, ajoute l'autre.

Mais je ne sais pas si je peux me fier à leurs propos. Comme ils l'ont affirmé eux-mêmes, le temps ici n'est pas un facteur très important.

Nous continuons à avancer en silence un moment, mais leur marche n'est plus aussi forcenée que tout à l'heure. Je suppose que j'ai réussi le test. Je m'enhardis jusqu'à poser la question qui me brûle les lèvres depuis un moment :

— Est-ce qu'il y a des serpents venimeux dans cette forêt ?

— Des serpents venimeux ? répète le plus grand des deux soldats, celui qui porte des lunettes, sans se retourner. (Il parle toujours en gardant les yeux fixés droit devant lui.) Je ne me suis jamais posé la question.

— Il se peut qu'il y en ait, dit l'autre en se tournant vers moi. Je n'en ai jamais vu, mais il se peut qu'il y en ait. Ce ne serait pas gênant.

— Ce qu'on veut dire, ajoute le grand d'une voix légèrement lénifiante, c'est que cette forêt ne te veut aucun mal.

— Aussi tu n'as pas à t'inquiéter des serpents venimeux, renchérit le costaud. Tu te sens plus rassuré maintenant ?

— Oui.

— Ni les serpents, ni les araignées venimeuses, ni les champignons vénéneux, rien de tout cela ne te fera le moindre mal, dit le grand, toujours sans se retourner.

— Rien de tout cela ?

Je dois être fatigué, car rien de ce qu'il dit n'évoque d'image dans mon esprit.

— Aucun des habitants de la forêt ne va te faire de mal. On est au plus profond de la forêt ici. Rien ni personne, pas même toi, ne peut te faire du mal.

Je ne comprends pas ce qu'il dit. L'épuisement et la sueur, joints à l'effet hypnotique de ce trajet monotone, empêchent mon cerveau de former la moindre pensée cohérente.

— Quand on était soldats, on nous a appris à ouvrir le ventre de nos ennemis à la baïonnette, dit le costaud. Tu sais comment on tue quelqu'un à la baïonnette ?

— Non…

— Tu enfonces la lame profondément, d'un coup sec, et ensuite tu tournes sur le côté. Ça déchire les entrailles de ton adversaire en petits morceaux, et il meurt dans des souffrances atroces. Mais si tu te contentes d'enfoncer la lame sans tourner, l'autre se relève aussitôt, et c'est lui qui te réduit en bouillie. Voilà comment on voulait nous faire voir le monde.

Les entrailles… Oshima m'a expliqué que c'était une métaphore pour les labyrinthes. Tout s'emmêle dans ma tête et forme des nœuds. Je ne parviens pas à distinguer les diverses pensées qui m'assaillent.

— Tu comprends, toi, pourquoi les humains sont obligés de se faire des choses aussi cruelles les uns aux autres ? demande le plus grand des deux soldats.

— Non…

— Moi non plus, reprend-il. Je n'avais aucune envie de déchirer les entrailles d'autres soldats, qu'ils soient chinois, russes ou américains. Pourtant, c'est dans ce monde-là que nous vivions. C'est pour ça qu'on a déserté. Mais je ne voudrais pas qu'il y ait de malentendus et que tu nous prennes pour des lâches. Bien au contraire, nous étions d'excellents soldats. Simplement, nous ne supportions pas d'être pris dans la spirale de la violence. Je ne pense pas que tu sois un lâche, toi non plus, n'est-ce pas ?

Je réponds avec franchise :

— Je ne sais pas très bien. J'essaie de m'endurcir face à la vie, c'est tout.

— C'est important, dit le costaud en se retournant. Très important, d'essayer de devenir plus fort.

— Tu l'es déjà, on s'en rend compte tout de suite, dit le grand. Aucun autre garçon de ton âge n'aurait pu nous suivre jusqu'ici.

— Tu es courageux, renchérit l'autre d'un air admiratif.

Ils s'arrêtent de marcher en même temps. Le plus grand enlève ses lunettes, se frotte plusieurs fois les ailes du nez du bout des doigts, puis les remet. Ni l'un ni l'autre n'a l'air essoufflé, et ils n'ont pas transpiré une seule goutte.

— Tu as soif ? me demande le plus grand.

— Un peu.

En réalité, je meurs de soif. J'ai jeté ma gourde avec le thé en sachet qu'elle contenait. Le grand soldat prend la gourde d'aluminium suspendue à sa ceinture et me la tend. Je bois quelques gorgées d'une eau tiédasse. Je sens le liquide humecter les moindres recoins de mon corps. J'essuie le goulot avant de lui rendre le récipient.

— Merci, dis-je.

Le grand hoche la tête en silence.

— On est arrivés sur la crête, dit le costaud.

— On va descendre d'une traite, fais attention de ne pas tomber, me prévient le grand.

Nous entamons la descente, en suivant avec précaution le sentier glissant.

Un fois parvenus à la moitié de ce long raidillon, nous prenons un large tournant et traversons la forêt. Un autre monde apparaît en contrebas.

Les deux soldats s'arrêtent et se retournent vers moi. Ils ne disent rien, mais leurs regards intenses parlent pour eux : *C'est ici*, disent-ils. *Voilà le lieu où tu dois entrer seul.* Je me suis arrêté moi aussi, et regarde le paysage qui s'étend sous mes yeux.

Une petite ville est blottie dans une sorte de cuvette peu profonde ; elle suit les contours naturels du terrain. Je ne sais pas combien de gens vivent là, mais d'après la taille de ce vallon, ils ne peuvent pas être très nombreux. Il y a plusieurs petites avenues, longées de quelques rangées d'immeubles, tout aussi petits. On ne voit personne nulle part. De toute évidence, ces bâtiments n'ont pas été construits avec un souci d'esthétique mais dans le seul dessein de protéger efficacement les habitants de la pluie et du vent. L'endroit n'est pas assez grand pour mériter le nom de « ville ». Il n'y a pas de magasins, pas d'équipements publics, pas d'enseignes ni de panneaux de signalisation. Juste quelques constructions toutes simples, toutes du même aspect et de la même taille, regroupées ici on ne sait pourquoi. Aucun immeuble n'a de jardin, et on ne voit pas un seul arbre dans les rues. Comme si la forêt environnante suffisait largement en la matière.

Une brise légère traverse la forêt, fait trembler les feuilles autour de moi. Ce bruissement anonyme forme des tourbillons sur mon cœur. Je pose une main sur un tronc d'arbre et ferme les yeux. Ces tourbillons ressemblent à un présage dont je n'aurais pas déchiffré le sens. Une langue dont je ne comprendrais pas un mot. Je rouvre les yeux, contemple à nouveau le monde inconnu qui s'étend en contrebas. Les soldats, debout à mi-pente, regardent eux aussi la ville, et je sens de nouvelles rafales de vent tourbillonner sur mon cœur. Les signes se recomposent, les métaphores se transforment. J'ai l'impression de m'éloigner de moi-même. Mes sensations fluctuent. Je deviens un papillon qui volette au-dessus des frontières du monde. Par-delà le bord du monde, il est un espace où le vide et la substance se superposent, où passé et présent forment une boucle continue sans commencement ni fin. Des signes que nul ne peut déchiffrer, des accords que personne ne peut entendre, y flottent au hasard.

Je reprends mon souffle. Je n'ai pas encore rassemblé mes esprits. Mais au moins, je n'ai pas peur.

Les soldats se remettent en marche sans un mot et je les suis. Au fur et à mesure que nous dévalons la pente, la ville se rapproche. Une petite rivière protégée par une digue de pierre longe l'avenue principale. J'entends un agréable bruit d'eau. Une belle eau limpide. Tout est simple et douillet. Ici et là, on voit des poteaux électriques, avec des fils tendus de l'un à autre. Tiens ? L'électricité arriverait donc jusqu'ici ? Il me semble que l'harmonie en est soudain rompue.

Au-dessus de la ville entourée de hautes haies de verdure, le ciel est toujours couvert de nuages gris. Les soldats et moi avançons dans l'avenue, sans croiser âme qui vive. Un silence mortel règne sur les alentours. Peut-être que les habitants sont tapis dans leurs maisons, retenant leur souffle en attendant que nous ayons disparu.

Les deux soldats me conduisent jusqu'à une construction, qui ressemble étrangement à la cabane d'Oshima, comme si l'une avait servi de modèle à l'autre. Il y a un perron devant l'entrée, avec une chaise dessus. Et aussi une cheminée sur le toit. Mais le salon est séparé de la chambre, et il y a une salle de bains, et l'électricité.

Un réfrigérateur trône dans la cuisine, un vieux modèle de chez Toshiba, pas très grand. Et une lampe électrique au plafond. Et même une télévision. *Une télévision ?*

Dans la chambre, je découvre un lit à une place, fait au carré.

— Tu dois rester là le temps de te remettre, dit le costaud. Ce ne sera pas très long.

— Comme on te l'a dit tout à heure, le temps n'est pas un problème ici, dit le grand.

— Pas du tout un problème, renchérit le costaud.

— Mais d'où vient l'électricité ?

Les deux soldats se regardent.

— D'une petite éolienne qui en produit au fond de la forêt, dans un endroit toujours venteux, explique le grand. C'est compliqué de vivre sans électricité, non ?

— Pas d'électricité, pas de frigo. Pas de frigo, pas de conservation des aliments, ajoute le costaud.

— On peut se débrouiller sans, dit le grand, mais c'est tout de même plus pratique.

— Si tu as faim, sers-toi dans le Frigidaire. Il n'y a pas grand-chose, toutefois, dit le costaud.

— Pas de viande, pas de poisson, pas de café, pas d'alcool, dit le grand. C'est un peu pénible au début, mais on s'y fait.

— Mais il y a des œufs, du fromage et du lait, dit le costaud. Parce qu'il faut un minimum de protéines animales.

— On ne peut pas se procurer ce genre de choses ici, explique le grand, alors on va les chercher ailleurs. Et on fait du troc.

— Du troc ?

Le grand hoche la tête.

— Mais oui. On ne vit pas en autarcie complète. On n'est pas tout seuls ici, tu t'en rendras compte petit à petit.

— Ce soir, quelqu'un viendra te préparer à manger, dit le costaud. Et d'ici là, si tu t'ennuies, tu n'as qu'à regarder la télévision.

— La télé fonctionne ?

— Je ne sais pas ce qui passe en ce moment, dit le grand d'un air embarrassé, puis il penche un peu la tête et regarde son compagnon.

Le costaud incline lui aussi la tête, l'air dubitatif.

— Je ne connais pas trop la télé. À vrai dire, je ne la regarde jamais.

— On en a mis une, en se disant que cela pouvait être utile pour les nouveaux venus, explique le grand.

— Ils doivent bien diffuser quelque chose, dit le costaud.

— Bon, commence par te reposer un peu, dit le grand. Nous, on doit retourner à notre poste.

— Merci de m'avoir accompagné jusqu'ici.

— Oh, ce n'était pas bien compliqué, dit le costaud. Tu as des jambes plus solides que la plupart des autres. Beaucoup ne parviennent pas jusqu'ici sur leurs pieds, on est obligés de les porter. Avec toi, ç'a été facile.

— Tu as dit que tu devais voir quelqu'un ici, si je me rappelle bien, dit le grand.

— Oui.

— Je pense que tu vas rencontrer cette personne, ajoute-t-il en hochant la tête plusieurs fois. Le monde est petit. Ce monde-ci, en tout cas.

— J'espère que tu vas t'habituer rapidement, dit le costaud. Une fois que tu seras habitué, tout sera plus simple.

— Merci mille fois.

Ils se mettent tous les deux au garde-à-vous, me font un salut militaire, puis ils remettent leurs fusils en bandoulière et sortent. Ils traversent l'avenue à pas rapides et s'en vont reprendre leur poste. Sans doute doivent-ils garder cette fameuse « entrée » nuit et jour.

Je vais à la cuisine, inspecte le contenu du frigo. Il y a des tomates, un morceau de fromage, des œufs, des navets et des carottes, du lait dans une grosse jarre en porcelaine et du beurre. Je trouve aussi une miche de pain sur une étagère et m'en coupe une tranche. Il est un peu dur, mais pas mauvais. Il y a un évier dans la cuisine. Je tourne le robinet et il en sort une eau fraîche et limpide. Je m'en remplis une tasse et la bois. Puisqu'il y a l'électricité, il doit aussi y avoir une pompe pour faire monter l'eau d'un puits.

Je m'avance vers la fenêtre et regarde au-dehors. Le ciel est toujours bas et gris, mais la pluie n'a pas l'air de menacer. Je passe un long moment à la fenêtre, Je ne vois toujours personne dans les rues. On dirait une ville fantôme. Ou peut-être que, pour une raison que j'ignore, tous les habitants évitent de se montrer à moi ?

Je m'éloigne de la fenêtre, m'assieds sur une chaise. Une chaise en bois dur, toute droite. Il y en a trois identiques, autour d'une table carrée cirée. Les murs passés à la chaux sont nus, sans la moindre décoration : pas de tableaux, ni de photos ; pas même un calendrier. Juste des murs tout blancs. Une ampoule pend du plafond, protégée par un simple abat-jour en verre jauni par la chaleur.

La pièce est bien entretenue. Je passe un doigt sur la table, sur le bord de la fenêtre : pas un grain de poussière. Les vitres sont également d'une propreté étincelante. Les plats et les casseroles dans la cuisine ne sont pas tout neufs, mais ils sont propres et en bon état. À côté du plan de travail, il y a deux plaques électriques. J'en allume une, les tortillons rougissent aussitôt.

La télévision couleur, qui doit avoir quinze ou vingt ans d'âge, est encastrée dans un gros meuble en bois. Il n'y a même pas de télécommande, on dirait un vieux poste récupéré dans un rebut. C'est aussi le cas de toutes les installations électriques de la pièce, qui semblent venir tout droit de la décharge. Elles ne sont pas sales et fonctionnent correctement, mais elles paraissent vraiment usées et obsolètes. J'allume la télé, et les images d'un vieux film apparaissent sur l'écran : *La Mélodie du bonheur*. Je l'avais vus sur écran géant quand j'étais écolier ; l'instituteur avait emmené toute la classe.

C'est un des rares films que j'aie vus enfant. Il n'y avait personne dans mon entourage pour m'emmener au cinéma. La scène qui passe en ce moment est celle où la gouvernante Maria et les enfants font une sortie en montagne pendant que le père sévère et acariâtre, le capitaine Von Trappen, est en mission à Vienne. Ils sont assis dans l'herbe, et Maria joue de la guitare. Ils chantent quelques chansons innocentes. C'est une scène célèbre. Je m'assieds devant l'écran, et j'entre complètement dans le film. Ma vie aurait sûrement été différente si j'avais eu quelqu'un comme cette gouvernante auprès de moi quand j'étais petit (c'est exactement ce que je m'étais dit la première fois que j'avais vu ce film). Mais personne de ce genre n'était apparu dans ma vie.

Je reviens à la réalité. Pourquoi est-ce que je regarde avec autant de sérieux ce vieux film sorti tout droit de mon enfance ? Et d'abord, pourquoi *La Mélodie du bonheur* ? Est-ce que cette télé est reliée à un satellite ? Est-ce juste une cassette qui passe quelque part et est projetée sur tous les postes ? Il doit s'agir d'une cassette, car quand j'essaie de changer de programme, je ne trouve rien. Aucune autre chaîne ne fonctionne. Ces grésillements inorganiques et ces points blancs sur l'écran m'évoquent irrésistiblement une tempête de sable.

Maria et les enfants chantent toujours *Edelweiss*, mais j'éteins le poste, et le silence envahit à nouveau la pièce. Je me sens assoiffé et vais chercher la jarre de lait dans le frigo. Je me verse un verre de ce liquide frais et crémeux, dont le goût n'a rien à voir avec celui des briques de lait que j'achète dans les supérettes. J'en bois plusieurs verres et le souvenir du film *Les Quatre Cents Coups* de François Truffaut me revient à l'esprit. Dans ce film, le petit Antoine, qui a fait une fugue, a faim et vole le lait distribué le matin devant une maison. Dans une scène, il le boit en s'enfuyant. La bouteille est grande, et il lui faut un certain temps pour finir le lait. C'est une scène d'une incroyable tristesse. Au point que l'on se demande comment voir quelqu'un boire du lait peut être aussi triste. C'est un autre des films de mon enfance : quand j'étais en dernière année de primaire, j'étais allé le voir tout seul au cinéma, parce que le titre m'attirait[1]. J'avais pris le train jusqu'à Ikebukuro, et étais entré dans un grand cinéma. Ensuite, j'avais repris le train pour retourner à la maison. En sortant du cinéma, je n'avais pas pu m'empêcher de m'acheter du lait et de le boire.

Après un dernier verre de lait, je me rends compte que je tombe de sommeil. Un sommeil écrasant, qui me donne presque la nausée. Mes pensées ralentissent, s'arrêtent comme un train arrivant en gare, et bientôt je suis incapable de formuler la moindre d'entre elles. Je vais dans la chambre, enlève mes chaussures et mon pantalon avec des gestes mal assurés, m'étends sur le lit. J'enfouis mon visage dans l'oreiller, ferme les yeux. L'oreiller a un parfum ensoleillé. Une odeur nostalgique que je hume profondément jusqu'à ce que le sommeil m'envahisse.

Quand je me réveille, il fait noir tout autour de moi. J'ouvre les yeux, me demande un moment où je suis. Puis mes souvenirs reviennent peu à peu : j'ai traversé la forêt, guidé par les deux soldats et suis arrivé dans cette petite ville où coule une rivière. Le paysage environnant retrouve sa netteté. Une mélodie que j'ai déjà entendue parvient à mes oreilles : *Edelweiss*. Du côté de la cuisine, j'entends des bruits de vaisselle entrechoquée. Des petits bruits familiers. Un rai de lumière jaune filtre sous la porte de ma chambre. Une lumière poussiéreuse et vieillotte.

J'essaie de me lever mais mon corps est engourdi. Un engourdissement général. Je pousse un profond soupir, regarde le plafond. Les bruits de vaisselle conti-

1. La traduction japonaise du titre signifie : « Les adultes ne comprennent pas ». (*N.d.T.*)

nuent. J'entends quelqu'un se déplacer en s'affairant dans la cuisine. Peut-être est-ce la personne qui devait venir me préparer le repas ? Je parviens enfin à me lever, enfile mon pantalon avec des gestes lents, mets mes chaussures. Je tourne lentement la poignée de la porte.

Dans la cuisine, une jeune fille est en train de préparer le repas. Elle me tourne le dos. Penchée au-dessus d'une marmite, elle goûte quelque chose avec une cuillère. Au bruit de la porte qui s'ouvre, elle lève la tête et se retourne pour me regarder. C'est la jeune fille qui venait chaque nuit regarder le tableau dans ma chambre à la bibliothèque Komura. C'est Mlle Saeki, à quinze ans. Elle porte les mêmes vêtements qu'à la bibliothèque. Une robe bleu pâle à manches longues. Mais ses cheveux sont retenus par une épingle à cheveux, c'est la seule différence dans sa tenue. Elle me regarde avec un petit sourire chaleureux. Je me sens violemment ému, on dirait que le monde s'est complètement inversé. Tout ce qui avait une forme se brise en morceaux, puis se reconstitue. Mais elle, elle n'est pas une illusion, ce n'est pas un fantôme. Elle est là, en chair et en os, si proche que je pourrais la toucher. Debout dans une cuisine réelle, dans le soir tombant, elle prépare un repas réel pour moi. Ses seins sont légèrement renflés, son cou est blanc comme de la porcelaine tout juste sortie du four du potier.

— Tu es levé ? dit-elle.

Je suis incapable de parler. Je ne suis pas encore remis de mon trouble.

— Tu dormais vraiment profondément, dit-elle, puis elle me tourne à nouveau le dos et goûte de nouveau le plat. Si tu ne t'étais pas réveillé, j'aurais laissé le plat ici et serais repartie.

— Je n'avais pas l'intention de dormir autant, dis-je, retrouvant enfin ma voix.

— Tu as traversé toute la forêt, dit-elle. Tu dois avoir faim ?

— Je ne sais pas. Peut-être.

J'ai envie de lui prendre la main, pour vérifier que je peux vraiment la toucher. Mais j'en suis incapable. Je reste debout, à la regarder intensément. J'entends les froissements de tissu de sa robe à chacun de ses mouvements.

Elle emplit une assiette blanche du ragoût qu'elle vient de confectionner, l'apporte à la table. Il y a aussi une salade de tomates et d'autres crudités dans un grand bol. Et une grosse tranche de pain. Le fumet du ragoût aux carottes et aux pommes de terres me rend nostalgique. En inspirant cette odeur au fond de mes poumons, je me rends compte à quel point j'ai faim. Il faut que je me remplisse l'estomac. Pendant que je mange avec de vieux couverts usés, elle s'assied sur une chaise, un peu à l'écart, et me regarde. Elle a un air grave, comme si elle devait s'assurer que je me nourris bien. De temps en temps, elle se passe la main dans les cheveux.

— On m'a dit que tu avais quinze ans, dit-elle.

— Hum, fais-je en étalant du beurre sur mon pain. Je viens de les avoir.

— Moi aussi, j'ai quinze ans, dit-elle.

Je suis sur le point de répondre : « Je sais », mais finalement je continue à manger en silence.

— Je te préparerai les repas pendant quelque temps, dit-elle. Je ferai aussi le ménage et la lessive. Tu trouveras des vêtements de rechange dans la chambre. Tu n'auras qu'à mettre ton linge sale dans le panier, et je m'en occuperai.

— Qui t'a demandé de faire cela pour moi ?

Elle me regarde fixement sans répondre. On dirait que ma question a emprunté le mauvais circuit et a été absorbée dans un espace sans nom où elle a disparu. J'essaie autre chose :

— Comment tu t'appelles ?

Elle secoue légèrement la tête.

— Je n'ai pas de nom. On n'a pas de noms, tu sais.

— Je ne peux pas t'appeler, alors. C'est ennuyeux…
— Tu n'as pas besoin de m'appeler. Je serai là quand tu auras besoin de moi.
— Mon nom à moi ne sert à rien ici, j'imagine ?
Elle acquiesce d'un signe.
— Tu es toi, et il n'y a personne d'autre. Tu es bien toi, non ?
— Je crois, oui.
Mais je n'en suis plus très sûr. Suis-je vraiment moi ?
Elle me regarde fixement. Alors, je la questionne sans hésiter :
— Tu te souviens de la bibliothèque ?
— Quelle bibliothèque ? fait-elle. Non, je ne m'en souviens pas. Il existe une bibliothèque quelque part, mais loin, très loin.
— Il y a une bibliothèque ici ?
— Oui, mais elle ne contient pas de livres.
— Qu'est-ce qu'il y a dedans, alors ?
Elle incline un peu la tête, sans répondre. Cette question aussi chemine dans des circuits de dérivation.
— Tu y es déjà allée ?
— Une fois, il y a longtemps.
— Mais pas pour lire des livres ?
Elle fait non de la tête.
— Il n'y en a pas, de toute façon.
Je continue à manger un moment en silence. Je finis le ragoût, la salade, le pain. Elle non plus ne dit rien, elle continue simplement à surveiller mes gestes d'un air grave.
— Comment était le repas ? me demande-t-elle, une fois que j'ai tout mangé.
— Délicieux.
— Même sans viande ni poisson ?
Je lui montre mon assiette vide :
— Tu vois, je n'ai rien laissé.
— C'est moi qui ai tout préparé.
— C'était très bon.

Je répète mon compliment ; il est sincère.

À la voir ainsi devant moi, je ressens une douleur dans la poitrine, comme si la pointe glacée d'un couteau me transperçait. Mais curieusement cette douleur atroce est aussi un bienfait, car elle me prouve que j'existe. La douleur est une ancre qui m'amarre *ici*. La jeune fille se lève pour aller faire chauffer de l'eau. Elle prépare du thé, et, pendant que je reste assis devant la table à le boire, elle débarrasse, puis se met à faire la vaisselle. Je regarde fixement sa silhouette de dos. J'ai envie de dire quelque chose, mais j'ai l'impression que les mots ne remplissent plus leur fonction de communication quand je suis avec elle. Ou alors, le sens qui les reliait entre eux s'est peut-être évanoui. Je regarde mes mains. Puis je pense au cornouiller qui brille sous la lune derrière ma fenêtre. C'est là que se trouvent les pointes glacées qui me transpercent la poitrine.

— Est-ce que je te reverrai ?

— Bien sûr, répond la jeune fille. Comme je te l'ai dit tout à l'heure, je serai là quand tu auras besoin de moi.

— Tu ne vas pas disparaître brusquement ?

Elle ne dit rien, mais me regarde d'un air bizarre. Comme pour dire : « Mais où veux-tu que je disparaisse ? »

— Je t'ai déjà rencontrée, dis-je résolument. Ailleurs, dans une bibliothèque.

— Si tu le dis, répond-elle en posant la main sur son épingle à cheveux pour vérifier que sa chevelure est bien attachée.

Sa voix est complètement dépourvue d'émotion, comme pour me signifier que le sujet ne l'intéresse pas.

— Et je crois bien que je suis venu jusqu'ici pour te revoir. Toi, et une autre femme.

Elle lève les yeux vers moi et hoche le menton d'un air grave.

— En traversant la forêt profonde.

— Oui. Il fallait absolument que je vous revoie, toi et cette femme.

— Et tu m'as rencontrée ici.

Je hoche la tête.

— Je te l'ai déjà dit, reprend-elle. Quand tu as besoin de moi, je suis là.

Quand elle a fini de laver la vaisselle, elle remet sur son épaule le sac de toile vide dans lequel elle avait apporté des provisions.

— Je reviendrai demain matin. J'espère que tu t'habitueras rapidement à cet endroit.

Debout sur le seuil, je la regarde disparaître dans les ténèbres du dehors. Me voilà de nouveau seul dans la cabane, au centre d'un cercle fermé. Le temps n'est pas un facteur important ici. Personne n'a de nom. Quand j'aurai besoin d'elle, elle sera là. Elle a quinze ans. Pour l'éternité sans doute. Mais *moi*, alors ? Est-ce que je vais rester éternellement un adolescent de quinze ans, enfermé ici ? Ou bien, est-ce qu'ici l'âge non plus n'est pas un facteur important ?

Je reste debout dans l'entrebâillement de la porte, le regard vaguement fixé sur le paysage, longtemps après que sa silhouette a disparu. Il n'y a ni lune ni étoiles. On aperçoit des lumières derrière quelques fenêtres. Des lumières jaunes et vieillottes comme celle de la lampe qui éclaire cette pièce. Mais je ne vois toujours personne. Juste ces quelques fenêtres éclairées. Dehors s'étend le territoire des ombres. Et je sais que, tout au fond de ces ténèbres, se dresse une rangée de crêtes plus sombres encore, et que la forêt profonde entoure cette ville de ses murailles.

46

Depuis la mort de Nakata, Hoshino n'avait plus quitté l'appartement. La pierre était toujours là, il ne savait pas ce qui allait se passer, ni quand, mais il fallait qu'il reste près d'elle pour réagir le plus rapidement possible lorsque le moment se présenterait. Sa responsabilité était engagée. Il se sentait l'héritier de la mission de Nakata. Dans la chambre où reposait le corps, il avait réglé l'air conditionné sur la température la plus basse, ouvert la soufflerie au maximum et vérifié que les fenêtres étaient bien fermées.

— Hé, papi, tu n'as pas trop froid ? demanda-t-il au cadavre, qui, naturellement, n'exprima pas la moindre remarque sur le sujet.

L'air de la pièce avait une densité particulière qui, de toute évidence, provenait de la présence du cadavre.

Hoshino, assis dans le canapé du salon, laissait passer le temps sans rien faire. Il n'avait envie ni de lire ni d'écouter de la musique. Même quand l'obscurité du soir avait commencé à envahir la pièce, il n'avait pas fait mine de se lever pour allumer la lumière. Il se sentait vidé de ses forces et maintenant qu'il était assis au fond de ce canapé, il n'avait plus le courage d'en bouger. Les heures se succédaient au ralenti. Tellement au ralenti qu'Hoshino se demandait parfois si le temps n'était pas reparti en arrière à son insu.

La mort de son grand-père avait été un coup dur pour lui, mais pas à ce point-là. Son grand-père était malade depuis longtemps, et Hoshino s'était attendu qu'il meure. Quand cela s'était produit, il y était préparé, dans une certaine mesure. Or, pour Hoshino, le fait d'être préparé aux événements est très important ; mais ce n'était pas tout. Il y avait quelque chose dans la mort de Nakata qui suscitait en lui une profonde réflexion.

Il finit par avoir vaguement faim et se rendit à la cuisine. Il décongela une portion de riz cantonais, en mangea la moitié en buvant de la bière. Quand il eut terminé, il retourna dans la chambre jeter un coup d'œil au cadavre. Nakata était toujours mort. La pièce était aussi glaciale que l'intérieur d'un congélateur. Il aurait pu y entreposer des glaces sans qu'elles fondent.

C'était la première fois qu'Hoshino passait la nuit sous le même toit qu'un mort, et cette perspective le rendait un peu nerveux. Il n'avait pas peur, non, il ne trouvait pas cela particulièrement lugubre ou quoi que ce soit. Il n'était tout simplement pas habitué à leur compagnie. Le temps s'écoulait différemment pour les vivants et les morts, et cela le mettait mal à l'aise. « Je n'y peux rien, de toute façon, finit-il par conclure. Nakata est dans le monde des morts, et moi, je suis dans celui des vivants. On est en décalage. » Il se laissa glisser du canapé, et s'assit par terre à côté de la pierre. Puis il en effleura la surface comme on caresse le dos d'un chat.

— Tu pourrais me dire ce qu'il faut faire, toi ? demanda-t-il à la pierre. Je voudrais bien remettre le corps de Nakata entre les mains de gens compétents, mais si tu ne m'aides pas un peu, je n'y arriverai pas. Je suis bien embêté. Si tu as la moindre idée de ce que je dois faire, je t'en prie, fais-m'en part.

Il n'y eut pas de réponse. Ce n'était qu'une pierre, Hoshino en avait bien conscience. Il aurait beau l'interroger, il n'espérait pas obtenir la moindre réponse. Il resta pourtant assis près d'elle, et continua à la caresser. Il lui posa quelques questions, lui exposa la situation avec des arguments rationnels. Sollicita même sa compassion. Tout cela en pure perte, il en était convaincu. Mais il ne savait pas quoi faire d'autre. Et puis, n'était-ce pas ainsi que Nakata s'était comporté avec la pierre ?

« Je suis en train de demander à une pierre d'avoir pitié de moi, se dit-il. Plutôt pathétique, non ? D'autant plus si l'on songe au sens de l'expression "avoir un cœur de pierre". »

Il se leva dans l'intention de regarder à nouveau les informations, y renonça, se rassit auprès de la pierre. Il lui semblait que le silence était chose importante. « Il faut que j'attende en tendant l'oreille. Mais attendre ce n'est pas mon fort. D'ailleurs, ça m'a plutôt apporté des ennuis, d'être impatient. En agissant sans réfléchir et dans la précipitation, je n'ai connu que des échecs. Mon grand-père me disait que j'étais aussi incapable de tenir en place qu'un chat à la saison des amours. Un peu de patience, mon gars, un peu de patience », se répétait le jeune homme.

Aucun bruit ne lui parvenait, à part le ronflement de l'air conditionné dans la chambre voisine. Neuf heures arrivèrent, puis dix heures, sans qu'il se passe rien. Le temps s'écoulait et la nuit avançait. Le jeune homme alla prendre une couette dans la chambre et s'allongea sur le canapé. Il éteignit la lumière, ferma les yeux.

— Hé, la pierre, je vais piquer un petit roupillon, OK ? On reprendra notre discussion demain matin. J'ai eu une longue journée aujourd'hui, j'ai sommeil maintenant.

« Oui, se répéta-t-il intérieurement, j'ai eu une longue journée. Il s'est vraiment passé beaucoup de choses en l'espace de vingt-quatre heures. »

— Hé, papi, fit le jeune homme d'une voix assez forte pour être entendue de l'autre côté de la porte. Hé, Nakata, tu m'entends ?

Hoshino soupira, ferma à nouveau les yeux, arrangea son oreiller, et s'endormit. Il dormit sans interruption, d'un sommeil sans rêves, jusqu'au lendemain matin. Dans la chambre voisine, Nakata, endormi d'un sommeil de pierre, n'avait sans doute pas dû rêver non plus.

Hoshino se réveilla à sept heures et alla aussitôt vérifier l'état du cadavre. L'air conditionné ronflait toujours et soufflait un air glacé dans la chambre. Et Nakata était toujours mort. Il le paraissait davantage encore que la veille. Sa peau était blafarde, ses yeux semblaient solennellement fermés. Il était désormais bien improbable qu'il revienne à la vie et se relève en disant : « Excusez-moi, monsieur Hoshino, Nakata s'était simplement endormi. Je vous demande bien pardon. Tranquillisez-vous, et laissez-moi me charger du reste. » Non, Nakata ne s'occuperait plus de la pierre désormais. Il était mort, c'était un fait indéniable et avéré.

Tremblant de froid, Hoshino referma la porte. Il se rendit à la cuisine, prépara du café, en but deux tasses, avala quelques toasts avec du beurre et de la confiture, puis regarda par la fenêtre. Les nuages avaient disparu pendant la nuit, laissant place à un ciel bleu estival. La pierre était à sa place près du canapé. Elle n'avait pas dormi, et ne s'était pas réveillée. Elle était simplement restée posée là toute la nuit. Hoshino essaya de la soulever et y parvint sans difficulté.

— Hé, c'est moi, fit le jeune homme d'une voix enjouée. Tu te souviens de moi, ton vieux pote Hoshino ? On va de nouveau passer la journée ensemble, on dirait.

La pierre resta silencieuse, comme toujours.

— Bon, peu importe. On va avoir tout le temps de faire connaissance.

Il s'assit à côté d'elle et se mit à en caresser la surface de la main droite, tout en se demandant de quoi il pourrait bien lui parler. Ce n'était pas facile de trouver des sujets de conversation. Après tout, c'était la première fois de sa vie qu'il parlait à une pierre. Autant éviter les sujets compliqués à une heure aussi matinale. La journée promettait d'être longue, il n'avait qu'à lui parler de ce qui lui passait par la tête, pour commencer.

Après avoir réfléchi un moment, il engagea la conversation sur les femmes et parla à la pierre de toutes les filles avec qui il avait eu des relations sexuelles jusqu'à maintenant. S'il se limitait à celles dont il se rappelait les noms, il n'y en avait pas tant que ça. Il compta sur ses doigts. Six. Évidemment, s'il ajoutait celles dont il ne connaissait pas le prénom, cela ferait beaucoup plus.

— À la réflexion, ça paraît un peu absurde de parler à une pierre des filles avec qui j'ai couché, commença-t-il, et il se peut que tu n'aies pas envie d'entendre ce genre de confession dès le matin. À part ça, je ne vois pas bien ce que je pourrais te raconter. Et puis, peut-être qu'un peu de légèreté te fera du bien. Disons que c'est pour ta culture personnelle.

Hoshino fouilla dans ses souvenirs et raconta quelques-unes de ses rencontres, avec autant de détails concrets que possible. Pour la première, il était encore au lycée. Il fréquentait une bande de motards et faisait un tas de bêtises. La fille avait trois ans de plus que lui et travaillait dans un petit bar à Gifu. Cela n'avait pas duré longtemps mais ils étaient restés tout de même un moment ensemble. Et puis la fille s'était mise à prendre leur relation un peu trop au sérieux, déclarant qu'entre eux c'était à la vie à la mort, etc. Elle avait même téléphoné aux parents d'Hoshino, qui avaient fait la morale à leur fils. Comme il terminait ses études, il avait tout laissé tomber et s'était engagé dans les forces d'autodéfense. Il avait aussitôt été envoyé dans une base militaire de la préfecture de Yamanashi, et cela avait marqué la fin de l'histoire avec cette fille. Il ne l'avait jamais revue.

— Ma devise favorite dans la vie, c'est « Éviter les ennuis », expliqua-t-il à la pierre. Dès que ça devient compliqué, je prends la tangente. Et c'est pas pour me vanter, mais je cours vite. C'est pourquoi je ne suis jamais vraiment allé au bout des choses. Ça doit être ça, mon problème.

Il avait rencontré sa deuxième petite amie non loin de la base de Yamanashi. Un jour, alors qu'il était en congé, il l'avait croisée, en panne sur le bas-côté, et l'avait aidée à changer les pneus de sa Suzuki Alto. C'est ainsi que tout avait commencé. Elle avait un an de plus que lui, et étudiait dans une école d'infirmières.

— Elle était vraiment gentille, cette fille, dit-il à la pierre. De gros seins, et elle avait bon cœur. Et puis, elle aimait ça, je te le dis. Moi, j'avais à peine dix-neuf ans, et on passait notre temps au lit tous les deux. Mais elle était d'une jalousie incroyable et dès que je passais un jour de congé sans elle, j'avais droit à un interrogatoire en règle : où tu étais ? qu'est-ce que tu as fait ? avec qui ? et tout le tralala. J'avais beau lui répondre honnêtement, elle ne me croyait pas. Finalement, c'est à cause de ça qu'on s'est séparés, après être restés ensemble à peu près un an… Je ne sais pas comment ça se passe pour toi, la pierre, mais moi, je n'aime pas qu'on me pose trop de questions. J'ai l'impression d'étouffer, et ça me déprime. Alors, je me suis tiré. Ce qui est bien quand on est dans les forces d'autodéfense, c'est qu'on peut se planquer à la base en attendant que les choses se calment. La fille ne peut pas aller te chercher là-bas. Moi je dis, si on veut se séparer d'une fille, le meilleur moyen, c'est de s'engager dans l'armée. Rappelle-toi bien ça, la pierre. Enfin, c'était quand même pénible de passer mon temps à creuser des tranchées et à empiler des sacs de sable.

Plus il parlait, plus Hoshino se rendait compte qu'il n'avait fait que des choses minables dans sa vie. Parmi les six petites amies qu'il avait eues, quatre au moins étaient des filles vraiment bien. (Les deux restantes lui semblaient, objectivement, des filles à problèmes.) Elles s'étaient montrées plutôt gentilles avec lui. Ce n'étaient pas des beautés à tomber à la renverse, mais chacune était mignonne à sa façon, et il pouvait leur faire l'amour quand il en avait envie. Elles ne protestaient jamais, même quand, par paresse, il négligeait un peu les préliminaires. Elles lui faisaient la cuisine les jours de congé, lui offraient des cadeaux pour son anniversaire. Lorsqu'il était fauché, et que sa paie mettait trop longtemps à arriver, elles lui prêtaient de l'argent (il ne se rappelait pas les avoir remboursées), et elles n'exigeaient rien en retour. Lui, en dépit de tout cela, ne leur en avait pas été le moins du monde reconnaissant, considérant que tout ce qu'elles faisaient pour lui était normal.

Quand il était avec une fille, il ne couchait qu'avec elle. Il ne la trompait jamais. Sur ce plan-là, au moins, il était honnête. Mais si elle commençait à se plaindre, à vouloir avoir le dernier mot dans une discussion, à être jalouse, à lui conseiller de faire des économies, à devenir hystérique quand elle avait ses règles, ou à exprimer la plus petite inquiétude à propos de leur avenir, aussitôt, c'était : « Ciao, bye bye. » Il pensait que la chose la plus importante dans une relation avec une fille était d'éviter les complications, si bien qu'à la moindre difficulté, il prenait aussitôt ses jambes à son cou. Ensuite, il en trouvait une autre et recommençait exactement la même chose. Il était persuadé que la majorité des gens se comportaient ainsi.

— Mais tu vois, dit-il à la pierre, si j'étais une fille et que je sorte avec un type aussi égoïste que moi, je lui en voudrais vraiment. C'est ce que je pense maintenant. Je suis étonné qu'elles aient été aussi patientes avec moi. J'ai du mal à comprendre.

Il alluma une cigarette, et caressa la pierre d'une main, tout en soufflant doucement une bouffée de fumée.

— C'est vrai quoi ? Comme tu vois, je ne suis pas particulièrement beau, et je ne suis pas spécialement un bon coup non plus. Je n'ai pas d'argent, j'ai mauvais caractère, je ne suis pas très intelligent. Pas vraiment le Prince Charmant, quoi. Un fils de paysans pauvres de

Gifu, ancien soldat dans les forces d'autodéfense devenu chauffeur routier. Mais quand j'y pense, j'ai plutôt eu de la chance avec les femmes. Ce n'est pas que j'aie un succès faramineux, mais enfin, elles ne m'ont jamais causé de problèmes. Elles m'ont généreusement offert leur corps, m'ont nourri, prêté de l'argent… Mais tu vois, la pierre, je me dis que toutes les bonnes choses ont une fin. Comme si quelqu'un me disait : « Hé, Hoshino, maintenant faudrait voir à passer à la caisse ! »

Le jeune homme continua à entretenir la pierre de ses aventures féminines, tout en la caressant. Maintenant qu'il était habitué à ce contact, il avait du mal à ôter sa main de cette surface minérale. À midi, il entendit sonner la cloche d'une école voisine. Il alla à la cuisine, se prépara une soupe de nouilles : il coupa des oignons en petites lamelles, ajouta un œuf dans le bouillon.

Après le déjeuner, il écouta à nouveau le trio *À l'archiduc*.

— Hé, la pierre ! s'exclama-t-il quand le premier mouvement fut achevé, pas mal comme musique, non ? Tu ne trouves pas que ça élargit l'esprit, d'écouter ça ?

La pierre se taisait. Hoshino ne savait pas si elle écoutait ou non la musique. Mais il continuait à lui parler sans s'en soucier.

— Comme je te l'ai raconté, j'ai fait des choses assez moches jusqu'à présent. J'ai vécu comme un égoïste. C'est trop tard pour effacer le passé. Mais quand j'écoute cette musique, j'ai l'impression d'entendre Beethoven s'adresser directement à moi : « Hé, mon petit Hoshino, ce qui est fait est fait, tu n'y peux rien, pas vrai ? Moi non plus, je ne me suis pas toujours bien conduit. C'est la vie qui veut ça, mon petit. On n'y peut rien, il faut continuer à essayer de faire mieux, c'est tout. » Évidemment, en réalité, avec le caractère de cochon qu'il avait, Beethoven, il est peu probable qu'il ait tenu ce genre de propos, mais quand j'écoute sa musique, j'entends quelque chose comme ça. Pas toi ?

La pierre se taisait toujours.

— Bon, enfin bref, dit Hoshino. C'est juste un avis personnel. Je ferais mieux de me taire et d'écouter la musique en silence.

À deux heures, il regarda par la fenêtre et aperçut un gros chat noir, installé sur la rambarde du balcon, qui regardait à l'intérieur de la pièce. Par ennui, Hoshino lui adressa la parole.

— Hé, le matou ! Belle journée, non ?

— En effet, monsieur Hoshino, répondit le chat.

— Alors là, je suis scié, dit le jeune homme en secouant la tête.

Le garçon nommé Corbeau

Le garçon nommé Corbeau volait lentement en dessinant de larges cercles, au-dessus de la forêt. Quand il avait fini de décrire une boucle, il en traçait consciencieusement une autre, identique, un peu plus loin. Et tous ces cercles apparaissaient tour à tour dans le ciel puis s'évanouissaient. Le regard du garçon nommé Corbeau, comme un avion en reconnaissance, observait attentivement le monde en contrebas. Il paraissait chercher quelqu'un, ou quelque chose, qu'il avait du mal à localiser. La forêt ondulait sous ses yeux comme une mer immense. Les branches vertes s'entrecroisaient, se superposaient, enveloppant la forêt d'un manteau anonyme. Le ciel était couvert de nuages gris, et il n'y avait pas un souffle de vent. Même la grâce de la lumière lui était refusée. À ce moment, le garçon nommé Corbeau était sans doute l'oiseau le plus solitaire qui existât sur la Terre. Cependant, il n'avait pas le temps de s'appesantir là-dessus.

Finalement, il découvrit une déchirure dans l'océan d'arbres en contrebas, et piqua droit vers elle. Une petite clairière s'ouvrait juste à cet endroit. Un faible soleil brillait sur ce coin de terre, où des herbes d'un vert vif avaient poussé comme un présage. Il y avait une grosse pierre ronde au milieu de cette clairière, sur laquelle un homme était assis. Il portait un survêtement rouge vif et était coiffé d'un chapeau de soie noire. Un sac de toile kaki était posé à ses pieds, chaussés de souliers de montagne à semelles épaisses. Drôle de tenue, remarqua le garçon nommé Corbeau, qui par ailleurs s'en moquait éperdument. Car c'était la personne qu'il cherchait, et peu lui importait la façon dont elle était habillée.

Au battement d'ailes, l'homme leva les yeux et aperçut le garçon nommé Corbeau, perché sur une grosse branche au-dessus de lui.

— Salut, fit l'homme d'une voix enjouée.

Le garçon nommé Corbeau ne répondit pas. Perché sur sa branche, il regardait l'homme sans ciller, d'un regard inexpressif. De temps en temps, il inclinait la tête de côté.

— Je sais qui tu es, dit l'homme. (Il souleva légèrement son chapeau, puis le remit sur sa tête.) Je me disais bien que tu n'allais pas tarder.

Il toussa, fit une grimace, cracha par terre. Puis il frotta le sol avec ses semelles pour effacer la trace de son crachat.

— Je faisais une petite pause, mais je m'ennuyais un peu, à force de n'avoir personne à qui parler. Si tu venais bavarder un peu ici avec moi ? Qu'en dis-tu ? C'est la première fois qu'on se voit, mais ça ne veut pas dire pour autant qu'on soit des étrangers l'un pour l'autre.

Le garçon nommé Corbeau, les ailes repliées contre lui, gardait un silence obstiné. L'homme au chapeau de soie secoua légèrement la tête.

— Ah, je vois, tu ne peux pas parler. Tant pis, je parlerai tout seul. Je sais ce que tu t'apprêtes à faire, même si tu ne dis pas un mot. Tu n'as pas envie que j'aille plus loin, c'est ça ? Je le sais. Je le devine. Tu ne veux pas que j'avance au-delà de ce point. Mais moi, je veux continuer. C'est une occasion unique, et je n'ai pas l'intention de la laisser passer. Une occasion comme on n'en rencontre qu'une fois tous les mille ans.

Il frappa sur les tiges de ses chaussures de montagne, à la hauteur des chevilles.

— Bon, commençons par la conclusion : tu ne peux pas arrêter ma progression. Tu n'en as pas le pouvoir, voilà pourquoi. Imaginons que je me mette à jouer de la flûte, ici même. Tu ne pourras pas t'approcher de moi. Je ne sais pas si tu es au courant, mais mes flûtes ont des pouvoirs vraiment particuliers. Rien à voir avec les instruments ordinaires. Et j'en transporte quelques-unes dans mon sac.

L'homme tendit la main, tapota le sac à ses pieds, comme s'il contenait un trésor, puis leva à nouveau la tête vers la branche où le garçon nommé Corbeau était perché.

— Je les ai fabriquées avec des âmes de chat. J'ai dû leur arracher leurs âmes de leur vivant, pour fabriquer ces instruments. J'étais vraiment navré pour ces malheureuses bêtes mais je ne pouvais pas faire autrement. Ces flûtes, vois-tu, sont au-delà du bien et du mal, de l'amour et de la haine, ou de tous ces jugements humains ordinaires. Pendant longtemps, les fabriquer a été mon unique but dans l'existence. J'ai eu une vie dont je n'ai pas à avoir honte : je me suis marié, j'ai eu des enfants, et j'ai confectionné ces flûtes. Entre nous soit dit, j'ai l'intention d'en mettre une au point, qui aura une portée encore plus grande que toutes celles que j'ai conçues jusqu'à présent. Une flûte super-puissante, de qualité supérieure, qui sera un système entier à elle seule. Et je suis en train de me diriger vers le lieu où je pourrai enfin la mettre au point. Ce n'est pas moi qui déciderai si cette super-flûte sera utilisée pour faire le bien ou pour faire le mal. Et ce n'est pas toi non plus, bien sûr. Cela dépendra simplement de l'endroit où je me trouverai. En ce sens, je suis un homme absolument sans préjugés. Comme l'histoire ou le climat, je ne cherche à porter préjudice à personne. C'est pour cela que je peux devenir un système : parce que je n'ai aucun préjugé envers quiconque.

Il ôta son chapeau, frotta un moment les cheveux clairsemés qui ornaient le sommet de son crâne, puis remit son chapeau en place, en rajustant le bord du bout de ses doigts.

— Si je me mets à jouer de la flûte, je n'aurai aucun mal à te chasser. Mais je préférerais éviter de me servir de mon instrument maintenant. Je préfère économiser mes forces pour plus tard. Et puis, que je joue de la flûte ou pas, en fin de compte, tu ne pourras pas m'arrêter. C'est évident pour tout le monde.

Il toussa une fois de plus. Puis caressa plusieurs fois son ventre protubérant à travers sa chemise.

— Dis, tu sais ce que c'est que les limbes ? C'est le *no man's land* qui s'étend entre le monde de la vie et celui de la mort. Un lieu triste, aux contours indistincts. Autrement dit, c'est l'endroit où je me trouve en ce moment. Cette forêt. Je suis mort. Oui, mort, de ma propre volonté. Mais je ne suis pas parti pour l'autre monde. Je suis une âme errante, et les âmes errantes n'ont pas de forme. J'ai juste emprunté une forme provisoire. Voilà pourquoi tu ne peux rien contre moi. Tu ne peux pas me blesser. Tu comprends ? Même si je perdais une abondante quantité de sang, ce ne serait pas du vrai sang. Même si je souffrais, ce ne serait pas une souffrance réelle. Le seul qui puisse m'éliminer maintenant, c'est celui qui en a le pouvoir. Et malheureusement, ce n'est pas toi. Toi, tu es une simple petite illusion immature de rien du tout. Tu as beau me détester de toutes tes forces, tu ne peux pas me tuer.

L'homme adressa un large sourire au garçon nommé Corbeau.

— Alors, tu veux tenter ta chance quand même ?

Comme si ces mots étaient un signal, le garçon nommé Corbeau étendit ses ailes, quitta sa branche et fondit sur l'homme en ligne droite. Il planta ses serres dans sa poitrine, ramena la tête en arrière puis enfonça de toutes ses forces son bec acéré dans l'œil droit de l'homme, comme s'il maniait un pic à glace. Pendant tout ce temps, il battait l'air bruyamment de ses ailes noires. L'homme ne fit pas un geste pour se défendre. Il se laissa faire sans bouger un doigt, sans pousser un gémissement. Au contraire, il éclata même de rire. Son chapeau roula à terre, son globe oculaire fut arraché et roula hors de l'orbite fendue. Le garçon nommé Corbeau attaqua ainsi les deux yeux de l'homme de toutes ses forces. Il n'y eut bientôt que deux cavités sombres, après quoi, le garçon nommé Corbeau se mit à donner des coups de bec dans le visage de l'homme, qui ne fut bientôt plus qu'une immense plaie d'où jaillissaient des geysers de sang. Son visage n'était plus qu'une bouillie rouge. Des lambeaux de peau et des morceaux de chair pendaient çà et là. Le garçon nommé Corbeau planta sans pitié son bec sur le crâne aux cheveux clairsemés. Mais l'homme continuait à rire, comme si tout cela était si drôle qu'il ne pouvait plus s'arrêter. Plus les attaques du garçon nommé Corbeau augmentaient de violence, plus le rire de l'homme se faisait homérique.

Malgré ses orbites vides, son regard ne lâchait pas le garçon nommé Corbeau, et il parvint à articuler quelques mots entre deux éclats de rire.

— Allez, je te l'avais bien dit, non ? Arrête de me faire rire ! Tu auras beau y employer toute ton énergie, tu ne pourras pas me blesser. Tu n'en as pas le pouvoir ! Tu n'es qu'une petite illusion sans relief, un vague écho lointain. Tout ce que tu peux tenter contre moi est vain, tu ne l'as donc pas encore compris ?

Cette fois, le garçon nommé Corbeau visa cette bouche de son bec. Il agitait toujours violemment ses grandes ailes ; quelques plumes d'un noir lustré qui s'en étaient échappées voletaient autour de lui, comme des morceaux de son âme. Le bec du garçon nommé Corbeau fendit la langue de l'homme, se planta dans la déchirure, puis arracha l'organe en tirant de toutes ses forces. Cette langue longue et épaisse, même une fois hors de la gorge de l'homme, continua à se tortiller dans les airs comme un énorme mollusque, en prononçant des paroles de ténèbres. Sans langue, cependant, cet homme ne pouvait plus rire. Il ne pouvait plus respirer non plus, semblait-il. Il se tint cependant les côtes encore un moment, comme s'il riait encore. Et ce rire silencieux résonnait dans les tympans du garçon nommé Corbeau. Ce rire creux et sinistre continuait à enfler à l'infini, comme des rafales de vent dans un désert lointain. On eût dit le son d'une flûte d'un autre monde.

47

Je me réveille juste après l'aube. Je fais chauffer de l'eau dans la bouilloire électrique et me prépare du thé. Assis sur une chaise près de la fenêtre, je le bois en regardant au-dehors. La rue est toujours déserte, et tout est mortellement silencieux. Même les oiseaux semblent se retenir de chanter. L'obscurité se dissipe tard, à cause des montagnes qui entourent la ville, tout juste si une faible lueur commence à éclairer les sommets à l'est. Je retourne dans la chambre pour vérifier l'heure à la montre que j'ai laissée à mon chevet, mais l'écran est noir. J'actionne plusieurs boutons, en vain. La pile était encore neuve. Pourtant, ma montre est tombée en panne pendant que je dormais. Je la repose sur la table de chevet, et frotte un peu mon poignet gauche, où je la porte normalement. Le temps n'est pas un facteur très important ici…

Tandis que par la fenêtre je regarde ce paysage vide, sans oiseaux, je suis pris d'une envie irrésistible de lire un livre, n'importe lequel, du moment qu'il y a des caractères imprimés sur les pages. Je voudrais le prendre dans les mains, le feuilleter, suivre des yeux des phrases alignées sur le papier. Mais il n'y a pas un seul livre. Comme si le monde écrit n'existait pas. Je fais le tour de la pièce des yeux : rien dans cette cabane ne ressemble à un texte imprimé.

J'ouvre la commode de la chambre et regarde les vêtements qui y sont rangés. Ils sont tous soigneusement pliés, mais ils n'ont pas l'air neufs : les couleurs sont fanées, les tissus usés par les lavages. Ils ont l'air très propres, cependant. Il y a des tee-shirts à col rond, des sous-vêtements, des chaussettes, des chemises et des pantalons en coton. Tout semble à peu près à ma taille. Ces vêtements sont plutôt simples, sans motifs superflus, comme si l'idée d'imprimer des motifs sur un tissu était tout simplement exclue. Aucun ne porte de marque : là aussi, aucune trace d'écrit. J'ôte mon tee-shirt qui empeste la sueur, et en enfile un gris, qui fleure bon le soleil et la lessive.

Un peu plus tard – je ne saurais dire combien de temps exactement – la fille d'hier arrive. Elle frappe doucement à la porte, puis l'ouvre sans attendre ma réponse. La porte n'a ni clé ni cadenas. La fille porte à l'épaule le même sac de toile qu'hier. Derrière elle, le ciel semble complètement dégagé maintenant. Comme hier, elle s'installe dans la cuisine et me prépare une omelette dans une petite poêle à frire noire. Elle fait chauffer un peu d'huile, casse les œufs. Une odeur d'œufs frais emplit la pièce, tandis qu'un grésillement agréable s'élève de la poêle. Elle prépare des toasts dans un petit grille-pain trapu qui a l'air tout droit sorti d'un film des années soixante. Elle est vêtue de la même robe bleu pâle qu'hier soir et ses cheveux sont toujours retenus par une épingle. Elle a une peau magnifique, toute lisse. Ses bras minces brillent au soleil comme de la porcelaine. Une petite abeille entre en bourdonnant par la fenêtre ouverte, comme pour parfaire le tableau. La fille apporte le plat sur la table, s'assied et me regarde manger, comme hier. Je mange l'omelette fourrée aux légumes qu'elle a préparée, accompagnée de toasts tartinés de beurre frais. Je bois un thé aux herbes. Elle ne mange ni ne boit rien. La scène d'hier semble se répéter. Je lui demande :

— Les habitants de cette ville ne se préparent pas leurs repas tout seuls ?

— Cela dépend, répond-elle. Les uns font la cuisine eux-mêmes, d'autres non. Les gens d'ici ne mangent pas beaucoup, de manière générale.

— Ils ne mangent pas beaucoup ?

Elle hoche la tête.

— Une fois de temps en temps, ça leur suffit. Ils mangent quand ils en ont envie.

— Tu veux dire qu'ils ne font pas de repas réguliers comme moi ?

— Tu serais capable de rester une journée entière sans manger ?

Je secoue la tête.

— Les gens d'ici ne souffrent d'aucun malaise même s'ils ne mangent pas de toute la journée, poursuit-elle. Ils oublient de manger, en fait. Parfois plusieurs jours de suite.

— Mais moi, il faut que je mange, parce que je ne suis pas encore habitué à la vie d'ici ?

— Sans doute, dit-elle. Voilà pourquoi je te prépare tes repas.

Je la regarde.

— Combien de temps va-t-il me falloir pour m'habituer à vivre ici ?

— Combien de temps ? répète-t-elle.

Puis elle agite doucement la tête.

— Je ne sais pas. Ce n'est pas une question de temps. Le moment venu, tu te rendras compte que tu es habitué.

Nous sommes assis face à face, de part et d'autre de la table sur laquelle elle a posé ses paumes. Il n'y a aucun doute, ses dix doigts sont bien réels. Je la regarde bien en face. J'observe les battements délicats de ses cils, compte ses clignements de paupières. J'étudie la frange qui tremble sur son front. Je ne peux pas détacher mon regard d'elle.

— Le moment venu ?

— Tu n'as pas à retrancher quelque chose de toi pour le jeter. Au lieu de le jeter, il faut l'accueillir, l'absorber en soi.

— Je l'accueille, je l'absorbe en moi ?

— Oui.

— Et que se passera-t-il une fois que je l'aurai *absorbé en moi* ?

Elle incline un peu la tête pour réfléchir, dans un geste très naturel, qui fait bouger sa frange en même temps que sa tête.

— Tu deviendras peut-être complètement toi-même.

— En ce moment, je ne suis pas complètement moi-même ?

— Tu es suffisamment toi-même, dit-elle, puis elle s'interrompt pour réfléchir. Je ne parle pas de cela. Je n'arrive pas à expliquer.

— Tant qu'on n'est pas passé par là, on ne peut pas comprendre ?

Elle hoche la tête.

Quand cela me devient trop pénible de la fixer ainsi, je ferme les yeux. Puis je les rouvre. Pour vérifier qu'elle est toujours là.

— Vous vivez tous en communauté ?

Elle réfléchit un peu avant de répondre.

— Oui, nous vivons tous ensemble. On partage certains équipements, comme les salles de douches, la centrale électrique, le marché de troc. Nous avons quelques règles simples pour les utiliser. Rien de très compliqué, on n'a pas besoin de tout préciser. Je n'ai donc aucune explication particulière à te donner sur la façon dont tu dois utiliser telle ou telle chose, faire ceci ou cela. Le plus important pour nous, c'est que chacun se laisse absorber par la vie. Tant que tu fais ça, il n'y a pas de problèmes.

— Se laisser absorber par la vie ?

— Par exemple, quand tu es dans la forêt, tu deviens une partie de la forêt, tu ne fais qu'un avec elle : quand tu es sous la pluie, tu deviens cette pluie qui tombe. Quand c'est le matin, tu es le matin. Quand tu es devant moi, tu es une partie de moi. Pour dire les choses simplement.

— Quand tu es devant moi, tu es une partie de moi ?

— Oui.

— Mais quelle impression cela fait-il ? D'être toi et une partie de moi en même temps ?

Elle me regarde bien en face. Puis elle pose la main sur son épingle à cheveux.

— C'est très naturel, une fois qu'on est habitué, très facile. C'est comme voler dans le ciel.

— Tu sais voler ?

— C'est juste une image, dit-elle en souriant. (Un sourire juste pour le plaisir de sourire, sans aucune signification spéciale.) Tant qu'on ne sait pas voler, on ne peut pas savoir quelle impression cela fait, voilà ce que je voulais dire.

— Donc, c'est naturel, et on n'a pas besoin d'y penser ?

Elle hoche la tête.

— Oui, c'est simple, doux, on n'a pas besoin d'y penser. C'est naturel.

— Est-ce que je pose trop de questions ?

— Pas du tout. J'aimerais pouvoir t'expliquer mieux que je ne le fais, mais…

— Tu as des souvenirs ?

Elle secoue la tête. Pose à nouveau ses mains sur la table, paumes ouvertes cette fois. Elle leur jette un petit coup d'œil, sans expression particulière.

— Non, je n'ai pas de souvenirs. Dans les lieux où le temps n'a pas d'importance, la mémoire n'en a pas non plus. Je me souviens d'hier, bien sûr. Je suis venue ici, je t'ai préparé un ragoût de légumes et tu as tout mangé. C'est vrai, non ? Et je me rappelle aussi, un peu, le jour d'avant. Mais avant cela, non, je ne sais plus. C'est comme si le temps avait fondu à l'intérieur de moi, et je ne fais plus de différence entre un événement et un autre.

— Alors, la mémoire n'est pas très importante ici ?

Elle me fait un grand sourire.

— Non. Les souvenirs, ce n'est pas nous qui nous en occupons, mais la bibliothèque.

Après son départ, je m'approche de la fenêtre, mets une main en visière pour regarder le soleil du matin. L'ombre de ma main se reflète sur le cadre de la fenêtre, les cinq doigts nettement dessinés. L'abeille a cessé de tourner dans la pièce et s'est posée sur une vitre, immobile. Sans doute est-elle plongée dans une réflexion profonde, comme moi.

Quand le soleil a passé son zénith, *elle* vient me rendre visite dans la cabane. Mais ce n'est plus Mlle Saeki adolescente. Je l'entends frapper un coup léger à la porte, puis tourner la poignée. Un instant, je ne suis pas très sûr de qui se trouve en face de moi – la jeune fille ou *elle*. Un rien suffit à la transformer en l'une ou l'autre : un léger changement de lumière, la façon dont le vent souffle. Un instant, elle est l'adolescente de ce matin, celui d'après, elle est Mlle Saeki. Mais rien de tout cela n'a réellement lieu. Car la personne que j'ai en face de moi n'est autre que la vraie Mlle Saeki.

— Bonjour, dit-elle d'une voix aussi naturelle que si nous venions de nous croiser dans un couloir de la bibliothèque Komura.

Elle porte un chemisier bleu marine à manches longues et une jupe assortie qui lui arrive aux genoux. Avec son petit collier en argent et ses boucles d'oreilles en perles, elle est exactement telle que j'ai l'habitude de la voir. Ses hauts talons claquent sur le perron, un bruit qui paraît légèrement déplacé ici. Elle me regarde de l'entrée, comme si elle voulait vérifier que c'est bien moi. Bien sûr que c'est le véritable moi. Tout comme elle est la véritable Mlle Saeki.

— Voulez-vous entrer boire une tasse de thé ?

— Volontiers, merci, répond-elle, puis elle entre d'un pas enfin décidé.

Je vais à la cuisine et, pendant que l'eau chauffe, m'efforce de retrouver une respiration normale. Mlle Saeki s'assied devant la table, sur la chaise qu'occupait tout à l'heure la jeune fille.

— On a l'impression d'être à la bibliothèque, dit-elle.

— Oui. À ceci près qu'il n'y a pas de café, et pas d'Oshima-san.

— Et pas un seul livre, ajoute-t-elle.

Je prépare deux tasses de tisane, les pose sur la table, puis je m'assieds en face d'elle. Par la fenêtre ouverte, on entend les oiseaux chanter. L'abeille est toujours endormie sur la vitre.

Mlle Saeki parle la première :

— À vrai dire, cela n'a pas été facile de venir jusqu'ici. Mais je voulais absolument te voir et parler avec toi.

Je hoche la tête.

— Merci d'être venue.

— C'est moi qui devrais te remercier, dit-elle.

Son habituel sourire flotte sur ses lèvres. C'est presque le même que celui de la jeune fille. Mais il a une profondeur légèrement différente, que je trouve émouvante.

Elle enveloppe sa tasse de ses mains. Je regarde ses petites boucles d'oreilles, tandis qu'elle réfléchit. Cela lui prend un peu plus de temps que d'habitude, semble-t-il.

— J'ai brûlé tous mes souvenirs, finit-elle par dire, en choisissant lentement ses mots. Ils ont disparu en fumée dans le ciel. Aussi, je vais bientôt tout oublier, il ne restera rien. Ce qui s'est passé avec toi, je l'oublierai aussi. C'est pour cela qu'il fallait que je te voie au plus vite, et que je te parle. Avant que tout ne s'évanouisse de mon esprit.

Je tourne la tête et regarde l'abeille sur la vitre. Son ombre forme un petit point sur le rebord de la fenêtre.

— Tout d'abord, le plus important, dit calmement Mlle Saeki, c'est que tu sortes d'ici dès que tu peux. Traverse la forêt, sors-en et retourne à ta vie d'avant. L'entrée va bientôt se refermer. Promets-moi que tu le feras.

Je secoue la tête.

— Mademoiselle Saeki, vous ne comprenez pas. Je n'ai pas d'endroit où retourner. Depuis que je suis né, je n'ai pas le souvenir d'avoir été aimé, ou désiré. Je n'ai jamais eu personne sur qui compter, à part moi-même. Cette vie d'avant dont vous parlez n'a aucun sens pour moi.

— Pourtant, il faut que tu y retournes.

— Même si rien ne m'y attend ? Même si personne ne souhaite ma présence ?

— Ce n'est pas vrai, dit-elle. Moi, je désire ta présence.

— Mais *vous* n'êtes plus là-bas, n'est-ce pas ?

Elle baisse les yeux vers la tasse serrée entre ses mains.

— C'est vrai, malheureusement, je n'y suis plus.

— Eh bien, qu'attendez-vous de moi une fois que je serai retourné *là-bas* ?

— Une seule chose, dit-elle en levant la tête pour me regarder droit dans les yeux. Je voudrais que tu te souviennes de moi. Si tu te souviens de moi, cela m'est égal que tous les autres m'oublient.

Le silence tombe entre nous. Un silence lourd. Et une question enfle dans ma poitrine. Une question si immense qu'elle me bloque la gorge, m'empêche de respirer. J'arrive malgré tout à la ravaler, et c'en est une autre qui me monte aux lèvres :

— C'est donc si important, les souvenirs ?

— Cela dépend, répond-elle, puis elle ferme doucement les yeux. Parfois oui, c'est plus important que tout au monde.

— Pourtant, vous avez brûlé les vôtres ?

— Je ne savais plus quoi en faire.

Ses mains reposent sur la table, paumes en dessous, comme celles de la jeune fille le premier soir.

— Kafka, j'ai quelque chose à te demander : je voudrais que tu emportes *le tableau*.

— Le tableau qui est dans la chambre à la bibliothèque ? Celui du garçon au bord de la mer ?

Elle acquiesce d'un mouvement de tête.

— Oui. *Kafka au bord de la mer*. Je voudrais que tu le prennes avec toi. Que tu l'emportes là où tu iras.

— Mais ce tableau appartient à quelqu'un, non ?

Elle secoue la tête.

— Il est à moi. Mon ami me l'avait offert lorsqu'il est parti pour Tokyo. Depuis, je l'ai toujours gardé avec moi. Je l'accrochais au mur de ma chambre, où que je sois. Quand j'ai commencé à travailler à la bibliothèque Komura, je l'ai remis au mur de son ancienne chambre, mais c'était provisoire. J'ai laissé une lettre pour Oshima sur mon bureau, lui expliquant que je voulais te donner ce tableau. À l'origine, *il t'appartenait.*

— Il m'appartenait ?

Elle hocha la tête.

— Tu étais là. Et moi, j'étais à côté de toi, et je te regardais. C'était au bord de la mer, il y a très longtemps. Le vent soufflait sur le rivage, il y avait de petits nuages blancs. C'était l'été, pour toujours.

Je ferme les yeux. Je suis sur ce rivage, en été, allongé dans un transat. Je sens le contact rugueux de la toile sur ma peau. Un air au parfum de marée gonfle mes poumons. La lumière est éblouissante, même derrière mes paupières fermées. J'entends le bruit des vagues. Un ressac tour à tour proche et lointain, comme si le temps le faisait osciller. Un peu plus loin, quelqu'un est en train de me peindre. Et à côté de lui est assise une fillette en robe bleu pâle à manches courtes, qui me regarde. Elle porte un chapeau de paille orné d'un ruban blanc, et elle laisse couler du sable entre ses doigts. Elle a les cheveux longs et raides, et de longs doigts fins. Des doigts de pianiste. La lumière du soleil fait briller ses bras de porcelaine. Un sourire étire ses lèvres. Je l'aime. Et elle m'aime aussi.

C'est cela, le souvenir.

— Je voudrais que tu gardes ce tableau avec toi pour toujours, déclare Mlle Saeki.

Elle se lève, va à la fenêtre. Le soleil a passé son zénith. L'abeille dort encore. Mlle Saeki lève la main droite, la met en visière et regarde au loin. Puis elle se tourne vers moi.

— Je dois partir maintenant, dit-elle.

Je me lève et m'approche d'elle. Une de ses oreilles effleure mon cou, et je sens la dureté d'une perle contre ma peau. Je pose mes mains sur son dos, le palpe comme pour y déchiffrer un signe. Ses cheveux me caressent la joue. Elle me serre très fort contre elle, ses ongles s'enfoncent dans ma chair. Ses doigts s'accrochent au mur du temps. Une odeur de marée flotte autour de nous. J'entends le bruit du ressac. Quelqu'un m'appelle au loin. Très loin.

Je pose enfin la question que j'ai retenue si longtemps :

— Est-ce que vous êtes ma mère ?

— Tu connais déjà la réponse, dit-elle.

Oui, je connais la réponse. Mais ni elle ni moi ne parvenons à la formuler. Si nous la mettons en mots, elle perdra tout son sens.

— Dans un lointain passé, j'ai abandonné quelqu'un alors que je n'aurais pas dû, dit-elle. Quelqu'un que j'aimais plus que tout au monde. J'avais si peur de le perdre un jour. C'est pour cela qu'il fallait que je le quitte. S'il devait disparaître de ma vie, mieux valait que je l'abandonne moi-même avant que cela n'arrive. Naturellement, je l'ai fait avec un sentiment de colère qui ne m'a jamais quittée. Mais c'était une erreur. Jamais je n'aurais dû l'abandonner, pas lui.

Je me tais. Elle poursuit :

— Et ainsi, tu as été abandonné par celle qui n'aurait jamais dû te laisser derrière elle, dit Mlle Saeki. Dis, Kafka Tamura, tu me pardonnes ?

— Est-ce que j'en ai le pouvoir ?

Elle hoche plusieurs fois la tête, le regard à la hauteur de mes épaules.

— Oui, si la peur et la colère ne t'en empêchent pas.

— Si j'en ai le pouvoir, mademoiselle Saeki, alors, oui, je vous pardonne.

Ô ma mère, dis-tu, je te pardonne. Et tu sens le bloc de glace au fond de ton cœur se fendre avec un craquement.

Mlle Saeki relâche son étreinte en silence. Elle enlève l'épingle qui retenait ses cheveux et, d'un coup, sans hésiter, plante la pointe dans le creux de son avant-bras gauche. Puis elle presse de sa main droite la veine qui se trouve juste à côté. Quelques gouttes de sang s'échappent de la blessure. La première tombe par terre avec un bruit qui résonne étonnamment fort. Je me penche, pose mes lèvres sur la plaie minuscule. Je lèche son sang. Je ferme les yeux pour mieux en sentir le goût. Je garde ce sang dans ma bouche, l'avale lentement. J'accueille son sang au fond de ma gorge. Et la surface desséchée de mon cœur l'absorbe en silence. C'est alors seulement que je comprends à quel point je désirais ce sang. Mon esprit est dans un monde lointain. Mais en même temps, mon corps est *ici*. Comme un fantôme vivant. J'ai même envie d'aspirer tout son sang. Mais c'est impossible. J'ôte mes lèvres de son bras, et je la regarde.

— Adieu, Kafka Tamura, dit Mlle Saeki. Retourne d'où tu viens, et continue à vivre.

— Mademoiselle Saeki !

— Oui ?

— Je ne sais pas très bien ce que cela signifie, vivre…

Elle éloigne ses mains de mon corps. Elle lève les yeux vers mon visage. Elle tend la main, pose un doigt sur mes lèvres.

— Regarde le tableau, dit-elle calmement. Fais comme moi, regarde le tableau, sans cesse.

Puis elle s'en va. Elle ouvre la porte et sort sans se retourner. Debout près de la fenêtre, je regarde sa silhouette s'éloigner d'un pas rapide. Elle disparaît dans l'ombre d'un immeuble. Je reste là, les yeux fixés sur l'endroit où elle s'est évanouie. Peut-être a-t-elle oublié de me dire quelque chose et va-t-elle revenir ? Mais elle ne revient pas. Il ne reste que son absence, comme un creux.

L'abeille endormie se réveille et vole un moment autour de moi. Puis elle disparaît par la fenêtre ouverte. Le soleil continue à darder ses rayons. Je retourne m'asseoir sur la même chaise que tout à l'heure. Sa tasse est restée sur la table, avec un fond de tisane dedans. Je la laisse ainsi, sans y toucher. On dirait une métaphore, la métaphore d'un souvenir bientôt perdu.

J'enlève la chemise propre, enfile à nouveau mon vieux tee-shirt qui empeste la sueur. Remets la montre arrêtée à mon poignet. Pose sur ma tête la casquette qu'Oshima m'a donnée, visière en arrière, et sur mon nez mes lunettes de soleil aux verres bleus. J'enfile ma chemise à manches longues. Je vais à la cuisine, me verse un verre d'eau du robinet, le bois d'un trait. Je repose le verre dans l'évier puis me retourne pour jeter un coup d'œil sur la pièce. Je regarde la table, la chaise sur laquelle la jeune fille de quinze ans, puis Mlle Saeki se sont assises. La tasse à moitié vide sur la table. Je ferme les yeux, prends une profonde inspiration. *Tu connais déjà la réponse,* a dit Mlle Saeki.

J'ouvre la porte, quitte la maison. Je descends les marches du perron. Mon ombre se dessine nettement sur le sol. On dirait qu'elle s'accroche à mes pieds. Le soleil est encore haut.

À l'orée de la forêt, les deux soldats m'attendent, appuyés à un tronc d'arbre. Quand ils me voient arriver, ils ne posent pas de questions. On dirait qu'ils connaissent déjà mes pensées. Ils ont leurs fusils en bandoulière. Le plus grand des deux mâchonne un brin d'herbe.

— L'entrée est encore ouverte, dit-il. En tout cas, elle l'était tout à l'heure.

— Ça ne te dérange pas de refaire ce long chemin ? demande le costaud. Tu arriveras à suivre ?

— Pas de problème.

— Si l'entrée est refermée quand on arrive, tu seras bien ennuyé, non ? dit le grand.

— Tu te diras que ça ne valait pas le coup de faire tout ce chemin.

— Je sais.

— Tu n'as aucun regret de partir d'ici ?

— Aucun.

— Dépêchons-nous d'y aller, alors.

— Ne te retourne pas, ça vaudra mieux, fait le costaud.

— Oui, ça vaudra mieux, renchérit le grand.

Et nous nous enfonçons à nouveau dans la forêt.

Mais en dépit de leurs avertissements, je ne peux pas m'empêcher de me retourner une fois, en haut de la côte, pour jeter un petit coup d'œil en arrière. C'est le dernier endroit d'où je peux encore voir la ville. Ensuite, la muraille d'arbres me la cachera définitivement. Et ce paysage disparaîtra à jamais de ma vue.

Il n'y a toujours pas un chat dans les rues. Une belle rivière traverse la cuvette en contrebas, et de petites rangées d'immeubles bordent l'avenue. À intervalles réguliers, les poteaux électriques projettent leurs ombres denses sur le sol. Je reste un instant figé sur place. Je me dis qu'il faut que j'y retourne à tout prix. Avant le crépuscule. Car une fois le soir venu, la jeune fille viendra de nouveau frapper à ma porte avec son sac de toile à l'épaule. *Si j'ai besoin d'elle, elle sera là.* Mon cœur se réchauffe brusquement, une force irrésistible m'attire vers cette ville comme un aimant. Mes pieds s'enfoncent dans le sol comme du plomb, je ne peux plus avancer. Une fois passé ce point, je ne pourrai plus jamais la voir. Je suis figé sur place. J'ai perdu toute notion du temps. Je voudrais appeler les soldats que je vois de dos devant moi, leur dire : « Je ne rentre pas avec vous, je reste ici, finalement. » Mais aucun mot ne sort de ma bouche, on dirait que j'ai perdu la parole.

Je suis coincé entre deux néants. Je n'arrive plus à distinguer ce qui est juste de ce qui ne l'est pas. Je ne sais même plus ce que je veux. Je suis seul, au beau milieu d'une violente tempête de sable. Je ne vois plus rien devant moi, je ne peux plus avancer. Du sable blanc pareil à des os réduits en poussière tourbillonne autour de moi. La voix de Mlle Saeki me parvient, venue d'on ne sait où. « Il faut que tu retournes là-bas, dit-elle d'un ton ferme. *Moi, je désire ta présence.* »

Je suis délivré du sortilège. Je suis de nouveau moi-même. Un sang tiède se remet à circuler dans mes veines.

Le sang qu'elle m'a donné. Les dernières gouttes de son sang. L'instant d'après, je marche derrière les deux soldats. Je tourne à l'angle du chemin, et le petit monde blotti au fond de la vallée disparaît pour toujours de ma vue. Il disparaît, aspiré dans l'espace entre les rêves. Je me concentre sur la traversée de la forêt. Ne pas perdre le sentier de vue, c'est cela le plus important.

L'entrée est toujours ouverte. Il reste encore du temps avant le soir. Je remercie les deux soldats. Ils déposent leurs fusils et, comme la dernière fois, s'asseyent sur la grosse pierre plate. Le grand mâchonne toujours un brin d'herbe. Ils ne sont pas essoufflés le moins du monde.

— N'oublie pas ce qu'on t'a dit à propos des baïonnettes, dit le grand. Tu l'enfonces dans le ventre de l'ennemi, ensuite tu tournes pour lui déchirer les tripes. Sinon, c'est à toi que cela arrivera. Le monde est ainsi fait, dehors.

— Il n'y a pas que ça, tout de même, dit le costaud.

— Bien sûr, dit le grand, puis il toussote. Je ne te parle que du côté sombre.

— Et puis c'est difficile de distinguer le bien du mal, dit le costaud.

— Il le faut pourtant, ajoute le grand.

— Peut-être, dit le costaud.

— Encore une chose, reprend le grand. Une fois que tu seras parti d'ici, ne te retourne pas une seule fois, avant d'avoir atteint ta destination.

— C'est très important, renchérit le costaud.

— Tu as réussi à passer tout à l'heure, insiste le grand, mais cette fois, c'est vraiment sérieux, il ne faut surtout pas te retourner.

— Absolument pas te retourner, confirme le costaud.

— Entendu, dis-je.

Je les remercie une dernière fois, puis leur dis adieu.

Ils se lèvent et me saluent au garde-à-vous. Je sais que je ne les reverrai sans doute jamais. Eux aussi le savent. C'est ainsi que nous nous quittons.

Ensuite, je ne me souviens plus très bien comment j'ai fait pour regagner seul la cabane d'Oshima-san. Il me semble que j'avais l'esprit totalement ailleurs pendant que je traversais les profondeurs de la forêt. Pourtant, je ne me suis pas perdu. Je me souviens vaguement que j'ai retrouvé le petit sac à dos que j'avais lâché en route et que je l'ai ramassé machinalement. J'ai retrouvé aussi sur le sentier ma boussole, la serpette, la bombe de peinture. Je me rappelle aussi le moment où j'ai vu apparaître les marques de peinture jaune que j'avais vaporisées sur les troncs. On aurait dit des écailles laissées par des papillons de nuit géants.

Debout dans la clairière devant la cabane, je lève la tête vers le ciel. Je me rends compte que les bruits de la nature sont pleins de gaieté. Le chant des oiseaux, le gazouillis du ruisseau, le murmure du vent dans les feuilles. De petits sons pleins de douceur, à peine audibles. Mais je les distingue tous parfaitement, comme si on m'avait débouché les oreilles. Je regarde ma montre. Elle s'est remise en marche. Des chiffres verts sont apparus sur l'écran, et continuent à changer de minute en minute comme si rien ne s'était passé. Il est 16 h 16.

J'entre dans la cabane, me mets au lit tout habillé. J'ai un besoin intense de repos. La tête orientée vers le plafond, je ferme les yeux. Une abeille est posée sur la vitre. Les deux bras de la jeune fille luisent dans la lumière du matin comme de la porcelaine. « *C'est juste une image* », dit-elle.

— *Regarde le tableau*, dit Mlle Saeki. *Fais comme moi.*

Le sable blanc du temps s'écoule entre les doigts de la jeune fille. J'entends de petites vagues se briser sur le rivage. Elles s'élèvent, retombent, se brisent. S'élèvent, retombent, se brisent. Et ma conscience est aspirée à l'intérieur d'un corridor sombre.

48

— Je suis scié, répéta Hoshino.

— Il n'y a pourtant pas de quoi, monsieur Hoshino, répliqua le chat noir d'un air las.

Avec sa tête plutôt large, il paraissait assez âgé.

— Vous devez vous ennuyer pour parler comme ça à une pierre toute la journée, ajouta-t-il.

— Mais comment se fait-il que tu parles le langage humain ?

— Je ne parle pas humain.

— Je ne te suis pas. Comment pouvons-nous avoir cette conversation, alors ? Tu es un chat et moi un humain, non ?

— Nous sommes à la frontière des mondes, et nous parlons un langage commun, c'est tout.

Ces mots plongèrent Hoshino dans un abîme de perplexité.

— Quoi ? La frontière des mondes ? Un langage commun ?

— Bon. Peu importe si tu ne comprends pas, je n'ai pas de temps à perdre en explications, dit le chat en agitant sèchement sa queue comme pour balayer les complications.

— J'y suis ! Tu es le colonel Sanders, n'est-ce pas ? demanda le jeune homme.

— Le colonel Sanders ? répéta le chat, l'air de mauvaise humeur. Jamais entendu parler. Je suis moi, et personne d'autre. Un chat citadin tout ce qu'il y a de plus ordinaire.

— Tu as un nom ?

— Bien sûr.

— Et tu t'appelles comment ?

— Toro, dit le chat, avec une certaine réticence.

— Toro ? Comme les sushis ?

— Exact, dit le chat. À vrai dire, mon maître tient un restaurant de sushis dans le quartier. Il a un chien aussi, et le chien s'appelle Tekka, un autre nom de sushi, comme tu le sais.

— Et comment connais-tu mon nom, Toro ?

— Tu es connu dans le quartier, mon petit Hoshino, dit le chat, puis il émit un petit rire.

C'était la première fois qu'Hoshino voyait rire un chat. Cette hilarité fut cependant très brève et Toro reprit aussitôt son expression placide.

— Les chats savent tout, reprit-il. Que M. Nakata est mort hier, qu'il y a une pierre très importante chez vous. Aucun des événements importants du quartier ne m'échappe. J'ai eu une vie assez longue, c'est pour ça.

— Hum, fit le jeune homme, impressionné. Tu ne voudrais pas entrer, au lieu de discuter sur le balcon ? On serait mieux à l'intérieur, non ?

Toujours de profil sur la rambarde, le chat secoua la tête.

— Non, je te remercie, je préfère rester dehors, ça me rend nerveux d'être enfermé. Il fait beau, parlons plutôt ici.

— Si tu veux, ça m'est égal. Tu n'as pas faim ? Si tu veux manger quelque chose, je dois avoir ce qu'il faut dans la cuisine.

Le chat secoua à nouveau la tête.

— Je te remercie mais je n'ai pas de problèmes pour me nourrir, au contraire, je serais plutôt obligé de surveiller mon poids. Mon maître a un restaurant de sushis, alors tu comprends, j'ai trop de cholestérol. Quand je grossis, j'ai du mal à bondir, après.

— Eh bien, Toro, je suppose que si tu es venu me voir, c'est pour une bonne raison ?

— Oui, dit le chat. J'ai l'impression que tu as des soucis, tout seul avec cette pierre sur les bras.

— Ça oui, on peut le dire. Je suis un peu coincé.

— Aussi, je me proposais de t'aider.

— Ce ne sera pas de refus. Je te serai reconnaissant si tu veux bien me donner un coup de main, je veux dire un coup de patte.

— Le problème, c'est la pierre, dit Toro. (Il se mit à agiter la tête en tous sens pour chasser une mouche qui l'importunait.) Une fois que tu auras remis la pierre à l'endroit, ton rôle sera terminé, et tu seras libre d'aller où bon te semble. Je me trompe ?

— Pas du tout, c'est exactement ça. Je referme la pierre de l'entrée, et on n'en parle plus. Fin de l'histoire. Comme disait feu Nakata, quand on a ouvert quelque chose, il faut le refermer. C'est une règle immuable.

— Et c'est là que j'interviens. Je vais t'expliquer ce qu'il faut faire.

— Tu sais ce qu'il faut faire ? s'exclama le jeune homme.

— Évidemment. Les chats savent tout. Ce n'est pas comme les chiens, soit dit en passant.

— Et que dois-je faire alors ?

— Le tuer, répondit le chat d'un ton égal.

— Le tuer ?

— Oui, toi, Hoshino, tu dois *le* tuer.

— Mais qui ça ?

— Tu sauras que c'est lui quand tu le verras. Mais tant que tu ne l'as pas vu, tu ne peux pas savoir. Parce qu'il n'a pas de forme fixe, il en change selon les circonstances.

— C'est une personne ?

— Non, ce n'est pas une personne, c'est la seule chose dont on soit sûr.

— De quoi a-t-il l'air, alors ?

— Ça, je l'ignore. Mais je viens de te le dire, non ? Tu le sauras quand tu le verras. Si tu ne le vois pas, tu ne le sauras pas. C'est clair, non ?

Hoshino poussa un soupir.

— Mais quelle est la véritable nature de cette *chose* ? demanda-t-il.

— Tu n'as pas besoin de le savoir, répondit le chat. C'est très difficile à expliquer, ou plutôt, il vaut mieux que tu l'ignores. Pour l'instant en tout cas. Il est tapi quelque part, immobile, retenant son souffle dans le noir, épiant ce qui se passe aux alentours. Mais il ne va pas rester éternellement dans son coin sans bouger. Tôt ou tard, il va sortir de son trou. Probablement aujourd'hui même. Et il va passer devant toi, c'est sûr. C'est une chance providentielle.

— Une chance providentielle ? !

— Oui, le genre d'occasion qui ne se présente qu'une fois tous les mille ans. Tu attends sans bouger, et tu le tues, c'est tout ce que tu as à faire. Et on n'en parle plus. Après, tu pourras aller où bon te chante.

— Mais le tuer, ça ne va pas me mettre dans l'illégalité ?

— La loi, moi, je ne connais pas, dit le chat. Je suis un chat, tu comprends. Mais lui non plus, ce n'est pas un humain, aussi je ne pense pas qu'il ait grand-chose à voir avec les lois. Quoi qu'il en soit, il faudra le tuer, c'est une nécessité, même un matou citadin comme moi sait ça.

— Le tuer, oui, mais comment ? Difficile de préméditer un meurtre quand on ne connaît ni la taille ni la forme de sa victime.

— Tu peux utiliser l'arme que tu veux. Un marteau, par exemple, conviendra parfaitement. Ou alors un couteau. Ou tu peux l'étrangler. Le brûler. Le mordre. Choisis la méthode qui te plaît. L'important c'est que tu le tues. Il faut que tu le frappes de toutes tes forces, en concentrant toute ta haine sur lui, une haine écrasante. Tu étais dans les forces d'autodéfense, non ? Ce qui signifie qu'on a dû t'apprendre, aux frais du contribuable, à te servir d'un fusil et d'une baïonnette ? Tu as été soldat, oui ou non ? Alors réfléchis par toi-même à la meilleure façon de le tuer.

— À l'armée, on m'a appris à faire la guerre, riposta faiblement le jeune homme. On ne m'a jamais entraîné à tendre une embuscade à *une chose dont je ne connais ni la taille ni la forme*.

— Il doit chercher à pénétrer par « l'entrée » qui est restée ouverte, dit Toro en ignorant les protestations d'Hoshino. Mais il ne faut pas le laisser passer. Quoi qu'il advienne, il ne faut pas qu'il entre ! Il faut l'en empêcher à tout prix. C'est essentiel, tu comprends ? S'il parvient à t'échapper cette fois, ce sera fini.

— Une occasion qui ne se présente qu'une fois tous les mille ans, hein ?

— Exactement, dit le chat. C'est une figure de style, évidemment.

— Dis-moi, Toro, si ça se trouve, cette chose est très dangereuse ? demanda timidement Hoshino. Mes tentatives pour le tuer pourraient se retourner contre moi comme un boomerang, n'est-ce pas ?

— Tant qu'il se déplace, il n'est *sans doute* pas si dangereux que ça. C'est quand il s'arrête que ça devient risqué. Tu dois être attentif à ne pas laisser passer le moment où il est en mouvement. C'est là qu'il faut lui porter le coup décisif.

— « *Sans doute* » pas si dangereux que ça ? répéta Hoshino.

Le chat noir ne répondit pas. Il plissa les paupières, s'étira sur la rambarde, puis se redressa lentement.

— Bon, eh bien, à bientôt, mon petit Hoshino. Tu le tues, d'accord ? Sinon, Nakata ne pourra pas reposer en paix. Tu l'aimais bien, le vieux Nakata, n'est-ce pas ?

— Oui, c'était quelqu'un de bien.

— Alors, tu tues cette chose. Tu l'élimines en concentrant toute ta haine, tout ton ressentiment sur elle. Dis-toi que c'est Nakata qui te le demande. Tu le fais pour lui. Tu as le pouvoir de le faire à sa place. Jusqu'ici tu as mené une vie pépère en esquivant les responsabilités. C'est l'occasion de te rattraper. Ne la rate pas. Je te soutiendrai moralement.

— Merci, c'est bon à savoir, dit Hoshino. À propos, il me vient une idée…

— Quoi donc ?

— Si la « pierre de l'entrée » est restée ouverte jusqu'à maintenant, c'est peut-être pour attirer cette chose dans un piège, non ?

— Peut-être, répondit Toro avec une parfaite indifférence. Ah, Hoshino, j'ai oublié de te dire une chose : il ne se déplace que dans les ténèbres. Il agit à l'heure la plus noire de la nuit. Aussi, tu ferais mieux de faire une sieste dans la journée. Il ne faudrait pas t'endormir au moment crucial et rater son passage.

Sur ce, le chat noir bondit depuis la rambarde sur le toit le plus proche en contrebas, et s'éloigna lentement, la queue fièrement dressée. Il donnait une impression de légèreté, en dépit de son corps volumineux. Hoshino le suivit des yeux depuis le balcon, mais le chat ne se retourna pas une seule fois.

— Eh ben, ça alors, dit le jeune homme, je suis scié.

Après le départ du chat, Hoshino retourna dans la cuisine et sélectionna des objets susceptibles de lui servir d'armes : un long couteau pointu à découper le poisson cru, et un autre, plus lourd, à la lame en forme de serpe. Le reste de l'équipement de la cuisine était réduit au strict minimum, mais il y avait une grande variété de couteaux. Hoshino trouva également un gros marteau assez lourd, et une corde en nylon, ainsi qu'un pic à glace.

« Un pistolet automatique, ce serait parfait pour ce genre de cas », se dit-il tout en continuant à fouiller la cuisine.

On lui avait appris à tirer dans les forces d'autodéfense et il avait toujours eu de bonnes notes à l'entraînement. Mais, évidemment, la batterie de cuisine ne comportait pas de pistolet automatique. Sans compter que des coups de feu dans ce quartier résidentiel plutôt calme risquaient d'attirer l'attention.

Il aligna sa panoplie d'armes hétéroclites sur la table du salon, y ajouta une lampe de poche. Puis il s'assit près de la pierre, et se mit à la caresser.

— Tu m'en diras tant ! Un marteau et des couteaux pour me battre contre une *créature invraisemblable* dont je ne connais ni la taille ni la forme. C'est à peine croyable, non ? Et quand je pense que c'est un chat noir qui me donne les instructions. Mets-toi un peu à ma place !

La pierre s'abstint de tout commentaire.

— « Il n'est sans doute pas si dangereux que ça », qu'il dit le matou ! Je le retiens, moi, le « sans doute » ! Ce n'est jamais qu'une supposition optimiste. Et s'il se trompait et que ce soit une créature sortie tout droit de *Jurassic Park*, hein, qu'est-ce que je suis censé faire, moi, dans ce cas ? Je peux faire mes adieux, oui.

Silence.

Hoshino s'empara du marteau, frappa l'air plusieurs fois pour l'essayer.

— À la réflexion, c'était couru d'avance. Le destin avait décidé que ça finirait ainsi, depuis le moment où j'ai fait monter Nakata dans mon camion sur l'aire de service de Fujigawa. J'étais le seul à ne pas le savoir. C'est vraiment bizarre, le destin… Hein, la pierre, tu n'es pas d'accord avec moi ?

Silence.

— Bah, qu'est-ce qu'on y peut ? Je peux toujours rouspéter, c'est moi qui me suis engagé dans cette voie, après tout. Je n'ai plus qu'à la suivre jusqu'au bout. Je ne sais pas du tout à quoi ressemble la chose immonde qui doit apparaître cette nuit, mais tant pis, je vais la combattre de toutes mes forces. Ma vie aura été brève, mais j'aurai connu des moments agréables tout de même. Il m'est arrivé des aventures intéressantes. Ce chat a dit qu'une occasion pareille ne se présentait qu'une fois tous les mille ans, C'est peut-être l'occasion pour moi de finir en beauté. Pour ce pauvre papi Nakata.

La pierre gardait le silence, comme toujours.

Hoshino suivit les conseils de Toro et s'étendit sur le canapé pour faire une sieste. Cela lui paraissait étrange de se soumettre ainsi aux directives d'un chat, mais sitôt allongé, il s'endormit profondément et ne se réveilla qu'une bonne heure après. Le soir venu, il alla à la cuisine, fit décongeler un curry de crevettes qu'il mangea avec du riz. Puis, quand il commença à faire nuit, il s'assit à côté de la pierre, les couteaux et le marteau à portée de main.

Il avait éteint le plafonnier et laissé une seule petite lampe de chevet allumée. Cela lui paraissait préférable. Puisque la *chose* ne se déplaçait que la nuit, mieux valait garder la pièce le plus sombre possible. Hoshino préférait en finir le plus rapidement possible. « Allez, si tu dois apparaître, dépêche-toi de le faire, s'impatientait-il. Réglons cette histoire au plus vite. Après, je rentre à Nagoya et je téléphone à une fille. »

Le jeune homme ne s'adressait plus à la pierre. Il gardait le silence, et se contentait de jeter un coup d'œil de temps à autre sur sa montre. Quand il s'ennuyait trop, il prenait les couteaux ou le marteau et donnait quelques coups dans l'air. S'il devait se passer quelque chose, se disait-il, ce serait sans doute au beau milieu de la nuit. Mais on ne pouvait pas prévoir, et si jamais la chose se montrait plus tôt il ne devait pas la manquer. Cela n'arrivait qu'une fois tous les mille ans après tout. Ce n'était pas le moment de se laisser aller. En attendant, il grignota un cracker, et but une gorgée d'eau minérale.

— Hé, la pierre, appela-t-il à voix basse quand il fut minuit passé. Minuit, l'heure du crime. C'est maintenant que les démons sortent de leur tanière, non ? Le moment de vérité approche. Ouvrons l'œil tous les deux, et le bon !

Il posa sa main sur la pierre. La surface lui parut un peu plus tiède que d'habitude. Ou était-ce seulement une impression ? Il la caressa plusieurs fois de la paume, comme pour se donner du courage.

— Toi aussi, soutiens-moi moralement, hein. J'en ai besoin, tu sais.

Il était un peu plus de trois heures du matin quand un léger bruit lui parvint de la chambre voisine, où reposait le corps de Nakata. On aurait dit que quelque chose rampait sur les tatamis. Sauf qu'il n'y avait pas de tatamis dans cette pièce, mais de la moquette. Hoshino leva la tête, tendit l'oreille. Pas d'erreur : il ne savait pas ce qui produisait ce bruit étrange, mais il provenait à coup sûr de la pièce où reposait le cadavre. Le cœur du jeune homme se mit à battre à coups redoublés dans sa poitrine. Il passa le marteau dans sa ceinture, prit le couteau à découper le poisson d'une main, la lampe électrique de l'autre, et se leva.

— Allons-y, dit-il sans s'adresser à personne en particulier.

Il s'avança à pas de loup jusqu'à la porte de la chambre, l'ouvrit tout doucement, alluma la lampe de poche, dirigea aussitôt le faisceau vers le cadavre du vieil homme. C'est de là que provenait, sans aucun doute possible, l'étrange bruit de frottement. La lumière éclaira une chose blanche, longue et fine, dont la forme faisait penser à une calebasse, qui sortait en ondulant de la bouche de Nakata. La moitié semblait déjà avoir émergé de la bouche du cadavre. Gros comme un bras d'homme, l'objet visqueux brillait d'un éclat blanchâtre. Comme la gueule d'un serpent, la bouche de Nakata était grande ouverte, pour livrer passage à la chose. Il avait sans doute la mâchoire décrochée.

Hoshino déglutit bruyamment. La lampe tremblait légèrement dans sa main. « Allons bon, comment je vais pouvoir tuer un truc pareil, moi ? » songea-t-il. Apparemment, la chose n'avait ni bras ni jambes, ni nez ni yeux. Son corps visqueux n'offrait pas la moindre prise. « Comment est-ce que je vais pouvoir éliminer *ça* ? et d'abord, de quelle sorte de créature s'agit-il ? »

Est-ce qu'elle était restée cachée tout le temps dans le corps de Nakata, comme une sorte de parasite ? S'agissait-il de l'*âme* de Nakata ? Non, c'était impossible, Hoshino en avait l'intime conviction. Une chose aussi sinistre ne pouvait habiter le corps de Nakata, pas le Nakata qu'il avait connu. « Même moi, je suis assez intelligent pour comprendre ça », se dit-il. Non, cette chose avait dû pénétrer à l'intérieur de Nakata, et essayer de passer à travers lui pour trouver l'entrée. Elle utilisait le corps de Nakata comme un passage, un corridor. Hoshino ne pouvait pas laisser cette créature se servir de Nakata ainsi. « Il faut que je l'arrête. Comme l'a dit le chat noir, il faut que *je l'élimine en concentrant toute ma haine, tout mon ressentiment sur elle.* »

Il s'approcha sans hésiter et planta le couteau à poisson à l'endroit où il imaginait que devait se trouver la tête de la créature. Puis il le retira, et frappa de nouveau. Il répéta ce geste plusieurs fois. Mais il n'avait pas l'impression que le couteau entrait dans de la matière, il avait tout juste la sensation de piquer une lame dans un légume tout mou. Il n'y avait ni chair ni squelette sous cette surface visqueuse. Ni entrailles, ni cerveau. Quand il retirait le couteau, un liquide gluant recouvrait aussitôt la blessure, d'où ne sortait ni sang, ni lymphe. « Ce truc est complètement insensible », se dit Hoshino. Il avait beau le frapper, cette espèce d'ectoplasme blanc ne réagissait pas et continuait à sortir en se tortillant de la bouche du mort.

Hoshino lâcha le couteau à poisson, retourna dans le salon et prit cette fois le hachoir en forme de serpe. Tenant fermement le manche dans sa main, il abattit la lame de toutes ses forces sur le corps de la *chose* blanche. Ce coup fendit en deux ce qui semblait être la tête. Mais, comme le pensait Hoshino, il n'y avait rien à l'intérieur, sinon la même matière molle et blanche que l'enveloppe extérieure. Hoshino brandit cependant à nouveau son couteau plusieurs fois, et parvint à réduire en pièces une partie de la tête. Les morceaux tranchés se recroquevillaient sur le sol comme des limaces puis cessaient de bouger, apparemment morts. Cependant, cela n'empêchait nullement le reste du corps de continuer à progresser hors du cadavre. La partie blessée, bientôt recouverte de mucus, enfla et reprit sa forme. Elle continua à avancer comme si de rien n'était, sans même ralentir sa course.

Bientôt, la totalité de la *chose* émergea hors de Nakata. Elle faisait près de un mètre de long, et avait même une queue, grâce à laquelle Hoshino put enfin distinguer l'avant de l'arrière. Une queue courte et épaisse comme celle d'une salamandre, dont le bout s'affinait brusquement. La chose n'avait pas de pattes. Ni d'yeux, ni de bouche, ni de nez. Mais elle semblait être animée par une volonté propre. Ou plutôt non, *elle était une volonté*, songea Hoshino. Ce n'était pas une déduction logique, simplement, il le savait. « Cette chose ne prend cette forme que lorsqu'elle se déplace », se dit-il, et un frisson lui parcourut l'échine. Il fallait qu'il l'empêche d'aller plus loin.

Cette fois, il s'attaqua à elle au marteau, mais cela ne fut pas plus efficace. Quand le bloc de métal frappait un morceau de la créature, il y imprimait un creux profond qui se remplissait aussitôt de mucus et de peau molle, et elle reprenait sa forme initiale. Hoshino avait beau donner des coups de toutes ses forces, rien ne semblait pouvoir enrayer la progression de la chose. Elle n'avançait pas vite, mais se traînait sur le sol comme un serpent maladroit et se dirigeait vers la pièce voisine, où se trouvait la pierre de l'entrée.

Hoshino comprit qu'il ne pourrait pas en venir à bout comme s'il s'agissait d'une créature ordinaire. Aucune arme ne pourrait l'arrêter ; elle n'avait pas de cœur dans lequel enfoncer un couteau, pas de gorge qu'il pourrait serrer entre ses mains pour l'étrangler. Que fallait-il donc faire ? Quoi qu'il en soit, il fallait l'empêcher de parvenir à la pierre. Cette chose était démoniaque. *Quand tu verras, tu sauras*, avait dit le chat noir. Et il avait raison. On comprenait au premier coup d'œil qu'il ne fallait pas laisser cette chose en vie.

Le jeune homme retourna dans le salon, chercha en vain ce qui pourrait lui servir d'arme. Son regard tomba soudain sur la pierre. « La pierre de l'entrée. Je pourrais peut-être l'écraser avec… » Dans la pénombre, une légère lueur rouge semblait émerger de la pierre. Hoshino se pencha, essaya de la soulever. La pierre était devenue si lourde qu'il était impossible de la faire bouger d'un centimètre.

— Ça y est, te voilà redevenue la pierre de l'entrée ! s'exclama Hoshino. Ce qui signifie que si j'arrive à te retourner avant l'arrivée de l'autre monstruosité, elle ne pourra pas passer.

Il rassembla toutes ses forces et essaya à nouveau de soulever la pierre. Elle ne bougea pas.

— Rien à faire, dit Hoshino en prenant une grande inspiration. Hé, la pierre, on dirait que tu es encore plus lourde que la dernière fois. Si j'essaie encore, je vais me décrocher les testicules !

Il entendit un froissement derrière lui. La chose blanche se rapprochait de plus en plus. Le temps pressait.

— Allez, j'essaie une dernière fois, décida le jeune homme en posant une main sur la pierre.

Il inspira profondément, emplit d'air ses poumons, bloqua sa respiration. Il mobilisa toutes ses forces, posa ses mains de part et d'autre de la pierre. « Si je ne la soulève pas maintenant, je n'aurai plus d'autres occasions de le faire. C'est maintenant ou jamais, mon petit Hoshino. Je suis prêt. Même si ça me tue, je vais y arriver ! » Il rassembla toutes les forces qu'il avait en lui et ébranla la pierre en poussant un gémissement. Elle se souleva d'abord un peu, puis Hoshino l'arracha littéralement du sol.

L'intérieur de son esprit devint tout blanc. Il avait l'impression que ses biceps allaient se déchirer. Ses testicules devaient déjà être tombés par terre, se disait-il. Mais il ne lâcha pas prise. Il pensait à Nakata. Nakata avait peut-être donné sa vie pour ouvrir et refermer cette pierre. Il fallait qu'il finisse la tâche. « Tu as le pouvoir de le faire à sa place », avait dit le chat noir. Tous les muscles de son corps, eux, réclamaient un nouvel approvisionnement en sang. Ses poumons réclamaient désespérément de l'air pour pouvoir fabriquer ce sang. Mais il ne pouvait pas respirer. Il sentait qu'il n'avait jamais approché la mort de si près. L'abîme du néant s'ouvrait juste sous ses pieds. Cependant, il concentra une nouvelle fois ses forces, et ramena la pierre vers lui. Il parvint à la soulever encore un peu et elle s'écrasa par terre avec fracas, retournée. Le choc fit trembler le sol. Les vitres frémirent. Hoshino, assis par terre, haletait.

« Tu as réussi, mon vieux ! » se dit-il à lui-même un instant plus tard.

Un fois la pierre refermée, il fut plus facile qu'il ne l'aurait cru de se débarrasser de l'ectoplasme. Il n'avait plus d'endroit où aller et semblait le savoir. Il avait cessé d'avancer, se traînait au hasard dans la pièce, comme s'il cherchait un endroit où se cacher. Peut-être avait-il l'intention de retourner dans la bouche de Nakata. Mais il n'avait plus assez de force. Le jeune homme se jeta à sa poursuite et le hacha menu à l'aide du couteau en forme de serpe. Puis il trancha ces morceaux en fragments encore plus petits. Les bouts blanchâtres se tortillèrent encore un moment par terre, et cessèrent de bouger. La moquette, luisante de mucus, était jonchée de ces petits débris rigidifiés par la mort. Hoshino les ramassa tous, les mit dans un sac-poubelle, dont il serra fermement le cordon. Puis il enveloppa le tout dans un sac en tissu épais qu'il avait trouvé dans un placard.

Une fois cette tâche terminée, il s'accroupit par terre, vidé de ses forces. Une respiration haletante soulevait ses clavicules, et ses mains tremblaient convulsivement. Il voulut dire quelque chose, mais il n'arrivait pas à parler.

— Tu as réussi, mon petit Hoshino, parvint-il enfin à articuler.

Son combat contre l'ectoplasme et le choc causé par la chute de la pierre avaient dû réveiller tous les voisins. Il craignait que quelqu'un n'ait prévenu la police. Mais il n'entendit pas de sirène, personne ne vint frapper à la porte. Ce n'était vraiment pas le moment que la police vienne fourrer son nez dans ses affaires !

Il était sûr que les débris enfermés dans le sac-poubelle n'allaient pas reprendre vie. Ils n'avaient nulle part où aller. « Deux précautions valent mieux qu'une, décida-t-il cependant. Dès l'aube, j'irai les brûler sur la plage, près d'ici. Pour qu'il n'en reste que des cendres. Et quand ce sera fait, je rentrerai à Nagoya. »

Il était près de quatre heures du matin. Le jour n'allait pas tarder à poindre. Il était temps de lever le camp. Hoshino fourra ses vêtements de rechange dans son sac de marin. Par précaution, il laissa dans le sac sa casquette des Chunichi Dragon et ses lunettes de soleil. Ce serait trop bête de se faire alpaguer par la police au tout dernier moment. Il prit aussi une bouteille d'huile dans la cuisine, afin d'allumer le feu. Juste avant de partir, il se rappela le CD du trio *À l'archiduc* et le mit aussi dans son sac. Ensuite, il alla voir une dernière fois Nakata. L'air conditionné fonctionnait toujours à la puissance maximale. La pièce était glaciale.

— Hé, Nakata, je m'en vais. Désolé, mais je ne peux pas m'attarder indéfiniment. Une fois à la gare, j'appellerai la police et je leur dirai de venir chercher ton cadavre. Ta famille ou la police s'occupera de toi. Je ne pense pas qu'on se reverra, mais je ne t'oublierai pas. De toute façon, même si je le voulais, je ne le pourrais pas.

L'air conditionné s'arrêta brusquement avec fracas.

— Tu sais ce que je me dis, papi ? Je crois bien que désormais, quand j'aurai des ennuis, je penserai à toi. Je me demanderai ce que tu aurais dit ou fait à ma place. Ce n'est pas rien, tu sais. Parce que, en un sens, c'est comme si une partie de toi continuait à vivre en moi. Bon, d'accord, je ne suis pas l'enveloppe idéale, mais c'est mieux que rien, non ?

Cependant, il le savait bien, c'est à une coquille vide qu'il s'adressait. Nakata, lui, était parti depuis longtemps déjà, vers un autre lieu.

Il se tourna ensuite vers la pierre et posa une main dessus. Elle était redevenue une pierre ordinaire, à la surface froide et rugueuse.

— Hé, la pierre, je te dis adieu. Je retourne à Nagoya. Je te confie à la police, comme papi Nakata. Le mieux aurait été que je te rapporte dans ton sanctuaire mais je ne me rappelle absolument pas où était ce temple. Excuse-moi, hein ? Ne me jette pas un sort pour autant. Je me suis contenté de faire ce que m'a dit le colonel Sanders. Si tu dois jeter un sort à quelqu'un, c'est à lui, pas à moi. En tout cas, je suis ravi de t'avoir connue, la pierre. Je ne t'oublierai pas, toi non plus.

Hoshino chaussa ses Nike à semelles épaisses et quitta l'appartement sans fermer la porte à clé. Il tenait son sac de voyage dans la main droite et, dans la gauche, le sac-poubelle contenant les débris de l'ectoplasme.

— Allez, les potes, on va faire un beau feu de joie ! lança-t-il en levant les yeux vers le ciel qui commençait à s'éclaircir à l'est.

49

Le lendemain matin, à neuf heures passées, j'entends une voiture s'approcher et je sors de la cabane. Bientôt, je vois arriver un 4 × 4 Datsun, aux pneus surélevés et à la carrosserie massive, qui de toute évidence n'a pas dû être lavé depuis au moins six mois. À l'arrière, il y a deux longues planches de surf qui ont l'air d'avoir beaucoup servi. Le 4 × 4 s'arrête devant la cabane et le silence revient enfin quand le moteur s'arrête. Un homme grand, vêtu d'un large tee-shirt blanc et d'un bermuda kaki délavé, chaussé de baskets aux talons écrasés, ouvre la portière et descend. Il est âgé d'une trentaine d'années. Il a le teint bronzé, une large carrure et une barbe de trois jours. Ses cheveux lui cachent les oreilles. Il doit s'agir du frère aîné d'Oshima-san, celui qui a une boutique de surf à Kôchi.

— Salut, dit-il.

— Bonjour.

Nous échangeons une poignée de main sur le perron. Il a de la force dans les doigts. J'avais deviné juste : c'est bien le frère d'Oshima.

— Tout le monde m'appelle Sada, dit-il.

Il parle lentement, en choisissant ses mots, l'air de dire : « On a tout le temps. »

— Mon frère m'a téléphoné de Takamatsu et m'a demandé de venir te chercher et de te ramener là-bas. À cause d'une affaire urgente, paraît-il.

— Une affaire urgente ?

— Il n'a pas précisé ce que c'était.

— Désolé de vous avoir dérangé, dis-je.

— Pas la peine de t'excuser. Tu peux être prêt rapidement ?

— En cinq minutes.

Il sifflote pendant que je fourre mes affaires dans mon sac à dos et me donne un coup de main pour tout ranger. Il ferme la fenêtre, tire les rideaux, vérifie le robinet du gaz, remballe les provisions, nettoie l'évier. On sent dans ses gestes qu'il considère cette cabane comme une extension de lui-même.

— Mon frère t'aime bien, à ce qu'il semble, dit-il. C'est rare chez lui. Il n'a pas un caractère facile, tu sais.

— Il a été très gentil avec moi.

Sada hoche la tête et exprime brièvement son avis :

— Il peut être très gentil quand il veut.

Je m'assieds sur le siège passager, pose mon sac à mes pieds. Sada allume le contact, embraye, passe la tête par la vitre du 4 × 4 pour inspecter une dernière fois la cabane, et appuie sur l'accélérateur.

— Cette cabane est une des rares choses que nous avons en commun, mon frère et moi, dit-il en maniant habilement le volant tandis que nous redescendons la petite route. Quand l'envie nous en prend, nous venons passer quelques jours seuls là-haut.

Il semble réfléchir un moment à ce qu'il vient de dire, puis ajoute :

— Ç'a toujours été un endroit très important pour nous deux, et ça l'est encore aujourd'hui. Il nous permet de nous recharger et de retrouver une sorte de force, une force tranquille. Tu vois ce que je veux dire ?

— Je crois, oui.

— Mon frère m'a dit que tu comprendrais. Ceux qui ne comprennent pas ne comprendront jamais.

Le revêtement du siège, un tissu aux couleurs fanées, est plein de poils de chien. D'ailleurs, ça sent le chien dans cette voiture et aussi une vague odeur de marée, mêlée à des relents de tabac froid et de cire à farter. Le bouton d'allumage de l'air conditionné est cassé. Le cendrier est plein de mégots. Des cassettes sans boîtiers encombrent le vide-poche de la portière.

— Je suis allé plusieurs fois dans la forêt, dis-je.

— Loin ?

— Oui. Oshima-san m'avait prévenu de ne pas le faire mais…

— Tu y es allé quand même.

— Oui.

— Moi aussi, ça m'est arrivé une fois. Il y a plus de dix ans.

Ensuite, il se tait un moment, se concentre sur la conduite. Plusieurs grands virages se succèdent. Les pneus épais font gicler de petits cailloux dans le précipice en contrebas. De temps en temps, on croise des corbeaux sur le bord de la route. Ils ne s'envolent pas, même à l'approche de la voiture, et nous regardent passer d'un œil étonné et inquisiteur.

— Tu as rencontré les soldats ? me demande Sada avec une fausse indifférence. Du même ton que s'il me demandait l'heure.

— Les deux soldats, le grand et le petit râblé ?

— Oui, dit Sada, puis il me jette un regard. Tu es allé jusque-là, alors ?

— Oui.

Il se tait longuement. Sa main droite actionne le volant avec légèreté, mais il ne fait aucun commentaire, et ne change pas d'expression.

— Sada-san…

— Hum ?

— Quand vous avez rencontré ces soldats, il y a une dizaine d'années, qu'est-ce que vous avez fait ?

— Ce que j'ai fait quand j'ai rencontré ces soldats ? répète-t-il.

Je hoche la tête et attends qu'il réponde. Il vérifie quelque chose dans le rétroviseur, puis regarde à nouveau droit devant lui.

— Je ne l'ai raconté à personne jusqu'à maintenant, dit-il. Même pas à mon frère. Enfin, mon frère ou ma sœur, comme tu veux. Pour moi, c'est mon frère mais… Bref, je ne lui ai jamais parlé de ces soldats.

Je me tais.

— Et je ne crois pas que j'en parlerai jamais à qui que ce soit. Pas même à toi. Et je suis persuadé que toi non plus, tu ne parleras à personne de ce qui s'est passé là-bas. Tu comprends ce que je veux dire ?

— Je crois, oui.

— Qu'est-ce que j'essaie de dire, à ton avis ?

— On ne peut pas expliquer avec des mots ce qu'on a vécu là-bas. Les mots ne peuvent pas apporter de réponse à cette question.

— C'est tout à fait ça, dit Sada. Exactement. Et s'il s'agit de quelque chose que les mots sont impuissants à exprimer, le mieux c'est de ne pas en parler du tout.

— Même à soi-même ?

— Oui. Même à soi-même. Il vaut sans doute mieux ne pas chercher d'explication, même pour soi.

Il me propose une pastille de cool-mint. Je la prends et la mets dans ma bouche.

— Tu as déjà fait du surf ? demande-t-il.

— Jamais.

— Je t'apprendrai, si on en a l'occasion. Si tu en as envie, naturellement. Il y a de bonnes vagues sur la côte, près de Kôchi. Et ce n'est pas très fréquenté. Le surf, tu sais, c'est un sport qui a plus de profondeur qu'on ne le croirait à première vue. C'est le surf qui m'a appris à ne pas lutter contre la force de la nature. Quelle que soit la violence des vagues qu'on doit affronter.

Il sort une cigarette de la poche de son tee-shirt, la coince entre ses lèvres, l'allume avec l'allume-cigare.

— Ça non plus, ça ne s'explique pas avec des mots. Ça fait partie des questions auxquelles on ne peut pas répondre simplement par oui ou par non.

Il plisse les paupières, rejette lentement la fumée de sa cigarette par la fenêtre. Puis il reprend :

— À Hawaï, il y a un spot de surf qu'on appelle Toilet Bowl. C'est un endroit où le flux et le reflux de la marée se rencontrent et forment un tourbillon comme l'eau dans une cuvette de W-C. Si on est aspiré à l'intérieur, on a peu de chances de remonter à la surface. Cela dépend du caprice des vagues, elles peuvent ne jamais te ramener en haut. Alors tu es là, au fond de l'eau, et tu dois attendre sans rien faire, ballotté par les vagues. Il ne sert à rien de s'agiter et de se débattre. Au contraire, tu ne fais qu'épuiser tes forces. Quand on se retrouve dans une situation de ce genre, on a peur pour sa vie, je t'assure. Mais si on n'arrive pas à surmonter cette peur, on ne deviendra jamais un vrai surfeur. On est seul, face à la mort, on l'apprivoise, et on la dépasse. Quand tu es au fond de ces tourbillons, tu penses à un tas de choses, en un sens tu deviens intime avec la mort, tu lui parles à cœur ouvert.

Sada s'arrête devant la barrière, descend de voiture, referme la chaîne avec le cadenas, la secoue plusieurs fois pour être bien sûr qu'elle ne peut pas se rouvrir.

Ensuite, pendant le reste du trajet, nous échangeons à peine quelques mots. Sada règle la radio sur un programme musical, qu'il laisse en permanence, même quand nous traversons des tunnels et que les ondes se brouillent. Comme l'air conditionné ne marche pas, nous roulons toutes vitres ouvertes, même une fois sur l'autoroute.

— Si tu veux apprendre le surf, tu n'auras qu'à venir me voir, dit-il au moment où on commence à apercevoir la mer Intérieure. J'ai une chambre d'amis, tu pourras rester chez moi autant que tu voudras.

— Merci. Je viendrai sûrement un jour. Je ne peux pas dire quand, mais…

— Tu es très occupé ?

— J'ai plusieurs problèmes à résoudre.

— Ça, moi aussi ! rétorque-t-il. Pas de quoi être fier, remarque.

Ensuite, nous restons à nouveau silencieux un long moment. Il pense à ses problèmes, moi aux miens. Il garde les yeux fixés sur la route, la main gauche sur le volant, fume une cigarette de temps à autre. Il ne conduit pas vite, contrairement à Oshima. Le coude droit posé sur l'encadrement de la vitre, il conserve une allure stable. Il ne dépasse les voitures que si elles sont particulièrement lentes, et accélère alors d'un air ennuyé pour se rabattre aussitôt dans la file.

— Vous faites du surf depuis longtemps ?

— Oui.

Ensuite le silence retombe.

Alors que je n'attends plus qu'il poursuive, Sada reprend :

— J'ai commencé quand j'étais au lycée. C'était juste un passe-temps. Mais cela fait six ans que j'en fais sérieusement. Je travaillais à Tokyo, dans une grosse boîte de pub. J'en avais assez de ce travail, alors j'ai démissionné, je suis revenu dans le Shikoku et me suis mis au surf. Avec mes économies, et en empruntant à mes parents, j'ai ouvert un magasin. Je suis célibataire, je peux faire ce qui me plaît.

— Vous aviez envie de rentrer dans le Shikoku ?

— Ç'a joué aussi dans ma décision. Je ne me sens bien que si j'ai la mer et la montagne à portée de main. Dans une certaine mesure, les gens sont déterminés par le lieu où ils naissent, non ? Ce que tu penses, ce que tu ressens est lié à la géographie, au climat de ton lieu de naissance. Où es-tu né ?

— À Tokyo. Nogata, arrondissement de Nakano.

— Tu as envie d'y retourner ?

Je secoue la tête.

— Non.

— Pourquoi ?

— Je n'ai aucune raison de le faire.

— Je vois.

— Je ne me sens pas lié à la géographie ni au climat de cet endroit.

— Ah bon ?

Le silence retombe à nouveau. Mais cela n'a pas l'air de déranger Sada. Moi non plus, d'ailleurs. J'écoute vaguement la radio sans penser à rien, tandis que lui garde les yeux fixés sur la route. Nous quittons l'autoroute à la dernière sortie et filons vers le nord, en direction de Takamatsu.

Quand nous arrivons à la bibliothèque Komura, il est presque une heure de l'après-midi. Sada me dépose devant le portail, mais ne fait pas mine de descendre. Il a laissé tourner le moteur, et veut reprendre aussitôt la direction de Kôchi.

— Merci, dis-je.

— À un de ces jours.

Il passe la main à travers la vitre, me fait un petit signe d'adieu, puis repart dans un crissement de pneus. Il retourne vers ses grandes vagues, son monde, ses problèmes.

Mon sac sur le dos, je franchis la porte de la bibliothèque. Je hume l'odeur de la pelouse fraîchement tondue, des bosquets fraîchement taillés. J'ai l'impression d'être parti depuis des mois. Pourtant, cela fait à peine quatre jours que j'ai quitté la bibliothèque.

Oshima est assis derrière son comptoir. Il porte une cravate, chose rare chez lui. Une cravate à rayures jaune moutarde et vertes, sur une chemise blanche boutonnée sous le menton. Ses manches sont roulées jusqu'aux coudes, et il a tombé la veste. Devant lui sont posés une tasse de café et, comme d'habitude, deux longs crayons bien taillés.

— Salut, dit-il. (Il me sourit, comme toujours.)

— Bonjour.

— C'est mon frère qui t'a ramené jusqu'ici ?

— Oui.

— Il n'est pas très bavard.

— Mais on a quand même parlé un peu.

— Tant mieux. Tu as de la chance. Cela dépend des lieux et des gens, mais il lui arrive de ne pas décrocher un mot.

— Il s'est passé quelque chose ici ? Votre frère m'a dit que je devais rentrer à cause d'une « affaire urgente ».

Oshima hoche la tête.

— Oui, j'ai plusieurs nouvelles à t'annoncer. Tout d'abord, Mlle Saeki est morte. Une crise cardiaque. Je l'ai retrouvée effondrée sur son bureau, mardi après-midi. C'est arrivé brutalement. Elle n'a pas souffert, apparemment.

Je pose mon sac par terre. Puis je m'assieds sur la chaise la plus proche.

— Mardi après-midi… On est vendredi aujourd'hui, c'est bien ça ?

— Oui. Elle est morte juste après la visite guidée. J'aurais dû te prévenir plus tôt, mais j'ai eu du mal à rassembler mes esprits.

Enfoncé dans ma chaise, je n'arrive plus à faire le moindre geste. Oshima et moi restons assis sans rien dire un long moment. De l'endroit où je suis, je vois l'escalier qui mène au premier étage. La rampe noire bien astiquée, le vitrail du palier. Cet escalier avait une signification profonde pour moi. Gravir ces marches signifiait que j'allais voir Mlle Saeki. Maintenant c'est devenu un escalier ordinaire, qui n'a plus le moindre intérêt pour moi. Elle n'est plus là.

— Je te l'avais dit, je savais qu'elle allait mourir, et elle le savait aussi. Évidemment, maintenant que c'est arrivé, c'est très douloureux.

Il fait une pause. Il me semble que je devrais dire quelque chose à mon tour, mais je ne trouve pas les mots.

— Il n'y aura pas d'obsèques, poursuit Oshima, conformément aux vœux de la défunte. Son corps a été incinéré. Il y avait un testament dans le tiroir de son bureau au premier étage. Elle lègue tous ses biens à la fondation qui gère la bibliothèque Komura. Elle m'a laissé son stylo Mont-Blanc en souvenir. Et à toi, elle laisse un tableau. Tu sais, le tableau du garçon au bord de la mer. Tu veux bien le prendre ?

Je hoche la tête en silence.

— Je l'ai préparé pour toi, il est déjà emballé, il t'attend.

— Merci, dis-je, retrouvant enfin ma voix.

— Dis, Kafka, reprend Oshima, en faisant comme toujours tourner un crayon entre ses doigts. Je peux te poser une question ?

Je hoche la tête.

— Tu savais déjà que Mlle Saeki était morte, n'est-ce pas ?

Je hoche à nouveau la tête.

— Oui, je crois.

— C'est bien ce qu'il me semblait, dit Oshima en poussant un gros soupir. Tu veux un verre d'eau, quelque chose ? À vrai dire, tu as l'air desséché, comme si tu revenais du désert.

— Je veux bien de l'eau.

C'est vrai que je suis assoiffé, je m'en rends compte, maintenant qu'il me le dit.

Je vide d'un trait le verre d'eau qu'il m'apporte. Mes tempes battent un peu. Je repose le verre sur la table.

— Tu en veux encore ?

Je secoue la tête.

— Qu'as-tu l'intention de faire à présent ? demande Oshima.

— Retourner à Tokyo.

— Que feras-tu là-bas ?

— J'irai voir la police pour commencer et je leur expliquerai ce qui s'est passé. Sinon je serai obligé de passer le reste de ma vie en cavale. Et puis, peut-être que je vais retourner à l'école. Je n'en ai pas vraiment envie, mais il faut au moins que je finisse le collège. Si je prends mon mal en patience, dans quelques mois, j'obtiendrai mon diplôme de fin d'études, et ensuite je pourrai faire ce que je veux.

— Je vois, dit Oshima. (Il plisse les paupières et scrute mes traits.) C'est peut-être ce que tu as de mieux à faire, en effet.

— J'en suis de plus en plus convaincu.

— Passer sa vie à fuir ne mène qu'à des impasses.

— Sans doute, dis-je.

— Tu as mûri, on dirait.

Je secoue la tête. Je suis incapable de parler.

Oshima presse doucement la gomme de son crayon contre sa tempe. Le téléphone sonne, mais il ne répond pas.

— Nous perdons tous sans cesse des choses qui nous sont précieuses, déclare-t-il quand la sonnerie a enfin cessé de retentir. Des occasions précieuses, des possibilités, des sentiments qu'on ne pourra pas retrouver. C'est cela aussi, vivre. Mais à l'intérieur de notre esprit – je crois que c'est à l'intérieur de notre esprit –, il y a une petite pièce dans laquelle nous stockons le souvenir de toutes ces occasions perdues. Une pièce avec des rayonnages, comme dans cette bibliothèque, j'imagine. Et il faut que nous fabriquions un index, avec des cartes de références, pour connaître précisément ce qu'il y a dans nos cœurs. Il faut aussi balayer cette pièce, l'aérer, changer l'eau des fleurs. En d'autres termes, tu devras vivre dans ta propre bibliothèque.

Je regarde le crayon qu'il tient entre ses doigts. Et le regarder me rend profondément triste. Mais dans peu de temps, je devrai redevenir le garçon de quinze ans le plus endurci au monde. Ou du moins faire semblant. J'inspire profondément, emplis d'air mes poumons et refoule au fond de moi le bloc d'émotion qui m'envahit.

— Est-ce que je pourrai revenir ici, plus tard ?

— Bien sûr, dit Oshima.

Il repose son crayon sur le comptoir, croise les mains derrière sa nuque, et me regarde bien en face.

— Apparemment, dit-il, je vais devoir m'occuper seul de cette bibliothèque pendant un moment. J'aurai sans doute besoin d'un assistant. Quand tu auras réglé tes problèmes avec la police et terminé tes études, si tu en as toujours envie, tu pourras revenir ici. Cette ville et moi n'allons pas bouger avant un certain temps. Tout le monde a besoin d'un port d'attache. Plus ou moins.

— Merci, dis-je.

— Je t'en prie.

— Votre frère m'a dit qu'il m'apprendrait le surf.

— Tu as de la chance. Il n'y a pas beaucoup de gens qui plaisent à mon frère. Il n'a pas un caractère facile, tu sais.

Je hoche la tête et souris. Ils se ressemblent, ces frères.

— Dis, Kafka, fait Oshima en me fixant d'un regard intense, je me trompe peut-être, mais il me semble que c'est la première fois que je te vois sourire.

— Peut-être, dis-je.

J'ai souri, c'est vrai. Du coup, je me mets à rougir.

— Quand rentres-tu à Tokyo ?

— Tout de suite.

— Tu ne veux pas attendre ce soir ? Je pourrais te déposer à la gare après avoir fermé la bibliothèque.

Je réfléchis un peu, puis secoue la tête.

— Merci, mais il me semble que je ferais mieux de m'en aller tout de suite.

Oshima acquiesce d'un signe. Il va chercher dans la chambre du fond le tableau, qu'il a soigneusement emballé pour moi. Il ajoute dans le sac en plastique contenant le paquet un exemplaire du 45 tours de *Kafka sur le rivage*.

— Ça, c'est un cadeau de ma part.

— Merci. J'aurais aimé voir une dernière fois le bureau de Mlle Saeki, si cela ne vous dérange pas.

— Bien sûr que non. Prends ton temps.

— Vous voulez bien venir avec moi ?

— D'accord.

Nous montons au premier étage, pénétrons dans la pièce. Debout devant la table de travail, j'en effleure doucement la surface, en pensant à toutes les choses qui y ont été absorbées, avec le temps. J'imagine Mlle Saeki telle qu'Oshima l'a trouvée, la tête posée sur ce bureau. Puis je la revois, tournant le dos à la fenêtre, en train d'écrire avec zèle, derrière ce même bureau, quand je lui montais son café. La porte était toujours entrouverte. À mon entrée, elle levait la tête et me souriait.

— Qu'est-ce qu'elle écrivait dans ce bureau ?

— Je ne sais pas, répond Oshima. Tout ce que je peux dire, c'est qu'elle a quitté ce monde en emportant beaucoup de secrets.

J'ajoute intérieurement : *et en laissant beaucoup d'hypothèses non vérifiées.*

La fenêtre est ouverte et la brise de juin agite doucement l'ourlet des rideaux de dentelle. Une légère odeur de marée flotte dans l'air. Je sens le sable du rivage entre mes doigts. Je m'éloigne de la table, m'approche d'Oshima et le serre fort contre moi. Le contact de son corps mince éveille déjà en moi une terrible nostalgie. Il me caresse doucement les cheveux.

— Le monde est une métaphore, Kafka Tamura, dit-il à mon oreille. Mais pour toi et moi, seule cette bibliothèque n'est pas une métaphore. Aussi loin qu'on aille… elle reste tout simplement cette bibliothèque.

— Naturellement, dis-je.

— C'est une bibliothèque unique, spéciale et très solide. Rien d'autre ne peut prendre sa place.

Je hoche la tête.

— Au revoir, Kafka Tamura.

— Au revoir, Oshima-san. Vous avez une belle cravate, vous savez.

Il s'écarte de moi, me regarde bien en face en souriant.

— Je me demandais si tu allais m'en faire la remarque.

Je remets mon sac sur mon dos, marche jusqu'à la gare et prends un train pour Takamatsu. Là, j'achète un aller pour Tokyo. J'arriverai tard dans la nuit. Je m'arrangerai pour trouver un endroit où dormir et demain matin, je retournerai à Nogata. Ensuite, je serai à nouveau seul, dans cette grande maison vide. Personne ne m'attend. Mais je n'ai pas d'autre endroit où aller.

Depuis une cabine de la gare, je compose le numéro du portable de Sakura. Elle est sur son lieu de travail, me dit-elle, mais on peut parler un peu si cela ne dure pas trop longtemps.

— Je vais rentrer à Tokyo, dis-je. Je t'appelle de la gare de Takamatsu pour te le dire.

— Ta fugue s'arrête là ?

— Je crois, oui.

— C'est vrai que quinze ans, c'est un peu tôt pour quitter sa maison. Et que feras-tu une fois à Tokyo ?

— Je vais sans doute retourner à l'école.

— Si on raisonne sur le long terme, ce n'est pas une mauvaise idée, dit-elle.

— Toi aussi, tu vas retourner à Tokyo, non ?

— Oui, en septembre. J'aimerais bien voyager cet été.

— On pourra se voir, à Tokyo ?

— D'accord. Oui, bien sûr. Tu me donnes ton numéro de téléphone ?

Je lui donne le numéro de la maison.

— Tu sais, j'ai rêvé de toi l'autre nuit, dit-elle.

— Moi aussi, j'ai rêvé de toi.

— Un rêve un peu chaud, j'imagine ?

— Peut-être, admets-je. Mais ce n'était qu'un rêve. Et le tien ?

— Oh moi, ça n'avait rien d'un rêve érotique. Je te voyais marcher en rond tout seul dans une grande maison pareille à un labyrinthe. Tu cherchais une pièce en particulier mais tu n'arrivais pas à la trouver. Il y avait aussi quelqu'un dans cette maison qui te cherchait, toi. Je criais, pour te dire de faire attention mais ma voix ne portait pas jusqu'à toi. Un vrai cauchemar. Je hurlais si fort dans mon rêve que je me suis éveillée épuisée. Et j'étais très inquiète pour toi.

— Merci, dis-je. Mais ça aussi, ce n'était qu'un rêve.

— Il ne t'est rien arrivé de mal ?

— Rien du tout.

Et je me répète intérieurement : *Il ne t'est rien arrivé de mal*.

— Au revoir, Kafka. Je dois me remettre au travail, mais si tu as envie de parler avec moi, n'hésite pas à me rappeler, hein ?

— Au revoir, dis-je. (Et j'ajoute :) Grande sœur.

Le train franchit le viaduc au-dessus de la mer et arrive à la gare d'Okayama. Là, je change et monte dans l'express à grande vitesse pour Tokyo. Je ferme les yeux et m'installe au fond de mon siège. J'accompagne le balancement du wagon. J'ai posé à mes pieds *Kafka au bord de la mer*, dans son emballage, bien ficelé. Je sens son contact contre mes jambes pendant tout le trajet.

— Je voudrais que *toi*, tu te souviennes de moi, dit Mlle Saeki, et elle me regarde dans les yeux. Si tu te souviens de moi, cela m'est égal que tous les autres m'oublient.

Le temps pèse sur toi comme un vieux rêve au sens multiple. Tu continues à avancer pour traverser ce temps. Mais tu auras beau aller jusqu'au bord du monde, tu ne lui échapperas pas. Pourtant, même ainsi, il te faudra aller jusqu'au bord du monde. Parce qu'il est parfois impossible de faire autrement.

Une fois passé Nagoya, il se met à pleuvoir. Je regarde les lignes que les gouttes de pluie forment sur les vitres sombres. Quand j'ai quitté Tokyo, il pleuvait aussi, je crois. Je repense à tous les endroits que j'ai vus sous la pluie. La pluie dans la forêt, la pluie sur la mer, sur l'autoroute, sur la bibliothèque, sur le bord du monde.

Je ferme les yeux et me laisse complètement aller. Je relâche mes muscles crispés. J'écoute le grondement régulier du train. Alors, sans que rien ne l'ait laissé prévoir, je me mets à pleurer. Je sens les larmes tièdes couler le long de mes joues. Elles débordent de mes yeux, roulent jusqu'à ma bouche, s'y arrêtent, puis sèchent sans hâte. Cela m'est égal. Je n'ai pas l'impression que ce sont mes larmes, il me semble qu'elles font partie de la pluie qui frappe les vitres.

Ai-je agi comme il le fallait ?

— Tu as agi comme il le fallait, dit le garçon nommé Corbeau. Tu as fait ce qui était juste. Personne n'aurait pu agir aussi bien que toi. Tu es le garçon de quinze ans le plus courageux du monde réel, tu sais.

— Mais je ne sais toujours pas ce que cela signifie, vivre, dis-je.

— Regarde le tableau, déclare-t-il. Et écoute le vent.

Je hoche la tête.

— Tu en es capable.

Je hoche à nouveau la tête.

— Tu devrais dormir un peu, dit le garçon nommé Corbeau. Quand tu te réveilleras, tu feras partie d'un monde nouveau.

Tu t'endors sans tarder.

Et quand tu t'es réveillé, tu faisais partie d'un monde nouveau.

10/18 – 92 avenue de France, 75013 PARIS

Imprimé en France par
CPI Brodard & Taupin

N° d'impression : 3059460
Dépôt légal : juin 2007
Suite du premier tirage : décembre 2024
X08268/04